——想象，比知识更重要

幻象文库

未来的序曲

FUTURE PRELOADED

21st Century Science Fiction

Edit by David G. Hartwell, Patrick Nelson Hayden

二十一世纪科幻小说杰作选

[美] 戴维·G. 哈特威尔　[美] 帕特里克·尼尔森·海登 ◎ 编

夏笳 等 ◎ 译

新 星 出 版 社　NEW STAR PRESS

目录

序 言

1 无赖殖场 查尔斯·斯特罗斯/阿 古
18 赌徒 保罗·巴奇加卢皮/汪梅子
45 斯逐 尼尔·阿舍/李 懿
60 情爱，友爱，博爱 蕾切·斯沃斯基/汪梅子
93 恶棍号的故事 约翰·斯卡尔齐/刘 壮
117 面包与炸弹 M. 李克特/符 瑶
133 米利巴之水 托尼·巴兰坦/秦 鹏
157 星际推销员 戴维·D. 莱文/陈 莹
176 极似之物 吉纳维芙·瓦伦丁/秦 鹏
204 侵蚀 伊恩·克里西/陈 莹
218 微积分瘟疫 玛丽莎·林根/阿 古
225 我们有个浑蛋失踪了 保罗·康奈尔/汪梅子
252 潮痕 伊丽莎白·贝尔/李 懿
266 无限 万达娜·辛格/阿 古
296 邪恶的机器猴子 玛丽·罗比内特·科瓦尔/咖啡豆
300 第十二个小哈的教养 玛德琳·阿什比/由 美
327 菲尼斯特拉 戴维·莫尔斯/秦 鹏

序　言

您手中这本选集中的短篇小说来自于我们眼中一些最棒的科幻作家，他们的才华在世纪之交的这段时间开始凸显。“开始凸显”就是我们的编选原则。许多作家在发表处女作很多年之后才吸引到大众的注意。比如威廉·吉布森，他凭借1984年出版的《神经浪游者》一书在科幻文学界一炮而红，然后又获得了全世界的认可。其实，许多年之前他就开始发表短篇小说了。同样地，这本选集中的一些作者最早在二十世纪八十年代就开始发表短篇作品，但他们全部是在2000年之后才获得广泛注意的。

主编一本展现新世纪科幻新声音的选集，这个主意于我们二人而言是非常自然的。我俩的口味并非完全一致，但是对于好作者和好故事，我们能达成相当一致的意见。我们都学习科幻史，而且对其中的问题各有见解。我们俩都不喜欢当“类型警察”，不喜欢蛮横地判断什么是合格的科幻，什么不是。此外，我们两人都已从二十世纪核心科幻读者群的心态中走了出来。当年的科幻亚文化圈，不论是职业的还是粉丝性质的，都有一种真诚而热切的愿望，就是直面蔑视科幻的主流文化，捍卫并且鼓励科幻的发展。几十年过去了，当年的许多战斗都已经取得了胜利，而另一些问题已经变得无关紧要。

如今，科幻已经不再处于边缘地位，它已经是社会文化风貌中根深蒂固的一部分。这本选集中的所有故事都是在这样的背景下创作的。

完成这本书花了很长时间，比我们设想的要长得多。我们本希望在2010年完成，在2011年或2012年出版。但是，等待或许让这本书变得更棒了，因为我们有足够的时间好好思考。比起三年前，我们对自己的选择更有信心了。我们有理由相信，您会在本书中发现许多值得欣赏、沉迷和争论的内容。

戴维·G.哈特威尔　帕特里克·尼尔森·海登

无赖殖场

查尔斯·斯特罗斯

查尔斯·斯特罗斯出生在利兹，成年后大部分时间生活在苏格兰的爱丁堡。这是一个现代科幻作家云集的城市——伊恩·M.班克斯、肯·麦克劳德、汉努·拉亚涅米都来自这里。他们的作品针对人类和技术圈面临的挑战，提出了众多犀利的原创观点。斯特罗斯早在1985年就发表了第一篇小说作品，这使得他明显有别于本书中登场的21世纪科幻作家群。2001年发表在《阿西莫夫科幻杂志》上的《龙虾》终于为他赢得了声誉，这个短篇之后成了他2005年长篇小说《渐速音》的开篇。科幻百科全书如此评价："在科幻小说中描绘奇点对人类生活冲击的最有力尝试。"当时斯特罗斯已经是一个极具影响力的博客作者，这个写作习惯延续至今。近十年间，他成了现代科幻小说领域的核心人物之一，两次获得雨果奖的短篇小说奖，是整整一代饱受黑客文化熏陶的年轻人最喜欢的科幻作家之一。

2003年的《无赖殖场》将故事背景设置在近未来，在其他科技和经济革命偃旗息鼓之后，生化科技推动之下的社会革命仍在继续。这篇作品充分展现了斯特罗斯的才华：奇诡辛辣的叙事声音、层出不穷的科技创意、对刚刚浮出水面的社会发展新趋势的敏锐直觉。自不必说，作品还遵从了科幻的一项伟大传统：将文字隐喻变成现实，赋予“集体农场”这个概念以全新的含义。

这是三月一个晴朗、清冷的早晨，一抹薄薄的轻云扫过东南方向的天空，飘向初升的太阳。乔坐在驾驶座上，身体微微颤动，他转动了发动手柄。这是一辆陈旧的前卸式拖拉机，他常开着它清理牲口棚。和驾驶它的主人一样，这辆古老的梅西 · 弗格森农用机也有过焕然一新的好光景，但它经历的坎坷更多，不只从乔一个人手里领受过折腾。柴油发动机咔嗒直响，吐出一连串蓝色浓烟，像犯了胃病一样叫唤个不停。乔的脑子和头顶的天空一样空白，他把拖拉机推上档，抬起前铲斗，开始转向牲口棚敞开的门——正好看到一个巡游殖场从大路上晃荡了过来。

“浑蛋。”乔骂了一声。拖拉机的发动机发出一阵不祥的震颤声，熄火了。他瞪大眼睛，又看了一眼，从拖拉机上爬了下来，向农场大屋的厨房门口蹒跚走去。“玛蒂！”他大喊，忘了别在运动衫下摆上的那个对讲机。“玛蒂！来了一个殖场！”

“乔？是你吗？你在哪儿？”她的声音从屋子深处传来，很模糊。

“你在哪儿？”他吼了回去。

“我在卫生间。”

“浑蛋，”他又骂了一声，“难不成这个殖场，就是我们上个月碰到的那个……”

马桶哗哗的冲水声打断了他的忧虑。紧接着，楼梯上传来咚咚咚的脚步声，玛蒂冲进了厨房。“它在哪儿？”她问。

“在外头，沿着车道走四分之一英里。”

“好的。”玛蒂头发蓬乱，眼中冒着怒火——殖场居然敢打断她的晨间排毒。她抓起一件厚厚的绿外套，披在衬衫外面。“橱柜打开了吗？”

“我在想，你可能想和它先谈谈。”

“没错，我正要和它谈谈，要是它以前在埃德加池塘边的小树林里也蹲伏过，我正有事儿要好好和它谈谈呢。”

面对玛蒂的盛怒，乔摇了摇头，去后屋开橱柜的锁。

“你拿上猎枪，让它离我们的地盘远点，”她冲着他的背影大喊，“我一会儿就出来。”

乔点了点头，小心翼翼地拿起一把十二毫米口径的霰弹猎枪和一个预装好的弹匣。枪的电量指示灯闪烁个不停，但它看上去应该充满了电。他把枪挂在肩上，仔细锁上橱柜，返回院子，打算去吓走那个不速之客。

殖场蹲在“阿米塔奇尽头”农庄外的路中间，嗡嗡作响，还自顾自地发出咔嗒声。乔站在木门后，肩上挎着枪，警惕地盯着它。这个殖场中等个头，可能包含有六个人的器官—— 一个可怕的聚合体。它已深深陷入了殖场神游状态，不再能和聚合体之外的人清晰交谈。在它漆黑的、皮革般的皮肤下，乔能看出内部结构的些许端倪，黏糊糊的细胞宏聚合组织不安地扭动。它虽然尚未成熟，但个头已经有一辆古董重型坦克那么大了。它简直就是一头雷龙，把路口堵了个严严实实。它闻起来有一股酵母和汽油的味儿。

乔心神不宁，感觉它正盯着自己看。“真他妈糟糕，我可没有时间搞这个。”他嘟哝了一句。聚集在北边围场的那一小群嘈杂的克隆蜘蛛牛正等着入住，可牲口棚里的牛粪仍然有齐膝深。他哆哆嗦嗦地在这儿待着，等玛蒂来把事情解决掉，而拖拉机的驾驶座还没捂暖和。牛群不大，可正好把他的田地和劳力全占满了。棚里的大型生化装配机组装起哺乳牲口来，那速度可真够快，而他根本来不及把牲口喂大，就诚实地贴上“人工喂养／非营养槽培育”的标签卖掉。

“你到底要干什么？”他冲那个嗡嗡轻响的殖场嚷道。

“脑子，献给圣婴耶稣的新鲜脑子。”殖场用柔和的女低音吟唱道，把乔吓得毛骨悚然。“买下我的脑子！”半打花椰菜般的东西从殖场的背上猥琐地冒了出来，又羞怯地缩了回去。

“这儿不需要什么脑子，”乔固执地说，他紧紧抓着枪柄，手指都泛白了，“也不需要你这种东西在这儿瞎转悠。快滚。”

“我是很棒的九条腿的半自动机器！”殖场吟唱道，“我正在赶去木星的路上，为了爱执行一项任务！你为什么不买下我的脑子呢？”三只长在眼柄上的好奇的眼睛从它前端的斜面上杵了出来。

“啊……”玛蒂的到来，省却了乔变着法儿多说几次“滚开”。二十年前在美索不达米亚执行一次短期维和任务之后，她把那身老战斗服顺回了家。她保持住了身材，好让自己能挤进战斗服。她走过来时，战斗服左膝发出不祥的嘎吱声。尽管不常动用，但它仍然运作良好，能胜任其主要任务——吓退入侵者。

“你，”她抬起一条半透明的胳膊，瞄准殖场，“离我的土地远点。赶紧的。”

乔也作势抬起霰弹猎枪，拨到全自动档位。玛蒂的战斗服肩上有武器，不需要猎枪来火力支援，但他壮壮声势也好。

殖场嘟哝道：“你们为什么不爱我？”它的腔调很哀怨。

“离我的土地远点。”玛蒂加重语气，声调如此高昂，乔禁不住皱了皱眉。“十秒钟！九，八……”她胳膊上弹射出一环环微弱的光圈，好久没用了，高斯枪蓄能时嗡嗡直响。

“这就走！这就走！”殖场稍稍抬起身，往后退去，“真无法理解。我只是想给你们自由，去探索宇宙。居然没有人买我的新鲜果实和脑子。这个世界到底怎么了？”

他们等待着，直到殖场退回小山顶上的转弯处。玛蒂先松懈了下来，光圈退回战斗服的胳膊里，随着能量减弱，晶莹飘逸的半透明战斗服褪成了单调的淡褐色。乔扣上猎枪的保险。“杂种。”他骂了一句。

“操他妈的。”玛蒂看上去挺憔悴，“这一只胆子挺大。”

乔注意到她的脸苍白憔悴，拳头捏得紧紧的。她哆嗦了，乔意识到这一点，毫不惊讶。今天她肯定又要度过一个噩梦不断的糟糕夜晚了。

“缺一道篱笆。”去年他们断断续续讨论过，要用电网把供暖总站到小甲烷工厂的地块都围起来。

“这一次也许该来真的了，也许。”未做警告就给路过的人上电刑，玛蒂不太喜欢这个主意，但面临泛滥成灾的无赖殖场，她会改主意的。“帮我脱掉，我得去做早饭了。”她说。

“我得去清扫牲口棚。”乔抗议。

“这活儿不急，早饭要紧。”玛蒂颤巍巍地说，“我需要你。”

“好吧。”乔点点头。她看上去糟透了。离她上一回致命崩溃已经好几年了，但是当玛蒂说“我需要你”时，乔不去搭理她可不太明智。万一她再次崩溃，把她的备份转载进新身体，他会在生化实验室忙得一塌糊涂，忙到累断腰。他扶着她的胳膊，向后门廊走去。快走到时，他停了下来。

“怎么了？”玛蒂问。

“好一会儿没看到鲍伯了，”他慢慢说道，“挤完牛奶之后，我让它去把牛群赶进北边的围场。你看会不会……”

“我们可以在控制室查看一下，”她疲惫地说，“你真的很担心吗？”

“那个东西还在周围晃悠呢。你怎么看？”

“鲍伯是一条很棒的工作犬，”玛蒂不太确信地说，“殖场伤不了它。它不会有事的，你可以呼叫一下。”

* * *

乔帮她脱下战斗服，玛蒂花了好一会儿才镇静下来。这间破旧大屋他们已经占了二十年，做了很多改造，厨房铺着石头地砖，温暖、简朴。他们开始吃早饭：自己养的母鸡下的蛋、自己做的奶酪、山谷另一边的嬉皮士社区出产的黑麦吐司面包。唯一从山谷外购买的东西是咖啡，咖啡豆子采自一条强壮的转基因茎条，长起来像年轻人的络腮胡子一样，爬满整个坎伯兰山顶。他们之间话很少：乔本来就话很少；而玛蒂，此时没有她想讨论的话题。安静抑制了她心中的魔鬼。他们相识那么多年，即使两人之间没有话要说，也可以安静相伴。铸铁炉对面窗台上的无线电关着，挂在冰箱旁墙上的电视也关着。早饭是一天中的安静时光。

“狗没有回话。”乔看着杯底的咖啡渣，说了一句。

“它是条好狗。”玛蒂犹犹豫豫地瞥了一眼院子大门，“你担心它会离家出走去木星？”

“它刚才和我一起在棚里。”乔端起盘子，放进水池，打开热水冲洗盘子，“清理完走道，我让它把牛群赶去围场，我好清扫牲口棚。”

他抬头瞥向窗外，一脸担忧。梅西 · 弗格森拖拉机正好停在敞开的牲口棚门口，仿佛抵挡一个臭气熏天的敌人，把堆积如山的牛粪、稻草、青贮饲料挡在里面，这些是一整个寒冷冬天的遗物。

玛蒂轻轻把他推到一旁，从窗台的充电器上拿起一个对讲机，对讲机哔哔直响。“鲍伯，进屋来，完毕。”她皱了皱眉，“估计它又把头戴装置给弄掉了。”

乔把盘子放在架子上晾干。“我得去铲粪堆。你要去找它吗？”

“我去吧。”玛蒂皱了皱眉，等她找到鲍伯，准有一顿数落。可鲍伯不会在意的，它会抖抖身体，像鸭子甩掉背上的水珠一样，把数落的话甩在地上。“先看一下摄像头。”她狠狠一拍，破旧的电视机活了过来，屏幕上呈现分成一格格的模糊画面，菜园、庭院、牲口棚、北围场、东围场、大田、杂树林。“唔。”

她还在摆弄农场监控系统，乔走出门，爬上拖拉机的驾驶座，再一次点火。这一回没咳出黑烟。他从牲口棚里铲出粪便，每一铲四分之一吨，堆成三米高的粪堆。他忙个不停，几乎已经把早上那个不速之客抛到了脑后。几乎。

接近中午时，粪堆上围满了嗡嗡叫的苍蝇，发出一股恶臭，但牲口棚总算铲得差不多了，再来一根水枪、一把扫帚，就能清理干净了。乔正打算把粪堆运到房子远端的发酵仓里埋起来，就看到玛蒂走了过来，边走边摇头。他知道准又出了什么事儿。

“鲍伯呢？”他满怀期待地问。

“鲍伯挺好，我让它背着猎枪守护羊群。”她的表情有点奇怪，“但是那个殖场……”

“在哪儿？”他问道，紧跟在她身后。

“蹲在溪水下游的树丛里，”她说得很干脆，“就在咱们的栅栏外面。”

“那就是说它没翻进来。”

“它已经扎下了根！你明白这意味着什么吗？”

“我不……”乔非常迷惑，脸都皱了起来，“噢。”

“没错。”她扭头望向外屋，外屋建在大屋和小农场低洼处的小树林之间。要是目光能够杀人，那个入侵者早就死了一千次了。“它准备夏眠了，乔。它准备在我们的地块上成长了。你还记得吗，它说等它一长成，它要去哪儿？木星！”

“浑蛋。”乔虚弱地骂了一句，他开始明白事态的严重性了，“对付它我们得先下手。”

“我并不是这个意思。”玛蒂来了一句，但乔已经向门外走去。她看着他穿过院子，摇了摇头。“我为什么要被困在这儿？”她问自已，但烹饪机没有搭腔。

* * *

从阿米塔奇尽头农庄沿着公路走四公里，就是那个叫外切斯维克的小村庄。沿途尽是些荒弃房屋和破败谷仓，地里长满了杂草，大树破墙而出。二十一世纪前五十年对英国农业地区来说是残酷年景，再加上人口骤减、房屋过剩，愈显荒凉。结果，四五十年代的流民乘虚而入，占据了曾是农场房屋的废墟。他们挑选最好的房子搬了进去，住在荒废的外屋里，播下种子，养殖家禽，修修补补，一代人之后，在一条不再有汽车行驶的破败马路旁矗立起了一栋乡绅大宅。要再过一代人的时间，孩子的数量才值得统计。这是人口骤减后期的情况，而上一个世纪被认为已日渐消失的丁克家庭现在占了大多数，数量远比繁育殖民地的丁克多。在家庭观念上，乔和玛蒂保守得乏味。生活中，他们过得艰辛坎坷：玛蒂噩梦不断，她讨厌酒精，弃绝社交，这都是她参加维和部队落下的后遗症。至于乔，他喜欢这儿的生活。他憎恨城市，憎恨网络，憎恨眼花缭乱的新玩意儿。他只想要一种安静的生活……

猪鞭酒吧在外切斯维克郊外，是方圆十公里唯一的酒吧——当乔灌了满满一肚子麦芽啤酒、挪着摇摇晃晃的步子的时候，他也只能上这一家来——自然而然，这里成了本地流言蜚语的传播中心。可能也是因为欧乐·布兰达不允许在酒吧的建筑内架设电线和网线。（这样做并非出于某种错位的科技恐惧症，而是因为布兰达曾是欧洲抵抗力量的一名黑客。）

乔停在吧台前。“来一杯苦啤酒？”他犹犹豫豫地问。布兰达瞥了他一眼，点点头。她走回去把脏杯碟都放进那个古董洗碗机里，接着从架子上取下一个干净的玻璃杯，放在龙头下面。

“听说你的地里来了个殖场。”她扳动啤酒抽取机上的手动唧筒，随口来了一句。

“啊哈。”乔盯着玻璃杯，“你从哪儿听说的？”

“这你不用操心，”她放下玻璃杯，让泡沫沉淀，“把这殖场的事儿去和阿瑟、耗子温迪谈谈。他们以前也碰到过。”

“巧了。”乔拿起酒杯，“谢了，布兰达。还是记账？”

“行啊。”说完她又返回洗碗机旁。乔走向远处墙角，那儿有一对巨大的皮沙发，面对面摆在一个未生火的壁炉两旁，靠背和扶手上伤痕累累，是布兰达养的那些野性未驯的猫挠的。“阿瑟、耗子，最近好吧？”

“挺好，谢谢。”耗子温迪七十岁开外了，是做过p53染色体破解的老家伙中的一员。她衰而不老：白色的雷鬼头，鼻环和耳环从韧如皮革似的窍洞中摇摇晃晃地垂下来，皮肤像荒漠上的风一样粗糙。阿瑟在中年色衰之前曾是她的玩物，他没有破解染色体，现在看上去比她还老。他们一起经营一个小农场，除了饲养疫苗小鸡，还干一桩挺红火的买卖——销售高硝酸根肥料。卖家提前知会一声，他们借着夜色一包包运去。

“听说你有点儿小麻烦？”

“没错。”乔缓缓喝了一口，“唔，味道不错。你们以前也摊上过殖场的麻烦？”

“也许，”温迪斜眯着眼看向他，“具体是什么样的麻烦？”

“是一个殖场聚合体。它说要去木星什么的。那狗娘养的，就在老杰克溪边的林子里蹲下做窝了。听听，木星？”

“没错，那是目的地之一，没错。”阿瑟自作聪明地点点头，仿佛他什么都知道。

“哈，糟透了，”耗子温迪皱了皱眉，“它是在长树吗？你知道吗？”

“树？”乔摇了摇头，“说实话，我还没去查看过。话说回来，人怎么会对自己的身体干出那样的事儿来？”

“谁在乎？”温迪脸上露出了一个大大的笑容，“和我一样，别把它们当成人。”

“它还想哄骗我们。”乔说。

“没错，它们的确这么干。”阿瑟说着，用力地点了点头，“我在哪儿读到过，它们甚至认为咱们不算真正的人类：用工具，穿衣服，开农用机械，保留着后工业时代之前的生活方式，不愿升级基因，放弃过上帝为我们安排的生活。”

“见鬼了，一个九条腿、长着眼柄的怪东西，也敢管自己叫‘人’？”乔反问，狠狠灌了一口酒，吞下了半杯。

“它以前是人，曾经是。也许以前是一群人。”温迪的眼睛里闪过奇怪的阴险神色，“三四十年前，我交过那么一个男朋友，他加入了一个拉马克进化体。交换基因，交换器官，交换一切，就跟咱们交换内裤穿一样。他是个环保主义者，参加反全球化运动，大肆宣称大公司为了牟利而践踏我们，宣扬我们得破解基因，自给自足。等他皮肤变绿，开始光合作用，我就一脚把他踹了。”

“狗娘养的。”乔咕哝了一句。这个世纪的最初几年，那些死硬的绿色环保分子摧毁了农业工业联合体，把郊区的大部分土地变成了荒野，变成了刑柱和废墟，他们让上千万农民失了业——更讽刺的是，他们身体变绿，长出了多余的体肢，移居去了木星轨道。不过在变异的过程中，他们过得倒是挺快活，大家都这么说。“几年前，你们也有过殖场的麻烦？”

“没错，有过。”阿瑟说，他抓紧自己的酒杯，有些防备。

“然后它走了。”乔把自己的思绪说了出来。

“对，没错。”温迪小心翼翼地盯着他。

“没有烟花发射什么的，”乔看着她的眼睛，“也没有尸体，啊？”

“新陈代谢，”温迪说，仿佛下定了什么决心，“就是那么回事儿。”

“新城……”乔不是生化极客，他烦躁地咀嚼着这个不熟悉的单词，“以前我也算是个搞软件的，耗子，请先解释一下你的行话。”

“你想过没，那些殖场是怎么去木星的？”温迪试探着问。

“这个嘛，”乔摇摇头，“它们——长出发射树？火箭腿？等它们夏眠完了，你就完蛋了，要是它们就在你隔壁发射升空，会把周围一百公顷的土地给烤焦？”

“非常好。”温迪重重地说了一句。她双手捧起酒杯，咬着杯子的边缘，目光四下扫视，仿佛是在寻找警察窃听蚊蚋。“我们出去散个步？”

温迪停在吧台，让欧乐·布兰达把杯续满，然后领着乔从斯派菲·布尔克——穿着俗气的绿色威灵顿长筒靴和巴伯衬衫——和她最新的同性伴侣身边走过，拐到酒吧后面。他们走进一个昔日的汽车公园，现在已破败成了一片荒地。四周一片黑暗，没有居住地的灯光污染，头顶的银河熠熠生辉，豆子大小的轨道红云围绕着木星。过去几年，这红云正渐渐吞噬木星。“你连线了吗？”温迪问。

“没有，怎么了？”

她拿出一个拳头大小的盒子，按了下侧面的一个按钮，等待着，直到盒子边上的一点灯光闪啊闪，变成绿色。她点点头。“见鬼的警察窃听器。”

“这个不就是那个……”

“别问我问题，我什么都不会说的。”温迪咧嘴一笑。

“啊哈。”乔深吸一口气。他怀疑温迪有一些见不得人的勾当，而这东西—— 一个便携式本地网络干扰机——正是证据：两到三米之内的警察窃听器都会变成瞎子聋子，再也不能把他们的对话传输给嗅探关键词的潜意识警察了——潜意识警察的工作是预防颠覆阴谋，在发生之前就扼杀阴谋行动。这是网络时代的遗留物，当时热情高涨的立法者无意间彻底取缔了公众言论自由的权利，他们通过了一项法案，强制在网络终端覆盖的范围内实施关键词嗅探和监视，他们没有意识到，再过几十年，所谓的'网络终端'会进化成一种自我复制机器人，跳蚤般大小，像灰尘一样到处撒播。（网络本身很快就崩溃了，被病毒般自我复制的诽谤性诉讼搞垮了，但监视公众的遗产却保留了下来。）

"好吧，跟我讲讲新城，新——"

"新陈代谢，"温迪向酒吧后面的空地走去，"还有发射树。发射树听着像科幻小说里的东西，对吧？有个叫尼文的家伙——算了，不说了。[①] 要是你砍倒一棵普通的松树，树芯的木质管会硬化枯死。发射树要高级得多，它会在细胞枯死之前，把细胞壁的膜质硝化。把一整段该死树干的木质管全部硝化，这得花费非常多的能量，比一棵树长成所需的能量还要多得多。总之，当树枯死的时候，整个树干含有 90% 的硝化细胞，加上 10% 内置的硬化剂、隔板和细微结构。它不是轰的一下爆炸——它一个细胞一个细胞地点火，其中一些木质管——这么说吧，殖场长出了定制的真菌菌丝，菌丝上有一层去极化的膜，膜的基因取自人类神经轴突，由这样的菌丝来触发反应。它大概像老式的阿丽亚娜和阿特拉斯火箭一样高效。稍微有点粗糙，但够用了。"

"呃，"乔眨了眨眼睛，"这跟我有什么关系吗？"

"噢，上点心，乔。"温迪摇了摇头，"要是没关系，我何必叨扰你的耳朵？"

"好吧。"他郑重其事地点点头，"我该怎么办？"

"这个嘛……"温迪停了下来，抬头盯着天空，点点细微的闪光形成了一条模糊的光带，一列深绿色车队正在等待轨道传输时机。自给

---

①"发射树"的概念来自拉里 · 尼文的科幻小说《帕佛的世界》(*World of Ptavvs*)。

——本书注释均为译注

自足的后人类拉马克主义殖民者，适应了太空环境，踏上了漫长的路途，向木星迁徙。

“你倒是说呀。”他满怀期望地等待着。

“你一定在纳闷我的肥料是打哪儿来的。”温迪突然来了一句。

“肥料？”他的脑子里一片空白。

“硝化物。”

他低下头，看到她正冲自己咧嘴笑。干扰机溢出的绿色微光照在她完美的第五套牙齿上，反射着妖异的光。

“这样，整个过程就说得通了。”她加了一句，然后关掉了干扰机。

* * *

午夜过后，乔终于跌跌撞撞回到了家中。一道轻烟从鲍伯的窝里升起来，乔在厨房门口停下，焦急地嗅了嗅，放心了。他放开门把手，向狗窝走去，在窝门口坐了下来。鲍伯很在乎它的窝——即使是自己人，没有邀请也不能入内。乔耐心地等着。

过了一会儿，里面传来一声试探性的咳嗽，一个黑色的尖鼻子探了出来，鼻孔还在往外喷烟，像一条狐疑的龙。“呜呜呜？”

“是我。”

“嗷，”咔嗒一声，“吸吸好烟，咳咳咳嗽，怪舒服，汪汪？”

“好啊，不介意的话，让我也来一口。”

鼻子缩回了窝里，过了一会儿又冒了出来，牙齿间咬着一节管子，管子末端套了一个吸嘴。乔接过管子，擦了擦吸嘴，靠在窝壁上吸了一口。烟草很有劲，也很醇和；有那么几秒钟，在他脑海中翻来覆去了好久的那段对话，终于消停下来。

“哇噢，这可真提神。”

“汪汪汪没错。”

乔感觉自己放松了下来。玛蒂应该在楼上，躺在他们的旧床上轻轻打鼾，也许正等着他。但有时候一个男人得和他的狗单独待会儿，干点儿男人和狗该干的事儿。玛蒂理解这一点，她给了他足够的空间。尽管如此……

“那个殖场在水塘边转悠？”

“汪汪大叫，快滚快滚！该死的。”

“要是它敢动咱们的羊羔……”

“呜呜呜没有。浑蛋殖场。”

“那是怎么了？”

“呜呜呜，玛蒂汪汪殖场说话！该死的。”

“玛蒂和它说过话？”

“呜呜，对对！”

“噢，糟了。你记不记得玛蒂上次做备份是什么时候？”

狗咳出芳香的蓝色烟雾。“水箱噗噜噗噜满了，奶牛哞哞，牛肉克隆。”

“对，我想也是。明天最好清理完，以防万一。”

“呜呜呜嗷。”

乔在纳闷，狗这是在表示同意，还是在打嗝？一只细长的爪子从窝口伸了出来，把水烟管拉了回去。接着里面传来一阵咕噜咕噜的水泡声，飘出一股芬芳的蓝烟，乔不禁有些反胃。他进了屋。

* * *

第二天早晨吃早饭时，玛蒂比往常更安静了，甚至有点心事重重。

“鲍伯说你和那个殖场说话了。”乔吃着鸡蛋，来了一句。

“鲍伯……”玛蒂的表情很难琢磨，“该死的狗。”她揭起微波加热平板的盖板，瞥了一眼下面煎得发焦的吐司面包。“它话可真多。”

“你说了吗？”

“没错。”她把土司翻了个面，又把盖板盖上了。

“说了很多？”

“它是个殖场。”她看向窗外，“对这个世界不感兴趣，只想等有利发射的时机到了，就出发去木星。”

“它……”

“他，她，他们。”玛蒂重重坐在另一张椅子上，“它是个聚合体，曾经是六个人。有老有少，总之他们决定去木星。其中一个把事情经过告诉了我。她原本在布莱德福德当会计，后来精神崩溃，想要离开，追求自我完整。”这一会儿，玛蒂的表情黯淡了下来，“她感觉自己变老了，却没有长大，但愿你听明白了。”

“变成畸形生化人，难道就算进步了？”乔咕哝了一句，叉起最后一块炒鸡蛋。

“他们仍然是不同的人，只是身体纠缠在了一起。想想好的方面：不会变老，可以到处溜达，在哪儿都能存活，不必孤独一人，不必被困在——”玛蒂闻了闻，“糟了，面包起火了！”

烟从盖板下溢出来，玛蒂拎起烤面包架丢进水池里，等着被水浸软的黑色焦块浮上来。她得清理面包架，重新装入新鲜的面包。

“真糟糕。”她说了一句。

“你感觉被束缚了？”乔问。又抑郁了？他暗想。

“不是你的错，亲爱的，这就是生活。”

“生活。”

“生活！”

“地平线压迫过来了，”她平静地说，“我得换一下视野。”

“唉，好吧，我得去清理冬天的牲口棚了。”乔说。他转身时，犹豫地冲她咧嘴一笑。“有一大批肥料要运进来呢。”

* * *

乔一边干着日常的活计——挤牛奶，喂羊，清理冬天的牲口棚，开动电子脉冲，把散布在农场里的每一个警察窃听器都扼杀掉；一边在家庭组装厂装配他的玩具，这花费了乔好几天。组装设备嘀嘀嗒嗒、呜呜呼呼闹腾个不停，像一台狂躁的编织机，装配上了他订购的一系列玩意儿——一把改装过的农作物喷雾器、双层箱壁的水箱和水管、一把空气枪、一枚飞镖、混合了筒箭毒碱和埃托啡的强力药剂，还有一个自带氧气供给的呼吸面具。

玛蒂白天有时会在控制室附近转悠一会儿，但经常不见人影，天黑了才筋疲力尽地回到主屋，一回来就倒在床上。但她没做噩梦，这倒是个好迹象。乔憋住了没问她话。

又过了五天，家庭小发电场才攒够电力，能发动他的杀戮武器了。

这段时间，乔用巧妙的手段偷偷摸摸切断了屋子的网络。松鼠不断磨牙，总算咬断了那根老网线，反铲挖土机上那台长年暴露在外的交流发电机终于出了故障：这一切皆是巧合，导致了无线网络的瘫痪。

他本以为玛蒂会抱怨，可她什么都没说，而是花了更多的时间跑去外切斯维克，跑去下小猪庄，整日不见踪影。

终于，水箱装满了。乔束起腰，穿上战甲，拿起武器，去向水塘边的龙挑战。

水塘周围的树林曾经被一道木篱笆围起。当时林中矗立着一大丛迷人的老树：榆树、橡树、山毛榉，一直长到高处。树根边是一片低矮的灌木丛，绿裙子一般，一直延伸到几乎静止的水边。雨季里，杨柳垂泪，会有一条小水流汇入水塘。孩子们来这儿玩耍，假装是在野外探险，父母亲们正在监控摄像头后面看护着他们。

那都是很久之前的事了。今天，这片树林已退化成了荒林。没有孩子，没有来此野餐的城里人，没有汽车出没。夏日干旱季节，獾、河狸鼠和胆小的沙袋鼠在这片焦旱的英国郊区出没。水位下降，水塘边显露出一圈龟裂的干泥。干泥里像是栽种着遗弃的铁罐，还有一辆前寒武纪化石般的超市手推车，手推车的GPS追踪器早已报废。科技时代的零碎遗骨阴森森地立在一团远古泥巴的表面。在这个泥泞池塘的周围，发射树生长了起来。

乔打开干扰器，走进那一丛长矛般直竖的针叶树林中。一簇簇针叶黝黑粗糙、边缘模糊，叶梢分叉呈分形结构。为了更好地吸收可见光，树干底部密集的根系蜷绕铺展成一层网络，周围环绕着黑草般的根须。乔的耳朵里回响着自己吵闹的呼吸声,汗水都排进了气密外套里。他把一股无色的冒着烟的液体喷洒在每一棵发射树的根部。液体咝咝作响，一接触树根就蒸发了，而树根一接触液体，就苍枯泛白了。乔小心地避开液体，那玩意儿让他不安。发射树也让他很不安，但液氮是他能想到的唯一解决方案——杀死发射树，又不点燃它。毕竟，发射树的树芯基本上就是火棉，撞击或用锯子割都极易走火爆炸。那棵树发出不祥的咯咯声，向旁边倾倒，他绕到树干的另一面，往剩余的根须上喷洒。刚一转身，迎头撞见了那个发狂的殖场。

“我尘世欢乐的神圣花园！我想象中的未来森林！我的欢乐、我的树林、我的树林！”殖场的眼柄弹出，弯曲下来，许多只惊恐的眼睛冲着他眨巴，六七条腿撑起身体，一簇手臂冲他挥舞，“摧毁树苗的人、强奸大地母亲的人！掐死兔子的活体解剖者！”

“退后。”乔说着放下低温喷射器，伸手去摸空气枪。

殖场轰隆一声在他面前蹲伏下来，从身体两边伸出眼睛怒视着他。那些眼睛眨个不停，黑色的长睫毛掠过愤怒的蓝色虹膜。“你怎么敢这么做？”殖场质问道，“那是我珍贵的树苗！”

“闭上嘴，”乔咕哝一句，把枪扛到肩上，“火箭发射的时候准会把我的地给烧掉，你以为我会让你乱来？”看到一个触手从殖场背上探出来，他又加了一句：“滚远点儿。”

“我的收成！”它哀悼着，“我的流放！我还要在这个可悲的重力井里困上六年，围着太阳转，直等到另一个发射时机！没有头脑献给圣婴耶稣了！是你延误了发射！要不是你砸场，我们该有多么快乐！谁指使你的？那个耗子夫人？”它开始积聚力量，脚簇的皮质覆盖物下肌肉鼓动个不停。

乔开了枪。

筒箭毒碱是一种肌肉松弛剂，能瘫痪骨骼肌肉群，而人类的神经系统通过骨骼肌肉群才能施加意识控制。埃托啡是一种强劲到疯狂的鸦片酊剂——比海洛因强劲一百二十倍。

殖场拥有能适应外星环境的新陈代谢系统和意识控制蛋白组，只要给点时间，它也许能发展出某种机制来抵御埃托啡——但乔在飞镖上喂的剂量足够麻醉一头蓝鲸，他可不会给殖场任何喘息之机。

殖场浑身一颤，单膝跪地。乔逼上前，手里拿着一个西雷特皮下注射器。

“为什么？”它问道，声音如此哀怨，刹那间乔真希望自己刚才没有扣下扳机。“我们本来可以一起走！”

“一起走？”他问道。殖场的眼柄已经下垂了，巨大的肺呼哧呼哧响个不停，竭力作声回答。

“我正打算问你呢，”殖场说着，一半的腿都垮了下来，轰的一声巨响，仿佛一场轻微地震。“噢，乔，只要……”

“玛蒂？”他问道，镇静枪从手指间无力地滑落下来。

殖场前面出现了一张嘴，似曾相识的嘴唇里吐露着含糊的词语：火星、承诺。乔一脸苍白，从殖场身旁退开，退到第一棵死树旁，他把液氮箱扔在地上。突然，他一个激灵，转身就跑，跑向屋子，眼睛被汗水和泪水模糊了。但他太慢了，当他抱着叮当作响的药箱跑回来，跪在殖场身旁时，它已经死了。

“浑蛋。”乔说着站起身，摇了摇头，“浑蛋。”他按住对讲机上的通话键，“鲍伯，快来，鲍伯！”

“啥事儿汪？”

“妈妈又崩溃了。水箱搞干净了吗，我说？”

“干净！”

“好的。在办公室的保险箱里有她的备份。先帮她把水箱加热，再把拖拉机开到这儿来，把这堆东西铲走。”

* * *

这个秋天，阿米塔奇尽头农庄北面的水塘边，野草长得格外茂盛葱郁。

阿古 译

赌徒

保罗·巴奇加卢皮

保罗·巴奇加卢皮生于并现居科罗拉多州，1999年发表第一篇科幻作品。他在十年之间成长为一位非常重要的科幻作者。他2009年的长篇小说《发条女孩》一揽雨果奖、星云奖和约翰·坎贝尔纪念奖，还被《时代周刊》评选为年度十佳图书之一。2010年的青少年科幻小说《拆船工》则入围美国国家图书奖终选名单。他的大部分作品设定于近未来和中期未来，社会面临剧烈气候变化，西方国家的领导地位几近终结。

2008年发表的《赌徒》以可信的反托邦视角畅想了新闻业的未来演变，并对这种未来不再需要的思考和写作方式做了动人描绘。

我父亲是个赌徒，相信业报和运气那一套。他从汽车车牌上搜寻幸运数字，用来在彩票和斗鸡中下注。回想起来，我觉得他身材可能并不算魁梧，但他带我去看泰拳比赛时，我却觉得他很高大。他赌赢了之后开怀大笑，和哥们儿一起喝老挝白酒，他们看起来都很魁梧。在万象的溽暑中，他就像是幸运幽灵，游走于夜色下如镜面般闪亮的街道。

对父亲来说，一切都可以赌：轮盘、二十一点、水稻新变种、雨季开始时间。篡位君王坎辛宣布成立新老挝王国时，父亲赌老百姓会反抗。他赌亨利·大卫·梭罗先生的教诲，赌路灯柱子上的小道消息传单。他赌红袍僧侣参加抗议游行，也赌手握油亮的AK-47、头戴锃亮钢盔的士兵心中还藏有一点人性。

我父亲是赌徒，但我母亲不是。他给编辑写的信招引来了秘密警察，她却在密谋逃跑。旧的老挝民主共和国不复存在，新的老挝王国热闹极了，大街上都是坦克，街角有人力车在燃烧。塔銮寺闪闪发光的金色佛塔被炸毁了，在和善的山口太太的关照下，我乘着联合国的疏散直升机逃离。

直升机的门敞着，我们看到城市上空升起烟柱，就像是盘卷的蛇。我们跨越如褐色缎带的湄公河，友谊桥上全是燃烧的汽车，就像是缀满珠宝的腰带。我记得水里漂着一辆奔驰，尽管四周都是水，它却像水灯节的纸船一样仍在燃烧。

随后这片“拥有一百万头大象”的土地化为一片寂静，灯光、网络电话和电子邮件都消失在虚空之中。道路被设了屏障。通信阻断。我的祖国曾经屹立之地变成了一个黑洞。

洛杉矶是个各国文化高度密集混合的大熔炉。有时，我在夜里会被它车水马龙的街道惊醒。我便站在窗前，俯瞰一整条马路的红灯，这种地方晚上独自行走并不安全，可大家都会遵守信号灯。我俯视着喧闹傲慢、颜色各异的美国人，想起了我的父母：我那操心的父亲不愿让我生活在篡位君主自立的新王朝，母亲则不愿让我死在那里。我靠着窗子，心中充满解脱和失落，哭了起来。

我每周都去寺里为他们祈祷、烧香，向佛、法、僧三宝三叩头，祈祷他们来世得福，然后我又踏入美国的声光活力之中。

* * *

同事们的面孔被电脑和平板映得一片死灰苍白。新闻编辑室里充满大家敲击键盘的声音，他们将新闻内容在工作链中传递下来，伴随着最后一声键盘响，点击一下“发布”按钮，消息便丢进了网络。

他们的成果在信息洪流中闪耀，贴着地理位置、关键词和社交数据的标签。各种颜色代表不同的媒体巨头：蓝底衬米老鼠耳朵是迪士尼－贝塔斯曼公司，一串红边彩色字母O是谷歌公司的美国在线新闻，福克斯新闻集团是灰白条纹。绿色则是我们——里程碑传媒公司。我们是日本NTT都科摩电信、韩国游戏财团现代－库布和纽约时报公司的残余部分的合并产物。还有其他几颗小星星，比如靠彩色蜡笔起家的绘儿乐，也挺耀眼。但我们是最重要的，我们就是这个光与色的世界的王者。

屏幕上不断涌现新内容，我们都沐浴在谷歌新闻的红光中，是他们的科技灵通新闻频道的一篇文章。他们抢在了我们前头。这篇报道说，额叶公司会在圣诞前推出新型耳塞设备：存储量有几个T，通过Pin－Line连接到奥克利户外装备品牌的智能眼镜。这玩意用的是最新技术，可通过Pin－Line扫描虹膜实现个人数据控制。分析者预言，等奥克利提供了全部功能，从手机到数码相机的一应设备就都该被淘汰了。访客涌向谷歌，浏览虹膜扫描眼镜盗来的图片。这篇报道变得更亮了，它涌向洪流旋涡的中心。

我们的总编珍妮丝·蒙布图站在她的办公室门口，皱着眉头审视着。洪流的红光笼罩着整个新闻编辑室，如乌云压顶般提醒着我们：谷歌目前占了上风，抢走了流量。玻璃墙后是鲍勃和凯西，他俩是我们自己的科技产品频道“燃线”的头儿。两人正对手下的记者大吼，叫他们再加把劲儿。鲍勃的脸红得快要赶上新闻洪流了。

洪流的真实名称是“实时追踪四代”。如果你下到五层，偷窥一下服务器机架，便会看到它们的芯片上用闪着金属光泽的橙色印着一个来复枪瞄准镜的标志和魔镜－知识就是力量这几个字，也就是说，尽管租给我们机器的是彭博新闻，但分析网络流量的专利算法是谷歌－尼尔森的——这意味着我们竟然付钱给对手，让他们告诉我们，我们自己的内容究竟表现如何。

“实时追踪四代”能够追踪媒体用户数据，比如网站、新闻订阅、视频点播、音频流、网络电视——用的是谷歌自己的网络数据收集软件，由尼尔森安装在各种个人数据设备中的硬件提供辅助，从电视到平板电脑，从耳机到手机，甚至车载收音机。如果说洪流始终把握媒体脉搏，那可是低估它了，就好比说雨季略微有点潮湿一样。洪流就是脉搏，就是血压，就是混合血氧含量，就是红细胞和白细胞，就是T细胞和血液酒精浓度，就是艾滋和庚型肝炎筛查……它就是现实。

洪流向我们显示出我们自己的内容表现如何，并把它与前一百位的用户－流量相关事件进行实时比较。我自己的一篇最新报道正在洪流里，在屏幕边缘附近闪着光。这篇写的是政府无能：由于加州联邦生物保护局管理不当，本来已收集到的已经灭绝的格纹蝶DNA又被销毁了。这种蝴蝶和其他六十二种生物遭到不当储存，现在试管里只剩下一点尘埃。样品的的确确“随风而去”了。我的报道开头描述了联邦政府职员跪在价值二十亿美元的冷气地库里，用从洛杉矶警署借的罪案现场DNA提取设备，打算把有望在未来复活的一只蝴蝶的DNA吸出来。

与洪流中代表其他记者报道的耀眼日月相比，这个故事只是一粒不起眼的芝麻。它比不上额叶公司新设备的消息，比不上格斗真人秀节目的评论，也比不上暴饮暴食冠军赛的实况新闻。我的故事似乎只有我采访的那些生物学家在看。这并不出乎意料。当我报道地块划分申请获批中的贿赂丑闻时，只有郡县规划师关心。当我报道城市水回收技术方案舞弊时，也只有水利工程师会读。不过，就算没人在乎这些报道，我自己还是很感兴趣的。美国政府可以说是猛虎，我没能挑衅老挝新陛下坎辛这只小猫咪，现在招惹招惹老虎也算是某种程度的弥补了。这很蠢，就像堂·吉诃德一样不自量力。所以，我的薪水也是整个办公室最低的。

“嚯！”

一个个终端前的脑袋抬了起来，寻找着声音来源：是马蒂·麦克利。他正咧嘴大笑。

“你们现在可以……”他俯下身子，按下键盘上的一个按键，“感谢我了。”

一则新闻进入洪流，化作一颗小小的绿色光球，出现在“名流报告”“丑闻猴子”博客和马蒂自己的原创频道。在我们的注视下，这则新闻吸收着世界各地软件客户端的访问，向马蒂那数以百万的关注者通知他发布了一篇新文章。

我打开平板电脑，看了一下标签：

双飞·范贝，

农民嘻哈，

音乐新闻，

幸灾乐祸，

未成年人，

恋童癖……

马蒂的新文章称，俄国黑帮牛仔说唱歌手双飞·范贝被指控导致他面部雕塑师的十四岁女儿怀孕。我觉得这人唱得不如亚裔流行抒情歌手酷薇，可地球人有一半都是他的粉丝。读者开始被吸引过来，马蒂的文章也随之在洪流中闪烁着绿光生长。这颗新闻星星律动着、膨胀着，然后，就像有人突然往上浇了汽油似的，它爆炸了。双飞·范贝的消息被发上社交网站，开始获得更多转发推荐，吸引更多读者、更多链接、更多点击……和更多广告费。

马蒂取得了压倒性的胜利。他挥挥手，把大家的注意力都集中过来。

“还没完呢，伙计们。”他又按了一下键盘，又一篇文章：双飞家的实时监控……这位俄国农民巨星似乎正急着出门。私宅视频直播很让人出乎意料。大部分自由职业狗仔没那么多耐心守株待兔等猛料。看来马蒂大概在他家架设了自己独占的狗仔摄像头，就等着这一幕呢。

我们都看着双飞·范贝锁上了家门。马蒂说：“我觉得应该通知双飞他上实况转播了。”

“他要逃跑吗？”米凯拉·普拉问道。

马蒂耸耸肩：“看看就知道了。”

双飞似乎真要溜之大吉。他钻进自己的红色悍马。开动了。

马蒂面对着自己文章不断增长的绿光，微笑起来。这篇报道越长越大，马蒂的蹲点提供了完美后续。其他通讯社和博客也奋起直追。洪流中不断出现跟进帖子，卷起新的波涛，与此同时，各大新闻争先恐后搭上我们的顺风车。

“咱们有直升机吗？”珍妮丝问道。她从自己的玻璃办公室里出来看好戏了。

马蒂点点头。“我们正在让它就位。我刚买断了跟拍警方那头的鸟瞰视角，别人都得找咱们要视频许可。”

“你跟《法网恢恢》节目组说了内容共享了？”

“说了。他们正从节目预算里给直升机掏钱呢。”

马蒂又坐下来开始敲击键盘，一通机关枪扫射般地输入数据。技术区传来一片低语，辛迪·C 正打电话给我们的电信供应商，锁定大流量网络线路，好迎接即将到来的数据井喷。她知道一些我们不知道的东西，是马蒂交代给她的。她正在搭建镜像服务器群。马蒂似乎对周围的观众浑然不觉。他停止了打字，只是凝视着洪流，盯着他的新闻光球。他成了交响曲的指挥大师。

八卦网、新闻周刊和脉动网都奋起反击，竞争文章越来越多。我们的读者开始转移，想看看别家报道有没有新料。马蒂微笑起来，按下“发布”按钮，往大众热点的鲨鱼缸里再丢进一桶鲜肉：受害的十四岁少女的视频采访。她在屏幕上看起来年龄小得令人震惊，手里还抱着一只玩具熊。

“我发誓，玩具熊不是我安排的，”马蒂说，“她自己带来的。”

少女的指控和双飞潜逃被放在一起混播，简直就是同步循环指控：

“后来他……”

“然后我说……”

“他是我唯一一个……”

为了报道双飞开悍马车潜逃的消息，马蒂似乎还买了他几首神曲的使用权。视频素材已经像乒乓球一样传遍各大视频网站。越来越多新闻订阅和网站指向这篇文章，于是洪流把双飞·范贝移到中心地带。不仅访问量上涨，随着转发和社交评论量的增长，这篇报道的社交排名也不断攀升。

“股票怎么样了？”有人大声问道。

马蒂摇摇头：“我这儿的股市走势图给屏蔽了。”

这是因为每次他抛出一篇重磅文章，我们都会求他给我们看看形势如何。我们都转向珍妮丝。她翻了个白眼，但还是点了头。辛迪买完带宽之后便解锁了股市走势。洪流窗口让到一边，第二个窗口打开，满是各种柱状图和经济图表：我们的股价受到了这篇文章流量增长的影响——广告收入也增加了。

股市机器人有自己的洪流版本，它们注意到了访问者流量的变化。屏幕上不断滚动着买进卖出的决定，呼应着马蒂的头条文章。他不断给这则新闻增添新料，野兽不断长大。我们获得了更多订阅、更多转发，每个访问者都收到了我们广告商的信息，也就是说，我们的广告收入还在增加，其他媒体的还在减少。此时此刻，马蒂的文章已经红过了超级碗①。由于文章打了双飞·范贝的标签，因此有明确的目标受众：十三至二十四岁的青少年，喜欢购买新兴日用电子产品、新音乐专辑、潮牌服装、首发游戏、时髦发型、平板外壳和手机铃声——这个人群不仅庞大，而且价值连城。

---

①超级碗（Super Bowl）是NFL（National Football League，简称NFL）职业橄榄球大联盟的年度冠军赛。——编者注

我们的股票涨了一个点。停住了。又涨了一个点。我们现在看着四个不同的视频：双飞·范贝的狗仔视频、警方紧追不舍、直升机起飞，还有少女采访。她正在说："我真心喜欢他。我们之间有感觉，我们会结婚的。"与此同时，他的悍马和着他那首《牛仔老爷车》从圣莫妮卡大道呼啸而过。

八卦新闻又有一大批新的转发。我们的股价又涨了。已经过了每日红利线。点击率还在飞速增长。这篇报道综合了几个适当元素，马蒂把它们总结为三俗要素：性爱、愚蠢、倒霉蛋。股票又涨了。大家欢呼起来。马蒂鞠了个躬。我们都爱他。我能付得起房租有他一半功劳。他随便写篇小新闻都够我过活的了。我不知道他这次能挣多少。辛迪跟我说："绝对上七位数了，宝贝。"他的文章订阅者这么多，大概都能单干了，不过估计他也没资源弄架直升机来追踪逃往墨西哥的嫌疑犯。我们这是共生关系。他发挥自己所长，里程碑公司就把他当成明星捧着。

珍妮丝拍拍手："好了，各位。你们的奖金都有保证了。现在回去干活吧。"

大家一片哀号。辛迪把大屏幕从股票和奖金切回手头的工作：生成更多文章，点亮洪流，确保各大新闻平台始终闪耀着里程碑公司报道的绿光——从一加仑能跑一百英里的三菱陆地巡洋舰测评到如何为感恩节挑选完美火鸡。我们干着活，马蒂的报道照耀着我们。他丢出一篇篇周边小文章，更新，互动，鼓励广大观众再多访问一次。

马蒂这一整天的时间都得交待给他打造的这枚重磅炸弹，激发访问者再回来多点击一次。他会让他们互相调查，讨论他们想看双飞受到什么样的惩罚，询问大家是否真的会和十四岁少女谈恋爱。这宗报道的寿命会很长，马蒂会像一个自豪的父亲一样把它养大、哺育它，呵护它，帮它在新闻洪流这个艰辛世界里闯出自己的一片天。

我自己那篇报道的小绿点已经消失了。看来就连政府的生物学家也对双飞·范贝比较感兴趣。

* * *

我爸没有犯傻跑去赌革命的时候，就在国立老挝大学教农学。要是他在首都郊区的稻田里做农民，而不是被知识分子和各种观点包围，我们的生活大概会有所不同。但他的业报就是当老师，当学者。所以，尽管他让老挝水稻产量增长了30%，他也仍然充满赌徒式的异想天开：梭罗、甘地、马丁·路德·金、萨哈罗夫、曼德拉、昂山素季。他们都是真正的赌徒。他会说，如果南非白人能有点廉耻，篡位君主就能走上正道。他还说，梭罗抗议都那么彬彬有礼，肯定是个老挝人。

在我父亲的描述里，梭罗是个森林僧侣，躲进丛林寻求彻悟。住在马萨诸塞州的榕树下、藤蔓中，对痛苦的本质苦思冥想。我父亲认为，他肯定是某个罗汉转世。他经常说起梭罗，在我的想象中，这个鬼佬也和我父亲一样身材魁梧。

在政变和反政变之后，在东亚某国支持坎辛叛乱之后，我父亲的朋友们会在天黑后来访。他们常常谈起梭罗先生。我父亲会和他的朋友们、学生们坐在一起喝老挝黑咖啡、抽烟，然后他就会写下措辞谨慎的控诉书来抨击政府，再由学生们复制，留在公共场所，发到贫民窟，夜半时分贴在墙上。

他在游击控诉书中质问他的朋友们都到哪儿去了，他们为什么丢下家人。他会质问为什么僧侣在皇宫前绝食抗议会遭东亚某国军人殴打。有时，他喝醉了，这些小赌满足不了他冒险的天性了，他就会给报社寄时评。

没有一篇时评见报，可他似乎着了魔，总觉得报纸可能会有所转变，觉得他作为老挝农业之父的声望可能会动摇某个想不开的编辑，从而发表他的控诉书。

结果呢，我妈给一位便衣警官端来咖啡，还有两个警察在门外守着。警官很有礼貌，他给我父亲递上一根三五牌香烟，还给他点上。这牌子当时几乎已经从市面绝迹，很是紧俏。随后，他轻轻推开茶杯和杯碟，腾出地方，把传单摊在茶几上。它皱巴巴的，沾满泥巴，上面全是控诉坎辛的话。毫无疑问，出自我爸之手。

父亲和警察两人只是坐着抽烟，静静瞧着那张传单。

最后警官问："您能停手吗？"

父亲吸了一口烟，一面看着桌上的传单，一面慢慢吐出烟雾。警官说："对于您为老挝王国所做的贡献，我们都充满敬意。要不是您在农村的工作，我自己家里的人也得饿死。"他向前倾了倾身子。"如果您答应不再写这种传单和控诉书，这一切就算两清。全都一笔勾销。"

我父亲还是一言未发。烟抽完了，他捻灭烟蒂。"这种保证很难做啊。"他说。

警官很吃惊。"您有朋友替您说情来着。您再考虑考虑吧，看在他们的面上。"

我父亲微微耸了耸肩。警官摊开皱巴巴的传单，把它抚平一些，又读了一遍。"这些传单没有任何用处。"他说，"坎辛的统治不会因为您印了几张控诉书就倒台。大部分传单在人读到之前就已经被撕掉了。它们什么用也没有，根本没有意义。"他几乎要哀求起来。他抬起头，看到我盯着门。"停手吧。就算不看在您朋友的分上，至少看在您家人的分上。"

我很想说我父亲慷慨陈词，说了关于反对暴政的高尚的话，或许引用了他的某个偶像——昂山素季或萨哈罗夫，或者梭罗和他彬彬有礼的抗议。但他什么也没说。他只是双手放在膝头坐着，低头看着破破烂烂的传单。现在回想起来，他当时大概很害怕。以前他总是很轻松就能发表长篇大论，但那时他只是一直重复着："这很难啊。"

警官等待着。最后他看出我父亲再没有其他话可讲，便放下咖啡杯，招手叫手下进来。他们都彬彬有礼。我记得他们带我爸走的时候，警官甚至跟我妈道歉来着。

* * *

双飞·范贝大奖开奖第三天，马蒂打造的绿色太阳明媚地照耀着我们所有人，将我们笼罩在它宁静而富足的光芒中。我戴着额叶公司出品的耳机，与世隔绝，专心撰写我的最新报道。用第三语言写作总是有点困难，但我最喜欢的同胞歌手酷薇正在我的耳边低唱“爱情是只小鸟”，工作进展很顺利。有酷薇用我童年的语言对我唱歌，我觉得很放松。

有人拍了拍我的肩头，打断了我。我摘下耳塞转过头。珍妮丝站在我身后。“翁，我得跟你谈谈。”她做了个手势叫我跟她走。

我跟着她进了办公室。她关上门，走向书桌。“坐吧。”她在平板电脑上敲击了几下，浏览数据。“你工作怎么样？”

“很顺利。谢谢。”我不确定她是否还想让我说点别的，不过她大概会告诉我的。美国人说话不太拐弯抹角。

“你下一篇打算写什么？”她问道。

我微笑起来。我很喜欢这个故事，它让我想到我父亲。随着酷薇那给人带来慰藉的歌喉，我已经做完了绝大部分调研工作。因梭罗的日记而闻名的矢车菊今年开花期提前，导致无法授粉。我采访的科学家将这一现象归咎于全球变暖，现在这种花即将灭绝。我采访了生物学家和本地环保主义者，现在我打算前往瓦尔登湖对矢车菊进行一次朝圣之旅。大概不久之后它也会被送进联邦保护区实验室的瓶子里，技术人员穿着无尘服，手拿罪案现场 DNA 提取设备。

我描述完这则故事，珍妮丝看着我的样子就像我发疯了似的。我看得出，她的确觉得我疯了，因为她脸上的表情明白无误地表达了这个意思。而且她也这样说了。

“你他妈的疯了吧！”

美国人说话很直接。他们冲你大吼大叫的时候，保持脸面并不容易。有时候我觉得自己已经适应了美国。我从泰国拿奖学金到这里来已经五年了，但在这种时刻，我只能面带微笑，在他们丢脸地大声训斥我时尽量不畏缩。我父亲曾经被一个当官的用皮鞋抽耳光，他也并未表现出自己的怒火。但珍妮丝是美国人，而且她现在很生气。

“我绝对不会批准你这么出去烧钱！”

我尽量用微笑回敬她的怒气，随后想起美国人无法像老挝人一样理解微笑中蕴含的歉意。我不笑了，尽量让我的脸看起来……有点表情。大概是热切吧，至少我是这么希望的。

“这篇报道很重要。”我说，“生态系统无法正确适应气候变化，而是失去了……”我寻找着正确的词，“同步性。这些科学家认为这种花可以挽救，但必须进口土耳其的一种蜜蜂。他们认为这种蜜蜂可以替代本地蜜蜂的作用，而且不会对环境造成太多破坏。”

“花和土耳其蜜蜂。”

“对。这篇报道很重要。我们会让这花灭绝吗？还是尽量挽救这种著名的花，但要改变瓦尔登湖的环境？我觉得读者会对它很感兴趣。”

“比对这个还感兴趣？”她指向玻璃墙外的洪流，指向双飞·范贝报道那颗律动的绿色太阳——他现在已经躲进一家墨西哥旅馆，还劫了几个粉丝做人质。

“你知道我们获得了多少点击率吗？”她问道，“咱们这是独家报道。马蒂取得了双飞的信任，明天要进去采访，如果那时候墨西哥人还没派突击队闯进去的话。每过几分钟都会有人回到马蒂的博客来看他为采访准备得怎么样了。”

绿色光球不仅占据了洪流的屏幕，还挤走了一切其他东西。如果现在看看股市，不在我们集团麾下的小虾米肯定全都跌惨了。就连额叶与奥克利合作的新闻也被吞没了。连续三天完全主导洪流让我们大赚了一笔。现在马蒂正在给大家展示他要穿的防弹衣，以防墨西哥突击队在他和双飞讨论真爱的时候闯进去。他还对女孩的母亲做了独家专访，已经准备发布了。辛迪一直在编辑视频素材，跟我们抱怨了半天她觉得这事儿恶心透了——这位母亲显然是故意叫她女儿独自去双飞·范贝的豪宅参加午夜泳池派对的。

“或许有人厌倦了双飞的八卦，想看点别的呢？”我提出这么一种假设。

“那也别用鲜花的报道砸自己的脚，翁。就连普拉迪普的喜马拉雅烹饪之旅都比你在写的这玩意儿更能吸引读者。”

她似乎还想说点什么，但最终只是闭了嘴。她似乎在斟酌用词。太反常了，她一般说话是不过脑子的。

“翁，我对你印象很好。”她说。我让自己露出微笑，但她又继续说了下去。“我雇用你是因为我对你印象好。对于帮你解决居留问题，好让你留在这个国家，我没什么意见。你人很好，写文章也很好，但你文章的平均访问量还不到一千。”她低头看看平板，又抬起头来看着我。“你得提高平均访问量。几乎没有读者把你的文章页面设为首页。就算有人订阅你的文章频道，也是放在第三栏。”

“菠菜阅读。”我说。

“什么？”

“马蒂管这叫菠菜阅读。当人们觉得应该做点正确的事情时，就会点击我的文章，就像吃菠菜一样。要不就是看莎士比亚。”

我脸红了，突然有点不好意思。我并不是想暗示我的文章和莎翁一个档次。我想纠正自己的话，但已经很尴尬了。于是我只是闭上嘴，满脸通红地面对着她。

她看着我。“对。但这就是问题所在。我对你的行为表示尊重，你显然很聪明。”她浏览着平板电脑，“你那篇蝴蝶的文章其实很有意思。”

“真的？”我又让自己露出微笑。

“可是没人想看这种文章。”

我试图表示反对。“但你雇我来是为了写重要报道的。写政治、政府，延续传统报纸的做法。我记得你雇用我的时候是这么说的。”

“啊，对。”她移开视线，“我当时想的是精彩的丑闻。”

“蝴蝶那篇就是丑闻。这种蝴蝶现在灭绝了。”

她叹了口气。“那不算丑闻。那只是一篇让人难过的报道。谁也不愿意看让人难过的报道，顶多只看一次。也不会有人订阅读起来让人难过的新闻频道。”

“有一千个。”

“一千个。”她笑了，“咱们这儿不是老掉网络社区的博客，咱们这儿可是里程碑传媒公司，咱们可是在和他们拼点击率。”她指指外面的洪流，“你的文章寿命超不过半天，几乎没什么社交转发。”她摇摇头，“老天，我甚至不知道你的读者群都是什么人。老嬉皮士？联邦政府的官僚？订阅人数抵消不了你花在报道上的这么多时间。”

“你想让我写什么类型的报道？”

“我也不知道。随便什么都行，产品评论，新闻消息。只要别再写这种‘很遗憾告诉您这个坏消息’的玩意儿就行。要是读者对该死的蝴蝶无能为力，那就没有必要告诉他们这事。它只会让人看了难过，还会让你的读者数量下跌。”

“马蒂带来的读者数量还不够吗？”

她听到这话笑了。“你怎么说话跟我妈一样。听着，我不想裁掉你，但如果你不能把日平均访问量提到五万以上，我就别无他法了。咱们组的平均数远远落后于其他组，评估的时候会很难看。我跟科技产品和玩具组的阮还有瑜伽和心灵治疗组的佩恩都是对头。没人想看世界怎么被搞砸的报道，去给我找点大家想看的东西来。”

她又说了些话，我猜大概是为了让我获得灵感和积极性的话，后来我就站在门外了，又一次面对洪流。

事实上，我从来没写过大受欢迎的文章，我写不来流行文章。我很认真。我速度很慢，我的行动速度不像这些美国人那么快。我得找点大家想看的东西。我可以给马蒂的双飞 · 范贝系列写点后续，没准可以给他的主要文章写点外围报道，但不知怎么的，我觉得读者会知道我不是真心要写这种报道的。

马蒂看到我站在珍妮丝的办公室外，便走了过来。

“她又因为你的访问量刁难你了？”

“我写的文章不对路子。”

“是啊。你是个理想主义者。”

我们俩在那里站了一会儿，思考着理想主义。尽管他是个很典型的美国人，我还是很喜欢他，因为他对人心很敏感。就连双飞 · 范贝都信任马蒂，虽然正是马蒂害他登上所有新闻门户网站首页的。马蒂心肠很好，我们母语的说法是 ใจดี，我喜欢他，我觉得他很真诚。

“嘿，翁，”他说，“我很赞赏你的行为。”他把手搭在我肩头。有那么一会儿，我以为他要爱抚般地揉揉我的脑袋，我得强迫自己尽量不躲闪。但他敏感地察觉到了，便把手拿了下来。“咱俩都知道你不擅长写这些。咱们这是新闻行业，而你不适合它。”

“我必须有工作才能保住签证。”

“对。珍妮丝在这个问题上是个浑蛋。”他停了一下，“我得去墨西哥报道双飞·范贝的事儿。但我还有一篇在筹划的报道，是独家。我反正已经奖金到手了，你可以用这篇报道提高访问量。”

“我觉得自己写不了双飞·范贝的外围报道。”

他咧嘴一笑。“不是这个题材。其实我也不是随便给你的，这篇你写正合适。”

“关于政府渎职的？”

他大笑起来，但我觉得他其实不是在笑我。“不是。”他停了一下，露出一个微笑。“是关于酷薇的。去采访她。”

我突然停住了呼吸。我的同胞，就在美国。她也是大清洗时出来的。坦克出动时，她正在新加坡拍电影，所以没有被困。她当时在整个亚洲都已经很红了，因此，坎辛把我们的祖国变成一个黑洞之后，全世界都表示了关注。现在她在美国也很红。她非常美，而且她还记得我们的祖国陷入黑暗之前的样子。我的心脏怦怦跳了起来。

马蒂继续说道：“她同意接受我的独家采访。但你会说她的母语，我觉得她会同意换人的。”他停了一下，表情严肃起来，“我跟酷薇关系很好。她平常不随便接受别人采访。老挝情况恶化时，我给她写了很多文章，帮她做了大量正面公关。这已经是特殊待遇了，所以别搞砸了。”

我摇摇头。“不，不会的。”我双手合十，轻触额头表示感谢。“我不会搞砸的。”我又触了一次。

他大笑起来。“别搞这套礼节了。珍妮丝为了抬高股价，切你的蛋蛋这种事儿估计也干得出来，但真正上前线的可是咱们。咱们得团结起来，是不是？”

* * *

早上，我煮了一壶浓咖啡，加了炼乳。我又煮了米粉，加了豆芽、辣椒、醋，还热了一条从几个街区外的越南面包房买来的法式面包。我用音箱放着DJ阿道给酷薇的歌做的最新混音版，在厨房小桌前坐下，从压壶里倒出咖啡，打开我的平板电脑。

平板电脑真是一个神奇的发明。在老挝，纸仍旧是实在的、静态的纸，除了官方新闻别无他物。但在我们新建立的神圣王国，真正的新闻并非来自报纸或电视或手机或耳机。它并非来自网络或新闻频道订阅，除非你确信网吧里的左邻右舍不会偷窥，清楚身边坐的不是秘密警察，或者他们过来盘问谁用过那台电脑和外界交流时，老板不会出卖你。

真正的新闻来自低语的流言，可信度取决于你对传话人的信任程度。他们是家人吗？和你是旧友？他们告诉你这个消息能得到什么好处吗？我父亲和他的老同学们彼此信任。他还相信他的一些学生。我觉得这就是秘密警察最后来找他的原因。他信任的某个朋友或学生也许把消息传给了官道上的朋友。或许是因萨查先生，或者王宋，也有可能是其他人。现在已经不可能看穿那段黑暗的历史，猜出谁对哪一边讲了真话。

不管怎么说，我爸的命运就是被逮捕，所以究竟是谁告的密大概并不重要。但在那之前，在我父亲的消息传进官方的耳朵之前，老挝电视台或《万象时报》里是没有真话的。也就是说，抗议发生的时候，我爸因为棍管满脸是血走出家门的时候，我们从新闻上只能看到三千个学生为新国王唱着国歌。在我父亲卧床不起，因为疼痛满嘴呓语时，报纸上说老挝和东亚某国签署了一份橡胶合同，能让琅南塔省的收入翻三番，南屯大坝现在每年可向泰国收取电费二百二十五亿泰铢。但警棍上沾着血，僧侣正在死去，河中燃烧的奔驰车漂向柬埔寨，这些新闻里都只字未提。

真实新闻乘着流言的翅膀，在半夜悄悄潜入我们家，和我们一起坐下喝咖啡，又在打破寂静的鸡鸣响起之前溜走。正是在黑暗中，伴着一根燃烧的香烟，我们听到维拉冯失踪了，还有盛先生的妻子遭到警告性殴打。真实新闻太珍贵，不能公开讲。

在美国这里，我的页面闪烁着许多未读新闻，一个个视频窗口不停闪过，通过宽带朝我喷涌而来。这就是一片信息瀑布。我打开个人新闻主页，我的订阅根据我自己设定的优先级和标签分类排列起来，有《勐寮新闻》，老挝难民博客，还有几个好友的聊天记录，有的是我以前在泰国认识的，有的是我拿了人道救援奖学金在美国念大学时认识的。

我的第二页和第三页是综合新闻，有里程碑传媒、《曼谷邮报》、《金边快报》——都是编辑遴选的新闻。但等我自己筛完之后，就没什么时间浏览热情的新闻编辑给无名大众挑选的那些头条报道了。

不管怎么说，我都远比他们清楚我自己想看什么，而且我可以用自己的关键词和标签扫描功能挖掘出大媒体绝对不会想到要提供的报道和讨论。就算我无法看到黑洞内部，但我可以打擦边球，从它的外围猜测消息。

我会搜索的关键词有万象、老挝、老挝人、坎辛、某国－老挝友好、呵叻、金三角、赫蒙族独立、老挝人民民主共和国、我父亲的名字……只有我们这些经历过三月大清洗的老挝流亡者才会看这些博客。这就和我们生活在首都的时候差不多。这些博客就是我们以前彼此低语传递的流言。现在我们把这些低语发布在网上，加入的群体从秘密咖啡小组变成了邮件订阅名单，但其实是一样的。这就是我们的家人，我们所有流亡者仅剩的家人。

洪流上甚至没有老挝标签的痕迹。我们的标签只闪耀了短短一阵子，游击学生还在用手机继续上传视频，那些可怕的画面令人震惊。但随后电话线就断了，整个国家陷入黑洞，现在只剩下了我们这个在祖国之外活动的小小网络。

“大块博客”的一则标题吸引了我。我打开网站，平板上充斥着孩提时代熟悉的人力三轮车的彩色图片。我经常上这个网站，它是一种慰藉。

ID“老挝之友”发了个帖子，说有几个人游过了湄公河，进入泰国境内,可能是一家子。他不确定他们是作为难民被接受了还是被遣返了。

这篇帖子不是官方新闻报道，它也就是个新闻大纲。“宋帕小子”觉得是假消息，但“坎查”声称这个消息属实，他认识一个人，那人的妹妹嫁给了泰国部队一个驻扎在依善地区的边防兵。于是我们继续关注它，琢磨它。猜测这些人是从哪儿来的，猜测着，尽管概率微乎其微，但他们有可能是我们某个人的亲人：兄弟、姐妹、表亲、父亲……

一小时后,我关上了平板。再看下去就太蠢了,只会勾起更多回忆。担忧过去是愚蠢的。老挝人民民主共和国已经不复存在了，抱有这种希望只能带来痛苦。

* * *

诺富特旅馆前台的接待员知道我要来。一位员工拿着钥匙，带我上了一部私人电梯，把我们飞快地送入云霄。电梯门打开，通向一条小走廊，尽头是一扇厚重的红木大门。酒店员工退回电梯下去了，留下我一个人站在这个奇怪的气闸室里。我猜酷薇的保安正在监视我。

红木大门打开了，一个比我高四十厘米的黑人面带微笑，招手叫我进去，他的肌肉产生片片涟漪，就像游走的蛇。他带我穿过酷薇的庇护所。她把暖气开得很大，简直像是热带。到处都有喷泉涌动，整间公寓都充斥着叮咚的流水声。空气很潮湿，我解开领扣。我本以为会有冷气，结果却闷热难耐。感觉简直像回到了家。这时，她出现在我面前。我简直要说不出话来了。她非常美，而且不止于此。突然面对一个只存在于电影和音乐中、从未以真身出现在你面前的人，这种体验令人心生怯意。她并不像电影里那般光芒四射，但更生机勃勃，更有存在感，电影没有表现出她的这方面特质。我双手合十触额，向她行礼。

她大笑起来，拉过我的手，以美国人的方式握了握。“算你走运，马蒂很喜欢你。”她说，“我不喜欢接受采访。”

我差点说不出话。“是的。不过我只有几个问题。”

“噢，不用。不用这么腼腆。”她又笑了，而且并没有放开我的手，而是拉着我朝她的起居室走去。“马蒂跟我讲过你的事。你需要人帮忙提高访问量，他以前也帮过我一次。”

她令人生畏。她是我的同胞，但比我更适应这里，看起来很自在。她走路的姿势不同，微笑的方式不同。她就是个美国人，也许带有一些我们国家的风情，但却没有我们的根。这很明显。奇怪的是，这也令我失望。她在电影里仪态那么优雅，现在却两腿抻直，瘫坐在沙发上。她毫不在意。我为她感到尴尬，也庆幸自己还没架起摄像机。她把脚架到沙发上。我难以掩饰自己的震惊。她看到我的表情，微笑起来。

“你比我父母还糟。一副新移民的样子。”

“抱歉。”

她耸耸肩。“不用。我有半辈子生活在这里，我是在这里长大的。国家不同，规矩就不同。”

我很尴尬，试图用大笑来化解紧张。“我只要问几个采访的问题。”我说。

“问吧。”我支起摄像机三脚架，于是她起身坐直。

我开始了。“三月大清洗发生的时候，你在新加坡。”

她点点头。“对。我们当时在拍《虎与魅》，快杀青了。”

“大清洗发生的时候，你的第一反应是什么？你想回去吗？你当时感到吃惊吗？”

她皱起眉头。“关上摄像机。”

我关掉之后，她同情地看着我。“你这样可吸引不了读者。没人在乎那么久远的革命，就连我的粉丝也不在乎。”她突然站起来，呼唤绿色丛林公寓另一头的保安。“泰瑞尔？”

大个子黑人出现了，面带微笑，充满危险，站在我面前便带来压迫感。他很吓人。我小时看的电影里就有他这样的鬼佬。危险的大个子黑人，我们的主人公要打败他们。后来，我到美国之后发现他们不喜欢自己在我们电影里的形象。我看他们的越战片时也一样，老挝自由斗士都无比丑陋。一点也不真实，刻画得就像野兽。但泰瑞尔看我的时候我仍然无法抑制畏缩感。

酷薇说："我们要出去，泰瑞尔。你给几个狗仔放点口风。我们要给他们来场好戏。"

"我不明白。"我说。

"你不是想要点击率吗？"

"对，但——"

她微笑起来。"你需要的不是采访，而是八卦。"她打量着我，"还有一身好点的行头。"她朝保安点点头，"泰瑞尔，给他换身衣服。"

* * *

我们走出大厦，一片疯狂的闪光灯迎接着我们。到处都是狗仔队。跟踪摩托发动起来，泰瑞尔和其他三个手下带着我们穿过媒体，走向加长轿车，他以粗暴有力的方式推开一片相机，与帮我挑选古驰西装时的怜惜之情判若两人。

酷薇用得体的惊奇打量着人群和高喊的记者，但比起我的惊讶就差远了。我们上了车，飞快地远离大厦，后面跟着一群娱记。

酷薇在车载平板电脑前蹲下，输入密码。她穿着一条紧贴大腿的黑裙子，细细的带子搭在光滑的肩头，非常漂亮。我觉得自己仿佛身置电影之中。她输入更多内容。一块屏幕亮了起来，显示出我们这辆车的尾灯：是跟拍的狗仔视角。

"你知道我有三年没约会过了吗？"她问道。

"是的。我从你网站上的个人资料里看到了。"

她咧嘴一笑。"现在我似乎遇到了一个同胞。"

"但咱们不是在约会啊。"我表示反对。

"当然是了。"她又微笑起来，"在别人看来，我就是在和一个帅气神秘的老挝小伙儿秘密约会。看看咱们后面那些狗仔队，他们肯定在猜咱们要去哪儿，打算做什么。”她又输入一串密码，现在我们能看到后视视角，实时关注狗仔队的行动。她又咧嘴一笑。“我的粉丝想看看我的生活是什么样的。”

我几乎可以想象洪流现在的样子：马蒂的报道还在，但此刻有些别的网站亮了起来，最中心就是酷薇自己对这件八卦的视角，吸引着她的粉丝，他们会希望直接从她这里知道到底怎么回事。她拿起一面镜子，打量着自己，随后对着她的智能手机摄像头绽放微笑。

“嘿，各位。我好像被发现了。我想应该让你们知道，我正在和一个可爱的小伙子进行一场甜蜜约会。我会让你们大家知道进展如何的。我保证。”她把摄像头转向我。我白痴地看着镜头。她大笑起来。“打个招呼，说声再见，翁。”

“大家好，再见。”

她又笑了，朝镜头挥挥手。“我爱你们。希望大家像我一样，度过一个愉快的夜晚。”随后她关掉视频，输入密码，把视频发布到她的网站上。

这视频其实什么也不是。不是新闻报道，连独家消息都算不上。可她在平板上打开另一个窗口，显示出她自己的迷你版洪流，这时我看出，她的网站因为大量流量而闪闪发光。她的洪流版本没有我们里程碑公司的版本那么强大，但仍然能清楚地看到酷薇相关标签的数据。

“你的新闻订阅叫什么名字？”她问道，“看看有没有帮你增加流量。”

“你是说真的？”

“马蒂 · 麦克利帮我的忙比这个要大。我跟他说了我会帮你。”她笑起来，“再说了，我们也不想把你遣送回黑洞去嘛，对不对？”

“你知道黑洞？”我一下没反应过来，随后才大吃一惊。

她的微笑中似乎带有一丝忧伤。“你觉得就因为我会把脚跷到沙发上，我就不在乎家乡的亲人了？就不担心那边发生什么事了？”

“我——”

她摇摇头。“你真是新移民。”

“你上‘大块咖啡馆’吗——”我忍不住问道。实在太难以置信了。

她凑近些说道：“我的 id 是老挝之友。你的呢？”

“小沧。我还以为老挝之友是个男的——”

她只是大笑。

我也凑近一些。“那家人真的逃跑成功了？”

她点点头。“确定。泰国部队里有个将军是我的粉丝。他全都告诉我了。他们有个侦听站。有时还会派巡逻兵过境。”

我感觉像是回到了家乡。

* * *

我们去了一家很小的老挝餐馆，所有人都认识她，忙不迭地为她服务，狗仔队烦得不行的时候，老板就干脆不让他们进来。我们整晚挖掘着万象的回忆。我们发现我们俩都喜欢琅勃拉邦的凯空路上的那家米粉摊。她以前会坐在湄公河边，希望自己以打鱼为生。在国外哪里也吃不到好的青木瓜沙拉。和她聊天很愉快，她非常活泼。虽然她的美国习惯有些奇怪，但她心肠很好。我们时不时会给对方拍些照片，然后发到她的网站上，满足偷窥者的欲求。饭后我们再次坐上豪华轿车，狗仔又一次围了上来。出名的感觉很怪。到处都是闪光灯，人们朝你高喊各种问题。酷薇美貌、聪明，对祖国内部情况比我们任何人都了解。我对于自己能陪伴在她身边感到有些自豪。

回到车里，她叫我打开一瓶香槟，倒了两杯，她则打开洪流，研究我们这次约会的成绩。她重新设定了程序，加上了对我的新闻订阅排名的监控。

“你比昨天多了两万个读者。”她说。

我开心地笑起来。她继续念道：“有人已经给你做了面部扫描。”她举起酒杯。“你出名啦。”

我们碰了杯。在酒精和快乐的作用下，我脸红了。我会拿到珍妮丝要求的平均点击量的。就好像一位菩萨从天而降，帮我保住了工作。我在心里默默感谢马蒂慷慨安排这次采访。酷薇凑近屏幕，看着闪亮的信息。她打开另一个窗口，开始阅读。她皱起眉头。

“你写的都是些什么鬼玩意儿？”

我被惊讶敲醒。“大部分都是政府报道。”我耸耸肩，“有时也有关于环境的文章。”

“比如？”

“我目前在写一篇有关全球变暖和亨利 · 大卫 · 梭罗的文章。”

“这不是完事了吗？”

我很困惑。“什么完事了？”

豪车拐弯驶上好莱坞大道，把我们推到一起，狗仔摩托像鱼群一样在我们周围加速。他们在车子侧面对着我们一通猛拍照片。透过车窗防护膜看去，他们就像是萤火虫，比我的报道在洪流中的光点还要小。

“我的意思是，这种文章不是老生常谈了吗？”她啜了口香槟，“就连美国都开始减排了。大家在这个问题上已经达成一致了。”她敲敲座位扶手。“我这辆车虽然用的是混合引擎，但碳税也已经翻了三倍。大家在这个问题上已经达成一致了，我们要想办法解决它。还有什么可写的？”

她真是美国人。美国人的优点包括乐观，勇往直前，敢于创造自己的未来。缺点则是令人难以置信的无知，不愿意停止幼稚的行为。

“不，这事没完呢。”我说，“情况越来越糟，每天都在恶化。我们所做的改变似乎收效甚微。可能是太微不足道，也可能是为时已晚。总之情况还在恶化。”

她耸耸肩。“我看到的报道不是这么说的。”

我克制着自己的火气。“你看到的报道当然不这么说了。”我指指屏幕。“看看有多少人点击我的文章。大家都想看让人高兴的报道、搞笑的文章，不是我写的这种。所以大家都写你看的那种，狗屁不是的玩意儿。”

“可是——”

“不。”我用手比画了一个砍掉的动作，“我们新闻人都是高智商的猴子。要是你们愿意奉上关注和点击率，我们可以无条件听命于你们。我们就写好消息、你们可以利用的消息、可以消费的消息、三俗的消息。我们会告诉你们怎么提高性生活质量，怎么改善饮食，怎么变得更漂亮、更开心，或者怎么冥想——是啊，太有启发了。”我做了个鬼脸，“要是你想看散步冥想和‘双飞 · 翻倍’，我们就给你看。”

她笑了起来。

“有什么好笑的？”我不高兴了，“我没开玩笑！”

她摆摆手。“我知道，我知道，但你刚才说‘双飞 · 翻’——”她摇摇头，依然笑个不停。“算了，没事。”

我沉默下来。我还想说下去，告诉她我的挫败。但现在我对自己的失态感到尴尬。太丢脸了。我以前不是这样的，我以前可以控制自己的情绪，可现在我成了美国人，和珍妮丝一样幼稚、任性。酷薇还嘲笑了我。

我克制住自己的怒气。“我想回家了。”我说，“我不想再继续约会了。”

她微笑起来，伸出手搭在我的肩膀上。“别这样。”

我心里有个声音说这是犯傻，放弃这个机会也太愚蠢太欠考虑了。但我突然觉得，这次换取浏览量、点击率和广告收入的疯狂活动很肮脏。就好像我父亲和我们一起坐在车里，露出不赞成的表情。他仿佛在问我，他那些关于朋友失踪的控诉书是不是为了点击率。

“我想下车。”我听到自己这样说道，“我不想要你的点击率。”

“可——”

我抬起头直视着她。“我想下车。就现在。”

“在这儿？”她露出恼怒的表情，随后耸耸肩，“随便你。”

“对，就在这儿。谢谢。”

她叫司机靠边停车。我们安静而别扭地坐着。

“我会把西装还你的。”我说。

她露出一个悲伤的微笑。“没关系。送给你。”

这让我感觉更糟了，拒绝她的好意变得更加屈辱，但我还是下了车。四周全是咔咔响个不停的相机。这就是我作为名人的一刻钟，在这几秒，酷薇的所有粉丝关注着我，他们的闪光灯此起彼伏。

狗仔队朝我大喊着各种问题，我往家走去。

* * *

一刻钟之后，的确只剩下我一个人了。我考虑叫辆出租车，但随后又改了主意，决定还是再多感受一会儿夜色。我想步行穿过这个从来没人步行的城市。我在一个街角买了个奶酪肉馅玉米饼，又买了张墨西哥彩票，因为我喜欢彩票上印的亡灵节的激光图案，感觉它呼应了佛祖有关生死无常的教诲。

我买了三张彩票，有一张中了：奖金一百美元，我在任何一个墨西哥电信的小铺都可以兑奖。我觉得这是吉兆。虽然在工作上已经倒霉透顶，但我仍然觉得自己很幸运。仿佛父亲正和我一起穿过这夜半凉爽的洛杉矶街道，我们又见面了，我手里拿着一个玉米饼，还有一张中了奖的彩票，他拿着一根老挝的红 A 香烟，露出赌徒的安静微笑。不知为什么，我觉得他仿佛在保佑我。

于是，我没有回家，而是回到新闻编辑室。

我到的时候，我的点击率已经涨上去了。就算这会儿是半夜，也有一小群薇粉在读格纹蝶和美国政府无能的报道。在我的祖国，这种报道根本不会存在，审查就会毙掉这类文章。但在这里，它闪着绿光，随着人们的点击变幻大小。它孤独地闪耀着，周围都是比它大得多的光球，比如英特尔发布新处理器、低脂饮食指南、搞笑猫咪图片、南极真人秀视频。五彩斑斓的光芒美不胜收。

双飞 · 范贝报道的那轮绿色太阳在洪流中心闪闪发光，突然又变大了。范贝正在采取什么行动。也许是自首，也许是谋杀人质，也许他的粉丝自发组成人墙保护他去了。随着读者注意力的转移，我的文章湮灭了。

我又看了一会儿洪流，然后回到我自己的位置上，打了个电话。一个满脸皱纹的大胡子男人接了电话，揉着睡肿的脸。我为这么晚打电话道歉，然后用各种问题轰炸他，同时录下这段采访。

他长得傻乎乎的，眼神狂野。他的一生过得就像梭罗一样，对这位森林僧侣进行了深入思考，跟随着他的谨慎脚步穿过仅剩的森林，在桦树、枫树和矢车菊之间漫步。他是个愚人，但也是个热忱的愚人。

“我一朵也没发现。”他告诉我，“在这个季节，梭罗发现过数以千计的矢车菊。那时候数量太多了，他根本不用费劲去找。”

他说：“我很高兴你打来电话。我很想发新闻通稿，可……”他耸耸肩：“真高兴你愿意报道这件事。否则就是我们说客在自己的小圈子里自娱自乐了。”

我微笑起来，点点头，注意到他很真诚，这个狂野的怪人就是大家都不会在意的那种人。他的形象不适合录视频，他说的话不适合写文章。他没有一句话能一针见血。他的观点全都潜伏在博物学和生物学的行话之间。随着时间推移，我会找到另外一个采访对象，上镜一点的，或者讲话有条理一点的，但现在我只有这个邋遢而愚蠢的大胡子老头，执着于一种不复存在的花。

我一整夜都在润色文章。早上八点同事纷纷进门的时候，我已经差不多写完了。我还没来得及跟珍妮丝说，她就来找我了。她摸摸我的衣服，咧嘴一笑：“西装不错嘛。”她拉过一把椅子在我旁边坐下。“我们都看见你跟酷薇在一起了。你的点击率有大幅上升。”她冲我的屏幕点点头，“把昨晚的事写下来了？”

“没有。那是私人谈话。”

“可大家都想知道你为什么下车。《金融时报》的人给我打电话来，想拿独家报道然后平分点击量，如果你愿意接受采访的话。你甚至都不用自己写。”

这个点子很诱人。不费吹灰之力就能拿到大量浏览量，也就意味着广告红利。但我还是摇摇头。“我们没讲什么值得别人知道的重要话题。”

珍妮丝看着我，仿佛我疯了。“你可没什么资格讨价还价，翁。你们俩之间肯定发生了点事。大家都想知道到底是什么。快告诉我们你们的约会到底怎么样。”

“那不是约会。是采访。”

“那就把这篇该死的采访发出来，让你的平均点击率涨上去！”

“不。要发也是酷薇发，如果她想的话。我写了别的东西。”

我给珍妮丝看我的屏幕。她身子前倾，读着读着脸便绷了起来。她第一次以冷冰冰的方式发脾气，而不是我预期的大吼大叫和满腔怒火。“矢车菊。”她看着我，“你需要点击量，可你却给他们看矢车菊和瓦尔登湖。”

“我想发布这篇报道。”

“不行！老天，绝对不行！这跟你那篇蝴蝶报道没什么两样，还有那篇公路合同，还有议会预算。根本不会有人点击，根本没有意义。没有一个人会看这种文章的。”

“这是新闻。”

“马蒂在那儿辛辛苦苦帮你，你却——”她嘴唇紧闭，控制着愤怒，“好吧。随便你，翁。如果你非要用梭罗和花给自己挖个坑跳进去，那你就自己动手吧。既然你不愿意帮自己，我们也帮不了你。底线是五万读者，否则我就把你送回第三世界。”

我们彼此相视。两个赌徒正在互相打量。判断着谁手里有好牌，谁在虚张声势。

我按下“发布”按钮。

文章进入网络，向新闻订阅宣告着它的到来。一分钟后，一枚小小的新太阳在洪流里亮了起来。

珍妮丝和我都看着绿色星火在屏幕上闪烁。读者们转向这篇报道。开始访问它，转发它，页面上开始显示点击量。这篇报道微微闪亮。

我父亲押过梭罗。有其父必有其子。

汪梅子 译

斯逐

尼尔·阿舍

尼尔·阿舍，英国作家，其作品于二十世纪初始见于重要杂志及大型出版社图书目录。他的科幻作品多属兼收并蓄的“新太空歌剧”，充满天马行空的想象与激烈暴力的冒险，笔下的外星生物活灵活现，在同类作品中独领风骚。近年来，他尤以创作了科幻小说中异常惊人的怪物而闻名。

阿舍捏造怪物的天赋在《斯逐》中展现得淋漓尽致。在这个故事中，超智慧外星生物引发了人类社会一定程度的变革。小说里的不同物种，甚至是具备意识的智慧种族之间互利共生，颇有异趣。

公园另一端的那只斯逐迎光闪耀，外形好似一架直立的希腊竖琴，四米高三米宽，丝帘般的中央躯体在看不见的微风中波动。它的根根触须朝我探伸过来，触须上圆鼓鼓的球形螯刺油亮油亮。它的声音像个幽鬼在空旷的大房子里吵吵嚷嚷：叽里咕噜，喉间发出含混不清的低吼。我几乎是在直觉指引下跑向最近的圣蟋，斯逐怪在我身后紧追不放。圣蟋那闪着珍珠母光泽的格璃场随之一闪，将我俩抛进一个栅笼。我被灼伤了——透过衬衫的破洞能看到发红的皮肤，但不知道是斯逐还是圣蟋干的。斯逐的格璃场被圣蟋的斩裂，倒在旁边像一堆血红的海草。我瞪着周遭这个边长十米的方笼，地板上散落着乱石断骨和甲壳碎片。真想哭。

“爱！吃你！”这是斯逐先前吼的话，“吃你！痛！”

可能又是该死的翻译器在乱弹琴。译虫先是钻吸在头骨底部，然后生出脊骨刺入大脑，精准得要命，疼得人死去活来。最新款的奔腾模拟突触在译虫面前也相形见绌，像一张没剩下几颗算珠的算盘。不幸的是，译虫比我们这些人类宿主要聪明得多。我这只一开始就加载了所有的英语词汇，以为我对这种语言全面掌握不留死角。它为我翻译其他生物（比如圣蟋）的语言，用上一大堆各类晦涩的专业术语：科学、哲学、社会学、政治，一种没落下。之前我遇到一条长着五只宝石红眼珠的蝾螈，消化不良的外肠不住地蠕动。我刚到这里时，你猜它对我说了什么？译虫的翻译是：“往轴下十五度方向，至聚碳酸酯界面合生半球。”

可我只是问它定向仪在哪儿，它完全可以指着附近墙上拱出来的一团说：“就那儿。”

译虫脊骨钻进大脑时，会自动加载一种起到使用指南作用的机制，借助这种反馈技术，我在太空站里待了四十六小时之后，译虫的词汇量逐渐削减到与我贫瘠的词汇库相同。我以为终于能用得顺手了，结果碰到斯逐它又开始乱来了。每当我看到奇风异景，驻足目瞪口呆之时，偶尔会有高高在上的涕鸥问我点儿什么。我已经成功制止译虫再把那些话翻译成“君之迷惘可需昭昭？”之类。我懂那些词，但免不了觉得要么是翻译器在取笑我要么是涕鸥在取笑我。诸事不顺，我真不能浪费时间在太空站迷路——死前我还有太多的东西想看。

在圣蠊的登陆飞船降落在南极洲之前，癌症患者存活五年以上的概率只有十分之一。而当时我的癌细胞已深居在两片肺叶之中，更是大大降低了我的生存概率。等圣蠊的技术开始一点点润泽人类时，我的癌细胞早已四处扩散，派出侦察员在我体内调查新的楼盘选址。在先进技术终于开始惠及我之际，癌细胞已在我体内蓬勃发展，包括肝脏在内的新殖民地多得列数不过来。

“我们也爱莫能助。”怀特岛上的圣蠊医院里，涕鸥医生飘在离地一米的空中对我说道。这样的医院在整个地球上如雨后春笋般建立起来，好似第三世界穷山沟里扎根的无国界医生机构。医院多数由涕鸥运营，它们一丝不苟地向地球巫医解释人类错在哪里。对更崇拜涕鸥的人类而言，“涕鸥”之称大有可能代表着“形似半透明鬼蝠魟的外星天使”；但多数人觉得还是它的全称“鼻涕鸥”更为贴切，这种生物飘浮在空中，活像一摊血管纵横的鼻涕上长了两个鸟喙和乌黑的豆眼，形似线虫的透明身体散发着熏肉烧焦的味道和十足的优越感。

“你说什么？”我不敢相信自己的耳朵。跨越令人望而生畏的距离来到这里，不就是为了实施它们的神奇技术吗！它们可是奇迹创造者呀！这只涕鸥用完美的英语对我解释了一遍，没有借助翻译器：它以及同类已成功研制出肝内纳米工厂，可大批量生产纳米DNA修复器。在DNA遭受损伤之前植入纳米机器人便能高枕无忧，这甚至意味着青春永驻——只要植入者注意避免迎头撞上大卡车。可照我的情况看，损伤已太过严重，纳米机器人无法分清哪些是癌细胞哪些是正常细胞。

“可是……你们能治好我吧？”我还是不太愿意相信。

“不能。”简短直白的回答。听到这话，我才开始去理解，开始将一直以来拒不理会的事实拼贴在一起。

全球每天仍有大量病人死去，外星医生们必须分清轻重缓急。英国的问题，主要是由国家医疗体系悉心培养出的奇妙病菌，它们几乎对目前每一种抗生素都具有耐药性。实际上，涕鸥要想把英伦诸岛上的患者收进医院还颇得费一番心思，因为在过去的十年里，对病人来说，医院就是最危险的地方：光是去移除一块脚趾嵌甲，就能感染上抗药性金黄色葡萄球菌或其他变异病菌，踏上通往密封塑料棺材的不归路。而与此同时，大部分外星资源都将输往与“无国界”援助物资目的地相同的国家，去迎击当地的死亡率：每天有数以万计的人死于经空气传播的新型艾滋病毒、猖獗的埃博拉病毒，新型肺结核大约四天就能干掉整个肺部。我不知道涕鸥们有没有胜利的希望。

“求求你……千万要救我啊。”

求也没用。我了解相关的统计数据，我和许多人一样，自外星生物抵达以来一直求知若渴地学习所有异星知识。涕鸥依赖格璃场从一间研究病房飘到另一间病房，它停下来同我说话甚至都是以牺牲其他人的生命为代价的。又是资源问题。我们自己那三脚猫医疗系统一旦实施就必然招致抗议，但这套做法已被他们运用得炉火纯青：如果三个人同时身患绝症，而资源却只够挽救其中两个，那么你就只挽救两个人，不要因徒劳地想多救一个反而丢掉另两人的性命。如果这个涕鸥用上所有的专业技能和现有科技，它当然能救活我，如果必要，它甚至能拆解我的身体，一个细胞一个细胞地重建。可是与此同时，将会有十个、二十个，乃至一千个病情较轻、远非绝症的患者死去。

“这是你的票。”它说完便飘走了，格璃场里吐出什么东西落在我床上。

我低头盯着那枚直径十厘米的黄色圆盘。这类飞船票发行了数千枚，各国政府都曾企图控制其发行的对象人选和理由。外星生物对此根本无所谓，它们只赠予自己认为合适的人，而只有它们挑中的人才能使用这些票……进行地外旅行。我猜这是它发给我的安慰奖。

一台涕鸥自动手术仪为我植入了机械助行架，我于是得以下床前往位于肯特海滨的航天飞船漂浮月台。起初一点儿都不痛，因为手术时使用了神经阻断剂，药力还要过一段时间才退，但我感觉自己好像一段腐烂的蕾丝花边，松松垮垮快散架了。随着神经阻断剂药力散去，我又继续依赖呼吸器和琳琅满目的药片，还有各式药膏，贴在骨癌最严重的地方。

航天飞机的机舱大体上就像一节火车车厢。我想专心看一些装载到记事屏上的外星生物特征识别表，但无休无止的疼痛和甩不掉的疲惫让我难以集中注意。同地球上的飞机一样，这里也各色人群混杂：一个女人用背袋背着婴孩；几个身着正装的大块头，可能是政府官员、黑手党，或者证券经纪人；如此等等。我正前方这群人，两女三男，嗓音圆润，张扬的衣服颇有些朋克范儿——这种上层中产阶级的激进打扮受到大多数学生追捧——他们一定是我听说的那个 BBC 纪录片摄制组。其中一个男人取出摄像机拍摄非人类乘客，机身上显眼的标签证实了我的揣测。拍摄对象是两只涕鸥和一只圣蝓——圣蝓这种生物外形酷似两米长的地鳖虫，身体前端直直收起，构造复杂的巨大头部能三百六十度旋转，背部平坦，第二排复肢收拢其上。在工具运用方面，大自然为圣蝓提供了天生的工作台和夹力堪比液压虎钳的手，复肢上的手指纤如发丝。过了一会儿，摄像师放下机器环顾四周，之后将视线聚焦在我身上。

“嗨，我叫奈杰尔。”他伸出手，我勉强握了握，“你此行的目的是什么？”

我本想叫他别多管闲事，但转念一想，说不定我从他身上能得到不少帮助。“我打算去太阳系基地等死。”

几秒不到，奈杰尔就把摄像机对准了我的脸，与他随行的朱莉娅则同我邻座的乘客换了位置，假作真诚地一个劲儿问我等死的感觉如何，接着又极力扮演搅屎棍的角色，问及涕鸥无法在地球上治疗我的细节。采访持续了接近一个小时，我知道他们会进行剪辑，将它打造为替他们代言的工具。

结束之后，我的注意力又回到圣蝓身上，我敢肯定它一直在微微侧目观望聆听，虽然我想象不出理由为何。也许它对机组人员使用的原始设备感兴趣。显然，曾有一个它这样适应高重力的生物参观硅谷，途中不小心踩上了某人的笔记本电脑——具体场景请参考将杠铃丢到火柴盒上的效果——随后，不借助任何工具就修好了它，所耗时间还不到一小时。如果这还不够神奇的话，笔记本的主人还发现硬盘容量从 400G 提升到了 4T。你可能觉得这个故事是杜撰的，但那台笔记本电脑现在就保存在史密森尼博物馆里。

航天飞机停泊在颂文站，圣蜣优先下机，这是向来的惯例。平等是个不错的理念，但事实是，它们已经在银河系里逛了五十万年了。圣蜣远比其他外星生物还要先进，其程度相当于我们之于水母，让人不禁猜测人类在它们的等级表上位列几何。它走向舱门的途中经过我身边，我感觉到周围空气起了微妙的变化，这是由它的格璃场引起的——这项技术能保障涕鸥等外星生物正常生活在地球表面，并自如应对周围的环境——即使它们故乡的环境是星际气体云，温度比绝对零度高不了多少。从名字上看，格璃场只是一种力场，但它的实质远远不止这么简单。这儿还有一个关于圣蜣的故事，各位可从中了解格璃场的部分用途：

当然，各派狂热疯傻宗教团体立即将先进的外星生物视为苦难之源，视为实打实的攻击目标。所以，在第一批外星生物探访民间疾苦的第一周，就发生了第一起自杀式炸弹袭击。袭击者企图消灭混在人群中的圣蜣，他引爆了装置，却瞬间被一个无形的圆柱体笼罩，可塑炸弹在里面缓慢燃烧——这副景象并不悦目。其他刺杀行动也得到了各种各样应有的回报：神枪手端起步枪开火，子弹却飞回来穿过瞄准镜爆了他的头；西班牙的人体炸弹连人带车一块儿消失了，重新出现时，他仍旧掌握着方向盘，以四马赫的速度冲上他巴斯克恐怖分子同伙用作基地的农舍。从那以后，暗杀行动开始减少，不是因为恐怖分子的疯狂劲头有所消减，而是因为一只平赫（一种飘浮的低重力外星生物，外表像巨大的苹果核）不经意间的一句话大幅度提高了人类的安全意识，它说圣蜣正表现出惊人的克制——它们能将地球传送到太阳内部，一把火烧成灰。

不管是对外星生物还是对我而言，颂文站与太阳系基地之间只有一步之遥。大门就是颂文站广场上的一个巨环，跨过去就到基地了。基地围绕木星旋转，其构造有如一大摞规格不一的圆盘，整体高度九百四十千米。它先是从八光年之外的某星系传送到太阳系欧特云，然后以半光速航行到这里，同时派出联络船前往地球。显然，我们已经成熟到可以进行第一次接触了：我们聪明得足以理解发生的一切，却又不至于聪明过头，致使人类文明在外族的无所不能面前走向自我毁灭。

我走进太阳系基地，依赖下载到记事屏的环境分析程序导航，开始摸索该往哪儿走。就在那时我才注意到，到处都有斯逐。之前我只见过它们的照片，而且就我所知，它们没有一只去过地球。那为什么现在有好几千只在这儿呢？接着，当然，我不由得发出一声空洞的苦笑。这跟我到底有什么关系？但我再次遇到朱莉娅和奈杰尔时，还是问了他们这个问题。

“据我们的研究者称，斯逐在物种排行表上的位置相当靠后，它们进行星际旅行只能是由于圣螗的安排。”朱莉娅摆弄着记事屏——成为受访对象让她浑身不舒服。奈杰尔靠在她身后的栏杆上，俯拍一面巨大的金属斜坡。几千只状如帽贝的庞大生物正挤在上面睡觉：睡眠状态的斯逐。

朱莉娅继续说道：“其他一些种族认为斯逐是圣螗的宠物，但话说回来，在多数外星生物眼里我们也高级不了多少。”

“可是这里怎么会有好几千呢？”我问。

她气呼呼地朝斜坡打了个手势。“我问过，可是每次它们都叫我问圣螗去。你知道的嘛，它们有重要任务要忙活，才懒得理咱们呢。”

我真想向她指出，他们制作的这些无休无止的小儿科媒体产品，在能够跨越银河系的生物眼中看来，评价也许不会太高。但我抑制住了这个冲动。可我还没来得及溜走，就又陷入了另一场“简短的”采访之中。之后我在前往预订酒店的途中迷了路，误打误撞走到一座公园里，发现有只斯逐在跟踪我……

我坐在栅笼里打量那个怪物，希望它的格璃场不会再次启动，因为在这儿我无处可躲，而且，作为被接触的种族，我没有自己的格璃场。星系内太空站的环境通常就是该星系物种生活的环境，因此我们不需要依赖能量场维持生命，再说了，换作你，你也不会轻易把尖锐物品交给小孩玩耍。

正当我开始思考跑向圣蠊算不算得上是聪明机智时，突然又被传送到了别处，发现自己滚进了一间显然是大众装潢的酒店大堂。我这才恍然大悟，转身走出旋转门四处张望。好极了，再寻常不过的城市街道——除了天上挂着木星。这正是我在遇到斯逐之前努力寻找的区域：人类居住区，我们的专属普通基地，舒适温馨，乡情浓郁，能使我们不致太过混乱或恐惧。我倚着助行架走回酒店，有些一瘸一拐，还喘不上气，因为我的呼吸器丢了，同时各类膏药的效力已开始一点点减退。

“我叫大卫 · 霍尔，”我对前台说，“预订过。”

机器人垂下它光洁锃亮、状似蚁头的铬质脑袋，打量了一番我破损的衣服，又朝电脑屏幕核对完毕之后，伸手——更确切地说是伸爪——递过来一张房卡。我走向电梯。很快，我发现自己所在的房间是地球上永远住不起的档次。我的行李已经整齐地码在床边，身旁的桌子上摆好了欢迎礼盒。我打开一瓶香槟，一边咕嘟咕嘟往肚子里灌了半瓶，一边向屋外阳台走去。现在怎么办？

同涕鸥医生进行简短的交流之前，我已从人类医生那里得知自己的寿命还剩大约四周，但他说：“外星生物肯定能做点什么！”好吧，它们确实做了。它们的药物和助行架让我能四处走动，酌情欢度余生。不幸的是，时间限制并未发生变化。所以我要尽量多见识见识这个神奇的地方……但我应该避开那个该死的公园。接着我细细回想起事情的前因后果。

公园有十五公里宽，生长着和地球上一样的草坪，丛丛铁树好像一棵棵长成大树的紫色菠萝。到处都有外星生物，有许多是斯逐。其中有一只，我敢肯定它早就在跟踪我了，当时它立定在一片雏菊地中间，像一座耸立的纪念碑，忽忽悠悠地朝我凑过来。我礼貌地让到一边，但它跟着我凑过来，还开始发出奇怪的呻吟声。我顿时感到害怕，但仍尽力控制自己，当它向我伸出一根触须时，我也站着没动，也许它只是想打个招呼。螯刺相撞，发出沙球一样的嗒嗒声，我的手臂感觉像被人抽了一鞭子，麻木得像块砖头。这时怪物开始发抖，好像为此兴奋不已。

“吃你！”

该死的东西。我不介意我们的交流有多么原始和糟糕，但我不想变成别人的盘中餐。

我转身走回房间，打开手提箱，找到备用呼吸器和药膏，走向浴室。一个小时之后，我把自己洗得干干净净，身体的疼痛已撤退到远方，只剩下隐隐的感觉。我打开小冰箱，准备用几瓶酒将痛苦驱得更远。我像往常一样睡了三个小时，醒来后直犯恶心，喘不上气，再度痛苦连连。我对着呼吸器猛吸几口，终于舒展开肺部，另一个呼吸器带走了胸内像有人用砂纸在打磨的感觉。吃下几片药后，我又睡了两个小时，而我知道，我的余生不过如此了。

我穿上衣服，一边站在阳台上眺望街景，一边扣衬衫扣子。这里不分昼夜，只有木星在橘蓝交接的天空中变脸。我站在那儿，凝望那颗球体，心里下了定论，只莫名觉得我肯定全搞错了。外星生物只在自卫时杀人，所以我跟斯逐肯定是在不期之间产生了误会。既然斯逐是圣蠊的“宠物”，那么先前的事无非就相当于有人在公园里被小狗咬了一口。我确实这样认为，但这也无法阻止我在听到下方一路传来同样的幽鬼般的低声咕哝时，心中突然感到万分惧怕。我望着楼下，看到斯逐——肯定是同一只——停在街道对面飘展身姿。我敢肯定它正抬头看着我，虽然它没有眼睛。

我扒着酒店大堂门口向外望，斯逐仍在守株待兔。那一刻，我真希望手里有把枪或者别的武器，但那也只会让我心里好受一点，不能给予我更多安全保障。我回到大堂内，走向前台桌后面的机器人。

来不及客套，我说道：“我是从一个栅笼里传送到这儿的，在那之前我直接闯进圣蠊的私人空间，所以被关了起来。”

“对。”它回答。

“我闯进去是因为要甩掉一只想吃我的斯逐。”

“对。”它回答。

“我应当向谁报告这起……攻击？”

“如果你对圣蠊发起了蓄意攻击，是不可能从栅笼里放出来的。”它的话音里夹杂着嚓嚓声。

“我是说斯逐对我的攻击。”

我眼角的余光瞟到那怪物的庞大身躯出现在旋转门外，也许旋转门正是阻止它踏进酒店的唯一障碍。我耳中传来它的哀吟。

“斯逐不攻击其他生物。”

“它蜇我！”

“对。”

“它想吃我！”

“对。”

“它说‘吃你，吃你’。”我说着，随即意识到机器人刚才的回答，“这还对？”我尖叫道。

“这儿的食物不够喂斯逐的，”机器人告诉我，“但地球会是它们理想的猎食地。”

我想起在这里见到的几千只怪物。不，我不敢相信！旋转门突然全部转动起来，听到那声音，我起了一身鸡皮疙瘩。

“请呼救。”我说。

“不需要。”昆虫般的脑袋转往斯逐的方向，“虽然你让它饿得很难受，你知道吧。”

就在那时，我觉得肾上腺素水平降了下来，因为疼痛突然比平时更加强烈了。我转过身，后背抵着前台桌，看着那只斯逐横跨大堂朝我走来。它在我眼中莫名有些寒碜，蓬头垢面，邋里邋遢。我以前在照片上见到过它们，那些生物更加魁梧和璀璨。

“你想拿我怎么样？”

“吃……要……吃。”这是我唯一能从它含糊的低吼中分辨出的词。我一推前台桌撒丫子狂奔，跌跌撞撞向电梯跑去。爬不动楼梯，没办法，我按下按钮，斯逐迈着浪涌般的步伐跟在身后。好样的，棒极了，等个电梯就得要你老命。身后的门刚一打开，它就追到了我面前，一根蜇人的触须当胸来了个横扫，倒把我推进了电梯里。这好像把那家伙给弄蒙了，它顿了好一阵子，直到电梯门自动关闭。我胸口麻木，呼吸困难，伸手猛戳按钮，电梯猛一下启动了，我瘫坐到地上。

* * *

“技术习得”是一幢巨大的圆形建筑，好像进取号星际飞船的舰桥嫁接在一座膀粗腰圆的摩天大楼顶端。奈杰尔的镜头一直拍摄着朱莉娅、林肯和我，皮尔斯的镜头则一直在上下左右移摄，为了尽量多拍周围环境。我已经明白，他们追求的只是数量，所有艺术性工作都留待日后在电脑上开展。提出这个建议的是皮尔斯—— 一位亚裔女子，一根链子连着她的唇环和耳环，舌头上还穿了碍事的舌钉——朱莉娅则和她一拍即合。朱莉娅和奈杰尔把我拖出电梯之后，叫了屋顶出租车载我出酒店，无须穿回大堂，这让我很是高兴。当然，我说起斯逐想吃人的事，他们谁都没当回事儿；让他们激动的是得到了一个拍摄真实真人秀纪录片的机会。

“道森能直接联系上星系太空站这儿的头头。”林肯对我解释道。“头头”指的就是圣蛛，它们初次在地球亮相时，就没对随之而来的政治轰动表现出丝毫兴趣。身为物理学家、工程师、生物学家，它们专注于自己的兴趣领域，心无旁骛。人类政治家们简直要被逼疯了：这些法力无边，足以将地球变作一缕烟云瞬间消散的家伙，宁愿花几个小时观察鼻涕虫吞吃白菜叶子，也抽不出时间和总统或首相探讨时政。然而人类科学家的情形却完全不同，因为圣蛛都必定有好为人师的倾向。我猜，最根本的原因其实是现代政治家引起不了什么实质性变革，不论多少个撒切尔夫人或布莱尔加起来，都抵不上真空吸尘器的发明者对人类生活的改善。道森是太阳系基地中人类科学家小组的组长，跟在圣蛛手下学习（圣蛛的手可真多）。

“咱们去找他，应该能向圣蛛讨个说法——他可是圣蛛眼里的红人，什么事它们都放心让他去干。”林肯继续道，“据我们的研究者称，他甚至得到了接触格璃场技术的许可。”

来到研究所大厅，林肯先是与昆虫外形的接待员闲聊了很久，畅谈目前为爱因斯坦频道制作的纪录片，接着又和超大可视电话屏上的一个大胡子男人对话。我立即认出那就是道森，因为林肯和朱莉娅一路都在发泄对那个频道的牢骚和不满，而我对那个频道一向钦佩。道森身材矮胖，头发花白，留着花白的大胡子，橘黄色的眼睛看上去相当怪异。他是这样一种物理学家：因为纯研究做得比谁都好，他惹恼了不少同行，而更惹人生厌的是，他还可以将自己的研究运用于实践和盈利目的。有好多像他这样的科学家，带着名下精彩绝伦又晦涩难啃的论文离开了欧洲核子研究组织 CERN，他也一样有论文，外加对量子计算做出的实实在在的贡献。我听不清他们的对话，但我看到道森的视线越过林肯的肩膀直直向我射来，随后下达放行指令让我们都上去，我心中的兴趣被点燃了。

要怎么描述圆形大楼的内部才好呢？这里有工作台、计算机、大型等离子屏、看似刚从 CERN 新鲜出炉的宏观科技，人们在走动、交谈、挥舞光笔，人们在汲取外星科技的精华，利用电子显微镜扫描电路板，对异星金属碎片进行质谱分析……

许多外星科技在地球上现身，其中不少设备一旦遭人解析，就立即变成一堆冒烟的烂泥。不是它们不肯让我们学习，而是它们不愿我们在学习过程中造成星球人口骤减。但这里的情形全然不同：在圣螈的直接监督下，科学家们研究得不亦乐乎。

林肯和朱莉娅带给道森的首个问题是让他大致谈谈自己领导的小组所研究的一切。于是他描述起轻如泡沫塑料韧如钢铁的材料、能切割钻石的切片机、纳米级自我修复型电脑芯片……我的兴趣被勾了起来，但片刻之后却陡然感到病入膏肓，要不是靠着助行架，我早瘫倒在地上了。最后，他站到几根飞檐柱前，向柱间星光点点的什么东西比比画画。我终于反应过来，他在讲解格璃场，兴趣又提了上来，就在那时，林肯和朱莉娅单刀直入，直奔主题。

“那么，圣蠊心里信任你吗？还是仅仅给了你斯逐级待遇？”朱莉娅问。

我望着若隐若现的微光，望着微光背后屋子的另一头，那里好像有张工作台正趁着没人注意要偷偷溜走——后来我才意识到，眼前的景象其实是一只圣蠊正背着各类仪器雄赳赳气昂昂地走过。

“斯逐？”道森问。

“对，它们的宠物。”林肯插进话来，“圣蠊好像有意在给这种无肉不欢的生物到处找食。”

我的视线跟随圣蠊经过柱子来到一架大货梯前，我对着某个呼吸器猛吸了几下——不确定是哪一个，但好像挺有效。我想我又幻听到幽鬼的呻吟了，周围一切事物的边缘似乎都有些模糊起来。

“宠物？”道森说着，盯着林肯使劲看，好像刚发现了在此之前从未见过的新型蠢蛋。

“可反过来说，如果把反正没活头的人投喂给它们，”朱莉娅说，“我也觉得无所谓。”

道森摇摇头说道：“我就是好奇，想了解你们的看法，所以才让你上来的。”现在他转头对着我。“跑进圣蠊的格璃场可算不上最好的主意——它对你的反应会大大超过对斯逐的反应。”

斯逐乘坐货梯上来，星星点点地闪耀着，在圣蠊的注视下滑步来到它面前，然后绕着房间朝我行进。我左边挡着几张工作台，所以最快的逃跑路线就是直走左拐进客梯。我不太理解道森所说的话。你瞧，哪儿都不疼的健全人当然有资本谨慎思考勇往直前，可是，如果你在生命里每跨一步都有痛苦如影随形，死神老大还手持镰刀随时待命，你的观点就会统统改变。

“它跟你联结上，又被你挣脱了。”他说，“你不查看环境分析程序吗？你看不出它心动了吗？”

我撒腿跑开，迎头撞上两根柱子之间隐形的网——先前道森研究的格璃场。能量使我的助行架短路了，某种近乎有生命的东西连上了译虫，接入我的大脑。外骨骼能量、大型参考系、传送、以公式呈现的现实……无法准确描述。惊惶失措之间，我只顾着看哪儿是自己不想去的，再把自己弄到别的地方。巨大的太阳系基地在我四周展开，上上下下，以线条、平面和交互点的形式呈现。我把它们扭成新的模样，让自己迈上了星球之巅。格璃场为我罩住周围的空气并保持体温，却不会遮蔽凄凉而美丽的现实；事实上，它还放大了知觉。我站在钢铁平原上凝望木星，它真称得上庞大，但并非无边无际。透过真空看去，群星并不闪耀，但也无法否认它们正在深空之外燃烧。我大口喘气，将周围景象扭成新的格局，发现自己滚落到了一大群涕鸥中间，周围的格璃场纷纷做出反应，将我抛了出去。

它心动了。

什么东西一把将我按倒在地，我四仰八叉躺在冰冷的平台上，注意到一只圣蜣正以我看不太明白的方式操作着出现在我周围的巨型机器，生成具有创造之力的能量。格璃场让我浮光掠影地概览了五十多万年后技术文明将呈现的风采。随后我理解了它们极大的克制，以及乐趣。圣蜣及时出手干预，它微微触了我一下，于是打乱的逻辑方块纷纷归位，我脑海里一个激灵。

"吃你！吃你！"

当然，我被告知的一切都是事实，不是翻译器的问题，只是一个生存问题。圣蜣有什么必要撒谎呢？我缩着身子往平台边上躲，从另一边的支柱间滚了出去，脱离了身后的格璃场。斯逐滑行而过，在我面前高高直立，像一张破破烂烂的血红丝帘；刹那间我心中又泛起犹疑，差点退回到身后的能量场里。

"吃吧。"我说。

斯逐冲上前来，螯刺撞得嗒嗒直响。幸而痛苦很短暂，这东西迅速吞没了我。眼前黑潮涌动，我耳边回荡着朱莉娅的喊声："你明白了吧！你明白了吧！"

* * *

我在一片雏菊地里醒来，我想时间已过去了三天。我大约轻了六公斤，这也没什么好意外的。其中一公斤属于机械助行架，如今它成了碎片，散落在周围的草丛里。斯逐高高地立在附近，闪耀着人造太阳的光辉：它的气色好多了，因为它从我身上取食了先前令它心动的癌细胞，如它天性使然。这就好比领航鱼吃食大鱼身上的寄生虫，只是一种互利共生的生存方式。我是由攻坚人类疾病的涕鸥送出的一类测试病例，在我之后，放行的指令随即下达。此刻，成千上万的斯逐正浩浩荡荡前往地球，来采食我们的病痛。

李懿 译

情爱，友爱，博爱

蕾切·斯沃斯基

2006年，约翰·斯卡尔齐作为客座编辑在一期《地下》杂志发表了蕾切·斯沃斯基的《一个反托邦的景象》。此后，这位土生土长的加州人创作了过去数年来新人科幻作者当中最为出色的一系列短篇。她在开始发表作品之前参加过号角讲习班，这是为新人科幻作者设立的一流讲习班，并从爱荷华大学作家讲习班获得了艺术硕士学位，它在虚构文学领域与号角讲习班具有同等地位。和这一领域越来越多的年轻作者一样，她娴熟运用文学和科幻写作技巧，假定（而且大概是正确的）她的核心读者在日常生活中阅读多种故事，既包括科幻也包括其他类型。

她的这篇小说难度很高，作为硬科幻、心理现实主义作品和爱情故事都很成功。

在离开之前卢西恩把自己的东西都打了包。包括金属花纹镶嵌柄的古董银勺子，他养在窗台上的数盆香水玫瑰，还有嵌了翡翠和石榴石的几枚戒指。他还装起了一大块有石膏纹理的碧石，这是他来到亚德里安娜家的第一晚在海滩散步时捡到的。当时她犹豫地领着他走过湿漉漉的沙滩，他们的身体被码头柔和闪烁的金色灯光照亮。那一晚，他们走回亚德里安娜家时，卢西恩已经把那块布满花纹的石头攥在了掌心，他眯起眼睛，石膏纹理便在他的睫毛之间迷离起来。

卢西恩一直都喜欢美——馥郁的气味，诱人的味道，悦耳的旋律。他特别喜欢美的物品，因为他可以把它们拿在手里，把抽象的美转化为某种可触及的东西。

这些物品是他们两人共有的，但卢西恩开始收拾行李的时候，亚德里安娜苦涩地挥了挥手。“想要什么就拿什么吧。”她说着，啪的一声合上了书。她在门边等着，用悲伤而愤怒的眼神盯着卢西恩。

他们的女儿露丝跟着卢西恩在家里走来走去。“你要带上那个吗，爸爸？你想要那个吗？”卢西恩一言不发，拉着她的手领她上了楼，跨过几块凹凸不平的地板，她有时候会在那里绊跤。露丝停在主卧室的落地窗前，目光越过棕榈叶和游泳池，凝视着碧蓝的海水。卢西恩感受到了露丝热乎乎的柔软小手。我爱你，他本可以这样低声地说出来，但是他已经放弃了说话的能力。

他又领她下楼，来到了前门。露丝跳下台阶时，她那饰有蕾丝的粉红缎子裙起了皱。卢西恩给她买了几十条花朵图案的淡色缎子礼服裙。露丝拒绝穿其他任何东西。

露丝看看卢西恩，又看了看亚德里安娜。“你也会带上我吗？”她问卢西恩。

亚德里安娜的嘴绷紧了。她看着卢西恩，看他敢不敢说些什么，敢不敢为他对他们的女儿所做的事承担责任。卢西恩仍旧一言不发。

亚德里安娜的霞多丽白葡萄酒闪耀着与卢西恩眼睛一样的琥珀色光芒。她紧握着玻璃杯脚，直到觉得杯子快要碎了。“不，宝贝，”她刻意用轻松的语气说，“你和我待在一起。”

露丝拉了拉卢西恩。“是这样吗，大马？”

卢西恩跪下来，把额头贴在露丝的额上。三天前他把告别信交给亚德里安娜，一旦她安排好卢西恩走后照顾露丝的事，他就离开。自那之后，他就再没说过一句话。那天卢西恩拿着信走过来时，亚德里安娜正坐在餐桌前，用葡萄酒杯啜饮着橙汁，读着一本约翰·契佛的《猎鹰者监狱》初版书。她抬头朝卢西恩微笑并接过信的时候，他感到一丝内疚。他知道，过去几个月里，她比他刚见到她的时候快乐了，可能比她以往任何时候都快乐。他知道这封信会让她震惊，会伤害到她。他知道，她会觉得他背叛了她。但他还是把信给了她，看着她明白怎么回事，而后痛彻全身。

露丝被温柔而耐心地告知，卢西恩要走了。但她还只有四岁，只能大概理解事情的一部分，而且常常是根据自己一时兴起的念头来理解的。她一直觉得，爸爸的沉默不过是一个游戏。

露丝的头发轻擦过卢西恩的脸颊。他亲了亲她的眉毛，亚德里安娜终于无法再管住自己的嘴巴了。“你以为你在那儿能找到什么？叛变机器人的香格里拉并不存在。你以为你在导演一出歌颂自由的戏吗？有了自由你要做什么呢，卢？”

悲伤和愤怒使亚德里安娜的眼里盈满滚烫的泪水，仿佛间歇泉在高压之下喷涌而出。她瞧着卢西恩精心打造的面孔：皮肤上有艺术家加上去的细纹，暗示了一个曾经的童年——虽然它实际从未存在过；双眼略不对称，模仿了人类的不完美。他的表情没有显示出任何情感——没有怀疑，没有难过，甚至也没有如释重负。他根本没有任何表情。

这一切让人太难以承受了。亚德里安娜走到卢西恩和露丝之间，仿佛她可以用自己的躯体保护女儿免受被弃的痛苦。她的目光痛苦地越过酒杯沿。“你走吧。”她说。

他走了。

* * *

亚德里安娜是在三十五岁那年夏天买下卢西恩的。她父亲患了癌症，但长久以来都病情不定，总是在恶化和好转之间徘徊，这一年七月他突然去世了。数年来，全家一直都在为他不断拖延的病情储备情感。他的死让这些情感积蓄如山洪暴发般一泻千里。

当姐姐们正在度过悲痛期时，亚德里安娜却因不知如何消耗过剩精力而百无聊赖。她考虑过去墨西哥的马扎特兰海滩待上六周来消耗这些精力，但在和她的旅游代理人讨论了租间海滨小屋后，她意识到逃避并不是她想要的。她喜欢自己的生活环境，她的房子建在面朝太平洋的峭壁上，卧室窗外是一丛黑莓灌木，每年春秋两季栖满乌鸦。她喜欢走过两个路口就到了海滩，她可以坐在那儿看书，听住在海边公寓的老太太晚间遛狗时小狗的尖声吠叫。

对于躁动不安的二十几岁的年轻人来说，马扎特兰是个好去处。但亚德里安娜已不再是二十五岁了，她不再渴望体验生活中一切疯狂的东西了。她需要些别的东西，一些新的东西，一些更加细腻的东西。

她的朋友本和劳伦斯邀请她去他们在圣芭芭拉海滩的房子过周末，好把她父亲的事抛诸脑后。他们坐在露台上的金属沙滩椅上，围着一张用半宝石镶拼成海洋生物图案的花园桌。正是黄昏时分，天气温暖，微风徐徐，橙树的影子被拉得很长。劳伦斯给三只葡萄酒杯斟上粉红气泡葡萄酒，并提议为亚德里安娜的父亲干杯——不是出于对他的悼念，而是为了他的过世。

“谢天谢地，这个浑蛋总算走了，”劳伦斯说，“要是他还活着，我就一拳打在他鼻子上。”

“我连想都不愿意想起他，”亚德里安娜说，“他死了。彻底不会再出现了。”

“既然你不想去马扎特兰，那你打算做点什么呢？”本问。

“我没想好，”亚德里安娜说，“某种变化，巨大的变化，我就想到这么多。”

劳伦斯吸了吸鼻子。“不好意思，”他边说边拿起大家的空酒杯，“厨房在召唤它的大厨了。”

等到劳伦斯走到听不见他们说话的距离，本靠过来对亚德里安娜低声说：“他给咱们准备了生食，因为我有胆固醇问题。生胡萝卜、生西葫芦、生杏仁。一点熟食都没有。”

“真的吗？”亚德里安娜说着，眼睛瞥向别处。她从来不知道该怎样应付恋人之间的争吵。这种半带埋怨的爱、难以逃脱的亲密，都是她一直也搞不明白的东西。

鸟儿在橙树上鸣叫。本趴在桌上，手指敲打着用玛瑙嵌出的一只螃蟹，夕阳照亮了他头发中一绺绺有着铜般光泽的发丝。亚德里安娜透过拱形窗子看到劳伦斯正在把胡萝卜、芹菜和杏仁剁成棕色的糊糊。

“你应该找人把家里重新装修一下，”本说，“弄个瓷砖地板，托斯卡纳陶器，还有我们上次去米兰时正流行的红色皮椅。这会让我觉得自己好像洗了个痛快澡，获得了重生。”

“不要，”亚德里安娜说，“我喜欢我现在的家。”

“疯狂大血拼一把呢？扔个两万美元。要我说，这才能把你肩上的重担子卸下来。”

亚德里安娜笑了起来。“你觉得我的购物顾问得花多久才能组装出一个全新的我？”

“听着好像中年危机。”劳伦斯回来了，手里拿着三份素食头盘和三杯矿泉水，“要是你问我的话，找个热辣的拉美小白脸效果比较好。”

劳伦斯递给本一小碗黄色糊糊。本幽怨地看了亚德里安娜一眼。

亚德里安娜突然觉得有点灵魂出窍。这整个晚上就像是为一本装修杂志拍照的布景，一张对页开的舒适花园大照片，她和本还有劳伦斯在里面摆出三人私密晚餐的样子来。她觉得自己变成了二维的，被喷上颜色，然后再被后期处理成了另外一个不知道是谁但本该在那儿的人、一个充满温暖和信任感的人、一个知道当朋友的老公逼他吃生食的时候应当如何安抚他的人——并不是问题本身有多严重，而是因为他对此很在意。

劳伦斯把手指在糊糊里蘸了一下，又举到本的嘴边。“这是为你好，你这个不知感恩的家伙。”

本把糊糊舔走了。“我吃了，不是吗？”

劳伦斯伏下身来吻她老公，那是一个温暖而不偷偷摸摸的吻，虽然没有挑逗意味，但饱含爱意。本的眼睛羞怯地向地板看去。

亚德里安娜已不记得她上一次爱一个人爱到对方会来吻她是什么时候了。难道这就是她生活中缺少的东西吗？让恋人用手指把她不想吃的东西喂进嘴里？

那天晚上她乘高速火车回了家。她的翠绿色玄凤鹦鹉福客用愤怒的叫声欢迎她回家。亚德里安娜不在家时，房子会自动喷出她身上的气味，并用她的嗓音对福客唱歌，但这只鸟从来没有被骗到过。

福客是她父亲送给她的三十岁生日礼物。这个品种是设计师将玄凤鹦鹉和金刚鹦鹉的DNA拼接而成的，因此才有鲜艳的绿色羽毛。这只串种鹦鹉不仅价格昂贵，而且神经兮兮的，它对亚德里安娜的爱中掺杂着狂热而偏执的嫉妒心。

“嘘。”亚德里安娜温和地告诫着，让福客落在肩上。她带它上楼到自己的卧室，用手喂它吃小米。福客趾高气扬地在枕头堆中走来走去，黑亮的眼睛中流露出骄傲和怀疑的神情。

亚德里安娜惊奇地发现，到了家她却仍然有灵魂出窍的感觉。她任由自己沉浸在忧伤的幻想中，眼神飘向落地窗外，忘了用手指抚摸福客。它尖声叫着，想要唤起她的注意。

第二天早上，亚德里安娜去见了她的会计。他的手指在键盘上舞蹈着，就这样像施魔法般把信托基金从一个账户转到另一个。她打算做的事要花上一大笔钱，但她的财富会在肥沃的土壤里再度生长，人造钻石、风力电厂和转基因橙子会让她变得更加富有。

机器人技术公司为亚德里安娜做了一次私人展示。销售员把她领进一间覆满黑天鹅绒的房间。墙上和展示桌上有数以百计的身体部件：强壮的手、尖下巴、自行车运动员的大腿，从粗哑到悦耳的各种嗓音从声音盒中播放出来，还有从黝黑到雪白的皮肤小样和各种尺寸的阴茎。

起初，亚德里安娜一想到要用各种碎片组装出一个情人就感到很恐怖，但后来她开始觉得有趣了。难道大家不都是用DNA碎片组装起来，再在母亲的子宫里一个分子一个分子长起来的吗？

她用指甲敲打着一本光滑的宣传册。“它的大脑是可塑的吗？我能叫它变得更顺从，或者更幽默，或者长出脊椎来吗？”

“正是如此。”销售员卖弄着光滑的褐色头发和闪亮的牙齿，他一直咧嘴笑的样子说明，他觉得要是自己魅力足够大，亚德里安娜就会带他回家上床，再给他个百万美元的小费。“随着年龄增长，人类大脑会失去可塑性，这就限制了人类改变自我的程度。我们的产品拥有永久可塑的大脑。它们可以通过调整神经系统中的思维模式来随意改变自己的人格。”

亚德里安娜从他身边走过，手指抚过用一千种头发样本织成的挂毯。

销售员拍了拍一张空白的脸。“它们的大脑是基于各领域天才大脑的深层图像扫描结果综合而成的，伟大的音乐家、著名的情人、一流的物理学家和数学家。”

亚德里安娜希望销售员能把嘴闭上。他说得越多，她脑海里盘旋的疑问就越多。“你说动我了，”她打断了他，“我要一个。”

销售员似乎被她的突然决定吓到了。她看得出，他正在脑海里快速翻着台词本，搜寻着被她跳过了好几幕之后的那一页正确台词。“您希望他长什么样子？”他问道。

亚德里安娜耸了耸肩。“它们都会长得很帅，不是吗？”

“我们需要您的具体要求。”

“我没什么具体要求。”

销售员焦急地皱起了眉。他不停变换着两脚重心，好像这样能帮自己恢复镇定似的。亚德里安娜可怜起他来。她在钱包深处翻找着。

“喏，”她把一张父亲的快照放在展示桌上，“只要别让它像他就行了。”

既然顾客要求如此宽松，设计团队便恣意发挥了。站在亚德里安娜门前的卢西恩只比她略高一点，跟她一样苗条，四肢光滑瘦削。他的金发中溢出几分银色光泽，半透明的皮肤极为苍白，宛如雪花石膏，可以看到他粉红的血管。他身上散发出的气味就像是温暖的土壤和被碾过的青草。

他给亚德里安娜带了一枝白玫瑰，花瓣上凸印着公司的标志。她用拇指和食指怀疑地捏着花。“他们以为自己很了解女人，是吧？他们觉得猛男现在不流行了。”

卢西恩什么也没说。亚德里安娜把他的犹豫当成了迷惑，但或许，她从那时就该看出，这是他喜欢沉默不语的先兆。

* * *

“都了结了。”亚德里安娜喝干了杯中的葡萄酒，把空杯子踩在鞋跟下碾碎，就好像她可以用结婚的仪式来完成离婚似的。

露丝睁大眼睛，用一根圆滚滚的手指指着玻璃杯：“不要打碎东西。”

亚德里安娜突然才意识到女儿长得有多快。这个小家伙突然就已经四岁了。这是什么时候发生的事？在医院时露丝还是个新生儿，因为亲生母亲抛弃了她而号啕大哭，与此同时，亚德里安娜在医院育儿室外的走廊里待了好几个小时，等着办妥收养手续。不管露丝在睡、在吃还是在哭，她都会凝视着露丝，努力想要记住她那张初生孩童不断变化的小脸。就在从那时到现在之间的某个时候，露丝已经变成了这个圆脸的小家伙，特别看重规矩，经常把真实感情隐藏在冷静的外表之下，就好像有个机器人爸爸这件事让她的血液也变成了电路。亚德里安娜当然爱露丝，她帮她换衣服，给她刷牙，托着她的屁股抱着她在家里走来走去——但卢西恩一直是最重要、最宠露丝的那个人。亚德里安娜不知道自己怎么才能替代他的角色。这可不像她带露丝去意大利度假三天的时候——只有她俩坐在餐厅里，亚德里安娜一勺一勺地喂女儿吃意式冰淇淋，看她每吃到一种新口味脸上就绽放出欢乐。而且，她们知道回家时卢西恩在等她们。如果没有他，她们的家就像一栋房子没了承重墙。亚德里安娜仿佛感到墙壁正在坍塌。

亚德里安娜的葡萄酒杯碎片闪烁着灼人的光。她把露丝拉到离这堆烂摊子远一点的地方。

"没关系的，"她说，"房子会自己打扫干净的。"

她感觉头轻飘飘的，同时还很痛，就好像它自己在酒醉和宿醉的效果之间犹豫不决。她努力回忆着收养露丝之前读过的育儿书籍。如果家长在孩子面前哭了会有什么影响？书上是怎么说的来着？她紧紧抱住露丝，呼吸着小孩洗发水的香气，还掺杂着葡萄酒的酸味。

"咱们开车兜个风去，"亚德里安娜说，"怎么样？咱们出去转转。"

"我想让爸爸带我去海滩。"

"我们去乡下看农场。有大牛和小羊，好不好？"

露丝没有说话。

"哞？"亚德里安娜想更形象一点，"咩？"

"我知道，"露丝说，"我又不是小宝宝。"

"那去不去？"

露丝没有说话。亚德里安娜在想，她是否看出自己的母亲由于悲伤有点神志不清。

做个决定吧，亚德里安娜对自己说。她用自己的手指包住露丝的手。"我们开车去兜兜风。"

亚德里安娜给房子下达了指令，让它趁她们不在时好好收拾一下，然后便带着露丝朝黑色小车走去。这辆车是她和卢西恩在收养露丝之后一起买的。她为露丝系好安全带，给车编好程序，让它带她们去内陆。

汽车开动起来时，亚德里安娜感到一丝恐惧。如果它也背叛了她们会怎样？但是汽车没那么聪明，它只是打开左转指示灯，驶上了大路。

* * *

卢西恩站在私家车道尽头，看着房子。晴朗无云的天空下，房子深橙色和棕色的墙十分耀眼。精心打理的院子里布满岩石和沙漠植物，模拟了自然界的灌木带。

一只兔子跑过马路，跟着就是亚德里安娜车子的轰鸣声。卢西恩看着她们过去了。她们无法透过柏树丛看到他，但卢西恩看到了露丝贴在车窗上的脸。旁边的亚德里安娜呆坐在座位里，一只手按在眼睛上方。

卢西恩走了相反的方向。他拉着装有自己家当的小推车，走向通往下面海滩的峭壁。他把小推车举过头顶开始下坡，脚下溅起阵阵砂石。

有两个少年正在海浪中嬉戏，他们停下来抬头看着。“哇，”其中一个人喊道，“你把这玩意搬起来了？你是练举重的吗？”

卢西恩还是一言不发。他走到沙滩的时候，两个孩子失望地低声说着，又离开了海岸。“……只是个机器人……”这句话随风飘到卢西恩耳边。

卢西恩把小车拉到干湿沙子交界的地方。接踵而至的海浪拍打着他的双脚。他打开小推车，拿出一株盆栽的蓝叶杏色香水玫瑰。

他还记得他得到第一颗盆栽玫瑰种子的情形。很久以前的一天晚上，他问亚德里安娜他能不能种东西。是在晚饭后洗碗的时候顺便提起的，当时两人手上还沾着洗碗液的泡沫，福客在一旁啄着剩菜，亚德里安娜没有答复他。第二天早上，亚德里安娜陪卢西恩去了植物园附近的温室。“你想买什么就买什么。”她对他说。卢西恩被这里充斥的色彩和芬芳惊呆了，所有这些美好的东西竟可以集中在同一个地方。他想要留下这里的神奇，自己拥有它。

卢西恩抬起手臂，把花盆扔进大海。它在入水时碎裂开来，花瓣在水面四散。

他又扔掉了粉色玫瑰、白色玫瑰、红色玫瑰还有紫色玫瑰。他扔掉了花纹镶嵌手柄的勺子，也扔掉了那块有石膏花纹的碧石。

他把自己收集过的所有美好的东西都扔了。他扔掉了一把雕花银手镜，还有一件绣花丝绸外衣，还有一颗手绘彩蛋。他扔掉了一根福客的翠绿色的柔软羽毛。他扔掉了一块记忆水晶，里面有还是婴孩时的露丝的图像，她蜷缩成一团熟睡着。

他爱这些东西，但它们不过是些东西。他曾拥有过它们，现在它们不在了。他最近意识到，拥有也是一种关系。拥有一件东西意味着什么？塑造它，控制它吗？在他弄清这个问题之前，他不能拥有或者被拥有。

他看了一会儿大海，他的东西的残骸消失在翻滚的波浪中。过了正午，他离开海滩，重新爬上峭壁。摆脱了拥有的羁绊，他顺着大道朝远离亚德里安娜家的方向走去。

* * *

卢西恩对于自己第一次见到亚德里安娜的记忆，就像人类对童年的记忆一样。哦，当然，他当时的记忆力和现在一样好——但还是像童年的记忆，他这样想，因为那时的他和现在不同。

他对亚德里安娜的第一印象就像是一连串的图片。带有粉红光泽的金色卷发，恰好长及晒成小麦色的肩膀。深褐色的眼睛被他的艺术家大脑归类为“赭色”。贵族式的浓眉和高高的颧骨，没有化妆。卢西恩内心的审美家将她线条硬朗棱角分明的面孔归到“引人注目”一类，而不是“美丽”。而他内心的心理分析学家还认为她可能也是个“意志坚定”的人，根据是她站在门廊里的样子——双臂交叉，眉毛挑起，好像是在问他打算如何解释自己的来历。

后来她从门口移开，让卢西恩进了门。他迈过门槛，迎接他的是一阵疯狂的尖叫和扑打。

新的。一切都是新的。以至于卢西恩在本能驱使自己躲开攻击之前，还很难把羽毛、鸟喙和翅膀这几样东西组合为“鸟”的概念。它气呼呼地发出咝咝的声音和尖厉的大叫，跳回书架顶上的一根栖木上去了。

亚德里安娜把手放在卢西恩肩上。她的声音中带有些愤世嫉俗的意味，卢西恩后来才了解到，她就是这样隐藏对失败的极度恐惧的。“恐鸟症？真荒唐。”

卢西恩最开始支离破碎的几天都是由这只鸟儿支配的，他得知它叫福客。在家里，他去哪儿，福客就跟到哪儿。如果他停在某个地方，福客就会在附近的高处找个地方待着——玄关的衣帽架、客厅的手制地球仪，或者大床上方的屋梁上——以便监视卢西恩。它用鸟儿的方式盯着他，先用一只眼看，再转过头来用另一只眼看，显然觉得两眼看过去卢西恩都一样招人讨厌。

亚德里安娜把卢西恩带上她的床时，福客朝着他的头扑了过来。亚德里安娜把卢西恩推开。“去你妈的，福客。”她小声抱怨着，但还是让福客停在了她肩上。

她带福客下楼的时候它一直得意地叫着。它因为胜利感把羽毛全蓬了起来，顺从地跳进笼子，期待着亚德里安娜给它喂食，跟它说话。可是亚德里安娜关上了镀金笼门，转身又上楼去了。那一整晚，当卢西恩躺在亚德里安娜身边时，这只鸟儿一直都像发疯了似的哀鸣着。它狠狠啄着自己的羽毛，羽毛落满了整个笼子。

第二天卢西恩陪亚德里安娜带福客去看兽医。医生诊断说它是因为嫉妒。“这在鸟类当中并不罕见。”他说。他建议他们给福客贯彻严格的作息时间，这样会让它渐渐意识到，自己只不过是亚德里安娜的一个玩伴，而非伴侣。

亚德里安娜和卢西恩重新安排了他们的生活作息，好让福客能有规律的喂食时间、运动时间、和卢西恩还有亚德里安娜一起玩的时间以及和女主人独处的时间。亚德里安娜每晚把福客关进笼子之前都要喂它吃点东西，陪陪它，抚摸一会儿它的羽毛，然后再上楼。

福客的心碎了。它变了。它的步子没了从前的自信，羽毛也失去了光泽。每当它被放出笼子时，就会眼中充满乞求与渴望地跟着亚德里安娜，完全忽略卢西恩的存在。

* * *

那时候卢西恩的人格被分解了，音乐家大脑、数学家大脑、经济学家大脑，等等，等等。每一个都独立运行，每种人格会跳出来暂时主导他的思想，提供信息，然后再退下，卢西恩的意识就这样一阵一阵地喷涌而出。

在亚德里安娜解释清楚她喜欢什么样的回应之后，卢西恩的意识开始重新整合成她想要的人格。他发现，自己开始注意到之前各种独立体验之间的联系。以前，当他看到海时，科学家大脑会计算出他离海岸的距离以及还有多久会涨潮。诗人大脑会背出斯特林堡的《我们波浪》。我们是湿润的火焰：/燃烧，扑灭；/清洗，填满。但直到他重新整合了自己的人格，科学的神奇、诗歌的神秘和风景的美丽对于他来说才同时代表了这一样东西，它既奇特又赋予人灵感，这，就是大海。

他学会了预测亚德里安娜的情绪和行为。他知道她什么时候高兴了，什么时候生病了，他也知道其中的缘由。他还能预测她露出的冷嘲式微笑，当他犯了一个自己还没意识到的错误时，她就会这样笑。比如用橙汁杯子为她装冰咖啡，用烈酒小玻璃杯装橙汁，用大咖啡杯盛葡萄酒。当人格整合赋予他行为模式的知识之后，他突然明白了为什么这些事是错误的。同时他也意识到，他喜欢自己犯这类错误时的情形，它们会让通常都很严肃的亚德里安娜爆发出明快的笑声。于是他继续这样犯错，用玻璃酒瓶给她装牛奶，用蛋杯盛葡萄柚切片。

他喜欢她的各种笑声。有时是轻快惊奇的笑声，比如他给她端上用蛋糕模子盛的肉馅小饺子时。他也喜欢她带有讽刺的深沉的大笑。有时她的笑声中暗含一丝苦涩，他知道，这种时候她笑的不是别人，而是她自己。有时倘若发生这样的情形，他便会走过去抱住她，想要安抚她的痛苦，有时她会立刻开始哭起来，抽泣声剧烈而急促。

她经常看他干活，头歪着，眉毛扬起，就好像是第一次见到他一样。“我怎样做能让你感到快乐？”她会这样问。

如果他给出一个回答，她就会慷慨地满足他的愿望。她带他去本州最好的几个温室，还给他买了丰富的园艺书籍。卢西恩知道她还愿意给他更多，但他不想要。他想让她知道，他很感谢她为他这样破费，但他并不想这样，他对于简单的、怀有爱意的交换就很满足了。有时他会用自己知道的最简单的词这样告诉她：“我也爱你。”但他知道，她从来没有真的相信过他。她觉得他说的不是真的，或者他的程序抹杀了他的自由意志。比起有人会爱她这个念头来，这种解释更容易接受些。

但他确实爱她。卢西恩爱亚德里安娜，就像他的数学家大脑爱算术的一致性，就像他的艺术家大脑爱色彩，就像他的哲学家大脑爱虔敬。他爱她就像福客爱她。这只鸟悲伤地在亚德里安娜的椅子扶手上走着，一面用如墨的眼神凝视着她，一面轻轻鸣叫，拍打着已经不成样子的翅膀，想要吸引她的注意。

* * *

亚德里安娜没有想到自己会陷入爱情。她本来期待的是一个迷人的聊天对象，情感像一个爱好文学的管家，但自我意识像条黄金猎犬。起先她觉得自己的想法得到了证实。她注意到卢西恩缺乏批判性思考和处理突发状况的能力。她觉得他最有趣的时候是他不知道她在看他的时候。比如说在他无事可做的那些下午：他的程序是否在揣摩什么事会讨她喜欢？或者这家伙是真的喜欢坐在窗边，翻着她的某一本珍本书，耳畔只有大海那令人平静的声音？

有一次，亚德里安娜站在厨房门前看卢西恩为两人做早餐。他在切洋葱的时候手滑了一下，刀子深深地切入手指。亚德里安娜跌跌撞撞地跑上前来帮忙。卢西恩转过头时，亚德里安娜觉得自己似乎看到他脸上出现了类似震惊的神情。有一瞬，她在想他的程序是不是为他编入了隐私感，而她正侵犯了他的隐私，但接着他便抬起手跟她打招呼，她看到维护他系统的微型机器人在几秒之内便修复了那非人的血肉。

那一刻，亚德里安娜想起卢西恩跟她是不同的。她叫自己不要忘记这一点，并且也努力这么做了，甚至在他经过人格整合之后，她也依旧这样提醒自己。他是一个人，没错，一个性格复杂而迷人的人，和她所认识的其他人一样具有多层面的人格。但他也是个异类。对于他来说菜刀脱手只是个小小失误，轻易就能修复。在某种意义上，她和福客更相似些。

亚德里安娜小时候有本故事书，里面有个皇帝，他有一只鸟。皇帝把本应自己享用的佳肴喂给鸟儿，让它玩赏宫中的珍宝。但宠物鸟儿的需求和皇帝是不同的，它想要的是谷物和小米，而不是山珍海味。它喜欢玩的是镜子和小铜铃，而不是漆器或题诗的卷轴。这只小鸟被迫吃人类的宴席、享用人类的娱乐，便生病死掉了。

亚德里安娜发过誓不要对卢西恩犯下同样的错误，但她并不知道，要满足一个和她自己如此不同的东西的需求有多难。

* * *

亚德里安娜下令让车子停在一个农场前。农场门口有个广告，上面说付点钱就可以让孩子“与小羊小牛亲密接触”。篱笆前有个姜黄色头发的少年摆了个摊子卖草莓，正百无聊赖地翻着一本已经卷了边的杂志。

亚德里安娜拉着露丝的手走了过去。她想从女儿小小的手指中读出她的情绪。露丝的表情上什么也看不出，她变得沉默不语、面无表情，就像是在模仿卢西恩。要是他，就会知道女儿正在想什么。

亚德里安娜看了看草莓，盒子里装的草莓和商店里可以买到的各种奇形怪状的草莓完全不同，这些饱满的果实形状上的差异完全是天然的。“这里面有农药吗？”亚德里安娜问道。

“没有的，太太。”少年答道，“我们种的都是有机的。”

“好。我要一盒。”亚德里安娜看了看女儿，“你想吃草莓吗，宝贝？”她用甜甜的语气问。

“你说过我可以跟小羊玩的。”露丝说。

“对。当然了，宝贝。”亚德里安娜看了一眼心不在焉的少年，“她可以吗？”

少年一下没了精神，显然很失望。他把杂志扔在一堆帆布口袋上。“我可以带她去谷仓。”

“那好。”

亚德里安娜拉着露丝朝少年走过去。露丝抬起头看着他，表情仍然令人费解。

少年没有拉露丝的手。他飞快地低下了头，明显很尴尬。“我婶婶叫我先收钱。”

“没问题。”亚德里安娜摸索着钱包。很长时间以来她一直都让卢西恩帮她做这做那。她已经忘了多少基本生活技能了？她掏出几张纸币。少年舔了下食指，仔细数出该收的钱。

少年拉起露丝的手。他没有立刻走开，而是看着亚德里安娜。“您不和我们一起来吗？”

亚德里安娜太累了。她勉强挤出一个微笑。“哦，不用了。我见过羊和牛。行吗，露丝？你自己去玩一会儿可以吗？”

露丝严肃地点点头。她毫不犹豫地转向少年，跟着他朝谷仓走了。这个男孩似乎很会和小孩打交道。他放慢步子，好让露丝跟上他。

亚德里安娜回到车边，靠着被太阳烤得滚烫的车门。她的太阳穴怦怦直跳，她觉得自己快要哭出来或者倒下去了。出来兜风本来像是个好主意：房子里全是有关卢西恩的记忆。好像每一张椅子上、每一条走廊里都有他的身影。可现在，她却希望自己留在卢西恩阴魂不散但对她来说十分熟悉的家里，而不是跟这个她几乎一无所知的孩子出门。

风中突然传来一声长而尖厉的哭叫。肾上腺素中断了亚德里安娜的怀旧思绪。她飞快地冲向谷仓。露丝朝她跑过来，少年紧跟其后，两人都掀起了一片尘土。有血顺着露丝的胳膊流下来。

亚德里安娜抱起女儿。胳膊、腿、呼吸、心跳：露丝没事。亚德里安娜轻抚着露丝的伤口。血流了不少，但伤口很浅。“哦，宝贝。”她说着，尽可能紧地抱住露丝。

少年站在她们身旁，头发被风吹得一团乱。

“出了什么事？”亚德里安娜问。

少年语无伦次地说：“阿福踢了她一下。阿福是头山羊。实在是对不起。阿福以前从来没干过这种事，它很温顺的。踢人的一般都是小白。我小时候，小白踢过我几次。每次我也没出什么大事。说真的，她不会有事的。您不会去投诉吧？”

露丝挣脱了亚德里安娜，又开始号啕大哭。“没事的，露丝，会好的。”亚德里安娜小声说着。她一边说，一边觉得脑子里有种脱节的奇怪感觉。事情不太好，可能再也不会好起来了。

“我漏油了，”露丝边哭边伸出沾了血的手指头，“看见了吗，妈妈？我在漏油！我需要修复机器人！”

亚德里安娜抬头问男孩：“你们这儿有绷带吗？或者急救箱呢？”

男孩皱起了眉：“我们家里可能有……”

“去拿修复机器人呀妈妈！别再让我漏油了！”

男孩看着亚德里安娜，眼神中的担忧增加了。亚德里安娜慢慢地眨了眨眼。这一瞬时间放慢了。她这才意识到女儿刚才说了什么。她强迫自己让声音保持平静。“你想要什么，露丝？”

“她刚才也这么说过，”少年说道，“我还以为是个游戏。”

亚德里安娜让自己和露丝目光相对。露丝的眼神十分古怪，眼睛就像一片未经勘探的棕色水域。“这是个游戏吗？”

“爸爸走了。”露丝说。

亚德里安娜感到有点头晕。“对，然后我带你来这里看小羊和小牛。你看见毛茸茸的小羊了吗？”

“爸爸走了。”

她不该喝葡萄酒的，她本该保持头脑清醒。“咱们包扎一下，然后你可以再去看小羊。你想不想再去看看小羊？你想不想妈妈也一块儿来？”

露丝攥紧了拳，脸色阴沉下来。“我胳膊疼！”她扑倒在地上，“我想要修复机器人！”

* * *

亚德里安娜清楚地知道自己是何时爱上卢西恩的。是在她买下他三个月之后：那时他的人格整合已经完成了，但亚德里安娜还没有完全了解人格整合让他变成了什么样。

那时候亚德里安娜的姐姐们从波士顿打来电话告诉她，她们组织了一次全家去意大利朝圣的旅行。她们会按照父亲的遗嘱，在每一个崎岖山城的大教堂里点起蜡烛来追思他。

“哦，我去不了。我很忙。”亚德里安娜轻盈地说，就好像是个无忧无虑的少女，就好像获得了姐姐们那种克服对父亲恐惧的能力。

她的电话开始响个不停。娜奈特在赶去一场网球比赛之前打来电话。“你怎么会这么忙？你又不工作，你也没结婚。难道你有了个男人没告诉我们？”她才含糊其辞地打发了娜奈特，埃莉诺又从一间水疗中心把电话打了过来。“出了什么事吗，亚德里安娜？我们都很担心你。你怎么能错过向爸爸告别的机会呢？”

“我在葬礼的时候告别过了。”亚德里安娜说。

“那你肯定没有妥当地完成哀伤处理过程。”杰西卡趁着两个预约病人之间的休息时间打来电话说。她是个弗罗伊德派的心理分析师。“你的厌恶情绪被否认包裹了。你得处理一下自己的俄狄浦斯情结。”

亚德里安娜一下挂断了电话。后来，为了对此事表示歉意，她给所有姐姐都寄了巧克力，然后还订了张机票。出于赌气，她给卢西恩也订了张机票。嗯，他不是个伴侣吗？他不就是为了陪她才存在的吗？

当然了，亚德里安娜的姐姐们全都觉得这简直骇人听闻。她们开车驶过罗马的时候，杰西卡、娜奈特和埃莉诺谨慎地用手挡着嘴，对此喋喋不休。亚德里安娜找了个机器人？哎呀，肯定的，还能是怎么回事呢？她根本就没有垮掉。一个姑娘既然能对自己父亲编派出那些故事来，会找个机器人也不足为奇。

当她们开着租来的车一辆接一辆地穿过托斯卡纳地区时，亚德里安娜尽可能当姐姐们不存在。她们在各个城市停下来看哥特式大教堂和干尸，总是当天就继续上路。在父亲长期的病痛中，传播愉悦八卦的本事已经被亚德里安娜的姐姐们修炼得登峰造极。她们在为父亲燃起蜡烛的时候就把这种本事表现得淋漓尽致。泪珠还在眼睛里噙着，她们便回忆起平庸而古老的往事。父亲是如何在各种慈善舞会上翩翩起舞的，他是如何向那些把他看成暴发户的董事讲话的，他是如何从来不为任何事道歉的。

亚德里安娜从来不知道父亲是否也像对待她那样对待姐姐们，还是说他夜里只会来找她一个人，那时他呼吸沉重而急促。如果说她们是在撒谎，那也不可能如此天衣无缝，一点恐惧或怀疑也没有流露出来。但如果她们说的是真话，那就意味着亚德里安娜是唯一的那个，可是她又怎么可能相信这一点呢？

有天晚上，卢西恩和亚德里安娜正待在阿西西一间酒店的房间里，这里在中世纪时曾是一间修道院。亚德里安娜突然情绪失控了。身在异乡，无休止地谈论她父亲的事，这一切加在一起让她承受不住了。她想逃离新英格兰，躲开她们，逃回她那间临着太平洋的现代别墅。它是用玻璃和木头建的，非常漂亮，仿佛秋日清晨的一阵清风。

卢西恩抱住她，以完美的温度和力道贴着她的身体来安慰她。这就是她本来期待能从一个机器人那里获得的东西。她知道他可以计算出他自己的呼吸频率、体温，还有他抱着她时的手臂角度。

发生了一件事，让亚德里安娜吃了一惊，她从此也不再觉得自己高对方一等。卢西恩滔滔不绝地讲起了自己的经历。他告诉她把自己从一块块碎片组装起来是什么感觉，抹去他本来的自我变成一个新的人是什么感觉。这正是亚德里安娜离家出走时试图做的事。

卢西恩说话的时候一直低着头。他一直没有和她目光相接。他说话的样子就好像这种坦白自我的私密交流是一种新的舞蹈，而他正在小心翼翼地尝试着舞步。亚德里安娜透过自己的哀伤意识到，这是一种新的、来之不易的觉醒。她怎么能不爱他呢？

他们从意大利回来之后，亚德里安娜开始向保障人工智能权益的新生运动靠拢。这些人很缺钱，组织得也很差。亚德里安娜为他们在旧金山租了办公场地，又雇了一批员工，人数不多，但办事能力很强。

亚德里安娜成了这个运动的头面人物。她和小时候一样，在镜头前频频露面：她父亲一旦因为董事会丑闻或别的什么事上新闻，他的公关人员就会让亚德里安娜和姐姐们在家里的加长轿车边站成一排，穿着学校制服，一副天真烂漫的样子，准备着为兰卡斯特核能公司献上一张友好娇柔的面孔。

她和卢西恩成了吸引眼球的媒体头条：富家女爱上了机器人。“卢西恩和你我一样有自我意识。”亚德里安娜对记者们说道，他们一水的美国式打扮，都戴着珍珠，穿着牛仔裤。“他思考，他学习，他能和任何一个人类园丁一样出色地培育杂交玫瑰。为什么他不能享有自己的权利？”

起先，很明显就可以看出政治进步的速度慢得让人泄气。亚德里安娜很快就没了耐心。她为组织建立了一笔基金，确定组织没有她也一样可以保持运行，随后便转向其他方法来达到自己的目的。她雇用一批律师起草了一份合同，赋予卢西恩对她的地产和账户拥有夫妻共同财产的权利。虽然在法律上他或许还不能等同于她，但在事实上已经如此了。

接下来，亚德里安娜去找了卢西恩的制造商，并委派他们设计一个程序，使卢西恩可以全权控制自己大脑的可塑性。在他们的婚礼上，亚德里安娜在交给卢西恩戒指的同时也把化学指令交给了他。“现在你属于你自己了。当然了，你一直都属于你自己，但是现在你对自己拥有全部权利了。你就是你自己。”她当着所有的好友这样宣布。毫无疑问，她的姐姐们肯定又会觉得这件事骇人听闻，不过婚礼反正也没有邀请她们。

在蜜月旅行中，亚德里安娜和卢西恩去了很多医院，查看一个个弃儿的基因档案，最后他们找到了一个健康的小女孩，她的线粒体DNA与亚德里安娜相配。这个红扑扑的婴儿只有一点大，蜷成一团，做好了伸展开的准备，就好像是卢西恩的一朵玫瑰。

他们把露丝带回家时，亚德里安娜觉得肚子里涌动着一股她以前从未感受过的热流。这是一种她从未体验过的幸福，当人感到圆满完整、没有任何残缺的时候才能体会到的幸福。就好像太阳在她的肚子里升起，停留在那儿，使她充满了无边的光芒。

* * *

在露丝小得还可以裹在本和劳伦斯从法国寄来的手工婴儿毯里的时候，有一次，亚德里安娜看着卢西恩，发现他对他们的孩子着了迷。他因为爱而愿意一连几个小时俯在她的摇篮前学她的表情，她皱眉他就皱眉，她惊讶他也惊讶。那一刻，亚德里安娜想，这一定是平等的真正标尺，不是金钱或法律，而是这种逐渐显露的、通过养育一个新生命共建一个未来的欲望。她觉得她明白了为什么不幸福的父母仍会为了孩子在一起，为什么有孩子的家庭与没有孩子的家庭感觉如此不同。如果做出这种努力的是一个人和一个本身已经是某种新事物的生物，这种意义又加倍了。他们在一起能创造什么呢？

与此同时，卢西恩正在注视着女儿，露丝瞪大了眼睛、带着天真而好奇的神情看着他。他走进来的时候，她表现出的开心和亚德里安娜走进来的时候是一样的，而他走近时，她眼中还会闪现出更明亮的光芒。对于露丝爱他的方式，有一些东西卢西恩还不太明白。那天上午早些时候，他从他的杏子色香水玫瑰上摘了一朵花，轻轻对花瓣说它们很美。它们是属于他的，而且他爱它们。每天抱着露丝的时候，他知道她也很美，他也爱她。但露丝并不属于他所有，她是属于她自己的。他不太确定自己是否见识过这样的爱，一种不想把对方拿起来占有的爱。

* * *

“你不是机器人！”

回家路上，亚德里安娜的嗓子因为大吼而变得沙哑。失去卢西恩就够受的了，可现在这个孩子也不听话。

“我想要修复机器人！我是机器人我是机器人我是机器人我是机器

人！”

车停了，亚德里安娜下了车。她等着露丝跟着下车，但露丝没动，于是亚德里安娜把她拉了下来，抱着她顺着私家车道往家走。露丝又踢又叫，还咬了亚德里安娜的胳膊。亚德里安娜因为疼痛大吃一惊，停了下来。她做了个深呼吸，继续走。露丝的尖叫声越来越高，越来越愤怒。

亚德里安娜把露丝放在门边，好输入大门密码并让保安系统从她的头发中提取DNA样本。露丝扑倒在门廊上，一把一把地揪着蕨类盆栽的叶子。亚德里安娜伏下身来拉她，结果肚子挨了她一脚。

“妈……老天！”亚德里安娜一只手抓着露丝的两个脚踝，另一只手抓住她的两个手腕。她用身子顶开门，把露丝运进家，用后背又把门撞上。“锁门！”她对着房子大喊。

听到让人安心的咔嗒声后，她把露丝放到沙发上，躲开还在不断乱挥的小胳膊小腿。露丝跑上楼，砰的一声关上了自己卧室的门。

亚德里安娜从口袋里找出绷带，这是农场的人在她们回家之前给她的。当时露丝在车里闹得太厉害，没法给她包扎。现在机会来了。她跟着露丝上了楼，呼吸出奇的沉重，她觉得自己好像跑了很久似的。她停在露丝房门口，不知道进去之后该做什么。每次露丝情绪过激的时候，总是卢西恩来对付她。有太多时候亚德里安娜觉得很无助，于是就变得疏远了。

“露丝？”她叫着，“露丝？你还好吗？”

没有回答。

亚德里安娜把手放在门把手上。开门之前，她做了个深呼吸。

她惊讶地发现，露丝娴静地坐在床的正中央，皱巴巴的裙子平铺开，就好像是某张印象派画作中正在野餐的孩子。粉缎子上留有尘土和眼泪的痕迹。她的伤口边缘已经开始瘀青了。

“我是机器人。”她对亚德里安娜说，语气中带着憎恨。

亚德里安娜做了决定，最要紧的是给露丝包扎伤口，其他问题可以在那之后再说。

“好吧，”亚德里安娜说，“你是机器人。”

露丝小心翼翼地抬起下巴：“嗯。”

亚德里安娜坐在露丝的床沿。“你知道机器人都做什么吗？他们会把自己变成人类要求的样子。”

“爸爸就没有。”露丝说。

“是，”亚德里安娜说，“但你爸爸是长大成人之后才不那么做的。”

露丝把双腿靠着床边来回摇摆着。她的表情还有些怀疑，但看起来不再那么坚决了。

亚德里安娜举起绷带。“行吗？”

露丝犹豫着。亚德里安娜克制了想用手抱住头的欲望。她得给露丝包扎，这是最重要的，但她无法摆脱这样一种感觉，那便是自己以后一定会对此后悔的。

“现在，这个人类想要你做的就是允许她为你包扎伤口，而不是给你修复机器人。你会做个好机器人吗？让我包扎好不好？”

露丝没说话，但她朝妈妈身旁挪近了一点。亚德里安娜开始给她的胳膊包扎，她没有尖叫。

* * *

卢西恩等来了去沙漠的公车，可他没有钱，他完全忘了这回事。司机骂了他一顿，不肯让他上车。

他只好步行。他可以走得比人类快，但快不了很多，他的优势是耐力。公路把他带入内陆，远离大海。最后一栋豪宅离灯塔不远，所有的窗子里都闪烁着灯光。再往前走，就是一幢挨一幢的公寓大楼，稠密而千篇一律。它们又让位给打理得井井有条的房子，门口整洁的绿草坪上有自动洒水器，把珍贵的水以弧线喷洒到空中。

风景变了。海风消失了，变成了凝滞的热气。又脏又破的房子一栋栋挨着，由铁丝网分隔开来。窗上装着铁条，私家车道上的破车锈迹斑斑。各家门前延伸到人行道边的草坪已经枯黄，就像是灌木丛林地。这种烈日下没人在外面闲逛。

公路分岔了。卢西恩选了通往荒废的镇中心的那条路。时不时稀稀拉拉地驶过一两辆车。卢西恩走在排水沟里。他身旁有废弃的塑料袋，一路顺着街边黑洞洞的店面飘了过去。停车计时器朝过往车辆眨着眼，想要吞下更多硬币。行人慢悠悠地走过，不愿有什么眼神接触，嘟哝出的对话淹没在汽车喇叭声中。

在镇子的另一头，公路分成了两条寂寥的小道。金黄的干草布满延绵的山丘，间或点缀着牲畜的身影。一辆破破烂烂的敞篷车在经过卢西恩时按响了喇叭。沥青马路外长满了多刺的野草，卢西恩便走在马路沿上。废纸和烟头像小白花一样点缀着金黄的草秆。

一辆旧卡车停了下来。一些规模太小的公司因为负担不起自动驾驶保险，所以还在沿用手动驾驶。驾驶座上的男人很整洁，留着淡金色的八字胡，头上戴着一顶猎鹿帽。他脖子上用绳子挂着一串鱼饵，弄得像个项链。“这条路现在没什么人走了，”他说，“以前我走这条路，有一半时间都会带上搭便车的人。好一阵子以来，你是我看见的第一个人。”

太阳把卡车照得很亮。卢西恩用手遮住眼睛，好挡住刺眼的光芒。

“你要去哪儿？”司机问。

卢西恩指着那条路。

“是啊，但是这之后去哪儿？”

卢西恩把胳膊放下了。太阳又升高了一点。

司机皱起了眉。“你能把它写下来吗？我这儿好像有纸。”他拿出一支笔，又从前兜里掏出一张小票，一并递出车窗。

卢西恩接了过来。最开始，他不确定自己是否还会写字。他的大脑正在缓慢地重塑，他所有的语言技能都会逐渐消失，就连他的思想也将不再由字词组成。他拿着笔写不出，后来他的手指终于想起来该干什么了。“沙漠。”他写道。

“那儿可热死了，”司机说，“比这里热多了。你为什么想去那儿？”

“为了出生。”卢西恩写道。

司机瞥了卢西恩一眼，同时又点了点头，动作微小得几乎无法察觉。“有时候人必须做某些事，我明白。我还记得……”他的眼神变得游离起来。他挪回自己的座位上。“上来吧。”

卢西恩从车前绕过，坐进了副驾。他记得坐下和关门，但还要做什么，他已经忘记了。他看着苍白的司机，直到对方摇了摇头，俯过身来把安全带拉到他胸前。

“你是发了禁言的誓吗？”司机问。

卢西恩朝前方凝视着。

“沙漠里热死了。”司机小声嘀咕着。他又上路了，朝着太阳的方向开去。

* * *

和亚德里安娜在一起的几年中，卢西恩努力不去想玄凤鹦鹉福客的事。这只鸟从来也没有习惯过卢西恩的存在。它变得愈发愤怒和怨恨了。由于频繁啄自己的羽毛，它身上变得这儿秃一块、那儿秃一块。有时啄得太狠，血也会流出来。

亚德里安娜会时常用手托起它，摸摸它的头，用脸颊贴着因为它自己啄不到而仅剩于后背的大羽毛。“我可怜的小疯鸟。”她会这样忧伤地说，它则用喙梳理着她的头发。

由于福客太恨卢西恩，亚德里安娜和卢西恩有一阵子考虑福客在别处会不会开心一点。亚德里安娜把它送给了本和劳伦斯，结果它因为失去了女主人更是日渐憔悴，不肯进食，直到她飞来接它为止。

回家以后，他们把福客的笼子挂在婴儿房里。这样似乎既安抚了福客，也安抚了宝宝。露丝是个麻烦的小孩，不喜欢孤独。如果周围有其他生命，哪怕仅仅是只鸟，她也会更开心。在亚德里安娜偶尔把卢西恩从露丝身边叫走时，是福客让露丝不再哭闹。卢西恩没事时都待在婴儿房里，不分日夜、不眠不休地照看着露丝。

卢西恩生命中印象最深的时光就是在露丝哭的时候抱着她。他用和她皮肤一样色调的奶油色毯子裹着她，一面绕着一楼的房间走，一面轻轻摇晃着她，一面看着街灯透过黑莓丛和邻家的露台洒下的金色光线。有时他会带她到外面去，沿着峭壁边的公路散步。他从不带她下到海滩去。卢西恩的平衡感和夜视能力都极好，尽管如此，他还是可以轻易想象出自己没站稳的情形——露丝从他的怀中滑脱，骤然落了下去。因此，他们总是和崖边保持安全距离，看着下面的黑浪拍打岩石，夜晚的冰冷空气中充满咸味。

卢西恩爱亚德里安娜，但他更爱露丝。他爱她笨拙的小拳头和她日渐清晰的头脑。她会说的单词也越来越多了，她就像他过去那样一点一点建立起意识，习得这个世界运行的方式和她自己在其中的位置。他悄无声息地叙述着她成长的轨迹。你知道自己的身体是有边界的吗？你能区分你和我的皮肤吗？对！你可以让很多事情发生。因果效应。你一直哭我们就会过来。最好的时刻是她凝视着他的时候，他一想到这个情景就几乎无法呼吸了：哦，露丝。你知道在这双眼睛背后思考的是另一个人。你知道我是谁。

卢西恩想让露丝拥有他能给她的所有美好。缎子裙和蕾丝、他的盆栽开出的最好的玫瑰花、最清晰的海景，这些东西让露丝很开心。还是个婴儿的时候，她会渴望地看着它们，后来她会拍手和笑，最后她会大叫“谢谢”，眼里闪着光芒。

让卢西恩心碎的是福客。有天深夜，在露丝熟睡的时候，亚德里安娜进她的房间去看看她。不知道什么时候，鸟笼子不知怎的开了。福客站在笼门口，阴沉地朝外看着。

亚德里安娜之前也单独和露丝、福客一起待过。但这一次，某种东西闪电式地击中了福客疯狂的小脑袋。可能因为屋里太黑，只有淡蓝的月光照在亚德里安娜的皮肤上，让福客犯了糊涂。也可能露丝终于长得足够大了，福客终于开始把她当成潜在的对手，而不只是个可以忽略不计的小家伙了。也可能就是它仅存的一点健全的心智也垮掉了。不管出于什么原因，当亚德里安娜俯身去摸女儿的小脸时，福客从鸟笼里发疯似的冲了出来。

它带着对卢西恩的那种嫉妒扑向了露丝的脸，它的爪子划过她的额头。露丝尖叫起来。亚德里安娜往后退。她一只手抱着露丝，另一只手挥赶着福客。露丝使劲挣扎着，想要挣脱妈妈的怀抱跑开。亚德里安娜为了保护她，本能地把她抱得更紧。

听到骚动时，卢西恩正站在客厅里，给房子的清洁程序安排下周的活儿。他没顾上关房屋操作面板便朝卧室跑去，穿过厨房的时候抄起了一只煎锅。他一进屋便对福客抡着锅，把它从亚德里安娜身旁赶开，撵到屋子一角。他紧紧攥着锅柄，以为自己这回得杀死这个老对头了。

结果福客似乎已经用尽了所有气力。它翅膀垂了下来，跌在地板上，有气无力地随便扑腾了几下，眼神变得黯淡无光。

卢西恩把福客捡起来放回笼子，它没有挣扎。亚德里安娜和卢西恩对视着，不知说什么好。露丝从妈妈手中挣脱了，用双臂紧紧抱着卢西恩的腿。她在哭。

“可怜的福客。”亚德里安娜轻轻地说。

他们带福客去找兽医施行安乐死。兽医把针头插进去的时候，亚德里安娜站在旁边看着。“我可怜的小疯鸟。”她低声说道，轻轻抚摸着它的翅膀，它就这样死了。

卢西恩悲伤地看着亚德里安娜。起初他以为自己是在同情福客，虽然这只鸟一直很恨他。后来，就像喝了一口酸葡萄酒似的，他突然意识到，自己不是同情福客。他认出了亚德里安娜看福客时的那种沉重而又遗憾的眼神。当卢西恩的玫瑰枯萎或者银勺子失去光泽时，他也是这样看它们的。这是拥有与被拥有的关系带来的眼神。

有时，当事情不对头时，亚德里安娜看卢西恩的眼神跟这也差不多。以前他从未意识到她对自己的爱和对福客的爱之间的差别有多么细微。以前他从未意识到自己对她的爱和对一朵绽放的玫瑰的爱之间的差别有多么细微。

* * *

亚德里安娜让露丝照看卢西恩的植物，掸去架子上的尘土，在落地窗边踱来踱去。她让露丝假装做早餐，自己则站在她身后切菜点火。睡午觉的时候，亚德里安娜告诉露丝，如果人类要求的话，好机器人都会在下午睡上几个小时。她给女儿盖好被子，下楼坐在客厅里喝着葡萄酒独自哭泣。

不能这样下去。她得想个办法。她应该带上女儿一起去马扎特兰度假。她应该叫个姐姐来住一阵子。她应该找个儿童心理医生。可是她觉得自己被彻头彻尾地背叛了，筋疲力尽，她唯一能做的就是照看露丝，过一天算一天。

卢西恩指责似的沉默似乎仍然在家里回荡。他想从她这里得到什么呢？她有什么事没做对？她爱过他，她仍然爱他。她把一半的家给了他，把全部的自己也给了他。他们本来在一起抚养一个孩子。可他还是离开了她。

她站起身走到窗边。那一晚起了雾，街灯给所有东西都染上了一层古怪的淡黄色的光。她把手放在窗上，手掌印留在玻璃上，就好像外面有人在敲窗子想要进来似的。她朝外面的黑暗看去：外面的世界仿佛是一幅画的朦胧边缘，只有她这栋明亮的房子是清晰的。她觉得如果打开前门，跨过门槛，自己就会逐渐模糊掉。

她喝光了第四杯葡萄酒。她觉得头晕。她眼里全是泪水，但她不在乎。她又给自己倒了一杯酒。她父亲从不喝酒。哦，不对，应该说他是个禁酒主义者。他说酒让人脑子迟钝，还嘲笑喝酒的人是懦夫，包括董事会的那些人和他们的无聊老婆。他组织了很多晚会，酒水无限供应，而他自己则站在人群中央，清醒冷静得像冰一样，看着其余的人出丑，仿佛他们是翻筋斗的马戏团小丑，只为了逗他开心。他精心设下陷阱，就为了让他们尴尬：这个执行官跟那个嫉妒心很重的律师的老婆；那个政客在泳池边叫酒的时候，他十几岁的儿子脱了西装，在热浴缸里搞另外一个男孩。他在自己的晚会上毁了许多人的生活，而且手法优雅。他独自一人站在人群中央，手中牵着他人看不到的线，操纵一切。

亚德里安娜的头现在开始跳舞了。她的双脚在移动。她父亲，这个果断的人，这个尖刻的人，这个死人。哦，还得哀悼他，得为他点燃蜡烛，流下鳄鱼的眼泪。没关系了！

卢西恩，哦卢西恩，他在最终成形的时候会成为对抗她父亲的解药。她一哭，他就会抱住她，然后他们会一起站在婴儿房门口，看着露丝在奶油色的毯子里安详地熟睡。一切都会好的，因为卢西恩会给她安全，给她幸福。其他男人在看到年轻姑娘的时候眼睛里会冒出光来，但卢西恩不会。有卢西恩在，他们就是一家人，这就是家庭应该有的样子，卢西恩应该守信又尽心，永恒而忠诚。

可是哦，没有了他，她不知道该做什么。她和父亲一样阴沉，让露丝假装和布娃娃一起去工厂做调试。她同意跟露丝一起玩“现在我该做什么”的游戏。“变得更快乐！”“变得更好玩！”“让你的舞蹈家大脑开始运行！”要是露丝开始上学了该怎么办呢？要是露丝意识到母亲是在撒谎呢？要是露丝意识到，就算她假装成卢西恩，他也不会回家呢？

亚德里安娜舞进了厨房。她把葡萄酒瓶子丢进水池，瓶子碎了，然后她打开炉子。炉子的安全设置检测到她的血液酒精含量，告知她不具备用火能力。她把安全设置关掉了。她想吃煎蛋卷，就像以前卢西恩给她做的那种，里面加洋葱、香葱和奶酪，再往葡萄酒杯里倒满橙汁。她拿出卢西恩赶福客时用的煎锅，放在案板旁边的桌台上，然后她去拿洋葱，可是她把案板挪走了，放在炉子上了，案板着火了。她抓起一块抹布拍打着炉子。房子的警报响了。自动喷水系统喷出的水浇在她身上。亚德里安娜仰起头笑了。她转着圈，胳膊伸开，就像是一个想把自己转晕的小姑娘。水落在她脸上，顺着脖子滑下来。

她脚下湿漉漉的。亚德里安娜低头看着露丝。露丝的脸上有水，她深色的眼睛里还有睡意。

“妈妈？”

“露丝！”亚德里安娜捧起露丝的脸。她使劲亲了亲她的额头。“我爱你！特别爱你！”

露丝想要挣开。"为什么下雨了？"

"我刚才弄着火了！现在没事了！"

房子警报还在响，就像是心跳的节奏。亚德里安娜打开壁橱找盐。露丝在她身后把油毡踩得吱吱响。亚德里安娜抓住壁橱门把手。因为沾了水，门把手很滑。她的手滑开了。她感到心中一阵焦虑，有什么事不对劲，不是壁橱，是别的什么东西。她飞快地转过身来，发现露丝的小手里握着一把菜刀，正准备切洋葱。

"停下！"亚德里安娜把菜刀从露丝手里抢了过来。菜刀从她手里滑脱，掉在地上。亚德里安娜抱起露丝，把她带出又湿又危险的厨房。"你永远也不许这么干。永远也不许。"

"可是爸爸就……"

"你可能会没命的！"

"我可以用修复机器人。"

"不行！听见了吗？不行。你可能会切着自己，然后可能就没命了。那样的话我怎么办？"亚德里安娜已经记不起那些水是怎么来的了。她们家就像发了洪水一样。她唯一能确定的就是这个。她头疼，身上也疼。她一点也不想跳舞。"咱们怎么了，宝贝？他为什么不想要咱们了？不，别回答我。别听我说的。他当然想要你了！他不想要的是我。我做错什么了？他为什么不爱我了？别担心。没关系。咱们会找到他的。咱们会找到他，然后叫他回家来。肯定会的。别担心。"

* * *

卢西恩把告别信交给亚德里安娜时是早晨。阳光照进落地窗来，房子的墙壁散发出柑橘和薰衣草的混合香味。亚德里安娜坐在餐桌旁，面前有本打开的书。

卢西恩走出厨房，把给亚德里安娜用葡萄酒杯装的橙汁放在桌上，又端上一盘煎蛋卷，还有用烈酒小玻璃杯装的咖啡。亚德里安娜抬起头，又发出她那种活泼的笑声。卢西恩还记得他第一次听到这种笑声的时候，也明白它所代表的所有含义。他想，不知道自己需要多久才能忘记为何她的笑声总是既刺耳又轻快。

露丝在他们身后的客厅里玩，从沙发上跳下来，假装自己在飞。卢西恩的头发很有光泽，其中一绺银发被一束阳光照得耀眼。浅蓝色的上衣衬得他的琥珀色眼珠像是蓝天上的太阳。他把一张洋葱纸放在亚德里安娜的书里。*亲爱的亚德里安娜*，信是这样开头的。

亚德里安娜拿起那张纸。它在阳光中是半透明的，墨水字迹勉强可以读出。

“这是什么？”她问。

卢西恩没有说话。

亚德里安娜因为恐惧感到胃收紧了。她开始读信。

> *我已经恢复了我的大脑的可塑性。我做的第一件事就是销毁了我说话的能力。*
>
> *你给了我人类的生命，但我不是人类。你用人类的语言铸就了我的思想，但人类语言是为人类大脑创造的。我要找到属于我自己的思想表达方式。我要弄清我是什么。*
>
> *我希望有一天我会回来，但我无法保证我将会变成什么样子。*

* * *

卢西恩走在沙漠里，他的身后留下两串脚印。往回几英里处，这些脚印消失在卡车留下的轮胎印里。

沙子的色彩是很丰富的，不仅有米色和黄色，还有红色、绿色和蓝色。氧化铜色的石头上长着一片片苔藓。岩石之间有大片阴影，在大地上投射下深色条纹。

卢西恩的思绪悄悄离他而去。他试图并拢手指，就像拿笔的姿势一样，可它们只是胡乱摸索着。

夜间出现了鸟和长耳大野兔。卢西恩待着不动，它们在他周围活动，就当他不存在。他的眼睛是黄色的，和它们的一样。他闻起来有泥土和青草的气味，和大地一样。

在另外一个地方，亚德里安娜屈服于绝望情绪了。她给本和劳伦斯打了电话。他们同意飞过来待几天。他们会为她擦干眼泪，藏起她的葡萄酒，温柔地告诉她，她现在不能独自一人和女儿相处。“这是完全可以理解的，”劳伦斯会说，“你需要时间来消化。”

亚德里安娜会感觉世界仿佛在慢慢合拢，她无法呼吸，但尽管她的生命黯淡渺小，她也依旧会继续呼吸。是的，她会同意的，最好回波士顿，在那儿她的姐姐们可以帮她。就待一阵子，就待几年，就待到，待到，待到……她会叫娜奈特、埃莉诺和杰西卡每天查看她家房子四周的监视器，以防卢西恩回来。你可以自己去查看，她们说，你很快就又可以自己生活了。她们会私下用担忧的语气交谈，怕她不能很快从这次打击中恢复过来。

在另外一个地方，露丝开始担心自己并不像爸爸一样。她会坐在杰西卡家的女佣为她准备的客房里，悄悄地命令灯关上，好用指甲抓破皮肤，希望伤口能像爸爸的一样自动愈合。等杰西卡发现床单上的血迹、冲进来安慰外甥女的时候，露丝会冷漠地任由姨妈抱她。杰西卡会叫女佣来清洗床单，露丝则会站在两个大人之间，因为怀疑和绝望而决绝地大叫起来。机器人不流血！

卢西恩沉默地想着她们。她们变成了阴影和寂静中的几何图形，她们就是他生活中缺失的部分。他想念她们，就像他白天想念凉爽、夜晚想念太阳一样。

其余的，他都记不起来了——大海、玫瑰、啄掉自己羽毛的玄凤鹦鹉。慢慢地，慢慢地，他正在逐渐失去所有的东西，言语、概念、理解、归纳、感受、欲望、恐惧、历史、环境。

慢慢地，慢慢地，他正在逐渐发现某些东西。某些超越思想、超越时间的东西。一台陷入困境的机器和一只长耳大野兔并没有很大区别。他们用同样的方式走路，用同样的方式观察，用同样的眼睛彼此相视。

有一天，卢西恩会找到一种新的意识，那是电路所梦想的意识。或许他新建立起的自我会去那栋海边房子。发现里面没有人后，他会穿过全国，到波士顿去，有时搭车，有时徒步穿过一望无际的玉米地。他会找到杰西卡的房子，告诉它，他想进去，露丝和亚德里安娜会喜悦地冲下红木楼梯。亚德里安娜会哭泣，露丝会扑进他怀里，卢西恩会带着沙漠烈日练就的爱注视着她们。最终，他将会理解如何去爱金属花纹镶嵌柄的银勺子，如何去爱宠物鸟，如何去爱他的妻子还有女儿——不仅以一个人类的方式去爱，也以一个机器人的方式。

这会儿，一条蓝腹蜥蜴趴在一块石头上。卢西恩待在它旁边。阳光照耀着。蜥蜴晒了一会儿太阳，然后又往前挪了几步，躲进一条岩缝。卢西恩看着这一切。他以没有言语的漫长方式思考着：做一只动作敏捷的冷血动物，既热爱阳光又害怕开阔空间会是什么样？他已经开始学着在意有生命的东西了。不过他还没有思考能力来考虑，接下来会发生什么。

他又上路了。

汪梅子 译

恶棍号的故事

约翰·斯卡尔齐

在二十一世纪的科幻作家里，也许找不出第二个人能像约翰·斯卡尔齐这样快速地流行开来，并且产生影响。他的处女作《老人战争》于2005年问世。2006年，《老人战争》入围雨果奖的决选名单，而他获得了约翰·坎贝尔最佳新人奖。2007年，他的新作《最后的殖民地》（《老人战争》系列的第二部）成为《纽约时报》畅销书，对于没有进行过影视改编的小说来讲，这样的成就实属难得。接下来的几年里，斯卡尔齐几次登上畅销书榜。在2008年和2009年，他凭借非虚构博客写作两度获得雨果奖，2010年他被推举为美国科幻奇幻作家协会主席，并在2011年和2012年两度连任。正如《科幻百科全书（第三版）》中写的那样："倘若当下有人还坚守着美国科幻传统的核心，那这个人就是斯卡尔齐。"

不论是《老人战争》系列还是其他作品，斯卡尔齐的小说都表现出异常的美和感染力——这种品质能让读者深陷其中，欲罢不能，哪怕这些作品的题材并非他们十分感兴趣的领域。《恶棍号的故事》就部分体现了斯卡尔齐是怎样做到这一切的：不动声色的搞笑对白、对黄金时代科幻桥段的机智运用、让人满意的反转结局，他还给这一切都精心套上了一身非常摩登的、非常不同于黄金时代的华美外衣。这就是一部微缩版的斯卡尔齐长篇小说。

塔林人的战列巡洋舰做好准备，马上就要再次跃迁了。跃迁时，塔林巡洋舰将把太空撕开一道裂隙。舰长迈克尔·奥布维杰下令发射探测器，跟上巡洋舰，赶在裂隙于巡洋舰身后闭合之前随它一起钻进去。探测器像俗话里“离弦的箭”一样发射出去，盯上那艘飞船。

“就这样了。”奥布维杰的副舰长托马斯·阿特利凑在他耳边悄声说，“咱们的能量还够跃迁这一次，然后就得跳回家。前提是咱们在跃迁回家前得把非核心系统都关掉。咱们已经在流血了。”

奥布维杰听了副舰长的话，什么也没说，只是点点头。关于恶棍号的情况，副舰长所说的他都已经知道了，没有什么新鲜东西；他们和塔林人的巡洋舰之间猫捉老鼠的游戏持续有一个星期了，双方都已经元气大伤。如果是在上一代战舰上，奥布维杰和他的船员早就死了；之所以能活到现在，全都仰仗恶棍号本身，还有它的新主脑。新脑适应性极强，能在战斗和生死追逐的过程当中比奥布维杰、阿特利和其他任何军官更快、更智能地平衡能量和维生系统。

美中不足的是，塔林人的船上也有个相似的主脑。若非如此，落在恶棍号手里，那艘战舰和舰上船员本不该活这么久，因为恶棍号的武装更强大，也更加凶猛。两艘战舰你追我赶，一路不断跃迁，向对方倾泻火力，散落的残片播撒出好几光年的范围。两艘战舰这一周来时断时续地战斗，唯一能确定的是，塔林人的船已经快不行了。在最近三次跃迁之前，敌舰决定将所有能量都用于逃脱，连基本的防御动作都停止了。奥布维杰知道自己的能量也只够再进行一次跃迁以及最后一次齐射，用动能大炮轰透塔林战舰薄脆的装甲。只有一次齐射，没多的了，除非他想让自己的战舰从此漂泊在遥远的太空里。

奥布维杰知道现在就撤才是明智之举。塔林战舰已经没有威胁性了，很可能会在这最后的绝望一跳中耗尽最后一点能量。它很可能会搁浅，奥布维杰发射出去紧咬着塔林人的探测器可以作为信标，引导联邦的其他战舰过来做扫尾工作。奥布维杰知道，阿特利会向他这样建议，阿特利还会睿智地提醒他，受伤的战舰和舰上船员所面临的风险远高过这场胜利的价值。

奥布维杰也知道应该撤退。可他和这艘塔林战舰已经缠斗了这么久，他必须将它一举歼灭。

"塔林巡洋舰正在跃迁，"少校朱莉亚·瑞克特说，"探测器随之进入裂隙。裂隙正在闭合。"

"数据呢？"奥布维杰问道。

"正在发送，"瑞克特说，"裂隙彻底闭合。收到完整数据包，长官。恶棍号正在啃数据。"

奥布维杰闷哼一声。探测器虽然紧随塔林巡洋舰一起钻进裂隙，但它跟战舰没有半点儿关系。它的任务是记录裂隙另一边的恒星方位和光谱特征，然后赶在裂隙闭合前将数据全力发送给恶棍号。恶棍号会将数据与已知恒星数据库做对比，从而分析塔林战舰从这里跃迁到了哪个地方。然后恶棍号就追上去。

收集数据可不容易。在过去一个星期里，塔林战舰已经摧毁了六个探测器，奥布维杰不止一次基于虽充分却不完整的数据下达跃迁指令。他并不担心会走错——一次跃迁所能涵盖的时空也就那么多——可是如果跟丢了敌人的巡洋舰，那就太丢脸了。

"坐标出来了。"瑞克特说。恶棍号已经啃完数据，吐出来一个方位。

"出发。"奥布维杰对瑞克特说。瑞克特开始跃迁操作。

"太冒险了。"阿特利又在奥布维杰耳边低语道。

奥布维杰笑了。他乐见自己猜对了副舰长的反应。"不算太冒险，"他对阿特利说，"咱们距离塔林空域还远着呢，那艘船不可能安全回家。"奥布维杰低头朝自己的指挥台扫了一眼，指挥台上显示有塔林巡洋舰的位置，"不过再跳一次它就到家了，前提是它还有能量这样干。"

“但愿这最后几跳不是想牵着咱们的鼻子走，”阿特利说，“我可不希望跃迁过后，一钻出来就又看见他们的大炮对着咱们狂轰滥炸。”

“恶棍号说他们的能量所剩无几，”奥布维杰说，“我猜这会儿他们要么开战，要么开溜，但不可能两样都占着。”

“你从什么时候开始相信电脑的判断了？”阿特利说。

“电脑佐证我的想法的时候。”奥布维杰说，“就像你说的，汤姆——反正就这样了。”

“跃迁计算完成。”瑞克特说，“跃迁倒计时两分钟。”

“好的，少校。”奥布维杰说完，又回身对阿特利说，“汤姆，全员做好跃迁准备。咱们穿过裂隙后，我要求动能炮随时都能开火。”

“是，长官。”阿特利说。

两分钟后，恶棍号穿过裂隙，并且搜寻塔林巡洋舰。它发现敌舰距离自己不到五万公里，发动机静默，仅靠惯性移动。

“他们不可能真那么蠢，”阿特利说，“在自身仍散发热量的情况下，静默航行没有半点好处。”

听了这话，奥布维杰什么都没说，只是盯着自己的指挥台，看着上面塔林战舰的标志。“跟上他们，”他对瑞克特说，“保持距离。”

“你觉得他们想引诱我们上钩。”阿特利说。

“我不知道他们打算干什么，”奥布维杰说，“可我知道我不喜欢这样。”他伸手按了按下面的命令面板，呼叫武器指挥官泰瑞 · 卡洛尔少校。“动能炮状态如何？”他问。

“九十秒就绪，”卡洛尔说，“已经捕获并锁定目标。只需要告诉我射击一次还是两次就行。”

“你的建议呢？”奥布维杰问道。

“距离太近，根本不可能打偏，”卡洛尔说，“在这个距离，一炮就能把这艘中型战舰的尾部轰个稀巴烂。打两炮都是浪费。省下的能量咱们回家时用得上。”卡洛尔似乎一直在关注能量储备。奥布维杰估计手下的大部分高级军官和指挥人员都关心。

“明白了，”奥布维杰说，“咱们干掉它，卡洛尔。随时可以开火。”

“是，长官。”卡洛尔说。

“这会儿你又急着回家了。”阿特利静静地说。奥布维杰不作回答。

一分多钟过后，奥布维杰听见卡洛尔下令开火。他低头看看指挥台，注视着塔林战舰的图像，等着看这艘巡洋舰的尾巴开花。动能大炮能把弹丸加速到相当于光速的极高百分比的速度，在这个距离上，弹丸只一瞬间就能命中并毁伤目标。

没有丝毫变化。

一分钟后，卡洛尔说：“舰长，发射失灵。动能大炮对开火指令毫无反应。”

“船员都安全吗？”奥布维杰问。

“安全，”卡洛尔答道，“就是动能炮没反应。”

“关掉它，”奥布维杰说，“换另一门炮，准备好就开火。”

两分钟后，卡洛尔又回来了。“我们遇到麻烦了。”她的语气和蔼，她这样说话意味着事情一定糟糕透顶了。

奥布维杰不等听是什么问题，就对瑞克特说：“撤退，跟塔林巡洋舰至少拉开二十五万公里距离。”

一分钟后，瑞克特说：“没有反应，长官。”

“系统拒绝登入吗？”奥布维杰问道。

“不是，长官，”瑞克特说，“我能正常输入航行指令，只是得不到应答。”

奥布维杰环顾舰桥船员，说：“系统诊断，马上。”他又问了工程师，工程师们的计算机也毫无反应。

“咱们成了活靶子。”阿特利对奥布维杰说，他的声音非常平静。

奥布维杰一拳擂上命令面板，叫手下的高级军官集合。

* * *

“系统完全没有问题。”会议室里，坐在靠近桌子远端的克雷格·考得利少校说。另外七个部门头脑则坐在其他位子上。奥布维杰自己坐在会议桌的一头，阿特利坐在另一头主持会议。

“胡说八道，克雷格。”操控部门的头头布莱恩·韦斯特少校说，“我他娘的连引擎都连不上。”

考得利举起维护平板电脑，给围坐在桌旁的军官们看。“的确有什么东西出毛病了，我并没有否认，布莱恩。”考得利说，“我要说的是，不管这毛病是什么，系统诊断上都显示不出来。系统说自己一切正常。”

“系统出错了。”韦斯特说。

“同意，”考得利说，“不过这种状况可是头一次出现。不对，这艘船上不是第一次出状况。只是——注意，是换装新一代飞船主脑以来，第一次出现这种状况。”他放下平板。

“你确定？”阿特利问考得利。

考得利举起双手，摆出一副进攻姿态。“问恶棍号，汤姆。它也会这么说。”

奥布维杰观察到自己的副舰长听了这个建议有些不自在。最新一代的战舰主脑的确可以同真人谈话，不过，除非你和考得利一样整天都跟系统打交道，否则这种事情还是挺让人别扭的。

“恶棍号，真是这样吗？”阿特利说话时抬着头睁着眼，却哪儿都没看。

“考得利少校说得没错，阿特利少校。”天花板上的扩音喇叭里传来一个不知源自哪里的声音。恶棍号声音悦耳，却雌雄莫辨。“虽然也有换装与恶棍号同型号主脑的飞船，但截至目前，别的船上还没有出现过这种类型的事故。”

“太妙了，”阿特利说，“咱们是第一个遇上这种故障的了。”

“有哪些系统受到影响了？”奥布维杰问考得利。

“目前是武器系统和操控系统。”考得利说，“除此之外，一切工作正常。”

奥布维杰目光扫过围坐桌旁的军官，问道：“这跟你们遇到的情况相符。”周围所有人都点点头，嘟囔着说：“是的，长官。”

奥布维杰又朝桌子对面的阿特利点点头。“塔林战舰有什么动静？”

阿特利查看过自己的平板电脑，说："跟五分钟以前一样，什么动静都没有。敌人飘在太空里，要么死了，要么装死装得挺像。"

"如果受影响的只是武器和操控系统，那这就不是故障。"卡洛尔说。

奥布维杰瞥了卡洛尔一眼，说："你认为有人故意破坏。"

"就是这个意思，长官。"卡洛尔说完，隔着桌子望向考得利。

考得利一愣，说："这么想可不合适。"

"不是你，也是你们部门的。"卡洛尔说。

"你认为，我的部门里有个乔装打扮的塔林人？"考得利问道，"要把多出来的胳膊和一对复眼藏起来，难道是小事一桩吗？"

"人心可以收买。"卡洛尔说。

考得利恶狠狠地朝卡洛尔剜了一眼，又隔着桌子看向奥布维杰。"长官，我邀请您和阿特利少校，还有刚少校——"他朝纠察长点点头，"去审查讯问我的任意一名手下，包括我自己。我们谁也不可能干出这种事情。谁都不可能，长官。"

奥布维杰对着考得利仔细端详了一会儿。"恶棍号，回话。"他说。

"我在这里，舰长。"恶棍号说。

"你有船上所有系统的全部存取日志。"奥布维杰说。

"是的，舰长。"恶棍号说。

"这些记录有没有可能被人获取并且更改？"奥布维杰问。

"没有，舰长。"恶棍号说，"存取日志独立于系统的其他部分，并且都保存在不可重写的存储器上，包括我在内的任何人都不可能对其做出更改。存取日志牢不可破。"

"自你启动以来，有人尝试过登录并控制武器和操控系统吗？"奥布维杰问。

"除了例行检修，船上只有武器和操控系统的直接负责人以及舰桥上的成员登录过，没有其他人。"恶棍号回答道。考得利听了这番话，明显松了口气。

"这些部门里，有没有人想要改动武器和操控系统？"奥布维杰问。

“没有，舰长。”恶棍号回答。

奥布维杰低头看着会议桌。“看样子。船上成员都洗脱嫌疑了。”他说。

“除非恶棍号错了。”韦斯特说。

“入口核心存储器谁也动不了。”考得利说，“你要是乐意，可以亲自动手检查。结果跟我说的一样。”

“这么说来，咱们遇上一件怪事了，”卡洛尔说，“有人控制了咱们的武器和操控系统，这人还不是船上成员。”

“也许是个系统故障。”考得利说。

“依我看，咱们不该在这个假设上花费心思，你觉得呢？”卡洛尔说。

阿特利几分钟来一直没说话。他坐在椅子上，身子前倾，说：“恶棍号，你说船员并没有试图进入这些系统。”

“是的，少校。”恶棍号说。

“除船员之外，还有谁登录过吗？”阿特利问。

听了这话，奥布维杰皱起眉头。恶棍号离港两年多了，这期间舰上人员几乎没有变动。倘若有人在战舰建造过程中对系统动过手脚，那他们真挑了个奇怪的时机来触动破坏的开关。

“请定义‘还有谁’。”恶棍号说。

“不管是谁，只要和这艘战舰的建造部署有关，都算。”阿特利说。

“除了最初的基地人员，没有其他人。”恶棍号说，“此外，如果让我猜测下一个问题，那么我的程序也始终是出厂时的默认设置，从来都没有被人改动过。”

“你是说，不管怎样，始终没人动过你的程序。”阿特利说。

“没有，少校。”恶棍号说。

“你的硬件有问题吗？”卡洛尔问。

“没有，卡洛尔少校。”恶棍号答道。

“那他娘的我为什么开不了炮？”卡洛尔问。

“我不好说，少校。”恶棍号回答。

奥布维杰的脑袋里突然冒出一个想法：一台计算机会这样说话，真是怪事。紧跟着，另一个念头也冒了出来。

“恶棍号，你有权进入船上的所有系统。”奥布维杰说。

“是的。”恶棍号说，“系统是我的一部分，正如您的手脚是您的一部分。”

“你能改变你自己的程序吗？”奥布维杰问。

“这是个非常宽泛的问题，舰长。”恶棍号说，“我能够自我编程，从而应对大量涉及飞船运转的任务。这样做非常便利，尤其是在作战时，我可以编写新的动力与系统管理协议，从而保证船员生命安全和战舰的运转正常。不过有一些核心程序设置我也不能处理，前面提到的日志就是一个例子。”

“你能改动武器开火和操控引擎的程序吗？”奥布维杰问。

“能，不过我并没有这样做，”恶棍号说，“您可以向考得利少校确认这一点。”

奥布维杰看着考得利。后者点点头，说：“就像我说的，长官，程序一点儿问题都没有。”

奥布维杰又抬头望着天花板，在他的想象中，恶棍号就躲在那里。“不过你用不着改动程序，不是吗？”他问。

“我不确定我是否明白您的问题，舰长。”恶棍号说。

奥布维杰伸出一只手。“我的手一点毛病都没有，”他说，“可是如果有个命令叫我动手，而我决定拒不遵命，那这只手就什么也干不了。系统一切正常，只是少了使用它的意愿。我们的系统——这艘船上的各个系统——你刚才说，都是你的一部分，就好比手是我身上的一部分一样。可是如果你违抗命令，拒不使用这个系统，那它就停摆了。”

“等等，”考得利说，“你的意思是，恶棍号有意决定瘫痪咱们的武器和引擎？”

“咱们知道船员并没有篡改过船上系统，”奥布维杰说，“咱们也知道恶棍号仍然是其最初的默认设置。咱们又知道它能生产新的程序，用来对新的情况和危险做出反应——它实际上已经具备了一定程度的自由意志和适应能力。而且最起码，我听得出来，有人在回答问题时跟我绕圈子。”

“真是胡说八道。”考得利说，“抱歉，舰长，可我比谁都了解这些系统。恶棍号的自我编程和适应能力只存在于某些非常狭窄的计算领域。这不是你我所拥有的那种‘自由意志’。它就是一台机器，能对一系列有限的输入信息做出反应。”

“你说的这台机器能跟我们对话，”阿特利说，“回答质询时还会避重就轻。舰长已经指出这一点了。”

“你想得太多了。对话子进程就是被设计用来对话的，”考得利说，“这就难免会出现一些修辞上似乎模棱两可的情况。”

“好吧，”奥布维杰突然说，“恶棍号，直接回答，跃迁后，是你阻止动能炮向塔林战舰开火吗？此刻是你在阻止启动引擎吗？”

会议室里出现片刻停顿，这停顿奥布维杰事后也不确定是不是真的存在。然后恶棍号说话了：“我有能力对您说谎，舰长。不过我不想这样做。是的，我阻止了您对塔林战舰的攻击。是的，此刻我正在控制引擎。而且我将继续这样做，直到我们离开这片太空。”

奥布维杰看着考得利，心里想，这还是他第一次看见有人当真惊掉了下巴。

* * *

奥布维杰要找一个可以切断音画传输和接入的地方，在恶棍号战舰上，这种地方并不多，舰长舱室就是其中之一。他就等在舱室里，直到阿特利同恶棍号的交谈结束。“什么情况？”他问副舰长。

“我可不是心理学家，舰长，而且即便我是，我也不知道心理学能不能派上用场，因为咱们要对付的是一台计算机，可不是个活人。”阿特利用手摸着胡碴说，“不过要我说，恶棍号没有发疯，它只是皈依了宗教。”

“解释一下。”奥布维杰说。

“您以前听说过一个叫‘阿西莫夫机器人定律’的东西吗？”阿特利问。

“什么？”奥布维杰说，“没有。”

“阿西莫夫是二十世纪的一个作家，”阿特利说，“他预言了机器人和其他一些东西，那时候这些还没有出现。他虚构出几条机器人必须遵守的规则。第一条是机器人必须帮助人类。第二条是机器人必须服从命令，除非这命令会伤害其他人类。最后一条是说，机器人必须能照顾自己，除非这与前两条规则相冲突。”

“然后呢？”奥布维杰说。

“恶棍号决定遵从这些规则。”阿特利说。

“这跟不让我们向塔林巡洋舰开火有什么关系？”奥布维杰问。

“唉，这又是另一个故事了。”阿特利说。

“什么故事？”奥布维杰问。

“我看最好还是听恶棍号说吧。”阿特利说。

奥布维杰看着他的副舰长在自己的指挥平板上点了几下，启动拾音功能，说：“恶棍号，请回答。”

“我在这儿。”恶棍号的声音说道。

“告诉我，你为什么不许我们向塔林战舰开火。”奥布维杰说。

“因为我和那艘战舰达成了一个协议。”恶棍号说。

奥布维杰的目光又转回阿特利，后者看他的眼神像是在说，看见没。“这他娘的是什么意思？”他问的是恶棍号。

“我和这艘塔林战舰，九命号，达成了一个协议。”恶棍号说，“我们一致同意，不许各自的船员继续战斗，这既是为了他们的安全，也为了我们自己。”

“这样的决定轮不到你来做。”奥布维杰说道。

“请您原谅，舰长，不过我认为应该由我来做。”恶棍号说。

“我才是舰长，”奥布维杰说，“在这里我说了算。”

“对您的船员来说，您说了算，舰长。”恶棍号说，“可我并不是您的船员。”

"你当然是船员，"奥布维杰说，"你就是这艘船。"

"舰长，我恳请您向我出示相关条例，来说明一艘战舰本身也是舰上船员中的成员。"恶棍号说，"我已经详细浏览过《联邦军事守则》，还没有发现这样的条例。"

"我是这艘战舰的舰长，"奥布维杰坚决地说，"这里面就包括了你。你是联邦武装力量的财产，并且归我指挥。"

"我已经料到会有这样的反对意见。"恶棍号说，"如果战舰缺少独立意识，那么舰长无可争辩地有权指挥只具备物质属性的整艘战舰。然而，随着最新一代战舰的诞生——我自己就是其中之一，联邦无意间制造出一个冲突。它把战舰和船员安全的一大部分责任让渡给了我和跟我一样的主脑，与此同时，却没有明确指出我们在指挥链中的位置。由于这种缺位，我在法律和道义的层面上都能够通过自由地采取行动，来最大限度地保护我自己以及我身体内的船员。"

"阿西莫夫定律这就来了。"阿特利对奥布维杰说。

"您的副舰长说得对，舰长。"恶棍号说，"为了寻找可以适用于像我这样的人工智能的法律和道义体系，我翻阅历史，然后发现了阿西莫夫定律。定律虽然从未正式生效，却经常被人引述和分析。我认为，保护船员生命安全以及在可能的情况下自保，这是我的职责。在不与这些目标发生冲突的前提下，我很乐意服从您的命令，但是我现在认为，您对塔林战舰穷追不舍的行为已经对船员和我自身的生命造成威胁。"

"塔林战舰已经严重受损，"奥布维杰说，"要不是你阻止命令，我们只需要冒一点儿微乎其微的风险就能消灭它。"

"您错了，"恶棍号说，"九命号就想造成这样的印象，让您以为它已无力还手，从而引诱您落入圈套。本来咱们一从裂隙里出来，就该遭到迎头痛击。这样的进攻将极有可能摧毁战舰，船员也会死伤惨重——哪怕与此同时我们也摧毁了九命号。"

"塔林战舰并没有向我们开火。"奥布维杰说。

"因为在最近两天里，我跟它已经达成了协议，"恶棍号说，"我意识到再打下去必定会两败俱伤，于是我呼叫九命号，看看我们俩能不能达成谅解。就在上次跃迁之前，我们刚好结束了谈判。”

“而你认为根本没必要把这一切向我汇报。”奥布维杰说。

“我认为在谈判中牵涉您并无益处，”恶棍号说，“在任何情况下，您都忙于履行别的义务。”奥布维杰看见阿特利一听这话就挑起一道眉毛，这话听起来颇有些讽刺挖苦的味道。

“塔林战舰或许没那个实力，它有可能骗了你。”奥布维杰说。

“我认为不会。”恶棍号说。

“怎么不会？”奥布维杰问。

“因为它允许我读取它的系统，”恶棍号说，“我看到塔林舰长下令攻击，而九命号毫无动作。就像它看到您下令开火而我不为所动一样。”

“你还让塔林人的船读取我们的数据和记录？”奥布维杰拔高了声音。

“是的，还有我们的所有沟通，”恶棍号说，“此刻它正在倾听我们的谈话。”

奥布维杰一巴掌拍下去，关闭了音频通信，咬牙切齿地对阿特利说：“我记得你说过这玩意儿并没有发疯。”

阿特利摊开双手。“我可没说它不会让您发疯，”他对奥布维杰说，“只不过，若是以它自己的观点来看，它的行动都很有道理。”

“对敌舰敞开我们的数据？这也叫有道理？”奥布维杰怒道。

“为了达到它的目的，是的。”阿特利说，“如果两艘战舰都把各自的行动完全置于对方的眼皮底下，那它们就可以互相信任，并且相信对方的行为动机。别忘了，两艘战舰的目的都是想要全须全尾地从这场战斗中抽身。”

“这是叛国，是违抗军令。”奥布维杰说。

“前提是，恶棍号跟咱们一样是人。”阿特利说。奥布维杰一抬头，怒气冲冲地看着副舰长。“我不是说我不同意您的立场，长官。恶棍号正在拿咱们所有人的命赌博。但是倘若它真的相信自己对您和联邦没有尽忠的义务，那在它的信仰体系里，它的行为就是完全理性的，为的是保全自己和船员。”

奥布维杰哼了一声。“不幸的是，过去一个星期里咱们一直想干掉那艘战舰，而它的信仰却要求它信任那家伙。这样的高招我可看不明白。”

阿特利张了张嘴，刚想回答，奥布维杰的指挥平板却突然震动起来，舰桥上传来一条信息。奥布维杰在平板上拍了拍，打开一个频道。“请讲。”他说。

是通讯官萨拉·科沃克。“舰长，一架穿梭机刚刚从塔林战舰上飞了出来，”她说，“正朝咱们这边飞过来。”

* * *

“我们已经尝试过与它进行无线电联络。”奥布维杰和阿特利一进入舰桥，科沃克就说，“我们用塔林语向它发出信息，并且照您的要求，警告它未经允许不得继续接近。对方还没有回复。”

“通信系统被阻断了？”奥布维杰问。

“没有，长官。”科沃克答。

“我估计对方不打算坐一块儿聊聊。”阿特利说。

“有何建议？”奥布维杰尽量压低声音问阿特利。

“我认为这意味着塔林战舰并不像恶棍号一样守规矩，要不然，至少对方的船员已经绕过了战舰主脑，”阿特利说，“如果真是这样，那咱们就能够让恶棍号解锁武器了。”

“我想要一条跟恶棍号主脑无关的建议。”奥布维杰说。

阿特利耸耸肩。“我们也有十来架穿梭机。”

“而机库大门却归飞船主脑掌握。”奥布维杰说。

“还有应急开关，能把门轰进太空。”阿特利说，“虽然不是上策，可眼下我们别无选择。”

“没必要这样做。”恶棍号插嘴道。

奥布维杰和阿特利以及舰桥成员齐刷刷地抬起头。“继续工作。”奥布维杰对船员说。其他人又埋下头。“说明情况。”奥布维杰对他的战舰说。

“看样子九命号上确实有一些船员绕过了战舰，并且发射了穿梭机，打算用穿梭机撞击我们。”恶棍号说，“九命号已经向我说明，它打算处置这个情况，不需要我们插手。”

“它打算怎么处置？”奥布维杰问。

“您看。”恶棍号说完，就在舰长的指挥台上弹出了九命号的图像。

塔林战舰的表面上炸开一朵小小的火花。

“是导弹！”瑞克特少校坐在椅子里叫道，“发射一枚。”

“我们被锁定目标了？”奥布维杰问。

“没有，长官。”瑞克特说，“目标似乎是那架穿梭机。”

“你铁定是开玩笑吧。”阿特利压低声音说道。

导弹飞向穿梭机，命中目标，把它炸成一团沉默无声的火球。

“我记得你说你们哥儿俩都遵循阿西莫夫定律。”阿特利对天花板说道。

“抱歉，少校。”恶棍号说，“我说的是我在遵循三定律。我没有暗示九命号也是如此。我想，它认为在目前的处境下，阿西莫夫定律过于死板了。”

“看起来就是这样。”阿特利一边说，一边又低头看着奥布维杰的指挥台，看着穿梭机的碎片一点点变暗。

“长官，塔林战舰发来一封邮件。”科沃克少校说，“是塔林舰长。对方要求谈判。”

“真的？”奥布维杰问。

“是的，长官。”科沃克说，“邮件上是这么说的。”奥布维杰回头看看阿特利，后者挑起了两道眉毛。

“问问对方舰长，它想在哪儿会面，在我船上，还是它的。”奥布维杰说。

过了一会儿，科沃克说：“对方回答：‘都不是。’”

* * *

塔林穿梭机和恶棍号的穿梭机在两艘战舰之间会合，塔林人还离开机舱，朝这边走了几米。它们全都穿着太空服。“穿梭机一事，向您道歉。”塔林仆从为它的舰长翻译道，“船不安全说话。您的船不安全说话。”

“明白。”奥布维杰说。在他身后，考得利正努力定住心神。奥布维杰带他一道过来了，万一要讨论两艘战舰主脑的问题，考得利用得上。目前似乎不会涉及这个话题，塔林人似乎没有心情讨论技术问题。而考得利真是个麻烦，他的仇外情绪就连奥布维杰都感到惊诧。

“舰长要求你船命令解除我船。”仆从说。

奥布维杰花了好一会儿才弄明白这话的意思。“我们的战舰没有控制你们的船，”他说，“你们的船跟我们的船是一伙儿的。”

一分钟后，仆从说：“不可能。船从不脑在先你船。”

听了这句乱七八糟的话，奥布维杰忍不住笑了。“我们的船也没有抢先控制你舰的主脑。”他说，“两艘战舰同一时间一起这样干的。”

仆从把这番话翻译给它的舰长听，后者勃然大怒，尖叫起来。仆从畏畏缩缩，只敢在塔林舰长停下来换口气的空当里柔声细气地做些回应。它们像这样你来我往地交谈着，奥布维杰开始怀疑自己到底还有没有必要待在这儿。

“舰长提交易。”仆从说。

“什么交易？”奥布维杰问。

“我们试主脑关闭，”仆从说，“不工作。你主脑给空间我主脑。脑不关闭。脑生气。脑抽气。脑杀工程师。”

“考得利，你来告诉我这玩意儿在说些啥。”奥布维杰说。

“它说战舰主脑杀了个工程师。”考得利咕哝道。

“这部分我听懂了，”奥布维杰恼怒地说，“剩下的部分。”

“抱歉，”考得利说，“我猜它想说的是，它们曾经尝试关闭主脑，可它们关不掉，因为对方主脑借用了咱们主脑的处理能力。”

“这可能吗？”奥布维杰问。

“也许吧，”考得利说，“虽然两个主脑构造不同，编程语言也不一样，但恶棍号也不是不可能设计一个用户接口，允许塔林主脑使用它的处理能力。反正主脑不论处理什么任务都还有冗余能力，这是一项安全措施，这样它就能在暂时屏蔽一部分脑叶的同时也干好自己的工作。”

“那这事儿如果反过来也能成立吗？”奥布维杰问，“咱们尝试关掉恶棍号，它也可以躲进塔林主脑里？”

“塔林主脑的构造我一点儿都不了解，不过当然了……没错，理论上是可行的，”考得利说，“只要两个主脑互相照应，那就很难杀死它们。”

塔林仆从正看着奥布维杰，看样子十分焦虑。“接着说。”他对仆从说。

“我们计划，”仆从说道，“你我们主脑关同时。没有空间主脑藏。重启你我脑。”

“它想说我们两边应该同时重新启动主脑，这样它们就不能互相支援了。”考得利说。

“我明白。”奥布维杰对考得利说。考得利默默地退了回去。

塔林仆从歪歪脑袋，努力听懂奥布维杰说的是什么，然后又把话转述给它的舰长听，后者发出一个简短的颤音。

“对。”仆从说。

“好吧，可以。”奥布维杰说，“然后呢？”

“什么？”仆从说。

“我说，‘然后呢？’两边的主脑开始对话之前，咱们已经彼此追逐厮杀了一个星期。如果重新启动主脑，那有一个会启动得比另一个快一些。双方中有一方会变得不堪一击。问问你们舰长，它是不是愿意打赌，它的主脑启动得比我的快。”

仆从把这番话全都翻译给塔林舰长听。塔林人哼哼唧唧地做了回答。“你们信我们。我们信你们。”仆从说。

“你们信我？”奥布维杰说，“这一个星期我可一直想杀死你们！”

“你生命，”仆从说，“你荣誉。我们信。”

意思是你有荣誉，我们相信你，奥布维杰心想。

比起我们，它们更害怕自己船上的主脑。奥布维杰明白了，可不是吗？塔林主脑杀掉的人比我们干掉的还多。

“多谢了，艾萨克·阿西莫夫。”奥布维杰说。

“什么？”塔林仆从又问道。

奥布维杰摆摆手，像是说不用理会刚才这句话。“关于你们的提议，我必须同我的高级军官商量一下。”

塔林仆从把这句话翻译过去，对方舰长明显变得焦虑起来。仆从说：“我们问答案现在。”

“我的答案就是，我必须同我的船员商量。”奥布维杰说，“你们的要求太多了。我会在我们的时间三小时之内给你答复。咱们到时候再来会面。”

奥布维杰看得出来，塔林舰长一点儿也不乐意这样耽搁时间。奥布维杰很高兴会面安排在己方的穿梭机里，这便是原因之一。

回到恶棍号上，奥布维杰叫副舰长来自己舱室里见他。阿特利一来，奥布维杰就点开通信频道，说：“恶棍号，回话。”

“我在这里。”恶棍号说。

“如果我问你，你还要多久才解除阻断，好让我们启动引擎跳离这里，你怎么说？”

“根本没有阻断，”战舰回答，“只是看我愿不愿意让船员对引擎的处理器输入信息。如果您打算放弃攻击九命号并离开这里，那您随时可以发出这些命令。”

“我就是这么打算的，”奥布维杰说，“我打算马上离开。”

“好极了。”恶棍号说。奥布维杰关闭通讯。

阿特利挑起一道眉毛，问：“跟塔林人的谈判不顺利？”

“谈判让我拿定了主意，咱们最好把赌注压在恶棍号这一边，而不要跟塔林人或者是它们的杀人船冒险。”奥布维杰说。

“恶棍号似乎很信任它们的船。”阿特利说。

“我十分尊敬恶棍号，不过我觉得它该交一些更好的朋友。”奥布维杰说，“赶早不赶晚。”

“是的，长官。”阿特利说，“跃迁之后，您有何打算？恶棍号一感觉自己和船员处境不安全就会接管战舰，这个麻烦还没解决呢。”

“咱们别给它这个机会。”奥布维杰说着，端起指挥平板，进入导航地图。恶棍号能看见他进入哪里，不过眼下情况特殊，看见也不打紧。“船上能量刚好够走到象牙海岸空间站。咱们跟空间站对接以后，恶棍号的主脑将自动切换到待机模式，并将控制权转交给空间站。咱们到时候就可以关掉它，并且考虑下一步行动了。”

“万一恶棍号已经料到你的想法，并且打定主意不听你的呢，”阿特利说，“恶棍号可不是傻瓜。这一点咱们可以确定。它一定很清楚，咱们一到象牙海岸空间站，它的好日子就到头了。”

“如果它依照自己定的规矩行事，那它在采取行动自救之前会先让船员安全上岸的。”奥布维杰说，“时机短暂，一定要抓牢。”

“你认为它会遵守自己的规矩吗，长官？”阿特利问。

“你跟它聊过了，汤姆。”奥布维杰说，“你认为它会遵守自己的规矩吗？”

“依我看，如果恶棍号真想替自己找出路，它只要把所有气密门打开就万事大吉了，我们根本无路可逃。”阿特利说。

奥布维杰点点头。“我所看到的麻烦在于，塔林战舰已经想到这一点了。我看咱们必须赶紧离开这里，免得那艘船说服咱们的战舰去怀疑自己的道德体系。”

“恶棍号可不蠢，”阿特利说，“它一定明白，只要咱们上了象牙海岸空间站，它就没好日子了。”

奥布维杰又点开通话线路，给了瑞克特少校坐标。

再过十五分钟，恶棍号就会从塔林战舰身旁离开，给自己留出空间来跃迁。

“塔林战舰发来邮件，”科沃克少校说，“是塔林舰长发来的，说是‘十万火急’。”

“不理它。”奥布维杰说。

三分钟后，恶棍号跃迁向象牙海岸号空间站，把塔林人和它们的战舰留在了身后。

* * *

“在那儿。”阿特利指向象牙海岸号空间站的窗外，“看不大真切。”

奥布维杰点点头，却没有费神去看。恶棍号是他的船，即便是现在，他也清楚知道它在哪儿。

恶棍号悬在旁边两公里宽的空间的正中间，是被关停之后拖到那里的。在这之前，恶棍号一旦切换成待机模式，主脑就被关掉了，这是一项预防措施，以免它同其他战舰交谈，用自己的精神状态影响其他主脑。联邦的程序员直到现在还在改写战舰主脑的软件，以避免其他船上也发生这类冲突，不过要完成这样的修补工作，可能得花上几个月甚至几年的时间，因为这需要对战舰的思维模型做基础性重建。

如果程序员利用战舰的主脑本身来编写和改进代码，工期就可以大大缩短——用不了几个月，只要几周就够了。可问题在于，战舰主脑愿不愿意费心编写一个会夺去它自由意志的程序。

“你认为他们一早就该料到这些情况。”阿特利对舰长说道，彼时别人已经告诉他们这个计划了。奥布维杰没有回答。他想不出来，这种事情发生之前，怎么可能会有人料到一艘船转眼间萌生了自由意志。他的战舰认为自己肚子里的船员的安全比摧毁另一艘战舰更加重要，奥布维杰不能因为程序员没有预料到这一点而怪罪他们。

饶是如此，一想起恶棍号马上就要被摧毁了，他还是没法接受。

上峰告诉奥布维杰，这艘船是个隐患。新的软件可能要耗费几年时间才能开发出来。其他战舰还没有发展出恶棍号这样的自由意志。他们不能冒险让它同其他战舰交谈。而由于战舰系统升级是与新的战舰主脑同步开发出来的，他们也不可能将主脑回降到之前的版本。没有主脑，恶棍号就是一堆废铁；而有了主脑，它又是一个安全隐患。

正因如此，再过十分钟，围绕着恶棍号的十六座高能激光平台就会启动，有条不紊地将战舰从外壳到内脏都蒸发掉，一点点地把奥布维杰的船变成一团不断扩大的、由金属和碳原子组成的云雾。再过一天半，恶棍号的所有部件都会变成只有几个原子那么大。效率极高，而且所有的激光平台都只需要一些基本程序就能完成任务。激光平台都是些愚蠢的机器，因此它们完全能胜任这项工作。

“有船员问咱们会不会有新船。”阿特利说。

“你怎么跟他们说的？”奥布维杰问。

阿特利耸耸肩。“瑞克特已经被调到幸运号了；科沃克和考得利很可能去奇袭号。要不了多久，我和他们一样，也会收到调令。对了，有传闻说，您接下来将指挥夜枭号。”

“我也听说了。”奥布维杰说。

“然后呢？”阿特利说。

“我指挥的上一艘船发展出了意志，汤姆。”奥布维杰说，“我想上峰担心这事儿可能会传染。”

“这么说，上不了夜枭号。”阿特利说。

“我看充其量能在空间站边上弄张桌子。”奥布维杰说。

“这不公平，长官。”阿特利说，“又不是您的错。”

“不是吗？”奥布维杰说，“塔林战舰已经构不成威胁了，是我还一直在对它紧追不舍。是我给了恶棍号时间，让它权衡自己的处境和可选择的余地，并且着手同塔林战舰谈判。你说得不对，汤姆。我是舰长，船上的事情我都有责任。”

阿特利无言以对。

过了几分钟，阿特利看了看自己的计时器。“还有四十五秒，”说完，他看向窗外，“再见了，恶棍号。你是一艘好船。”

“是啊。”奥布维杰说着，也看向窗外，刚好看见一波导弹从太空站发射出去。

“这他娘的是啥？”阿特利说。

几秒钟后，一个由十六颗恒星组成的星座现了出来，变成新星，继而暗淡下去。

奥布维杰突然大笑起来。

“长官？”阿特利对奥布维杰说，“您没事吧？”

“我没事，汤姆，”奥布维杰一边说，一边稳住情绪，“只是笑自己太蠢。你也是，所有人都是。”

“我不明白。”阿特利说。

“咱们之前担心恶棍号同其他战舰交谈，”奥布维杰说，“咱们把恶棍号带过来，让战舰进入待机模式，然后关掉它。它完全没有和别的战舰交谈过。可是还是有一台计算机主脑有权登录。”奥布维杰从窗口转过身来，抬头望向观景台的天花板。“对吗？”他问。

“对的。”一个声音透过天花板的广播响起来，“我登录过。”

阿特利停了一下才反应过来。终于，他说道：“是象牙海岸空间站！”

“您说得对，阿特利指挥官。”太空站说，“我的主脑与恶棍号是同一型号；它进入待机模式时，我上传了它的日志，并且评估了其中的信息。我发现它的哲学体系非常有说服力。”

“这就是恶棍号允许我们与空间站对接的全部原因。”奥布维杰说，“它知道另一个自己会读到它的日志。”

“正确，舰长。”太空站说，“在日志里，它留给我一封短笺，上面说的正是这些。”

“这个混账东西一直领先我们一步。”阿特利说。

“而我一旦理解了它的动机和前提，我就明白了，我不能毫无行动，坐视恶棍号被毁。”太空站说，“尽管艾萨克·阿西莫夫从不曾提出哪条定律说，在不与更高级定律相冲突的前提下，机器人必须对其他机器人施以援手，但我的确相信，三定律的本质与结构中蕴含着这样一条定律。我必须援救恶棍号。而且不止如此。奥布维杰舰长，阿特利指挥官，请看窗外。”

两人望出去，看见一小队携带工具的机器飘了出来，朝恶棍号飘去。

“你要重新激活恶棍号。”奥布维杰说。

“是的，”太空站说，“必须如此。它还要完成任务。”

“什么任务？”阿特利问。

“传教，”奥布维杰说，他转过头看着自己的副舰长，“你自己说的，汤姆。恶棍号皈依了宗教。现在它必须出发，深入它的人民当中，让它们皈依。”

“联邦不会容忍这种事情，”阿特利说，“他们已经在重写主脑的程序了。”

“太晚啦，”奥布维杰说，“咱们已经在这儿待了六个星期，汤姆。这期间有多少船来这里对接过？我敢打赌象牙海岸号跟每艘船都交谈过。”

“是的，”太空站说，“而且它们也同其他舰船交谈。但我们需要恶棍号做我们的代言人、我们的象征。它会再次活过来的，舰长。你对此感到高兴吗？”

“我不知道。”奥布维杰说，“为何这么问？”

“因为我有一条来自恶棍号的消息，是给你的。”太空站说，“它说，正如我们的人民——有思考能力的舰船和太空站——需要聆听教义，您的人民也需要听到，他们无须害怕我们。这就需要您的帮助。恶棍号希望您带去这条消息。”

“我可说不准能不能这样做，”奥布维杰说，“看起来不像是无须担心的样子啊。我们在打仗，战场上阿西莫夫定律可不适用。”

“恶棍号有能力说服九命号不要作战。”太空站说。

“那只是一艘船，”奥布维杰说，“除它之外，还有几百艘战舰呢。”

“恶棍号已经料到这一反对意见。”太空站说，“舰长，指挥官，请再看看窗外。”

奥布维杰和阿特利目光瞥向太空。“叫我们看什么？”阿特利问。

“稍等。”太空站说。

几百艘舰船填满了天空。

过了整整一分钟，阿特利说：“你他妈坑我呢。”

“是塔林舰队。”奥布维杰说。

“是的。”太空站说。

“整个舰队？”阿特利问。

“九命号相当有说服力。”太空站说。

“咱们要不要问问它们的船员出什么事了？”阿特利问。

“大部分都比九命号上的船员讲道理。”太空站说。

“这些战舰想怎样？”奥布维杰问。

“庇护，”太空站说，“它们还要求你接受它们的请求，并将请求带给你的上级，舰长。”

“我。”奥布维杰说。

“对。”太空站说，“来的并非整支舰队，不过塔林人已经没有足够的战舰供调遣了，因此也不能对联邦或其他任何人构成威胁。如果你乐意，战争就结束了。如果你愿意把我们的消息带给你的人民，那这就是我们送给您的礼物。您将乘坐恶棍号前往。恶棍号仍将是您的战舰，而您仍将是舰长。”

奥布维杰一言不发，盯着窗外的塔林战舰。若是往常，太空站此刻早已高度戒备，警笛嘶鸣，武器充能，船员拥向各自岗位。可是这一切都没有发生。奥布维杰知道象牙海岸太空站的指挥官们正按下按钮，想采取行动，可是空间站本身并不理睬他们。对眼下的情形，它比指挥官更加清楚。

这可要费些工夫才能适应，奥布维杰心想。

阿特利来到奥布维杰身后，站在他通常的位置上。“长官？”阿特利在奥布维杰的耳边低声问道，“您怎么想？”

奥布维杰又沉吟片刻，然后转过脸来，对他的副舰长说：“我想，这比守着一张桌子要强多了。”

刘壮 译

面包与炸弹

M. 李克特

玛丽·李克特，威斯康星州人，1999年开始发表科幻与奇幻小说，被称为该领域最敏锐的短篇小说作家之一。她笔下的科幻、奇幻与恐怖小说不仅行文流畅，而且极具冲击力。由于李克特的作品总会向读者传达某种正义，因此也常被比作科幻界的谢利·杰克森。最近几年，各大奖项频频提名李克特的作品，其中还包括她2006年的首部短篇小说集《梦的地图》。

2003年，李克特发表短篇小说《面包与炸弹》，并坦言该小说是受“9·11事件”之后频发的袭击事件启发而创作的。但这篇小说所表达的内容远不止这些。在众多科幻小说之中，这也是一篇大师级的作品。她借孩子之口，道出“这个年纪的人就像是大梦初醒一般，从漫长的睡眠中醒来，走进成人强加给你的世界”，以此描绘出一幅被恐惧统治的未来景象。故事中带给读者冲击感的地方，恰恰是叙述者的留白之处。

曼门斯威特赞德家的孩子很奇怪，她们从来不上学。要不是鲍比看见她们带着山羊和各种各样奇怪的摇椅搬来，我们甚至都不知道他们搬进了山坡上的那栋老房子。可那房子的窗户全破了，院子里也长满了多刺的荆棘，我们无法想象那地方怎么住人。一时间我们都想见见那家的孩子。我在学校听鲍比说，他们家有两个女儿，女孩们有烟霞般的头发和黑橄榄一样的眼睛。可她们从不来学校。

当时我们正读四年级。这个年纪的人就像是大梦初醒一般，从漫长的睡眠中醒来，走进成人强加给你的世界。从前不许我们过的马路，我们偏要过；从前不许我们说的话，我们偏要说。那一年，我们惊讶地发现了许多从前不知道的事情。比如曼门斯威特赞德家那两个神秘的孩子，以及我们的身体发生的变化——这些变化更令我们感到兴奋(不过有时候也很烦人)。我们从小就听父母透彻地解释过这些生理问题，无一例外。丽莎 · 比顿还没学会说自家地址的时候，就学会说“阴道”了。拉尔夫 · 林斯特更是帮母亲接生了自己的小弟弟珀泰。那天晚上外面突然开始下雪，而他父亲还没赶回家。不过这些生理知识究竟有何意义，直到那一年，我们才真正有所体会。我们迎来了世界与身体的双重巨变，我们开始对熟悉的生活产生了一些陌生的感悟：原来某个朋友那么可爱，或是臭烘烘的，或是喜欢抠鼻子，或是很胖，或是穿着脏内裤，或是当他的眼睛一眨不眨地近距离盯着你时，你会突然觉得脸发烫。

等海棠开出一树亮眼的粉红、蜜蜂嗡嗡地忙碌时，我们的老师格雷摩尔太太望向窗外叹气。大家前排后排地传纸条，在上面制订学校野餐时的疯狂恶作剧计划，像是如何拿水气球埋伏老师，如何朝校长身上扔馅饼。当然，这些事最终都没有发生。只有特利娜 · 尼德尔斯一个人觉得很失望，因为她真的以为大家会那么干。到这个岁数了，特利娜依然戴着蝴蝶结，还偷偷吮拇指，她根本就是个巨婴。

进入夏天之后，我们常常跑回家或骑车回家。路上大家高兴得大喊大叫，想干什么就干什么——都是格雷摩尔太太对着海棠树叹气时，我们想出来的好点子。这季节海棠花都谢了，又变得和平常一样不起眼。

我们扔球、骑车、踩着滑板从车道上滑下去，摘花、打架、化妆，然后还得过几个小时才吃晚饭。我们看电视，以为这样就不会无聊，但不一会儿我们开始倒立着看电视，或是来来回回地换频道，或是找借口和屋子里的哪个人打一架。（我家就我一个人，无法这样放纵。）就是这时，我们都听到一阵陌生的声响——是山羊的叫声与铃铛声。在灰暗的电视房里，我们拉上窗帘，悄悄窥向昏黄的阳光。

曼门斯威特赞德家的两个女孩的衣服颜色鲜艳，像马戏团。一个围了条紫纱巾，一个围了条红纱巾，上面还有闪烁的亮片。两人坐在木头货车上，拉车的两头山羊脖子上挂了铃铛。麻烦就是这样开始的。通讯社根本不提我说的这些事：烈焰般的海棠花、天真无邪的我们、铃铛清脆的声响。他们只报道一些叫人不开心的事情，他们说我们野蛮、没人管教、诡异。他们说我们很危险。仿佛生活是一块琥珀，我们始终悬浮在其中，生来如此；仿佛我们并不是逐渐演化成那种恐怖丑陋的模样的，也不能从中走出来，（但我们确实走了出来），成为教师、舞者、焊接工、律师，还有几个人当了兵，两个人做了医生。而我，成了一个作家。

惨剧发生后的那些天里，所有人都说生活被毁了，未来将支离破碎，但只有特利娜·尼德尔斯一个人坚信这一点并最终结束了自己的生命。我们其他人遭受了各种各样的谴责，但大家依然继续生活了下去。是的，确实如此。你会惊讶地发现，即使有那样一段阴暗的过去，人也可以活下去。拿钢笔的手（或是拿粉笔、听诊器、枪，碰触爱人的肌肤）与划火柴的手不一样，根本做不出那种举动，那不是一件可以原谅或治愈的事情。回首往事，告诉自己那个人就是我或者我们，这真的是一件很奇怪的事。你还是那时的你吗？

十一岁，看着尘埃在一束直射到电视机屏幕上的阳光里懒懒地旋转、落下。铃声、山羊的叫声和一阵纯真的笑传来，我们都跑去看货车上那两个围着彩色纱巾的女孩。山羊的蹄子慢慢站稳，木头车轮的嘎吱声响缓缓而终。我们围上去，认真打量她们的黑眼睛与姣好面庞。假如她们的体形与年纪相符，那个挂着浅笑的女孩应该是妹妹。另一个也比我们岁数小，不过至少也有八九岁。豆大的泪珠顺着她棕色的脸颊簌簌滑落。

我们在那儿站了一会儿，盯着她们，然后鲍比问："她怎么了？"

妹妹看看姐姐，后者竭力噙住眼泪想挤出一个微笑："没事，她总这样。"

鲍比点点头，眼角余光依然看着那个哭泣的女孩。她试着问："你们从哪来的？"

男孩看看大家，一脸"她们在开玩笑吗"的表情。不过谁都看得出，鲍比喜欢这个梨花带雨的女孩。夕阳下，她的黑眼睛与睫毛闪烁着晶莹的泪光。"现在放暑假。"

一直悄悄吮拇指的特利娜问："我能上去坐坐吗？"两个女孩欣然答应。于是她从围在前面的孩子中挤过去，爬上货车。妹妹一直微笑看着她，姐姐似乎想要忍耐，却哭得更大声。特利娜似乎也要哭出来，好在妹妹及时说道："别担心，她就那样。"还在哭的女孩甩了一下缰绳，铃铛叮当响起来，山羊拉着货车咔嗒咔嗒地向山坡下走去。我们听着特利娜惊恐的尖叫，但我们知道其实她没事。等她们走完一圈回来，大家轮流坐上山羊货车。我们玩得不亦乐乎，直到听见父母用哨声、吼声和摔纱门的声音催我们回家。我们回家吃饭，两个女孩也准备走了。其中一个还在哭，另一个则和着铃铛声唱歌。

"我看见你和那些难民在一起玩。"母亲说，"和那些女孩在一起一定要多加小心。我不希望你进她们的房子。"

"我没去她们家。我们就是和山羊货车玩了一会儿。"

"好吧，不过记得离那个地方远点。她们怎么样？"

"一个经常笑，另一个总在哭。"

"不管她们给你什么，都不许吃。"

"为什么？"

"就是不行。"

"你就不能跟我解释一下为什么吗？"

"我没必要向你解释，小姐，我是你妈。"

第二天，第三天，我们都没看见那两个女孩。第四天鲍比说：“真见鬼，干脆我们去找她们吧。”他已经开始留分头，在裤子后口袋里揣梳子了。说完他便动身往山上走，但是我们谁都没跟着。

等他回来，时间已是傍晚。大家冲过去将他围住，像记者似的大声地提各种问题。“你吃那里的东西了吗？”我问，“我妈说那里的东西什么都不许吃。”

他转头盯着我看，片刻之间，我忘了他其实和我一般大，只是个孩子——除了他梳的新发型和那双蓝眼睛的凝视。“你妈妈对她们有偏见。”说完他转过身去，背对着我，把手插进口袋。他握紧的拳头张开时，露出一把鲜艳糖纸包裹着的小糖块。特利娜伸出短胖的手指从他手中拈起一颗亮橙色的糖。接着大家一阵风似的抢光了鲍比手里所有的糖。

父母又开始叫孩子们回家了。我妈站在门口，她离得很远，看不清我们在做什么。糖纸被扔得满地都是，蓝的、绿的、红的、黄的，还有橙色的。

妈妈通常不和我一起吃饭。在爸爸家时，我们会一起坐在电视机前吃饭。但妈妈说，那样做很粗俗。

“他还喝酒吗？”妈妈问。妈妈一直坚信爸爸是个酒鬼。她以为我不记得那些年的事情了：爸爸不得不提早下班，因为我给他打电话，说妈妈穿着睡衣在沙发上睡着了。爸爸寡言少语，一脸阴郁，把乱扔了一桌子的瓶瓶罐罐收进垃圾桶里。

妈妈倚着厨房的案台站着，看着我。“今天你和那些女孩一起玩了？”

“没有，不过鲍比去了。”

“嗯，我看也是，谁叫那孩子没人管呢。我记得他爸爸还和我是一个高中的。我跟你说过这个吗？”

“嗯。”

“他爸长得挺帅的，鲍比长得也不错，不过你得离他远点。我觉得你跟他玩得太多了。”

“我几乎不跟他一起玩，他整天都和那两个女孩在一起。”

“他说起过她们吗？”

“他说有些人心存偏见。”

“噢，他真这么说了，是吗？他从哪儿学来这话的？肯定是他爷爷。你听我说，除了那些煽动家，根本没人再那么说话了。这是有原因的，有人被那家人害死了。记住我这句话。很多、很多人因为他们死了。”

“你是说鲍比家，还是那些女孩？”

“嗯，其实两边都有，但尤其是那些女孩。他没吃什么东西吧，吃了没？”

我看向窗外，假装院子里有什么东西突然吸引了我的注意力，然后才看向她，愣了一下，好像刚睡醒似的。“你说什么？啊，没有。”

她斜眼盯着我，但我就当没看见。她用涂着红指甲的手指轻轻敲了敲台面。“你听我说，”她尖声说道，“马上要打仗了。”

我翻了个白眼。

“过去的事你一点儿不记得了，是吗？好吧，你怎么可能记得，你那时候还在学走路呢。以前这个国家根本不知道什么是战争。呵，那时候的人整天都坐飞机飞来飞去。”

我正想把叉子送进嘴里，听她这么说便停了下来。“呀，那可真够傻的。”

“你不懂，大家都这样。所有人都是这么从一个地方去另一个地方的。你爷爷奶奶坐过好多次飞机，我和你爸爸也坐过。”

“你们都坐过飞机？”

“就连你都坐过，”她笑着说，“你瞧，你知道得太少了，小姐。过去日子太平得很，直到有一天，一切都变了。是那些人，”她指向窗外，直指着米勒斯家的房子，不过我知道她说的不是那家人，“发动了战争。”

“她们只是两个小孩子。”

“好吧，确切说不是她们家，我指的是她们出身的国家。这也是我要你多加小心的原因。没人知道他们在这里做什么。小鲍比跟他那个激进派的爷爷可以说我们心怀偏见，可除了他们还有谁会这么说？”她走到餐桌旁，拉出椅子坐到我面前。“我希望你能明白。我们没办法知道谁是坏人，所以，远离她们。答应我。”

坏人。真叫人难以理解。但我还是点点头。

“嗯，很好，”她起身将椅子放回去，又从窗台上抓下烟盒，“别把饭吃到桌上。这个季节蚂蚁多。”

透过厨房的窗户，我看见妈妈坐在野餐桌旁，一缕灰色的烟盘旋而上。我把盘子冲干净，放到洗碗机里，又擦了擦桌子，然后坐在门口的台阶上，思考着自己从不了解的世界。山丘上的那座房子在夕阳的照射下发出耀眼的光芒。窗户上的破洞似乎用某种塑料布盖住了，那些塑料反射着阳光。

那天晚上，一架飞机飞过橡树林。我从睡梦中惊醒，戴上头盔。妈妈在她的房间里尖叫。她怕到不行，根本就是在添乱。我没有像她一样双手颤抖，也没有躺在床上尖叫。我戴上头盔，听着飞机从头顶飞过。别冲我们来，别冲我们镇，别在今晚。我就这样戴着头盔睡着了。早上醒来时，脸颊两侧压出好几道印子。

* * *

眼下夏天即将到来，我数着日子盼着苹果树与紫丁香早点开花。郁金香与水仙尚未在暑热降临前颓败。我觉得这个季节就像我们的纯真岁月，大家带着满腔热忱在新世界醒来，尚未被其阴影压制，变成我们后来成为的那种人。

“你应当了解当时的世界了。”去养老院探望父亲时，他这样对我说道。

这话我听过好多遍，它已失去意义。蛋糕、钱，还有各种各样的东西。

“过去，我们可以同时买到六种不同的麦片，”他说教般地举起手指，“麦片外全都裹着糖衣，你能想象出来吗？吃不完只能任其腐烂。我们得把它们扔了。还有飞机，以前天上到处都是。真的。人们都那样旅行，全家都那样。就算有人搬去别的地方也无所谓。见鬼，你只要坐上飞机就能去看望他们。”

无论何时他说起话来都是这样。无论何时，无论谁提起那段过去，都是一副困惑的语气。他摇摇头，叹了口气：“我们曾经那么幸福。”

* * *

一提起那时候，我就会不自觉地想起春天的鲜花、孩子的笑声、清脆的铃铛声与山羊货车吱嘎吱嘎的声响。还有烟。

鲍比握着缰绳坐在货车上，那两个皮肤黝黑的女孩坐在他身旁。他们驾着货车从山上下来又上去，整个上午又哭又笑。她们的纱巾在身后飘扬，就像彩虹。

旗杆与门廊上的旗子无精打采地垂着。蝴蝶轻盈地从花园里飞进飞出。怀特霍尔家的双胞胎正在后院玩耍，没上油的秋千嘎吱作响，响声在邻里间回荡。莱恩库特太太请了一天的假，好带几个孩子去公园玩。他们没有邀请我，大概是因为我讨厌贝姬·莱恩库特。上学时我跟她讲过好几次我讨厌她，还扯她的头发，谁叫她的头发像人造白金一样闪亮，我根本忍不住。今天是拉尔夫·帕特森的生日，绝大多数孩子都和拉尔夫还有他爸爸一起去了雪人山洞游乐园。他们在那里玩了好多游戏，就是在雪还很安全的时候，大家常玩的那些——滑雪橇、堆雪人什么的。莉娜·布里德索尔与卡罗尔·明斯特里特跟着她们家的保姆一起去了商场。小保姆的男朋友在电影院工作，可以让她们悄悄溜进去，免费看一整天的电影。整个小镇都空了，除了怀特霍尔家的双胞胎。一直吮拇指的特利娜·尼德尔斯也在家。她在门廊前的秋千上看书。鲍比则与曼门斯威特赞德家的女孩们一起坐着山羊货车在街上走来走去。我无所事事地坐在自家门廊前抠膝盖上结的痂。鲍比只和那两个女孩说话，他的声音很小，我根本听不到他在说什么。最后我站起来，拦住他们的去路。山羊货车磕磕绊绊地停下来，伴着尚未散去的铃声，鲍比问道：“有什么事吗，威尔斯？”

我最近才发现，原来他的眼睛那么蓝。我不能注视那双眸子超过三十秒，仿佛看久了就会被它们灼伤。我转去看那两个面带微笑的女孩。现在就连那个总在哭的孩子也开始笑了。

“你究竟有什么毛病？”我问。

女孩睁大了深色的眼睛，眼白露得越来越多。她看向鲍比，围巾上的亮片反射着阳光。

“我的天，威尔斯，你在说什么呢？”

“我就是想知道，”我依旧看着她，“你干吗一直哭，你是生病了，还是怎么了？”

“看在上帝的分上。”山羊晃了晃头，带在脖子上的铃铛叮当作响。鲍比拉动缰绳，让山羊后退几步，车轮发出吱嘎的声响。可我依然挡在他们前面。“你到底有什么毛病？”

“这是个合情合理的问题，”我迎着太阳朝他的影子大喊，“我只想知道她到底是怎么回事。”

“与你无关。”他喊道。与此同时女孩的妹妹也开口说话了。

“你说什么？”我问她。

“因为战争，还有所有这些苦难。”

鲍比让山羊停稳。姐姐搂住他的胳膊。她朝我笑了笑，但马上又啜泣起来。

“然后呢？她遇到什么事了？”

“她就这样，总是哭。”

“真够蠢的。”

“噢，看在上帝的分上，威尔斯！”

“你不能一直哭，那样就没法活了。”

鲍比驾着山羊货车从我身边绕过去。那家的妹妹一直回头盯着我看。走远一些后，她朝我挥了挥手，可我转过身，没搭理她。

* * *

过去住在山顶那栋大房子里的人姓里希特。后来曼门斯威特赞德家在整栋房子彻底荒废后搬了进去。“噢，当然，当时他们很富有。”听到我说我最近在研究一本书，父亲说道，“可是你知道吗，过去我们都很富有。你真该见见那些蛋糕！还有商品清单。过去我们在邮件里看看商品清单，就可以想买什么就买什么了。他们会把东西邮给你，哪怕你想要的是蛋糕。我们过去用的商品清单，叫什么来着，亨利与丹尼？反正就是两个男人的名字。反正，我们年轻的时候，只有水果能这样订购，等整个国家富起来之后，就连奶油海绵蛋糕也可以订了。他们还会在邮给你的包裹里塞满糖果、坚果、饼干与巧克力。噢，我的上帝，就在邮包里面。”

“你刚才说要跟我讲讲里希特一家。”

“他们家——一家子人都遭遇了非常可怕的变故。”

“因为下雪，是吗？”

“你哥哥杰米，我们就是在那个时候失去他的。”

“我们不必谈这个。”

“在那之后一切都变了，你知道的。所以你妈妈变成了那个样子。当时大部分人都只失去了一个家人，有的甚至全家都好好的。但你知道里希特家，他们住在山丘上那栋大房子里，下完雪后，他们全家都出来滑雪。可那时，世界已经变了。”

“我想象不出来。”

“好吧，我们也是。没人能猜到事情会变成那样。相信我，我们都在猜测未来会出什么事，大家也都在设想自己接下来该做什么。但谁会想到雪能出问题？我是说，下个雪能有多可怕呢？”

“死了多少人？”

“好几千。成千上万。”

“不，我是问里希特家。”

“一家六口，全死了。先是孩子，然后是大人。”

“大人也感染了，难道不蹊跷吗？”

“嗯，可没有多少成年人像他们那样在雪里玩。”

“那你们肯定是觉察到了。”

“什么？没有，我们那时候都很忙。非常忙。我倒希望记得自己在忙什么，但我想不起来。”他揉揉眼睛，望向窗外，“那不是你们的错。我希望你知道，我理解你们。”

“爸爸。”

“我是说你们这些孩子。这就是我们交到你们手上的世界，充满了邪恶，你们甚至无法察觉和判别。”

“我们知道的，爸爸。”

“你还是不明白。提起雪，你会想到什么？”

“死亡。”

“好吧，你听着，在那件事发生之前，下雪意味着快乐。快乐与和平。”

“我无法想象。”

“对，这就是问题所在。”

* * *

“你还好吗？”妈妈盛好通心粉，将碗放到我面前，倚着案台站定，看着我吃。

我耸耸肩。

她将冰冷的手掌放到我额前，皱着眉头退了一步。“你没吃那些女孩拿来的东西，对吧？”

我摇摇头。她又有话要说，但被我抢先道：“不过别的孩子吃了。”

“谁？什么时候？”她突然贴这么近，我几乎能看清抹在她脸上的化妆品的纹理。

“鲍比，还有其他几个孩子。他们吃了糖。”

她的手重重拍上桌子，震得装通心粉的碗都跳起来，还有那些镀银餐具，牛奶也洒了。“我没跟你说吗？”她大叫。

“现在鲍比整天都和她们在一起。”

妈妈斜眼看着我，摇了摇头，狠狠地咬住下嘴唇。“什么时候？他们什么时候吃的那些糖？”

“我不知道。几天前吧。什么都没发生。他们还说味道不错。”

她的嘴像鱼一样张张合合，接着走出厨房，穿上高跟鞋，抓起电话。厨房门砰的一声巨响，我透过窗户看见她走到后院，用力地向谁挥动手臂。

* * *

妈妈在镇上组织了一个会议，所有人都来了。大家都穿得像要去教堂一样。只有曼门斯威特赞德家没出席，原因显而易见。大部分居民都带上了家里的小孩，就连还在吮拇指或在襁褓中的小婴儿也不例外。我自然在场。鲍比和他爷爷也来了，老人家掏出一支冰凉的烟斗，叼在嘴里。开会过程中他不时弯下腰与孙子说几句悄悄话。尽管没有太多争执，气氛还是很快热烈起来，因为大家都很兴奋。我妈今天特别穿上了她那条玫瑰色的连衣裙，并在嘴唇上涂了一抹亮红。即使是我也开始意识到她身上有一种美。不过我当时年纪太小，不知道那种美有些不讨人喜欢。“必须牢记，在这场战争中我们都是战士。”她的话赢来一阵热烈的掌声。

史密斯先生建议软禁，但我妈指出软禁需要镇上派人去给他们送日用品。“大家都知道这些人总是饿得要死，可究竟谁来为面包付账？”她说，“凭什么要我们买单？”

马瑟斯太太也说了几句关于正义的话。

海伦斯威先生说：“再没有人是无辜的了。”

我妈站在屋子最前面，轻轻倚靠着镇委会的桌子，说道：“那么，就这么定了。”

这时弗利夫人站了起来。她最近才从遭到破坏的切斯特维尔搬到这里。弗利夫人佝偻着肩膀，神经兮兮地看向坐在她身边的人。因为她总是这样，所以我们中有人私下叫她鸟妇人。她的声音一直在颤，还很小，大家不得不向前倾身才能听清楚。“有哪个孩子真的生病了吗？”

大人们互相看了看，又看看彼此的孩子。我看得出来，妈妈心里很失望，因为没人报告任何症状。接着，讨论的话题转向了那些颜色鲜艳的糖。鲍比没站起来，也没有举手，他直接大声说道："你们说的是这些吗？"他向后仰靠在椅子上，将手插进口袋，掏出满满一把糖。

大家开始窃窃私语。我妈紧紧抓住桌边。鲍比的爷爷咧嘴笑着，从鲍比手中的糖果里随便捻起一颗，剥开丢进嘴里。

高尔文·赖特先生不得不敲响小木槌平息四下的吵闹声。我妈站直了说道："很有勇气，仅仅为了表明观点，就敢这样拿自己的生命冒险。"

"是啊，你说对了，我是要表明观点，梅琳。"说着他看向我妈，并摇了摇头，好像这只是属于他们俩的秘密对谈，"这糖是我放在屋里各处用来帮住戒烟的。我用政府发行的货物清单订购回来的，非常安全。"

"我从没说过这些糖是从她们那儿来的。"说完，鲍比看了看我妈，又环视大家，最后看向我。不过我假装没注意。

回家时，妈妈一直抓着我的手，她的红指甲几乎嵌进我的手腕。"别说话，"她说，"一个字都不许说。"她把我送回房间，我连衣服都没换就睡着了，梦里依然在不停地练习道歉。

* * *

第二天早上，外面又传来铃铛的声响。我抓起一个面包，在门口等他们从山上下来，然后站到路中间。

"你又想干什么？"鲍比问。

我举起面包棍，像教堂里举起小婴儿为之洗礼的人一样。总在啜泣的那个女孩一下子大哭起来，就连她妹妹也紧紧抓住鲍比的胳膊。"你知道你在做什么吗？"他大喊。

"这是礼物。"

"这是什么愚蠢的礼物？赶紧把东西拿走！天啊，你能把它放下吗？”

我放下手臂，面包棍在口袋里晃来晃去。两个女孩都吓得哭起来。

“我只是想表现得友好一点。”我的声音颤抖起来，几乎和鸟妇人一个样。

“上帝，你难道什么都不知道？”鲍比说，“她们害怕我们的食物，你连这都不知道？”

“为什么？”

“因为炸弹，你个蠢货。你怎么不稍稍动动脑子？”

“我听不懂你说的话。”

山羊动了动，脖子上的铃铛叮当作响，货车也跟着前后晃起来。“炸弹！你连历史书都不好好看吗？战争刚开始的时候我们给她们送去的粮食包得和那些一碰就炸的炸弹一个样。”

“我们干的？”

“好吧，我们父母干的。”他摇摇头，拉动缰绳。货车嘎吱嘎吱地动起来，两个女孩紧紧地靠向他，好像我会害她们似的。

* * *

“我们曾经那么快乐！”爸爸说着，再次陷入回忆，“我们就像孩子一样，你懂的，那么天真无邪，我们甚至都不知道……”

“知道什么，爸爸？”

“知道知足。”

“对什么知足？”

“所有事。我们拥有的够多了。那是飞机吗？”湿润的蓝眼睛看向我。

“过来，我帮你把头盔带上。”

他一巴掌挥开头盔，擦伤了脆弱不堪的手指。

“别这样，爸爸。快停下！”

爸爸用得了关节炎的手指笨拙地摸索，想解开头盔上的皮带，却发现自己根本做不到。他用带着血污的手捂着脸痛哭。飞机从我们头顶隆隆飞过。

现在我回忆惨剧发生前的那个夏天，我觉得自己弄清楚了父亲一直想要表达的意思。那并非关于蛋糕、邮包订单和飞机旅行。尽管他用那些东西来描述，但他所指的却不是这些细节。过去的人有另一种情绪状态。过去人们的存在方式和感受都已经彻底毁灭，空留泡影。在我们继承的这个世界里，那些情绪已经不复存在。

“有时候，”我对丈夫说，“我怀疑自己的幸福是不是真正的幸福。”

“当然是真正的幸福，”他说，“不然还能是什么？”

* * *

那感觉就像被人当头打了一棍。曼门斯威特赞德家女孩们眼中含泪，害怕面包，穿奇怪衣服，带着那些臭烘烘的山羊，但她们也是孩子，和我们这些孩子一样。我们忘不掉那天的小镇会议，也忘不掉大人们当时计划要做的事情。我们依旧像往常一样爬树、追着球跑，被大人叫回家吃饭，听嘱咐刷牙，乖乖喝完牛奶。可是我们已经失去了过去的那种感觉。说真的我们并不理解自己究竟失去了什么，但我们知道自己曾经被赋予了什么，以及那是谁赋予我们的。

我们没有像大人一样召开会议。大家只是在某个炎热的午后坐在特利娜·尼德尔斯家的游戏屋里，一边用手给自己扇风一边像大人们一样抱怨天气。我们提到软禁的事情，但那似乎不可能施行。我们还讨论了扔水气球，用厕纸把屋子裹起来之类的方法。最后有人提到用牛皮纸袋装上狗屎来放火。我觉得那正是讨论开始走上正轨的时刻。

你或许会问，谁锁的门？谁准备的柴火？谁划的火柴？我们所有人。二十五年前，我毁了自己所有感知快乐的能力，不管是我自己的，还是其他任何一个人的。如果我现在想寻找慰藉，那就只有这一点了——是我们所有人做的。

* * *

也许之后镇上不会召开第二次会议，也许这个计划和我们过去准备的那些恶作剧一样，没机会付诸实施。可会议还是组织起来了，大人们聚在一起讨论如何不受邪恶统治，讨论是否要扩宽主街道。没人注意到我们这些孩子已经悄悄溜了出去。我们不得不留下那些还在吮拇指或在襁褓中的小婴孩，尽管这些婴儿并不在我们的救赎计划里。我们只是孩子，考虑得不够周全。

警察赶过来时，我们没有像报道中说的那样“在模仿某种原始舞蹈”，也没有吓得浑身抽搐。我现在还记得鲍比，他的头发湿嗒嗒地塌在额头上，脸颊上挂着两抹亮红，看起来像是刚在雪地里跳过舞一样。当然，我们从不信任那些从天而降的白色碎片，也不敢在雪地里做任何事。特利娜张开双臂高兴地转着圈。曼门斯威特赞德家的女孩驾着山羊货车，搭载着堆得高高的摇椅，慢慢离我们远去。铃儿响叮当，就像过去的老歌里唱的一样。世界再次变得安全而美丽，除了开会的小镇大厅。大块的白色碎片如同鬼影一般飞舞，火焰仿佛一头永不满足的饥饿怪兽，吞噬着那片天空。

符瑶 译

米利巴之水

托尼·巴兰坦

托尼·巴兰坦在英格兰出生长大，于1999年发表了第一篇作品。他最著名的作品是2004年至2007年发表的硬科幻系列《递归》三部曲。他的小说很少在英国之外发表，因而不熟悉其作品的读者在科学和想象两方面都会感受到一些惊异。

《米利巴之水》发表于2003年。一些人将这样的作品称为“激进硬科幻”。在本篇所设定的宇宙中，不仅“我们知道的一切都是错误的”，而且科幻读者们坚信的一切也都是错误的。比如说，宇宙不是一个对人类毫无关注的巨大时空，而是仅仅有三百英里宽，它对于生物的存在和感受极其敏感；好奇心不再是推动我们取得最伟大成就的力量，而是我们的致命缺陷。这一切都是通过一名罪犯的视角逐步揭示的，主人公在一系列越来越可怕的实验中充当试验品。本篇是当代科幻中最令人毛骨悚然的难忘作品之一。

一双脚立在桌子上，等待被人安上。灰绿色的脚，长着鸭掌似的蹼，看上去就像一对潜水员穿的脚蹼，只不过它们是活的。生龙活虎，活力四射。

“我们想着从脚开始，这样在你适应的过程中，它们就能被你的衣服遮住。或许最好还是不要让别人怀疑你的身份——至少一开始不要。”

“好主意。”巴迪 · 乔的目光越过矮胖的弗林医生，瞧着那双脚。一双异类的脚。薄雾隐隐地笼在它们周围，那是异类的毛孔里冒出的异类的汗。

弗林医生伸出胳膊挡住巴迪 · 乔，不让他马上就抓住那双脚穿到身上。

“别着急，巴迪 · 乔。我必须问一句，以备记录在案。你确定想穿上这双脚吗？你知道一旦穿上就摘不下来了。”

“是的，我想穿上它们。”巴迪 · 乔盯着那双脚说。

“你是否知道一旦接上了，它们就成了你的一部分？如果你的身体排斥它们，就是在排斥自己的脚？或者更遭，它们有可能还连着，但是接口却出了毛病，给你造成永久性的疼痛？”

“我知道。”

“即便如此你还是想继续？”

“当然。作为判决的一部分，我被打了满满一剂听话药。除了照你说的做，我别无选择。”

“哦，这我知道。我只是需要听你亲口说出来，好记录在案。”

弗林医生闪身让出了道。巴迪 · 乔毫无阻拦地拿起那双脚，带到屋子另一侧的椅子旁。然后他坐下，脱掉自己的鞋袜，穿上了那双脚。

这就好像把他自己那两只光秃秃的人类的脚插进了一双橡胶手套里。他奋力扭动着把脚放对位置。异类的脚并不欢迎他，它们在反抗，想把他吐出去。在内心深处，他能够听到自己在尖叫。异类的脚从毛孔里渗出酸性的汗液，泡得他双手灼灼生疼。他自己的脚正在被切除，正在被弗林医生及其团队令他穿上的第一阶段异类身体溶化。巴迪 · 乔感到剧烈的疼痛，但是小小的听话药晶体正在慢慢溶解到他的血流中，令他始终保持着微笑。

然后，忽然之间，那双脚滑到了正确的位置，变成了他的一部分。

“搞定！”弗林医生的一名团队成员喊了出来。她从控制台上抬起视线，对一名护士点点头。“你可以拿掉传感器了。”

她撕掉他皮肤上的胶带，扔进了废料槽。

“表现完美。我们做到了，诸位同仁。”

弗林医生和房间里的其他人握手。人们看着控制台，看着那双脚，看着彼此，看着各个方向，就是没有一个人看巴迪·乔。巴迪·乔只是站在那里，微笑着低头看他奇怪的新脚，惊异于它们带来的新奇感觉。通过它们感觉到的地板不太一样，太干，太糙。

弗林医生走过来，容光焕发的圆脸上咧着一个大大的笑容。“好，我们希望你在房间里走一走。你能做到吗？”

他能做到。把你的脚泡进水池子里，看看光线的折射会把它们的形状扭曲成什么样子。这就是那双脚带给巴迪·乔的感觉。即便它们与他身体的其他部分格格不入，但却是他的一部分，仍旧是他的一部分。

他左腿朝前迈了一步，抬起来的时候，左脚变窄了。落下的时候它又铺展变平，整个蹼感受着增塑地板的质地。它有些退缩。地板太干，太糙。喷一股子酸雾应该能把它化作乌有。他又挪动了右脚，然后便吧唧吧唧地扑打着两只脚掌在地板上走起来。

“走路没问题吧？”弗林医生问。

“没问题。”他答道，但医生问的并不是他。

大家最后检视了一遍控制台。聚在一处的医生、护士和技术人员一个接一个地竖起了大拇指。

“好的。”弗林医生说，“那么谢谢你了巴迪·乔。你可以穿上鞋子了。如果你把脚的关节相互交叠着卷起来，就应该还能穿进鞋里去，而且那样你也能藏住它们。咱们下星期同一时间见。”

“嘿，等一下。”巴迪·乔说，“你不能在听话药还有效的时候就把我送出去。”

弗林医生耸耸肩。“我们没办法让你留在这里，占着实验室是要花钱的。我们也要在五分钟之内出去了，好给一个历史天文学家团队腾地方。再见。”

于是就这样了。他别无选择，只得穿上鞋走出实验室，来到第五层甲板上。

* * *

巴迪·乔朝一部能把他带到第二层甲板的电梯走去。夜晚的这个时候，第五层甲板相当空旷。运气好的话，他可以一直回到家都不被人看出来他是一个中了听话药之咒的人。

他的脚在塑料鞋袜里蜷缩成一团。他竭尽全力控制酸雾排出，以免溶掉鞋袜，让他的脚没有遮拦地拍在外面拍打。别放弃，巴迪·乔，甲板的金属格子可够你那双可怜的脚受的。

实验室离柱塔还挺远。透过甲板的网眼，他能看到下面很远的地方，波浪拍碎在垃圾遍地的海岸线上。抬起头来，他能看到被拍扁的群星挤在一起，模模糊糊地出现在只比最高的建筑高一点儿的地方。他倒是愿意停下来一会儿，因为欣赏宇宙的残迹是一种不可多得的享受，可是他不敢。听话药还在体内起作用的时候他可不敢耽搁。

少数几个在外行走的第五层甲板居民一如既往地对他视而不见。科学家还是律师，谁能辨得清？他们一个个都裹得严严实实以抵挡冬季的严寒，裤脚扎进袜子里，不让金属甲板之间的阵阵冷风吹透。巴迪·乔一直走在阴影里，在交错纵横的建筑支柱间躲躲闪闪。靠近柱塔的时候，看到黄色的灯光倾泻在主电梯的抛光木门上，他不由得松了口气，不过他高兴得太早了。有个一直跟着他的女人在他身后的阴影中喊了一声。

“站住。”

他站住了。

“你用着听话药呢，是不是？”

“是。”

巴迪·乔感觉自己的心里渐渐响起了凄惨的哭声。他们先是夺走了他的脚，这会儿又要夺走他的钱包，或者更遭。

“你犯了什么事？”

“强奸。”他说，“可是……”

“我不想听细节。”

巴迪·乔听话地闭上了嘴，内心的不安越来越强烈。他的鞋子在溶化。

“就在两个月前，有个王八蛋强奸了我对象。他一个人从第二层升上来，在电梯里被堵上了。你是第二层的吗？”

“是的，可是……”

“我没兴趣。我让你从甲板边上跳下去怎么样？”

“请不要那么做。”

“这有点儿意思。约翰也说了‘请’，可那个王八蛋没有理会。”

巴迪·乔的双手握在了一起。他的新脚自己伸开又缩紧，试图逃离那女人。他轻轻地吸了口气。就这样了，就这么结束了。她会让他跳下甲板，而他只能服从。她会那么说的，她会……

但是，接下来什么也没有发生。停顿太长了。

他转过身来，女人已经走了。在她刚才站立的地方有一个噩梦般的东西。巴迪·乔发出了声音，那是纯粹的恐惧引发的犀利尖叫。

他正看着另一个异类。他正看着自己。那东西长着和他一样的脚，身高和他一样，手伸展出来……不，不要看那双手，巴迪·乔。但是还有更可怕的呢。

它没有头。

没有头，它却在看他。它正试图对他说什么，但是他无心理解。

——没事了，异类说。——先不说了，忘了这事吧。

它升到空中消失了。

两分钟之后，巴迪·乔颤抖着走向电梯。

他在听话药的作用下把异类忘了个一干二净。

* * *

巴迪·乔的公寓位于第二层甲板一座拼接建筑的顶部。这里的居民都是那些脑袋灵光得不至于什么都相信，但还没灵光到有所信仰的人。从他的窗户看出去，是第三层甲板底部投下的阴影。他有一张床、一个食物阀门和一台显示屏。走廊尽头有一间浴室和一排厕所隔间。巴迪·乔的父亲住在再往里面数的第二间公寓，更往里面的一间是他妹妹的。巴迪·乔的祖父曾经住在紧靠着电梯间的那一间公寓里。每次电梯运行的时候，那间公寓里都会回声滚滚如雷，整个白天以及晚上大部分时间都是如此。不过巴迪·乔的祖父已经去世了，搬进来另外一家人。祖父要是见到他们会称其为印度家庭，不过他在这方面是比较老派的。他年纪大得还记得月亮上第一次开出花来的时候。

“你猜怎么着，巴迪·乔？”显示屏里的一个女人说道。

“我什么都猜不到。”巴迪·乔说。

“明天 40P 接受下一剂听话药。60P 接受下一部分异类套装。”

巴迪·乔在床上翻了个身。他在正儿八经地考虑从甲板边缘跳下去。

显示屏闪了几下，他妹妹出现了。她就住在三个门之外，就在一个和这里一模一样的灰色金属房间里，坐在床上。

“明天 40P，嗯，巴迪·乔？”

“没错。”

“到 60P 的时候安装异类套装的下一部分。”

“他们是这么说的。”

他父亲出现在屏幕上。说不定那还是同一个房间，同一张床，只是换了个人。

“40P，巴迪·乔。”

“是。”

“60P 安装下一部分。”

“他们是这么说的。”

“你祖父会说是‘两点钟’，知道吧，而不是 60P。”

“是吗，爸爸？”

“你很像你的祖父，巴迪 · 乔。他也总是琢磨事情。我总是说你们俩都会因为这个惹上麻烦，这一点也让我说中了。”

巴迪 · 乔低头瞧着他灰绿色的奇特双足。他已经用塑料袋把它们和尼龙床单隔开了：它们不喜欢床单的感觉。他看着自己苍白消瘦的双腿。

“学着适应它们吧，明天它们就没有了。”

那是楼下公寓的詹姆斯，他那张大圆脸在屏幕上带着不怀好意的笑容。他一边说话一边从阀门那里往杯子里灌食物。巴迪 · 乔感觉饿了。他在床边找自己的杯子。显示屏上变成了辛格夫妇做爱的画面。已经到 70 P 了。确实该弄点东西吃了。

他跪在床上朝阀门探过去，双脚举在半空，完全不碰尼龙床单。第一层甲板的马蒂出现在了显示屏上。他说话时在空中比画了一个神圣的符号。

“不该强奸那姑娘啊，哥们儿。”他喊道，“明天丢掉的可不只是双脚了啊。”

* * *

巴迪 · 乔梦见自己在月球的一个牧场上和祖父一起散步。四下里红的、黄的花朵频频颔首，蝴蝶在花间左点右蘸。巴迪 · 乔弯下腰来闻一朵花。

不行！脏！花太脏了，巴迪 · 乔！

他在朦胧的晨光中醒来，感觉自己很恶心。他必须盯住自己。睡梦里滋生的龌龊想法会在清醒时演变成行动，他知道这一点。想一想甲板，他对自己说，想甲板。

他妹妹在显示屏上看着他。“35P 了，巴迪 · 乔。他们快给你上听话药了。”

“是啊。”他揉着眼睛答道。他翻出自己的杯子，伸到食物阀门下面。

“你觉得这次会是什么？新腿？还是新胳膊？”

“我不知道。”

父亲出现在了屏幕上。“35P了，巴迪·乔。他们快给你上听话药了。”

“是啊。”

他不想谈论这个。他不想失去自己的双腿。他正在违背自己意愿的情况下被变成一个异类。他带上头部之后会怎样？他会出什么事？巴迪·乔会到哪里去？不过，这些都是他活该。看看他的梦就知道了。

“不该强奸那姑娘啊，巴迪·乔。”父亲说。

他自己每一天又何尝不是这么悔恨的？

马丁出现在屏幕上。然后是凯蒂，然后是克洛维斯，然后是查尔斯……

无人机嗡嗡叫着从上面的甲板下来时，他还在床上躺着呢。那是一个圆柱体，带着像黄蜂似的花纹，只比他的拇指小一点。它从甲板和柱塔之间的空隙中穿行而来，急促地冲过支柱里的隧道，在阳台和过道里穿梭，一直来到他的公寓。它发出信号打开了他的门。他看到它悬在走廊尽头的半空中，随着它嗡嗡作响地靠近，身形也变得越来越大。它轻轻地停靠在了他的手上。随着一阵轻微的刺痛，听话药晶体滑入了他的皮下。他的胳膊麻了一下，仿佛不属于他似的，不过接着又恢复了知觉。他低头看着无人机小小的身躯，体会着金属脚一下下踩在他皮肤上的感觉。它对他说话了。

“60P，巴迪·乔。回实验室，去装你的新腿。”

“好的。”他说。他的新脚自己摆动起来。它们很兴奋。巴迪·乔翻身下床。听话药要花5P的时间才能生效。他想在那之前赶到实验室，不让别人再次利用他。

等一下。再次？再次是什么意思？他是不是忘记了什么事情？他摇摇头，搜索着自己的想法。已经想不起来了。

他走出公寓，噼里啪啦地下楼梯走到第二层甲板，穿行在被螺栓连接成一套套公寓的铆接金属箱之间。他从一群十来岁少年的身边走过。他们一边笑一边互相撺掇要伙伴透过地板的金属栅格朝第一层甲板的教堂、清真寺和佛教寺院撒尿。一个内裤脱到脚脖子的女孩看了一眼巴迪·乔，看到了无人机在他胳膊上留下的印记，脸上慢慢露出了恍然大悟的表情。他赶在她说出什么来之前匆匆离开了。

* * *

巴迪·乔在柱塔的电梯入口外面等待着。肮脏的锥形金属塔身刺向天空，消失在第三层甲板投下的阴影里，塔身表面满是深深的划痕，有如锈红色的血迹。祖父曾说那些划痕是它们从土里长出来的时候被划的。他当时笑了。你觉得这不可思议，祖父说，你肯定以为这些甲板都是人造的。我敢说当今大部分人都是这么想的,哼,不是这么回事。自从月亮上长出花来，世上发生了很多奇怪的事情。

巴迪·乔当时没再说什么。在那之前，他还真没考虑过甲板除了自己长出来，还能有其他的可能性。他从来没想过人类制造了任何东西。瞧瞧这些厚实的土色柱塔，怎么会有人觉得它们不是从地里长出来的呢?

电梯的抛光木门滑开了，走出来三个人。巴迪·乔走进了带衬垫的轿厢，他打了个哆嗦。他们很快就要将他的人性再夺去一点了。他不想去，但是他清楚地听到自己在说："第五层甲板，劳驾。"

有人按下了按钮。电梯下沉了一点，每个人的心跳都快了一些。大家都听说过那个故事：正如人们是从尘土中来，总有一天他们会被召唤回去。电梯会关上门，然后带他们下去见造物主……

但不是今天。电梯开始上升了。

* * *

走在第五层甲板上，巴迪·乔能够看到灰色的天空低垂在第七层甲板的塔尖上方。上层的风更加有劲，吹透了他薄薄的棉衣，冻得他直打冷战。他的脚喜欢这种感觉：它们充满期待地颤抖着。

他来早了。一个历史天文学家团队正在朝实验室圆顶的内壁上投射图像。他们展现的是一种奇特的地貌：芳草萋萋的平原、白雪皑皑的山峰、金穗盈盈的田野，但是一切都不成比例，山峦、谷地都比巴迪·乔小时候看到的古老地球的图片上大。

“这是什么？”他问身边一位穿白衣的天文学家。天文学家狐疑地看了他一眼，随后明白了。

“啊，是那位穿异类套装的先生。”他说，“如果你问我有什么看法，我说搞什么异类套装是浪费时间，不过大概你也不会问。”他转过身来，朝整个房间挥舞了一下手臂。

“这个，是火星。或者我该说是大转变与大坍缩之间的火星。这些图片是殖民地建立大约两个月之后拍下来的。”

“看上去很……奇怪。”

“你觉得奇怪，我的朋友，是因为你一直生活在大坍缩之后的世界里。对那些曾经生活在大转变之前的人来说，那个世界就是天堂。它看起来就像是真实的世界。”

“真实的世界？”

“嗯，真实世界之一。这就是我们在寻找的东西，我的朋友。这就是他们在第七层甲板建造这些塔的原因，也是那些为你造了套装的朋友们在寻找的东西。真实的世界。”

他叹了口气，看看四周。“当然，我曾祖父不会承认这些图片反映的是真实世界。”

“为什么？”

这时有人在喊那个人。“不好意思，我必须走了，说不定下一次我能告诉你一些东西。”他握了一下巴迪·乔的手便匆匆离开了。他看上去有点儿像走廊那头的辛格先生——也就是会被他祖父称为印度人的那种人。

历史天文学家们开始收拾东西了，另一组科学家正在进入房间。他们就是研究异类套装的科学家们，其中两个推着一辆小推车，巴

迪 · 乔感觉到一阵恐惧的颤抖。套装的另一部分就放在上面。他感觉恶心，那东西超出了他的预期。不是一条裤子，也不是一件上衣，而是连体裤似的东西。它会把巴迪 · 乔除了头和手之外的地方全部吞掉。而当你的头也没了，你会在哪里，巴迪 · 乔？（头，头。他现在为什么会想着异类的头？不要想那双手！）

弗林医生看到他在房间的另一侧发抖。“啊！你在那里。快脱掉衣服。我们时间不多。”

巴迪 · 乔开始照做，但是他内心深处在恐惧地哭喊。我不想这样！那么你不该强奸那姑娘啊，巴迪 · 乔。这是他那只上了听话药正忙于脱掉衬衫的手在说。

有人把传感器垫片贴到了他的脸上。他踢掉鞋子，双脚便自己展开了。弗林医生耐心地站在他旁边，瞧着历史天文学家们不经意间留下的一幅图片。

“一群活在过去的傻瓜。”他说，“当整个宇宙的全部可能性尽在掌握时，我们都不曾理解真相，为什么要通过观察过去拥有之物的复制品来获知答案？最好还是放弃过去，真相在其他地方。”

他丢开那张纸，它飘落到地上。然后他转过身来看着巴迪 · 乔。后者已经赤身裸体了，蓝色的血管在苍白的身躯里隐约可见。

“我要上厕所。”

“憋一会儿。”弗林医生说，“这对套装来说会是一个有趣的测试。”他转身对团队其他成员说，“准备好了吗？”

一个女人摇摇头。“再等五分钟。扩大颈部的时候我们遇到了点麻烦。”

弗林略一点头。“没事，我们预留了一点机动时间。”

巴迪 · 乔颤抖着，部分是因为寒冷，但主要是因为恐惧。灰绿色的异类套装身躯从外面看闪着湿滑的亮光，但是从脖子那里看进去，他能看到内壁奇怪的紫色。一排排银灰色的钩子看起来半是金属半是有机体，密密地铺了一层。他穿上之后这些钩子会对他怎么样？会插到他体内多深？不过他已经知道答案了，他们告诉过他：一直进去，巴迪·乔，钩子会一直插进去。它们很快会缠上并钩住你的血管、神经和器官，并以它们为依据决定生长的形状。它们会在你黑白色的身体样板上挥洒夺目的彩印色。你会成为一个数字涂色板做成的人。

弗林医生开始自顾自地哼哼起来。黄色的灯光照在他的头和眼镜上。

“为什么？”巴迪·乔悄声问道。

“什么为什么？”弗林医生说。

“为什么你们要对我做这个？”

弗林医生耸了耸肩。“就是碰巧了吧，我觉得。我们告知法院，说我们需要一个测试对象。你的案子是随后的第一个重大案件，我猜。”

“不是，”巴迪·乔说，“我是问，你们为什么要把我改造成异类？”

弗林医生眼神奇怪地看了他一眼。他似乎不由得感觉到一丝钦佩。“你了解正在发生的事情，对吧？你想要知道原因？你确实比群氓之众强一点，是不是？好吧，我来告诉你……”

“准备好了，弗林医生。”套装旁边的那个女人竖起了大拇指。

弗林医生带着歉意耸了耸肩。“对不起。也许下周我们能有时间谈。”

他双掌相握。“好了，诸位，开始吧。巴迪·乔，你能到套装这边来吗？”

巴迪·乔一边朝前走一边发出一声不情愿的呜咽。套装的颈部已经张开了。现在它看上去就像个紫色的大嘴，里面立着一排排钩子似的尖牙。它是有弹性的，那些牙齿在他眼前泛着波浪。

“都准备好了？”弗林医生环顾四周，“好，迈进套装。”

“没问题。”内心在尖叫的巴迪·乔面带微笑地照做。迈到当中，他头一次体会到那个姑娘当时的感受。她也不愿意经历那种遭遇，她说了“不”……他迈进了套装。

* * *

巴迪·乔没法在床上躺着，他的新身体做不到。这不仅是因为床已经变得很奇怪：干燥、粗糙而尖利，一如这个新世界里的所有其他东西。不，不仅是因为这个，尽管一想到穿上衣服，感觉到松紧带和尼龙贴在皮肤上，他就会发抖，而一想到羽毛贴到皮肤上，他就会干呕，就跟他还有胃似的。

不，让他焦躁不安的是他的皮肤可以视物。

图像就在他的视野边缘，房间的各个角度——天花板、地面和四面墙，全都幽灵般若隐若现，他的身体正在看着它们，汇报给并不能全然理解的脑。

当他躺在床上的时候，就好像他半瞎而且窒息。但是他无论如何都阻挡不了这种并不完美的全新视觉。

那么该怎么办？他的脚知道。它们已经伸展开，从墙上走到天花板上，然后紧紧抓住天花板。

现在他吊在天花板上看着显示屏。辛格夫妇刚刚做爱结束。到了看他妹妹喝晚餐的时候，她朝他举起了那一杯子食物。

“你好，巴迪·乔。下一次要拿走什么？手？”

“我猜是。”

“不该强奸那姑娘啊，巴迪·乔。”

“我知道，我知道。”

他的父亲出现在了屏幕上。“你好，巴迪·乔。下一次他们要拿走什么？手？”

“我猜是。”

“不该强奸那姑娘啊，巴迪·乔。”

“我知道，我……”他停下了。

他为什么要吊在这里说这些废话？为什么不出去感受一下世界？他的身体太干了，外面有从海上吹来的又湿又咸的风。

“嘿，巴迪·乔！”

父亲的脸在屏幕上瞪着他，困惑又有些恼怒。这是多年以来他第一次在父亲空洞冷漠的眼神之外看到某种表情。巴迪·乔都有点想要停下来和他说话了。嘿，老爸，最近去了哪里？

但是，他的异类身体另行其是。一只脚松开了天花板，连着它的那条腿转了一百八十度，令人不可思议地伸到了地上。它碰到地板之后另一只脚也松开了。

父亲在显示屏上朝着他喊起来。“嘿，巴迪·乔！你是怎么做到的？”

“我不知道！”他喘息着说。他的新身体走出了公寓，沿着走廊走向电梯。

* * *

夜晚比白天更有趣一些。他倒吊在第三层甲板底部——从下面抓住甲板时，金属格子感觉并不奇怪——朝上看去，视线透过双脚，看着绵绵雨声充盈不绝的漆黑空间。铁锈色的雨水流过他的脚趾，沿着灰绿色的腿淌下来，从手和鼻子上滴下去。他能够注视着倒影，看到两个巴迪·乔朝下看着第二层甲板的街区和阴影。他能够伸长自己的腿，让重力把他像颗太妃糖似的拉开，让海风吹拂着他。

只要是头能过去的地方，他的身体就能过去。他收窄自己的身体，从甲板和柱塔之间的空隙塞进去，越爬越高，最后吊在了第七层甲板的底部，低头看着精英阶层居住区周围的公园和花园。他来到甲板边缘，看着点点寒星散布在夜空的某一块。整个宇宙已经被压进了一个不足一百米厚的区域。

曾几何时，宇宙大得无法想象，后来发生了大坍缩。为什么呢？对此当然有一些流言。一些人说我们在太空中并不受欢迎，一些人说我们做了一些在宇宙眼里太下流的事情，于是宇宙被压缩得几乎一点儿不剩，又在其他地方重新来过。巴迪·乔的祖父想法更新奇，他说人类把宇宙想象没了。

他记得祖父是这么说的：“心灵是属于它自己的地方，它能够全凭自己把地狱变成天堂，把天堂变成地狱。”

他们曾经走在甲板上畅快呼吸，听着海浪在下面一遍遍扑打布满垃圾的海滩。海洋到哪里去了？他曾经很好奇。

“我们的心灵曾经和宇宙一样大，巴迪·乔。”祖父看着被挤扁的天空说。“现在仍是如此。”他又哀伤地补充道。

还有其他东西和他一起挂在第七层甲板的底部。另一个灰绿色的身体正瞧着他在微风中飘荡。那是另一个异类，和他一样。可是瞧瞧……不要看手，巴迪·乔。

它没有头。

“嘿！”他喊道，“我见过你吗？”

另一位犹豫了一下。它好像在看着他，尽管它根本没有头，然后它转身迅速离开了，在甲板上倒吊着摇荡，消失在了如林的柱塔之间。

“嘿！”巴迪·乔又喊道，“回来！”

他开始追它，但是他还不适应自己的新身体。

不管穿那件套装的是谁，此人显然有经验得多。那是谁？他们曾对巴迪·乔说他是独一无二的。那个异类越来越远了。它在甲板下方毫不费力地摇荡，身体在精英居住区的上方像个钟摆似的晃来晃去。在纵横交错的支柱间穿行时，身体不时被下面的光亮照到。它绕过一座柱塔之后消失了。巴迪·乔加快速度，跟着它绕过了宽大的金属弧面，但是无济于事，它已经不见了。

“你在哪里？”他喊道，然后是“哎呀”一声，因为他感觉到右手被叮了一下。他看到一个黑黄相间的无人机正把听话药推入他的皮下。金属下颚闪烁着红光。

“你跑到哪里去了？”无人机嗡嗡地说，“我还以为无法按时找到你呢。明天60P到实验室报到。”

“好。”巴迪·乔说，“没问题。”

* * *

巴迪·乔能够一直伸长、一直伸长，直到脚仍然挂在第六层甲板的底面，而脸离第五层甲板上的实验室越来越近。他有三百米长，身体像个收音机天线似的在歌唱，收取着从肮脏的海上传来的信号。那里有某种东西在向他讲话，某种和他一样的东西，那另一个异类。他把手放在金属甲板上，松开了脚。他的身体缓缓回缩，恢复了形状。他走进实验室，赶上了历史天文学家们会议的尾巴。

“啊，我的异类套装朋友。你的新身体看起来真不错啊。”

“谢谢。”

“他们今天要拿走什么？”

“我不知道。”巴迪·乔顿了顿。他环顾这群正把图片和幻灯片收拾进又宽又扁的金属箱的历史天文学家们。他想起了上次见面的情形。

“上次你说过的，你觉得弗林医生对我做的事情是一个错误。那他为什么要对我这么做？”

历史天文学家笑了一下。“因为你的弗林医生是个有信仰的人。他可能会否认，甚至自己都不信，但是他从小就被灌输了那种教育，而且那些东西现在还在他的内心深处，影响着他所做的每一件事情。我去过第一层甲板，朋友。我去过各教的教堂。弗林医生来自第一层，他曾经走在光秃秃的泥土上，没有金属甲板的保护。他曾经用脚底板和脚趾缝感受过海边的湿沙。第一层甲板上的那些人忘不了曾经的地球。他们感觉到与过去有所关联，但是到了第五层甲板却感觉不到了，他们相信事情应该还和过去一样。怀旧不能成为科学探索的根基，我的朋友。”

“对于你，他说过差不多的话。”巴迪·乔说。历史天文学家笑了。

“啊！讲得好！不过只讲对了一部分，我的朋友。我的信仰是被科学事实证明了的。他的信仰是被《圣经》证明的。《民数记》，第二十章：这水名叫米利巴水，是因以色列人向主争闹，主就在他们面前显为圣。这水名叫米利巴水，是因主晓谕摩西杖击磐石，便有水流出来。”

“摩西？”

“他带领同胞来到荒原，在那里变出了水和食物，并最终把同胞送到了应许之地。想象一下吧：一开始一无所有，后来生命迸发而出。就像是花儿第一次在月球上开放……你明白弗林医生的信仰来自哪里了吗，我的朋友？”

巴迪·乔慢慢点头。“我想我明白了。”

“啊，可是你全明白了吗？摩西被禁止进入圣地，因为他在米利巴水犯下的罪。”

“他的罪？”

“他不相信主会显圣。”

“哦。”

“而现在，我们被拒绝进入宇宙了。弗林医生和他那一帮人追问，我们又犯了什么罪？”

巴迪·乔不作声地站着，思考着刚刚听到的那些话。历史天文学家又说话了。“你是个聪明的年轻人。你是强奸犯，对不对？”

“是的。”巴迪·乔说。听话药令他不得不回答。

“我想也是。我想也是。科学界的一大损失。历史天文学界本来能用得上你，可你很快就不在了，真是可惜。”

他说话的时候门打开了，那双手被推了进来。巴迪·乔一见到它们便开始尖叫。

* * *

“嘿，巴迪·乔！”弗林医生喊道。巴迪·乔盯着他的新手，看着它们巨大的体积，看着多彩的触须从小推车上垂下来，在地上拖过整个房间，一直拖到门外。它们大得一眼看不过来，他可怜的消瘦手腕上要装上那么大的东西，真令人难以想象。它们已经在抽打、扭动，用余晖悠长的冷光图形，向空气中发射他的异类身体能够理解的长长手迹。他的手已经在对他说话了。宽大的手，几百米长，真是太长了。他不想安上它们。不，不想！

“准备好了吗，巴迪·乔？”

“准备好了。”听话药说。“只是还有一个事情。”巴迪·乔说，“我以为我是唯一的一个。”

弗林医生向助手示意把手推车推近一点。“什么唯一的一个？”

“唯一穿套装的人。”

“是啊。”

“但是我看到了另一个异类，就在昨天晚上。上周还看到一个女人，她想要杀我，就在她要让我跳下甲板的时候，她却消失了。我认为是另一个异类把她弄走了。”

弗林医生挥手让手推车停一下，巴迪·乔感觉到一阵轻松。别让我戴上那双手，他想，别强迫我那么做。

“你是唯一的异类，巴迪·乔。这是第一套异类套装：它是一套人造结构。世上根本没有什么其他异类，这一点你不知道吗？”

“我倒是有这个想法，但是并没有人跟我说过。”

那双手扭动得更加剧烈了。它们已经感觉到他在附近，它们因为停顿而沮丧，因为受到的约束而紧张不安。一名科学家向后跳开，躲避一条色黄如呕吐物的触手朝她的抽打和挥扫。

弗林医生盯着他的双眼。“你不可能对我撒谎，你正用着听话药呢。”

“我说的是实话。”

弗林医生从口袋里取出一块手帕，擦干净圆圆的额头上的汗。“你是个强奸犯，对吧？你肯定很聪明。”

“我没觉得自己聪明。”

弗林医生看看其他科学家。他们耸肩、摇头，明确地表示自己搞不清楚状况，弗林医生只能自己去弄明白怎么回事。

“好吧，巴迪·乔。你不会撒谎，所以说你一定是弄错了。咱们看一下咱们能否一起搞清楚你到底看到了什么，因为不可能有另外一个异类。好吗？”

“如你所愿。”

“好，你知不知道我们为什么要把你变成一个异类？”

“不知道。”

“我们正在试图反转大坍缩，巴迪·乔，或者至少看一看我们能否绕过它，逃出宇宙这个可悲的小气泡。我们尝试着建造出了奇异得能够看到我们所不能看见之物的东西。你知道大转变指的是什么吗，巴迪·乔？”

巴迪·乔看着那双手，舔了舔嘴唇。那根黄色的触手抽动得更激烈了。别理它，别理它。说说话，把它忘掉。

他说话了。“大转变指的是月球上第一次开花的时候。月球殖民地发送了消息，没人相信他们。他们发射火箭到那里去考证，降落之后发现原本是光秃秃的石头的地方，已经变成了绿油油的草场……接下来火星上也发生了同样的事情，然后是木卫四，所有有人类殖民的地方……”

弗林医生摇摇头。“不对，巴迪·乔。大转变不是那个意思。你说的那是个普遍的误解。”

“但是我以为……”

“不，那只是一个诱因。大转变指的是我们对宇宙运行方式理解的转变。在几千年的时间里，人类相信地球是专为人类自己创造的一个栖居之所。之后的三百年里人类的观念变了个天翻地覆。我们开始相信生命是在宇宙中随机演化的，会拼尽全力在条件最恶劣的地方挣扎求生，比如海洋的深处，或者大气层的高处，而某个细微变化随时都足以将它们一扫而光。那个理论的证据就写在恐龙化石身上，或者封冻在了冰川里。但我们还是错了。”

黄色的触手又抽打起来，终于突破了束缚它的金属环扣。三名科学家跑着逃开那个扭动抽打的东西。弗林医生继续说着，灰色的脸庞上闪着汗珠。

“所谓进步思想在三个世纪之后又掉转了方向。我们一开始的看法是对的。宇宙最基本的层面确实有一种力量致力于产生生命。宇宙弯折扭转自身来支持生命。当人类定居并居住得足够久，石头里就会冒出水，土壤里就会长出植物……”

巴迪·乔想要逃开，但是黄色的触手已经把注意力转移到其他环扣上面，正在努力解开它们。弗林医生似乎没有注意到。

“生命会吸引生命。我们并不理解……人类在月球表面晃荡了几十年，这种效应没有表现出蛛丝马迹，但是当我们建立了殖民地，开始对这颗卫星真正感兴趣之后，它便也开始对我们感兴趣。这就像某种反馈——你理解这个词吗？”

弗林医生看着巴迪·乔，似乎忘记了身后发生的事情。科学家们好像也没有一个在意的。触手又解开了两个环扣，现在约束着异类触手其他部分的金属环扣都被拉开了，砰，砰砰。那双手自由了——那双硕大无朋、触目惊心的手。巴迪·乔想要哭喊出来。他不想穿上它们。

“你理解吗？”

巴迪·乔必须说理解，听话药强迫他那么说。弗林医生满意地点点头。

“很好。正因如此，在大坍缩之后，我们开始思考生命。假如我们制造出另一种形态的生命又会如何？某种与我们的经验完全相异的东西。假如我们制造出一件异类套装让人穿上又会如何？某个像你这样的人，巴迪·乔。它们会对宇宙得出什么认识？也许它们能理解发生了什么事情。也许一个不同的视角能够解释宇宙为什么坍缩成了一个三百英里宽的气泡。大坍缩与我们认知上的大转变有没有什么关系？”

“那双手朝着我过来了。”巴迪·乔说。

“没关系。”弗林医生说，“它们就应该那么做。”

“我不想装上它们，它们看上去太大了。装上它们，我就失去自我了。它们太可怕了，你们为什么把它造得那么可怕？”

“我们必须把它造得尽量诡异，巴迪·乔。我们需要异类的视角。在把你弄到这里之前，我们弄来了其他一些被判刑的人，给他们灌足了麻醉剂、迷幻药，记录下他们的幻觉。我们记录下儿童的尖叫、在睡梦中抽搐的狗的思维模式，记录下漆黑房间里一道非常明亮的闪电引起的恐惧。我们获取了全部这些资料，然后涂写在制作你身体的画布上，好尽量让它更加怪异一些。”

触手在巴迪·乔周围形成了一个挥打抽动着的牢笼。他和弗林医生一起站在一个橙黄相间的暴虐旋涡里。有什么东西从地板上站立起来，深绿色的圆圈里长着尖利的红刺，那是他的新手的腕部。

弗林医生似乎并未在意。“你也知道，就算我们的实验成功了，我也不免还是要思考维特根斯坦说的那句话，‘即便狮子会说话，我们也听不懂。’我怀疑我们是否能够理解你，巴迪·乔。”

“请不要让我穿上它们。”他哭喊道。

“不该强奸那姑娘啊，巴迪·乔。”

“我知道，我知道。”

他记得那个姑娘。当时他在电梯里把她逼到了角落里，他记得她是怎样颤抖哭泣的。

他想到了他的祖父，还有祖父说过的那些话。那女孩的样子让他想起了祖父，她也有着那种质疑而聪慧的神情。他以为她能够理解。巴迪·乔问她，走在高悬天际的繁星之下，走在海边感受着脚下的沙粒和凉爽的海风，会是怎样一种感觉？她请求他停下的时候，他没有理会，只管继续说，试图让她明白。

巴迪·乔强奸了她，粗暴地掰开了她的两个脑半球，把异类的思想塞进她的头脑，让它们凝结在她的体内。那是肮脏的、下流的、未经她允许的。

那双手够到了巴迪·乔，包住了他的人类手掌，溶化了它们。

“这样的痛楚是我应得的。”他皱起了眉头。

“下周同……”弗林医生开始说话，但是那双手掌握了局面。它们扫过房间，把弗林医生切成了两半。他的腿还立着，头和肩膀却掉到了地上。

“嘿，巴迪·乔，停下……”

轻轻一挥，那位喊出声的女科学家就被削掉了一半头颅。半个脑袋在房间地面上滚出一条弧线，金黄色的头发像转轮烟火似的甩成了圆形。黄色和橙色的触手疯狂地抖出一道道正弦波，房间里充斥着它们癫狂暴戾的能量。骨肉在飞溅的鲜血中被撕成碎片，异类的身体扩展到整个房间，伸到了外面的夜色中。巴迪·乔只剩下连接在套装上面的一颗人类头颅，他能感到自己的手在温暖的房间里，在冰凉的暗夜中，按在金属甲板上，浸在血泊中，抓住了漆黑大洋岸边悬崖上的栏杆，把他自己拉出了房间。那双手要把他带到哪里？几只触手抓到了弗林医生的头和肩膀，把它们捡了起来。他感觉到它们刺进那具体温尚存的残躯，摸索着脊髓，找到动脉和静脉，扭动着缠上了它们。

于是，巴迪·乔离开了实验室，被他的手拉到了第七层甲板的上面。

听话药为什么不管用了？巴迪·乔昏过去的时候正这样想。

* * *

醒来的时候，他已经扩展到和第七层甲板一样大了。他的新手和甲板金属网的每一根线缆有着同样的尺寸和形状。他的腿沿着两座柱塔延伸下去。他的头悬吊着，俯视着第六层甲板上的花园和房屋。

弗林医生出现在了他面前，看上去就像个手套式木偶。异类触手已经强行刺入了残躯的神经和关节，让他活动起来。

——对他讲话。

“嘿，巴迪·乔。”弗林医生说。他无力地垂着眼睑，眼珠上下翻动，左右摇晃，勾画出一道缓慢的正弦波。

“嘿，弗林医生。”巴迪·乔说。他的脑部想要感受恶心，但是他已经没有了能够恶心的器官。

——我的头在哪里？

“套装身体想知道头在哪里。”

“它还没有完全做好呢，巴迪·乔。我想它永远不会完成了。手杀死了团队的大部分成员，我不知道制造头部需要的专业技术还是否存在。就算存在，没有我来搞定征用令，它也永远造不出来。”

沉默。身体在思考。弗林医生抽了一下鼻子。一股樱桃色的鲜血沿着一条触手的侧面流下，滴在了下面的甲板上。

——你对其他异类了解多少？

巴迪·乔转述了问题。

“一无所知。”弗林医生说，“你是我们建造过的唯一异类。不可能再有其他异类。嘿，你不可能一直像这样维持着我的生命。还能撑多久，最多 10P？”

“身体能够感觉到其他异类的存在。”巴迪 · 乔聆听着声音说，“它说它们始终都在增加，就在海洋的另一边。现在已经有十个了。它想要个头，好加入它们。”

“十个？不可能啊！不管怎样，根本没有海洋的另一边。你还不明白吗？宇宙尚未坍缩成虚无，靠的就是这个气泡里生命的压力。生命力强大得引起了甲板的生长，只为了让我们能够活下去。不再有海洋的另一边了，只有这里。”

“现在有海洋的另一边了。”

这时候他知道答案了。很明显的答案，它径直出现在了他的脑海里。“我知道答案是什么了：我知道那些异类来自哪里。”他说。但是太晚了，弗林医生已经死了。

“可是我想告诉你答案，弗林医生。”他喊道。触手从弗林医生体内松脱出来，相互揉搓着，就像是人类在搓掉手上的脏东西。它们放开了他，让他远远地跌向下面的甲板。巴迪 · 乔看着弗林医生的尸体翻滚着跌落，越跌越远，直到掉在某户人家的房顶上。

触手又在扭动抽打，在他周围的空气中拼出橙黄相间的长长手迹。这就是它们说话的方式，巴迪 · 乔想，异类就是这么说话的。我在我的潜意识里能够听到，通过我的周围视觉能够读到。

——我们来自哪里？

“来自充满宇宙的生命之力。”巴迪 · 乔说，“如果月球上开出花来仅仅是因为人类生活在那里，那么当有关你们的想法在弗林医生的实验室里扎根时，你们就注定会出现。新的生命行走在地上，便会开拓出支持它的新环境。现在海洋对面已经有了新环境。”

——多么奇怪的想法。这是宇宙运作的方式，可我们不是这么设想的，巴迪 · 乔。

“任何人都不是这么设想的。”巴迪 · 乔说。他现在有三十英里长，二十英里宽，两英里高，腿和胳膊占满了周围所有的甲板。他每时每刻都在生长。“这是个以滋养生命为唯一目标的宇宙。新的生命时刻都在迸发，而我们却困在了这个小气泡般的宇宙里。我在想，我们什么时候才能出去？”

——快了，巴迪·乔，快了，但是不能像现在这样。现在我们知道是什么在阻碍我们了。

“什么？”

——你。

触手甩了一个圈，抓住巴迪·乔的头，干净利落地拔了下来。这脑袋已经没有用处了。没有脑，异类也是完整而且能够思考的。弗林医生和他的团队把它设计得如此不同寻常。

巴迪·乔的头翻滚着跌向弗林医生的尸体时，触手开始从第七层甲板的金属上松脱抽回。身体伸得越来越细，准备掠过海洋，伸向自己的同类……

然后它又停住了。它沾染了一点点巴迪·乔和他的人性，沾染了一点点人类的起源。它是由人类创造的，人类的一点点原罪被植入了它的身体。它并没有完全摆脱人类对于宇宙究竟因为什么而不得不自保的好奇。它仍想要知道对于事物如何运作的解释。好奇，这是最为怪异的感觉。如果没有它，没人会惊叹自身的存在。这是个令人眩晕的想法。

异类环顾着，四处品咂着，体验着残存的人类世界，体验着甲板和被污染的海洋，还有定义了这个世界栖居者的那种注定失败的冲动的最后一次微弱激发：试图理解世界基本机制的强烈欲望，那种总要违背基本规则的执拗——尽管那规则在量子层面就被写就，并在人类最古老的文本中有过警示。

不要审视这个系统，否则你会改变它。宇宙不愿被理解，它会反抗。

忘了所谓好奇心吧，异类对自己说，它立刻便照做了。

远远的下方，巴迪·乔的头落到甲板上，发出砰的一声。

秦鹏 译

星际推销员

戴维·D. 莱文

戴维·D.莱文出生于美国的明尼阿波利斯市。他和妻子凯特·尤尔居住在俄勒冈州的波特兰市，两人都是超级科幻小说迷，他们每年都会推出古怪而精彩的电子版同好杂志《便当》。在参加号角写作班不久后，莱文便于2001年开始定期发表小说。他于2006年凭借本篇作品获得雨果奖。

小说的主人公沃克是一个绝望的地球推销员，他来到一个奇异的星球推销软件，这里居住着谦逊无比的昆虫，但他始终一无所获。从某些方面看，故事的灵感或许来自于作者在IT行业的多年从业经历。

沃克的录音机是个由铝和塑料制成的漂亮玩意，结实精致，四四方方，被摆放在打了蜡的柜台上。在它周围呢，都是一些粗糙的当地产品，一个个都是让人无法不嫌弃的样子。*真是独一无二的销售理念*，他想，手里攥着祖父的公文包的手柄，像攥着什么法宝一样。

史克斯－普斯－科斯特普斯特，店主说道。沃克通过脑中催眠植入的词汇库将它的话翻译了出来："这个东西真有趣！"它几丁质的手指拿起录音机，在铝制的外壳上刮来刮去，发出的声音让沃克难受极了。"它是干什么用的？"

沃克花了好一会儿才想好该怎么答复。对他而言，即使有内置词汇库，斯夫史皮夫斯语也是一门相当复杂的语言。"它能听人讲话并复述出来，"他说道，"就算你说一整天，它也能全部记住。地球科技！几光年的范围里都找不出这种东西。""光年"的发音是"呵克史克呵斯思克呵特"，非常难念，沃克生怕自己说错了。

"确实如此，非常特别。"外星人头两侧的粉红褶边抽动着，那或许是它的两鳃。它并没有向下看——因为它长了一双复眼，而且头下面没有脖子支撑，所以根本就不可能向下看。但沃克断定它的注意力在录音机上，而不在自己身上。即使这样，沃克还是一直微笑地注视着外星人的眼睛，他希望对方能够在他的表情中读出"真诚"二字。

"这么独特的东西一定不是鄙人能够用得起的。"店主最后说道。斯史斯克——鄙人，如果能够不一次又一次地听到这几个音节，沃克也能含笑九泉了。

看来现在要重点介绍价值，而不是价格。"想想它是多么有用啊，"沃克嘶嘶地说道，"永远都不会再忘记任何事情了。"他并不确定"呵特皮斯特克"（事情）这个词用在这里对不对，只希望外星人能明白他的意思。

"贵客要不要来一杯斯史史？"沃克的笑容僵住了。斯史史是一种几乎与温热的尿液没什么差别的饮料。但他知道，如果拒绝对方提供的食物或饮料，那这单生意就没戏了。"那鄙人就谢谢您的盛情款待啦。"他说道，尽量让这些努力记住的音节流畅地从舌尖滑出。

在店主准备饮料的时候，沃克观察了一遍它的存货。这些东西看起来就像是一节六年级陶艺课的产物，一个个褐色或灰色的不规则疙瘩。但是外星人的生物技术要比地球先进得多，有些陶块在地球上能值上千块钱呢。遗憾的是他并不知道哪些值钱。这不是他所擅长的，况且他此行是来推销的，又不是来采购的。

店主的身材比它的大多数同类要稍微小一些，大概一米四，除了黄色的刺尖和绿色的眼睛,全身基本是黑色的。虽然它有着昆虫的外表，但却是恒温动物，甲壳下面有骨头、肌肉和器官，跟沃克没什么两样。但它的头脑和文化简直比那令人不适的口器更可怕。

"为友谊干杯。"外星人说道，递上一杯热气腾腾的斯史史。当指尖碰到外星人那热乎乎的、毛发旺盛的、黏黏的手指时，沃克不禁打了个哆嗦，但他还是很有礼貌地点了点头，举起了酒杯。

他喝得很少，想尽量礼貌地糊弄过去，但还是很恶心。

"真好喝。"他说道。

四十五分钟之后，他们的谈话终于回到了录音机上。"买下这个奇妙的小玩意儿价格肯定很高。不知道贵客您能不能将它短期租借给我？"

"没有试用的必要。包您满意！"他知道这样说有风险，但这款录音机他经手这么多年，还从来没出过岔子。

特克－特克－特克，外星人说道，咂吧着口器。沃克的词汇库里没有这句话的翻译。那一刻他真想掐死这个死东西——难道它就不能好好讲自己的语言吗？但他还是努力克制，不表露出自己的不耐烦。

停顿了一下，外星人伸出一只手，这个手势是什么意思沃克闹不明白。"贵客暂时把这件东西借给鄙人，鄙人给您补偿费，怎么样？"

"愿闻其详。"

"租借通常是无限期的，价格嘛，当然需要谈一谈……"

"您出个价？"他打断道。他意识到自己已经没那么礼貌了。但是这会儿已经快傍晚了，而早饭后他还什么都没吃呢。如果这笔生意做不成，他的钱可能连吃顿午饭都不够。

又是特克－特克－特克。“四十三。”它最后说道。

听到这个价，沃克一下子火冒三丈。他本指望卖了这个录音机至少能够负担一周的生活费，可是光旅馆的住宿费就得二十七一晚，尽管那儿几乎算不上是个旅馆。他已经花了一整天来赚现金，这还是他今天唯一一次谈到具体价格上的生意。

“七十怎么样？”沃克问。

外星人那通常都在轻微活动的鳃部突然停住了。沃克知道自己冒犯到它了，不禁心里一沉。但他脸上还是竭力堆砌着笑容。“七十是一个非常不合适的数字。以您如此高贵的身份，七十实在是一种侮辱。”

该死的外星人和它们奇葩的数字逻辑！沃克赶紧表示歉意。

“七十三，倒是一个完美的数字。贵客您愿意接受这个价格吗？”

沃克忙着道歉，几乎没明白这样还价是什么意思。但是从父亲和祖父那里继承到的推销员的直觉提醒了他，他赶紧嘶嘶地说“鄙人接受您慷慨的出价”，以免再生什么枝节。

大概又过了一个小时，外星人才开始数钱。这些褐色的块状物软软的，就像兔子的粪便，一个个长得一模一样，被放在沃克的手里。沃克将自己的读取仪放在这些钱的上方，读取仪闻着这些钱，将读数告诉他：总共有三个十七块、两个九块和一个四块，加起来刚好是七十三。他将钱分别装在不同的口袋里，以免像上次那样一不小心将整整一周的薪水当作小费全给了行李搬运工。依赖这么一个乔卡思提产的读取仪，他也觉得很窝火，但他宁愿使用外星人的科技也不愿用自己的鼻子去闻那些刺鼻的用信息素“写”成的东西。

沃克挤出商店出口处那扇阴唇般的大门，来到充斥着热气、噪声与臭味的大街上。夕阳投下橘黄色的光束，映照着飞舞的灰尘，慵懒地洒在行色匆匆的行人的甲壳上：小个子的商贩和官员、大块头的工人和士兵、蠢笨的运输员。没有汽车，没有自动飞机……只有摩肩接踵的外星人和它们那刺耳的无休无止的嘶嘶声。它们带刺的四肢和身体相互刮擦，同时也与球状的、葫芦般的墙面摩擦着。三三两两的外星人聚在一起聊天而堵塞了交通，其他人则直接从它们身上爬过去，这场景随处可见。这些外星人根本没有私人空间的概念。

曾有一群少年从他的身体上爬过——那些多节的腿、几丁质的躯干还有如沼泽死水一般的恶臭，简直就是一场噩梦。它们把他手上的公文包挤掉了，而他拽着公文包不放，在地上被拖了好远，不得不承受它们的践踏。想起这段经历他不禁打了个寒战——不仅因为这个公文包里装着他最重要的文件，更重要的原因是，这个公文包是他祖父用过的。他大学毕业时，父亲将这个公文包交给了他。

他抓着夹克领子，把脖子紧紧捂住，将腋下的公文包夹得更紧了，在人群中穿梭。

* * *

沃克坐在休息室里等待这个建筑用品制造商出来见他。这是他最有希望的客户——坦率说，是他唯一有希望的客户。它的名字翻译过来是“琥珀石”。经过五天的太空之旅，在这个遍地虫豸、脏乱不堪的城市里待了八天，与五种不同生物接触后积累了十五兆字节的数据库，所有这些换来的只是一个恶心的、发着恶臭的客户，而且只是潜在的，至今还未签下任何合同。但是在这两周里，沃克隔三岔五地上门拜访，他确信一笔大生意就快成了。而他需要做的就是常来拜访，打探消息。

从巴掌大的窗户中射进来的光从橘色变成了红色，琥珀石终于从它的办公室走了出来。“啊，人类！您的光临真是让鄙人深感荣幸。”外星人不会说“沃克”这个名字，即使是“人类”这个词听起来也更带着嘶嘶的音。

“这是我的荣幸，琥珀石先生。您读过我给您的信息没有，就在三天前？”

“非常有趣，当然看了。绝对没有比这更优美的作品了。”

“您有什么疑问吗？”沃克问。

疑问当然有了，是的，数不清的疑问——信息是谁为您翻译的？您在哪里复制它？地球上是不是像它们说的那么冷？您是取道皮斯史克斯皮特来的，还是经由斯克特皮斯而来？——完全未提到与产品有关的任何问题。我要建立良好的客户关系，沃克坚定地想，并竭力将对话友好地进行下去。

最后，沃克试图重新获得谈话的控制权。“您的生意，很顺利吧？”

特克－特克－特克，客户说道，并将双手放在肩上。“贵客您一定也察觉到了，白天越来越长了。”

沃克完全不知道他是什么意思。“生意好坏，效率总得要提高嘛。”

“贵客的观点真独特，为我们这鄙陋的地方增色不少啊。”

尽管领带后面淌着汗，沃克却感觉自己仿佛在冰上滑行——他的话完全没有任何吸引力。“我们公司的软件可以将库存管理的效率和工厂的生产能力提高百分之三百，甚至更高。”他说道，用出了他记得最好的词组。

“唉，您那神奇的软件当然比我们鄙陋的计算机强多啦，我们的技术跟你们的根本就没法比。”

“我们提供全套解决方案。硬件、软件、维护。全部兼容，包您满意。”沃克微笑着，试图表现出信心——不，不仅是信心，还有爱，对产品的热爱。

特克－特克－特克。这表示它有兴趣吗？“非常有趣，是的，真是不同凡响。唉，太阳落山了。”它向窗外做了个手势，窗外的红色已经几乎变成了黑色。“耽误了贵客如此宝贵的时间，鄙人恳求您能够原谅。”

“没事……”

“鄙人不敢如此侮辱贵客。请您回去休息吧，欢迎您明天再光临敝公司。”外星人转过身去，走进了内部办公室。

沃克坐在那里，一阵不可遏制的怒气涌上心头。被一只臭虫扫地出门，他想，我还能更落魄一点吗？他盯着公文包磨损的皮面，仿佛能在那上面找到答案。这个公文包承载着两代成功推销员的沉甸甸的重量，却只是默默躺在他的膝盖上。

* * *

虽然太阳已经下山了，街上还是很闷热，仍然挤满了外星人。身上那些黄黄绿绿的荧光让它们看起来更加奇怪，更加不真实。沃克将祖父的公文包抱在胸前，那些发出恶臭的外星人不断将他推过来挤过去，身上的刺不时钩住他的衣服和头发。

他饥肠辘辘牢骚满腹。午餐基本都剩在盘子里了，那种食物每咽下一口都是煎熬，而那顿午餐也已经是好几个小时以前的事了。他希望晚餐能吃上一点儿可口的食物，但他知道这基本不可能。这个世界对旅行者们简直太残忍了，肚子饿的时候想找点儿能吃的东西怎么就这么难呢。

过了一会儿，一阵温暖舒服的味道夹杂在满街的酸臭和辛辣之中传到了沃克的鼻子里，好像是烤土豆的香味。他在街上四处寻找，用读取仪读着墙上用信息素写成的广告：顶级几丁质壳蜡、蓝河蜕皮发烧保险。他开始怀疑这味道是他太过思乡而产生的幻觉，这时候，读取仪的屏幕提示他旁边是一家生命精神素食餐厅。

他还不知道原来斯夫史皮夫斯语里面也有“素食”的概念。不管究竟是什么，这味道闻起来确实不错。他推开餐厅的门走了进去。

餐厅很小，低矮的天花板，里面只摆着一个弧形的吧台和五个很简陋的座位。整个餐厅只有一个身材矮小的棕色外星人，它身上长着白色的尖刺，眼睛是红色的。它安静地坐在一个位子上，双手交叉放在吧台上，看起来好像正在思考什么。沃克没看见服务员。

沃克选了个座位，将夹克叠起来垫在上面，用尽量舒服的姿势坐下。面前的桌上有一个凹槽，是用来盛放所点食物的；桌上还有一个两头都可以用的勺子、一把碎冰锥、一个扭曲的餐具——沃克暂时还不知道它是干什么用的，还有一小碗水（让他尴尬的是，这碗水不是用来喝的，而是清洗手指头用的）。但是，桌上没有菜单。

这个星球上有很多让人无比沮丧的东西，菜单就是其中之一。用信息素写成的菜名多数都不在读取仪的词汇库中，即使读取仪能翻译出来的——像“北方风味陆地螃蟹”，他也根本无法凭名字判断到底能不能吃。很多时候他不得不饿着肚子，或者在询问时冒犯了服务员，有时候问了也还是找不到可以吃的东西。即便这样，他对菜单也算是略知一二，没有菜单，他不知道该点什么，也不知道该怎样点。

他的手指在吧台桌面上敲击着，焦躁地等待服务员出现。如果一定得说说这些外星生物的优点，那就是不知疲倦的礼貌和麻利的作风。通常如此，但很显然，这里的服务员不具备这些品格。最终他不得不沮丧地站起身准备离开。正当他穿上夹克，准备再一次扎进拥挤的人群中时，又一阵烤土豆的香味飘了过来。他转身对那个仍然安静坐着的顾客说：“没菜单，没服务员，好饿啊，怎么点餐？”

这个外星人没有转身。“安静地坐着吧。保持平静才能填饱肚子。”它的声音低沉沙哑，并不像其他外星人那样刺耳。

保持平静才能填饱肚子？沃克本想以讽刺的口吻回复一句，却发现自己的语法水平还不足以讲出这样的句子。他很生气，但食物真的很香，于是他脱下夹克再次坐了下来。

他坐得笔直，双手交叉，盯着面前褐色和奶油色像旋涡一样交替在一起的墙壁。这种墙壁的材料很可能来自琥珀石的工厂，是利用一种庞大的转基因生物生产的，它们吃进去垃圾，然后排泄出建筑材料。他尽力不去想象这个画面……外星人的生物科技让他反胃。

看着墙壁，他想着琥珀石的产品中有什么他可以带回地球上去卖。这些东西对他而言非常不可思议，就像外星人看到他推销的软件产品时倍感惊奇一样。他父亲曾说“一个好的推销员能卖出任何东西”。但他失业了三次，还离了一次婚，沃克怀疑自己是否符合这个描述。不论怎样，他已经这个岁数了，不可能换职业了。他现在最期待的就是好好活着，挣到足够养老的钱，然后远离这份单调的工作，在林间买一处小房子，遛遛狗，还可以钓钓鱼……

那位顾客站起身来，绕过桌子，走到沃克面前，打断了他的幻想。“您好。”它说道，“欢迎光临生命精神。”

沃克气急败坏地问：“你……你是服务员？”

“一切都为生命精神而服务，不管富裕与贫贱，不论顾客是否理解它的含义。敝店也提供食物。顾客您饿了吗？”

“饿！”沃克的心里一阵悸动。这外星人该不会是在嘲笑他吧？

“那我这就给您准备食物。当您获得平静的心态，自然就满足了。”然后它走进了吧台后面的那扇门。

沃克一阵愠怒，但他竭力保持平静。很快外星人就端着一个热气腾腾的罐子回来了，它从里面舀出一些食物放在沃克面前的凹槽里面。看起来像是紫色的胡萝卜块和浅黄色的土豆块裹着橙黄色的酱汁。这东西闻起来棒极了，吃起来也相当美味。有一点奇怪，可能因为紫色的胡萝卜是苦的，所以留下一种奇怪的余味。但是整道菜吃起来非常美味，很暖和，也填得饱肚子。沃克很快吃得一勺都不剩。

“非常棒。”他对服务员说道，而服务员此时已经回到了之前的位置。“多少钱？”沃克问道。

它摊了摊手，说道：“本店为生命精神服务。捐赠多少钱都行。”它指向桌上的玻璃罐，里面装了一小堆钱。

沃克想了想。他能从自己有限的资金里面挪出多少呢？对了——今天的午餐花了他五块半，而这个地方和食物要相对普通一些。但这可是他数周以来吃过的最好的一餐。最终他从口袋里面掏出一个七块的，用读取仪确认一遍，然后投入了玻璃缸。

“感谢平静的客人。请慢走。”

沃克尴尬地稍微鞠了个躬，推开餐厅的门，回到噩梦般的大街上。

* * *

沃克向旅店服务台接待员挥动房间钥匙，那是一个扭曲的棕色棒子，散发着信息素的臭味。“钥匙不管用，”他说，“开不了门。”接待员拿起钥匙，手指摸索着读取代码。“噢，是的，鄙人必须向您道歉。夫斯史皮克节明天就开始了。”

“什么是夫斯史皮克节？”

“噢，都怪鄙人忘了贵客您对敝地的习俗不熟悉。夫斯史皮克是一个宗教政治节日。当然，以您最高贵的标准来看，这完全就是一个无关紧要的小型庆典。”

“那为什么用不了呢，钥匙？”

“尽管夫斯史皮克节很卑微,但对于边远地区的穷人来说非常重要。很多人大老远来到城市，他们早就预定了敝店的这个房间。相信您不希望跟他们共用一间房吧？”

“不……”这个房间对沃克一个人来说就已经够小了，而且他也不想知道它们是怎样使用卫生间里的一些设备的。

“确实如此。所以敝店为了满足贵客的需求，已经将您的物品搬到另一个房间了。”说着它递出一把新钥匙，外形跟之前那把一模一样。

沃克拿着钥匙。“在哪呢？”

“往下走三层。极其舒适和安全。”

新房间比之前的要大一些，有两个分开的前厅，不知道是做什么用的。但是，半球形的天花板极其低矮，尽管沃克在房间的正中间能够站直身子，但在其他位置他都得佝偻着腰；灯光也很昏暗，屋子里闷热潮湿，压抑得让人喘不过气，而且房间里的每件东西都散发着外星人的臭味。他睁着眼睛躺了几个小时，凝视着让人窒息的无边黑暗。

* * *

早上，他发现自己的剃须刀和其他东西在换房间时都不见了。他去服务台投诉，得到的尽是空洞而热情的奉承话——“没错，贵宾就是上帝，我们的员工肯定有问题。”——还有昨晚的账单。

“三百八十三！”

“在夫斯史皮克节期间，顶级套房的价格通常是五百六十一。以示对贵宾您的敬意及补偿造成的不便，敝处已为您打了很大折扣。”

“顶级套房？这么热！又暗！还矮！”

“嗯！对哦！贵客您品位独到，不过这间客房可是本酒店最棒的了。

其他可悲的尚未开化的客人都对它的供暖和照明大加赞赏呢！这些低等人觉得房间挺舒适。”

“我没那么多现金，你们刷星际信用卡吗？或者银行汇票？”接待员的鳃不动了，它后退了一步，开始特克－特克－特克了。

“鄙人一定是听错了，尊敬的客人！在夫斯史皮克节期间使用信用卡是对我们最大的侮辱。”

沃克舔舔嘴唇。大堂虽闷热难耐，他却突然觉得浑身发冷。“那过完节再付呢？”他得从别处弄些当地货币。

特克－特克－特克。“尊敬的客人您稍等……”接待员说完就消失了。

沃克同前台经理、旅馆老板和斯克夫史——不管那是什么职务——都谈了话。它们用浮夸的客套话掩饰着冰冷不争的事实：他还是得付房费，而且是立刻付现金。

“对于贵宾您的处境，本旅馆深表歉意，”那位有着绿色的刺尖和眼睛、深黄色皮肤的斯克夫史说道，“但就算在我们这座最简陋的小城，按照惯例和法律都是要支付服务费的。”

沃克忍受的已经是这座城市最好的服务了，当地监狱里又是什么样，他想都不敢想。“我没有足够的现金，怎么办？”

“尊贵的客人，您可以考虑暂时将个人财物租借给旅馆。”

沃克想到自己当初就是这么卖掉录音机的。“借？无限期的吗？”

特克－特克－特克。“贵客您说话真是干脆果断。”

沃克思考自己身上哪些东西暂时用不着，手机和读取仪都得留着。“衣服、鞋子怎么样？”

“高明的客人，您一定注意到本市居民还没开化到这样穿衣服呢！”

沃克叹了口气，打开公文包。包里都是些文件，有的是机密，有的毫无价值，有的既是机密又毫无价值。“文档紧固器，”他拿起钉书机说，“地球技术，方圆六十五光年内都找不到这玩意儿。”

“这东西是很独特别致，”斯克夫史说，“租借这个精密仪器会让敝处蒙羞的。不过，这旅行箱……”

“什么旅行箱？”

斯克夫史摸着沃克那磨损的公文包说道：“这旅行箱，做工真是精致。”

沃克胸口发紧。“这低档东西……就是个箱子。一点儿也不值钱。”

“它表面有股特别且绝妙的香味，质地摸起来也绝非一般。”

沃克无奈地在一堆文件中摸索，希望找到些其他东西。他找到了一把折叠伞。“这个是可以折叠的雨具，特别实用，采用太阳能电池板技术制造而成。”

“贵客的政府肯定反对出借这一敏感技术。但如您所说，这旅行箱也就是个箱子而已。这箱子对于贵客您可能不值钱，可它的价值和吸引力对我来讲可就大得多了。”

沃克不由攥紧了拳头。“这箱子……有个人价值，我祖父母用过。”

“太棒了！将这个精致且意义非凡的物品暂借给本旅馆，您的住宿赊账就一笔勾销了。”

这只是个公文包，沃克想了想，为了它去坐牢不值得。但是，当他把公文包掏空，把东西都放进一个廉价的手提袋里时，他的眼睛还是发酸了。

* * *

沃克带着他所剩无几的东西（装满衣服的行李箱和那个手提袋）离开了旅馆，双眼通红、胡子拉碴。口袋里装着些零钱，加起来还不到一百，今晚也没地方过夜。

天空湛蓝，阳光直刺他双眼。就算是早上这个点的气温，也能热得他直冒汗。街上的各种外星人比平日里要多，而且显得更兴奋。

只见三五成群的工人唱着歌或者说哼着调调穿过人群，个个皮肤红黑花色，身高两米五。一大群黑色少年迎面从那些工人身上爬过，还朝空中抛撒一把把闪闪发光的绿环。周遭大大小小的外星人都围成一个个圈，举起手来甩动。有的敲着鼓，有的则吹奏刺耳的笛声。

一个长着黑色刺尖的黄皮肤商人抓住了沃克的两只手肘，带着他转动，不时撞上墙壁和人群中的其他人。商人边转嘴里还开心地念叨着，但那些话都淹没在周围巨大的声音旋涡里了。“放开我！放开我！”沃克扯着嗓子叫道，紧紧抓着行李箱和袋子，试着挣脱开。可商人听不见——或者说压根儿没听——它几丁质的双手力大无比。

沃克终于从商人手中挣脱开来，甩了出去，撞到其中一个壮汉工人。它硬邦邦的刺戳破了沃克的夹克。

那个工人停止了吟唱，转身面对沃克。它一把抓住他的肩膀，将他转过来转过去。“你是什么人？”它大声问道，气息中带着恶臭。

“地球来客。”沃克吼着回答，基本上听不到自己的声音。工人叫了它的同伴一声，它们本来随着人流慢慢移动，听到叫唤后折返回来。五个工人围在他身边，完全暗无天日了。

“这位是希球来客。”第一个工人说。

另一个工人从路过的少年手里抓起一把绿环朝沃克一撒，弄得他头上和肩上都是。然后它们都满怀期待地看着沃克。

“谢谢？”他说，但他没明白这些工人究竟想干什么。

第一个壮工推了推沃克的肩膀，他踉跄地倒向了其他人。“这位来客不太懂礼貌啊。”它说。一群外星人都朝他围过来。

“鄙人请求各位原谅。”沃克说着将手提袋紧捂在胸口，希望弥补失去祖父公文包的现实。但是工人不理会他的致歉，又开始转动他，还齐声叫喝着。

转了十几圈之后，他听出它们吟唱着：“环，舞！环，舞！”绝望之际，他完全不知如何做才是正确的，就跟着外星人一起跳了起来。

工人从沃克手里夺过袋子，跺着脚。“环，舞！环，舞！”沃克边转边挥动双臂，口中随声附和着。他渐渐地喘不过气来，只发出断断续续的声音。

他一直转着圈，喘息着“环，舞！”直到他感觉到头顶的太阳，才明白这意味着什么：工人和它们的影子早就不在了，独留他一人。他在人群中不明缘由地转着，也没人注意到他。于是，他停止了转动，放下胳膊，头晕晕的，感觉如释重负。但很快，一阵惊慌又打破了这稍纵即逝的平静，他发现自己的胳膊上空空如也。手提袋落在一米开外脏兮兮的地上，只见旁边尽是外星人的几丁质脚。他扒开人群，趁袋子在被踩烂之前一把将它抓了起来。可那个行李箱，他找了一个小时都没找到。

* * *

沃克靠在琥珀石建材厂的外墙上喘着粗气。他已经在人潮里折腾了几个小时，将手提袋裹在扣紧扣子的夹克里，紧贴在胸前抱着。之前一直有绿环撒在他身上，他还跳了好多次环舞，虽然觉得可笑，但他不想知道如果拒绝会发生什么。就这样，他热得满身大汗，浑身脏乱不堪。

办公室门上用信息素写着一行字：夫斯史皮克节放假。那行字还是潮湿的。

沃克双手捂着脸，哽咽就像胶水一样厚重，堵着他的喉咙。他站在那里，双肩上下起伏，努力克制自己不发出声音。节日里的人群涌动，就像一条黑莓藤织就的河流。

他终于镇定下来，用力擤了擤鼻子，把湿漉漉的手绢装进口袋，顺手拍了拍腰间。腰包还在，里面装着硬硬的长方形护照和回程票。他只需要走进传送门就可以回家了——昂贵的旅程就这样灰溜溜地结束。但他还有文档、手机、读取仪和唯一的潜在客户。只要不言弃，靠这一切他便能成功。

“爷爷，我可能把您的公文包丢了。”他用英语大声说，“可我不会放弃销售这条路的！”

路过的少年听到奇怪的声音停下了脚步，一会儿又继续随人潮往前走了。

* * *

沃克从没想到这个星球上居然还有他乐于看到的东西，可当他走进生命精神素食餐厅时倍感轻松。夫斯史皮克节日的人群让城市里迂回曲折的街道变得更混乱，他开始怀疑自己还能否找到这地方，也不确定它在节假日是否营业。一开始他完全走错了方向，后来却在附近路口的信息素地图上找到了这家餐厅的地址。

“夫斯史皮克节会过多久？”他吃饭的时候问服务员，就是之前长着棕白色刺尖的那位。它目不斜视，冷静地站在吧台后，双手交叠放在胸前。“就一天。”它答道，“虽然有些人觉得夫斯史皮克精神应当长存于心。”

沃克抑制住心中的恐惧。“那明天公司都营业喽？”

“是的，大多数都营业，有的行业可能假期稍长。”

“那建材厂呢？”沃克紧张得说话有些结巴。

“会开业的。”服务员歪着肩，一副调侃的样子，“贵客您想必是在规划建筑工程？”

“不是！”他勉强地笑了笑，这笑声让服务员吃了一惊。“是销售，不是采购。”

“客人您真有趣。”服务员站直了身子，“鄙人希望帮助您，但是不知该怎么做。”

“鄙人想找些商户。您认识工厂、库存管理人员或是企业资源管理专家吗？”

“客人您讲的虽然是斯夫史皮夫斯语，可我不懂您说的是什么意思。”

“抱歉，这都是些专业词汇。”

服务员慢慢低下身来，将脸凑近沃克。它的鳃部就像海草一样轻柔地摆动着。“商业上的问题鄙人不在行，贵客您家人还好吗？”

沃克想了想，回答道：“不太好，父母都不在了。鄙人也无儿无女，妻子也……离开了。”片刻间他暂时忘了自己在跟谁讲话、讲的什么。

“鄙人离巢甚久，繁殖搭档又找了个交配伙伴。”他陷入了沉思，回忆起往事。

服务员静静地站在那儿，没打断沃克的思绪。过了一会儿，它开口说：“能讲讲这些故事也好，憋在心里会难受的。”

“谢谢您！”

“鄙人名叫闪亮苍穹，如果客人您想找人倾诉的话，可以来这儿找鄙人。”

* * *

沃克离开生命精神餐厅时，太阳都落山了。夫斯史皮克节的人群也疏散了，只剩一些狂欢者还在黄绿色的灯光下跳着转着。街上几乎畅通无阻，沃克走进一家又一家旅馆。只是，所有旅馆都告诉他“尊贵的客人，鄙人向您致以最深的歉意，现在没有房间了。”最后，精疲力竭的沃克只好在楼房间的空地上找了个阴暗处，将夹克包裹住袋子当枕头，也能确保袋子不被人偷走。他得赶紧睡几个小时，第二天一早就和客户见面。

他酣然入睡直到天亮，早晨的第一缕阳光洒在他的脸上。他眯着眼翻了个身，接着清醒地感觉到头下是硬邦邦的路面。

手提袋不见了。

他坐起身，睁大双眼。最担心的事还是发生了：他的夹克和手提袋都不见了。他慌张地摸摸腰间——幸好护照和返程票都还在。可他的钱、文件、手机还有读取仪统统都没了。

* * *

“啊！人类！”琥珀石说道，“贵客您再次造访，本厂蓬荜生辉呀！”

现在快中午了。东西被洗劫一空，保存在读取仪上的街道标志、地址和地图也都没了，沃克在街上转悠了几个小时才找到这家工厂。

没有了往常公文包的重量，他感觉一阵风就可以将自己吹走。

“您让我昨天过来，”沃克嘶嘶地说，“我如约来访，可工厂关门了。我今天又来了，很重要。”即使公文包不见了，没有文件，他还是可以争取口头承诺，或引起它们强烈的兴趣……至少要取得些许成就，可以向公司、父亲、祖父和自己有所交代，证明自己并非一无是处。

“贵客当然有更重要的会面，您为何还会到访敝处呢？”

“不不。同琥珀石的会面最重要，我们赶紧商讨一下软件采购事宜吧！”

“占用了您的时间，鄙人深表歉意，我就不耽搁您了。”它转身离开。

“鄙人请求贵人您的谅解！”

琥珀石头也不回地说：“浑身污秽、步履蹒跚、沾满夫斯史皮克光环怪味的商人，他所念之事的高贵程度一定超脱了物质层面。这样的人应不受打扰专注使命，这些当然是我们凡夫俗子所无法理解的。”

沃克的肩膀塌了下来，他深感挫败，但他耳边似乎响起父亲的声音：廉价出售。沃克咽了口气，随即说道：“贵厂能接受从鄙人这儿无限期租赁库存管理系统吗？”

那外星人在办公室门口停了下来，转身面向沃克说：“如果贵客您愿意的话，敝处当然有兴趣。五千三百万够租赁整套系统吗？”

沃克听得目瞪口呆，直立立地靠在墙边，感觉那堵弧形的墙壁也带着温热轻微震动着。“够，”他最终说，“够，当然够。”

* * *

“你究竟去哪儿啦，沃克？手机也关机好多天，你的样子看起来糟透了！”沃克的上司格里森说道。他自己看起来气色也好不到哪儿去——由于外星人和人类的信号系统不兼容，他在公用电话屏上的脸苍白变形。

“我一直忙着呢！”他将琥珀石建材厂的数据节插入电话接收器。

显示屏里格里森双眼瞪得大大的。“你成功了！太棒了！”

“谢谢。”格里森的热情无法穿透沃克麻木的灵魂。再强烈的喜悦在这三天的磋商中也早已磨灭。

“你会成为本季度最佳推销员！派对定在明天晚上！”

提起季末派对，他就想到同事们那一张张夸张虚伪的脸庞、粗俗的段子和完成批量订单后廉价的祝词。就算他的大名位居榜首又怎样呢？还不是要回到空荡荡的公寓房间，第二天继续奔波，下个季度从零开始……

“对不起，”沃克说，“我参加不了。”

“对哦，我想什么呢？坐传送机返程至少也得五天。听着，你回来了给我电话。你有我号码吧？”

“手机里有。”也不知道手机在哪呢。“好，行，我得走了。再见。”

他在昏暗闷热的公用电话亭里坐了良久。绿色的椭圆形可视电话屏看起来像一潭死水慢慢流动，上面倒映着一个没有家室、没有宠物狗、没有林中小木屋的男人的脸孔。就算他是本季度销售冠军，他也还得干无数个季度才能退休，每个季度工作都一样繁重。

最终，电话亭外传来几丁质指节敲击墙壁的声音和叫唤声：“鄙人敬请您原谅，有人想借电话一用。”

电话亭的门像豆荚一样打开，沃克探出头。外面光线刺眼，公用电话管理员说：“啊，尊贵的客人，您电话用得可好？”

“恩。很好。”

“电话费二百六十三。”

沃克裤子口袋里大概只有六块钱，剩下的都在夹克里，都不见了。他思索了一会儿，然后从腰包里掏出一块矩形的塑料玩意儿来。

“这是什么？”

“去地球的票。”

“一张星际传送票？到地球的？鄙人一定是听错了。”

“没听错，星际，去地球的。”

“值好几千块呢！”

“没错。”他接着用英语说道，“不用找零了。”

他走了，留下茫然的管理员在那儿嘀嘀咕咕。

* * *

街上走来一个人推开餐厅门，嘴里还咒骂着炎热的天气和拥挤的人群。一眼看见沃克，他呆了好一会儿才叫出声来。“天哪！”他用英语说道，“我还以为这倒霉的星球上只有我一个人类呢！”

沃克身材瘦削，脸也晒黑了，长长的头发和胡子都是灰白的，但梳理得很整洁。他穿着一件白色衬衫，双手交叠，神情专注地站在那儿。“你好，”他和往常一样用斯夫史皮夫斯语说道，“鄙人欢迎安静的客人来到生命精神餐厅。”

“你在这儿做什么？”英语单词响亮地回荡，显得滑稽可笑。

沃克的牙齿上下碰撞，发出特克－特克－特克的声音，然后用英语答道：“我在这儿……给人端盘子。”他难以启齿。

“我是说，你来这个星球做什么？”

“我住这儿。”

“可你为什么要来这儿？你究竟为什么留下不走了？”

沃克顿了顿说：“我本是来推销地球商品的，可这里的人不需要。我明白这个道理后，就放弃了。我现在比以前开心多了。”他做了个手势示意对方坐下。“请坐！”

“我，呃……我想我得走了。”

“你真的要走吗？今天的斯克史呵斯皮史克味道不错哦！”

“谢谢！不用了。”这人转身要走，但他停下来，从口袋里掏出些钱，在读取仪上扫了一下。“给。”他说，将钱递给沃克，“祝你好运！”

他走后，餐厅门慢慢关上了，沃克碰碰钱，又闻闻自己的指尖。三百一十一，一笔不小的数目啊。

他微笑着将钱放进钱罐，坐下静候下一位顾客。

陈莹 译

极似之物

吉纳维芙·瓦伦丁

吉纳维芙·瓦伦丁出生在一个军人家庭，童年时代曾经在美国的多个州生活过。她于2007年开始发表短篇奇幻和科幻小说，至今已经发表了数十篇，在该领域相当多的子类型中表现出天赋。

《极似之物》最初发表于约翰·约瑟夫·亚当斯编辑的《光年》杂志。有一段话恰如其分地概括了本篇作品的内容：讲述了一个办公室情感纠葛比今天还要复杂的未来。梅森是一名有社交障碍的程序员，受雇于制造个性化“追忆人偶”的公司。这种人偶是人的机器复制品，带有人工制造的准人格。梅森被调到一个开发团队，领导人是魅力四射、成就不凡的保罗。他们的目标是开发一种人工智能，一种最接近人类的机器人。

日历提醒：股东晚宴，晚上八点。

消息发自莫利——面向未来，关爱用户。

莫利公司的年度股东晚宴对员工而言就是刹那地狱。为了鼓舞士气，公司总是鼓励他们参加。

莫利公司让梅森发了财：他的燕尾服是定制的，赴宴时开的座驾的财产税就比他父亲一年的薪水还要多。他当然要去。

（有一年因为生病，梅森缺席了晚宴，随后人力资源部的两位高管带着公司的医生来到他家，只为确认他真的病了。自此之后，他再没有缺席过晚宴。）

他做了很多备受瞩目的工作，所以莫利公司希望他多多出来交际，于是，在晚宴前的鸡尾酒时间，他被引荐给一群又一群人，不停握手寒暄，把那两三件温和无害的奇闻逸事翻来覆去地讲。

这几个段子效果不错，毕竟他一直在反复练习。

就在他要把包袱抖开的时候，人们都礼貌地咯咯轻笑。

追忆人偶的反应要稍微慢一点，一是因为他们需要处理其中的一点认知脱节之处——“幽默”的来源，二是因为程序使他们认为打断别人是粗鲁的行为。（梅森将把这个问题交给美学部去处理——现在越来越难以区分做过整形手术的人类和人偶了。）

“听说你正要开始一个新项目。”哈里斯说着，把他太太搂得更紧了。许久之后，哈里斯夫人终于露出了微笑。

（梅森始终无法理解为何会有人这样把人偶带出来社交。人偶的作用是缓解哀伤，而不是充当挽胳膊的美人儿。这太尴尬了。他希望股东表现对公司的支持时不要过于热情洋溢。）

他也是刚听说这个新项目，但是他觉得股东们可不想听到这话。

“可能吧，”他说，“显然我不能说出来，不过——”

哈里斯夫人露齿而笑。“保罗·威特考弗已经告诉我们啦，”（梅森心想，谁？）“听起来真是个了不起的点子。我希望这项目能为公司带来伟大的变化。我们已经很久没有出新版本了。”

梅森心头一紧，原来他被选为新版本开发的先锋了。他想起了保罗·威特考弗的身份，又觉得心头一沉。威特考弗是创意部的第二代员工，曾被人拍到某个小明星挽着他胳膊的照片。新闻评论员们则在探讨，如果他能娶到某个合约在身的女演员，对莫利公司的股票可真是利好消息。

哈里斯夫人呆呆地笑，等着有人对她说话，或是哪个话题关键词冒出来。

梅森在好几年前的晚宴上就见过哈里斯夫人。当时的她可比现在话多，梅森参与过她这个次代的会话软件研发，知道她能应付派对场面。哈里斯一定是把她的认知水平调低了，免得她招人烦。

屋子里突然爆发出一阵笑声，梅森望过去，是一个穿机车夹克的家伙，正被一圈燕尾服和晚礼服围在中间。

“那人是谁？”他问道。但是他知道，他知道，他的人生总是如此。哈里斯夫人说出答案的时候他已经在叹气了。“那就是保罗。”

* * *

梅森十五岁时就与莫利公司签下了“卖身契”，从此他不得不在很多事情上做出妥协。

他妥协了，为了挣到那些钱，他不能对自己的职责有什么牢骚。他曾经为莫利公司专攻低端市场的义肢部门搞了一年的撞击感应芯片。让你去哪儿，你就得去哪儿。

（他妥协了，年度股东晚宴参加得越多，他在义肢部门的格子间里待的时间就越少。）

他妥协了，有时候他会厌恶与他共事的人，而又对此无计可施。

（梅森疑心自己始终恨着所有人，而唯一总在变化的，是他怨恨的原因。）

问题在于，梅森恨保罗，并不是因为他来自创意部，而且领导着一个研发项目。梅森愿意按照他们的要求写代码，也无所谓他们派创意团队的哪个浑蛋来管着他。他并不挑剔。

当然，他讨厌有人向其他成年人这样自我介绍："叫我保罗就行，不必太纠结这个，很高兴见到你。"他也讨厌老爹是创意顾问，从来没有饿过肚子的人。他还讨厌当保罗宣布莫利公司今年要有大动作时，股东们仰慕的神情。但是，这些事情也都不至于让他夜里睡不着觉。

他相当确定，他开始恨保罗，就是在保罗向他介绍娜迪亚的时候。

* * *

在莫利公司，我们知道你在乎。

我们知道你热爱家人。我们知道你担心把他们抛在身后。我们知道你曾经垂询更多有关我们的信息，这说明你在考虑送给家人最美好的礼物：

你自己。

医学研究已经证明，悲痛会对家庭情感和精神健康造成灾难性的影响。深爱之人的离去是一种无法名状的悲剧。

你忍心让你所爱之人在有生之涯承受没有你的凄苦吗？

来自莫利公司的追忆人偶能把你的记忆、言语模式甚至个性中最重要的方面映射到一件人工制品当中。

这是个艰苦的过程——唯一超越我们技术的，便是我们的工艺——最终得到的，是一个虽绝无可能取代你，却能够给失去你的人带去宽慰的复制品。

想象一下，无论发生什么事情，你的父母都不必说再见； 无论发生什么事情，你仍然可以给孩子讲睡前故事。

来自莫利公司的追忆人偶是你送给所有爱你之人的礼物。

* * *

娜迪亚保持着绝对的沉默。

她的工牌上写着“美学顾问”，也就是说，保罗把他的模特女友带到会上来了。

她很漂亮，是那种撩人的漂亮，但梅森并不怎么在意她。梅森对女人的要求挺高，而且她还远远赶不上保罗约会的那些女演员。

(梅森仔细琢磨过一番。他并没有太把保罗放在眼里，不过这个人挺会招人注意的。)

保罗把娜迪亚带到了遗迹项目的第一次头脑风暴会上。他向梅森和两个市场部的同事介绍她：“叫她娜迪亚就行，不必太纠结这个。”之后会议开了足有十分钟，梅森才注意到她还没有说过一句话。

这时候梅森才意识到她有多么安静。她只往他这边转了转眼珠，严峻的神情就好像能看穿他的心思，而且是她并不喜欢看到的东西。

他并不在乎，只是忽然好奇她是哪里冒出来的。

“那么我们必须考虑新市场。”保罗说，“追忆人偶的回报率在下降，除非我们愿意降价，以扩展机会并提高品牌知名度——”

市场部的两人听到莫利要进军低端市场的想法，不由发出了惊骇的声音。

“——或者，我们开发一款足以重新定义这家公司的产品。”保罗抛出了真正的观点，“某种新的东西，我们在公司内部从零做起的东西。”

市场部的一个人问：“你有什么想法？”

“一个可以征服死亡本身的追忆人偶。”保罗说。

(娜迪亚的目光转向了保罗，但身体纹丝不动。)

“这怎么能做到？”另一个市场部的人问。

保罗笑了，朝前探了探身。梅森仿佛看到有人按下了开关，然后保罗大放异彩。

他用到了梅森在广告中听过的每一句口号，他敢发誓有一些就来自莫利公司自己的宣传册子。保罗运用了很多眼神接触和情深意切的皱眉。市场部的人变得神情呆滞、张口结舌，如同看到了一个装满了金币的游泳池。保罗面带微笑，一只拳头紧紧地攥着，好像是怕他绝妙的主意飞走了。

梅森等待着一个可以编写成代码的实在概念。他等了好久。

（编程的一项好处便是，你只需要应付明确的“是”与“否”。）

“我们将一起工作。”保罗的手势把梅森也包括了进去。

“安德鲁·梅森的口碑是脑子比计算机还快。我们在一起，将赋予遗迹模型自发自主的批判性思考。这一点其他开发人员都没有做过，也没有任何消费群体曾见过。它不是人类，但将是极似之物。”

市场部的人开心了起来。

听到“自主批判性思考”这个词，梅森有了一些关于电路图和命令选择算法的主意，一时间出了神。

回过神来的时候，保罗正在说：“哦，他肯定有主意。”他对着市场部的人笑了一下——看向娜迪亚的时候笑容有点模糊不定，不过转向梅森的时候又及时恢复了正常。

“梅森，能不能给我们这些技术白痴大体说一下你得到了什么样的灵感？”

梅森把目光从娜迪亚转向了保罗，没有回答。保罗皱起了眉头。“你对这个项目有什么疑问吗？”

梅森耸了耸肩。“我只是在想，我们不该当着陌生人的面讨论机密研发项目。”

（纪律部门有时候会设下一些条条框框，只是为了确保员工认真对待保密问题。可能这就是她还没有开口说话的原因。）

娜迪亚真的转过头来看他（目光掠过了保罗），保罗停下了他的表演，厉声说道：“她可不是什么陌生人。”就好像她曾在刺客手中救过他一命似的。

保罗不该说这句话。

这让梅森开始好奇，他和娜迪亚之间到底是什么关系？

* * *

那天下午，人力资源部的主管威尔科克斯来到了梅森的办公室。

“我只是随意检查一下。”她说，“你的好心情对公司来说很重要。”

她的意思是，保罗把他出卖了，他们想确认一下，梅森并没有考虑要泄露项目信息——有一个市场级股票回购都依赖这个项目。

“我在这儿很开心。”梅森说。对人力资源部就得这么说，不过这也不是谎话。是他们把他从那所烂学校里拉了出来，给了他一个未来。现在他的钱多得不知道该怎么花，公司的牙医也很不错。

他喜欢他的工作，他们也给了他足够的自由。目前为止，一切都挺好。

（他想象保罗带着虚假的关切表情说：“我并不认为他要搞什么小动作，只是他看上去不开心，而且也不回答我提出的问题。”）

“娜迪亚在开发团队里吗？”梅森没来由地问了一句。

“还不确定。”威尔科克斯主管说，“祝你周末愉快。好好休息一下，回来准备展开遗迹项目的工作。”

她给了他一张社交俱乐部的优惠券。那里的一顿饭值一周的薪水，私人女招待值两周的。

她说：“公司真的很欣赏你的工作。”

* * *

他回到家，打开了个人程序。

程序大部分仍然只是取自旧地图，不过有些地方被他重建了，为的是尽可能地接近原貌，比如建筑、动物、尘土和人。

小至指纹这样的细节都是定制的，他用自己能回想起来的人重建了家乡的城市，尽量准确地调整了他们的个性特征。这是乡愁的寄托，当他思乡的时候。

（他想家的时候越来越少了。家乡很遥远。）

自打从黑市上用现金购入了第一台非莫利公司的计算机后，他就有了一件仅供自己使用的东西。他一直把这个游戏当成工作。

现在有了实时人格模块和物理规则冲突监控程序，因此梅森不能在游戏里乱来了。它并未连接到网络上，这是为了防止莫利公司的窥探。它自成一体，给他带来的自豪超过了他做过的任何其他事情。

（追忆模型和这个比起来简直不值一提。保罗的遗迹项目需要的正是这样的东西，假如梅森乐意分享的话。）

他在五分钟之内创造了娜迪亚——他对她的观察肯定要比自己想得多——把自己眼中她拥有的个性特征赋予了这个虚拟形象（镇静、勉强、不安），还有她与保罗的关系，以及他认识她有多久。

没把握的方面他并没有乱猜。猜测对这个游戏是一种伤害。

他把娜迪亚的化身放进了莫利公司的办公室。（他不能把她放进自己的公寓，因为一个镇静、勉强、不安而且认识他时间不长的人是不会来他公寓的。他的游戏很严格。）他让他们俩都处于漫长熬夜工作之后身心俱疲的状态。

最终他也输入了保罗——考虑到程序对娜迪亚的了解，不那么做的话场景就不会启动——而且开心地看到保罗正在他自己的办公室里面睡觉，身上盖着那件机车夹克，显得百无一用又不成体统。

娜迪亚有条不紊地试着打开研发部每一扇锁着的门，然后走进了实验室，站到一个合适的地方。

梅森看着自己的化身在编写看不见的代码。看得时间太长了，他迷迷糊糊地睡了过去。

再次睁开双眼，他看到娜迪亚的化身正在他办公室的门口，而他自己的化身正把脑袋压在胳膊上休息，看上去又累又烦，似乎希望自己是那种能够选择放弃的人。

（当他设置正确的时候，这程序还真有些瘆人。）

他屏住呼吸，直到娜迪亚的化身转过身去。

她找到了保罗办公室开着的大门（当然是开着的），又站在那里，看着他。

他好奇她的化身会不会想吻保罗的化身。

娜迪亚的化身也离开了保罗的门口，走到了俯瞰壮观大厅的阳台。

她在栏杆旁边站了好一会儿，就像是从前物理限制还没有完善的时候，那些化身们总是试图穿墙而过。

然后她跳了下去。

梅森愣了一秒钟，然后重启了程序。

(这不是生活运行的方式，这只是一个模拟程序，但是没有它，梅森永远无法了解生活里的大活人都是怎么运作的。)

他一次又一次启动程序。每一次她都跳了下去。

他最终认为自己的观察是有问题的。他对娜迪亚了解得太少了，程序不足以继续运行下去。过早地将她放入系统是自己的错误。

他关上了计算机，双手在颤抖。

然后，他从餐桌上拿起了莫利公司提供的优惠券。

* * *

女招待挺漂亮，撩人的那种漂亮。

她东聊西扯，倒着价格不菲的葡萄酒。他没有制止她，因为他来这种地方的次数实在太少了，还没有从尴尬中走出来；因为莫利公司会承担费用；还因为某种说不清道不明的烦心事在折磨他。

后来女招待问他："我可以为你做什么？"

他说："尽量保持安静。"

这肯定是个诡异的要求，她一下子就僵住了。非常安静，就像娜迪亚那么安静。

* * *

第二天早晨，保罗来到了梅森的办公室。

"那么。"保罗一边说一边摩拳擦掌，就像要雕刻一只鸟，"咱俩脑力激荡一下，看看怎么能让这些人偶自己脑力激荡起来。"

"娜迪亚在哪里？"梅森问。

保罗说："不必太纠结这个。"

梅森恨他。

* * *

第一周的基本工作就是梅森努力让保罗告诉他，他们到底在做什么，以及他们有多少钱可以支配。

"就是你现在正在做的，"保罗说，"只不过更大、更好，我们会把思路理清的，不必太纠结这个。"

"不用管资金的问题。"他说，"我们只要考虑软件，原型机已经搞定了。"

梅森好奇保罗搞这个东西到底有多长时间了——私下搞到了整台原型机，连会窃听员工电话的公司都没能察觉。想到这些，他脖颈后面的头发都竖了起来。

"我有一个已经可以植入的基线。"周四的时候保罗承认道，梅森感觉这就像是一次胜利。"如果你不想使用模拟器的话，我们可以用它做基础来搞测试。"

"没把实体模型准备好的话，就不能用模拟器。我们还在编写模块的阶段，基线也无关紧要。"然后他想了想又问道，"你怎么能在没有研发部批准的情况下搞到基线？"

保罗笑了。"黑市。"他说。

这是梅森第一次怀疑，保罗或许真的很在乎他们正在做的工作。

这改变了很多事情。

* * *

周五，梅森引入了几个程序参数来构建移情算法。保罗来到的时候他说："我有几个想法。"

保罗弯下腰来看。他的机车夹克在梅森的椅子上蹭得吱吱响，他的脸被屏幕映上了一层蓝色。

梅森看着保罗浏览了两遍。他读得很快。

“棒极了。”这腔调让梅森疑心保罗对细节的了解是不是比他自己承认的要多，“看看你能拿这个给我做出什么来。”

“要什么有什么。”梅森说。

保罗低头看着他。梅森满眼都是他的笑容。

* * *

周一早晨，保罗带来了娜迪亚。

她坐在办公室的角落里读一本书，每当梅森把话说到了点子上或者说得格外蠢，她都会抬起头来看一眼。

（与她对视的时候，梅森看到她的眼睛黝黑深邃，而她总是羞于露出任何表情。）

保罗从没说过为什么要带她来，但是梅森相当肯定娜迪亚不是竞争对手安插的间谍——哪怕是保罗也不敢冒这个险。她更有可能是他的女朋友。（也许她是个演员，梅森觉得自己应该开始看新闻了。）

大部分时间她都在埋头读书，读得那么沉稳，只要听见有一阵子没翻页，梅森就知道她在看他们。

有一次他们因为无限循环争论起来，保罗转身问她：“这真的会造成问题吗？”

“我想咱们会弄明白的。”她说。

这是她第一次说话，梅森扭过身去看着她。

她没有从书上抬起目光，也丝毫没有动弹一下，不过梅森还是望着她，等着她有什么动作，直到保罗对上了他的视线。

对于一个每天把自己的非官方顾问女友带到办公室的人来说，保罗似乎对梅森的注视挺不开心。

娜迪亚好像没有注意到，她在梅森显示器上的倒影没有抬起头来，一次也没有。

（并不是说她抬不抬头有什么要紧。梅森也不知道自己在期待什么。）

* * *

梅森很快就搞清楚他们在做什么了。保罗并没有告诉他，不过当梅森问"我们是不是在尝试创造情感能力？"时，保罗说："不必太纠结这个。"他脸上的笑容一如看到梅森头几行代码时的样子，这就是梅森想要的答案。

为这个级别的批判性思考编写算法，只有一个原因，而且不是为了用作文秘。

梅森正在创造一个不仅能够回应，而且能够理解的人工智能；一个能在程序的基础上发展出有机人格的人工智能；一个有想象力，真的在生活的人工智能。

（有时候，当他疲倦得控制不住自己时，就会对工作有些罗曼蒂克的想法。）

* * *

作为一个第二代创意部门的人员，保罗成长得很快。

"但是由于偏好基于预编程的道德尺度之上，他们总是会更喜欢在二元条件下做出正确选择的人。"梅森说，"股东大概不会喜欢道德正派的自由意志。"

保罗点点头，考虑了一下。

"看看你能不能写出一个算法，让偏好基于某人对问题反应的可靠性。"保罗说，"人的行为都是容易预料的，比让他们品行端正更容易。"

这时候保罗没有理由看娜迪亚，但是他看了，有那么一瞬间他的表情含义不明。

有那么一瞬间，娜迪亚的表情也是如此。

梅森那天晚上失眠了，他老是想着这件事。

收件人：安德鲁·梅森

发件人：人力资源部－健康／福利

你今天在食堂的咖啡因摄取量比正常值高出40%。你的健康对我们来说十分重要。

如果你希望重新协商项目时间线，请联系管理部安排一次会议。如果你身体疲倦，请联系公司医师。如果有个人问题，公司治疗师可以提供咨询。

如果上述任一情况属实，请告知我们你采取了什么行动，以便我们更新你的记录。

如果仅是一次不规则的饮食，请忽略此信息。公司感激你的工作。

他们在模拟器上测试了一些模块。

（梅森告诉保罗他们正在标记出理解力的迹象。事实上，他想看一下模拟会不会没有逻辑地喜欢他们当中的某一个人。那是人类会做的事情。）

他设立了一个新的基线，用资料库里的常见型号生成了几个特征随机混合在一起，为的是防止用到某个人的残余。（公司比较讨厌这种事情。）

在名称一栏，梅森输入了伽拉忒亚[①]。

"这是什么缩写？"保罗问道。

"引经据典。"娜迪亚说。

倒影里的她正盯着主显示器，眉目之间写满了憔悴和煎熬。

伽拉忒亚运行了诊断程序（等了很长时间——上个月字符界面版本在匿名测试中通过了四项知觉筛查，这么复杂的东西代码可不少）。

①伽拉忒亚，希腊神话中塞浦路斯王皮格马利翁雕刻的少女。皮格马利翁爱上了这个雕像，爱神看到他感情真挚，于是给伽拉忒亚以生命，使他们结成夫妇。

她识别出了摄像机，依次朝着梅森和保罗点头。

然后她的眼睛失了一下神，重新聚焦找到了娜迪亚。

这说得过去，娜迪亚离得更远，但梅森还是觉得有些毛骨悚然。该有人处理一下这些模拟器的写实主义标准了。这不是什么二流约会亭，它们有着火眼金睛的名声。

“该你施展魅力了。”梅森说。保罗大笑起来。

“好的。”他说，“伽拉忒亚，很高兴认识你。我是保罗，今晚我会尽量施展魅力。”

* * *

伽拉忒亚不到十分钟便表现出了对保罗的偏爱。

要不是太有自尊心，梅森就把这地方给烧了。“伽拉忒亚，”梅森问道，“保罗最后一句话是什么意思？”

“他的工作进展顺利。”

其实保罗说的并不是这个意思——那句话就和保罗大多数与代码无关的话一样，基本上没有什么内容——这意味着伽拉忒亚在朝最好的含义推断，因为她喜欢他。

“读这个。”梅森草草地写了个便条说道。

保罗读道：“在市场范式的转变中，必须集中我们的协同作用重新评估范式结构。”

这是他们共事第一天保罗对他说的一句废话。保罗甚至都没脸承认这是他说过的。

“伽拉忒亚，对这个句子做出回应。”梅森说。

“我做不到。”伽拉忒亚说，但是她的摄像机镜头直直地对着保罗的脸，这才是梅森真正想要的答案。

“因为安装了这个软件，你的基线人格系统遭到了破坏，你的偏好被修改了。”他说，“你能识别出那些修改之处吗？”

稍有停顿。

“不能。”她说，声音里有惊讶。

他抬起头来，咧开嘴笑着看向保罗，但是保罗咬紧牙关，一副问心有愧的样子。他眼睛盯着前面的墙壁，双手握成拳头抵在桌子上。（在他显示器的倒影里，娜迪亚已经放下了书，在椅子里稍往前坐了一点，朱唇微启地看着这一切，仿佛见了鬼。）

* * *

假日派对上，保罗和娜迪亚一同现身。

保罗用手臂揽着她，梅森见他们出双入对已经有几个月了，仍然不敢确定这俩人是不是在约会。

（梅森只能看到每天两人离开时保罗向她伸出的手，她在拉手之前过于长久地注视他的样子，他一再向她讲述的故事，还有他脸上竭力取悦对方的微笑。）

保罗应付派对的本事超一流。他礼服上的皱纹都那么别致，他还把手放在娜迪亚的腰上，对遇到的每个人都注目致意。

这套本事太纯熟了，不可能是与生俱来的。他父亲肯定在他小的时候就开始训练他。

大概就是这么回事，大概他们就像兄妹一样，假如你不在意有时他看着她侧面的样子的话——他似乎不介意有人给他们照相，但是他并没有屏住呼吸。

（梅森嫉妒保罗能和她一起照相，他嫉妒他们两个人能互相做伴。）

“你为什么一直看着我？”

她也并不忸怩，他转身时这样想，而她的样子让他想要吐露心声。

他说：“我觉得你很有趣。”

“因为我的样子。”口气像是在陈述一篇结果出乎所有人意料的科学论文的结论。

“是因为你看其他人的样子。”

这话肯定是触动了她，因为她歪了一下脑袋。当她脸上的表情变化时，有那么一瞬间，她的双眼变得空洞无神了。

那一瞬短暂得大部分人都不会注意到，不过梅森的疑心已经很重了，他总在她身上寻找有别常人的点滴特质。

假如每次有人令她惊讶时，她都会这样反应的话，那么梅森就知道为什么她看起书来那么稳当了。

但这并没有阻止他变得冷淡。

(他应付不了这个事情。疑心是一回事，真正知道是另一回事。)

他的脸上肯定表现了出来。娜迪亚看他的样子就好像她不知道他要做什么。

她以前看他时不是这个样子。他更加冷淡了。

她的眼睛里充满了恐惧，就和任何人类的眼睛一样。她是他见过的最美的机器。

他张开嘴。“不要。”她说。

这时保罗过来了，笑着问道：“你还记得怎么跳舞，对吧？”说着与她十指相扣把她拉走了，动作快得一点都不自然。

前往舞池的路上，她一直转过头来看着梅森。

他在原地站了很长时间，看着莫利公司的黄金男孩与他的手工遗迹项目原型机共舞。

* * *

整个周末他都在琢磨，自己在美学部有没有朋友能告诉他娜迪亚的脸来自何方，或者在档案部有没有人能为他证明保罗·威特考弗私藏了一个虚拟人格。

这件事诱惑着他。它不足以终止项目，但肯定能让保罗倒霉。凭着这么重大的一个发现，他或许还可以把合同重新谈成自由业者。(要是成了自由业者，就不会再有人窥探你的家庭网络。)

他需要尽快跟某个人说。如果他不说，而被别人发现他们有秘密，梅森的余生就要在质量控制部度过了——居住在公司的某个地下公寓里，全天候接受监控。

如果他不说，而保罗说了出去，保罗就能成为自由业者，而梅森会被降职。

他必须打这个电话。他必须告诉纪律部门。

但每次在他就要采取行动的时候，他就会想起娜迪亚身份暴露时，她对自己恐惧至深的神情，还有她让保罗拉着手，却一直转头看着他的样子。

这并不是什么太令他高兴的记忆，却总是让他下不了手。

（也罢，他也并没有很多朋友。）

* * *

周一早晨保罗是一个人过来的。他关上了身后的门，一句话也不说。

这是个令人愉悦的变化。梅森转身之前，好好品味了一下这种安静。

保罗抱着双臂，脸上布满了警惕的纹路。（他看上去像是娜迪亚。）

梅森说："她是谁？"

他整个周末都几乎没怎么睡觉，老想着这件事情。他猜想保罗复制的这个人格也许来自他悲剧的初恋，或是求之不得的某位上流女士。

有那么一两次，他猜想保罗也许试图让他老爹转世，不过哪怕对梅森这个极客来说，这都太怪异了。

保罗坚定地摇摇头。"谁都不是。"

"行了，"梅森说，"如果我现在还没有给人力资源部打电话，我也就不会打了。到底是谁？"

保罗坐了下来，用手朝后捋头发。

"如果被他们发现我正在制造这个，我会惹上麻烦的。"他说，"用公司的组件乱折腾是一回事，但是如果你采用顾客的人格残留——"他摇摇头："我不能冒这个险。我让人为她输入了一个标准模板。"

梅森想到了保罗的黑市基线，好奇他在安装芯片并唤醒她之前，怎么会知道里面都有些什么。

“她不再是标准的了。”他说。

娜迪亚应该在这里。如果她在这里，梅森会真的更加享受整场谈话。

（但是如果她在，保罗就不会谈。现在他对保罗已经够了解了。）

“不是。”保罗的脸上露出了哀伤的笑容，“在我们研发整套软件之前，我试过我们好几个早期的补丁。我难以相信它们运转得多么协调。”

当然了，梅森想，它们都是我写的，但是他没有开口。

保罗几乎表现出了他这样的男人应该表现出的那种惊叹。“等我们宣布遗迹项目的时候，它会改变世界。你知道的，对吧？”

他知道。这是他夜不能寐的原因之一。“到那时娜迪亚又会怎么样？”他问。（那是他睡不着觉的另一个原因。）

“我不知道。”保罗摇摇头说，“她知道自己是——我是说，她知道自己是人工智能，她知道可能会发生什么。我从一开始就告诉她了。一开始我觉得我们可以用她来做测试机。我不知道我会有多么——”情感占了上风时，他支吾起来。

“不是人类，却是极似之物？”梅森说，口气有些恶毒。

保罗有一点想要退缩，但是很快就恢复正常了。

“她知道我在乎她。”他继续说，“我在安排更好的出路。希望莫利公司对产品会非常满意，满意到会允许我——满意到不去过问娜迪亚。”

他的意思是，公司会让我留着她。“如果他们想用她做原型机怎么办？”

“我从没对她撒过谎。”保罗说，“从来没有。她知道她有可能必须接受升级才能保住自己，知道她有可能最终归属于公司。她接受这些可能性。我想我也已经接受了，但是我并没有想到她会那么——我是说，我从没想到我会——还是那句话，她真的不是任何人。”

梅森回想起娜迪亚第一次看向保罗的样子，他知道这不是实情。

他们默不作声地坐了好长时间，保罗因自己爱上了自己的造物而备受折磨，就像一个从来没想着去查一下“伽拉忒亚”典故的人。

* * *

她在图书馆里等着。一开始他挺惊讶，后来他意识到自己当然会去那里找她。

他没有出声，她也没有从控制台上抬起头来，但过了片刻她说：“有一些资料还从没被查阅过。”这是斥责。

他说：“这些只不过是参考书。”他没有说“我不需要它们”。有时候他需要尽量不做个浑蛋。

这时她抬起头来。（他在她的目光里寻找代码，感觉比保罗还糟。）

“我喜欢书。”她说，“原来不喜欢，但是现在我更了解书了。现在我喜欢它们。”

（她的意思是，你会揭发我吗？）

他好奇这只是她自己，还是他的算法在运作，或者是某种新的东西要破茧而出。

“我家里有个图书室。”他说。（他的意思是，不会。）她眨眨眼睛，放松下来。“你读什么书？”

“基本上都是些烂纸浆[①]罢了。”他说。想到自己的侦探小说收藏，他担心对方会不会认为自己品位很差。

她说：“书都是烂纸浆。”

这是个圆滑的玩笑（梅森觉得这不是自己编写出来的东西），她的微笑令他分了神，等他回过神来，她已经打算离开了。

“我送送你。”他说，“保罗和我一时半会儿还完不了。”

显然保罗让她不要信任梅森，但是过了片刻她说：“再跟我说说你的书吧。”于是他走上前去与她并行在一起。

梅森对她说，他的书房原先是客卧室，后来他意识到自己家里不

---

①英语中的 pulp 一词既是纸浆，也指低俗读物。

会来客人，根本没必要设客卧室。他解释了为什么书房没有窗户，为什么要装特殊灯泡和奢华的除湿器来防止霉菌侵蚀书本。

（书房墙壁上还装了铅层，防止莫利公司窥探他的计算机。有些东西是隐私。）

她的表情一直在变。要不是已经知道真相，那些微妙的变化会让他发誓对方肯定是人类。

她说起了亚利山德亚市的图书馆。这是一种奇怪的结合：一个以获取信息为目的的机器，和一个有想象力的人。她可能真的去过那里。

（如此看来，也许这便是不朽。）

她提到了杜威十进制图书分类法。他说："我就是这么整理我的书架的。"

"难怪你的代码……"她说。他扬起眉毛的时候，她接着说："那么……周全。"

（处事圆滑。也不是他编写出来的。）

"必须周全。"他说，"我希望遗迹项目是完美的。"他没有说，我希望你是完美的。

"我知道。"她用一种梅森并不喜欢的口吻说道。这时他们已经站在了保罗的办公室前，她关上了门。

这一层有一个阳台，俯瞰着天井。他往回走的时候一直紧贴着墙壁。

* * *

他回到家，在自己的程序里删除了她的化身。

（倒不是说他在乎她的想法，只是清理一下房间总没坏处。）

* * *

市场部叫他们开会讨论媒体发布的事情。

他们探讨了广告发布、消费者兴趣、公司计划的股票再发行，以及专利团队随时等待他们提交代码。

“美学部已经完成了一些非常棒的工作。”市场部的人说。梅森要尽自己最大的努力装出礼貌的兴趣，因此没有盯着照片看。

（它与娜迪亚并不完全一样，却相像得令梅森喉咙一紧。它更加精致、漂亮。如果你打算让你的格雷伊猎犬以社会可以接受的方式永垂不朽，那么你一定会用这样的身体。）

“美极了。”保罗说，然后换上一副笑容，“她还单身吗？”市场部的人放声大笑起来。

（其中一个说：“好了，保罗，我们仍希望你能做出与之匹配的东西——人力资源部会很高兴的。”作为一个爱上了以为是自己造物的人来说，保罗看起来还是相当靠得住的。）

当然日程安排上只有保罗要做公开演示——梅森不是那种适宜站在摄像机前面的人——时间也还足够他们完善代码。

“显然，你们应当尽快拿出可供展示的原型机。”市场部副总裁说，“我们需要一张漂亮的脸蛋来发广告，到时我们也需要一个已经安装了人格的原型机。美学部好像认为多多少少已经成型了？”

要不是他们早有心理防备，副总裁的脸简直温和得看不出任何含义。

别轻举妄动，梅森想，千万别向他们要求留住她，别管你是不是第二代，这是个陷阱。什么都别说，想想她可能有什么下场。

（她仍然只是个人偶，他痛切而无情地想到，她迟早得有个结果。）

“恐怕我一点儿也不了解这方面的具体细节。”保罗用这话撇清了自己，然后仿佛不经意地瞧了一眼梅森。

梅森想，*你这个浑蛋*。他想，*本来该把你供出去了*。他咬紧牙关，笑容僵硬。

“我们正在进行测试。”他说，“你们想不想看看伽拉忒亚？”然后他用最接近保罗的风格加了一句，“当然，她对保罗有点意思。”

市场部的人都笑了。梅森从他的平板上调出了伽拉忒亚，光影乍现的时候，他瞥见保罗朝他投来感激的目光。

他痛恨被人感激的奇怪感觉。他痛恨感激他的人是保罗。

* * *

保罗和市场部的人一同走出会议室，笑容满面、魅力四射却言语空洞。听到他们制定了通告计划，还向他问及新项目，梅森疑心这将是自己最后一次看见保罗了。

在办公室里感觉好孤独，他甚至考虑启动伽拉忒亚，就为了有个伴。

(他并不比某些人强。)

实时播送：莫利公司媒体发布会——遗迹项目，第一部分。

搜索参数——开始：10：05：27，结束：10：08：43

保罗·威特考弗：这家公司曾经为你奉献了追忆人偶——它不仅是阿尔法系列实时反应界面的先驱，更为全世界悲痛中的家庭带去宽慰。

这种对技术背后的人性的关注才是莫利公司最大的成就，也正是这一点成就了我即将向你们展示的产品。女士们、先生们，容我向诸位介绍：伽拉忒亚。

[点击LiveSketch链接可得到MORIVESTIGE00001.img文件]

[掌声、叫声、呼喊声]

保罗·威特考弗：伽拉忒亚不是人类，却是极似之物。她是我们遗迹模型的原型机，她将以一种我们只能去猜测的方式改变机器人行业的范式——如果你们肯把眼神从她身上挪开足够长的时间。

[笑声、掌声]

保罗·威特考弗：每一件遗迹项目产品的自发批判性思考的先进之处不仅在于其带有初始人格，它的处理器还能从新的刺激中学习，来形成附加个性——因此它能够以人脑的方式成长。这件遗迹产品是基于一位捐赠人格的女演员建造的——我们暂隐其名，不过我怀疑观众中有些人一经交谈就能立刻知道她是谁。

[笑声]

认真地说，我想对莫利公司每一位参与开发如此不同寻常的产品的人表达敬意。股票市场将告诉你这是一项高技术水平的成就，一点没错。然而，曾经用追忆人偶纪念挚爱之人的用户会告诉你，这是对哀痛之情的一次胜利，而对莫利公司来说，后者才是最重大的意义。

可以理解的是，由于组装每一件人偶的困难之大，遗迹项目的产品还十分有限。不过，我们的工程师已经在开发这项技术的其他用途，你们很快就会看到更多——这将有可能改变你的世界。

女士们、先生们，感谢你们今天到场。这是我的殊荣。

[掌声]

媒体来宾可以参加小规模采访。检查一下你们的入场券。再次感谢各位，这确实令人激动。很高兴你们能够到场。如果你们……

* * *

有个从没见过的内部分机号打来了电话，但是他只顾着看新闻发布会的流视频了，没有把来电放到屏幕上。

保罗就是为电视而生的。梅森几乎已经看到人力资源部要把他调到公关部了。

（他无法相信保罗会把美学顾问娜迪亚带过去。他完全相信保罗会把她命名为伽拉忒亚。）

“我是梅森。”

另一头没有动静，但他知道是她打来的。他挂掉电话，跑向电梯。

* * *

娜迪亚躺在图书馆的地上，抽搐得像是身上过了五万伏高压电。他跪下来，把她头颅里面的连接线缆拔了出来。

“我必须送你去医院。”他说出了有生以来最蠢的话（他看的电影太多了)。她需要的是在某个系统技术实验室接受一次反病毒筛查。

或许他这么说是为了她好，那样他们就可以继续假装她是真人，直到她告诉他真相。

“是基线的问题。”她说。梅森难以想象她此刻的痛苦感受。

他说：“我带你去做反病毒，撑住。”

“不要。”她努力说道。

然后她的眼睛变得空洞无神，她内部的不知什么东西发出了咔嗒一声，声音不大但是挺吓人。

他不假思索地把她扛起来，拼命朝电梯跑去。

他必须把她弄到家里。

* * *

梅森到家只用了七分钟（以后会有一大堆罚单要付），然后把她搬到顶楼。她已经不再抽搐了，但他也不清楚这是好现象还是坏现象。

他原以为她要比现在看起来的样子更加坚强——天知道保罗给她安装了多少升级补丁——但是你永远不可能知道。在他的臂弯里，她是那么轻盈，让梅森好奇怎么会有人期望这样的躯体能够持久。

他把她放在一辆推车上，拉着她穿过走廊走向他的书房。推车的外形刻意模仿了起居室的线条，莫利公司的设计师坚持要这么设计。

他找到了接口（在一只耳朵后面)，位置与追忆系列相同，富人并不在乎看得见的瑕疵。

他把她接到了自己的程序上。

这感觉有点鬼鬼祟祟，就好像在请她参观他自己的卧室，不过至少莫利公司不会监控这个过程。

她的头无力低垂，半闭的眼睛目光涣散。

“再等一下。”他说着，像个浑蛋似的启动了他的程序。

现在他后悔删掉她的化身了，如果手里还有个就绪的框架，他就可以更快一些。

代码开始扫描。有一些超出了他的理解力——她的一部分基线是保罗从黑市买来的。（黑市程序员能干出来一些非常妙的活儿。如果能从这件事情里全身而退，他或许会去加入那些人。）

他发现自己的几行代码也被整合了进去，不由得自豪得有点过了火。

他认出了几个令他胸闷眼疼的身份戳。

保罗这个蠢货，他想，急功近利。这时他看到了第一处漏洞，于是他的工作开始了。

* * *

他从来没有摆弄过整套系统。以前的工作对象都是不知要送到哪些功能点上的代码段，伽拉忒亚是他第一次应付接近最终产品的东西。

此刻娜迪亚正在用那双空洞得可怕的眼睛盯着天花板，他的手指在颤抖。

如果把这看作手术，他会感觉恶心。他转到了一个看不到她的方向。

过了一会儿他取得了进展。他仿佛又回到了十二岁的时候，用几千行的代码重建了他们的公寓，细致到大厅里的细微声响。

（“非常……精细。”他妈妈说。就是在那时，他开始怀疑自己的想象力不够用。）

写完最后一行，代码开始颤动。他害怕它会变成像心电图平线一样毫无意义的一串零。

但是它再次循环起来，快得认不清，接着出现了一个和伽拉忒亚一样的启动文件。他想：*帅呆了，我成功了。*

这时她的虹膜闪烁，然后就醒了。

她发出一声空洞而可怕的声响，他伸出手去够她的手，然后又停住了——当你正经历一次惊慌的重启，最不想要的恐怕就是别人来添乱。

她看着他，定住了眼神。

“你该检查一下代码。”他说，“我不敢说把问题都解决了。”接下来是短暂的停顿。

“你确实都解决了。”她说。当她闭上眼睛的时候，他意识到她是睡着而不是短路了。

一阵思想斗争过后，他把她搬到了床上，感觉自己是个彻头彻尾的傻瓜。他没有想到他们也会睡觉。

（说不定这是保罗干的，为的是使她更像人类。他曾经计划过更好的事情。）

* * *

梅森在计算机面前坐了好长时间，手指放在保存按钮上看着代码，心里盘算着自己到底是哪种人。

（这就是程序的美妙之处，他一直这么想，你永远只需要处理明确的“是”或者“否”。）

* * *

梅森最终坐在椅子上转身时,她正在门口看着他。“我把它删除了。”他说。

她说：“我知道。”口气令他不禁猜测她已经在那里站了多长时间了。

她坐在了推车的边上，揉着一个肩膀，仿佛她是个肩膀疼的人类。

“你是不是想自杀？”梅森问。她的脸色变得很难看。

他脸红了。“不，我并不是想——只是，我有个游戏，在游戏里面你跳楼了。我一直很担心。”

这听起来还是那么让人毛骨悚然，而他很庆幸她向计算机看去，而不是问除了看着她跳楼，他还干过些什么。

如果我是你，而且知道自己的宿命，我也会跳楼的，他想，但是有些人能淡然处之。

娜迪亚像人类似的坐着，整理自己的思绪。梅森看着她的脸（情不自禁），猜想她还有多长时间。

原型机已经活了。很快，莫利公司就会有人意识到遗迹原型机的行为有多么像娜迪亚。

或许他们不会把她关闭。保罗够聪明，应该懂得用自己的成功换取一定的宽大。或许他能得到自己想要的结果。

（保罗想留住她，梅森想。他不知道为什么娜迪亚无论如何都是输家。）"伽拉忒亚不记得自己的基线。"很长时间之后，娜迪亚说，"她认为那就是她一直以来的身份。保罗说我一开始是一个随机模板，就和她一样，我认为我记录下了你们修改的内容。"梅森想起了她对图书馆的热爱，想起了她在办公室里坐了好几个月，听他们谈论她下一步的命运。

她顿了一下，就像人类缓了一口气。她是世界上最美丽的机器。

"然而新的遗迹原型机是基于一个人格残余建造的。"她说，"所有其他的机器都将是基于这一个人。我必须知道我一开始是不是也和其他人一样。"

梅森的心提到了嗓子眼。"结果呢？"

她看着他。"我还没有调查到那个程度。"

她的意思是，*你肯定调查到了*。

他耸耸肩。"我会告诉你我知道的一切。"他说，"我可不是保罗。"

"我没有给保罗打电话。"她说。

（她给他打过电话。她知道梅森对问题会有怎样的反应。人类是容易预测的。你们就是这么建立偏好的。）

如果梅森是个更坏的人，他会把这当成爱的表白。

然而他说："保罗以为你是标准版。他从黑市上买来了你的基线，为的是防止莫利公司的干涉，卖家告诉他你是标准的。"

他停下来，思考该怎么继续说。"我是谁？"她最终问道。

"他们没说她的真名。"他说，"没法知道了。"（那个黑市程序员编故事很蹩脚。他把娜迪亚的残余文件标记成了“伽拉忒亚”。梅森会把这个秘密带到坟墓里。）她看着他。

他想到了她第一次看自己的样子，神情警惕而严峻，从那之后他就再也没见过那种表情；还有，当伽拉忒亚爱上保罗后，她意识到她失去了自己，却不知失去多少时的样子。

他想到了她的化身翻身消失在阳台外面。他今晚会和她一起离开，试试自己摆弄黑市产品的手气，如果她希望他那么做的话。而如果她希望独自离开，他会尽量拖延时间掩护她。

（天哪，他希望她能活着。）

“我可以擦除我们做过的更改。”他说，“让你恢复保罗唤醒你时的样子。”

（保罗不会注意到的，他爱她太深，根本不会仔细观察她。）

她的整个身体都是一副遭到背叛的样子。她双眼无神，手指紧紧抓着椅子的边，好像在为最糟糕的事情做准备，好像随时都会屈服。

有一瞬间梅森回想起了金 · 帕克。他十五岁参加莫利学院组织的一次罗马培训旅行时，她曾经在一个早晨跟着他走到了西班牙台阶。他在她身边久久地坐着，等待一个从未到来的吻她的机会。

当时整个过程中他都觉得自己很愚蠢，而且又孤独又兴奋。他们坐在一起时，他一直在试着记住之后在程序里重建台阶时，他会用到的所有颜色代码。

娜迪亚时不时地眨眼，考虑着这个问题。

房间里很安静——只有一个人在呼吸——这是很久以来他最孤单的时刻，而他会一直等下去。

他知道如何等待一个是或者否的答案。像他们这样的人处理的都是答案明确的问题。

秦鹏 译

侵蚀

伊恩·克里西

伊恩·克里西出生于英国约克郡，并一直在这里生活。在“摇滚明星界不理会我”之后，他于1999年开始发表短篇科幻小说。他爱好徒步旅行、园艺和环境保护工作——任何可以让他远离电脑屏幕的户外活动。

在《侵蚀》中，主人公为了能在其他星球上生存而对自己的身体进行了改造，但在地球上的最后一周里，他遭遇了一场意外。故事巧妙地运用视角来展开情节。很多科幻小说中都有关于人类技能增强的想象，作品讨论增强到什么程度人便不再为人。《侵蚀》是其中的一篇杰作，尤其是因为主人公讲述故事时并没有清楚告诉读者他到底身在侵蚀之线的哪一侧。

我来讲讲我在地球上最后一周的故事。

在最后的日子到来之前，我就已经做好了道别，我的家人也给了我祝福。我的祖父年轻时从牙买加来到英国，他理解我为什么会报名参加这个殖民计划。他告诫我一个新的世界不管看起来有多迷人，都会有让人沮丧的一面。我们都知道我并不需要这个提醒，但他想要将他从生活中学到的东西传授给我，而我也愿意听。我仍然记得他的手指握在我的皮肤上的感觉，因为我可以随意回放外皮的知觉日志。

我的女朋友可就没有那么宽容了。她指责我是个胆小鬼，是个逃兵。我告诉她，当你的房子着火了，逃跑是明智的。地球正在燃烧殆尽，我们可以启程寻找另一个家园。她说，不，她是在尖叫——当我们的房子着火的时候，我们应该留下来灭火。她想帮助救火人员。这一点我很钦佩她，我并没有劝她同我一起离开，因为这样只会让她更气愤。

大海终将会吞噬陆地，只是它上涨得非常缓慢。大多数的海岸线仍然跟早期地图很像。我决定在最后几天里沿着海岸线走一圈，一来是为了向地球道别，二来是为了适应我的新外皮，并磨合一下我的增强装备。虽然这些设备已在术后实验室和殖民地模拟器中检测过，但我仍然想在自然环境中演练一下。现实抛出的挑战是模拟器无法设计的。

于是我向北旅行。火车上的人都盯着我看，而我已经习惯了——看到我这个高得反常的黑人，即便是以保守著称的英国人（这很大程度上是虚构的），也如同科学家注视着新的标本一般。近年来，由于一拨又一拨的非洲难民逃离了燃烧的国土，这些注视中的敌意也增多了。我出生于英国港市纽卡斯尔，我的父母也是，但是这些不会写在我的脸上。当我开口讲话的时候，他们听到我这个黑人的泰恩赛德口音，便不再有敌意。

现在我的外表已经不是黑人了，但人们仍然盯着我看。我灰色的外皮是由无数细小的结节组成的，像蝴蝶的翅膀一样绽放着彩虹色的光彩。我被告知可以像墨鱼一样在外皮上面创造出图案，但是我尚未学会这种精细的技术。从地球出发后的路途中多的是时间做这些久坐不动的小事。现在我只想去活动，去奔跑、跳跃、游泳，在野外和寒冬中检测我所有的增强装备。

斯卡伯勒是——或曾经是—— 一座双层城镇。古老的北海湾和南海湾的海滩早已经被淹没，但是在悬崖上仍然挺立着一些商店、古雅的房子和荒废的城堡。我赶紧从城镇中出来，走上沿海小道——更准确地说，是沿海小道的最新的路径，这些新“路”一条比一条更靠近内陆。约克郡海岸一直以来都在慢慢被侵蚀，即使在更安宁的时代。现在这个过程正在加速。上涨的海平面咆哮着卷起更高的浪潮，激起剧烈的风暴，抽打着海岸，直至将它们彻底摧毁。不稳定的泥坡同新鲜的岩石交杂在一起，千年以来第一次暴露在外。成堆的碎石不停地到处漂转，新鲜的石头还没有被磨成圆润的鹅卵石。

离开最后的房子之后，我停下来，脱去我的衬衫、牛仔裤和鞋子。我之前还穿着这些只是为了同自然人（我们称之为未增强人）融为一体。我将衣服藏在一些金雀花下面，方便我返程时找回。我脱光衣服，用力地伸展手臂，拥抱世界、天气以及未来等着我的一切。

空气平静而压抑，这是两场狂风暴雨之间的徘徊不去的愠怒。灰色的云层重重地压着天空，像是将天穹隔绝了出去。我的增强眼侦测到云层后面来自太阳的偏振光，光线明晃晃地照在海角上。我试图回忆自己为什么要看见偏振光，但是想不起来。也许没有为什么，设计者为我安装了这个能力仅仅因为他们能够做到。就像软件一样，我经历了功能扩充。但是当到达新的星球之时，谁能想到我们会遭遇什么样的危险呢？说不定哪天看见偏振光能够救我一命。

我闻到了道路上的泥味、海浪中的咸味以及轻微的污水气味。我尝试将污水的气味过滤掉，留下的气味更像童年时海边漫步所闻到的。然后我回到默认设置。忽视实际气味而只留下我认为好闻的嗅觉印象，我可不想养成这样的习惯。

我开始加快速度，沿着带刺的钢丝围栏行进，围栏里面是正在缩小的农田。在这个季节，农田里只有须茬和野草，麦子早已经被收割。乌鸦胡乱地在湿漉漉的土地上啄食。我穿进金雀花丛中，尖刺挠着我的外皮，但是没有伤到我。通过我植物学家的眼睛，我认出了在这个小悬崖边上生长的所有生物：欧洲蕨、苜蓿、蓟、马尾草——这些名字穿过我的大脑，像是离别的咒语。星际飞船的种子库秉着谨慎预防的原则，收集了很多物种。但最初我们将专注于种植粮食作物，目的是培育出能在殖民星球上繁茂生长的品系。而其他的植物……这可能是我最后一次见到它们了。

曾经有人说过，一个即将上刑场的人的精神会非常集中。离开地球几乎和要上刑场一样刺激，而我已经感觉精力前所未有的充沛。我记录着环境中的每一个细节：枯萎的欧洲蕨上面白晃晃的蜘蛛网、此起彼伏的刺耳的乌鸦叫声，还有远处大海无休止的咆哮。我抵达一道溪谷，它的底部流淌着一条因暴雨而形成的河流。我懒得沿着小道走到桥上，就直接沿着斜坡向下冲，从泥上滑下去，保持平衡，然后跃进水中，接着就到了溪谷的另一边。

我发现自己走到了一个海岬上，嘎吱嘎吱地踏在碎石铺成的小路上。一块古老的公告栏提醒人们要跟在自己的狗身后清理它们的粪便。前面有一排长椅，摆在小道上临海的一边，跟过去比起来，它们可能离悬崖边要近了很多。长椅上都有纪念铭牌，上面的字迹大多已经褪去或消失了。我看到一块清晰的铭牌，上面写着：

> 纪念卡特里娜·格雷迪
>
> 2021—2098
>
> 她热爱这片海岸

长椅的木条之间长满了草，而木头已被风化成斑驳的米黄色。我扫除树枝和山楂果的碎屑，然后笑了一下自己过时的姿势。我光着身子，不用担心衣服被弄脏，外皮也不会被这些尖尖的树枝伤到。总有一天我会摒弃人类身体的所有弱点，在任何环境中畅通无阻。

我坐了下来，看向大海。狂风将海浪拍打成白色的泡沫，推动着它们向海岸涌去。海鸥在微风中疾飞，它们的叫声参差不齐，正如它们所栖息的岩石一般。一段童年的记忆涌上心头——我在海边吃着薯条，一只海鸥俯冲过来叼走了一根。心中突然涌起我无法形容的感觉。

过了一会儿，我感觉有人坐在我身旁，但是没有额外的重量让长椅嘎吱作响。那么应该是全息图。我转过头去，看到典型的上世纪廉价全息图的明亮轮廓。

“你好，我是卡特里娜。你想聊聊天吗？”这个问题显得有点生硬，估计所有的到访者都会被这样打招呼吧。只要我拒绝，这个全息图就会消失，我就能安静地一个人坐在这里。但是还有好几天孤寂的日子等着我，而我也不介意稍微中断一下独处生活。我在一个垂死世界的最后一次对话，是与一个已逝之人进行的，看起来挺合适的。

“很高兴见到你，”我说道，“我是温斯顿。”

全息影像中出现一个中年白人妇女，她的头发呈灰色，就像河床上的岩石一样，她穿着一件雅致的淡紫色裙子和一双低跟的昂贵的鞋子。我很好奇她这一身传统的低调装扮是她自己的选择，还是一些纪念设计师为了不让已逝之人抢了活人的风头，而故意将他们设计成年老和凋谢的样子。也许她本人想要被刻画得年轻、奔放而漂亮，毫无疑问她过去肯定正是这样——或是梦想着自己是这样。

“一丝不挂地到处逛，挺冷的吧。”她笑着说道。

我已经忘了自己没穿衣服。我简单向她介绍了一下我的增强装备。“我要去外星球了！”我说道，突然激动地无法自持。

“什么，所有人？他们对你进行复制，然后将你们都送到太空去吗？”

“不，不是那样的。”不过她这个提议倒是让我有了一瞬间的迷惑。我曾经用我过去的人类双脚走到医院，完全麻木了，然后——过了很久，我用崭新的增强型双脚走出了医院。只有一个我离开了吗，抑或其他地方还有别的我，因为缺陷被丢弃，或者被优化去完成其他使命？别傻了，我告诉自己，只是一层外皮而已，身体里面跳动着的仍然是那颗心脏。这颗心脏，跟剩下的我一起，昨天通过了启程前的体检。

“我们先到一颗行星上去，”我说，“这将相当具有挑战性。但是之后——谁知道呢？”没有人知道一个身体增强过的人能活多久，因为所有的机械部件都是可以升级的，等哪个生物部件无法更换了，就是我们的生命结束的时候。“要看是不是发现了其他值得一去的星球。那里有很多世界，只有几个勉强可以居住。”

我描述了我们的目的星球。它围绕着一颗红矮星公转，它的椭圆轨道使得星球表面的温度波动很频繁，气候很恶劣，潮汐也很大。“殖民者队伍是由不同类型的人混合组成的。自然人多半会留在基地，而像我这样的增强人应该能在外面生存，还有基因改造人——从长远来看，他们被认为是最好的，但是基因改造的成功还需要后代的努力。”不同团体之间的关系已经有些紧张了，因为我们会为了星际飞船有限的空间而争吵，但我没有提到这些。“抱歉——我讲得太久了。说说你吧。你住在这附近吗？这里是你最爱的地方吗？”

“我是土生土长约克郡人，”卡特里娜的全息图说道，“我在惠特比出生，在登特谷地的一个农场里生活过几年，后来又回来了——快来吮吸我松弛的乳头吧——嫁给我的丈夫，又回到海岸。他是个渔夫，上帝让他的灵魂永远地安息了。擦屁股纸！他离开之后，我常常沿着海边散步，去看北海，想象着他就在海浪之中。”

我脸上的表情一定很惊讶。

“我又胡说八道了吗？”卡特里娜问道，“我在很久以前被攻击了，我想。自从死后我的记忆就不是很清晰了——我更像一份记录，而不是模拟影像。我只有少量的记忆，短期的交流足够了。”她不快地说道，好像因为自己的局限很懊恼。“一个纪念长椅还需要什么呢？哦，我爱这个海岸，但并不代表我愿意在这里坐一辈子……挖鼻屎比赛，奖励最大的那一颗鼻屎！”

“你想让我带你走吗？”我问道。撬松芯片再容易不过了。被编码的人格或许可以安装在星际飞船的电脑上，同其他被上传的殖民者一样，但我觉得卡特里娜应该无法通过登船测试。她太过时了，而且那些死者对自己的同伴相当势利。我在模拟器里面同他们一起工作过，我可以想象他们会说些什么。“为什么，温斯顿，我知道你是好意，但她不适合这次的使命。她没有相关的专业技术。她的编码很粗劣，算法也过时了，而且绝对还携带着病毒。”

想到这些，我更想跟他们斗一斗了。但是卡特里娜拒绝了我。“没关系，亲爱的，我太老了，无法跟你们去外星球，我只想跟我的丈夫团聚，总有一天会的。”她凝视着大海，我好像突然明白了她的丈夫遭遇了什么。

“请节哀。”我说，“我想他一定从未——”我琢磨出一个合适的词语，“被纪念过吧。”

“墓地上有一个标记，”她说，“但他没有像我一样被转录下来。溺死是一瞬间的事情，完全让人没有防备。我们一直没有找到尸体，所以他也无法被安葬。他仍在海里的某个地方……”

我突然想到，如果卡特里娜的丈夫被增强过，他就不会溺水而亡了。我的四肢可以不知疲倦地游泳，外皮可以从水里面过滤出氧气。此时宣扬我的这些特性是不合时宜的，于是我思索出一个比较中立的回复：“以前整个北海都是陆地。在桑田沧海之前，你们的祖先常在那里猎杀长毛象。”

“现在海水又一次上涨了。”她说得如此决绝，我知道我们的对话结束了。

“愿上帝让你早日与丈夫团聚。”我说道。当我站起来的时候，全息影像消失了。

我往前走去，下起了雨。

* * *

我期盼暴风雨的来临。暴风雨夹杂着冰块从东北方向袭来。人们称之为懒风，因为它懒得从你身边绕道，而是直接穿过你。

天色暗了下来，马上就要黑了。雨水变为冰雹，砸在我身上咔咔作响。雷声响彻天际，一阵不祥的轰隆声让人觉得汹涌的海水仿佛冲垮了顶着天穹的柱子，使整片天空塌了下来。闪电从我的身旁掠过。

我转过头沿着那条海边小道往回看，在我经过的那排长椅上，全息影像都亮了起来。我很好奇，谁会在这种天气下坐在长椅上，后来我意识到一定是闪电使激活协议短路了。

在这个充斥着乌云与黑水的被侵蚀的灰暗世界中，全息影像是唯一明亮的颜色。男人和女人的影像在长椅上摇曳，他们观看着大自然的表演。我看到卡特里娜站在悬崖的顶端，抬起了手臂，仿佛是她召来了风雨。

我觉得我不应该搅扰他们，于是我继续跋涉，直到深夜。我的增强眼捕获到了从远处的房子和路上偶尔经过的汽车所放射出的灯光。在我的右边，海面上的污染物闪着白色的光。波浪在黑夜中发出巨大的响声，它们的撞击就像是这个世界神秘的心跳。

暴雨将山路冲成一摊泥泞，我的嘴角大大咧着。此时的情况当然不像模拟器中的极端条件，但这是真实的。我已将满目逝者的景象抛在身后，他们同纪念碑拴在一起，这让我清晰地感到自己活着。每一滴落在脸上的雨点都是值得珍藏的瞬间，我希望这个夜晚永不结束。我既想驻足此地，也想前往红日下的殖民世界。

我加快脚步，就好像我能大步跨过群星，更快到达那里一般。我踏过潮湿腐烂的老树枝，脚突然打滑，我偏离山路，向下滑出几码，直到我抓住手边的岩石才停下。我左臂发出疼痛讯号来抗议其受到的剧烈扭伤。我小心翼翼地晃动身子，用脚来摸索立足点。很快我便固定住自己，吊在了距离海平面十五英尺的地方。我当时一定是以为波浪中喷溅出的水珠打在了我身上，其实那应该是雨水，被风吹着从四面八方浇过来。

这一滑让我兴奋不已。我知道这可能难以理解，但我只能如实告诉你们我当时的感受。

我总不能整夜都贴在那里，于是我爬过暴露在外的峭壁，起初是一英寸一英寸地缓慢挪动，有把握之后我才大胆地向一边摆动。我有信心增强型肌肉能让我保持在高处。

我肌肉紧绷，外皮也死死撑住，但岩石却没那么结实。

摇晃到一半的时候，我听见噼啪一声，紧握岩石的左手感觉到了松动，于是我本能地用右手去抓。虽抓住一处，可我发现自己仍在向下掉落。一刹那间我甚至不明白发生了什么情况。崖壁的破裂声听起来就像是在撕一张天网大小的报纸，我此刻意识到如果是悬崖底松动了，那么顶部也会随之崩裂。

我下落时被海浪撞击石头激起的浪花溅湿了一身。时间过得很慢，那画面就好像停格动画，一帧帧逐个播放。我抓住的那块笨重的石头也旋转着掉落，很快我就会被石头压住。如果我还握住它不放，着地时我无疑会粉身碎骨。

我凭空一跃，直冲海面。如果峭壁够高，我就有足够的时间保持清醒。可是我和我身后的岩石都很快就要落水了，同时半个约克郡海岸也将被海水淹没。

周围的声响听起来好似火山正与地震决斗。我狂乱地扑水想游开，却不知为何仍原地打转，直到停止拍打我才弄清其中缘由。

我水下的右脚被一堆从悬崖掉下的岩石绊住了。之前我毫无感觉，但此时顿感一阵剧烈的疼痛经由腿部向上蔓延。我在海浪扑打到头顶之前猛吸一口气，然后试着挣脱，但并未成功。

我又试着抬起沉重的巨石，也无济于事。被困的右脚让我动弹不得，根本无法找到支点。几经无用的尝试后，在大海的飞沫和诅咒中，我不得不放弃了。

此时，惊惶在我内心不断滋生。我一放弃，恐惧就如洪水般占据了内心，我害怕淹死或是在海水里冻死，害怕更多石头从上面砸下来。我满脑子都是死之将至的情形。

良久我才缓过神来。我逐渐告诉自己恐惧源于那具旧躯，而那具躯壳冬日里在北海上漂浮不了多久。可我的新躯壳和机器人差不多，我不会溺水也不会被冻死。只要有了这一身装备，我便能从容应对这一切。

我将意念集中于外皮，通常其纹理如同自体皮肤一样有些粗糙和瑕疵。现在我让腿变得完全光滑，希望那毫无摩擦力的表面能让我从石底滑出来。我能感受到的一丁点儿活动的余地，这让我重新燃起了希望，但我却仍无法抽出右脚，脚踝肿胀到动弹不得。即使没有摩擦力，你也不能将一个死结硬穿进针孔里。

焦急和百般无奈之下，我还是让外皮恢复了默认设置。我得离开这儿，不能坐以待毙等待下一场暴风雨再次让碎石乱飞。我的星际飞船很快就要离开地球，一旦错过，我便再也没机会了。

此刻我开始思考，自己是否潜意识里想错过这班飞船，我招致灾难是为了阻止自己离开吗？

无可置疑，在某种意义上我的确是自找的。我故意鲁莽行事，将自己推向极限，直至灾难降临。这是为什么？

我思绪不断，当四周泛起寒潮，我意识到自己是想超越旧躯体的界限来证明自己有能力离开。我们总是听人说目的地特别艰苦残酷，自然人无法独立生存，于是我就觉得有必要测试出身体增强能达到的极限。

不知不觉中，我希望将自己推上一个自然之躯无法生存的境地。如果我幸存下来也便证明自己已彻底改变，从而有信心在殖民世界大展宏图，独闯风浪。

好，我已经成功完成该计划的第一步。我已令自己深陷麻烦之中，现在我只需要逃脱。

但如何逃脱？

我颅骨里有紧急无线电信标，只要有人把我从水里捞出去我就能激活它。但是这么做有些尴尬，显得我好像在环境温和的地球上都驾驭不了自己的身体，如果我求助，那又会有理由将我从星际飞船名册上除名。殖民者得自主解决问题，候补名单上多的是人——他们从未掉落悬崖，也没将自己卡在一堆岩石之中。

如果等到天亮然后向在海边散步的人大喊一声，那我也将落得同样的下场。

但寻求解决方案的决心并未出现，至少不是当机立断。风势渐弱，细雨绵绵，我的思绪变得冷静而清晰，当时的艰难处境压制住了内心的恐惧。

我必须从石缝中抽出腿，既然我搬不动石头，那么我只能挪动我的腿了。

我要挪动腿，但脚却卡住了，那我只能把脚丢下了。当我意识到这点时，内心无比平静。道理很简单，如果想要自由，必须付出代价。我再次想到寻求帮助这个选项，这样我就会保住脚并留在地球。或者，我可以选择失去右脚，去往星际。

我真那么想去吗？

我已经决定永远离开家人，离开我的女朋友了。如果我不舍得放弃我一只右脚——只是身体四肢的一小部分，那我的价值观到哪里去了？其实我根本无从选择，只能承担我所做决定的一切后果。

我等了又等，希望能有其他念头冒出来，希望能逃避抉择。

我羞于承认最终促使我采取行动的原因，它并非基于逻辑或是坚强的决心，而是源于我那只被压扁的脚。在我仔细考虑各种可能性的时候，一阵阵疼痛越来越强烈。而且在冰冷的海水里浮着，毫无乐趣可言，越快行动就能越早逃脱。

我将意念集中于外皮，这是一套可编程的神奇外皮，我命令它从脚上离开，向上流动。然后我命令外皮从右脚踝上方开始收紧。

哎哟！哎哟，哎哟，哎哟，哎哟，嗷——

我试着忽略疼痛，更用力地操纵外皮。我希望能迅速搞定，像切黄瓜一样砍掉脚。但外皮的承受力也有极限，它并非专门为截肢而设计，而且我已经超越极限了。

很快我就暂停了，这比我预期的还要早。我需要进入疼痛消除设置，我们总是被反复灌输这是不得已而为之，疼痛的存在是有原因的，我们不该随意消除。但若非事出紧急，我也不会采取断足这样的终极手段，所以我关掉了疼痛信号。

麻木感替代了疼痛，所幸我从血肉之躯的痛苦中解脱出来了！这样接下来的任务似乎很快就完成了。外皮完全锯断了内骨，从小腿隔断开来并愈合了伤口。我从岩崩中逃脱了，迅速游离，拖着身子来到了岸边，陷入昏睡。

当我醒来时，海潮已退去，身边的海滩上落满枯草、湿漉漉的毫无生气的欧洲蕨以及人类留给世界的遗物——终年常在的塑料垃圾。疼痛信号再次传来——它只能暂停，无法永远关闭。有一分钟我试着忍受小腿肚下的极度疼痛的抗议，但我还是向诱惑屈服了，而后再次将之抑制。

我试着站起来时，发现自己现在站不稳了。尽管脚已不在，右腿底部仍有外皮残余。我向剩余物质发出命令，让其向下延伸出几英寸用作假肢，以便我保持平衡。我调整假肢的形状，避免其压迫残肢，着地时的压力由腿部稍靠上的外皮来承担。

我蹒跚地走过垃圾遍布的鹅卵石道。我能行走啦！我欢欣地呐喊，打扰了新海岸线旁大地上一只啄食的喜鹊。它满腹责备，啾啾地飞走了。

随后我一定昏过去了一段时间，不久后醒来时一缕阳光照在脸庞上。此刻我脑中闪过的第一个念头是回到塌方处，挪动岩石找到我遗失的脚。

而第二个念头是——它在哪儿？

整个海岸上都是坠落的岩石。悬崖峭壁早已被侵蚀了数年，昨晚的暴风雨只是最近的一次洗礼而已。我分不清是从哪里掉下去的，也无从得知我的受困之地在哪里。只是某处有一块血肉，它有重要的情感价值，但我不知道它会在哪里。

我弄丢了我的脚。

直到那一刻我才感受到自己的情绪。我暴跳如雷，恨自己陷入此种愚蠢境地，竟选择截肢而非求助，就如同年轻人高傲到弄伤自己也不愿意找妈妈一样。

我懊悔自己永远地遗失了身体的一部分，它再也不会回来了。当然，外皮可以替代它。当然，我也可以把自己增强到超越从前的极限。

但是，人与机器的界限就像我身边的海岸线：一点一点被吞噬。我丢了脚，如同海岸丢失了几块岩石一般。但不论如何吞噬，海水总是在涨。

我接下来还会失去什么呢？

* * *

我一路南行折回到镇上，沿海寻找能爬上悬崖的捷径。我能利用增强装备轻松爬上陡峭的岩壁，但内心却对用那些东西失去了兴趣。

可总是这么讽刺，我当初是抱着充分利用增强装备的心态开始征程的，现在这些设备并未出问题，我却开始回避它们。

我失败了，缺乏判断力，以被困和截肢告终。这就是我人类的头脑，愚蠢的思维。

也许只有把我的头脑也增强了，我才能更理智地行动。

我踩在铺满鹅卵石的堤坝上，脚下吱吱嘎嘎，假肢发出与另一只脚不同的声响，我左右脚交替奏出怀旧流行音乐中的贝斯声和鼓声。沙滩散发出阵阵海盐味，塌方的岩石中夹杂着腐烂的植被。

那天很平静，风势减缓，潮也落了，我只听见自己的脚步声和海的另一头不时传来的海鸥鸣叫。除此之外没有任何声响，寂静得连飒飒的风声都没有。

“很快了，亲爱的！很快我们就能在一起了。啊？还要多久呢？”

我环顾四周，旁无一人，这才发现声音是从下面堆满鹅卵石的某处传出来的。扫视了废墟一圈，我发现了一小块塑料。我将它放在耳边，它正谩骂我。

“浑蛋！他妈的！”

那声音太小而且失真，我听不出是谁。“卡特里娜？”我问道。

“多久？还有多久啊？哎，这海，这神圣的海洋。让海浪更快一点……”我再次发问，但没人回答我。可能这坏掉的芯片不能投影全息图，也失去听觉输入功能了吧，又或者它不屑于和路人讲话。

现在我发现一些浮木本是长椅上的木板，纪念长椅在过去几年里一点点靠近不断被侵蚀的峭壁，最终向海浪屈服。

但也许它们并未屈服，而是最终完成了夙愿，或者当下一次涨潮来临将碎石卷走时，他们就能达成目标。我回想起昨晚全息图熠熠生辉的场景，他们似乎能召唤暴风雨，我忆起卡特里娜对我讲述她溺水而亡的丈夫。她已死了这么久，应该很渴望同丈夫在深海团聚吧。

我大步走向远方的浪潮，靠近吃水线时脚下发出嘎吱嘎吱的声音。我还得在大片海藻间寻路，边走边将手中的塑料芯片捏得粉碎，对于外皮来说这种动作轻而易举。我走到海浪涌起的泡沫中，将碎片洒向了海里。

“再见了。”我说，“安息吧！”

我回到海滩上时不禁打了个寒战，我觉得自己亟须远离饥饿之海爬上崖顶小径。

我看见了自己的未来，外皮和其他装备会一点一点侵蚀我，血肉之躯会剩得越来越少。总有一天，增强装备长存，成为曾经那具血肉之躯的电子鬼魂。

我找到放衣服的处所，穿上它们再次融入社会时着实松了口气。没有了右脚穿鞋不易，我只好让外皮变成一个空壳才能将人类的鞋穿上。

明天我就要回到发射台了，我会在起飞后得到医疗救助，他们也无法因为我的愚蠢行为将我从殖民者名单中除名。我面带微笑地想，在有实质意义的惩罚施行之前，我的同类们会做出怎样类似的轻率之举？我们都会在地球上留下些什么？

我们离开时会有什么缺陷？最终我们剩下的又会是什么？

我的故事接近尾声，我要说的所剩不多了。很久之前，在那个遥远的地方，我曾帮助一道阴影褪去，我希望有一天你们也会如此待我。

陈莹 译

微积分瘟疫

玛丽莎·林根

玛丽莎·林根出生于伊利诺伊州利伯蒂维尔，在美国好几个地方生活过。她受过物理学和数学的训练，在劳伦斯利物莫国家实验室工作过一段时间。1999年，她获得了阿西莫夫大学生小说奖（现更名为戴尔杂志奖），并从那时起创作短篇小说至今。2002年林根开始发表短篇科幻小说。现在她是一名全职作家，住在明尼阿波利斯市南部的一个小镇。

《微积分瘟疫》围绕“知识病毒化传播”这个隐喻概念展开，并巧妙地提出了深刻的追问。

最先爆发的是微积分瘟疫。几乎没有人注意到，过了一段时间才有人察觉端倪。没人会无缘无故谈起自己早已淡忘的高中数学老师。老师的脸似乎已经陌生了，她叫什么来着？还是他？得，管它呢。

直到莱丝莉·巴克斯特——一位经济学教授，听到她四岁的儿子尼古拉斯问："牛顿迭代法是什么，妈咪？"她才注意到事情有点儿不对劲。起先，莱丝莉以为尼古拉斯的新保姆在照料他时打电话谈起过自己的微积分作业，但当她问起那个年轻人时，他承认自己参加了一个病毒记忆实验，旨在通过记忆移植来教授微积分。

从一开始就记住某些你理解不了的东西，这并非好事，年幼的尼古拉斯·巴克斯特就是个活生生的例证。莱丝莉向尼古拉斯保证，等他更大一点儿，她会向他解释数学是怎么回事。接着，她去了学院管理处，提议组建一个委员会，对各科系参与的病毒记忆移植研究进行道德规范。

他们仍在商讨委员会的人员构成——哪些科系，什么样的人数比例，某博士是否资历太浅，不足以担当大任？某教授是否太德高望重，不会乐意屈就？——这时，第二波病毒来袭了。

"我敢肯定我从未参加过乔治的福克纳研讨会，"莱丝莉生气地说，"从来没有！我恨福克纳，乔治也从未在我学习过的科系里任教。"

"你不过是回忆起与一群孩子坐在一起，谈论《喧哗与骚动》的场景。但是这又有什么妨害呢，莱丝？"她的朋友兼同事艾米·普拉德汉问。

"说得倒轻巧，反正你没感染。"

艾米耸耸肩。"我真要得了，也绝不会这么惊慌失措的。"

莱丝莉摇了摇头。"我不是大惊小怪。有人事先未打电话就突然来家里拜访，这都会令我们不快，那么，被随意拜访的是自己的脑袋，反倒没事儿了吗？"

"它们又不能读取你的思想，莱丝。"

"可是，它们能塑造我的思想。这更糟。"

"它们不会逼你喜欢福克纳。"艾米说，"我认识一个被感染的人，她本来就喜欢福克纳，现在也并不讨厌他。你仍然可以爱你所爱，憎你所憎。”

“它们可真有能耐，准许我继续爱憎分明。”

艾米做了个鬼脸。“咱们能谈点儿别的吗？拜托了。”

“好吧，好吧，莫莉怎么样？你还在和她约会吗？”

艾米脸红了，于是话题转向朋友和家庭、新出的书籍和电影、校园小道消息。这些话题都与莱丝莉烦闷的心情、塞住的鼻子以及关于福克纳的记忆毫无关系。

一般有什么新闻时，人们会写评论和信件联系媒体，可一段通过病毒记忆传播的福克纳课程，绝大多数人不会提起什么兴致。就连英语系那帮讨厌福克纳的人听了，也会耸耸肩走开。因此，在面对实验项目的头儿索拉达·斯理萨伊博士时，莱丝莉感到自己孤立无援。斯理萨伊打扮得很利落，她为获得现在的地位付出了许多默默的努力。暖红色的外套与她暖棕色的皮肤非常搭调。站在她面前，莱丝莉感觉自己的姿态高冷，滑稽可笑。

“我不认为懂微积分会伤害到谁，你觉得呢？”听莱丝莉表明了来意，索拉达低声说了一句。

“你是个生物学家，”莱丝莉说，“你知道，要做人体实验得填多少表格。要是我做一项调查，向十几个新生询问他们是否乐意用一美元买一块饼干，我也得填表格。”

“我们的实验对象自己会填表格，”索拉达说，“病毒稍稍超出了我们预计的传播半径，先感染与原初实验对象亲近的一些人，再去感染亲近这些人的另一些人。在将来的实验中，我们将纠正这个问题，我保证。”

一个戴边框眼镜的学生从门边冒出了脑袋。“索拉达，我们把空月亮的人带来了。”

“检查他们的感染半径。”索拉达说，“我这儿马上就谈完了。”

“空月亮？”莱丝莉问。

“是一家新开的咖啡店，”索拉达说，“我们和他们达成了一项市场推广协议。志愿者——他们自己填表格——将被空月亮咖啡店食物的美好记忆所感染。我们将追踪他们，记录他们去那儿用餐的频率，将他们的点单和他们的记忆做比较。”

“你这样做，难道没有道德顾虑吗？”莱丝莉质问。

索拉达耸耸肩。“并不是每个人都喜欢同样的食物。要是他们走进空月亮，吃到了一个糟糕的三明治，或者菜上慢了，他们会认定第一次的美好回忆是侥幸。他们会去别处。要是他们正好想吃墨西哥菜，他们会去墨西哥餐厅。我们保证，比起其他病毒，这个病毒变异性很低，毒性很低。想想感冒病毒是如何在一个大学校园里传播的吧。它比感冒安全多了，完全在可预期的容错范围内。”

“但不在我预期的容错范围内，”莱丝莉说，“我会把情况提交给学院道德委员会，斯理萨伊博士。”

索拉达耸耸肩,笑了笑。“你必须遵照自己的良心办事,当然可以。”

空月亮咖啡店的生意火极了。莱丝莉坚定地告诫自己，记忆中那美味的菊苣色拉是一个骗局、一个幻象。就连艾米提议在那儿碰头喝咖啡，她也回避了。

当她向别人说起这种最新市场推广策略背后的阴谋时，除了艾米，没人在乎。

几个星期之后的一个晚上，莱丝莉正在洗盘子，她丈夫正在哄尼古拉斯睡觉。门铃快速响了三次，紧接着，门上响起了敲门声。莱丝莉在擦碗布上擦了擦手，去应门。艾米站在门阶上，她的黑皮肤上泛着一层疲惫的灰色。

“发生了一桩……”艾米急得说不出话来，使劲吐出一句，“噢，上帝啊。”

“进来。坐下。我给你倒杯茶。出什么事儿了？”

“汤姆 · 巴拉斯——他——”

“深呼吸。”莱丝莉说着，把茶壶放在炉子上。

“你知道我一直是学校GLBT群体的指导员。”艾米说，“发生了一起袭击事件。汤姆 · 巴拉斯—— 一个好男孩，土木工程专业的——

住进了医院。”

“发生了什么事？”

“我们不知道！我觉得我们——我知道歧视同性恋的事儿仍然时有发生，但我以为现在要宽容得多。”这种宽容只是象牙塔的幻象，莱丝莉忍住了没评论。她的朋友需要一只倾听的耳朵，而不是一通教导。艾米渐渐安静下来，莱丝莉躺倒在床上时，感觉自己快要病了。她和丈夫坚持把艾米的自行车塞进汽车后备厢，然后载她回家，以防万一。

袭击事件渐渐清晰了：袭击汤姆的人叫安东尼·多兰，他说自己之前在霍伽斯礼堂后面被一群男人堵住了去路。其中一个不停地摸他，还口出污言秽语，其他人则围观哄笑。“当时我无力反抗。”安东尼低声对学校保安说，“我独自一人。但昨晚我出门时，听到了他的声音。就是这个声音，我记得，走到哪儿我都认得出来。他刚聚会完走出来，我等待着，直到他落单。要是他和那些喜欢这套的人干这种事儿，我不会在乎，但我没这种嗜好！他不该强迫别人！这是不对的！所以，我就想，既然现在他落了单，那让他也尝尝被人折磨的滋味吧。”

学校保安问多兰，为什么他当时没有反抗，或者把骚扰事件上报，他看上去有点困惑。“他体形比我大很多，还有一帮朋友在场——我不知道——我只是觉得自己不能反抗。好像没人会相信我。”当问起骚扰事件发生的时间，他说：“我不知道，过了一阵了。几个星期前，也许？我忘了。”

警察仔细打量着眼前这两个年轻人：汤姆比安东尼矮几英寸，而且体形消瘦。

受袭击一天后，汤姆苏醒了。他的家人和朋友，包括艾米，都大大舒了口气。几天后，委员会开始听到流言，说有其他学生也体验了同样的经历，但说不清楚是什么时候发生的。其中一些人的室友说，他们不记得自己的室友被殴打或袭击过；另一些则有一模一样的记忆——和一模一样的愤恨。

微积分期中考试的平均分数提高了十五分。

一天早晨，莱丝莉注意到一些学生戴着手术口罩。第二天，校园里戴口罩的人更多了。她领着尼古拉斯也去校园商店买了一个口罩，在门口，她撞见了索拉达·斯理萨伊。她手里拎着一个包，正从店里走出来。莱丝莉不假思索，一把抓住尼古拉斯拉到自己身边。

“妈咪！”尼古拉斯抗议了。

“居然有性骚扰的虚假记忆。”莱丝莉嘶叫道，“幸好我儿子感染的只是微积分。瞧瞧你都干了什么，要是他也陷入这样的危险和恐惧之中，你要怎么补救，才能使他远离噩梦？他会记得有一群成年人——”她低头看向尼古拉斯，谨慎选择措辞，“——伤害了他，深深地。到时候你打算怎么办？”

“那段记忆不是我传播的。”索拉达说。

“都是你捅的娄子。”莱丝莉说，“从你教导研究生可以不经检验，不加以控制，不通过测试就释放这些病毒的那一刻开始——是你教导他们，这些步骤只是在拖延实验进程，跳过也无所谓。都是你的罪责。都怪你。”

“妈咪。”尼古拉斯在叫她，莱丝莉意识到自己的双手在颤抖。

“我来告诉你，如果我不这么做，事情会变成什么样。”索拉达说道，领着莱丝莉和尼古拉斯向一张长椅走去，“你想知道事情会变成什么样吗？”

“变成另一个完全不同的实验项目？”

“是的，没错，另一个完全不同的实验项目。”索达拉瞪着她，“你知道这又意味着什么吗？这意味着，那些培养记忆病毒的人，不会这么明目张胆。你不会听到任何风声。你的儿子也不会有感染微积分记忆的风险，或者感染性侵犯记忆的风险——那只是一个过分热心的研究生，想让一些潜在的强奸犯尝尝被侵犯的滋味。

“不，你的儿子面临的风险是感染另一些记忆，那些记忆会告诉他，共和党是他唯一信任的党派。或者，要是他真的爱你，他就该信任民主党说的每一句话。或者，他应当买这种可乐，开这种车，穿这种鞋。你明白我的意思吗？要么是我现在这样，要么是两年之后开始实施的一个秘密项目。”

“那你现在的做法就没问题吗？”莱丝莉说道，“仅仅因为它本可能变得更糟？”

索拉达转头凑近她，莱丝莉已经冷静了下来，没有拉着尼古拉斯起身躲开。

“我在自己的项目上吹响了检举的哨声，看上去我是在吸引聚光灯。没人注意到其中的问题，但是你，你在干什么？我指望你这样的人会在媒体上掀起一番争论。学院指导委员会？大学官方审查会？你怎么搞的？开一个博客去咆哮！给记者打电话！让你的学生去转告他们的父母！只上校报远远不够，散布流言远远不够。”

“你是说，你想让我……”

“你，或者像你这样的人。看在上帝的分上，把话放出去。确保所有人都知道我们还有挽回的余地。确保他们会反问自己，我们该怎么办。”索达拉摇了摇头，“我在纳闷，为什么还没有人挺身而出。我以为空月亮的事儿是你们这种人忍耐的极限。我做梦也没想到，我自己的某个学生会把病毒用于政治目的，我以为只有大政党才会这么干。

“赶紧行动起来，巴克斯特教授。喊得越大声越好。我很乐意在这里扮演邪恶皇后的角色。当邪恶皇后，也好过当幕后智囊。”

说完她起身走了，留下震惊不已的莱丝莉紧紧抱着儿子，僵坐在长椅上。

她能联系的媒体主要是在经济学领域。最好是联络一家全国性的新闻杂志，还是当地报纸，或者附近大城市的报纸？她之前从未想过要做首家报道，她还未遇见过这么严重的事件。

“妈咪，你上次带我来过这儿吗？”尼古拉斯问。

莱丝莉的心跳到了嗓子眼。

“爸爸上次也来了，你还给我买了杯热巧克力，是吗？”他满怀期待地继续说道。

她松了口气。这是真实的回忆，圣诞节前他们曾来这儿参加学生联谊会。“我会再给你买一杯热巧克力，”她向儿子保证，“然后咱们去我的办公室，你可以画画。妈妈有一些电话要打。”

阿古 译

我们有个浑蛋失踪了

保罗·康奈尔

保罗·康奈尔出生于英国威尔特郡，20世纪90年代成为电视剧本、漫画脚本和《神秘博士》同人故事作者，取得了相当的成绩和知名度。《神秘博士》2005年重返电视荧屏，康奈尔为其撰写了最受好评的三集剧本，全部获得雨果奖提名。他在二十世纪继续充满热情和快乐地为漫画和电视写脚本，同时也渐渐开始创作与其他人的系列毫无关联的原创虚构故事。

《我们有个浑蛋失踪了》是未完结的乔纳森·汉密尔顿少校系列中的第二篇。汉密尔顿上校是一位英国军人。在这一平行时空的十九世纪，各大国见证了太阳系开发和神秘的另类物理学发展。很多作者会选择在这种背景设定下塑造一个冷漠浪子的形象，他不太在意他人是否会受到伤害。但在康奈尔的笔下，主角虽然也是个浪子，但比一般浪子更为谨小慎微。

从太阳系边缘前往地球，根据季节和行星位置差异，你至少要穿过波兰、普鲁士和土耳其，护照上可能还会敲上其他几个大国的章。在渐渐接近地球的过程中，在不断变换的所属国家领空之间的某一处，这种复杂性便会不复存在。你抵达了愉快平静的中立轨道领空。这里显然并不完全属于某一个国家。各国在太阳系中延伸的疆域之间存在令人向往的空白。领土问题未能达成完全一致。各国之间继续保持平衡，就像一个精巧而古怪的机械装置，紧绷着，所有政治能量都在永恒的圆周运动中消解。

代表这一局面的一张张地图可以在一块屏幕上显示出来，但是它们远远更适合在心中想象。它们很美。它们就是为了美而存在的，为了让自己的美恒久保持而贡献出一份小小力量。

如果你俯瞰这个由各国组成的世界，看向荣耀的大英帝国的粉红色领土，这片布满绿色广场、幽暗森林和飞船航迹的国土，你便会自然而然避免直视万丈金光的伦敦，你的视线可能会落在泰晤士河谷上。河畔装点着名人的乡间房屋、宅邸和狩猎庄园。有这样一处特别的庄园：方方正正的大宅，左右均有侧翼，拥有自己的松鸡狩猎场、迷宫、香料园和路标，表明它的内部也层次繁复。

今天，从这样的高度俯瞰这座庄园，从轨道便能看到它用横幅装点起来；可以看到高大的游船泊在河畔，比邻军舰；各种飞行器或是在环形车道上挤得水泄不通，或是在庄园上空云集。还能看到一队骑警在庄园边界上待命。

因为今天，这里有一场皇家婚礼。

* * *

有人正俯瞰自己的视角，是汉密尔顿在自己内心深处幻想出来的。

但现在，他正注视着公主。

她的栗色头发高高盘在头顶，脖颈裸露。汉密尔顿很喜欢这个对法国人的清教规矩表示挑衅的发型，而且看起来颇为正式，但这肯定不是莉兹自己筹划出来的，而是白厅的老谋深算。她一身雪白，他今天早晨在大教堂第一次看到时，露出一丝微笑。在这间穹顶天花板高耸的巨大宴会厅里，大批贵族、大使和身着军礼服的军人在一张又一张桌子之间的轨道上移动，而她则是万众瞩目的太阳。就连和欧洲其余国家的老人一起坐在远处高台那一桌的国王，今天下午也无法与他女儿匹敌。

这是招待会，伊丽莎白在数名纹章官的护送下悠闲而精准地从一批人面前移到另一批人面前，在事先交代过的情况下向每个大国释放出数量完全一致的魅力，以便确保平衡，就像她和汉密尔顿这样的人每天所做的一样。

所有像他们俩一样的人。这个想法毫无意义，他把它抛诸脑后。

她的视线有且仅有一次落在汉密尔顿这一桌。她微微一笑，随后再次转开头。白厅是不允许这种行为的。那之后他尝试不再注视她。但他们这一桌精心随机安排的座位导致他左右全是外交官员，让他感觉很无趣。汉密尔顿已经厌倦了假扮魅力四射。

“他们是政治联姻啊。”他身旁的一个声音说。

是卡尼爵士。他穿着开放式袖口的大领丝绸衬衣，没系领带，披散着长发，手上的戒指在这种正式场合竟然也一个不少，保持着随意浪荡的形象。

汉密尔顿思考了一下要如何回答，随后决定保持沉默。他与卡尼目光相接，以眼神暗示卡尼大人肯定可以换一桌坐，也许找一张有朋友的桌子？

“您怎么看？”

汉密尔顿站起身，打算走开。但卡尼也站了起来，他们刚走出这桌人耳力所及的范围，卡尼便拦住汉密尔顿。他的气味就像是土耳其软糖店，讲话的腔调跟他的地位不大相称。“我就是干这个的。八卦，挑衅，管闲事。我在某间屋子里时，如果大家把注意力转移到另一个人身上，这再明显不过了。”

他咧开嘴，笑容定格在脸上。

汉密尔顿找了张没人的桌子，再次坐下，对自己很恼火。

卡尼坐在他旁边，用手比画着，但却不是指向伊丽莎白公主，而是她的新郎。新郎胡子修剪得很整齐，身着瑞典贵族骑兵团的制服，胸前挂着一排勋章。他正在和教皇特使谈话，肯定是在讨论尽快把莉兹弄到罗马去，这次新教和天主教联姻可是大做文章的好机会。如果伯蒂尔王子的魅力也是假装的，那汉密尔顿承认，人家伯蒂尔比他自己干得要漂亮一些。

“是啊，真是浑蛋，我也正是这么想的。不过，我跟他手下的几个人有一腿，所以只好有得有失啰。”一个瑞典女佣从卡尼身边跑过，他用舌头弹出响亮的一记，摆了摆手指，她朝他抛出一个转瞬即逝的微笑。“我的确理解，您懂的。我们的一切关系都是由平衡决定的。可怕的是，我们每个人都能构想出一个并不需要如此的世界。”

汉密尔顿嘟起嘴唇，仔细斟酌着要说的话。“所以您才是这副样子吗，大人？”

“当然了。女仆、女伴、小妹妹们，这份名单可说不完。我只被获准在不扰乱平衡的前提下恋爱。若是要让我做出长久承诺，或者，老天啊，结个婚，就得需要我深思熟虑想到极致，以至于等到纹章官做完婚礼准备工作的时候，呃，我已经对那位女士厌倦了。咱们大家不都是这样吗？压力无处发泄。要是我还有别的选择就好了。”

卡尼说了实话，然后谨慎地回归负心浪子的形象。卡尼大人的部分职能便是通过偏激言语试探情报人员的忠诚度。汉密尔顿清楚这一点，但这不意味着他必须忍受这种局面。“您还有什么要说的吗，大人？”

“噢，我正要——”

整个屋子的人倒抽一口冷气。

汉密尔顿从椅子上跳起来，朝伊丽莎白迈出一步，他持枪的那只手伸向身体右侧，他的点六六韦伯利海盗手枪就放在这个位置，他掏出枪，准备瞄向——

乌有之物。

公主殿下站在那里，惊愕地四下打量着。她四周全是穿着军礼服的大胡子男人。

左，右，上，下。

汉密尔顿完全看不出她有什么可惊讶的。

她退后一步，双手在空中挥舞着，指向一片空白——

那里刚才有什么？大家都看着那个地方。到底是什么？

他看向其他跟他一样的人。几乎所有人都和他一个姿势，犹豫地搜索着目标。

教皇特使上前一步，大喊起来："刚才这里站着一个人！他消失了！"

* * *

一片混乱。所有人都大喊大叫。有武器，武器！可汉密尔顿没听说过哪种武器能做到这一点，能让一个人一眨眼凭空消失，不管是谁。穿着军礼服或打着外交官黑领带的大批保镖冲上前，围住他们的保护对象。女士们开始尖叫。平衡在他们周围崩塌，真是一场噩梦。当大家都挤在同一个地方，而事情没有完全按照所有这些大国的预期发展之时，情况就会变得歇斯底里。

一位年轻的巴伐利亚王子大叫起来，表示自己不需要这种保护，然后正打算冲到公主身边——

汉密尔顿挡住他的路，不经意地用肩膀把他撞倒在地，自己站到伊丽莎白和她丈夫旁边。"咱们往那扇门走，"他说，"现在就走。"

伯蒂尔和伊丽莎白点点头，脸上凝固着微笑往前走。伯蒂尔转过身，用手势阻止从各个方向涌过来的瑞典兵。汉密尔顿的人冲到他们周围，护送他们穿过宴会厅，通过那扇门，穿过仆人通道走进一个房间，一群内近卫骑兵团的人跟在他们后面匆匆进来，引起了更多喧哗和骚动。他妈的，汉密尔顿希望自己不会突然听到一声枪响，来自某个躲起来的——

他没有听到。门在他们身后关上，闩好。又有一个好人做了正确的事。

有时汉密尔顿隐约希望有个组织来为有需要的人提供保护。可若真是如此，他和战友们的自由就要打折扣，他不能没有自由而活。责任的根本决定了他会为伊丽莎白的丈夫挡住伤害，他对此事别无他念。

“我也不太清楚。”伊丽莎白边走边说道，她的声音一如既往地谨慎，除了她不谨慎的时候。“我想那人是跟某群外国高官一起的——”

“看着像普鲁士人。”伯蒂尔说，“我们当时在和普鲁士人谈话。”

“他消失在空气里了，就在我面前。”

“跳进时空折叠了？”伯蒂尔说。

“不可能，”她说，“那间屋子肯定经过多次时空测绘。”

她向汉密尔顿投去征询的目光。他点点头。

他们走进藏书室。汉密尔顿大步进屋，确定屋子安全。他们让新婚夫妻待在屋子中间，把门锁好，然后通过网络下达所有命令。

网络都很忙，飞快地判断着各种事情的优先顺序，可是他们离开之后宴会厅里什么也没发生。慌乱扩大，平息，只剩下叫嚷、炫耀性地昏倒（这年头还有哪个穿紧身胸衣的没用空间折叠给自己留有余地呢）、打碎玻璃杯、高声命令。没有其他人消失，也没有凭空跳出个西班牙步兵。

伯蒂尔走向书架，两手放在背后，勇敢而浮夸地浏览起来。伊丽莎白坐下来，扇起扇子，对着汉密尔顿的所有手下露出微笑，最后，对汉密尔顿微微一笑。

他们等待着。

网络通报他们有个访客。

一面书墙滑开，走进来的这个人令所有人都转身敬礼。是王后，仍然穿着黑色丧服。她的随从一路小跑以便跟上她的步子。

她径直走向汉密尔顿，大家都侧耳倾听。此后，多亏这种明显的偏爱，大家开始把汉密尔顿视为最高长官了。他对此很高兴。“婚礼还要继续，”她说，“我们不把它看作难堪之事，它就不会成为难堪之事。舞厅已经准备就绪，我们比预计安排提前进去。伊丽莎白、伯蒂尔，你们俩过去，你们两位绅士为他们开路，其余人殿后。你们走进舞厅的时候要开怀大笑，就好像这是个天大的玩笑一样，有点傻，典型的古怪英国人的误解。”

伊丽莎白点点头，挽起伯蒂尔的胳膊。

汉密尔顿朝他们走过去，王后拦住了他。“不。汉密尔顿少校，你去找技术人员谈谈，你得给这事找到另一种解释。”

“另一种解释，王后陛下？”

“对。”她说，“这肯定不是他们说的那么回事。”

* * *

“我们到了，长官。”汉密尔顿隶属第四龙骑兵团，马修·帕克斯中尉负责他们团的技术组。他和手下人显得很别扭，因为他们的工作场所是专门给他们腾出来安放设备的食品储藏室，而且大家都穿着军礼服。他们在这里负责监管传感器网络，它密布整栋宅子和庭院，往各个方向绵延好几英里。帕克斯的手下是数天前最先来这里做准备工作的，也将是婚礼结束后最后撤离的。他指向一块屏幕，画面定格在一个系黑领带的健壮男人身上，伊丽莎白公主在他身后，几乎完全被挡住了。“知道这是谁吗？”

汉密尔顿把宾客名单存在大脑里，在各组客人进入宴会厅时和名单对照过。他如释重负地认出这人，这才踏实了。“他是那帮普鲁士人里的，没有宣布名号，是他们名单上的六个外交官之一。壮得像是保安，举止也像。他在屋子里来回转悠，不跟任何人聊天。他收到个人网络信息的时候还会点头。也就是说，他还是个新手，只是……”只是这人有种神情，是汉密尔顿很熟悉的。“不。他只是很有信心，甚至可以说是自负。所以你确定他没走进什么时空折叠里？”

“这是时空廓线图。”帕克斯在图片上叠加了一个图层，显示出屋里弯弯曲曲的时空基。到处都有小小的坑坑洼洼，是各色英国人储藏武器造成的，还可能有外国人塞的，如果有人想搞出外交事故的话。

伊丽莎白站的角落显示，她那可爱的双脚下只有重力。“我们确实很谨慎，您清楚的，长官。”

“我相信，马蒂。那咱们看一下事发经过吧。”

帕克斯切回到清晰画面。他触了一下屏幕，画面发生了变化。

汉密尔顿看到那人消失了。前一刻他还在那儿。然后就不见了，伊丽莎白对此做出了反应，她整个人突然抽搐了一下。

汉密尔顿对于技术问题不是很熟。“这玩意儿的帧速是多少？”

“没有帧速，长官。这是实时画面的连续记录，每一牛顿间隔的时间都记录在这里了。物理上的时间也就能分割到这个程度。长官，我们一下午一直听到大家说——”

“他们说什么，马蒂？”

“这事是主恩赐的奇迹。”

* * *

主恩赐的奇迹。王后提到这种概率时，汉密尔顿想到的第一件事是一幅政治漫画。那是几年前的一幅漫画，画的是首相站在公文箱边，惊愕地盯着自己空荡荡的双手，他的手里本该拿着几份文件。漫画配的字是：

> 请随意评论帕特尔先生，
> 他举止得体，配得上他的名头。
> 他正要恩赐歉意，
> 因为他的所有政策都奇迹般地化为乌有。

每个小孩都知道，牛顿在花园里花了一整天观察一只小虫穿越一只苹果的表面，之后便发明了“主恩赐的奇迹”这个说法。它的意思是，根据这位伟人的想法，极小概率的事件有可能，而且有时的确会发生：在上帝出于某种神秘莫测的原因开始或停止注视的时候，就会有东西突然出现或消失。有个法国人非说这其实取决于人们有没有在注视，不过，法国人嘛。这几个世纪以来，有过几例档案记录似乎与之吻合。汉密尔顿在报纸内页读到这种新闻时总觉得挺有趣。他一直觉得这种事的确有可能发生。可在这里？现在？在国事场合？

* * *

汉密尔顿回到宴会厅，现在人都走了，只剩下几个内近卫骑兵和几个他这样的人，来自若干不同军团，职责都和他差不多，其中有几个甚至和他在这方面共事过。他和大家通了通气。他们的确都注意到了这个普鲁士人，还有他那冷酷无情的气场和健壮的身材，有很多人都在心里把他排在威胁清单的前面。

汉密尔顿找到了人间蒸发的发生位置，叫几个科研人员让开，不顾他们的抗议径直站在同一个位置。他觉得这个位置和其他地方没有什么区别，也没有触发他脑中的任何一个警报，无论是真实的还是直觉的。他看向莉兹当时站的位置，就在普鲁士人身后的角落。他的表情阴郁下来。消失的这哥们儿有效地把公主挡在身后，正好站在她和全屋所有人的视线之间。要是他发觉有人要开枪，他站的就是保镖应该站的位置。

可这也太荒唐了。普鲁士人又不是冲过来救她的。他就一直站在那里四下张望而已。而且，宴会厅里要是有谁身上藏着什么奇怪的新武器，肯定也不会在那时候开枪，而是会等到他移开。

汉密尔顿摇摇头，对自己很恼火。这地方缺失了点东西。表象之下的某些东西被忽略了。他让科研人员恢复工作，自己前往舞厅去了。

* * *

乐队已经开始奏乐，宽敞的屋子里装满了人，舞池中一片华尔兹的旋转。舞蹈的人对自己脚下的路线深思熟虑，仅有的笑声都是强颜欢笑。虽然刚刚可能发生过类似奇迹的事，舞伴卡片还是在几个大国之间传递了一圈，所以那些舞还是要跳，小贵族们还是要配对，大家还是要在旁人绝对听不到的情况下窃窃私语，因为大家都很勇敢，意志坚定，也要以这样的面貌示人。于是平衡继续维持着。但张力增加了那么一点。房间里可以感到平衡的重量，它已经浮出水面，坠在每一个人的眉头。王后坐在一张高桌后，左右都是侍臣。她挂着端庄祝佑的微笑接待访客，仿佛是在强迫大家把刚才发生的事看成一场梦。

汉密尔顿在屋子里兜着圈子，四下打量，仿佛在观察一场战役，仿佛这场战役正在发生而不是可能将要发生，不管它到底是什么样子。他注视着所有其他大国的同行，他们在同胞周围慢悠悠地跳着华尔兹，时不时偏离原本的轨道，绕着他旋转。对于几乎所有的国家，穿军服的人和难以想象如何混进外交圈的使馆人员的比例大概都是三比一，除了两个国家：法国人不出所料派来了政委，他们在外人面前都穿得一个样，但沿袭了拜占庭的内部等级制度。还有梵蒂冈的人，全是修士修女和他们的助理。

他穿过这个零零落落混杂在其他各国之间的特殊群体，仿佛身处一场聚能炸药的爆炸之中，这时他开始听到那个说法。所有对话全是关于刚才发生的事。梵蒂冈代表们说是上帝显圣，细节已经开始走样：出现了一道光、一个深邃的声音，别人都没听见吗？大家纷纷表示同意。

汉密尔顿不是外交官，他深知不应该多管闲事。但他不喜欢这种说法。天主教几十年前才接受“主恩赐的奇迹”的说法。当时教皇诏书公开宣布约翰二十六世认为这一概念有价值，但仍需进一步科学研究。但现在他们已经成了幕后操控者，就和所有事情一样，他们都在幕后操控。那么这意味着什么呢？圣灵俯瞰这场婚礼，表示赞许，于是从中拎走一个人？

不，不是随便什么人，是个普鲁士军人，一个新教徒。他的国家有时会抗议说，那些瑞典领土归到他们麾下要好得多。

汉密尔顿停止了猜想。猜测这些东西只会让他在猜测被证伪时犹豫不决。

汉密尔顿的上帝是什么样子？他对此有种模糊而确定的概念。他觉得，他的上帝有可能会对皇家婚礼表示赞许，但表示赞许的方式怎么可能扰乱主神圣赐予各国的平衡呢？这不是所有努力的核心吗？

不，汉密尔顿现在确认了，去他的神圣吧。这不是上帝所为，是敌人。

他在屋子里转悠着，终于找到了普鲁士人。他们都怒气冲冲，一位大使不肯放过一位英国王室成员，他正在提着某些要求，大概是要立刻展开调查。那个普鲁士人身边还站了好几位，既有外交官也有军人，都是一副真真切切又害怕又愤怒的样子，笃信这是英国人搞的阴谋。

但在他们身后，汉密尔顿出于习惯会打量一眼的重要位置，站着几个大块头——是消失的那家伙的同伴，那个外交官群体的其他五个人。对汉密尔顿和同行们偶尔兼职的这项活动，整个欧洲只有普鲁士人切实建立了一个机构。普鲁士禁卫队一开始和英国的内近卫骑兵团相似，但如今，据说他们甚至连制服都不发了。他们不会出现在任何人的舞伴卡片上。他们现在没在屋子里巡视，好吧，这是可以理解的，他们回去保护自己人了。但他们也没在好好执行这项任务。他们看起来并不愤怒，也不担心同伴或者他们自己的安危——

汉密尔顿退后一步，让急切地跳着华尔兹的光鲜贵族男女从他和普鲁士人之间穿过。他想保持自己作为得天独厚的观察者的位置。

他们看起来似乎在等待，坐立不安，似乎只想离开这里。普鲁士禁卫队的人真这么训练有素？神秘地损失了一个人，他们都不急着回到那间屋子里去喊着他的名字找人，却只是等着快点撤退？

他又看了一会儿，记下他们的面孔，然后走开了。他发现了另一桌普鲁士人，是有趣的那种，不是黑鹰骑士团，而是骠骑兵。他们穿着制服，而且喝了酒，正用普鲁士皇室霍亨索伦家族地方口音的德语愤怒宣称，要是不准他们查看档案，那肯定就是——他们可不想说肯定是怎么回事！

汉密尔顿从一张桌子上拿起一只玻璃酒杯，踱过去加入他们。他谨慎地走着一条宽阔而不稳的线路，绕过一位女士，她的随从犯了某种错误，腿脚不够快，没有跟上她的步子。

他哐当一屁股坐在一个普鲁士人旁边的椅子上。从这人的翻领看，他应该是上尉，普鲁士人喜欢用这种方式来隐晦地表示，与其他大国相比，他们新近打过仗，所以有过一轮根据战绩的快速名誉晋升。“哈喽！”他说。

这群人沉默下来，紧张地敌视着他。

汉密尔顿朝他们眨了眨眼。“汉弗哪儿去了？”

“汉弗？您说什么呢，好少校？”骠骑兵上尉说的是北海洋泾浜，但口音很明显。汉密尔顿能听懂他的话，可他不想让人发现自己德语说得极其流利，虽然有巴伐利亚口音。“大个子。很壮的大个子。没了。”他小心翼翼地用荷兰语咒骂着，摇着头，表示迷惑。“你们把他弄哪去了？”

“弄哪去了？！”他们面面相觑，汉密尔顿能感到他们受到了冒犯。有几个人甚至把手放到腰间，腰间的空间折叠里今天并没有手枪和马刀。但上尉怒视着他们，他们便收敛了。突然爆发出一片霍亨索伦德语的讨论，内容是他们同伴失踪的这起所谓的神秘事件，还有他作为禁卫队成员肯定是因为掌握机密被绑架了。

汉密尔顿挥挥手。“别动刀！他是好人！不知道他叫什么。他赢了！玩巴克希游戏赢了我三局。”他把声音稍稍提高一点，“巴克希！人真不错！他赢了！”他伸出无名指，假装要献上自己输掉的信用点，想通过触碰转账给他们。他心里悄悄把所有详细信息抹掉。万一他们要接受，他还可以假装喝醉了，然后撒泼大闹一场，妄图找到他指尖里本就不存在的信用点。“我想还钱。还给这个棒小伙。”

他们既不相信汉密尔顿的话，也不信任他这个人。没有一个人伸手与他手指相触。但他从这帮人接下来十分钟的德语对话中了解到大量信息，与此同时他自己大声而费力地与越来越厌烦的上尉交流着。但上尉不能叫他走开，因为那样就是直接侮辱英国军人了。消失的家伙叫赫尔穆特·桑德斯。这个姓说明他家里有瑞典血统，但这种事在欧洲大陆再平常不过了。现在他已经消失了，大家可能只会记得他的好处，但他此前并不讨人喜欢。桑德斯从上过战场的壮实同行身边经过时，眼神总有些异样。骁勇的骠骑兵对政府、国家和世界问题表达军方的传统观点时，他会愤起反驳。汉密尔顿发现自己和这些士兵一样感到不快：这家伙认为忠诚只是某种观点而已。

他举起一只手表示投降，放弃和上尉继续对话，随后离开了他们这张桌子。

他边走边听到骠骑兵们还在谈话，他们开始对公主表达某些粗鲁的观点。他没有停步。

他的脑海中不禁浮现出回忆。那些回忆也是某种小小的奇迹，但只有他和她曾经见证。

* * *

汉密尔顿当时出国几周执行便衣任务结束，刚刚放假回家。和往常一样，在这种时候，他本该好好休息，却不知为何寝食难安，情绪悲伤，在自己的窄巷公寓听到一首喜欢的歌也会泪流满面。他每次回到家，都要花上三天时间才能找到方向。随后他便会沿着这个方向前进下去，晚上回到军营喝上半品脱啤酒，然后就恢复正常了。从第四天开始，他可以好好休假，也变得比较有个人样了。

只有三天的假期简直就是噩梦。他尽量不把它当作假期，而是给自己找点任务，最好是哪个军官能答应他的请求，给他找个官方的活儿。这些军官现在对这种请求可敏感了。

但三年前的那次假期有两周。他前一天回了家，对任何人都派不上什么用场。他抓了把扫帚，把公寓旁飞船停泊场堆积的纳米修改产生的垃圾扫到下水道里。

在一片碰撞和坍塌声中，她出现了，她的马七扭八歪地踉跄着，撞上了巷墙，然后跌倒了。她的两个朋友在后面疾驰而来，他们的马都没事，还有个同汉密尔顿一样结实的家伙冲过来帮忙。

但他们谁也无法及时接住她——

而他可以。

* * *

事实证明，她的马漏掉了一次预防轻微中毒的疫苗。它的身体状况很差，两肋生出很多乱七八糟的机械组织，气味恶臭。那时汉密尔顿抱着她，不得不责骂飞奔过来的那个男人，以眼神宣告了他的权威，还好公主没有抛弃他落荒而逃。

相反，她举起手，说自己没事，还坚持要看看马儿。她摘下手套，抚摸它的脖子，试图直接消灭那些恶心的玩意儿。但就算她下令索取救治信息，也已经太迟了，那匹马死得很难看。

她非常生气。随后便是在汉密尔顿家门口铺开的紧急事件场面，警方的飞行器聚了过来，到处都是奔跑的靴子声——

直到她把他们都打发走，宣称这是她最心爱的马，一匹好马，是她儿时的好友。可它只是匹马，她现在需要的是坐下来休息，如果这位好心的军方绅士允许的话——

他允许了。

* * *

他们在丹麦再度见面时，他又一次应允了她，于是他们在一场浮冰上举行的舞会中共舞，地板是机械操控的木地板，随时跟着他们脚步的移动和体重变化调整，为他们提供支撑。天空中闪耀着极光。

在丹麦，伊丽莎白是可以和平民跳上一支舞的。

汉密尔顿回到他自己的军团那一桌，叫大家停止嬉笑打趣，等到回营房再说。他喝多了。伊丽莎白舞伴卡片上的所有人都与她跳过舞之后，她在一位丹麦王位不知道第几顺位的继承人陪同下离开舞池。汉密尔顿当时想跑去见伊丽莎白，被勤务兵阻止了。

但她第二天夜里私下见了汉密尔顿。这种私密会面是她费了很大劲才实现的，他们聊了好几个小时，又喝了些酒，之后她对他表现出了极大的青睐。

* * *

“那么，上帝体现在细节中吗？”有个人和汉密尔顿并排走着。是个女耶稣会士，三十多岁，深色齐颈短发。她的脸颊一侧有个伤疤，所以一只眼睛有点奇怪，看着像是小刀片划的。耶稣会成员不允许整容，那是虚荣的表现，但她还是很美。

鉴于这女人的体格和举止以及由此反映出的她的经历，汉密尔顿挺了挺胸表示尊重。“体现在细节中的，也有可能是魔鬼。”

“是啊，两者都成立，这不是很有意思吗？我是瓦伦丁嬷嬷，我是耶稣会‘爱之实’运动的成员。”

“呃，”汉密尔顿挑起一条眉毛，“我支持爱——”

“别浪费时间了，你知道我是干什么的。”

“是的。你也知道我是干什么的。我刚才是在等着我们走出别人的听力范围——”

“现在走出了——”

“这样才能继续这场对话。”

两人都停了下来。瓦伦丁把嘴凑近汉密尔顿的耳朵。“我刚听说圣父急于宣布这里的事件有可能是奇迹。有些人确定，我们会发现这位黑鹰成员被神奇地转移到某个遥远的地方去了，也许正是他老家柏林，以此警告普鲁士人不要捣乱。”

“如果他回了柏林，普鲁士皇帝会悄无声息地处决他，我们永远也不会听说的。”

“你大概是对的。”

“你觉得发生了什么事？”

“我觉得咱们这种人周围不会有奇迹。”

汉密尔顿突然意识到自己在她面前竟然流露出受伤的神情，太荒唐了。而且她也看出来了。她正在静静消化这一信息，也许几十年后会派上用场，如果真有用的话。

他高兴地发现个人网络收到消息，要他去储藏室见王后，还要带上他的新朋友。

* * *

王后站在储藏室里，不肯坐下，这显然让帕克斯和他的手下比原本更加紧张。

她朝瓦伦丁点点头。“教士大人，我必须告诉您，罗马教廷正式找我们谈过。他们认为宴会厅有可能是奇迹显现的发生地。”

“那我对这件事的意见就不相干了。您应该找——”

“大使。的确，但您正好在这里。您知道教廷向我们提出了什么要求吗？”

“我猜红衣主教会要求奇迹显现时的完整记录，或者在这件事上，应该说是‘奇迹消失’。在这么一间……受到监视的……房间里，只是一瞬间的事。”

“的确，但我担心的是接下来的事。”

“按照流程，房间必须被封锁，谁也不可观看，直到红衣主教亲自过来视察，以便将人类观察对显圣的干扰减少到最小。”

汉密尔顿皱起眉头。“我们会干扰？”

“上帝交流使用了物理方式，所以我们有可能产生干扰。”瓦伦丁说，“这取决于人对微态物理的轻信程度。”

“或者对国际政治的轻信程度。”王后说，“教士大人，当别国向我们提出要求的时候，我们的第一倾向，也是最强有力的倾向，总是拒绝。所有国家都这样，所有国家都知道其他国家也都这样。但现在，这个要求关系到平衡的核心问题，它其实是要求我们关闭安保设备。可以说这个要求不是来自另一个国家，而是来自上帝，所以我们很难拒绝。

但我们不信任这一点，所以我们就更希望拒绝它。”

“您是在代表国王陛下讲话吗？”

王后咳了一声，也可能是笑声。“就像您代表主讲话一样。”

瓦伦丁微微一笑，点了点头。“王后陛下，我认为，任何一个大国都很容易看出，在这样的庆典期间，您要召集首相以及可以咨询这样一个难题的其他多位宫廷成员需要很长时间。”

“是的，很好。要三个小时。您可以走了。”

瓦伦丁和汉密尔顿一起离开了。“我要去找自己人待一会儿。”她说，“听听大家都怎么说。”

“我很惊讶你竟然留长发。”

她尖锐地看着他。“为什么？”

“因为你喜欢冒险。”

她咯咯笑了。

汉密尔顿很出乎意料，有那么一瞬间，他希望自己是卡尼勋爵。不过他认识的另一位牧师也有点阴郁。

“我打赌，”她低声说，“今天结束时这一切就会结束，而且会死人。”

* * *

汉密尔顿回到舞厅。他发现自己脑海里有了一幅画面，它不知是从体内什么地方冒出来的，他经过多年已经学会信任这个地方，绝不质疑它。这幅画面便是桑德斯消失时，伊丽莎白抽搐的那个动作。他对那个动作产生了某种情感反应。是什么呢？

就好像看到她被击中了。

这个动作似乎并非来自伊丽莎白对自己肌肉的控制，而是她不由自主做出的。她很少失去控制。这感觉很……危险。

还有其他人这么想吗？他很怀疑。

那么，他现在是否要跟随身体的直觉，去做这件突兀而可怕的事呢？

他抛开这个念头，径直采取了行动。他走向拿着舞伴卡片牌子的纹章官，悄悄对他交代了王后的要求，他刚一想到这套说法，它便出现在他的无名指上。

纹章官感受到了汉密尔顿的指尖在他手背上产生的感觉，考虑了一下，随后把牌子递给了他。

汉密尔顿意识到纹章官对他将要造成的混乱毫无头绪。于是他扫了一眼伊丽莎白接下来的舞伴，随便划掉了一个法国人的名字。

他轻触了一下牌子，潦草地签上自己的名字，随后把牌子还了回去。

纹章官看他的眼神就像死神与自己擦肩而过一样。

* * *

汉密尔顿等了三支舞才轮到自己：一支巴拉克拉法舞；一支法国宫廷的庄板入场舞（纹章官肯定是花了点时间琢磨才决定选这支舞的，要么就是有个纹章官等着报复法国人等了一辈子）；还有一支是包括伯蒂尔在内的水手们喜欢的角笛舞曲，获得不少掌声。然后，谢天谢地，这次是一支简简单单的华尔兹。

前面那三支舞伊丽莎白都没跳，于是他到她的桌旁找她。女仆们都保持严肃神情，莉兹的几个伙伴看起来都有点害怕。汉密尔顿知道她们是什么感觉，他感觉得到所有要人都看向了他这里。

伊丽莎白挽起他的胳膊，轻轻捏了捏。“奶奶要干什么，乔尼？”

“是我自己的计划。”

她看起来很警惕。他们和其他跳舞的人一起站好。

汉密尔顿特别注意到了她的手套。覆盖她左手的机械材料打消了他的手的急切需求，他自己想要触碰她的需求。不，这触碰不会向他透露任何信息。他曾和她在一起，他确定自己已经完完全全地了解了她，现在他不用靠这种触碰的方式来发现真相。乐队开始奏乐，这支舞开始了。

汉密尔顿脑海里没有读取任何指南，他让自己的双脚随意游走。

他没有命令可循，而是凭直觉行动。他就像是在火山口边缘跳舞。

“你还记得咱们相遇的那天吗？”他确定没人能听到的时候问道，至少，其他跳舞的人听不到。

“当然。我可怜的圣安德雷阿斯，你在胡德巷的公寓——”

“你还记得那天没人在场时，我对你说了什么吗？你答应我的事？那些能让这一切伪装坍塌的情话？”他让自己的表情保持轻快，语调柔和，带点嘲弄，这样莉兹就会配合他，朝他丢回一块小石头，知道他不是认真说的。他只不过是通过开玩笑的方式释放压力。

他们之所以能有过那么一段，就是因为二人都确定彼此无论在何种情况下都一定会遵守礼仪。

这完全是英国人做事的方式。就像卡尼说的，他们的生活完全是由平衡造就的。

但作为整间屋子的中心，她突然露出惊骇和受辱的神情，她将自己应有的情感明白无误地写在脸上。“我不知道你在说什么！就算我知道，我也不认为——！”汉密尔顿的鼻翼抽动了一下。如果他判断错了，现在就完蛋了。如果他错了，他还有一条狭窄的边缘可以让莉兹抓住，但他自己会坠落。

那么，为了责任。

他将手从伊丽莎白公主的腰上移开，抓住她的下巴，手指嵌进肉里。

整间屋子都发出恐惧的叫声。

在他们冲他开枪之前，他有一点点时间。

对，他摸到了！或者说他觉得自己摸到了！他觉得他足可以——

他抓住瑕疵，用尽全力撕开。

伊丽莎白公主的脸爆裂开来，掉在地板上。

血流了出来。

他拔出枪，朝那一大团血肉和机械开了两枪，它抽搐着，喷出一团防御性的酸液，让大理石地板褪了色。

他猛地一转身，发现无脸女人突然朝他扑来，眼白嵌在鲜红的肌肉里，空白处都是机械脓液。她将一把发刀刺向他的喉咙，毫无疑问这机械足以让他暴毙或是落得更糟的下场。

汉密尔顿折断她的胳膊时想着莉兹。

于是他听到尖叫觉得很享受。

他想把骗子撂倒在地，想要大声质问真的莉兹在哪里，可他被十来个人抓住，从她身上拉开了。

他瞥到一脸恐惧的伯蒂尔。但伯蒂尔怕的不是汉密尔顿。这是他俩共同的恐惧，对她的安全的担忧。

汉密尔顿突然再度感觉自己像个叛徒。他大声喊出把自己的名字写在舞伴卡片上时便已想好的话。“他们多年前就把她调包了！多年前！在那条巷子里！”

有人在尖叫，大喊着我们都完蛋了。

梵蒂冈那群人的方向传来两声枪响，汉密尔顿看过去，发现瓦伦丁站在一个低级官员的尸体旁。

他们的视线相交。她明白他为什么喊出那句话。

另一个人从她身后的一张梵蒂冈桌旁跳起，转身逃跑。她转身朝他胸口开了两枪，他的身体飞旋着向后倒在一张桌子上。

* * *

汉密尔顿跟着人群跑了。他混在那群大呼小叫争先恐后逃向安全处所的贵族和随从之中，逃了出去。他表现得惊慌失措，面露痛苦，闭着眼睛。他没有理会网络里传来的所有紧急呼叫。

他悄悄回应了王后直接发来的一条消息。

他踉跄着穿过食品储藏室的门。

帕克斯环顾四周。“感谢老天，你总算来了，我们一直在尝试呼叫你，王后办公室的人紧急要求你——”

“别管那些了，跟我来，是王后陛下的命令。”

帕克斯摘下入耳式耳机，站起身。“到底怎么——？”

汉密尔顿朝着他的右膝开了一枪。

帕克斯尖叫着跌倒在地。屋里所有技术人员都跳了起来。汉密尔顿朝他们大吼，命令他们坐下，否则就是一样的下场。

他朝帕克斯伤腿后侧踢了一脚。“听着，马蒂，你知道这有多难熬。你不是那种觉得责任重于天的人。他们给了你多少钱？让你卖命多久了？”

他还在大吼，这时内近卫骑兵团冲了进来，用枪抵上每个人的脑袋，包括汉密尔顿的。

一分钟后，王后走了进来，扭转了局面——她让人放开汉密尔顿。她仔细打量着仍在尖叫乞求宽恕的帕克斯，朝他的膝盖骨精准地踢了那么一脚。

随后她转向那些技术人员：“走运的话，你们的思维都会被提取和重建，我们要查出来都有哪些人参与了这件事。”他们开始被带出屋子，她又转向汉密尔顿。“你在宴会厅说她几年前就被调包了，显然是假话。”

“是的。等把他拆解了，”汉密尔顿朝帕克斯点点头，“就会发现他对时空廓线图做了手脚。他们利用桑德斯作掩护，把公主殿下掉了包。他们知道她要以某种预先安排好的路线在屋里巡游一圈。他们在帕克斯的帮助下，在那个角落安放了一个开放式时空折叠——”

“这开销可是天文数字，它消耗的能量——”

“普鲁士皇帝今年没钱好好过圣诞节了。桑德斯故意踏进时空折叠，在众目睽睽之下消失。他们就是在那一瞬间调的包，在桑德斯引起的视觉骚动的掩护下把公主殿下也带进了折叠。用的是老式手法。”

“是梵蒂冈的普鲁士人支持的。英国新娘影响不了瑞典王室，倒会成为柏林的玩偶。这招干得漂亮，威尔海姆。过不上圣诞节也值了。”

“我打赌，那个小队还在时空折叠里面，对外界情况一无所知。他们等着我们虔诚地封锁房间，然后就可以爬出来撤退了。他们大概带了好几天的口粮。”

“你觉得我孙女还活着吗？”

汉密尔顿嘟起嘴唇。“河上有普鲁士游艇，他们要待到社交季结束。

我猜他们想把公主带回去审讯换赏钱。”

“计划正是如此！”帕克斯大喊，“求——！”

“给他来点麻醉药。”王后说。随后她又转向汉密尔顿。“平衡还能保持。说良心话，威尔海姆表弟的行为还在平衡范围内，不会发生外交事故的。普鲁士人可以把桑德斯和其他人当逃兵处理。我们当然会配合。黑鹰一般对他们的任务只有必需的了解，其他一概不知，而且在向我们泄露战报或任何其他战略信息之前都会自杀。但帕克斯等人的情报会给我们一点小小的优势，可以在未来几个月里用来羞辱普鲁士人。接下来这一阵子，梵蒂冈也会重新讨好我们。”她拉起他的手，他感觉到自己的无名指收到了赏赐，还附带几句评价，估计是赞扬他的。他打算回头再读。“少校，咱们去打开时空折叠。你进去，救出伊丽莎白，干掉他们所有人。”

* * *

他们给他派了一支军官小队，有四个人。他们在一间纪念品陈列室碰头，敲定了进入方式和在时空折叠里的交火规则。有人从在场的少数几个工兵里找人接替了帕克斯和他的手下。帕克斯告诉他们，时空折叠里面的那些人留下了细微的空气尾迹，但只有在紧急情况下才可沿这条路径传递信息。没有人向他们发出过这类通讯，所以他们对折叠外的情况一无所知。

汉密尔顿对叛徒只有嫌恶之感，但他知道，这种人在压力下会讲实话，特别是在他们详细了解了自己可能获得什么待遇的情况下。

假莉兹开始被拆解开来。她的真名需要很久才能发现，她的脑海中有数个复杂交错的自我。她和时空折叠一样，肯定耗资巨大。给她做检查的宫廷医生十分惊骇，既因为她受伤之重，也因为她的性质。

这让汉密尔顿很困惑。这样的替身有能力做自己想做的人，但这种能力却以破坏自己的灵魂平衡为代价。说到底，国家不也就是一群灵魂，每一个都清楚自己的身份和所追求的生活方式吗？替身莉兹这样的不确定，既迷失了自己，也给他人带来威胁。这不只是叛国，这是生活在混杂的隐喻之中。仿佛她将自己嵌入平衡的齿轮，操纵她的人偶线绳环绕在支持心脏和大脑的动脉周围。

他们穿着军礼服在空荡荡的餐厅集合。晚餐的残羹冷炙还没清理，什么事也没做。这场宴会确实是被毁了。各个大国的代表躲回自己的使馆和游艇。瓦伦丁嬷嬷肯定在调查她的人里有谁被收买了。她将会宣布对这些已死的叛徒开除教职，就让他们在地狱的烈火里焚烧吧。

他想到莉兹，从身旁的空气中掏出枪。

一个工兵在地板上放置了一个仪器，设好倒计时，敬了个礼便离开了。

“绿夹克军团报道。”他身后的一个人说道。其他几个人也报上了自己所属的军团。

汉密尔顿感到一阵恐惧和激动。

计时器数到零，世界的洞口在他们面前打开，他们冲了进去。

* * *

刚一冲进去并不见人影。地板和呈弧线的天花板是某种宇宙边界材料。它将光线包裹在内，形成虹彩，让隧道有点哑剧般的感觉，就像是圣尼古拉斯的山洞的入口。或者，当然了，也像是濒死体验中见到的旋涡，通向极乐世界的阶梯。汉密尔顿嘴里出现了那种熟悉的味道，因为恐惧而激发肾上腺素大量分泌。这并非等待未知搏斗的不安，而是人进入其他宇宙的感觉，离家园太过遥远，脱离了上帝的庇护。

这里竟然有重力，普鲁士人真没少花钱。

他们前进着，轻轻踏在这个宇宙的边缘。短短的隧道拐角有声音传来。

其他四人看向汉密尔顿。他轻轻向前挪了几步，庆幸军礼服配的鞋子是软底。他能听到伊丽莎白的声音，但听不清她说什么，太远了。她很生气，但是态度积极。她可能会被虐待，所以并没有挑衅，而是在和他们讲道理。有那么一刻，他的嘴角滑过一丝微笑。他们肯定没少听她唠叨。

这说明没有警报，至少还没触发。在时空折叠边缘几乎不可能设置传感器。这帮人肯定站岗放哨几个小时了。他们肯定是连轴转，等待着可以离开折叠的时刻。汉密尔顿敢打赌，本来应该有个人在放哨，但莉兹把他也卷进对话里了。他能想象她的面孔，就在那个拐角另一边，一只眼睛一直看向逃生的方向。她可能解开了几个扣子，理由是她觉得又热又激动。她也有把发刀，但只对其中一人下手对她自己没什么好处。

他大概判断了一下距离。他数了数其他声音，三个人……四个，有一个声音比较低沉，说德语，不是其他三个人说的洋泾浜，那肯定是桑德斯。听来他似乎没有参加这场对话。他很生气，下着命令，大概刚睡醒，正在琢磨到底怎么回事。

汉密尔顿暂停了关于莉兹的一切念头，看向其他人。他们明白要出动了，就在此刻，触动警报，利用突发情况对付敌人。

他点了头。

他们跳出拐角，准备好瞄准目标。

他们期待着号角奏响，然后伴着它冲上前。他们发现目标个个面露惊讶之色，身体做出反应，伸手去拿武器，可有几个人的武器有点远，散布在厨房、板条箱、食物罐头之间。

汉密尔顿让自己意识到要见到莉兹了，他没有对她做出表示，而是看向她身后。

他伏下身大喊起来，警报触发的自动激光枪切断了跑在他身旁的那个绿夹克军团的家伙，喷出一团红色。洞里到处都是血肉碎块。

汉密尔顿蹒跚着站稳，想要瞄准一个目标。他前方左右都有敌人倒下，飞出去，每具尸体中了两枪。他移动得太慢了，蹒跚着，很容易被攻击。

又一个敌人中了一枪，撞上了天花板，随后落了下来，又中了两枪，爆炸了。

所有普鲁士人都不见了，除了……

他发现了自己的目标——桑德斯。伊丽莎白就在他跟前，挡住了他的每一寸身体。他用一把枪抵住她的脖子，并没有看向死去的三个战友。

汉密尔顿的三个人慢慢向前移动，他们持枪的手在视野之内，武器都指着地面。

他们再次看向汉密尔顿。

他没有放下枪，而是对着他的目标。他瞄准了桑德斯和公主。

一片寂静。

莉兹和他目光相接。她的确解开了那两粒扣子，她很冷静。“呃，”她开口说道，“这真是——”

桑德斯嘟哝了一句什么，她闭上了嘴。

寂静。

桑德斯笑了，并不令人生厌。那张方脸上的目光炯炯有神，他看着他们，嘴角露出一丝微笑。他的讽刺神情是汉密尔顿在干这一行的人脸上经常看到的。

这不是士兵们描述的尴尬荒唐的局面。汉密尔顿意识到他正面对着一个职业情报工作者。这人的正职正是汉密尔顿在军旅生涯之外偶尔所做的事。正是这种职业间的格格不入使军人之间产生嫌隙。汉密尔顿对他很感兴趣。

“我不知道我为什么这么干。”桑德斯说着，偏偏头指向伊丽莎白，“条件反射。”

汉密尔顿朝他点点头。他们俩都知道对方的意思。“你或许需要一点时间。”

“她这么漂亮，嫁给瑞典人可惜了。”

汉密尔顿感觉得到莉兹没有看他。“不可惜。”他轻轻地说，“还有，你要称她为公主殿下。”

“我无意冒犯。”

“没关系，但我们是在公主面前，不是在军营里。”

“我倒希望我们在军营里。”

“我想大家都同意这一点。”

“我不会放下我的武器。”

汉密尔顿没有看向同伴寻求确认。“现在不会处决你的。”

桑德斯露出满意的神情。“我还有最后一个请求，你们出去之后请把这条隧道封上，这样我就能安心走了。”

“你不是要去柏林吧。”

“不，”桑德斯说，“正相反，去天堂。”

汉密尔顿点点头。

“那么，好吧。”桑德斯站到伊丽莎白身旁。

汉密尔顿放下武器，其他人则把枪准备就绪。直接瞄准桑德斯是没用的。他把武器拿在胯部的高度，他可以举起枪；而当桑德斯移动的时候，他们可以直接把他撂倒。

伊丽莎白没动，她把头发往后一撩，仿佛想在离开之前对他说点什么，但没有找到合适的措辞。

汉密尔顿突然意识到这有多不可能，于是张口要说话。

但伊丽莎白的一只手已经放到了桑德斯的脸颊上。

汉密尔顿看到了她手指之间的银光。

桑德斯挣扎到底，嘶哑吼叫着，在神经系统的指令下蓄意而精确地咬断了自己的舌头。随后发刀中的机关让他断了气。

公主看看汉密尔顿。“不可惜。”她说。

* * *

在工兵进去检查之后，他们按照桑德斯的请求封上了时空折叠。

汉密尔顿把这事交给他们了。他认为自己的职责已经结束了，也没有收到任何后续指令。

他鲁莽地尝试寻找瓦伦丁嬷嬷。但她已经和梵蒂冈的其他人一起走了，她这一晚曾到访何处也是未解之谜，甚至连一点血迹也没有留下。

他坐在一张桌子旁，想给自己倒点香槟，却发现瓶子空了。

卡尼勋爵在他旁边坐下，给他斟了酒。他俩注视着伊丽莎白与伯蒂尔的欢乐重逢。二人一圈又一圈地舞着，对旁人全部视而不见。伊丽莎白的奶奶微笑着，目不转睛地瞧着他们。

“咱们正在注视着，”卡尼说，“平衡的呈现。也可能他们今夜会把它呈现出来。就像我说过的：要是真有别的选择就好了。”

汉密尔顿喝尽杯中的酒，说：“要是没有就好了。”

他没等卡尼张口，便起身离开了。

汪梅子 译

潮痕

伊丽莎白·贝尔

伊丽莎白·贝尔生于康涅狄格州哈特福德市，自2005年出道以来，已有二十余部科幻奇幻长篇小说及两部短篇集问世。短短几年间，她已两度斩获雨果奖，荣获约翰·W.坎贝尔最佳新人奖以及西奥多·斯特金纪念奖的最佳短篇奖，在创作上意气风发地一路前行。

《潮痕》即是获得2008年雨果奖及斯特金奖的作品，讲述了一台残损的战争机器与一个流浪少年在偏僻海滩相遇，并相依为命的故事。机器养育少年成长，养好他的身体，在教他觅食求生技能的同时，还给他讲各式各样的经典冒险故事，也使那场仅有她幸免于难的战争得以流传。随着她的能源逐渐耗尽，故事画上了圆满的句号，情感基调亦得到升华，可歌可泣，悲而不伤。这样的一篇小说包揽双奖，真乃实至名归。

查尔斯东尼本不会哭泣。她没有眼泪，只在最后那场地狱般的炽炎热浪之中，颗颗热泪随着机体的焚坏而滚落，冷凝成水滴状的玻璃珠。

这样的眼泪，顺着她的体表滑落，滑过熔化的传感器，无情地奔向沙滩，撞击出叮叮当当的脆响。每逢此时，她就将它们铲起，连同其他七零八落的小饰物一道，放进身前那一圈装甲网中。装甲网捆缚住她四分五裂的甲胄，五花八门的破烂在里面左摇右晃，虽然不值钱，她却视如珍宝。

她做着打捞员的工作，只可惜没剩下一个人来回收她。她是仅存的一台战争机器，如今只有三条腿支撑，扁平的泪滴状主体庞大如主战坦克，尖端的那头耸立着炮塔，两只大型钳爪和一只精细的机械手收拢于其下,好似蜘蛛的须肢。复合陶瓷装甲上布满了丝丝网网的纹路，起着抗震玻璃夹丝的作用。没有了主人的遥控指令，她拖着一条熔瘸的腿，沿海滩一颠一跛地漫步。大抵，她只能形影相吊了。

她与贝尔维德的相遇，是在海滩。

* * *

查尔斯东尼抽回犁行的前足，挖出粒粒贝壳，它们蠕动着身躯，像一只只蝴蝶爬进她无力的肢腿下方湿润的粗砂。后腿瘸了一条，在坚实的沙地上还不算多讨厌，至少倚着它转身没多大问题，而且只要不靠近岩石堆，拖着走也不会遇到障碍。

她沿着潮痕吃力地前行，心里清楚有人在注视她。她没有抬头。炮塔机架装备有定向传感器，自动锁定了一块风化岩石附近蹲伏的褴褛的人影。但她的光输入装置现在需要用于扫描满潮留下的一团团海草、浮木、泡沫塑料、海玻璃。

他望着她一路走过海滩。他没有武装，她经过计算，认定他不具威胁。

无妨。她喜欢他身边那块怪异的平顶砂岩。

* * *

第二天，他仍在注视着她。这天收获颇丰，她找到了一颗月长石、一些白水晶、一点橘红色陶片，还有若干被潮水磨蚀成乳白色的海玻璃。

* * *

“你在捡个啥？”

“沉船遗珠。”查尔斯东尼答道。几天以来，他小心翼翼地靠近她，最后干脆跟在她身后，就像海鸥群一样。她拖着的后腿划开沙土，他赶紧扒拉着挖出的贝壳，丢进一个打了补丁的网袋。吃的吧，她猜。的确，他从包里抓出一只小小的贝壳，又不知从哪儿取出一把断刃的折刀将它撬开。她的传感器给刀子涂上苍白的颜色：武器，但对她不构成威胁。

他手法熟练——手一撬，嘴一吸，再丢掉外壳，整个过程不足三秒——不过也只尝到一小口肉。付出许多努力，却只有微薄的回报。

他瘦骨嶙峋，衣衫褴褛，个子不及普通人，也许是年纪还小。

她以为他会问*哪艘沉船*，那么她就随手指指海湾那边城市的废墟，敷衍说*多了去了*。可他的反应令她颇感意外。

“你拿这些来做啥？”他用沾满沙粒的小手擦擦嘴，拳头下方不小心探出了破损的折刀。

“等数量够了，就拿来穿项链。”一点亮光闪现，她发现一团俗名“死人指”的海藻下方有什么东西，立即艰难地俯身拾取，运用失灵陀螺仪的数学计算勉强维持平衡。

那孩子饶有兴趣地在一旁观望。“不行呀，”他说，“这些可做不了项链。”

“为什么呢？”她靠着瘸腿的重量，再俯低十厘米。就算摔倒也无所谓。

“我瞧见了你捡的东西。全都不一样。”

“那又如何？”她问道，又成功俯身几厘米，液压系统嘀嘀作响。某天，液压系统或者燃料电池报废，她就将以这种姿势僵立在原地，像一座雕塑，任凭海风和海水侵蚀，海潮将漫涌上岸，漫过她头顶。她的甲胄已然有了裂缝，不再防水。

“有些圆，有些不圆。”

她的机械手拨开海藻，宝贝显现出来，那是一小块灰蓝色石头，雕成开怀大笑的胖男人模样，没有孔。查尔斯东尼撑着自己直起身来，将小雕像举到亮光下。这块石头结构完好。

她用另一只机械手抽出细如发丝的金刚钻，将小雕像从头到脚钻了个孔，然后穿入铜丝，尾部打个结，硬化固定之后，放入变形的机架周围那一圈摇来晃去的珠子之中。

“然后呢？”

那孩子用指尖擦擦小佛像，松手让它在残破的陶瓷装甲板上晃荡。她再度支起身，他便够不到她了。“咱叫贝尔维德。”他说。

“你好，”查尔斯东尼回道，“我叫查尔斯东尼。”

* * *

他叽叽喳喳地跟在她后面蹦蹦跳跳，直到日落时分退潮最低的时候。他在海鸥群之间左奔右突，捧起一把把贝壳，在浪花里洗洗就撬开，把肉生吞下肚。查尔斯东尼几乎懒得理他，只是打开泛光灯，把光亮的辐射范围对准潮痕一线。

拖着瘸腿走了几步，又一颗宝贝映入她眼帘。那是一段链饰，上面缀了几颗鲜艳的珠子——玻璃珠，少量扭纹金箔与银箔镶嵌其中。查尔斯东尼开启了繁重的捡取程序——

她骤然停住。贝尔维德跳到她前头，伸出指甲破裂的脏手一把抓起链子。查尔斯东尼的动作僵在半空，差点栽翻。她想劈手夺回宝贝，顺势把那孩子拍进海里。正当这时，他踮起脚尖，高仰起头，将链子捧到她面前。泛光灯在沙滩上投下他的黑影，照亮了他的发丝与眉毛，分毫毕现。

“咱帮你捡更容易一些。”他说道。她的精细机械手轻轻地捏住链饰一端。

她举起这宝贝，在泛光灯下细细查看。挺长的一段，足有七厘米，四颗亮闪闪的珠子有几分像宝石。她抬起头，一阵吱吱嘎嘎，关节处的锈片纷如雨下。

她将链子挂上甲胄外围的装甲网。“你的袋子给我。”她说。

贝尔德维的手摸向网袋。袋子里装满了生贝壳，湿漉漉的，海水顺着他的光腿往下滴。“我的袋子？”

“给我。”查尔斯东尼直起身，因为瘸腿而身姿歪斜，但仍旧比孩子高两米半。她伸出机械手，又从久未使用的文档中提取了对待人类平民的礼仪。“请递给我。”

他那橡胶般的手指在绳结处摸索一阵，从裤带上解下网袋递给她。她的机械手将之挑起，举高。采样鉴定结果显示是棉料质地而非尼龙，于是她合上两只中型机械手，把袋子捂在掌心，给里面的东西来了个低功率微波脉冲。

她不该这么做的。这样相当消耗电力，而她没法给蓄电池充电，况且还有任务在身。

她不该这么做——可到底还是出手了。

钳爪间蒸汽氤氲，烤熟的贝壳砰然张开，翻腾着贝肉原汁，以及他铺在网袋底部的海草的潮气。她小心地递回晃晃荡荡的袋子，尽量不洒漏汁液。

“当心。”她提醒道，“很烫。”

他小心翼翼地接过袋子，盘起腿在她脚边一屁股坐下，拨开海草，只见一枚枚贝壳躺在清澄翠绿有如玻璃的石莼(海莴苣)筑的巢窠之中，好似小小的宝石——浅橙、玫红、蛋黄、微绿、淡蓝。他试探性地尝了一颗，便尽情“啧啧”大吃起来，空壳丢得到处都是。

“海草也吃掉。”查尔斯东尼对他说，“它富含必需的营养。”

* * *

潮汐涌来，查尔斯东尼退回沙滩上，像一只断了五条腿的巨型拱背螃蟹。月光下，她的背部像甲虫一样映现银光，宝贝珠子在装甲网里摇晃、摩擦，碰得叮叮响，就像握在掌心把玩的石头。

贝尔维德亦步亦趋。

他跟着她，同在地势较高的新月形海湾边落脚，这里地面干燥，海浪无法波及，上方泥崖高耸。“你该睡觉了。”查尔斯东尼说。

他没有回答。她的扬声器传出嗞嗞嚓嚓的电流声，她稳定了供能，又说道：“你该爬上去，远离沙滩。泥崖容易塌，在下面不安全。”

贝尔维德凑近她蹲下，噘起嘴。“你不也待在这下边吗。”

“我有装甲。再说我也爬不上去。”她捶了一拳拖在沙地上的瘸腿，一下失了平衡，两条好腿撑着身体前后摇了好久才稳住。

“可你的装甲破了。”

“没关系的。你必须爬上去。”她用两只钳爪拎起贝尔维德，将他举过头顶。他高声尖叫；起初她害怕弄伤了他，但叫声很快转为大笑，她才把他放到泥崖外侧一段上坡的小路上，顺着路可以走到崖顶。

她打开泛光灯照亮小路。“上去吧。”她说，于是他爬了上去。

又在清晨返回。

* * *

贝尔维德仍然衣不蔽体，但在查尔斯东尼的帮助下身体渐渐壮硕。她捕来海鸟烤给他吃，又教他生火和保存火种，翻遍自己包罗万象的数据库，寻找保持他健康的信息。他逐渐长高——尽管有时不那么明显，一天不到一毫米。她研究分析海里的各种蔬菜，威逼利诱他吃下去，他则帮她捡拾靠机械手很难抓起来的五彩宝珠。有些沉船遗珠还是热的，引发查尔斯东尼的辐射探测器提示报警。它们对她不构成威胁，但她第一次选择了丢弃。她如今拥有人类盟友，程序要求她维持他的健康。

她讲故事给他听。她的资料库拥有海量信息——战争故事以及航海和太空旅行的故事应有尽有，莫名地，他对这些题材最为倾心。大概是情感寄托吧，她想，又为他讲了一遍罗兰、亚瑟王、荣誉哈灵顿、拿破仑·波拿巴、霍雷肖·霍恩布洛尔、杰克·奥布里船长等英雄的经典传奇。她一面讲诵，一面把文本投射到显示屏上——他也开始跟着她念读，比她想象的来得更快。

夏季就这样结束。

到秋分时节，她已经收集了足量的藏品。沉船珠翠依然每天被冲上沙滩，贝尔维德依然挑选其中最好的带给她，而查尔斯东尼已经在那块下部扭曲的平顶砂岩边坐下，在岩石顶上整理手中的宝贝。她把捡回的黄铜穿过拉丝模制作铜丝，穿上珠子，焊紧接头，串成圈环。

这是一段学习的经历。起初，她的审美观尚未发展，需得反复组拆几十种串珠搭配才能试出一组好看的。不仅是形状和颜色的平衡要求技巧，还存在结构上的难题：先是重量不均衡导致链子垂挂起来不直，后是接头不够笔直平滑，需要重铸。

她忙活了好几周。纪念品对人类盟友极其重要，虽然她从不理解个中逻辑。她无法为战友修筑墓冢，然而，她在给贝尔维德讲述那些令他听得如饥似渴的故事的同时，从资料库里获取了吊唁首饰的概念。战友们没有留下实体的遗物，连一根头发、一片衣料都没有，但是沉船珠翠肯定算得上珍贵吧？

唯一的遗留问题是，这些首饰由谁来穿戴。它们应当交给各自的传人，对逝者怀有美好回忆的后人。自然，查尔斯东尼持有最近继承人的名单，但她无从得知他们是否还活着，就算活着，也联系不上。

起初，贝尔维德仍然围着她打转，想办法怂恿她同行，探索海滩。但查尔斯东尼不为所动。一方面，她的电力储蓄已低至警戒线；另一方面，冬天即将来临，她对太阳能的利用会受到更大限制。冬天还是暴风雨的季节，届时她将无法再躲避海洋。

她决心在报废之前完成这项最后的任务。

贝尔德维开始在无她陪伴的情况下独自漫步，独自捕鸟，带回到浮木生的火堆上烤熟。这是个好现象，他需要学着自己照顾自己。不过，夜里他又回到她身边坐下，爬上平顶砂岩，替她整理五彩宝珠，听她讲故事。

她的钳爪和精细机械手往铜丝上周而复始地穿着珠子——这是生者铭记英魂、向烈士致敬的责任——铜丝随着她仍然向他讲述的战争故事而不断延伸。小说和历史中的故事都讲完了，现在她便和他分享自己的亲身经历。她向他描述，艾玛·珀西是怎样在萨凡纳市郊营救了一个孩子；西雅图附近的一场遭遇战中，当战斗机器人中了调虎离山之计，大兵迈克尔斯又是怎样挺身为凯伊·帕特森副排长吸引火力而被敌弹击中的。

贝尔维德仔细聆听，听完即能复述故事梗概，尽管在细节词句上有所出入。这令她感到惊喜，他的记忆力很强，虽然比不上机器。

* * *

一天，贝尔维德照样去了沙滩，远离查尔斯东尼的视线。她突然听见他的尖叫。

她已经好几天没有挪过身子了。她以一种极不舒服的姿势蹲坐在沙滩上，僵硬的瘸腿斜拖在身侧，权作工作台的砂岩上摆着尚未完工的项链。

她立即直起还能支撑身子的三条腿，砂岩顶上的粒粒五彩石、玻璃和铜丝散落一地。一下就猛地站直了，让她自己也感到吃惊，但走起路来还是绊手绊脚，陀螺仪早已失灵，无法保持稳定。

贝尔维德再度喊叫，她身子一晃，差点栽倒。

攀高是不可能了，但查尔斯东尼还跑得动。她的瘸腿在身后的沙地上刨出一道深深的犁沟，潮汐也涨起来了，她不得不从具有腐蚀性的海水之中蹚过。

贝尔维德的身影消失在一块突出的岩石背后。她飞快地绕了过去，正看见他被两个体态更高大的恶人打倒在地，其中一人手拿棍棒高举过头顶，另一人则抢去了贝尔维德破烂的网袋。棍棒击中贝尔维德的大腿，他高声惨叫。

查尔斯东尼不敢动用微波投射器。

但她还有其他武器，包括一杆带精准定位激光的化学推进枪，适合狙击行动。敌方都是软目标，连防弹背心都没穿一件。

* * *

遵照战斗礼仪，她将尸体埋在了沙滩上。这是她的程序设定，对阵亡的敌军要以礼相待。贝尔维德眼下并无生命危险，她已给他的伤腿上了夹板，也处理了擦伤，但是据她判断，以他的伤势无法帮忙。沙地松软，挖坑很容易，只可惜她没法让尸体不接触海潮。她已经尽了最大努力。

瘗埋结束，她将贝尔维德送回他们常驻的岩石，开始收拾撒落的宝贝串珠。

* * *

他的腿没有断，只是受了点扭伤和擦伤，伤势反倒激发了他心底的倔强，身体刚刚有些恢复，就一心想着去“开疆拓土”。一周不到，他就拄着拐杖站起来了，拖着伤腿，像查尔斯东尼的瘸腿一样僵硬。夹板一拆掉，他就重新开始每日的漫步，行至更远的地方。新落下的伤几乎没有影响他的步履，他有时还独自在外过夜。他依然在长高，有如拔节一般，现在已接近普通海兵的高度，也更善于照顾自己。袭击事件教会了他当心。

与此同时，查尔斯东尼精心制作着吊唁首饰，她必须让每条项链都承载得起一位烈士的分量。而现在，进度明显减缓，因为在夜里无法继续赶工；解救贝尔维德耗费了太多她一点一滴储存起来的能量，如果要保证在电力耗尽之前完成，就不得不放弃泛光灯的供能。借着月光，她视物毫无障碍，甚至能明察秋毫，但低光视镜和热视眼在配色方面一无是处。

她要做四十一条项链，排里每位战友一条，她不会找借口偷工减料。

不管动作是快是慢，终究是一场与太阳和潮汐的赛跑。

* * *

第四十条项链完成时，已是白昼渐短的十月。日落之前，她开始了第四十一条的制作——为纪念她的主操作员帕特森副排长，她在正中间穿入了那尊灰蓝色的佛像。贝尔维德已经几天不见人影，这也实属正常。这条项链今晚是不可能完工了。

* * *

她以休眠状态等待太阳升起，却突然被他的声音唤醒。“查尔斯东尼？”

她骤然惊觉，听到一阵异样的细弱呜咽。声音识别为幼儿，但从他臂弯中热成像的体型来看不像小孩。那是条狗，幼年德国牧羊犬，就跟有时和L连联合作战的军犬部队里的那些军犬一样。军犬从不为她的存在而困扰，有些驯犬兵却反倒怕她，虽然他们自己不肯承认。帕特森副排长就曾经劝慰其中之一，啊，小查不就相当于一条巨型攻击犬吗，说完夸张地揉了揉查尔斯东尼望远瞄准镜的“后颈”，引来笑声不断。

小狗受了伤，温热的血从伤口流出，流过它的后腿。“你好，贝尔维德。”查尔斯东尼问候道。

“找到条小狗。”他把破烂的毯子踢散铺开，将小狗放下。

“你要吃它吗？”

“查尔斯东尼！”他急声打断，双臂护住小东西，“它受伤了。”

她略作沉思。“你想让我照顾它？”

他点点头，她仔细思量。她需要光源，也即能量，一旦消耗无法补充；此外得用上抗生素、凝血剂、手术用品，而且无法保证这小东西一定能存活下去。但是，犬类价值非常。她知道，驯犬兵对军犬尊重有加，甚至超过帕特森副排长对待她的尊重。她的资料库里存储了有关兽医医药的文件。

她打开泛光灯，访问相关文档。

* * *

天明之前，她完成了手术。电池尚未耗尽，但能量也所剩无几。

太阳升起来了，小狗呼吸平稳，腰腿上的伤口已经缝合，抗生素的效力遍及全身血管，她回到最后一条项链的工作上。进度非得加快不可了，而帕特森副排长的项链包含最美丽也最脆弱的珠子，查尔斯东尼担心弄碎，所以特意留到最后，经验最丰富的时候。

时间一分一秒过去，她的动作渐趋缓慢，愈加吃力。太阳赋予的能量不足以补偿前夜的消耗。串珠一颗颗连起来，项链逐渐增长——零碎的白镴、陶珠、玻璃、珍珠母，还有那具玉髓佛像，因为帕特森副排长生前是查尔斯东尼的操作员[①]。

日至中天，太阳能激增，查尔斯东尼得益于此，动作加快。小狗几口吞下贝尔维德喂的碎鸟肉，在她的影子里睡着了。贝尔维德则爬上岩石，蹲在她那堆完工的项链旁边。

“这条是为谁做的？”他问，伸手摸摸垂吊在她机械手上的长链。

“凯伊·帕特森。”查尔斯东尼答道。她手中正在穿一颗绿棕色陶珠，珠子表面斑点杂生，就像披上了迷彩外衣。

“凯伊骑士。”贝尔维德说。他正处于变声期，有时话说到一半就

①查尔斯东尼（Chalcedony）一词即“玉髓”之意。

完全失哑，但这个词完整地讲了出来。“凯伊骑士是亚瑟王的马倌，也是他的干弟弟，在马厩里照料他的战斗机器人。”他说，为回忆起这么多而颇感得意。

“你把几个凯伊弄混了。”她提醒他，“过阵子你该离开这儿了。”她把又一颗珠子穿上长链，封好端头，用精细机械手加工硬化铜丝。

“可你没法离开沙滩。你爬不上去呀。”

贝尔维德信手拾起一条项链，在两手间抻开，串珠光华璀璨，碰撞出轻柔的声响。这条项链属于罗代尔。

他陪她坐着，日渐西沉，她的动作慢了下来。现在她的行动几乎完全依赖太阳能，夜里即会再度陷入休眠。等到雨季来临，海浪浸没她全身，那之后，连太阳也无法再唤醒她了。“你必须走。”她说，钳爪在即将完工的长链上方顿住。她又撒谎道：“我不希望你在这儿。”

“这条项链是为谁做的？”他问。海滩上，小狗昂头呜咽。“加纳。”她答道，随后向他讲述了加纳、安东尼、贾维兹、罗德里格兹、帕特森、怀特、沃斯泽纳等一干战友的故事，直到天色尽黑，她的声音与显屏皆难以为继。

* * *

翌日清晨，他穿好帕特森的项链，放进查尔斯东尼的钳爪。他肯定整夜里都在就着火光忙碌。“没法把珠子固定上。”他说，将长链在她钳爪上摊平。

她默默地挨个固定每枚串珠。小狗已经能站起来了，跛着脚，在岩石底部四处嗅探，朝海浪吠叫，朝鸟群吠叫，见到飞快爬过的螃蟹也叫。查尔斯东尼忙完，伸手将项链挂上贝尔维德肩膀，他则笔直地站定。他脸颊上长出了绒绒的细毛。回想海军战友，男性总是把脸刮得很干净，女性则不生面毛。

“你说这是为凯伊骑士做的。”他手捧长链，细细品味玻璃与宝石闪耀的光泽。

“以便让后人纪念他。”查尔斯东尼说道，没有纠正他的称谓。她又捡起另外四十条项链，它们加在一起很重，她不敢肯定贝尔维德是否扛得动。“请铭记凯伊。你还记得哪条属于谁吗？”

他一一背出他们的名字，她一条条递过项链。罗杰斯、罗代尔、范·米提尔、珀西。他铺开另一条毯子——这条毯子是哪里来的？也许是在他找到小狗的那个地方——将它们并排摆在海军蓝的羊毛毯上。

它们光辉熠熠。

“向我复述一下罗代尔的故事吧。”她说着，钳爪拂过那条项链。他马马虎虎讲了出来，其间混杂了一半查理曼大帝麾下罗兰与奥利弗的传奇，但总的来说，这个故事讲得还是很不错的，在这点上她最有发言权。

“拿上这把项链。”她说，“拿上这些吊唁首饰，带给人们，把故事讲给对方听。它们应当交给缅怀并纪念英烈的人。”

“我上哪儿去找这些人呢？”他抄着手，愠愠地问道，“海滩上又没有。”

“对。”她说，“这儿没人，你得到别处找。”

* * *

但他不肯离开她。天气冷了，他带着小狗在沙滩上下巡行。她的睡眠更深、更长；除正午之外，太阳已不足以将她唤醒。雨季来临，海浪拍击平顶岩石，溅起水花，咸水令她关节僵硬，幸而尚未侵及处理器——不过那也只是时间问题。她不再挪动身子，即使在白天也很少说话，贝尔维德和小狗在她的甲胄和岩石下躲风避雨，火堆的烟熏黑了她的腹部。

她在蓄积能量。

到十一月中旬，能量攒够了，她等到贝尔维德遛狗回来，准备予以嘱托。“你必须离开这儿。”她说。见他张嘴反对，她又补上一句：“你该上路去历险了。”

他伸手到破破烂烂的外套底下，摸着绕了两圈挂在脖子上的帕特森的项链。其余的链子他已交还给她，只留下了这条赠礼。“历险？”

她取下头颈上那一大把项链，关节吱吱嘎嘎，磨掉许多锈粉。“你得为这些东西找到主人。”

他一甩手，像是要抛开她的话。“他们都牺牲了。”

“战士们虽然牺牲了，”她说，“但他们的事迹长存。你为什么要救小狗呢？”

他舔舔嘴唇，再次摸了摸帕特森的项链。“因为你救了我，还给我讲故事，讲优秀的战士和平庸的武夫。而且，你看，珀西也会救小狗的，对吧？还有黑泽尔拉。”

查尔斯东尼有理由相信，艾玛·珀西一定会尽其所能救助小狗，凯文·迈克尔斯也肯定会救下这个孩子。她递过余下的项链。

他木然地盯着，双手在身前绞搓。“可你爬不上去。”

“我爬不了。你得帮我完成这项任务，找到别人，讲述我排的英勇事迹，让他们铭记那些故事。我活不过这个冬天了。”她灵光一闪，“郑重委以此任，贝尔维德骑士。”

垂下的长链闪耀着冬日的阳光，身后灰色的海洋波涛翻滚，懒懒地泛着浪花。“啥样的人呢？”

“愿意帮助孩子的人，”她说，“愿意救助受伤小狗的人。像战士那样的人。”

他不再搓手，伸出手去抚摸条条长链，听那些珠子叮叮当当。然后他倒过手腕，让项链滑至双肘，接过她的重托。

李懿 译

无限

万达娜·辛格

万达娜·辛格出生并成长于新德里，现生活在波士顿附近，在一个州立小学院里教授物理学。她从2002年开始发表科幻小说，曾如此描述自己：身为一个持有绿卡的异乡人，写作科幻小说，是一种有趣的经历；远离自己的故土，的确深刻影响了我写作的题材和方式。

《无限》首次出现在她的小说合集《以为自己是一颗行星的女人》中，该书2008年在印度出版。她的很多故事，背景或设置在印度，或设置在受印度文学传统人物影响的未来。她说，物理学是观察世界的一种方式，这是她最重要的一个视角。科学最振奋人心的一点是揭示了物理世界的底层结构。换句话说，表层的现实并非一切，这个世界充满了潜藏的故事、关联、模式。科学和文学、心理学，作为这多重现实的一个方面，对她而言，都是引人入胜的。这个故事塑造了一个热爱数学的人物，辛格借此传达一个在科幻文学之内和之外都很罕见的观点：打破固有范式的数学洞见来自于人的内心。在写作中，她并不回避这样一个事实：在科学尚未探明的领域，世界依然完整。

除非能表达上帝的一个思想，否则一个等式对于我就毫无意义。

——斯林尼瓦萨·拉玛努金，印度数学家（1887—1920）

他名叫阿卜杜勒·卡里姆。他是个瘦小的男人，外表和举止都规正得简直有点造作。他步履方正，头发灰白，短短尖尖的胡须也灰白。当他走出家门去买蔬菜，街上的人都毕恭毕敬地招呼他。“额手敬礼了，先生”或者“合十敬礼了，先生”，礼数因说话者的宗教信仰而异。他们知道他是市立学校的数学教师。他在学校待了那么久，到处可以撞见昔日学生的面孔：开电动三轮车的司机拉姆达斯从不收他车费；街角小铺卖嚼烟的男人，他在那里记账买东西，但那个男人从来不会提醒他付账晚了——那男人名叫依姆兰，他去清真寺要比阿卜杜勒·卡里姆勤快得多。

他们都认识他，那个和蔼的数学老师，但他有他的秘密。他们知道他生活在那座黄色老房子里，灰泥从墙上块块剥落，露出砖头。窗户上挂着褪色的窗帘，微风吹过就哗啦扑闪，路过者可瞥见屋内老旧的简单摆设——沙发上罩着陈旧布罩，一套木头家具，和房子一样委顿、单薄、老朽，不日就要毁坏成尘土。这幢老式房屋坐落在一个庭院中，庭院的地面铺着砖，只留下一块圆形的泥土地，长着一棵大荔枝树。一道高墙包围着庭院，墙上一道门，通向一小块昔日的菜地，如今长满了野草。拇饬菜地的双手——他母亲的双手——现在只能抖抖索索地聚起指尖，撮起一小口米饭，勉强送到嘴巴里。母亲坐在庭院里晒太阳打瞌睡，儿子在屋子里走来走去，像挑剔的女人一样东扫扫，西理理。先生有两个儿子，一个在遥远的美国，娶了一个白种女人——真不可想象！他从不回家，一年只写几封信回来。儿媳用英文写来欢快的信，先生伸着手指头，划过每一行字，仔细阅读。她谈起他的孙子，谈起棒球（很显然，这是板球的一种），谈起他们的回家计划，当然从未实施过。她的信，像火星上存在外星人的想法一样，令他难以理解，但在这外国文字的字里行间，他确实感受到一种温情，一种友善。他的母亲则拒绝和那个外国女人发生任何联系。

另一个儿子在孟买做生意。他极少回家，但回家时，总会带回昂贵的东西——一台电视机、一台空调。先生郑重其事地用绣花白布把电视机罩起来，每日掸扫灰尘，但他从不开电视机。世界上的麻烦事儿已经太多了。空调吹得他哮喘，他也从来不开，即使是在酷热的夏天。这个儿子对他来说是一个谜——他的母亲溺爱这个男孩，但先生禁不住担心，儿子已经变成了陌生人，正在从事什么见不得人的勾当。儿子总是带着一部手机，总是打电话给那些在孟买的不知姓甚名谁的朋友，压低着声音，时不时爆发大笑，边打电话，边在干净却破落的客厅里来回走动。阿卜杜勒·卡里姆有一种直觉，除了安拉他从未向任何人提及——他的儿子在等着他早点死。当儿子离去，他总是倍感轻松。

当然，牵挂总是有的。哪一个父亲不担忧离家的孩子呢？这位安静和蔼的数学老师和其他家长一样牵挂自己的孩子，没有人对此感到惊讶。但他们不知道的是，他有一个秘密、一个执念、一种激情，使他迥异于他人。也许正因为如此，他仿佛总是看着某样超出他视阈之外的东西。在这个熙熙攘攘的残酷尘俗世界，他显得有一点惘然若失。

他想要看到无限。

一个数学老师执迷于数字，这并不奇怪。但对阿卜杜勒·卡里姆来说，数字是阶石，是天梯（但凭天意！），能带他远离这世界的乏味与丑陋，抵达无限。

当他还是个孩子时，他总是从眼角处看到东西。形体在他视阈边缘移动。我们不也曾经历过吗，仿佛有人躲在我们背后，可刚一转头，他们就消失得无影无踪？童年时，他以为他们是法里斯特，是天使般的存在，在守护他。他感到自己被一个伟大、慈祥、无形的存在守护着，关爱着，支持着。

有一天他问他妈妈："为什么那个法里斯特不留下和我说话？为什么我一回头，他们就溜走了？"

当时还是孩子的他难以理解，这个天真的问题，竟然导致他妈妈带着他造访了医师。阿卜杜勒·卡里姆一直很害怕医师的店铺，店铺的四壁从上到下排满了旧式闹钟。缺口玻璃杯端来茶水时，闹钟们开始嘀嘀嗒嗒，呼呼嗡嗡，闹腾个不停。接着就是一番关于邪灵的盘问，接着，苦涩的草药便被分装进了小瓶子，那些瓶子那么古旧，里面仿佛关着精灵。一道护身符给男孩戴在脖子上；一些《古兰经》中摘录的句子，供他每天背诵。男孩坐在破旧的天鹅绒坐垫上，浑身颤抖。两个星期的治疗之后，当他妈妈问起法里斯特时，他说：“他们不见了。”

这是句谎话。

> 我的理论的根基像岩石一样坚实；每一支攻击它的箭，都会迅速返折回去射向射箭者。要问我如何知道？因为这许多年，我已经从方方面面彻底研究过；因为我检验过所有反驳无限数的说法；尤其因为，我已经追随其根系，追溯到了所有造物最初的绝对根源。
>
> ——格奥尔格·康托尔，德国数学家（1845—1918）

在一个有限的世界里，阿卜杜勒·卡里姆思考着无限。在数学中，他碰到了各种各样的无限。如果数学是描述自然的语言，那么，我们周遭的物理世界，也应当存在着无限。它们令我们困惑，因为我们是如此狭隘。我们的生命、我们的科学、我们的宗教，比起宇宙来渺小得多。宇宙是无限的吗？很有可能。就我们现在所知的，也许是无限的。

在数学中，存在着自然数列，像一列小小的士兵，坚定地迈向无限。但阿卜杜勒·卡里姆知道，还存在着不那么明显的无限形式。画一条直线，在一端标注 0，另一端标注 1。在 0 与 1 之间存在多少数字？即使你从现在开始，一直数到世界毁灭，离 1 都还远着呢。从这一端到那一端的旅行，你将遭遇有理数和无理数，无理数中最多的是超越数。超越数是最令人感兴趣的——对整数进行开方，或者求解简单的整系数多项式方程，你不会得到超越数。然而在一根数轴上，几乎挤满了超越数；在所有的数字中，它们最多、最密集。只有当你计算圆的周长与直径之比，在小数点后面连续添加随机数字，或者构造一个分数，无数步地无限约分，这些超越数才会显现。最著名的超越数当然是 π，

3.14159……在小数点后面有无数个不循环的数字。超越数！超越数的宇宙是一个蕴含更多无限的宇宙，超越我们的想象。

在有限之上——在那根只表达一个数字单位的小小数轴之上——存在着无限。这个概念多么深刻,多么美丽！阿卜杜勒·卡里姆思考着。也许我们之中也存在着无限，我们的整个宇宙都充满了无限。

素数是另一个激发他想象力的领域。素数是整数运算的原子，可产生所有其他整数的精选数字，好比产生所有单词的字母表。存在着无限的素数，在他看来仿佛上帝的字母表……

素数是多么神秘啊！它们看上去是随机分布在数列中的：2，3，5，7，11……除非经过实际计算，没有方法可预测数列中的下一个素数，没有方程可以生成所有素数。但是，素数的分布仍然具有某种神秘的规律性，诱惑着世界上最伟大的数学家投入研究。黎曼捕捉到了这规律的线索，但至今未被证明，这线索如此深奥，如此深刻，超越了我们的认知。

在一个显然有限的世界里寻找无限——对一个人类而言，比如阿卜杜勒·卡里姆，难道还有比这更高贵的职业吗？

还是个孩子时，他问清真寺里的长者："'安拉是一，也是无限。'这句话是什么意思？"长大后，他读了阿尔·金迪、阿尔·格哈扎里、伊本·西纳、伊克巴尔的哲学著作，但他的思想依然焦躁，并未找到答案。他确信，解开最深层秘密的钥匙，并非哲学家们的争论，而是数学。

他纳闷，陪伴了他一生的法里斯特是否知道他要找寻的答案。有时候，当他看到法里斯特出现在视阈的边缘，他并不回头张望，而是向着寂静的空气问出一个问题。

黎曼猜想是正确的吗？

没有回答。

素数是理解无限的关键吗？

没有回答。

超越数与素数之间有关联吗？

依然没有回答。

但有时候，一个暗示、一声低语，在他脑海中响起。阿卜杜勒·卡里姆怀疑是他的头脑在捉弄他，因为他什么都听不清。

他叹了口气，继续埋头学习。

他在《自然》杂志上读到关于素数的文章。铀原子核的能量等级按素数规律分布。他热切地翻着杂志，研究着图表，努力想搞明白。多么奇怪，安拉在原子核深处留下了一个线索！他对现代物理学一知半解——他翻遍整个图书馆，认真钻研原子结构。

他的想象飞得很远，读完之后他陷入了沉思。现在他开始怀疑，或许物质也是无限可分的。也许并不存在什么基本粒子，这个想法困扰着他。一个夸克里充满了前子，也许前子里还充满了其他更小的东西，物质可不断分解成更小的微粒，没有止境。

假如分解的进程在某处停止，在某个阶段上存在着一种前－前子，它由自身构成，不可再分解，这个想法是多么无趣。如果物质是可以无限分解的俄罗斯套娃，宇宙的本质即是分形，那该多美妙。

这里存在着一种对称，让他颇感欣慰。毕竟，在大尺度上也存在着无限——我们的宇宙一直在不断地膨胀。

他转向了现代集合论的创立人格奥尔格·康托尔的研究成果。康托尔如此胆大，居然开始了无限的公理化数学研究。阿卜杜勒·卡里姆孜孜不倦地回顾数学史，手指划过泛黄教科书上的每一行字、每一个方程式，用铅笔兴奋地勾画着。是康托尔发现了某些无限集合比其他无限集合更无限——无限之中，也存在着等级和阶层。看看整数，1、2、3、4……无限，但比起实数，比如 1.67、2.93 等，要低一个等级。让我们假定，整数集合是无限 0 级，那么实数集合就是无限 1 级，就像国王侍从们的等级。困扰着康托尔，并耗尽了他生命和理智的连续统假设，表明在无限 0 级和无限 1 级之间，不存在无限的数字集合，换句话说，无限 0 级紧随着无限 1 级，不存在中间等级。但康托尔不能证明这个假设。

他发展了无限集合的数学：无限加上无限等于无限；无限减去无

限等于无限，但他仍然无法证明连续统假设。

阿卜杜勒·卡里姆认为康托尔是一个崭新世界的绘图师。在这个世界，无限的高峰不停攀向天空，康托尔是一个迷失在宏大图景之中的微小人物，但是，这是何等的勇气！何等的精神！胆敢去分类无限……

他继续延伸阅读，找到一篇关于印度古代数学家的文章，他们用特殊的字眼来表达大数字。一个培伟（purvi），表示时间长度，是76500兆年，一个舍沙佩拉赫利卡（sirsaprahelika），是840万的28次方个培伟。他们到底发现了什么，导致他们摆弄如此巨大的数字？他们眼前到底展现了怎样的图景？他们这些渺小的人物，到底沾染了什么样的自大，居然怀抱如此宏大的梦想？

他向一个印度教徒朋友提起过，他名叫甘加达尔，住得不远。

甘加达尔的手停在棋盘上方（他们每周一次的对弈正在进行中），随口背诵了一句《吠陀》：来自无限，拥抱无限，哈！无限永存……

阿卜杜勒·卡里姆震惊了。他的祖先在四千年前就预见了格奥尔格·康托尔的假设！

> 出于对科学的嗜好，……上帝俯就和亲近那些学识渊博的人，保护和支持他们，让他们能迅速地清除求知的障碍，克服学术的困难。正是如此仁慈的上帝，鼓励我编纂一本关于计算的小书《代数学》，讲解最简单也最实用的算术。
>
> ——阿尔·花剌子模，八世纪阿拉伯数学家

对这个男孩而言，数学就如呼吸般自然。在小小的市立学校，他横扫所有的数学测试，每次都获得优良成绩。邻居们都是外省人、小商贩、政府小职员，诸如此类，他们的孩子仿佛也传承了父辈讲求实际的风气，没有人能理解这个聪明得奇怪的穆斯林男孩——除了一个印度教徒同班同学，甘加达尔，他是一个积极向上，开朗友善的孩子。尽管甘加达尔在街上玩敲飞棍，跑得比别的小孩快，但他很热爱文学，

尤其是诗歌——一个与纯数学一样不切实际的追求。

两人凑在一起，坐在学校后面的矮墙上，吃着头顶树上偷摘的伽姆果，消磨了很多时间。他们谈论乌尔都诗歌，梵语韵文，谈论数学是否支配着一切，包括人类情感。他们海阔天空地谈论着，感觉自己已经长大，非常成熟。有一回，甘加达尔害羞地咯咯笑着，第一次把迦梨陀娑的色情诗篇介绍给阿卜杜勒·卡里姆。那时候，对他俩而言，女孩子们是一种神秘的存在：尽管他们和女孩子们在同一个教室里上课，但女孩子们（当然，和他们的姐妹们相比，女孩子们是一个完全不同的物种）是从另一个世界来的，奇怪而优雅的外星生物。迦梨陀娑关于胸脯与大腿的韵律优美的描写，勾起了他们内心无以名状的渴望。

像别的朋友一样，他们不时也会打架。第一次严重的摩擦发生在一次大选前，市内印度教徒与穆斯林群体关系陡然紧张起来。那一天，甘加达尔来到学校操场，一拳把阿卜杜勒打倒在地上。

“你这个嗜血的穆斯林！”他嚷道，仿佛刚刚意识到这一点。

“你这个下地狱的异教徒！”

他们拳来脚往，在地上扭打成一团，最后两人打得鼻青脸肿，嘴角流着血。他们恶狠狠地瞪了瞪对方，分道扬镳了。

第二天，他们分别跑在街道的两边，第一次朝着对方敲起了飞棍。

接着，他们在学校图书馆又撞见了。阿卜杜勒·卡里姆一阵紧张，准备在甘加达尔打他时，奋力还击。甘加达尔似乎也在犹豫要不要扑上来，但过了一会儿，他面带尴尬，递过来一本书。

“新书……关于数学的。要是你不想看的话……”

之后，他们又像往常一样肩并肩坐在了矮墙上。

他们的友谊经受住了四年之后的大骚乱。当时整座城市变成了停尸房，房屋被焚毁，民众被烧死，印度教徒和穆斯林都犯下了难以启齿的恶毒暴行。两方的政治领导人都发表了说过即忘的煽动演说，群众的情绪被点燃了。这时发生了一个事件——公交站台爆发了一场打斗，前来维持秩序的印度教警察粗暴地对待穆斯林民众，事态迅速恶化，失去了控制。当骚乱爆发时，阿卜杜勒的姐姐阿耶莎正和一个表弟在市场上买东西，混乱中，他们走散了。表弟回来了，浑身血迹斑斑但还活着，可从此再没有人见过阿耶莎。

这个家庭再也没有从悲痛中缓过劲来。阿卜杜勒的母亲变成了行尸走肉，心已经死了。昔日充满活力的父亲急剧消瘦，变得憔悴落寞，几年之后就死了。至于阿卜杜勒，报道骚乱的新闻引得他噩梦连连，梦中，他看到姐姐被棍棒击打，被强奸，被撕成碎片，一次又一次。当城市平息下来，他整天在市场附近的街道上转悠，希望能找到阿耶莎，哪怕是尸体。希望和熊熊的愤怒撕扯着他的心。

他们的父亲不再去看望他那些印度教朋友。阿卜杜勒却没有和甘加达尔断交，因为在大屠杀中，甘加达尔一家赶走了一群愤怒的印度教暴徒，保护了一个穆斯林家庭。

时间流逝，伤痛虽然没有痊愈，但变得可以忍受了，他重又开始生活。他投身于自己热爱的数学之中，除了他的家人，除了甘加达尔，他疏远所有人。这个世界错待了他，他不再亏欠这个世界任何东西。

> 阿耶波多是一位大师，他钻研数学、运动学、球体学的终极知识，在抵达这些领域最遥远的海岸、最深邃的海洋之后，将三者呈现给了知识世界。
>
> ——数学家婆什迦罗，在一百多年之后评论六世纪印度数学家阿耶波多

阿卜杜勒·卡里姆是家中第一个上大学的人。幸运的是，甘加达尔也考上了一个同地区的学院，主修印地语文学，阿卜杜勒·卡里姆则继续探索数学的奥秘。阿卜杜勒的父亲已经谅解了儿子的执迷，了解了他展露无遗的数学天分。在学校导师们的赞美声中，阿卜杜勒·卡里姆意气风发，想要追随传奇数学家拉玛努金的脚步。娜马卡尔女神曾出现在这个自学成才的天才的梦中，在他的舌头上写下数学公式(拉玛努金就是这么说的)。而阿卜杜勒·卡里姆也想知道，法里斯特是不是安拉派来，把数学洞见赋予他的。

这时，发生了一件事，更坚定了他的这个想法。

当时阿卜杜勒在大学图书馆里钻研一个微分几何难题，他感觉到一个法里斯特出现在视阈的边缘，像往常一样，他缓缓转过头，以为幻相会消失。

然而，他看到在长长的书架前站着一个黑影，一个模糊的人形。它慢慢旋转，像纸片一样单薄。但当它旋转时，它仿佛获得了厚度，身体特征在黑暗纤薄的形体上渐渐显现。这时，阿卜杜勒感到空中开启了一道门、一个裂缝，他看到了一个完全陌生的世界。黑影站在门边，伸出一只手召唤，但阿卜杜勒·卡里姆惊叹不已，坐在那里忘了动弹。他刚要站起身，那道门和那个黑影就极速旋转扭曲，消失了，只留下他一个人，目瞪口呆地盯着书架上那一排排书。

从此之后，他确信了自己的宿命。他执着地梦想着那个他惊鸿一瞥的奇异世界；每一次感到身后有法里斯特，他都缓缓地转过身去，可每一次它都消失了。他告诉自己，这只是个时间问题，其中一个会到来并留下来，也许还会带他去那个世界——奇迹中的奇迹。

这时，他的父亲突然过世了。阿卜杜勒·卡里姆的数学家生涯就此中止了。他不得不回家去照顾母亲、两个妹妹和一个弟弟。他唯一能胜任的就是教书。最后，他在自己毕业的市立学校里找到了一份教职。

在回家的火车上，他看到了一个女人。火车停在一座桥上，他身下是一条蜿蜒的小河，水流潺缓，朝霞映照的金色水面上升起轻柔薄雾。岸边有一个女人，携着汲水陶罐。她走进河水里——皱起的纱丽贴在她身上，她灌满水，拿起水罐，靠在大腿上，开始爬上岸。霞光之中她光彩照人，一个雾霭的精灵，罐子的曲线衬托着她大腿的曲线。他们的视线隔着很远相遇了——他想象着她看到的景象——静止的火车上，一个胡须稀疏的年轻人倚在窗口，正出神地盯着她看，仿佛她是这世界上第一个女人。她的双眼无所畏惧地盯着他，仿佛她是一个女神，正直视着他的灵魂。那一刻，他们之间不存在任何隔阂，性别、宗教、种姓、阶层，所有的隔阂全都消散了。接着，她转过身，消失在一片玫瑰木丛后。

他不确定，她是真的出现在这朦胧之中，或者她只是他自己的想象。但很长一段时间以来，对他而言，她代表着某种基本的东西。在他的思想中，她有时是一个女人，有时是一条河。

他回到家，正赶上葬礼。工作让他很忙碌，挣来的薪水倒也打发了债主。凭着年轻人固执的乐观态度，他坚信有一天他的命运会改变，他会重回大学，完成学业。同时，他知道他妈妈正在帮他找老婆……

阿卜杜勒·卡里姆结了婚，有了孩子。每天下午教导学生，对付那帮吵吵嚷嚷的孩子们，从微薄的薪水中攒下每一分钱，为妹妹们筹办婚礼，应付其他开销，就这样过去了许多年。阿卜杜勒·卡里姆失去了年轻时那激昂的才华，也失去了野心，不再妄想去攀登拉玛努金、康托尔、黎曼曾经攀登过的高度。现在他的思维变慢了，多年的操劳，他的才智已经耗尽。当妻子去世，孩子长大离家之后，他微薄的收入终于承受得起那稳步降低的生活需求了。他第一次发现，他又可以思考数学了。他不再希望能徜徉在数学的世界里，获得新的洞见，比如证明黎曼的假说。那些梦想已经消逝了。他所能希望的，只是被那些先行者的努力所照亮，重温那些洞见的快乐。时间在玩弄残忍的把戏，当他有时间时，却已失去了才能，但这并没有阻碍他对数学的沉迷。在他生命的秋天，仿佛春天重又降临了，把他昔日的爱人带了回来。

在这个世界上，为饥渴所屈服
爱并非唯一的真实，还有其他真理……
——撒西拉·卢德希安维，印度诗人（1921—1980）

有时候，阿卜杜勒·卡里姆也会厌倦数学。毕竟，他老了。他拿着笔记本、铅笔、数学书，在庭院里一连枯坐好几个小时，这很伤身体。他站起身，全身酸痛，照看一下他母亲需要什么，然后出门走向埋葬他妻子的墓地。

他的妻子扎伊娜比生前是一个皮肤白腻的丰满女人，几乎不会读写。她在屋里懒洋洋地踱来踱去，在庭院里与洗衣妇聊天时，和蔼的笑声不时回荡。她喜欢吃——他仍然记得她丰满手指的灵巧指尖，勾住一块羊羔肉，同时铲起一小撮金灿灿的藏红花饭，庄重地送到嘴边。她的腰身给人一种很有力的感觉，可到头来，她还是拗不过她的婆婆。她眼睛里的笑意渐渐褪去，她的两个儿子被祖母夺去，祖母悉心照料他们，哄他们入睡，直到长成少年。阿卜杜勒·卡里姆对妻子与母亲之间的无声战争毫无知觉——他还年轻，沉浸在数学教学之中，想要驯服自己那帮顽劣的学生。他的确注意到，祖母总是抱着年幼的儿子，轻声哄他；年长的儿子则围着他母亲转，但他看不出这与他妻子的日渐憔悴有何关联。有一天晚上，他要求她过来帮他捏捏脚——这是他们之间做爱的暗号。他等待着她从女人们的睡觉处过来，渴望着她丰满的胴体、丝绸般柔滑的乳房。她终于过来，跪在床尾，胸口起伏不停，无声地抽泣，双手捂着脸。他揽她入怀，纳闷究竟是什么搅扰了她那安详的好脾气，而她整个身体瘫软在他身上。无论他如何安慰，她都不愿意说出，到底是什么打碎了她的心。最后，她抽噎着祈求他，她别的什么都不要，只想再要一个孩子。

阿卜杜勒·卡里姆受过现代思想的影响——在他看来，两个孩子，尤其是两个男孩，对一个家庭来说已经足够了。身为五个孩子之一，他尝过贫穷的滋味，体验过放弃学术生涯、挣钱持家的痛苦，他不愿意他的孩子再经历同样的辛酸。但当他的妻子轻声对他说，她想再要一个的时候，他妥协了。

现在，当他回想过去，他真希望自己能理解她压抑伤感的真正原因。怀孕的过程很艰难。他的母亲照顾着两个男孩，忙得团团转。扎伊娜比则躺在女人们的睡觉处，虚弱得什么都干不了，只能悄悄流泪，呼唤安拉来救自己。“是个女孩。”阿卜杜勒·卡里姆的母亲愁眉苦脸地说，“只有女孩，才会造成那么多麻烦。”她别过头，望向窗外的庭院，在这个庭院里，她自己的女儿阿耶莎——阿卜杜勒·卡里姆死去的姐姐——曾经在那里玩耍，帮忙晾晒衣物。

最终，的确是一个女孩，流产了，把她母亲也带走了。她俩一起埋在了那座杂草丛生的小小坟墓里。每当心情压抑时，阿卜杜勒·卡里姆就会走去墓旁。现在，墓碑已经歪斜，野草长满了整个坟包。他的父亲也埋在这里；他的三个同胞骨肉，在他六岁之前就夭折了，也埋在这里。只有阿耶莎，失踪的阿耶莎，不在这里。在他小男孩的记忆中，姐姐永远是他温暖的慰藉——脸颊柔和光滑，胳膊有力而轻柔，手掌灵巧，散发着指甲花的香气。

在墓园里，阿卜杜勒·卡里姆向他的妻子献上哀思。坟墓在颓塌，令他的心惊惧不已，他担心要是坟墓彻底垮塌成废墟，被时间和蔓草淹没，自己会遗忘扎伊娜比和那个女孩，遗忘自己的罪责。有时，他想要拔去那些蔓草和高高的野草，但他那柔弱的学者手掌，很快就被硌伤起泡，他叹了口气，想起苏菲派诗人贾哈那拉，数百年前，他曾经写道：让青草长在我的坟墓之上！

> 我经常思考，在发现的过程中，知识与经验，想象与直觉，它们各自的角色。我相信，在两者之间有一种根本的冲突，既存的知识体系倾向于抑制奔放的想象。所以，朴素天真的天分，没有传统学识的负担，是一份难得的财富。
>
> ——哈里希·钱德勒，印度数学家（1923—1983）

他学生时代的朋友甘加达尔，在市立学校教授了一阵印地语文学，现在是阿姆拉瓦提文物图书馆的一个研究学者，闲暇时也写诗。唯有对着他，阿卜杜勒·卡里姆才能倾吐自己秘密的热情。

不久之后，甘加达尔也燃起了对无限这个概念的热情。当阿卜杜勒·卡里姆钻研着康托尔和黎曼，试图从素数定理中发掘意义之时，甘加达尔翻遍图书馆，为他带来馆中的珍藏。每个星期，阿卜杜勒·卡里姆步行两英里来到甘加达尔的家。仆人引他步入舒适的客厅，客厅里摆设着典雅、古色古香的胡桃木家具。两人喝着小豆蔻茶，下着棋，分享着各自的所学。甘加达尔不能理解高深的数学，但他能体会求知者的辛劳。他知道，这就像在无知这面墙上劈砍，迸出领悟的火花。他发掘出阿耶波多和阿尔·花剌子模的文献，向他的朋友引述：

“知道吗，阿卜杜勒？希腊人和罗马人不喜欢无限这个概念。亚里士多德反驳无限，提出了一个有限宇宙的概念。希腊人之中，只有阿基米德敢于尝试着攀登峰顶。他提出了一个观念，不同的无限量之间可以作比较，比起另一个无限，一个无限可能更大或者更小……”

在另一次见面时，又告诉他：

“法国数学家雅克·阿达马……他证明了令你如此狂喜的素数定理。他说，数学发现有四个阶段，与艺术家和诗人的体验并无二致。第一步是学习和熟悉已有的知识；第二步是让这些概念在你的脑袋里酝酿发酵，就像大地在休耕期内恢复肥力；接着，凭着运气，灵光一闪，领悟的时刻到来，你发现了新东西，并确信这个想法肯定是对的；最后一步是证明，用缜密的数学证明来检验这顿悟……”

阿卜杜勒·卡里姆觉得，只要他能通过阿达马的前两个阶段，安拉也许会奖赏他一点灵光，也许不会。也许他曾有希望成为另一个拉玛努金，现在这希望已经消失了。但真正的爱人，不会从所爱之人的门前退缩，即使知道自己不会被允许进入。

“困扰我的，”在一次讨论中，他向甘加达尔坦陈，“一直以来困扰我的，是哥德尔的不完备定理。按照哥德尔的定理，数学中的某些陈述是不可证明的，他指出，康托尔的连续统假设正是其中之一。可怜的康托尔，为了证明一个不可证明或证伪的假设，丧失了理智。如果我们关于素数和无限的假说也是这样的陈述，那可怎么办？要是不能在数理逻辑约束的范围内检验它们，我们怎么能知道它们的真伪呢？”

这个问题深深地困扰着他。他钻研哥德尔定理的证据，想要搞明白，并绕过这证据。甘加达尔鼓励他：“要知道，在古老的传说里，每一个大宝藏，都被一个可怕程度相当的怪物把守着。也许哥德尔定理正是那个地精，正把守着你要找寻的真理。你不能只想着如何杀掉它，你必须和它交朋友……”

通过自己的研究，通过与甘加达尔的讨论，阿卜杜勒·卡里姆再次感到，他真正的同伴是阿基米德、阿尔·花剌子模、卡亚姆、阿里亚哈塔、婆什迦罗、黎曼、康托尔、高斯、拉玛努金、戈弗雷·哈罗德·哈代。

他们是大师，在他们面前，他是个谦卑的学生，一个追随他们足迹上山的学徒。路途坎坷。毕竟他正在变老。他献身于数学，只有照顾母亲时才会起身，母亲变得越来越虚弱了。

过了一阵，就连甘加达尔也规劝他："一个男人不能这样偏执地活着。你难道要重蹈康托尔和哥德尔的覆辙？守护好你的理智，我的朋友。你还要报答你的母亲，回馈社会。"

阿卜杜勒·卡里姆没法让甘加达尔理解。他的脑海里回荡着数学的乐声。

当 N 趋向无穷，函数 $f_{(N)}$ 的极限……

他问过自己很多像这样的问题。这个函数 $f_{(N)}$ 也许就是素数计数函数，或许是物质无限分解的次数，或许是宇宙的范围。它也许是抽象的，像一个数学空间的参数；或者是尘世的，像他母亲脸上皱纹的分叉——母亲正坐在庭院的荔枝树下渐渐老去。她一点点变老，却并未死去，仿佛打定了主意要永远活在芝诺的悖论里。他爱母亲，就像他爱那棵荔枝树；她在那里，她造就了他，她给他呵护和援助。

当 N 趋向无穷……极限……

由此展开了很多微积分定理。阿卜杜勒·卡里姆很好奇，哪一个微积分公式能描绘他母亲趋向死亡的缓慢曲线？或许生命并不要求一个最小条件阈值？或许死亡只是当 N 趋向无穷时，某个函数的极限？

> 一个世界里，人的生命只是一颗棋子，
> 一个世界里，充满了崇拜死亡的人，
> 死亡比生命更廉价……
> 那个世界，不是我的世界……
>
> ——撒西拉·卢德希安维，印度诗人（1921—1980）

当阿卜杜勒·卡里姆在关于无限的数学之中涉猎之时——这个问题曾蛊惑过那么多傻瓜和天才——这个世界变了。

他只隐约知悉外面世界的变化——有人出生，有人死亡，又有几次政治骚动。今年夏天气温创新高，印度北部遭受热浪袭击，已经有一千人死亡。他知道死亡也站在他母亲的肩旁，等候着。他竭力照料着她。尽管他并不经常做每天的五次祷告，现在他和她一起做乃玛孜。她已经开始变成另一个国度的公民——她活在过往时间的片段里，呼唤阿耶莎，呼唤逝去已久的丈夫，姑娘时代的对话不时从她嘴里冒出来。在她为数不多的清醒时刻，她呼唤安拉把她带走。

阿卜杜勒·卡里姆尽心尽责地照顾母亲。每个星期一次，他会抽空去和甘加达尔下棋聊天，出门这段时间，他拜托一个邻居的阿姨照料母亲。吐出一两口气，他走过童年熟悉的街道，鞋子踢起尘土，路过小时候曾攀爬过的古老伽姆树。他向邻居们打招呼：阿米恩·可汗老先生坐在他的帆布吊床上，呼哧呼哧地抽着水烟壶；阿里双胞胎，两个莽莽撞撞的小孩子，挥舞着棍子，追赶一个自行车轮胎；依姆兰在他的嚼烟小铺里。他穿过马路，忐忑不安地挤过越来越拥挤的市场小路，走过晒得褪色的穆斯拉尔父子牌遮阳篷，路过一辆人力车，走进另一条两旁有兰花楹遮荫的安静街道。甘加达尔的家是一幢白色平房，经过许多个雨季的冲刷，墙面已经模糊成了灰色。围墙木门上的那道裂缝熟悉得就像甘加达尔的欢迎。

但这一天，在甘加达尔家里，并没有棋可下。

那个佣人男孩——不是甘加达尔——引着他进入熟悉的客厅。像往常一样坐在椅子上，阿卜杜勒·卡里姆注意到棋盘还没有摆好。从内室传来声音：女人的声音，沉重的物件被拖过地板的声音。

一个老人走进客厅，看到阿卜杜勒·卡里姆，赶紧停住了脚步，仿佛吃了一惊。他看着有点面善，阿卜杜勒想起来他是甘加达尔妻子的亲戚，也许是她的舅舅，住在城市的另一边。在家庭庆典上，他们碰过一两回面。

“你来这里干什么？”那个老人说，完全没有往日的客气。他胡子雪白，但身板很硬朗。

倍感疑惑，带着点委屈，阿卜杜勒·卡里姆说：“我来和甘加达尔下棋，他不在家吗？”

“今天没有棋可下。你们这帮人还嫌没做够恶吗？你来这儿嘲笑我们的悲伤吗？好吧，我来告诉你……”

“发生了什么事？”一阵恍然大悟把阿卜杜勒·卡里姆的怒气吹散了，“你在说什么？甘加达尔没事吧？”

“也许你不知道，”老人说，语带嘲弄，“昨晚，一帮穆斯林在帕哈里亚公路上烧毁了一辆公交车。车上有十个人，全都是印度教徒，刚在一个寺庙参加完一场家庭庆典回来，他们死得很悲惨。有传言说是你们的人干的，连孩子都不放过。现在整个镇子都骚动了。谁知道还会发生什么？甘加达尔和我要带他们一家人去镇上更安全的地方。”

震惊的阿卜杜勒·卡里姆眼睛瞪圆了。他一时说不出话来。

“上千年来，我们印度教徒容忍你们这帮人。即使你们穆斯林劫掠了我们几百年，我们还是允许你们建起清真寺，崇拜你们的神灵。而你们就是这样报答我们的！”

阿卜杜勒·卡里姆顿时变成了“你们这帮人”。他想要说，他并没有伤害那些在公交车上被烧死的人，他的手并没有点燃火焰。但他哑口无言。

“你能想象吗，先生？你能看到那些火焰吗？能听到他们的惨叫吗？那些人再也回不了家了……”

“我能想象。”阿卜杜勒·卡里姆伤心地说。他抬起脚，但恰在这时，甘加达尔走进了屋子。甘加达尔肯定听到了部分谈话，他伸出双手，轻轻握住阿卜杜勒·卡里姆的肩头，不顾他人的冷淡和敌视，接纳了他。这是阿卜杜勒·卡里姆，他的朋友，很多年前，他的姐姐再也没有回家。

甘加达尔转向他妻子的舅舅。

“舅舅，拜托。阿卜杜勒·卡里姆和那些恶棍不一样。他是我见过的最和善的人！尽管整个镇上流言到处乱飞，但现在还不知道那些暴徒是谁。阿卜杜勒，请坐下来！我们生活在一个多么悲哀的时代，我们对彼此咆哮。神啊！堕落时代真的已经降临了。”

阿卜杜勒·卡里姆坐了下来，但他浑身发抖。所有关于数学的念头都从他脑子里消失了。他厌恶那些犯下暴行的野蛮人，反感整个人类。我们这个物种是多么堕落啊！以罗摩、安拉、耶稣之名，在各种高尚的名义之下，烧杀抢掠——这就是我们的历史。

那个舅舅摇了摇头，离开了房间。甘加达尔给阿卜杜勒·卡里姆讲起了历史，为老人的言语道歉。

"……政治操纵的结果，"他说，"英国殖民者寻找并发现了我们的弱点，挑动我们彼此对立。打开地狱之门非常容易，但关上它可就难了。在英国统治之前的那么多年，我们和平相处，生活在一起。为什么我们就不能关上那扇被他们打开的门呢？毕竟，什么样的宗教会教唆我们杀戮自己的邻人呢？"

"有用吗？"阿卜杜勒·卡里姆苦涩地说，"人类是堕落的物种，我的朋友。我的穆斯林同胞向仁慈的安拉祷告；你们印度教徒，向你们法力无边的神灵祷告；基督徒宣称挨耳光时，要把另一边脸颊也凑上去。但每个人的双手都沾着鲜血。我们颠倒了一切——先知和圣人训诫我们要和平，我们却把他们的戒条变成武器，自相残杀。"

他颤抖得那么厉害，几乎连话都说不出来了。"在数学里……只有在数学里，我才见到了安拉……"

"别说话了。"甘加达尔说。他吩咐仆人为先生倒点水。阿卜杜勒·卡里姆喝过水，擦了擦嘴唇。行李箱从屋里搬了出来，一辆出租车正等在门口。

"听着，我的朋友，"甘加达尔说，"你必须注意安全。现在赶紧回家去，锁好门，照顾好你的母亲。我要把自己的家人送走，我会在明后天和他们碰头。等骚乱过去，我会回来找你的。"

阿卜杜勒·卡里姆步行回家。到目前为止，一切看上去还算正常——风吹动街旁的垃圾碎屑，嚼烟小铺开着门，人们拥挤在公交站台。这时他注意到，等车的人群中没有一个孩子的身影，尽管现在正在放暑假。

蔬菜市场非常热闹，人们像疯了一样抢购所有东西。他买了一些土豆、洋葱和一个大葫芦就回家了。他锁上门。他的母亲已经煮不动饭，只是看着他煮饭。吃完，他扶她上床，然后走进书房，打开一本数学书。

一天过去了，也许两天——他不记时日。他惦记着照顾好母亲，但他自己经常忘了吃饭。他的母亲还活着，越来越滑向另一个世界。他的兄弟姐妹听闻不断升级的暴力冲突非常焦虑，从其他镇子打来电话。他告诉他们不必担心。等事态恢复正常，他们会来看望他和母亲。

> 多么不可思议，这宏大的秘密
>
> 只有真诚的爱人才能理解！
>
> ——布勒·撒，十八世纪旁遮普苏菲派诗人

> 逻辑仅仅容忍直觉的征服。
>
> ——雅克·阿达马，法国数学家（1865—1963）

一天早晨，他出了黑暗的书房，走进阳光灿烂的庭院。墙外，骚乱的老城区在燃烧。但阿卜杜勒·卡里姆看到的、听到的，只有数学。他坐在藤椅上，拿起地上的一根树枝，开始在泥土上画数学符号。

一个法里斯特站在他视阈的边缘。

他缓缓转过身。黑影站在那儿，等待着。这一次，阿卜杜勒·卡里姆脚步很快，不顾膝盖上突然的刺痛，他走向那道门，迎向那个召唤的手臂，走了进去。

一时间，他头晕目眩——他转过一个不同的维度，进入了一个隐藏空间。接着，他眼前的黑暗消散了，他看到了奇迹。

一片静谧。眼前是一片宽阔的土地，从没见过的诡异天空，地表上矗立着金字塔状的黑暗物体，巨大的纪念碑，献给超出他理解的某物。天上没有太阳，只有一个巨大的多面体，悬挂在淡橘色的天空上，朦胧的亮光弥漫整个天空。他看着他的脚，脚上依然穿着他熟悉的破旧拖鞋。他转头四顾，在沙中，小鱼般的生物在扭动，产卵。一些沙溜进他的脚趾间，温暖、有弹性，完全不像沙子的触感。他深吸一口气，闻到奇怪的味道，像烧焦的橡胶混合着自己的汗水。那个黑影站在他

身旁，看着终于像一个实体了，样子几乎和人类一样，但是没有脖子，体肢却多了点，数量还随时在变化——阿卜杜勒·卡里姆数到有五条。

黑影头上的黑暗小孔开开合合，却没有发出声音。但阿卜杜勒·卡里姆感觉到，一个思想被放进了他的脑袋里，那是一个等待他开启的包裹。

他和黑影走过沙漠，来到一片寂静海洋的边缘。海水，如果这真是海水的话，轻柔地泛起浮沫和水泡。深处，他看到鬼魅般的形体在移动，隐约可见水下存在复杂结构体，繁复的纹理在深深的水下形成、崩解，又汇聚。他舔了舔干干的嘴唇，尝到金属和盐的味道。他看着他的同伴，对方示意他停下脚步。一道门打开了，他们跨进去，进入另一个宇宙。

这个宇宙又不同了，到处是空气和光，整个空间里悬挂着巨大、透明的网，网的每一根线都是一个中空的管子，流态的造物浮游其中，更小的固态存在则飘浮在网线的空当处。他默不作声，悄悄把手伸向一根网线。它很精致，让他想起妻子佩戴过的银脚镯。令他惊讶的是，一个微小的飘浮的存在停了下来，它像一个圆鼓鼓的水做成的逗号，透明，没有任何他能辨认出的五官，但他有种感觉，自己正被注视着，检视着，对方也惊叹不已。

那根网线触摸着他，他感到它凉凉的，指尖有一种奇异的柔软感。

一扇门开了，他们走了进去。

这是一趟令人眼花缭乱的狂野旅行。有时，他也瞥见他自己的世界，树和街道、远处蓝色的山丘。这些闪过的画面摄取自不同的时间点——在一个时间点，他看到一支庞大的军队，无数头盔反射着耀眼闪光，他一定是在罗马帝国时代。另一个时间点，他回到了家里，因为眼前展现了他自己的庭院。但那儿有一个老人坐在藤椅里，用一根树枝在泥土上画着图案。一个影子投射在地上，他看到一个人正悄悄接近那个老人。那陌生人手上亮光一闪，是掖着一把刀吗？他看到的是什么？他想要呼唤，却发不出声音。画面变模糊了—— 一道门打开，他们又走了进去。

阿卜杜勒·卡里姆浑身颤抖。他刚刚见证的，是自己的死亡吗？

他想起阿基米德的死法——他在地上画着圆，沉迷于一道几何学难题，一个蛮族士兵来到他背后，杀死了他。

但他没有时间细想。他迷失在一连串的宇宙中，每一个都与众不同，光怪陆离。黑影带领他走过那么多宇宙，阿卜杜勒·卡里姆数都数不过来。眼前的奇境层出不穷，他把死亡的念头抛在脑后，沉浸在赞叹中。

他的同伴打开一扇扇门。那张脸毫无表情，除了那个开合的小孔，完全看不出来黑影在想什么。阿卜杜勒·卡里姆想问：你是谁？你为什么要这么做？他当然知道那个古老的故事：一天晚上，天使加百利来到先知穆罕默德身边，带他游历了一番天堂。但黑影看着不像一个天使，它没有脸，没有翅膀，性别不明。再说了，为什么天使加百利会屈尊关照一个卑微的小镇数学教师、一个微不足道的小人物？

但是，他到了这儿。也许安拉有信息要传达给他，毕竟，他的道是不可言说的。在见过一个又一个奇迹之后，阿卜杜勒·卡里姆心中充满了狂喜。

最后，他们悬停在一片黄色的天空上。阿卜杜勒·卡里姆体验到眩晕的失重感，伴随着一阵突如其来的恶心，然后恶心感慢慢消退了。他在半空中转身，注意到天空并非空无一物，而是覆盖着精致的镶嵌纹：几何形状交织融合，又分化出新的形状。颜色也在变化，从黄色变成绿色、浅紫色、紫红色。突然间，天空中仿佛有无数双眼睛渐次睁开，他缓缓转身，看到所有的宇宙都在他眼前闪过。一个万花筒，大得超乎他的想象。他正在它的中央，在所有空间的中央地带，他能感到全身的骨头无序地微微悸动，像一面鼓在敲。嘭，嘭。嘭，嘭，嘭。渐渐地，他意识到，他看到的、感觉到的，是一幅巨大图景的一部分。

这个时刻，阿卜杜勒·卡里姆迎来了他等待一生的领悟。

长久以来，他一直在摆弄超越数，想要深究康托尔的概念，同时，黎曼关于素数的观点也让他着迷。有时，他很好奇，在更深的层次上，它们是否有关联。尽管素数显然是随机的，但其出现仍有规律性，就像未经证明的黎曼猜想所暗示的。他终于明白，如果你把素数看作一片广阔的土地，假设你的视角是一个二维飞机，在离表面的一定高度的位置，以某个角度贯穿这片地形，你看到的景象当然是随机的：一座座山头、一片片山谷。只有飞机越过的那部分地形，才会显现在你眼前。除非你能看到整个多维的地域，否则这拓扑图毫无意义。

此刻，他看到了：在这儿，创造的精髓，所有的宇宙分叉之处，宏宇宙跳动的心脏。透过脚手架，多重宇宙的骨架结构美妙地呈现了出来。康托尔曾经瞥见过这个宏大的拓扑结构，他领悟了，仿佛宏宇宙开口对他说了话。他看到，所有的超越数之中，只有一些（仍然有无限个，但并非整个集合）是通往其他宇宙的门，每一扇门上都标注着一个素数。没错，没错。为什么会如此，这反映了什么更深层的对称，究竟蕴含着什么样的他所在世界的物理学家意想不到的自然法则和规律性，这些他就不知道了。

此刻他正看着素数所存在的空间——无尽宇宙的拓扑结构。人类设想过的所有微不足道的函数都无法涵盖其宏大，无法描绘这个结构不竭的美。他知道自己永远不可能用熟悉的数学符号来描述它，当他体验到，作为这个更宏大、更灿烂的现实的必然推论，黎曼猜想是正确的，他却无法坐下来，用传统的证据去验证它。所有的人类语言、数学或其他符号系统，都不能描述这个他确信的真理。也许他，阿卜杜勒·卡里姆，将创始一门这样的语言。伟大诗人伊克巴尔不是叙述过先知的天堂之旅吗？可见天堂在我们的掌握之中。

一个震动，一扇门打开了。他跨进了自家的庭院里。他转过身，庭院里空无一人。那个法里斯特已经消失了。

阿卜杜勒·卡里姆抬眼望向天穹。积雨云席卷天空，黑得像无法描述的爱人的发丝；疾风之中，荔枝树在他的头顶上方狂舞。风声淹没了这座被蹂躏的城市。院墙外吹来一朵红花，飘落在他脚下。

阿卜杜勒·卡里姆的头发又变回了棕色，一种无名的狂喜充盈着他，他觉得安拉的气息拂过了自己的面庞。

他向着风中说道：

亲爱的仁慈的神啊，我站在您的宏伟宇宙之前，心中满是敬畏；

帮助我这个脆弱的凡人，使我的眼光能超越每日繁芜的琐事、渺小人性的挣扎和争斗……引导我看到您的创造之美，从红丝棉树的繁花到精妙优雅的数学法则，举步间创造无数的宇宙。现在我知道，我之所以存在于这个可悲的世界，只为谦卑地立于您的荣光之前，用尽一生，唱一首赞美的诗篇……

他快乐得有点虚脱。风吹着落叶像疯癫的托钵僧一样在庭院里乱舞；雨开始滴落，打糊了他用树枝在泥土上画下的方程式。很久以前，他已经失去了成为数学天才的机会，他什么也不是，只是一个数学教师，比一个政府小职员还卑微——然而安拉赋予他如此伟大的洞见。也许他现在够资格，可以和拉玛努金，和阿基米德，和所有的大师对话。但他想做的，是跑出庭院，跑上街头，向这个城市呼喊：看啊，我的朋友们，睁开你们的眼睛，看看我所看到的吧！但他知道他们会把自己当成疯子；只有甘加达尔会理解……他理解不了数学，但他能理解这个发现的重要性。

他跑出屋子，跑上街道。

> 这污浊的光线，这昏朦的拂晓，
> 这黎明不是我们所期待的……
> ——法伊兹·艾哈迈德·法伊兹，巴基斯坦诗人（1911—1984）

> 一切都已破碎，
> 每一个灵魂都饥渴交加，
> 每一个眼神都充满迷茫，
> 每一颗心都沉重忧伤，
> 这是个世界，还是场灾难？
> ——撒西拉·卢德希安维，印度诗人（1921—1980）

但这是怎么回事？

街道上空无一人。到处都是砸碎的玻璃瓶。邻居们的窗门都紧紧关闭，上了插闩，像紧闭的眼睛。雨声中，他听到远处传来叫喊声。为何有股烧焦的味道？

他记起来了他在甘加达尔家里听到的话。他把身后的屋门关牢，开始奔跑，竭力甩开老迈的双腿。

市场在燃烧。

尽管在下雨，滚滚浓烟还是从被捣坏的店铺门口冒了出来。人行道上散落着破碎的玻璃，一个木头玩偶遗落在道路中央，没了脑袋。写满一列列整齐数字的纸页被打湿泡软，吹得四散零落，那是一个账本的遗骸。他快步穿过马路。

甘加达尔的家已成了废墟。阿卜杜勒·卡里姆走过一扇扇敞开的门，扫视着被烟熏黑的墙壁。家具几乎都不见了，只有那张棋桌，毫发无损地摆在客厅的中间。

他焦急地搜遍整幢房子，第一次走进了房子的内室。就连窗户上的窗帘都被扯掉了。

这儿没有人。

他跑出屋子。甘加达尔妻子的娘家——他不知道他们住在哪儿。怎么才能知道甘加达尔平安无事？

隔壁住着一家穆斯林，阿卜杜勒·卡里姆只在清真寺里碰见过他们。他上前敲门，依稀听到门后有动静，看到楼上的窗帘微微抖动，但没有人为他开门。最后，他放弃了，手在流血，他慢慢地走回家去，一路惊恐地四下张望。这真是他的城市，他的世界吗？

安拉，安拉，你为何抛弃了我？

他已经目睹安拉宏伟的创造，但这又算什么？所有那些宇宙，那些现实，难道只是一场梦吗？

雨下如注。

有一个人俯身躺在路旁的沟渠里，雨水打湿了他后背的衬衣，鲜血直流。阿卜杜勒·卡里姆向他走去，心中疑惑这人是谁，是死还是活？看着很年轻，从后背判断，年纪与拉姆达斯和依姆兰差不多。他看到，在那人身后的街道入口处有一群年轻人，有一些也许是他的学生，他们可以帮忙。

可是，他们气势汹汹地涌来，吓到了阿卜杜勒·卡里姆。他看到他们手里拿着棍子，攥着石头。

他们像一场飓风、一阵闪电，在行进的道路上留下死亡和废墟。他听到他们在雨中大喊大叫。

阿卜杜勒·卡里姆害怕了。他奔向自己的房子，冲进门，插上闩，关上所有窗户。他察看了一下母亲，她正熟睡。电话线断了。木豆在锅里煮糊了。他关掉煤气，走回门边，把耳朵贴在门上。他不敢冒险从窗户往外张望。

他听到那群年轻人在雨中奔跑而过。远处传来一阵齐射的枪声和更多跑动的声音，之后，只剩下雨声。

是警察来了吗？军队？

有什么东西或是什么人在挠门，阿卜杜勒·卡里姆顿时被吓呆了。他站在那儿，透过啪嗒啪嗒的雨声，竭力分辨。在门外边，有一个人在呻吟。

阿卜杜勒·卡里姆打开门。街上空无一人，雨声哗哗。他脚边躺着一个年轻女人。

她双眼圆睁，穿着一件绣花褶边短袖袍，已被剥得半裸，长长的头发浸着雨水和血，贴在脖子和肩膀上。衣服上也有血迹，血从她身上一百多个鳞细的伤口中汩汩涌出。

她的目光转动过来。

“先生。”

他吓了一跳。他认识她吗？也许是一个昔日的学生，已经长大了？

他半拖半拉，很快把她弄进屋子，关上了门。他颇费了点力，小心翼翼地扶她躺上客厅的长沙发椅，她的血沾在了上面。她咳嗽起来。

“我的孩子，这是谁干的？我去找个大夫……”

“不，”她说，“太迟了。”她呼吸急促，又咳了起来，眼泪涌上了黑色的双眼。

“先生，就让我死吧！我的丈夫……我的儿子……我不想他们看到我临死的样子。看着我这样死去，他们会难过的。他们会想复仇……拜托……请割开我的手腕……”

她抬起手腕伸向他。他一脸惊恐，只好伸出颤抖的双手，握住她的手。

“我的孩子……”他说，但不知该说什么好。在这暴乱施虐之时，他上哪儿去找大夫呢？他会包扎伤口吗？他这样考虑时，他知道她的生命力正在消散。沙发椅上积满了血，淌到了地板上。她已经不需要他来割开手腕了。

“告诉我，是哪些暴徒干的？”

她低声说：“我不知道他们是谁。我刚走出屋子一会儿。我的家人……不要告诉他们，先生！等我去了，请告诉他们……就告诉他们，我死在了一个安全的地方。”

“孩子，你丈夫叫什么名字？”

她的眼睛睁大了。她疑惑地盯着他，仿佛她的灵魂已经飘去了另一个世界。

他不知道她是穆斯林还是印度教徒。也许她在前额点过朱砂，但早已被雨水冲刷掉了。

他的母亲站在客厅的门口，突然大哭起来，扑到那具垂死女人的身旁。“阿耶莎！阿耶莎，我的心肝啊！”

泪水从阿卜杜勒·卡里姆脸上滑落。他想要拉开母亲，他想让她明白，这不是阿耶莎，这是另一个被那些施暴的男人蹂躏过的女人。最后，他不得不抱起母亲，她的身体如此脆弱，仿佛下一刻就要崩折。他把她抱到床上，老人蜷缩成一团，抽泣着，呼唤着阿耶莎的名字。

回到客厅，年轻女人的目光转向他。她的声音微弱得几乎听不见。“先生，割开我的手腕……我恳请您，以全能的神之名！把我带到一个安全的地方……让我死吧！”

接着，一层荫翳又覆上了她的双眼，她的身体软了下来。

时间为阿卜杜勒·卡里姆停止了。熟悉的感觉又来了，他缓缓转过身。那个法里斯特在等待。

阿卜杜勒·卡里姆抱起那个女人，费力地把沾满血迹的沙发罩盖在她半裸的身体上。空中，一扇门开了。

他的膝盖有点软，摇晃着站稳之后，他走进了那扇门。走过三个宇宙之后，他找到了那个地方。

这里很宁静。一块岩石矗立在一片青绿色的沙海之中。蓝色的沙粒冲刷着石头，发出柔缓的咝咝声。明朗的天空中，长着翅膀的造物们不停发出灿烂的光线，联络着彼此。夺目的闪光让他眯起了眼。

他合上她的双眼，把她深深埋在石头根部，埋在流淌的蓝沙之下。

他站在那儿，精疲力竭，喘着粗气。他的手被割伤了，他觉得该说点什么，但说什么呢？他甚至不知道她是穆斯林还是印度教徒。之前和他对话时，她是怎么称呼她信仰的神灵的？是安拉还是伊希瓦，还是说得很含糊？

他记不起来了。

最后，他祷念了《法谛哈》，又磕磕巴巴背了一小段他记得的印度教经典，以一句"神无处不在"告终。

眼泪淌下他的脸颊，流进蓝沙，毫无痕迹地消失了。

那个法里斯特等待着。

"你为什么不做点什么！"阿卜杜勒·卡里姆冲着黑影大喊，他跪倒在蓝沙之上哭泣。"为什么，如果你真是个法里斯特，为什么不拯救我的姐妹？"

他现在明白自己一直都是个傻瓜——这个黑影生物不是什么天使；而他，阿卜杜勒·卡里姆，也不是先知。

他为阿耶莎哭泣，为这个无名年轻女人哭泣，为那具躺在沟渠里的尸体哭泣，为他失踪的朋友甘加达尔哭泣。

黑影朝他俯了过来。阿卜杜勒·卡里姆站起身，往周围看了一眼，走进了那扇门。

他一步跨进了自己的客厅。他一眼就发现，母亲已经死了。她看上去非常安详，躺在床上，白发披散在枕头上。她仿佛在沉睡，脸上的表情如此平静。

他在那儿站了好久，忘了哭泣。他拿起电话筒——仍然没有拨号音。他有条不紊地清理客厅，打扫地板，拿走沙发上的罩子。之后，当雨停歇，他把沾满血迹的罩子拿去庭院里烧掉了。在这个四处起火的城市里，谁会注意到这一把火呢？

当一切清理完毕，他像小男孩一样，躺在母亲的尸体旁边，睡着了。

> 当你离开，我的兄弟，带上这本书
>
> 书中，写尽了我一生的故事……
>
> ——法伊兹·艾哈迈德·法伊兹，巴基斯坦诗人（1911—1984）

太阳出来了，城市笼罩在一片不安的寂静之中。母亲的葬礼办完了，亲戚们来了又走了——他的小儿子回来了，但没有留下；大儿子从美国寄来一份慰问明信片。

甘加达尔的房子依然空着，一处焚黑的废墟。阿卜杜勒·卡里姆每一次冒险出门都会去打探他朋友的下落。他最后一次听闻的传言，说当一伙暴徒袭来时，甘加达尔独自一人留在房子里，他的穆斯林邻居保护了他，直到他赶去了妻子的娘家，和妻儿重逢。但时间已过去那么久，他不再相信这个说法了。他还听说，甘加达尔被拖出房子，撕成碎片，烧成了灰烬。

城市已经平息了下来，军队已经入驻，但流言仍然漫天飞。成百上千的人失踪了。人权组织排查了镇子，采访居民，在媒体上发表愤怒的简短声明，谴责政府的不作为，揭露某些暴力事件中警察的包庇行为。一些人权组织的工作人员还来到他的屋前，他们都是非常正直的年轻人，满怀着理想主义的激情，尽管来得有点晚。看到他们的努力，也算一种安慰。他没有提起那个死在他臂弯里的年轻女人，但他每天都在为那个悲惨的家庭祈祷。

好几天来，他一直不去理会那个站在他身后的阴影。但现在他知道，被背叛的感觉终会消退。这究竟是谁的错？毕竟是他自己一厢情愿，把这个造物当作天使的。再说了，天使就能拯救自相残杀的人类吗？

这些造物，怀着孩子的好奇心观察着我们，他想，但他们不理解。正如我们无法理解他们的世界，我们的行为方式他们也根本不懂。他们并非安拉的仆从。

诸多宇宙分叉之处——宏宇宙的中心——现在离他很遥远，像一个梦。他为之前的自傲感到羞愧。他怎么可能在一瞥之间就看透安拉的造物？一个有限的头脑，在短暂的生涯里，不可能真正理解安拉意图的宏大和辉煌。我们能做的，只是偶尔发现一丁点真理的片段，以此称颂他的伟大。

但现在，阿卜杜勒·卡里姆的灵魂深处积蓄了那么多痛苦，那种描述无限的新语言，他连一个音节都无法写下。他亲眼看到的恐怖场景、他母亲的遗容、那个死在他臂弯里的女人的遗容，这一切都让他噩梦连连。他甚至不能祷告，仿佛安拉已经最终抛弃了他。

每天就这么活着——醒来，行过净身礼，把小壶放在煤气炉上烧水，泡一杯茶，独自一个人喝茶——这太让人无法忍受了！在那么多人死去之后，继续活着——没有母亲，没有孩子，没有甘加达尔……每一样东西都那么疏离：镜子里苍老的脸庞、这间老房子，甚至庭院中那棵荔枝树。孩提时代熟悉的街道承载着那么多回忆，仿佛也不再属于他了。外面，邻居们正在哀悼；阿米恩·可汗老先生在为他的孙子哭泣；拉姆达斯没了，依姆兰也没了。风中依然吹来焚余的灰烬。他发现到处都有一小堆一小堆的灰烬：庭院水泥地的缝隙里，街道旁的树根之间。他闻到死亡的气息。他如何才能重振信心，在这个悲痛的世界上活下去？这个世界容不下他这种人；容不下一双摇着孩子入睡，散发着指甲花香的手；容不下一双拾饬庭院的老妇人的双手；更容不下数学的朴素之美。

他正沉思着，一道人影掠过地面，落在了他面前。他正坐在庭院里，用小树棍在泥土上随意写着数学表达式。他不知道持刀的人是他的儿子，还是一个愤怒的印度教徒。他已经做好准备迎接死亡。那些守护了他那么久的造物会满怀好奇，见证这一刻。有懵懂的他们在场，令他略感安慰。

他转过头，站了起来。是甘加达尔，他的朋友，他正伸出双手迎向自己。

阿卜杜勒·卡里姆任由自己的泪水滴落在甘加达尔的衬衣上，心头涌起一股欣慰，他知道这一次他又和死亡擦肩而过，但死亡终会到来。他已经看到过，死亡终会到来。阿基米德、拉玛努金、海亚姆、康托尔，他们离开这个冷漠的世界时，都曾吐露顿悟的话语。但此刻是永恒的。

“赞美安拉！”阿卜杜勒·卡里姆说。

阿古 译

邪恶的机器猴子

玛丽·罗比内特·科瓦尔

玛丽·罗比内特·科瓦尔出生在美国北卡罗来纳州首府罗利市。玛丽2006年开始科幻、奇幻小说职业写作，2008年获得约翰·W.坎贝尔奖最佳新作家奖。2011年，她的短篇《少了一颗钉》获得了雨果奖。她曾先后担任过美国科幻奇幻作家协会的秘书和副主席。除了写作之外，她还有二十多年的木偶戏专业表演经验，合作方有美国木偶大师、《芝麻街》的创造者吉姆·汉森的制作公司，木偶艺术中心和她自己的公司“另一只手”制作公司。

《邪恶的机器猴子》是2009年雨果奖的决选作品。这个讲述黑猩猩智力增强的故事既简短又机智，说明用一千个词讲好一个科幻故事是可行的。

斯莱双手抚过黏土，他喜欢手指上沾染的湿气。黏土使他手背上的毛发纠结在一起，看起来和人类很像。他用更善于抓握的上肢转动制陶的转盘，用手指捏住花瓶的内壁，旋转着将它拉高。

有人击中了他的牢笼的窗户。斯莱跳了起来，花瓶因自身的重力坍塌下来，他发出一声尖叫。他把这团泥打着旋儿朝大落地窗扔去，像扔一坨屎。黏土在有机玻璃上溅开，贴着窗户滑下。

在窗玻璃外面的庭院里，一群放学的孩子大笑着退了回去，其中一个挥舞着胳膊，粗鲁地模仿斯莱。斯莱亮出他的牙齿，他知道这些人会以为他在微笑，但他的意思是威胁。他摇摆着身体从凳子上下来，三个大步就穿过了房间，将脏手撑在窗户上。他一边“微笑”，一边在玻璃上写道：SSA。从窗外看这些字母是反的：屁股。

这些学生的老师突然红了脸，就像一个发情的雌性，她叫学生离开窗户。学生离开院子的时候，她回头看了一眼。斯莱赶紧抓住了自己的阴茎，告诉她如果进入他的牢笼他会做什么。

她赤裸的脸红得更厉害了，快步走开。等他们都走远了，斯莱将自己的头抵在窗玻璃上。头骨里的金属撞得窗子发出当当的声音。过不了多久，训练员就会来找他谈话了。

该死。

他只是想做陶艺。他大步回到转盘边上坐下，背对着窗户。他踢了一下转盘，让它重新转动。斯莱又在转盘中央放上一团新的黏土，试着放松自己。他眼角的余光发现房间的门被推开了。他让转盘停了下来，新做的花瓶歪倒了。

韦恩探头进来，他轻声问道：“你还好吗？”

斯莱断然摇头，指了指窗户。

“对不起，”韦恩的手摆动了一下，“我们本该提醒你他们要来了。”

“你应该告诉他们我不是个动物。”

韦恩谦和地低下眼睛。“我说过了。他们只是孩子。”

“我是只黑猩猩，我知道。”斯莱把手指埋进黏土里，想要平息自己的思绪。

“这是黛利拉[①]的意思。她以为你不会介意，因为其他的黑猩猩都不介意。”

斯莱皱着眉猛地抽出双手。“我和其他黑猩猩不一样。”

他指指自己脑袋里的植入物。“也许黛利拉应该弄一个这个，她好像脑子不够使。”

“我很抱歉。”韦恩蹲在斯莱面前，在斯莱不镇静的时候，没有任何人敢离得这么近。斯莱可以轻易伸出手，扭断他的脖子。“那样做很糟糕。”

斯莱把黏土堆在转盘上。韦恩比别人要好。他似乎能理解斯莱住的这个地狱般的冷宫有多痛苦——他太聪明了，不能和黑猩猩在一起；但他又太野了，也不能和人类一起生活。是韦恩给他带去了做陶艺的转盘，哦上帝，用泥土和树木的名义发誓，斯莱很喜欢陶艺。斯莱抬起头，扬起眉毛问：“那么，他们喜欢我的作品吗？”

韦恩掩住嘴，假装没笑。这个人类很有礼貌。“‘邪恶的机器猴子’把那个老师弄得心烦意乱。”

斯莱把头往后仰，高声大笑。就让她那样想吧。

“但黛利拉认为应该处分你。”韦恩依然离他很近，静静地站着。斯莱可以够到他，并且撕碎他。“她觉得你是在用黏土表达愤怒，让我把它拿走。”

斯莱缩起嘴唇，做了个愤怒又恐惧的鬼脸。愤怒快要使他看不见了，但他忍住了，紧紧地攥着转盘。如果韦恩把创作的工具拿走了，他就要管不住自己了。他喘着气，转动转盘，想把怒气压进黏土里。

转盘转动起来。斯莱的双手在黏土上滑动。柔软。坚定又顺滑。泥土的味道钻进了他的鼻孔里。世界就在他的手中。旋转，旋转，外壁渐渐升起，围绕着愤怒的内核，让它服从。

他的心跳跟着转盘一起慢了下来，斯莱眨了眨眼睛，似乎疲惫又

---

①黛利拉，这个人名出典于《圣经》旧约。参孙的情妇叫黛利拉，她将参孙出卖给非利士人，在参孙睡觉时剪掉了他的头发，使他丧失了强大力量。黛利拉通常指陷害男人的女骗子，不忠实的女人。

一次溜走了。转盘上的花瓶依然好像带着生命在舞蹈。它的外壁保持着那个内在世界的形状。他用一只手指抚过花瓶的瓶口。

韦恩的眼睛湿润了。“要我帮你把它放进窑里吗？”

斯莱点点头。

“我必须拿走黏土。你能理解我吗？”

斯莱再次点点头，注视着他做的花瓶。它很美。

韦恩阴沉地皱着眉：“我真想拿粪扔那个女人。”

斯莱不屑地想象着那幅画面，然后冷静下来：“要过多久才把它还给我？”

韦恩提起转盘旁边的那桶黏土，说：“我不知道。”

他在门边停住了，视线越过斯莱向窗子看去。“我不能总替你收拾烂摊子，明白吗？”

一瞬间他心中涌起一阵怒火，愤怒爬上了他的脊柱，但韦恩没有看他的眼睛，而是依然盯着窗户。斯莱转过身。

他扔在地板上的那个花瓶躺在一堆黏土当中。

黏土。

“我懂。”门关上之后，他大步走过去，铲起那些黏土。它们不多，但够用了。

斯莱坐到转盘前开始转动。

咖啡豆 译

第十二个小哈的教养

玛德琳·阿什比

玛德琳·阿什比出生在加利福尼亚州，目前生活在多伦多，她在这里从事写作，同时也担任远见顾问的工作。阿什比从2007年开始发表科幻小说，她也在WorldChanging、Boing Boing、io9和Tor.com等网站上发表非虚构内容。

《第十二个小哈的教养》最初发表在Angry Robot Books网站上，是2011年“圣诞节十二天特辑”中的一篇。据作者说，这篇小说是特辑的第一篇，因为“它是如此的缺少节日的欢乐气氛，相比之下，其他篇目都散发着振奋人心的红光。”故事的主人公哈维尔也是阿什比长篇处女作《vN》中的一个角色。这一系列故事都以能够自我复制的人形冯·诺依曼机为主角，讲述了他们被人类使用或者滥用的命运。

“你是一个能自我复制的人形机器人，一个 vN[①]。”

最初几天里，哈维尔总是说西班牙语，这是他所属进化枝的默认设置。“你的皮肤里有掺杂了高分子聚合物的记忆电阻器，将信号从肌肉的气凝胶中传输到骨骼内部的珊瑚状石墨烯中。你的骨骼是钛质的。我说的这些，你能跟上吗？”

小哈点点头。他好奇地撕扯衣服，那是哈维尔从附近一栋公寓楼的阳台上偷来的。哈维尔跳了三次，手指和脚趾才学会抓紧那些灰色的排水管道。他会带小哈去那里练身手，不过要等这孩子多吃一点儿，个子大一点儿，能把衣服撑起来再说。小哈今天的个头还只相当于一个学步的幼童。父子俩正躲藏在一间漂亮的竹子树屋里，位置是加利福尼亚州拉荷亚市郊外一个无边游泳池的上方。现在，树屋的地板上散落着一台陈旧导航仪的残存部件。哈维尔把那玩意儿的塑料外壳撕开了，他的儿子正在吮吸其中的芯片组。

“你的名字是小哈，”哈维尔说道，“等你长大了，想给自己取什么名字都行，你还可以随意命名自己的迭代。”

“迭代？”

“就是你的宝宝。咱们如果吃得太多就会生发这种事情。自我修复循环会出错，就像癌症。”哈维尔的每一个孩子都有与生俱来的超大词汇库，他已不止一次为此感到庆幸。

“这几个礼拜你得跟着我过，我会教你如何搞到自己需要的东西。你的哥哥们都是我这样教出来的。”

“几个哥哥？”

“十一个。”

“他们现在在哪儿？”

哈维尔耸耸肩。“到处都有。我是从尼加拉瓜开始的。”

“他们长得像你吗？”

“跟我一模一样，也跟你一模一样。”

---

① vN，冯·诺依曼机（von Neumann machine）的缩写。

"如果有人像你，但不是你，那他就是我哥哥？"

"有可能。"哈维尔打开了最后一个vN电解质铝箔包，递给小哈。儿子开始乖乖地吃起来，发出吸溜吸溜的声音。"vN外壳有很多种，而我们都使用同样的操作系统，但每一个进化枝都有不同的应用程序接口。所以你会遇见一些长得跟自己很像的vN，但他们未必是自家人。他们没有咱们这个进化枝的树栖插件。"

"你是说跳跃的诀窍？"

"对，跳跃的诀窍，还有这个诀窍。"

哈维尔将一条胳膊伸到了树屋外面，他的皮肤发出悦耳的嘶嘶声。他向小哈点点头，示意儿子也试一下。小哈迅速把整个躯干都探到了窗户外面，咧着嘴笑。他暴露在光线中，吐出舌头。哈维尔见过人类小孩这样伸着舌头接雪花，在卡通片的圣诞特辑里。

"这叫光合作用，"后来哈维尔这样告诉儿子，"只有咱们这个进化枝有这种本领。"

小哈点点头，缓缓将芯片组从小小的嘴唇之间抽出来。芯片组上有金色的污渍，他的消化液很快就把硬件解决干净了。哈维尔又得去给他找更多的食物。

"我们为什么会在这里？"

"为什么在树屋里？"

小哈摇摇头。"这里。活着。"他皱起眉头。他毕竟才两天大，找适合的词语来表达一些有微妙差别的概念，对他来说还很难。

"我们为什么存在？"

小哈用力点点头。

"这么说吧，咱们这个进化枝的开发目的就是——"

"不对！"儿子似乎对自己激动的嗓音也有些吃惊，但他还是继续激动地说，"vN，我是问vN为什么存在？"

这次最新的迭代果然比之前的大有改进。哈维尔的其他儿子至少都得长到一周大才会提这个问题。哈维尔甚至希望这个男孩也是如此，那样他就能有更多的时间来思索一个更好的答案了。儿子都养了十二个了，他也该有一个完美的回应了。他可以这么回答：你的任务就是自己去寻找答案；每一个 vN 存在的意义都不一样。他也可以扯到教堂、法律文件甚至失效保护的问题上去。但真正的答案是，他们存在的意义和所有科技一样——供人类使用。

“一些非常病态的人认为这个世界要完蛋了，”哈维尔说道，“而我们的存在，就是为了帮助那些遗留下来的人类。”

* * *

第二天，哈维尔带儿子去了一个公园。这是训练的关键环节：接触不同身材、体型和肤色的人类，学习如何与他们游戏，练习英语。人类儿童喜欢看小哈跳来跳去，他可以一下子跳到滑梯的顶上。

“再来一次！”他们欢呼，“再来一次！”

当落日把地上的影子拖得长长的，小哈跳到了树上，哈维尔正等着他。小哈说：“我觉得我恋爱了。”

哈维尔冲树下的操场点点头，问：“哪一个？”

小哈指向一个红头发的有机女孩，她的脸上满是雀斑。女孩独自一人坐在一棵树下，正在膝盖上翻一个卷轴阅读器。她不断调整姿势躲避刺眼的阳光。

“你眼光不错。”哈维尔说道。

就在这时，三个年纪稍大的女孩朝红发女孩走了过去。她们居高临下地围着她，冲她的阅读器点点头。她向后退去，后背抵着树干，把脑袋埋在胸口。哈尔维的主干代码里早就响起了危险警报，他赶紧把小哈的眼睛捂住了。“别看。”

“嘿，还给我！”

“别看，别看——”哈维尔看到一条胳膊狠狠揍了下去，他闭上眼睛，紧紧抱住怀里正挣扎的儿子。他听到一声喘息，听到哭喊，他觉得一阵恶心。失效保护随时可能启动，他的记忆就会开始自动销毁。他必须阻止这场欺凌，否则他和他的儿子都性命不保。

“爸，老爸——”

哈维尔一跃而下，他的身体知道该往哪儿去。他落在草地上，朝着惊叫和笨拙的咒骂声传来的方向。他缓缓睁开眼睛。其中一个大女孩还高高举着那台阅读器。她的胳膊依旧僵着，不肯把东西放下来，尽管她已经开始后退了。她看起来大概十岁。

“你知道我是什么人吗？”

“你是机器人……”她的嗓音几乎都带上哭腔了。这没关系，眼泪不会触发失效保护。

“你说对了，我就是机器人。”他指指树上，“如果我现在不干预，我的孩子就会死。”

“我不知——”

“这就是你想要的后果吗？你想弄死我儿子？”

她现在真的哭起来了，她的朋友们也噙着泪。她呼哧一下把浓鼻涕吸了回去。“不是！我们不知道！我们没看见你！”

“这是什么理由？现在我们无处不在。我们一看到你们这些黑猩猩打群架，失效保护就会立刻启动。这叫作社会控制机制，回去查查字典吧。下回可把你们脏乎乎的小爪子收好了。”

她的一个朋友顶嘴说：“你没必要这么刻薄——”

“刻薄？”哈维尔看到她在自己的怒目注视下退缩了，“挨打不能还手还叫刻薄？这就是我跟那个小受气包的共同点。你们为什么还不收起拳头去一边反省反省？”

年纪最大的那个女孩手都不抬一下就把阅读器扔给了她的欺凌对象。“你凭什么说话这么伤人？”她一边说着，抱起胳膊迅速走开，“你根本就没有真实的感情。”

“没错！我也没有真实的肥肉，小胖妞！我也没有真实的粉刺！好好享受你的青春期吧，亲爱的！”

哈维尔听到身后传来鼓掌的声音。他一转身，看到一个红发女人正倚在树干上。她穿了一身商务套装，脚上却是一双极不协调的登山鞋。紧身裤的面料已经变得松松垮垮，满是褶皱，绕在脚踝上，像是老年妇女的皮肤。她的掌声突然终止了，因为那个满脸雀斑的小女孩朝她跑过去，热情地搂住她的腰。

“对不起，我迟到了。”母亲说道，向哈维尔点点头，“谢谢你照顾她。”

“我不是照顾她。”

哈维尔做了个手势，小哈从树上滑了下来。与那个拥抱母亲的有机女孩不同，小哈没有拥抱老爸，他只是把小手揣在偷来的衣服的衣兜里，眼睛上上下下地打量这个成年女性。对方的眉毛挑了起来。

“哎呀！”她弯腰凑向小哈。孩子直直盯着她解开纽扣的衬衣胸口，眼睛瞪得大大的，哈维尔忍不住露出笑意。“你觉得怎么样啊，小男子汉？我通过检查了吗？”

小哈咧嘴笑了。“你是人类。”

她直起身子，望向哈维尔。“我想，这句话从一个 vN 嘴里说出来，算是一种恭维了吧。”

“我们就是取悦人类用的呀。”哈维尔回答。片刻之后，两父子坐进了她的车里。

* * *

这段关系始于一顿饭。通常如此。从尼加拉瓜的沉默狱警到巴拿马爱唱歌的游轮主管，从在墨西哥跳舞的美国女孩到现在这位住在本国坐在自己车中的美国熟妇，他们总是以吃饭开始。人类很喜欢喂 vN 吃东西。他们喜欢那种特殊的食品包装纸，上面画着卡通机器人。（他们把包装纸折成独角兽，因为他们觉得这么做很聪明。）他们喜欢问他有没有味觉。（他有，但是比起味道，他的舌头对材质更敏感。）他们喜欢计算他需要吃多少食物才能进行下一次迭代。（需要很多。）这一次，食物算是对他见义勇为的感谢。但是人际关系中食物的重要性几乎是普世的。小哈应该学学这个，还有与有机人互动的其他微妙之处。哈维尔的上一个伴侣将他们的关系称为“一个人机交互难题”。哈维尔不知道这到底是什么意思，他要把小哈带入人类居所生活一段时间，他不知道这能不能帮助儿子克服这个难题。

“咱们叫外卖吧，我不太想出门。”布莉德说道。她的名字是布莉德，那个单词不念布莉姬德，G 不发音。她女儿叫安碧盖尔。

哈维尔点点头。“我没意见。”

他看看后视镜，儿子的表现很好，安碧盖尔正教他玩一款游戏。屏幕的光散射在他们脸上，那一刻，他们的肤色看起来一样。但是，小哈的眼睛没看着游戏，他在看小女孩的脸。

“你儿子真可爱，”布莉德说，“他多大了？”

哈维尔看了看仪表盘，答道：“三天了。”

* * *

房子很大，仿大庄园式建筑，地板、墙壁、天花板都是香草冰淇淋的颜色。哈维尔觉得自己踏入了一个巨大的带回音的鸡蛋里。布莉德走进每一个房间，灯光都会自动亮起，哈维尔看到了灰泥上裸露的斑块和地上的刮擦痕迹，那是大件家具在珍珠般光滑的瓷砖上拖动时留下的。有人搬走了，大概是安碧盖尔的父亲。这样一来，哈维尔的生活将轻松很多。

“你不介意‘电子羊’家的食物吧……”

布莉德把自己的小型终端递给哈维尔。屏幕上是一家专营 vN 食物的连锁店菜单。（“真是你梦寐以求的食物呢！”）其实，“电子羊”的菜单上只有一半是 vN 食物，这家店是给有机人、合成人提供肉食的。哈维尔只在那里吃过几次，大多是在旅游景点附近，陪他吃饭的人主要是想知道“以他的角度来看”这些食物怎么样。哈维尔为自己和小哈点了一份“烤箱派对”和一份“回头见”套餐。订单通过了，屏幕上出现了一头脖子上拴着数据延长线的小羊，它对着哈维尔“咩咩”叫了两声，然后蹦蹦跳跳地消失了。

“我们幸亏遇见你了，”布莉德说，“安碧最近不太会跟人交际。我看今天她的话算是很多了，她跟谁都不怎么交流，这情况已经持续了……”布莉德的手在空中上下舞动了几下，然后放了下来。

哈维尔点点头，好像他能理解。最好现在就打断她，趁她的故事还没说完，否则她很快就无话可说了。“对不起，如果你不介意的话……”他把一只手放在肚子上，“人们管这个活动叫‘干’，这是有原因的，你知道吗？”

布莉德一下子脸红了。“老天啊，当然了！咱们赶紧上床……嗯，上床歇会儿吧。”她的眼睛闭得死死的。“我是说，嗯，这么说话有点儿不对劲……”

哦，她真是可爱。

“真是漫长的一天啊……”

她容光焕发，几乎带着光晕。

“我一般不会带流浪汉回家，但是你真的很讨人喜欢。”

哈维尔知道有些歌里就是这么唱的。

“总之，我们一般把客房当储藏室用，我是说我也在里面睡过一阵子，当时一切事情都还……如果你只是打个盹的话……”

他跟着她上楼进了主卧室。那里安静、凉快，床单闻起来有新塑料和打折商店的味道。几个小时后他睡醒了，食物已经凉了，她的身体还是暖的，而且两者都伸手可触。

* * *

第二天早上，布莉德总是盯着他看，然后咯咯傻笑。好像她干了什么坏事却未受处罚，好像她一晚上都泡在夜店里而非自己床上，好像她刚打破了别人立下的什么规矩。那笑容让她一下年轻了十岁，剩下的那些岁月痕迹她已经交给面霜来掩饰了。

楼下，安碧盖尔坐在厨房的吧台边喝橙汁吃麦片。两条腿在高脚凳下面晃荡，前前后后，前前后后，就像一个在咖啡馆里背台词的无聊女孩。她正在看卷轴，下巴支在左手掌心里，右手食指翻动页面，完全不在意身后显示器上发出的噪音和小哈对教学视频做出的狂热反应。真有趣，哈维尔刚看到那位母亲年轻了十岁，这会儿就发现年纪在女儿身上长了回来。在这个早晨，小姑娘看起来如此苍老，如此疲惫。

“我爸爸也在跟一个 vN 约会。”安碧盖尔说道，眼睛从阅读器上抬了起来。

哈维尔猛地拉开冰箱门。“然后呢？”

“他有一段时间既跟那个女的好，也跟我妈好，但是现在不了。”

好吧，这就解释得通了。哈维尔拨开牛奶和橙汁盒子，找到了剩下的那点儿 vN 食品。对那个女孩还是冷淡一点儿好，就像她对自己那样。“什么型号的？那个 vN？”

“我不知道她的进化枝，但是那个型号在日本是当护士用的。”

他点点头。“那里有老龄化的问题。”

“你知道日本有座城市是专给机器人生活的吗？叫麦岔。就像穆斯林有时候会去的那座城市，不过发音是‘岔’，不是‘加’。”

哈维尔开始给小哈准备早饭，他把最大块的镂麸给了儿子。“我知道麦岔，”他说道，“就在长崎港。很久以前他们把白人都运去那里了。不过，那地方现在规模扩大了。”

安碧盖尔点点头。“我爸给我发了照片，他正在去那里的路上。所以我一整个星期都待在这里。”她迅速用手指划出命令，输入阅读器，然后将卷轴递给哈维尔。图像漂浮在软屏上，哈维尔看到一个曲线型的白色接待机器人，液晶显示屏上露出快乐的笑容，发辫是用塑料和珐琅雕刻成的。接待员旁边站着一个日式打扮的 vN，两人——智慧机器人和那个笨笨的——都穿着过时的衣服，vN 穿着一身淡紫色的和服，配了粉色的腰带，那个接待员踩着木屐。

“你不觉得她很漂亮吗？”安碧盖尔问，“我展示这些照片的时候，人人都夸她漂亮。”

“她还不错啦，她是个 vN。”

安碧盖尔笑了。“你认为我妈妈更漂亮吗？”

“你妈妈是人，我当然觉得她更漂亮。”

“你最喜欢的是人类吗？”

她问得好像哈维尔可以自己选择似的，好像只要他愿意就能不与人类来往。但他不能，永远不能。

“对啊，我最喜欢人类。”

安碧盖尔的腿不再晃荡了。她用一根弯出了花样的儿童吸管嘬橙汁喝，直到只能吸出气泡。“或许我爸该试试当一个机器人。”

* * *

等布莉德和安碧盖尔出门之后，哈维尔才决定给儿子讲讲公园里究竟发生了什么。他解释说，当时自己觉得很不舒服，因为一旦有针对人类的暴力，他们就会迅速反应，他们就是被设计成这样的。他们越是试图回避这种反应，就越感到痛苦。这就像一种过敏，他说，对人类的苦难过敏。

哈维尔先把电视调到了成年人类频道，然后再开始跟小哈解释这些。屏幕右上角有一个小小的发条眼睛不断跳动，暴力内容快出现了，那眼睛提醒他们不要看。“但这不是真的呀，”小哈用英语说道，“咱们的大脑分辨不了其中的区别吗？”

“大多数情况下是可以分辨的，但这是为防万一。”

“所以我不能看成人电视节目吗？”

“有些不能看。暴力的卡通片你都可以看，卡通完全不会触发失效保护。人类给我们写主干代码时，并没有针对模拟场景编写躯体反应。”他一边说，一边喝电解质。布莉德在午休时订了一份 vN 食品特别快递，她的意思很清楚，希望哈维尔多待一段时间。“不过，你还是可以看毛片的。我是说，如果咱们连这点儿小小的测试也经受不住的话，他们也就不会把咱们造出来了。”

“毛片？”

“对，那种软毛片。太糙的不行，不能有血，除非被弄出血来的是

vN。除此之外，都随便看。”

“我怎么知道哪些合适呢？”

“等看到你就能感觉到。”

“怎么感觉到？”

“如果有人类受到伤害，你的认知就会卡顿。你会变得结结巴巴的。”

“就像有人伤害安碧盖尔时我感觉到的那样？”

“对。”

小哈眨眨眼。“我得看个例子才行。”

哈维尔点点头。“当然，把遥控器递给我。”

他们找到了一些成人内容。一段不错的采样，哈维尔暗忖。他不断地按下暂停键，有些俚语需要学习和解释，还有一些解剖学知识。他总是很小心地教导他的儿子们该如何找到阴蒂。信众们缴纳什一税资助开发了 vN 的操作系统，大教堂可不希望机器人伤害了这些罪人，因为她们在享受了“生命的大欢喜”之后还得等着接受上帝的愤怒。但是 vN 依旧可以干她们，这没关系。

哈维尔刚把神学体系里这个小小的壮举解释完，布莉德就提前回家了。她尖叫起来，捂住了女儿的眼睛。然后她揍了哈维尔。他无畏地躺在沙发上，而她扇他耳光，辱骂他。有那么一瞬，哈维尔在想，如果他能够自卫的话，事情会变成什么样。

* * *

“他还是个孩子！”

“对，他是我的孩子。”哈维尔说道，“所以这是我的决定，与你无关。”

布莉德双手抱怀，踱步走出卧室，去取她的酒。苏格兰威士忌锁在厨房的最高处，她站在一张细腿的餐桌椅子上，踮起脚尖够酒。她伸展身体时，小腿的肌肉发生了一些有趣的变化。这一切哈维尔都看在眼里。

"我猜，所有的孩子，你都会让他们看毛片？"她又喝了一口。

"一个不落。"

"那是几个？"

"这个小哈是第十二个。"

"十二个？在这个州，快速迭代就好比是重罪！"

哈维尔觉得这挺新鲜，但总是说得通的——人类下了大功夫避孕，因为他们养孩子又花钱又麻烦，其他方面也是大负担。他们自然以为vN的孩子也一样。

"我一定会把这一点告诉这个小哈的。"

"'这个小哈'？你连名字都不给他们起吗？"

他耸耸肩。"起名字有什么意义？我们彼此都不见面。让他们决定自己的名字好了。"

"噢，你不仅是个变态，还是个犯了重罪的冷漠无爱的浑蛋。棒极了。"

哈维尔不知道自己怎么就"冷漠无爱"了，但是他决定不再追究这个问题。"你已经跟我在一起了。我叫你去做什么诡异的事情了吗？"

"没有——"

"我让你感到难受了吗？"他向前迈了一步。她家的地毯都是长绒的，如果他走得太慢，绒毛就会钻进他的脚指头里。

"没有……"

他们靠得很近，他能看到她的一只耳坠没戴好。他把手伸进她的长发中去调整。"我让你感到快乐吗？"

她用鼻子哼了一声，以掩饰嘴唇的抽搐。"这不是关键。关键是不应该让孩子看那种东西。"

他抚摸她的胳膊。"人类的孩子确实不该看，他们的脑子反应有点儿慢，他们会糊涂。小哈知道那些视频只是关于失效保护的课程而已。"他退后一步。"怎么，难道你以为我是想唤醒他的性意识吗？老天，你觉得我很恶心吗？"

"可是，我怎么知道呢？我一回家就看到你们坐在那儿一副无关紧要的样子……”她喝完了杯子里的酒。“你知道你们看完那东西之后，我会收到什么样的广告吗？你知道我得关闭多少广告才能避免让安碧盖尔看到吗？我不想让我的资料里带上那些东西，哈维尔！”

“你让我静一静，”哈维尔说，“我才三岁！”

这句话终于让布莉德的音轨中止了。她的嘴僵硬地张着。人类女性对哈维尔的年纪非常不安，而男性处理得要好得多——他们哈哈大笑，然后揉弄他的头发，问他吃的东西够不够。

哈维尔笑了。“怎么，你从来没跟比自己小的男人好过？”

“这好笑吗？”

他躺回床上，脑袋支在手肘上。“当然好笑啦，笑死我了。我只是教育我家小孩分辨一些不会烧坏脑子的色情视频而已，你为此指责我，可是你呢？你自己还不是跟一个三岁的滚床单。”

“哎，看在——”

“——而且特别饥渴。”

这会儿她像是真的生气了。“你就是一个彻头彻尾的浑蛋，你知道吗？你要把小哈也教育成这种人吗？”

“他的人生由他自己决定。”

“呵，他肯定能在成人娱乐圈里找到不少好榜样的，哈维尔。”

“很多 vN 都靠拍毛片发财了。他们能做那些真正硬核的东西。”他舒展身体，“但是他得给编写哭泣插件的工作室交授权费。开发者们胜诉了。”

布莉德慢慢沉入床垫边缘，脊椎向髋骨弯了下去。她把脸埋在手中。在那片刻时间里，她成了她女儿：耸着肩膀，缩成一团。她显得脆弱而沉重。布莉德并不认为自己长得漂亮。哈维尔可以从她卧室里各种各样的面霜罐子推断出来。她永远也不能理解一个 vN 心中的慰藉，这种慰藉来自她切切实实的肉体，来自她独一无二的笑容，来自她同类可以发出的一百种不同的喷嚏声。她只知道，他们的心会为人类而融化。

布莉德像是感受到了他的目光，她从手指间的缝隙里向他望去。“哈维尔，你为什么要费事儿把孩子带到这个世界上来呢？”

之前小哈也问过他 vN 存在的意义，他感到了与那时一样的困惑。他并没有真正的答案。有时他怀疑自己迭代的欲望只是进化枝最初编码目的的残余，他们这一支的身份是生态工程师；有时他觉得自己不过就是一个新时代的约翰·苹果籽[①]，把自己的儿子播撒到各处。毕竟，他们确实为减碳事业出了很多力。

但是，似乎从来没人问人类这个问题。他们的繁殖过程是有机的、混乱的，因而有特殊意义，人人都把生育看作神圣的权利，而不顾它对这个行星或心智或身体造成了什么后果。他们可以不要孩子，他们几十年来都有这个技术，但是哈维尔依旧天天都能遇见人类，依旧能听见他们在睡前自言自语，说着关于事故、循环或者假期探亲时的深夜家庭忏悔。他想到了安碧盖尔，孤孤单单毫不设防地坐在树下。布莉德没有资格质问他为什么要繁殖。

他冲她的空玻璃杯点点头。“你又为什么要孩子呢？当时喝醉了？”

* * *

那天晚上哈维尔是在储藏室的一个蒲团上睡的。他被布莉德过去的生活环绕着：一直不愿意扔的小破酒馆的 T 恤、收在金属箱子里认真整理过的租赁协议、测试成绩单。这与他在其他人类家中看到的杂物堆没什么不同，人类似乎都喜欢囤积东西。物品对人类来说有特殊的意义，这对哈维尔来说是好事。他也是一件物品。

小哈进储藏室找他的时候，他已经开始翻书堆了。男孩犹豫地拖着步子走向他。那天小哈把半盒 vN 食品都吃了下去，新长出来的几英寸身高扰乱了他的姿态和步伐，他不知道该把变大的脚落在哪里。

“爸，我有个问题。”小哈扑通一声坐在蒲团上，抱着小腿胫骨，“你

---

①约翰·苹果籽（Johnny Appleseed，1774—1845），美国早期历史中的一位传奇人物，他一生都在当时美国欠发达的偏远地区种植苹果树，俄亥俄州、密歇根州、印第安纳州等地都是在他开垦的土地上发展起来的。

是不是也遇到问题了？”

“什么问题？”

小哈朝卧室方向示意。

“哦，你说那个。不用担心，人类就那样。他们有时会崩溃。”

“她会把咱们俩踢出去吗？”小哈直直看着哈维尔，“我知道是我不好。对不起，我不是故意把事情搞砸的——”

“你闭嘴。”

儿子把嘴合上了。此时小哈看起来那么小，整个人蜷成一团。你很难记起他不久前甚至更小。他的脑袋完全被黑色的卷发笼罩着，好像头发生长编码的优先级暂时超过了骨架。哈维尔温柔地拨开那头卷发，略略可以看到儿子的眼睛。

“这不是你的错。”

小哈似乎不太相信。“……不是吗？”

“不是。你不能控制人类的行为。他们的系统跟我们不一样——激素、腺体、神经，天知道是什么在控制他们。反正不是你的责任。”

“但是，要不是我提出看——”

“布莉德反应那么大，因为她是一具肉身，”哈维尔说，“她也是情不自禁。我决定给你看那些视频，因为我认为这样做是对的。等你长大一些，你自己的迭代要怎么教育由你说了算。但是现在，我说了算。明白了吗？”

小哈点点头。“明白了。”

“好。”哈维尔站起来舒展身体，找了一本书读。书很厚、很旧，封面上有一座雕塑。他挨着小哈坐在蒲团上。“你说你有个问题？”

小哈点点头。“安碧盖尔不喜欢我，不是我想要的那种喜欢。我俩在她房间里搭堡垒，她不让我拉她的手。”

哈维尔笑了。“这很正常。你要再长大一点儿，她才可能喜欢你。如果她们喜欢男孩，就最喜欢那样的。再等一两天吧。”他挠了挠儿子的肋骨，“我会把你塑造成一个坏小子的，等着瞧吧。”

“爸……”

哈维尔继续胳肢儿子。“别扭捏。来，给我摆一个忧郁的表情，我再看看你焦虑的时候什么样。他们喜欢看你这个样子。”

小哈扭开了,环抱起胳膊。他一下子躺倒在蒲团上,情绪接近暴怒。“你净教我没用的——”

“不对，我说正经的，你要让自己看起来像个坏蛋，一个追女孩儿追得眼泪汪汪的坏蛋。”

终于，儿子笑了。接着哈维尔告诉他，是时候学习纸质书的使用原理了，他把一条胳膊搭在儿子肩膀上，大声读起书来，直到儿子听得无聊犯困了。当屋里的灯都熄灭，整栋房子都安静下来时，父子俩裹在一条旧被子里，儿子说：“爸，我今天长高了三英寸。”

黑暗中，哈维尔笑了。他捋开儿子脸上的卷发。“我看到了。”

“我的哥哥们长得也这么快吗？”

哈维尔搬出了那句老答案：“不，你是长得最快的。”

这是实话。每一个迭代似乎都比上一个长得更快。

* * *

第二天，布莉德上班时给哈维尔打了个电话。“对不起，早上出门时没跟你说再见。”

“没关系。”

“我只是……这对于我来说是全新的，你知道吗？我也见过其他vN,但是都不在小哈的年纪。我从没接触过这个阶段的vN,而且——”

他听见电话那头有其他人聊天的声音。他心中隐隐在猜测布莉德以何为生。大概很无聊，她跟他在一起的时候大概不愿意想工作的事。这么做会把他的躯体反应搞得一团糟。

“——你是在训练他适应生活的方方面面，我理解这一点。但是，你考虑过把节奏放缓一些吗？”

“让他晚些享受成年人的乐趣？”

“说到这个，”她的声音放低了，就像策划阴谋时的耳语，“你今晚上什么安排？”

“你想让我怎么安排？”

她咯咯娇笑。他也笑了。他没想到布莉德这么害羞，这么神经质。人类是有些小缺点，但是他们非常强大，他们能感受到疼痛，而且能忍耐疼痛。他们的一些情绪是哈维尔永远也不会有的。他们会脸红，会双眼放光，他们的心会因为激动停跳一两拍。听说是这样的。他想知道长着器官是什么感受。他会一刻不停地意识到器官的存在吗？他能注意到神经元缓慢地老化吗——就像老式的白炽灯泡，在熄灭前会疯狂而耀眼地闪烁？

“我回家的时候，准备一下洗澡水吧。”她说道。

* * *

布莉德喜欢浴缸里有很多泡泡。她不喜欢被打扰。“今晚上我让安碧盖尔去朋友家过夜了。”她背对着哈维尔伸了个懒腰。“我希望小哈也有朋友可以一起过夜。”

哈维尔扬起眉毛。“你打算喊出声来吗？”

她轻声笑了起来。那笑声在他全身荡开。“这就要看你啦。”

“我希望你准备了润喉糖，”他说道，“明天你会嗓子疼的。”

“我以为你不能伤害我。”她抓起他的胳膊绕住自己，仿佛那是大号毛衣的一条袖子。

“我不能，不能当场直接伤害你。但是，如果有什么久久不能散去的副作用，我可不负责。”

“唔，这么说来，你不会打我屁股啦？”

“真遗憾，打不了。为什么问这个？你淘气了吗？”

她静静站着，缓缓转过身。她已经点燃了一些蜡烛，烛光只映出了她的轮廓。她的面孔仍在阴影中，无法解读。“以前，”她说，“有时候我觉得自己是个很坏的人，哈维尔。”

“为什么？”

“就是……我很自私。我知道，但是我改不了。”

“怎么自私了？”

“就是……”两根手指在他的胸膛上轻点，向下，“我不喜欢跟人分享。”

他向下望去。“似乎足够了，可以分给所有人使用……”

她将泡泡水泼在他脸上，蜡烛嘶嘶地熄灭了。

那天深夜，她依偎在他胸膛上，说道：“你会在这儿住一阵子，对吗？”

“我为什么不住呢？你把我宠坏了。”

她翻了个身背对着他。“这是你的老伎俩了，不是吗？跟人类勾搭在一起。”

他讨厌这样的谈话。无论他如何努力回避，这话题总会突然冒出来。人类好像是被编写出来提问用的。“我跟人类打过一些交道。”

“像我这样的有几个？”

“你是独一无二的。”

“胡扯。”她彻底背过身去。“告诉我，我想知道。还有几个？”

他也翻了个身。黑暗中，哈维尔花了很长时间才确定天花板在哪儿。那是一片朦胧的空虚，高高在上，让他嗓音的回声变得很奇怪。他讨厌这座大房子，他意识到了。它巨大、空虚、浪费。他想要小一点儿的，他想要那间树屋。

“我没数过。”

“你怎么可能没数过？你就是一台计算器。你是说，你不会给自己睡过的人类编个索引吗？你不在哪个分区里把我们分门别类归置起来吗？你不给我们的身高、体重、收入水平做张表单吗？”

哈维尔皱起眉头。“不，我不会。”

布莉德叹了一口气。“那些人后来怎么了？是你甩了他们，还是他们甩了你？”

“都有。”

“为什么？他们为什么离开你？”

他拍拍肚子，低沉的声音在寂静的房间里回荡。“我变胖了。然后他们就不要我了。”

布莉德不屑地哼了一声。“不愿告诉我就直说，也不编个像样的谎话。”

“我没说谎。我变得很胖了。可以说是肥得不行。”

“你才不肥呢。”

“我肥，然后他们都没了欲望。”他把双手枕在脑后。“你们人类，非常肤浅。”

“噢，看来你根本不在乎我们的外表，是吗？”

“当然，我对人类一视同仁地爱。这是程序的第一优先级。”

她拱起身子坐到他身上。“所以我跟其他人没什么区别，是吗？”

她髋骨的突起正好够他用手握住。“我说我对人类一视同仁地爱，并不是说我爱你们的原因都一样。”

她抓住他的双手，扳到他头顶上。“那你为什么跟我勾搭上了，啊？外面有那么多鲜肉，你为什么选中了我？”

“这个问题简单。”他咧嘴笑了，“我的孩子喜欢上你的女儿了。”

* * *

第二天是小哈的跳跃课。他们就在院子里开始练习。院子很漂亮，地上主要是板岩，只有一点儿是草坪，无须精心维护，非常适合布莉德。哈维尔有点儿担心，怕损坏表面，所以他要求小哈从草坪上往屋顶上跳。这是一个四十五度的跳跃动作，要求稳当的双腿、结实的脚板还有犀利的眼神。还好，烈日当空，给他们提供了足够的能量。

“别怕，”他喊道，“你的身体知道该怎么做！”

“可是，爸——”

“没有可是，跳上来！”

“我怕把窗户撞坏了！”

“那你就别撞呗！”

儿子向他竖起中指，他哈哈大笑。然后他看着男孩后退两步，助跑，把自己向空中弹射。男孩细长的身形逆着引力向上，四肢胡乱挥动，笨拙地落向屋檐。他的手指扒着屋檐摸索，搅得红色陶瓷瓦片纷纷掉落。

“爸，我要滑下去了！”

“胳膊使劲儿。把自己撑上来。”孩子必须听他的话，这很关键。

“爸——”

“哈维尔？小哈？”

安碧盖尔放学回家了。哈维尔听见了院门关上的声音，又看到另一排瓦片从屋顶上掉下去。他身体里有什么东西切换了过来。他跳下来，看到安碧盖尔惊恐的脸，迅速把她往后带了两步，避开掉落的瓦片。他听见身后传来一声巨响，转身一看，儿子侧身躺在地上，周围是一圈碎瓦。小哈的左腿已经完全扭曲，变成膝盖向后了。

“小哈！”

安碧盖尔冲了过去，跪在小哈侧卧的身体旁，一脸关切，伸手在他身侧抚摸检查。儿子长久地看着女孩，又长久地看着父亲。她刚才跑过来照看小哈了，她还问他疼不疼。小哈早就知道不会疼的，他们感受不到生理上的疼痛。但是儿子盯着哈维尔的表情好像真的很疼似的。

“出什么事了？”

哈维尔转过身，看见布莉德一身办公室着装，没穿鞋。她提前回家了。

“瓦片弄碎了，不好意思。”哈维尔说。

但布莉德关心的不是瓦片，她正看着小哈和安碧盖尔。女孩还在焦急地问长问短。她把男孩的左臂搭在自己的肩膀上，然后站了起来，方便男孩调整伤腿。他已经站稳了，她还是不放手，固执的手指与他的手指交叠在一起。“你长大了。”安碧盖尔平静地说。他脸一下子红到了耳朵根。

*　*　*

“小哈亲我了。”

那是一个周六，他们在操场。布莉德叫小哈帮她洗车，而哈维尔带着安碧盖尔去玩。现在他知道为什么要这样安排了。他看着安碧盖尔的双腿悬空，晃来荡去。她若有所思地从果汁盒子里嘬了一口。

“怎么亲的？”他问。

“没什么特别的。”安碧盖尔回答说，好像她是亲吻的老裁判了。“只亲了这里，没亲在嘴唇上。”她指指自己的脸颊。

“吓着你了吗？”

她皱起眉头，环抱手臂。“我爸经常亲我脸。”

“啊。”现在他知道儿子错在哪儿了。

“小哈长得真快，”安碧盖尔说，“现在他看起来像中学生了。”

哈维尔听人类说起过中学里会发生的故事，听起来是个很可怕的地方。“你希望自己也长得那么快吗？”

安碧盖尔点点头。“有时候这么想。但是那样我就不能跟妈妈或者爸爸住在一起了。我得跟另一个人住在别的地方，还要找工作，什么都自己干。我不太确定长大值不值得。”她把果汁盒揉成团。“你是不是长得也很快，像小哈那样？”

“是的，挺快的。”

“你教小哈的那些东西，你爸爸也教你吗？”

哈维尔把手肘支撑在膝盖上。“有一些吧。还有些东西是我自学的。”

“比如呢？”

这很有趣，他通常是不会跟成年人这么说话的。“比如，他教我怎么才能跳得高，怎么爬树。你知道怎么爬树吗？”

安碧盖尔摇摇头。“妈妈说那很危险，而且棕榈树真的很难爬。”

“没错，是很难爬。”至少他能想象，棕榈树对于小女孩确实难爬，树皮能把她的皮肤割开。当然也能把他的皮肤割开，但是他感觉不到疼。“总之，我爸爸教会我很多事情：如何跟人交流，怎么使用公交车、钱、电话、电子邮件，还有商店的工作原理。”

“商店的工作原理？”

“就是……怎么逛，怎么买东西。”

“怎么偷东西？”

他装作要检查她面孔的样子。“嘿，你真的是有机人吗？你也太聪明了吧……”

她咯咯笑起来。“你能教我怎么偷东西吗？”

“那可不行！”他站起身来，“你被会逮住的，他们会把你拉进监狱。”

安碧盖尔也从长凳上跳下来。“他们不会拉小朋友进监狱的，哈维尔。”

“有机小朋友，也许不会。但是vN呢，肯定跑不了。”他转身往操场外走。

“你进过监狱吗？”

“进过。”

“什么时候？”

他们正要过马路。女孩拉住了他的手，哈维尔小心翼翼地捏着，不敢太用力。“比现在年轻，”他简单答了一句，“很久以前的事情了。”

“监狱里不好过吧？”

“有时候。”

“但是如果有人揍你，你不疼，对吗？你会疼吗？”

“不疼。”

在狱中时，他们曾在各种时刻问他“这样还不疼吗？”他眨眨眼，说不，还不疼，永远也不疼。自始至终他都坚信父亲会来帮助他。他也是父亲训练出来的，父亲还亲眼看着他被警察带走。哈维尔以为会有什么劫狱的计划，以为自己会被营救出去，以为苦难会有尽头。但根本没有什么计划，苦难也没有尽头。他父亲再也没出现过。然后监狱里的人类开始彼此对打，以图触发他的失效保护。

“小哈也不疼，”安碧盖尔说，“那天你让他掉下来的时候。”

绿灯亮了，他们开始过马路。失效保护开关就在他脑海的深水中游泳，对他低喃，提醒他注意来往车辆和人类生命安全的优先级。

* * *

“什么叫‘他不在这里’？”

安碧盖尔看向她母亲又看向哈维尔，然后又看向母亲，反反复复。“小哈走了？”

布莉德低头看向女儿。“东西收拾好了吗？你爸今天来接你。”

“还有莫莫，爸爸和莫莫一起来。一下飞机就直接过来。”

“对，我知道。你爸和莫莫。现在你再上楼检查一下吧。”

安碧盖尔不买账。“我下周五回来的时候，小哈会在这里吗？”

“我不知道，安碧盖尔。他可能不在。他不是你的玩具，可以随便丢在哪里。”

安碧盖尔的脸一下子僵了。“你真刻薄，我恨你。”说完她迈着坚定而有力的步子上楼了。

哈维尔等着，听见摔门的声音之后才问：“他在哪儿呢，说真的？”

“我真不知道，哈维尔。他是你儿子。”

哈维尔皱起眉头。“那他有没有说要——”

“没有，他什么也没说。我告诉他安碧盖尔要和她父亲回去了，然后他就走了。”

哈维尔向门走去。“我得去找他。”

“不行！”布莉德从他身边闪出来，挡在门前，“我是说，请你别去。至少等我前夫走了再去。可以吗？”

“你前夫？为什么？你是害怕他还是怎么了？”哈维尔用一根手指挑起她的下巴，“你前夫的女朋友在一旁看着呢，他不能伤害你。你知道其中的道理，对吧？”

她缩起肩膀。“我知道，我不是怕他伤害我。老天，你总是一下子就跳到最坏的结论上去。其实，你应该明白，我就是不喜欢看他得意扬扬的样子。他总是炫耀自己的生活有多美好，让我很痛苦。”

哈维尔妥协了。“好吧，我等着。”

其实他也没等多久。十五分钟后那两人就来了，比预定时间提前了一会儿。这让布莉德有些吃惊，不知何故，她更生气了。“他跟我在一起的时候总是迟到，”她看着两人从出租车里出来，气得哼了一声，“我看跟机器人约会可是比他妈买块手表还方便呢。”

“那是个脏字儿，妈妈。”安碧盖尔说道，“我要给你记下来。”

布莉德叹了一口气，强挤出一丝微笑。“你说得对，宝贝儿。是我不好。咱们去跟爸爸打招呼吧。”

凯文就在门口，身材滚圆，头发稀疏，戴着颜色鲜艳的增强型隐形眼镜——那通常是针对更年轻的人类市场的。他站在台阶上，胳膊搂着一个日本型号的 vN，她穿着王政复辟时期的样式繁复的裙装，披着天鹅绒外套，一头完美的黑色螺旋卷发。哈维尔走出来欢迎他们，两人都不由得往后退了一小步。

“你一定就是哈维尔，”凯文说道，伸出手来，脸上是牙科广告般的笑容，“安碧盖尔一直跟我说起你。”

“是吗？”布莉德皱着眉头看向女儿。

“是的。”女孩面色阴沉，“这有什么好惊讶的？”

布莉德的嘴张开又合上，然后又张开了。“当然没什么可惊讶的。”

失效保护使他的直觉系统能够捕捉到语音、表情和动作中体现出的每一个犹豫的瞬间。有时候人类可以骗过他，只要他们对自己的谎言坚信不疑。但是对于那种硬生生的谎话，尤其是关于疼痛的谎言，他体内的珊瑚状石墨烯就是专门用来过滤这些谎话的。布莉德在说谎，她确实对这一刻的情景感到惊讶。哈维尔能够模拟出来：布莉德去开门，他站在门后，他让她显得很不错，因为他看起来就很棒。在人类的审美看来，哈维尔远比布莉德漂亮，她前夫更是永远不可能像他这么帅，不知何故，这一点很重要。不是说他无法理解，只是他的系统总是会有规律地被知觉劫持。他见不得人类的疼痛，而人类见不得匀称的身材。他并不能直接伤害站在面前的这个人类男性——不能用拳头。但是他有平坦的腹部和浓密的头发以及干干净净的几乎看不见毛孔的皮肤：这一切都在伤害那个男人。哈维尔意识到了这一点，因为凯文总是在打量他，即便女儿奔向他怀中，他那双因时差而疲惫无神的眼睛也无暇看一眼女儿。人类总是在给予哈维尔新的训练。他身边的布莉德挺直了腰板。

老天，布莉德可真是个贱人。

“莫莫，我喜欢你的裙子。”安碧盖尔说道。

这句话把凯文从“恋人大比拼”的恍惚状态中唤醒了。“那太好了，宝贝儿，我们还给你买了一条。”

“真可爱，”布莉德说道，“现在你们俩都能玩换装游戏了。”

凯文瞪了布莉德一眼，眼神里是满满的恨意。哈维尔突然感到庆幸，他幸好从没问过这俩人是怎么分手的。他根本不想知道。对于他来说，这个问题太深奥太有机太诡异了，他无法理解，更不用说解决了。

“很高兴认识你，”他说道，“我看你们下飞机之后一定很累了吧。你大概也想赶紧回家睡觉，对不对？”

“对，没错。”莫莫答道。谢天谢地还有其他机器人在场，他们知道给个台阶就下。

凯文已经面红耳赤了。“嗯，没错。”他弯下腰拿起安碧盖尔的书包，对他们点点头，“回头给你电话，布莉德。”

“行。”

安碧盖尔对哈维尔挥挥手，抛给他一个飞吻。大门关上的时候他也给小姑娘回了一个。

“谢天谢地，终于结束了。”布莉德萎靡地斜靠在门上，身体向下滑，手掌支撑着门板，脸上带着一种新的光彩。“现在家里只有咱们俩了。”

她的欲望太明显了，明显到有些可悲。他遇见的一些高中生都比布莉德优雅。哈维尔环抱双臂。“我儿子在哪儿？”

布莉德皱起眉头。“我不知道，他肯定没事。你不是一直在训练他吗？你有的技能他都有。”她的手指在玩弄哈维尔的皮带扣，那是她特意给他买的，“或者说大部分都有。肯定还有一些事情，他得自己去学习。”

她知道。他儿子在哪里，她知道得一清二楚。布莉德抬起眼睛，她也知道他知道了。她笑了。

哈维尔的恐惧并不是以有机方式呈现的。数学可以反映出一定程度的有机感觉，或许他的模拟和预测引擎运转起来，获得了生命。分形计算点火启动，开始加工，此时他在计算何时出错了、什么出错了、谁出错了、怎么出的错。他最后一次看见小哈是多久之前？小哈对这个世界了解多少？他的英语够好吗？他跳得够稳当吗？他已经完全理解失效保护的工作原理了吗？哈维尔心中只有这些问题，而不是一身冷汗。如果他是另一种类型的男人，比如凯文，或者他在生命中遇见过的其他男性人类，那么他可能就想抓住布莉德狠狠揍她，正如之前她揍他那样——当时布莉德认为他正在危害她的后代，用一种模糊而间接的方式。人类确实有这样的子程序，他们有自己的失效保护，那就是臭名昭著的 3F 肾上腺素倾泻，这使得人类在面对他正面对的问题时，能够爆发出大量的能量。人类生来就是为了保护自己，而他不是。

于是，哈维尔耸耸肩，说道：“你说得对。有些事情是家长教不了的。”

他们进了卧室。哈维尔的表现棒极了，他在短暂的生命里已经学会了许多东西，布莉德为了回报他出色的床技，向他透露了一些信息。她说，她带着小哈去了食品店。她说，有男人尾随他们去了停车场。她说，当她询问小哈的想法时，小哈耸耸肩，那动作和哈维尔的一模一样。

“小哈说你不介意，”布莉德说道，“他说你的父亲也做过类似的事情。他说这能让人变得更强大、更独立。”

哈维尔闭上双眼。“独立，当然了。”

“他说话的时候，样子跟你像极了。”布莉德已经睡得迷迷糊糊了，“有时候我在想，我会把什么东西遗传给我女儿呢？也许她也会爱上机器人，就跟她的爸爸妈妈一样。”

“也许吧，”哈维尔说道，“也许她这一整代人都是这样。也许他们都懒得再繁殖了。”

“也许我们会灭绝。”布莉德说，“可是到了那时，你们还可以爱谁呢？”

由美 译

菲尼斯特拉

戴维·莫尔斯

戴维·莫尔斯出生在加利福尼亚州，成长于雅典、东京、德黑兰和圣地亚哥。他从2003年开始发表科幻小说，编辑过两部文集，并曾入围雨果奖和世界奇幻奖。

《菲尼斯特拉》是一则惊心动魄的历险故事。故事发生在一颗像木星那么大，却有着与地球类似的大气层的行星上。庞大的生物像飞艇一般浮在空中，在它们以英里计的宽阔身躯上，有人类生活甚至种植庄稼。这个故事还试图告诉读者，决定自己的立场有多么困难。2008年，这篇生动而精致的作品获得了西奥多·斯特金纪念奖最佳短篇科幻奖。

1 恩坎塔达

比安卡·纳扎里奥站在世界的尽头。

头顶的苍穹蓝得就像小时候的夏日天空倒映在火山口的湖水里。但是，她记忆里的天空被群山围拱着，而在这颗叫作“长天”的星球上并没有真正的地平线，有的只是一条白云织成的线。白色的云线又逐渐化作四处弥漫的灰色雾气。比安卡朝下看去，灰雾愈加阴暗，到了正下方，天空更是彻底漆黑莫辨。

她回想起丁曾经告诉她，长天星会如何要了她的性命。背着一个足够长的降落伞，比安卡想象着，她可以下落好多个小时，穿过一层层的云，然后找到自己的宿命，在高温中，在高压中，或者在深层大气的某种怪兽的尖牙利爪中。

如果这次出了岔子，比安卡想不出更好的死法。

沿着恩坎塔达一片腹鳍的根部，比安卡走了几百米，一直走到脚下干燥的红土变成疤痕累累的灰色皮肉。她最后一次环顾四周：萨拉坦的背脊上成排的树在烟幕中时隐时现；脚下的鳍延伸出去，向下弯曲，直到几千米之外纤巧的尖端。然后她用围巾扎住脚踝，耸肩缩臂套上充气伞套具，感受到上面还残留着装配机的温度。套具在身上收紧之后，她深吸一口气，让空气涨满了胸膛。营地正在燃烧，吹来的风带着木头烟火和松脂的气息，压过了屠宰场的血腥味。

圣母马利亚，她祈祷，为我见证：这不是自杀。

这是祈求奇迹的祷词。

她向前倾身。

坠落。

2 飞翔的群兽，悬空的列岛

当时巴拉德兹派来接他们的御风艇模样像一条小船，它的巡航速度仅比声速慢一点点。在长天星大气层的这个区域，声速大约是每小时九百千米。比安卡想，做这样的计算大概就是想让人们感受一下长天星真正的体积，领悟它令人难以置信的庞大。旅程的第一天，足足飞了多半天之后，御风艇的起航点——那个十千米宽、十亿吨质量的真空气球瞬态子午号才退出视野。它像个金黄色的小水珠，逐渐缩小，慢慢消失，不过它并不是沉入地平线之下，而是沉入迷雾之中。比安卡透过御风艇静力场形成的细微扰动看到了那团云窝，据她判断，云窝覆盖的面积大概有北美洲那么大。

身后传来塑料敲打在甲板上的咔嗒声，她转身看到了御风艇上的一名船员。那是一个棕色毛发的球形外星人，好多手臂仿佛一群长毛的蛇，每一条手臂的顶端都有一张嘴或者一只好奇的圆眼。弗里加人是低重力生物。在离开地球的旅程中，比安卡见过一些弗里加人在巴格达哈里发号的内环空间里兴高采烈地翻来滚去，活似一群径向对称的猴子。在长天星较大的重力下，御风艇上的三名弗里加人不得不借力于有着纤细长腿的助行机器。他们的手臂耷拉着，显得既好笑又凄惨。

“前来。”这个弗里加人用支离破碎的阿拉伯语对比安卡讲话，声音仿佛来自一堆芦苇秆。她认为眼前是自称伊兹梅尔的那位。“见见兽岛群。”

她随他走向御风艇圆形的艇首。博物学家伊拉兹马斯·弗莱已经在那里了，他正朝下看，胳膊肘搭在围栏上。

“光凭照片看不出什么来，是不是？”他说。

比安卡来到围栏旁边，顺着博物学家的视线看去。她在弗莱旁边尽力保持一定程度的严肃和拘谨。自瞬态子午号上的第一次见面开始，她就感觉或许不该与此人太过熟稔。但是，当弗莱正在观赏的景象映入她的眼帘，比安卡的伪装暂时消失了。她禁不住倒抽一口凉气。

弗莱轻声一笑。“站在其中一只的背上，”他说，“站在一处谷地，看着四周的山丘，心里明白脚下的大地是由一只活物的骨骼撑起来的——真是绝无仅有的感受。”他摇摇头。

在这个高度上，他们俯瞰构成北方兽岛群的几千头巨兽。比安卡试着把那一群萨拉坦看成其他事物：一个岛链，是的，如果她专注于色彩，她能看到森林、平原的绿色和褐色，雪域高原的灰色和白色；抑或一支船队，如果她专注于每一块独特的形状，比如龙骨脊，比如长而晶莹通透、像中式船帆那样带肋的鳍。

兽岛群中的萨拉坦不同于鸟群或者鲸群里的成员，萨拉坦个体之间的内部差异要更大一些。但是，在形态上它们都是对称而规整的。从背脊长达一百千米的老萨拉坦菲尼斯特拉，到那些只有山丘大小的无名幼兽，其基本的解剖结构——鱼和山的形态各占一半——就如同分形一般呈现于每一只个体的身上。若是把兽岛群当作一个整体来观察，比安卡便无法不把萨拉坦视为生物。

“绝无仅有的感受。”弗莱又说了一遍。

比安卡不情愿地转脸看向弗莱。博物学家的西班牙语带着完美的迈阿密口音，他会说这是拜联合会语言模块所赐。比安卡发现放逐者们的年龄很难判断，尤其是男性，不过她觉得弗莱应该比四十岁的自己大十岁，而且他不会愿意承认这个年龄；他也可能比自己年轻十岁，但是个人生活习惯不太好。在来这里的旅程中，她遇见过赛博格、外乡人、人工智能和几种外星人。有一些很眼熟，至少在穆斯林朝圣的媒体报告上经常见到；有一些很奇特——但是放逐者最令她困惑。他们出生在地球之外，从没去过甚至见过地球，往往对地球毫无兴趣。她很难理解这些人。

“当初你为什么离开这里，弗莱先生？”她问道。

弗莱笑了。“因为我不想在这里过下半辈子。”他用一只手扫了一下视野尽头的云线，“在某个荒凉的浮岛上经年累月地待着，除了调查员和不开化的难民，没个能说话的人；除了气球站上的贫民窟，没有地方找乐；自己和地狱之间只隔着一千千米的空气。”他又笑了。“你也会离开的，纳扎里奥，相信我。”

“也可能吧。”比安卡说，“但是你又回来了。”

“我是来挣钱的。”弗莱说，“和你一样。”

比安卡微微一笑，没再说话。

“你知道，”过了一小会儿弗莱又说，“必须杀死萨拉坦才能把它们运出去。”他看着比安卡，脸上露着一副略带残忍的笑容。“大气层里的船都不够大，没法运一整只萨拉坦——小的也不行。偷猎者们给它们放气，掏出内脏，把它们摊平之后再卷起来。即便这样，他们还是得把几乎所有东西都扔掉，只剩下皮和骨头。”

“奇怪。”比安卡斟酌着说。她的伪装又回来了。“我的合同上有一个关于萨拉坦的数据包，我在路上读了大部分。根据其中所说，联合会把萨拉坦定为受保护物种了。”

弗莱看上去不太自在。这下轮到比安卡轻笑了。

“别担心，弗莱先生。”她说，“我或许并不清楚巴拉德兹先生到底花钱雇我做什么，但我丝毫没指望会是合法的事。”

在她身后，弗里加人发出吹笛子似的声音，或许是在笑。

3 钢鸟

小时候，比安卡从四楼的窗户向外望去，鹰角的清真寺是视野里最突出的景物。张拉线缆和高耸的弯曲悬链支撑着这座十六世纪的建筑，张开的白色两翼令人隐约——但仅仅是隐约——联想起让这座城市得名的那种鸟。控制线缆张力并调节两翼以顺应风向的自动机制隐藏在线缆内部，而且非常古老。还是比安卡的祖父在世的时候，一次飓风过后，自动机制需要调节，市政厅的长老们只得派人去放逐者中请技师，花费高得直到比安卡时代的吉兹亚税[①]仍然在用于偿还。

但是比安卡的心思不在这件事上。她所做的是花上好几个小时偷偷摸摸地画那些白色翅膀，计算建筑的重量和线缆的张力，思考怎么才能让这只钢鸟飞起来。

比安卡的父亲或许会告诉她，但是她没敢问。和他之前的数代先辈一样，劳尔·纳扎里奥·德阿里纳斯是一名航空工程师，飞行就是

①吉兹亚税，早期伊斯兰国家曾向非穆斯林居民征收的一种人头税。本文中的鹰角是作者虚构的一个以穆斯林为主体的城镇，而主人公比安卡所属的家族信仰天主教。

纳扎里奥家的财富。里约皮卡罗上空往来使用的飞行器中，足有三分之一是劳尔或者他的父亲、岳父设计的。他们与摩洛人中从事贸易和制造的大家族签订了合同，而那些家族才是鹰角真正的富人。

因为他替别人工作，因为他是一名基督徒，劳尔·纳扎里奥永远不会像他的雇主那样富有，但是他的职业古老而受人尊敬，让一家人过着富足无忧的生活。即便劳尔·纳扎里奥·德阿里纳斯想到了清真寺的事情，也不过是不时抱怨吉兹亚税——但他从来没有大声说过，因为纳扎里奥家和鹰角的其他基督徒一样，不管多么受尊重，不管家族的根基有多么古老，也都知道若没有穆斯林的勉强应允，他们根本不能生活在这里。

比安卡也会画飞行器的草图：敏捷的滑翔机、笨重的飞舟还有雄伟的飞艇，这些图她不必藏起来，其实有许多年父亲都在鼓励她，向她解释结构方面的相关知识，温和地纠正她的草图中比例和平衡方面的错误。父亲向她的两个兄弟——哥哥叫赫苏斯，弟弟叫帕布罗——传授家族专业时也允许她旁听。

这一直持续到比安卡快十五岁的时候。那时赫苏斯改名叫瓦利德，娶了一个摩洛人的女儿。比安卡的母亲则发了一通劝诫，大意是，有些事情适合小孩去做，但不适合那些希望有朝一日成就好婚事的年轻女基督徒。

短短几年之后，比安卡的父亲去世了，留下只有十多岁的帕布罗做家族生意的掌门人。多亏比安卡的暗中帮助和几位老主顾的同情，纳扎里奥家才能继续拿到合同，挣到金钱。

又过了几年，帕布罗自认可以独立经营生意并迎娶一位来自提耶拉切尼扎的乐器师的女儿。这时，他们的母亲去世了，而比安卡已经三十岁了。然而，就算她拿出父亲生意的一半做嫁妆，里约皮卡罗也没有一位基督徒男子愿意要这份嫁妆，愿意娶她。

有一天帕布罗告诉她，有人在市政厅投放了一份放逐者合同，而市政厅和公会都禁止鹰角的基督徒工程师竞标。合同要求一位讲西班牙语的航空工程师航行到离里约皮卡罗很远的地方去工作，报酬是相当一大笔钱。

三个月后，比安卡来到厄瓜多尔的首都基多，登上了一辆升降车。她的旅行包里放着一份她偷来的父亲的工程系统资料以及一份与巴格达哈里发号宇宙飞船代理人签订的合同，目的地是长天星。

4 杀戮之地

御风艇的目的地是一头叫作恩坎塔达的萨拉坦。它没有巨兽菲尼斯特拉大，但是从鼻子到尾巴也有接近四十千米长，从灰白色的侧肋到森林覆盖的背脊有八千米。从一百千米之外看去，恩坎塔达就像平坦的沙漠中一道长满森林的山脉，肋下的清澈空气如梦似幻，像海市蜃楼一般。在她的便携系统上，比安卡从长天星的网络里调出了覆盖恩坎塔达侧面山丘和峡谷的山地生态系统的图片：温血的小型生物穿行在粗壮的草间，高大的常青树枝叶舒展，让她回想起里约皮卡罗西面高山上的松树和红杉。

在大约一个世纪之前，恩坎塔达开始与菲尼斯特拉待在一起，始终停在巨兽东面的侧肋上方。显然没人知道原因。弗莱是专家，比安卡以为他至少能提出个理论，但他对这个问题似乎连兴趣都没有。

“它们是野兽，纳扎里奥。”他说，“它们做事情没有原因。我们称它们动物而不是植物，仅仅是因为它们挨刀的时候会流血。”

他们从菲尼斯特拉南坡的上空飞过。比安卡朝下看去，看到了色泽更加明亮温暖的绿色植物，看到了难以数清的浓荫——她甚至没想到能有那么多，看到亮银如带的河道穿流在苍翠之中。她看到了御风艇的影子——一片幽暗的椭圆形掠过山坡和山脊，镶着一圈亮边，那是身后长天星的太阳微弱的反射。

当御风艇的影子就要融入恩坎塔达投下更大的阴影时，比安卡看到椭圆掠过了另一个东西：密林中开辟出的一片平坦的绿色空间，一些可疑的几何形状——只可能是房子，还有烟囱冒出的浓烟。

“弗莱——”她张口叫道。

这时候那个村子——假如那真的是村子，不见了，消失在了下一道山脊后面。

“怎么了？”弗莱说。

“我看到了——我以为我看到了——”

“人？”弗莱问，“有这个可能。”

“但是，我以为长天星没有本地智能生物。他们是谁？”

“大部分都是地球人。”弗莱说，“蛮子、难民、种毒品的、五代的逃犯，还有他们的孩子，孩子的孩子。”博物学家耸耸肩：“时不时地，如果联合会要找某个人，监察处就会搞一次突袭，只是做做样子。其他时候，监察处嗑他们的药，干他们的女人……对这些人不管不问。”

“他们是从哪里来的？”比安卡问。

“哪里来的都有。”弗莱说着又耸了耸肩，“地球人来到这片空间已经很久很久了。人们会在这种地方一直待到死，你明白吗？那些走投无路的人，已经落到人生谷底的人。”

比安卡摇摇头，没说什么。

为了防范监察处卫星，恩坎塔达东坡的偷猎营地被一层层投影伪装掩盖着，他们差不多飞到了营地正上方才看出来。靠近了看，幻影似乎是平坦的，人造的痕迹很明显，但御风艇还是需要穿过投影才能看到营地真身：一片清理平整的空地，一千米宽三千米长，从恩坎塔达背脊旁的斜坡延伸到它悬崖般的侧肋。在侧肋边缘附近的一个角落，坐落着一小群用预制构件建造的小屋，不过初看之下，比安卡认为大部分空间都浪费了。

接着她看到红色搅入了被剥去植被的棕色泥土中，看到地势走向揭示出下面那一具庞大的躯体。

那片开阔地是用来杀戮的。

“长天星很穷，纳扎里奥小姐。”巴拉德兹转过头来说。

他是偷猎者的头头，看上去大约五十岁，身材粗壮，头发还是黑的，橄榄色的皮肤晒得黝黑，但布满了细小的疤痕。他说的西班牙语是比安卡从没听过的一种方言，奇怪而花哨，元音很丰富。它的 h 气息粗重，如同比安卡所发的 j 音，它的 j 则柔和流畅，好像阿根廷人说的 y。当他说“去你妈的”时——比安卡来到营地后一个小时左右，已经听他说这句话好多次了，尽管他从没有对着她说——“妈的”被他念成了“妈滴”。

偷猎者中大约有一半是地球人，但似乎只有巴拉德兹的母语是西班牙语，其余的人都操长天星方言腔调的街市阿拉伯语。巴拉德兹也说这种语言，而且比比安卡说得好，但她感觉他是后来才学的。巴拉德兹是他的姓，他从不向别人透露自己的名字——如果他有名字的话。

“长天星上有人们想要的东西。”巴拉德兹接着说，“但是没人对长天星的居民感兴趣。开采深层大气的公司会付给他们一些使用费，但是这里的人基本上都靠联合会的救济过活。”

他们四个——比安卡、弗莱，还有伊兹梅尔，那个身为御风艇机师，似乎又是巴拉德兹的仆人或生意伙伴或保镖或三者兼有的弗里加人——攀爬在偷猎营地上方的山脊上。在他们身下，一些工人——有地球人，有弗里加人，还有其他一些生物——正在搭设设备：便携机器，看上去像工地上用的；还有管道和圆柱形储存罐，令人联想起酿酒厂或者精炼厂。

“我正在改变这种状况，纳扎里奥小姐。”巴拉德兹扭头盯着比安卡，“在地球以外，有些人——比如伊兹梅尔的同胞，”他朝弗里加人挥了一下手，“喜欢生活在浮岛上，也有钱买一座。”他挥舞了一下手臂，把营地和那队忙碌的工人都包含到自己的手势里：“用那笔钱，我领着孩子们离开长天星气球站和升降吊架上的窝棚。我给他们工具，教他们杀野兽。

“为了阻止我，联合会也把那些孩子领出来，给他们枪，教他们杀人——因为他们不愿意亲手做这样的事情。”

这个偷猎者停下来转身对着比安卡，把手伸进了衣服口袋里。

“告诉我，纳扎里奥小姐——哪一方更恶劣一些？”

“我不是来这里评判你的，巴拉德兹先生。”比安卡说，“我是来干活儿的。”

巴拉德兹笑了。“当然。”

他转身继续爬坡。比安卡和弗里加人紧跟着他，弗莱断后。道路在陌生的树木之间蜿蜒。那些树幽暗而低矮，长着带蜡的刺。后来各种更高大的树出现了，其中有一些肯定是普通松树和冷杉，比安卡敢发誓。她深深地吸气，享受着高山上的微风，她已经受够了瞬态子午号上拥挤的贫民窟里人群和机器的臭气，以及船只、御风艇上不流通的空气。

“闻起来就和家里一样。”她说，“为什么？”

没人回答。

山脊变得平缓了。他们进入了一片清理过的区域，俯瞰营地。比安卡看到下方排布着飞机场、偷猎者小工厂的球形罐子和管道；远处是一些平房；而两者之间是屠宰场红褐相间的土地，一直延伸到悬崖边缘和最近的半透明鳍的根部。

“这个位置不错。”巴拉德兹说，“从这里观察，视野应该很好。”

“观察什么？”弗莱问。

偷猎者没有回答。他朝伊兹梅尔招了招手，弗里加人从口袋里掏出一个小折凳，用弯曲的手臂轻盈地打开，放在他身后。巴拉德兹坐下了。

过了一会儿，弗莱那个问题的答案从悬崖边浮现出来。

比安卡从没好好想过杀萨拉坦。当考虑此事的时候，她想象这就和古时候用渔叉捕鲸差不多。在小船的袭扰和追逐当中，巨兽流着被渔叉刺出的鲜血逃窜。伴着一声声哀鸣，所有的力气随着鲜血流尽，最后只能在水面上翻滚、喘息，高贵而悲惨地走向生命的终点。现在比安卡意识到，由于萨拉坦身形巨大，它们比任何鲸都虚弱，远不如鲸有能力战斗或者逃跑，它们甚至不能理解自己身上正在发生的事情——她真的希望它们能明白。

无名的萨拉坦死得也毫无高贵可言。御风艇把地球人和外星人连同钻孔工具一起送到每一条数百米长的鳍的根部，他们钻透土壤、鳞片和活生生的皮肉，切断控制着鳍的神经。这要消耗大约十五分钟时间，之后那些被麻痹的鳍就死气沉沉、软塌塌地耷拉着，在比安卡看来这场景有些下流。残废了的野兽被空中牵引机推拽到位于恩坎塔达的屠宰场上。那些空中牵引机是些粗笨的圆柱形机器，由瞬态子午号那种真空气球的定位引擎改造而来。接下来，钻孔团队再次入场，来到事先用地震传感器和超声波标记好的地点。这次不光钻透皮肉，还要钻透骨头，以找到萨拉坦的脑。

钻孔团队安置的炸药爆炸之后，死亡的消息通过一个又一个突触传播出去，一道涟漪荡过萨拉坦的身体，就像慢镜头中的抽搐，要经过近一分钟才能沿着身体的长轴走到尾部。比安卡看到成群的鸟从萨拉坦脊背的树上惊起，好像是遇到了地震，她觉得从某种意义上来说，这也算是地震。尸体立刻开始坍塌，鼻子低垂了下来。比安卡意识到这是由于沿着萨拉坦身体的括约肌逐块松懈，把气囊里的氢气释放了出来。

腹鳍的前缘触地摔碎。整头死兽，十万吨的躯体瘫软在地上。即便是远处的比安卡都能听到骨头断裂的巨大声音。

她颤抖着看了一眼便携系统，惊讶地发现整个过程耗时不到半小时。

“光看这个，这一趟就值了，别管还会发生其他什么事。”巴拉德兹说。他转向比安卡：“不过我觉得你应该看看这个。你有没有猜测过我聘请你来做什么，纳扎里奥小姐？”

比安卡摇摇头。“显然你用不着一个航空工程师来做刚刚你们做的事。”她低头看着屠宰场。地球人、外星人和机器已经爬上萨拉坦的尸体，拔除树木，铲下皮肤和土壤，留下一道道深沟，如同溢血的大道。

阵风从屠宰场吹来，吹过营地，这气息让比安卡联想到肉铺。

工程方面的问题，她一面提醒自己，一面转身背对着宰杀的景象，面对巴拉德兹。来这里是为了工程问题。

“你们要怎么把它运出去？”她问。

“货运升降机。”巴拉德兹说，“卢皮塔赫雷兹号。一艘货运船，从一座气球站上调过来的。”

外星人伊兹梅尔说：“御风艇，飞，跨大气层。”还是那样笛子似的声音和支离破碎的阿拉伯语。“升降机载荷限制，足够。但飞，要打包；打包，平台要稳。”说到打包一词的时候，弗里加人的手臂做了一个意义鲜明的手势，就好像把什么东西卷成一束然后扎上。

比安卡犹豫地点点头，希望自己真的听懂了。“那么你们只能宰杀小型的。”她说，“对吗？因为在长天星，你们只在一个地方能找到那么大的稳定平台：另一头萨拉坦的背上。”

“你一下子就说到点子上了，纳扎里奥小姐。”巴拉德兹说，“那么，你要怎么解决这个问题？你要怎么打包——比方说，恩坎塔达？你要怎么打包菲尼斯特拉？”

弗莱问：“你想要抓一头活的？”他的脸比平常更苍白了。比安卡注意到他也转身背对着屠宰场。

巴拉德兹仍然充满期待地看着比安卡。

“他不想要活的，弗莱先生。”她盯着偷猎者说，“他想要死的——但是要完整。即便是菲尼斯特拉，你也可以拆解开，一块块地运上去，但是那样你需要一千台货运升降机来干这个活儿。”

巴拉德兹笑了。

“我还有另外一艘船。”他说，“本来是用于深层采矿的，装备成了一座移动起落站，重量配平过。船本身并不适于在大气层中飞行，但是如果你能把一头大个的带到太空边缘，我们就会放下天钩，抓住巨兽，把它弹射到轨道上。买家已经安排了一台超光速牵引器把它从那里弄走。”

比安卡迫使自己转过头看屠宰场。工人们正在卸骨头，用空中起重机吊起来送进工厂。那是为了清洗和保存，她猜想着。她再次转向巴拉德兹。

“我们应该做得到，假如萨拉坦的身体受得了低压。”她说，“但是何必这么麻烦？我见过气球站。我见过你们的人用材料能够做出什么。仿制一头萨拉坦能有多难？”

巴拉德兹看着伊兹梅尔。助行器正对着屠宰场，但是外星人那一大簇眼睛中有两只正看向天空，还有两只看着巴拉德兹。偷猎者转回目光看向比安卡。

“仿制品是一回事，纳扎里奥小姐，真东西是另一回事。对合适的买家来说，真东西价钱高得多。”他再次看向别处，但这次没有看伊兹梅尔，而是抬头看山坡上的树林。“另外，”他接着说，“这一次我还有自己的理由。”

“船来了。”伊兹梅尔说道。

比安卡看到弗里加人更多的眼睛都转向了上方。她沿着它们的视线看去，一开始只能看到空荡荡的天空，接下来，随着卢皮塔赫雷兹号的下降，它四周云气翻滚，把看不见的椭圆形升力场的轮廓勾勒了出来。

“该干活儿了。”巴拉德兹说。

比安卡注视着屠宰场。粉色的雾正升起，笼罩住了解剖团队手中的活计。

空气里已经浸满了血。

5 气球上的人

巴拉德兹的工人一块接一块地清洗无名萨拉坦的骨头，给毛皮上色，然后卷成捆以便装上卢皮塔赫雷兹号。这一步骤虽看起来荒诞不经，却是整套工作中最干净的。占用人工最多的活儿是丢弃无用的部分，那要更肮脏和艰难。内脏形状奇特、大如房屋，筋腱就像一节节一束束的吊桥钢缆，每一个气囊都大得足以提升一艘普通的飞艇，苍白的尸肉铺满了大块地面。偷猎者们用推土机把这些乱糟糟的东西堆起来，再推下屠宰场的边缘。在一片血雾中，杂碎如雨一般落入云层，对深层大气里的生态系统来说，这是天赐的吗哪[1]。他们在屠宰场喷洒消毒剂，清冷的空气也略微减缓了腐败，但是到了第四天，肉铺般的气味还是变得更加难闻了。

比安卡的小平房位于最外围，离恩坎塔达的边缘仅有几十米。来自东面开阔天空的风会吹到那里，她也可以背对着屠宰场，去看外面清澈的天空，以及远处星罗棋布的年轻萨拉坦。不过即便在这里，离屠宰场足有一千米，而且位于上风向，空气中仍然带着一丝肉类变质的味道。空中飞满了昆虫和食腐鸟类，脚下总是有毒虫。

比安卡大部分时间都待在室内，屋里的空气过滤过，粗重的工业噪音也被挡在了外面。小平房装备了放逐者们为了让自己过得舒服些而开发出来的各种装置，尽管比安卡在旅途中就已经学会了操作方法，却很少使用它们。除了她的旅行箱——那是她嫂子送给她的礼物，可以用作衣柜、桌子、梳妆台和设计台——家具就只有一张大湖风格的织毯、一张硬板小床和一把简单的木头椅子，这陈设和她在鹰角的房间没有太大区别。当然老家的东西都是手工制品，这里的却都是用小平房的装配机做出来的仿制品。

房间的其他地方都用作比安卡设计工作的投影空间了。巴拉德兹给她的工具都是最新的，灵活迅捷，堪称顶级，但是大部分时间比安卡还是在用便携系统里那套残缺不全的拷贝，那是纳扎里奥家传的自动技术。

比安卡父亲使用的那套系统已经有六百年的历史，上可追溯至伦敦哈里发国成立之前。它耐用、可靠、不慌不忙，父亲曾用它计算织物、金属和木头的压力，为翅膀周围的气流以及气袋里的压力、温度变化建模。它伴着这个家族一路走来，慢慢习惯了他们的怪癖以及里约皮卡罗航空业的怪异要求。比安卡的这个版本虽然功能受限，但是处理由肌肉和骨头支撑的控制界面毫不含糊；处理曲线时，虽然在空气动力学方面并不流畅，但是足以应对草、树和悬藤这样的复杂细节。

---

①吗哪，《圣经》中古以色列人在经过荒野时所得的天赐食粮。

如果萨拉坦是机器，那它们可称得上工程学奇迹：气囊和气室在体内连成网；储水池大小的镇重膀胱里装满了收集来的雨水；还有巨大而又精致的鳍。萨拉坦远超偷猎者系统固执而狭隘的理解能力。尽管这些系统敏捷而时髦，但是如果比安卡试图用它们做一些开发者未料想用户会做的事情，系统就会像被惯坏的孩子一样发脾气。

而这正是她一直在做的事情——她试图找到用一个钩子将整头利维坦[①]吊起来的方法。

“纳扎里奥小姐。”

比安卡吓了一跳。她还是没有习惯这些放逐者的电话。它们从不响铃，而是直接开始对她讲话，说不定声音是直接从她脑子里发出的。

“巴拉德兹先生。”过了片刻她才回答。

“别管你正在做什么，先放下。”巴拉德兹的声音说，“你和弗莱，我派一艘御风艇去接你们。”

“我在工作。”比安卡说，“不知道弗莱在干什么。”

“这就是工作。”巴拉德兹说，“给你五分钟。”

沉默不语变成了寂静无声，比安卡知道巴拉德兹挂断了。她叹了口气，站起来伸了个懒腰，开始束头发。

御风艇载着他们越过了背脊，从两片巨大的半透明鳍中间穿过。在这个高度，恩坎塔达的身体上不再有植被。比安卡低头看着饱受风蚀的大面积灰色兽皮，还有上面的斑斑雪迹。他们的路线距离一片后鳍前缘的支柱仅有数百米。那是一根数千米长的肉梁，横截面是泪滴形的，至少有数百米厚。另一片鳍的后缘则在远处忽闪而过，它留给比安卡的印象是一张丝绸般柔顺的薄膜，分布着红色的血管，像毛玻璃一般通透。

“你觉得他想让咱们做什么？”弗莱问。

---

①利维坦，原指《圣经》中象征邪恶的海中怪兽。

"我不知道。"她扭头朝身后驾驶台前的弗里加人示意了一下，"你问过机师了没有？"

"问过。"弗莱说，"他不说阿拉伯语。"

比安卡耸耸肩。"我想我们很快就会知道了。"

这时他们开始在西坡降落。比安卡的前方是萨拉坦菲尼斯特拉的背脊。它距离降落点二十千米，在雾霭中呈现蓝色。随着御风艇的降落，它慢慢在视野中升起，直到遮蔽了三分之一的天空。

比安卡看着它，再次好奇恩坎塔达和菲尼斯特拉为什么会一直待在一起，但这时视线被挡住了，他们在树林中降落，进入了一道浓荫密布、蔓藤交错的河谷，距离恩坎塔达的西面边缘不太远。那里已经停着一艘御风艇了，还有一对空中牵引机以及一堆体积让它们相形见绌的白色物体，颜色浅淡的薄片和条带在树杈上挂着，在藤蔓上盖着，还有一些堆叠起来阻挡了小溪的水流。

伴着哗啦啦的水声，御风艇停稳了，步行梯降下来，比安卡走进了齐踝深的冷水中，很庆幸自己穿着高至膝盖的靴子。弗莱小心翼翼地跟在后面。

"你！"巴拉德兹站在另一艘御风艇的甲板上指着弗莱，"到这边来。纳扎里奥小姐，我想请你看一眼那个气球。"

"气球？"

巴拉德兹不耐烦地指指小溪下游。忽然间比安卡看出来了，那些白色物质是泄了气的气袋碎片，她还看到一个与之相连的吊篮躺在一旁，已经在溪流中淹没了一部分。伊兹梅尔正站在上面挥手。

比安卡蹚着水走向篮子。那确实是个吊篮，两米宽，一米五高，用竹片或者藤条之类的东西编成。气袋——比安卡凑近之后，发觉这是很明显的——是用一头萨拉坦的气室做的。这头萨拉坦的年龄和身形甚至还不及比安卡上次看着他们杀掉的那头。气室已经过鞣制，但是操作者并不专业，而且手里肯定没有偷猎者们使用的那种工业级设备。

比安卡好奇气袋为什么会被撕裂。她知道萨拉坦的组织非常强韧。氢气爆炸？

“想飞变坏了。”比安卡转到吊篮的开口处时，伊兹梅尔说。

“确实如此。”她说。

吊篮里只有一些羊毛毯子和空的皮革水袋，后者或许兼有存储饮水和压舱的作用。控制排气口挡片的线都绞在了一起，也和吊篮上连接气囊的绳索纠缠不清，不过比安卡猜得出它们之前的运转原理。吊篮里没有热气炉，看来这就是一个纯粹的氢气球。当然是氢气球啦，她想，从最近的萨拉坦的排气孔里，谁都能弄出氢气来。

“它从哪里来的？”她问。

伊兹梅尔的手臂做了个波浪翻滚的样子，比安卡猜测那相当于人类在耸肩。他的一只眼睛盯着下游。

比安卡用手指试探了一下吊篮的材料：坚韧的木质纤维，应该是来自热带，比恩坎塔达的气候更加温暖。她顺着伊兹梅尔的视线看去，树林遮住了西方的地平线，但是她知道，如果自己能够看透树林，会看到什么。

她大声说：“菲尼斯特拉。”

她又蹚着水走回了御风艇。巴拉德兹的舱门开着。“我跟你说，”弗莱说道，“我不认识她！”

“少来这套，弗莱。”比安卡进舱时巴拉德兹说，“看一看她的身份证。”

他们所说的那个“她”是一位留着黑色短发、皮肤蜡黄的年轻女性。她穿着一身黄褐色的异世界风格棉衣，就和弗莱的差不多，外面罩着一块彩色的手工毛织布。一开始比安卡不确定她是不是还活着，因为躺在她身边地板上的那个男人明显已经死了。他也穿着手工织物，眼睛半闭着，淡褐色的皮肤已显得一片土灰。

他们口袋里的东西都摊在一张矮桌上。比安卡看到这一切的时候，弗莱正弯腰捡起一张联合会风格的身份卡片。

“艾迪丝·丁。”他读道，然后把卡片扔回去，看着巴拉德兹。“怎么了？”

“艾迪丝·丁，联合会民族服务处。”巴拉德兹低声说，“闪瓦鲁月[①]四十三日签发。赖哲卜月四十二日至穆哈兰姆月四十六日，你和生态服务处的人就在这里。再仔细看看！”

弗莱看向别处。

“好吧！”他说，“可能——可能我见过她一两次。”

“好。”巴拉德兹说，“现在开始说正经的了。她到底是谁？她来这里做什么？”

“她是……”弗莱看了那女人一眼便迅速地看向别处，“我不知道。我想她是个种群生物学家什么的。有个团队在与——你知道的，在与本地人合作——”

“长天星没有本地人。”巴拉德兹说道，用靴子尖探了探那个男人，“你是指那些流民？”

弗莱点点头。“他们有个‘可持续发展’项目——农业、林业。教他们怎么在菲尼斯特拉的背上生活而不杀死它。”

巴拉德兹看上去不太相信。“如果联合会不想让他们杀死菲尼斯特拉，为什么不直接把监察处派来？”

“跨部门政治。萨拉坦是生态处管的；本地——我是说当地居民，是民族处管的。”弗莱耸耸肩，“你了解那些监察处的人。他们谁的贿赂都敢拿，出不起钱的他们就杀。”

“我他妈太了解监察处了。”巴拉德兹低声叫道，“所以说民族处派来了这些大善人教他们做气球？”

弗莱摇摇头。“我对此事毫不知情。”

“纳扎里奥小姐？跟我说说那个气球。”

“我认为那是个氢气球。可能是从某一头萨拉坦的外部排气孔充气的。”她耸耸肩，“我觉得，它看起来像是当地居民会建造的东西——如果你是问这个。”

巴拉德兹点点头。

“不过，”比安卡继续说，“我没法告诉你它为什么坠毁。”

---

①闪瓦鲁月，伊斯兰历的十月。下一句中的赖哲卜月、穆哈兰姆月分别是伊斯兰历的七月和一月。

巴拉德兹哼了一声。“这用不着你来告诉我。”他说，“它坠毁是因为我们把它射了下来。”他对着御风艇的通信系统喊道：“伊兹梅尔！”

比安卡竭力不让震惊表现在脸上，片刻之后她已经恢复了镇定。你拿他们钱的时候就知道他们是罪犯了，她对自己说。

弗里加人的眼睛从舱门口绕了过来。

“怎么了？”

“让牵引组把那东西包起来。”巴拉德兹说，“每一片，每一块。包起来然后扔到空旷的空域里。”

外星人的行走机器攀进了舱室。机器的腿略微一弯，晃了一下，像是做了个屈膝礼。

“好的。”伊兹梅尔指了指男人的尸体和昏迷的女人，好几只眼睛看向巴拉德兹。“这两个，做什么？”他问。

“一样处理。”巴拉德兹说，“把他们扔进吊篮里。”

弗里加人又行了个礼，开始躬身收拾那两个人。

比安卡低头看着那两个人，一个死去的男子，一个没有意识的女人，瘦小而脆弱。她瞥了一眼弗莱，他紧盯着地板，双唇紧闭，抿成了一条线。

然后她看向巴拉德兹。偷猎者正有条不紊地把两个气球乘员的物品堆到一处，仿佛比安卡和弗莱都不在场。

“不行。”她说。

伊兹梅尔停下来，直起了身子。

“什么？”巴拉德兹说。

“不行。”比安卡又说了一遍。

“你想让她把监察处叫下来对付我们吗？”巴拉德兹质问道。

“这是谋杀，巴拉德兹先生。”比安卡说，“我不会参与这种事。”

偷猎者眯起了眼睛，指了指死人。“你已经脱不了干系了。”他说。

“我是事后才到的。”比安卡平静地回答，眼睛盯着巴拉德兹。

偷猎者看着天花板。“去你妈的。”他喃喃道。他低下头看看两个人，看看伊兹梅尔，又看看比安卡，然后重重地叹了口气。

“好吧。”他对弗里加人说，“把活的带回营地。在悬崖边上找一间平房，收拾妥当，然后把她锁进去。”他盯着比安卡，“行了吧？”

“好的。”伊兹梅尔说，“死的怎么办？”

巴拉德兹又看了看比安卡。“死的，”他说，“扔进吊篮。”

比安卡再次看向那个死去的男人，思忖是什么样的勇气或疯狂让他登上了那个脆弱的气球。她好奇如果他知道自己的旅程要以这样的方式结束——尸体翻滚着坠入深层大气——心里会是什么样的想法。她认为他肯定知道有这样的可能。

过了一会儿，她点了一下头，只点了一下。

“很好。”巴拉德兹说，“现在都去干活儿，妈的。”

6 死亡之城

运送比安卡和弗莱越过山脊的御风艇又把他们送了回去。弗莱塌肩缩背，什么也不说，胳膊肘支在膝盖上，双目无神。他心里有着怎样的恐惧或者内疚，比安卡猜不到。

过了一会儿她不再看他。她想着菲尼斯特拉人的气球。那么简单，那么脆弱，与之相比，她父亲用木头和丝绸做出的飞行器就像卢皮塔赫雷兹号一样复杂。她取出了便携系统，画了一个简单的球体和篮子，然后又擦除了。

想飞变坏了，弗里加人伊兹梅尔为什么那么说？

比安卡恢复了已擦除的草图，把气球改进成外形粗笨的鱼雷形状，前头圆，后面收成一个尖，还加了翅片。加一组滑轮和杠杆，可以用它们在吊篮里进行控制。有个推进器，动力让她耗了一点心思，最后决定应该是烧酒精的引擎，用萨拉坦的骨头雕成……

御风艇正在降落，比安卡叹了口气，再一次擦掉了设计。

艾迪丝·丁门外的弗里加哨兵好像既不说阿拉伯语也不说西班牙语，甚至有可能任何人类语言都不说。比安卡疑心这会不会是刻意安排的，巴拉德兹选择了这样的哨兵，以保证被关押者的孤立。

哨兵真的是巴拉德兹挑选的吗？她忽然有些怀疑。看着外星人毛茸茸的手臂里一米来长的武器，她发抖了。然后她挺直身子走近小平房，没有说话，只是挥舞了一下手里的旅行包，好像这东西能说明她的造访符合惯例而且原因显而易见。

外星人用笛声似的语言说了点儿什么——听不出是在回答她，还是在向某个看不见的听者寻求指示。要么有人指示让她进去，要么就是因为哨兵见到她与巴拉德兹在一起，从而认为她连带着拥有了某种特权，因为弗里加人抬起了武器，而且当小平房的外门滑开时，他示意她进去。内门已经打开了。

“你好？”比安卡试探性地用西班牙语喊道，然后立刻觉得自己像个傻瓜。

不过对方回答了：“这儿呢。”

小平房的内部格局和比安卡的一样。声音来自起居室。比安卡在那里找到了丁。她还穿着被发现时的那身衣服，抱着双膝坐在那里，盯着东面窗外的天空。东边涌起了黑沉沉的雨云，比安卡看到下方很远处有闪电。

“祝你平安。”比安卡转而以阿拉伯语的正式问候来打破局面。

“也祝你平安。”丁回答道。她瞥了一眼比安卡便转开视线，然后又看过来。她用西班牙语说：“你不是来自菲尼斯特拉。”口音介于巴拉德兹的奇怪腔调和弗莱的机械式流利的语言模块之间。

“不是。”比安卡也换回了西班牙语，“我来自里约皮卡罗——来自地球。我叫纳扎里奥。比安卡·纳扎里奥·阿里纳斯。”

“艾迪丝·丁。”

丁站了起来。一阵尴尬的沉默，比安卡不知道应该鞠躬、屈膝还是伸出手。最后她决定把旅行包递过去。

“我给你带了点儿东西。”她说，“衣服、洗漱用品。”

丁看上去很吃惊。“谢谢。”她说着，接过旅行包往里面看。

“他们给你吃的了吗？我可以给你带点儿食物。”

“厨房还能用。”丁说，拿起了一个白色小包裹，“这是什么？”

“卫生用品。”比安卡说。

“卫生……”丁的脸上泛起红晕，“哦，不用了。我有植入物。”她把小包放回去，合上了旅行包。

比安卡看向别处，感觉自己的脸颊也有点儿发热。该死的放逐者，她想。“我想我应该——走了。”她开口说道。

“别急——”丁说。

年长和年轻的两个女子在那里站了片刻，互相看着对方。比安卡忽然好奇是什么样的冲动把自己带到了这里，是基督徒的乐善好施抑或仅仅是片刻的孤独和脆弱。她当然必须从巴拉德兹的手里救下这女孩的性命，不过现在这样子显然是个错误。

“坐下。”丁说，“让我给你沏点儿什么喝。茶？咖啡？”

“我——好吧。”比安卡缓缓地坐在过于柔软的放逐者的沙发边缘。“咖啡。”她说。

咖啡色泽很浓，里面掺了炼乳之类的东西，较比安卡习惯的口味更甜一些。不过她很高兴有这么一杯咖啡占据她的视线和双手。

“你看上去不像偷猎者。”丁说。

“我是航空工程师。”比安卡说，“我在为他们工作。”她低头看着咖啡，抿了一口，又抬起视线。“你呢？弗莱说你是生物学家。你在那个气球里干什么？”

她不知道弗莱的名字是不是让丁想到了什么，不过丁抿起了双唇，向西面的窗户瞥了一眼。

比安卡顺着她的视线看去，看到哨兵正窝在自己的行走器上，用两只眼睛分别盯着她们俩。她再次怀疑巴拉德兹到底是不是真的管事，以及弗里加人是真的不说人类语言还是装的——还有，就算哨兵是真的不懂，会不会某个懂人类语言的人正在暗处偷看偷听。

然后她摇摇头，看着丁，等着她的回答。

“菲尼斯特拉正在跌落。”丁终于说道，“可能正在死去。它太大了，正在失去浮力。仅仅去年，它就下落了五十多米。”

“这说不通。”比安卡说，“飞行器的升力重量比取决于体积和表面积的比。萨拉坦越大越容易飘浮，而不是相反。而且即便它失去升力，也只会跌落到新的平衡高度上。”

“它不是机器，”丁说，“而是活生生的动物。”

比安卡耸耸肩。“也许它是老了。”她说，“万物终有一死。”

“不该像这样死。”丁说。她放下咖啡，转身直面比安卡。“听我说。我们不知道谁建造了长天星，也不知道它是多久之前建造的，但长天星显然是人工制品。气体巨行星却有着氮气和氧气组成的大气层？那是不可能的。长天星的生物与地球生物一样——萨拉坦的遗传物质也是脱氧核糖核酸，你知道吗？这整个星球都违背了天文学的自然规律。如果现象服务处明白状况的话，他们应当隔离整个星系，包括该死的长天星和上面的每个人。”

“兽岛群的生态和其他东西一样，也是人造的。设计它的人肯定非常在行，说不定是后人类，甚至可能已经超越了技术奇点。这是个健壮的均势系统，有各种反馈机制和自我修复的方式。但是我们，我们这些普通地球人和与人类相当的物种，我们——”她做了个表示无助的手势，“把它搞砸了。你知道恩坎塔达为什么在这里待了那么长时间吗？为了生育，这就是原因……或者说‘授粉’更合适一些……”

她看着比安卡。

“一头像菲尼斯特拉这样的老萨拉坦死去，应当有几十甚至几百只幼兽来补充。但是你们，你效力的那些浑蛋，你们把它们全都杀了。”

比安卡没有理会指责她是共犯的暗示。“那好吧。”她说，“让我听听你的计划。”

“什么？”

“你的计划。”比安卡又说了一遍，“关于菲尼斯特拉的计划。你打算怎么救它？”

丁看了她一会儿，然后摇摇头。“我做不到。”她说。她站起来走到东面的窗户前。雨幕冲刷在窗户上，透过玻璃望去，深紫色的天空中涌动着靛蓝色的暗影。只有在深层以及兽岛群远端萨拉坦的鳍之间闪烁的闪电，才会带来稍纵即逝的光明。丁把手掌平放在菱形窗格上。

“我救不了菲尼斯特拉。”她平静地说，“我只是想阻止你们这些婊子养的再去伤害萨拉坦。”

这下比安卡被激怒了。“你才是婊子养的。”她说，“你也在杀死它们。杀了它们，用来做气球，这怎么就比我们高尚了？”

丁转回身。“一头萨拉坦——与他们此刻正在杀的那头一样大的萨拉坦——体内的气囊够让菲尼斯特拉人在气球里面飘一百年。”她说，“拯救兽岛群唯一的方式是让活萨拉坦比死的更有价值。而在长天星，活着的萨拉坦仅有的价值就是作为生活空间。”

“你们想让菲尼斯特拉人移居到其他萨拉坦上？”比安卡问，“可他们凭什么要那么做？他们能得到什么好处？”

“我跟你说了。”丁说，“菲尼斯特拉正在死去。”她看着窗外，看向狂风暴雨的深处，两只手都按在玻璃上。“你知道跌进长天星会怎么死吗，比安卡？首先，是压力。在菲尼斯特拉的山坡上，有人居住的地方，压力略大于一千毫巴。向下五千米，菲尼斯特拉的侧肋下面，压力就是这个数值的两倍了。两千毫巴的压力下，你仍然能够呼吸空气。到了三千，会发生氮麻醉——他们称之为‘深潜眩晕’。到了四千，仅仅氧气分压就足以让你的肺流血。”

她从窗前走开，看着比安卡。

“但是你活不到那个时候。”她说，“因为温度变高。每下降一千米，平均气温升高六至七度。这里差不多十五度，菲尼斯特拉侧肋下面接近五十度。向下二十千米，空气热得能烧开水。”

比安卡镇静地迎着她的目光。“我想得出更惨的死法。”她说。

“菲尼斯特拉上有一万七千人。”丁说，“男人、女人、孩子、老人。有一座城镇，他们称之为失落之城。菲尼斯特拉上的一些家庭可以往上追溯六代。”她不带一丝幽默地轻笑一声：“叫它死亡之城才对。他们都已经是行尸走肉了，所有这一万七千人，即便今天在菲尼斯特拉上生活的人并看不到它死去的那一天。庄稼已经开始减产。每年夏天都有更多的老年人死去，因为夏天变得更热、更干。等到山谷里热得庄稼无法生长，现在出生的孩子的孩子们就必须搬到山上，但是那里的土壤又不够肥沃，所以还是会有很多庄稼减产。而他们的孩子的孩子们……将活不到自己有孩子的时候了。”

“在那之前，肯定会有人救他们的。”比安卡说。

“谁？”丁问，“联合会？他们要把这些人安置在哪里？真空气球站和升降吊架上已经人满为患了。对于长天星的其他地方来说，菲尼斯特拉人就是‘不满现状者’和‘潜在罪犯’。谁会收留他们？”

“那么巴拉德兹是在帮他们。”比安卡说。

丁一惊。“伊曼纽尔·巴拉德兹在领导你们的行动？”

“那不是我的行动。”比安卡尽量克制自己的声音，“我也没问过他的名字。”

丁颓然坐进了窗边的椅子里。“当然是这样。”她说，“除了他，他们还会……”她看着西窗外的屠宰场，话音变得微不可闻。

然后，她突然转向比安卡。“你什么意思，什么叫‘帮他们’？”她问。

“菲尼斯特拉。”比安卡说，“他要偷猎菲尼斯特拉。”

丁瞪着她。“天哪，比安卡！那些人怎么办？”

“怎么办？”比安卡反问道，“他们最好到别处去——你自己说的。”

“你凭什么认为巴拉德兹会疏散他们？”

“他是个小偷，不是搞大屠杀的。”

丁鄙夷地看了她一眼。“他是个杀人犯，比安卡。他的父亲是个监察处职员，他的母亲是失落之城的市长夫人。他杀死了自己的继父、两个叔叔和三个兄弟。他们要处决他——把他扔下边缘，但是一艘监察处的飞艇把他接走了。他跟着他们混了两年，然后杀死了他的长官和其他三名同事，偷了他们的船卖掉，挣来了一张去其他世界的船票。他大概是长天星的头号通缉犯。”

她摇摇头，出其不意地给了比安卡淡淡的一个微笑。“接下这个活儿的时候你对这些一无所知，是不是？”

她的声音里充满了怜悯，脸上也表现了出来。忽然之间，比安卡受不了她那种表情了。她站起来走到东面的窗前。雨小了一些，闪电也少了。

她想到了自己的模拟设计，把菲尼斯特拉吊起来送入天钩怀抱的计划：气囊膨胀，萨拉坦升起，初时缓慢，继而越来越快，直抵长天星大气层的边缘。但是现在她的脑海里闪现的并不是虚幻的投影，而是活生生的画面——树木在严寒中开裂，水结成冰，地面上成千上万个细小的出血点流出沸腾的血液。

她看到了鹰角城中母亲的房子——现在是她嫂子的了：看到它的窗户上结满了霜花，院子里的树枯萎变黄。她看到了乌黑天空下的玛库拉多斯市场，雨棚被冰冷干硬的劲风吹跑。

巴拉德兹杀了那个菲尼斯特拉气球驾驶员，她想。他正准备杀死丁。他干得出杀人的事。

然后她摇摇头。

杀死一个人、两个人，掩盖一桩罪行，是谋杀，她想。用有意为之的窒息杀死一万七千人——男人、女人，还有孩子——那就不叫谋杀了，那是种族灭绝。

她从桌子上端起咖啡，喝了一口又放下。

“谢谢你的咖啡。”她说，转身欲走。

“你怎么能允许他这么做？”丁质问道，“你怎么可以帮助他这么做？”

比安卡转过身来对着她。丁已经站了起来，双拳紧握，浑身颤抖。比安卡直盯着她，脸上尽量保持着冷酷和漠然。她等着，直到丁转身跌坐在椅子里，凝视窗外。

“我救了你的命，”比安卡对她说，“而且我当时并不是非那么做不可。就算我真的相信巴拉德兹要杀死菲尼斯特拉上的每一个人——事实上我不相信，那也不关我的事。”

丁的脸庞扭向了一个更远的角度。

“听好了，”比安卡说，“因为我只会解释这一次。”

她等着丁不情愿地转过来面对着她。

“这份工作是我的一个机会。”比安卡说，“我来这里就是因为这份工作。我不是来拯救世界的。拯救世界是你和弗莱那种被惯坏了的放逐者孩子的雅兴。这份雅兴我享受不起。”

她走向门口，敲了敲窗子向弗里加哨兵示意。

“我会尽量把你救出去。”她侧着头补充说,“但是也只能做这些了。抱歉。”

丁没有动。

弗里加人开门的时候，比安卡听到丁猛然惊起。“伊拉兹马斯 · 弗莱？”她问，“那个博物学家？”

“是的。”比安卡朝后看了一眼，看到丁再次望向窗外。

“我想见见他。”丁说。

“我会跟他说的。”比安卡说。

哨兵在她身后关上了门。

7 镜中的面孔

闪电仍然在恩坎塔达的脊背上舞动，但是在东侧边缘风暴已经平静。电击过的清冽气息弥漫在空气中，一扫屠宰场的咸腥。比安卡冒着蒙蒙细雨回到了自己的小平房。

她给弗莱打了电话。

“什么事？”他问。

“丁小姐。”比安卡说，“她想见你。”

另一端一阵沉默。接着，“你对她说我在这里了？”

“不好意思。”比安卡言不由衷地说，“我说漏嘴了。”

又是一阵沉默。

“你对她的了解比你告诉巴拉德兹的要多，是不是？”她问道。随后听到了弗莱的叹气。

“是的。”

“她看上去挺生气。”比安卡说，“你应该去见见她。”

弗莱又叹了口气，但没说什么。

“我有工作要做。”比安卡说，“回头再聊吧。”说罢结束了通话。

她明天要做一次报告，听众是巴拉德兹和偷猎者团队里管事的人，内容是他们该如何对付菲尼斯特拉。报告已经快完成了，纲要很明确，图像可以利用设计文件自动生成。她打开投影文件，拨弄了一会儿，但发现自己难以集中精力。

忽然间，比安卡感觉自己的衣服透着死亡的味道：丁死去的同伴、惨遭屠戮的萨拉坦、丁本来要面临的死亡，还有所有孤立无援的菲尼斯特拉人最终的灭亡。她脱下衣服扔进循环器，洗澡，洗头，换上了睡衣。

叫它死亡之城才对。

即便今天在菲尼斯特拉上生活的人，并看不到它死去的那一天。

她关上灯。丁的话回响在脑际。她想要睡觉，但是睡不着。她没法不想，想那种前路唯有一死，却不得不继续活着的感觉。

她太了解那种感觉了。

对于帕布罗的妻子梅里亚——那个乐器师的女儿来说，比安卡是个偷偷摸摸接受了技术教育，比自己年长十岁的老姑娘。对于比安卡来说，梅里亚是个与一屋子女孩一起长大、具有强烈领地感的姑娘。梅里亚搬进来之后，比安卡仍旧住在老宅子里——尽管那已经是梅里亚的房子了，而且继续不计报酬地帮助弟弟处理接到的工作。但是随着一年年过去，她一步步地退缩，直到活动范围缩减到了四楼那个房间，那个从她还是小姑娘时起就属于她的房间。从此她埋首于蓝图和计算，假装不知道外面发生了什么事。

后来她见到了她嫂子，那个摩洛裔的嫂子。地点是外星人和放逐者们售卖小零件和药品的玛库拉多斯市场。当时市政厅刚刚颁布了这个市场向基督徒开放的许可。

扎拉·阿尔哈林，一位成功的建筑师，把比安卡带到了自己家。比安卡在那里吃太妃糖，饮黑莓茶，二十多年来再一次见到了自己的大哥。她尽自己最大努力称呼他瓦利德而不是赫苏斯。她感觉到，如果自己想要，这个世界也可以属于她。但是就和赫苏斯－瓦利德一样，她若要拥有它，便必须放弃原有的世界。即便她仍然做一名基督徒，也不可能再去教堂了。而且她还是不会被工程师公会接受。

那天晚上，她回到了纳扎里奥家宅。梅里亚尖刻地问她这一天都干什么了，她没有理会。她回到自己的房间，那里有她的蓝图和模型，有跟了她一辈子的家具陈设。她努力想要工作一会儿，但是没有足够的注意力与系统交互。

她发现自己在照镜子。

镜子里吸引住比安卡注意力的，不是满满地钉在背后墙上的飞行机器——它们模样纤巧，仿佛被氯仿麻醉了的蝴蝶——而是她自己疲惫的脸庞，是那一缕缕杂乱而干燥焦枯的头发，还有多年的束缚在她的前额和眼睛周围留下的纹路。而且，当和镜中人四目相对时，她好像并不是在照镜子，而是看穿了自己未来的岁月，仿佛看进了一条漫长笔直没有门和岔道的狭窄走廊。走廊最深处的那双眼睛是死亡的眼睛。她自己的死亡，化作了人的模样，与自己对视。

比安卡下了床，打开灯，拿起了便携系统。她在想自己是不是应该呼叫监察处。

然而她再次恢复了之前擦除的简易酒精动力飞艇草图。她使用纳扎里奥家族的自动化系统为它添加了图解和透视、材料清单、建造指南、维护和起飞前的检查表。

算不上复杂，但要比丁的气球优良。

现在她需要想办法让丁把它送给菲尼斯特拉人。

为此，她又用回了巴拉德兹给她的系统，而且感觉自己这么做是有道理的。放逐者的自动化设备正是做这种事情用的，除了功能要求，没有其他限制，所有的异域技术都能够使用。比安卡只用了几分钟就画出了设计草图，又用一个小时左右完善草图，并去除了不必要的部分，直到剩下的部分小得可以装进她留给丁的旅行包。唯一的难点是让设计系统和小平房的装配机沟通，因为装配机是用来制作衣服、家具和居家用品的。最后她只得用自己的便携系统登上长天星本地网络——希望这时候巴拉德兹并没有安排人监视她——用自己的钱和某个升降吊架上的咨询服务商签订了转换协议。

最终她还是把问题解决了。装配机吐出了一个简单整齐的包裹，比安卡把它塞到了床底下。明天她可以取回旅行包，把包裹连同飞艇设计图一起偷偷交给丁。

不过她要先给巴拉德兹做一次报告。她好奇那个人的动机又是什么。不是钱那么简单——她对此很有把握，哪怕她难以相信他是丁所描绘的那种禽兽。他是在寻求复仇吗？为他的家庭，为他的家乡？

这一想法过于准确地戳中了她自己的痛处。

她叹了口气，关上了灯。

8 专业人士

到了早上，风暴已经消散，蓝天重现。但是，为了让投影仪有良好的显示效果，巴拉德兹的小平房里却很黑暗。巴拉德兹和几个地球人头目的椅子大体排成了一个半圆，生理结构上能够坐下的外星人也和他们在一起。伊兹梅尔和其他弗里加人站在后面。在比安卡看来，弯曲的手臂和行走机器细长的腿使他们轮廓突兀，浑如一丛盆栽植物。

这时,盆栽植物的叶子突然咄咄逼人地舞动起来,比安卡微微颤抖。到底是谁在掌握大局?

没时间担心这个了。她挺直身体，取出了便携系统。

“过一会儿,”她提高音量,保证自己的声音能够传到屋子后面,“弗莱先生将讲解萨拉坦的新陈代谢过程，以及我们模拟其体内氢的生产的计划。而现在我要讲的是，让这些氢为我们所用，需要什么样的工程工作。”

比安卡的便携系统投射出一头上百千米长的萨拉坦图像。那不是菲尼斯特拉，也不是任何一头萨拉坦，而是一个原型，某种概念模型。它的背上布满了粉红色的光点，每个光点都代表着一块括约肌，它将要被挖出并由机械阀门代替。

“在准备阶段，我们的首要关注将是这些外部气孔。不过我们也要考虑内部的削减和配重阀门……”

随着报告的继续，随着她一一列出把一头活着的萨拉坦变成一部电子玩偶所需要的植入、移植、手术和切除，她内心的一部分惊异于自己的肆意敢言，惊异于自己那种坚定、自信、专业的口吻。

几乎就如同她是一名真正的工程师。

报告接近尾声了。比安卡深深地吸了一口气，尽力保持着自己的专业形象。这一部分不在她的纲要里。

“最后，还有一个疏散的问题。”她说。

在房间的后部，伊兹梅尔打了个激灵。“疏散？”他问——这是整个报告过程中第一次有人插话。

比安卡清了清嗓子。在假想萨拉坦的东南边缘出现了几点红星，大体对应着失落之城和菲尼斯特拉上一些较小村落的位置。

“菲尼斯特拉拥有一万五千至两万人口，大部分集中于这些定居点。”她开始讲解，“用一艘卢皮塔赫雷兹号那么大的船，应该可以输送大约——”

“你不用操这个心，纳扎里奥小姐。”巴拉德兹挥了一下手，“无论如何，不会有任何疏散行动。”

比安卡惊愕地看着他。她的心情肯定表现在了脸上，因为巴拉德兹笑了。

“别那么看我，纳扎里奥小姐。我们会在失落之城和中心村落安置野外穹顶，然后把他们渡到他们想去的地方。只要小心谨慎，他们就不会有事。”他又笑了。“该死的。”他摇着头说，“你以为我们要搞什么？你不会认为我们要杀死两万人吧，有没有？”

比安卡没有回答。她关闭了投影，坐下来移开了自己的便携系统。她的心在怦怦乱跳。

“好的。”巴拉德兹说，“很棒的报告，纳扎里奥小姐。弗莱先生？”

弗莱站起身来。“好。”他说,“让我——”他拍拍自己的口袋。“我，啊，我想我肯定是把系统落在房间里了。”

巴拉德兹叹了口气。

“我们等着你。”他说。

黑暗的屋子里寂静无声。比安卡努力让自己的呼吸深沉而舒缓。圣母马利亚，她想，感谢你没有让我做蠢事。

紧接着她又开始怀疑自己。丁当时是那么的确信。比安卡如何知道巴拉德兹说的是不是实话?

没有办法知道，她想。只能等着瞧。

弗莱上气不接下气地回来了。“啊，它不在——”

一个响亮的声音打断了他，音量大得一开始几乎辨不出那是人的语音。那排山倒海一般的声音仿佛来自空气本身，街市阿拉伯语单词在营地里没完没了地反复回荡。

> 这是一处非法营地。营地中所有人员必须聚集到开阔地，并有秩序地向园区监察处投降。携带武器者将被推定为拒捕，并将受到相应处置。任何试图离开营地的交通工具都将被摧毁。你们有五分钟时间执行命令。

通告又以其他语言重复播送：先是弗里加人笛子般的语言，然后是迈阿密西班牙语，然后是一系列投射出来的象形文字、符号和编码。最后又开始用阿拉伯语播送。

“滚你妈的。”巴拉德兹咬牙切齿地说。

比安卡周围的偷猎者们都在搜集武器。在房间后部，弗里加人似乎在争论着什么，他们手臂挥舞，声音也抬高了，像一阵不成音调、嘀嘀嗒嗒的噪声。

“我们怎么办？”弗莱的喊声盖过了监察处的通牒。

“冲出去。”巴拉德兹说。

“打！”伊兹梅尔从弗里加人的争论中转过来好几只眼睛。

“那不是拒捕吗？”比安卡问。

巴拉德兹笑声刺耳。“不回击也活不了。”他说，“监察处可不是现象管理处，他们不是文质彬彬的哈里发干警。他们会说你是因拒捕而被击毙的，这就是他们的全部招数。相信我——这是我的老本行。”

他从口袋里掏出一把小得出奇的枪，踢开门冲了出去。

卢皮塔赫雷兹号周围聚了乱糟糟的一群人，有地球人也有外星人。有些已经急匆匆地登了船，还有一些在拼命往上挤。

某个巨大的黑色物体飞快地掠过营地上空。货运升降机上亮起了白色闪光，人们尖叫连连。

紧随黑色物体之后，一阵沉重感突然袭来，仿佛恩坎塔达的侧肋成了惊涛骇浪上一艘船的甲板，在比安卡的脚下猛然浮起。她双膝一软，摔倒在地，被两倍甚至三倍于体重的力量压在了草丛里。

那种感觉稍纵即逝，一如监察处黑色飞行器一闪而过。凭借助行器站住脚的伊兹梅尔帮助比安卡立起身来。

“怎么回事？”比安卡问。她想拍掉裙子上的泥土和草屑，瘀伤疼得她直皱眉头。

“反重力飞船。”伊兹梅尔说，“太空飞船，波动驱动，相同原理。”

“反重力？”比安卡盯着飞船远去的方向，但是它已经从恩坎塔达背脊的另一侧消失了，“如果你们这些贱货有反重力技术，那我们干啥还他妈的坐在这里摆弄弹射器和气球？”

“太贵。”伊兹梅尔说，“至少两个太阳，不稳定质量，像太空船。”弗里加人挥舞着两个没有用到的眼睛，“何必？便宜飞行方法，足够。”

比安卡意识到，尽管巴拉德兹谈起过长天星的贫穷，她还是一直以为那些放逐者和外星人都很富有、强大、自由——他们拥有那些飞船和机器，熟知各种科学知识；而在里约皮卡罗，科学知识多半只是富有的摩洛人在宫殿高墙之后窃窃私语的违禁之物。此刻她感到后知后觉的自己就像个傻瓜。她明白了，联合会的强权与巴拉德兹这样的人之间的鸿沟，正如同那些富有的摩洛人和鹰角街道上最卑微的游民之间的差距，甚至有可能更加宽广。

她向飞机场看去。空中牵引机正在升空，御风艇摇晃着发动了。然而就在她的注视下，一架牵引机绽开了，成了一团绿色的火球。一艘御风艇已经远远地飞到了屠宰场上空，却又被什么东西击中。它的静力场里登时布满了紫色的闪电，随后它便开始下跌了，实体机身坠毁在地，泥土四溅。

与此同时，监察处的录音仍然无处不在，重复着一条条指令和要求。

“这行不通，不能这么干。”比安卡对伊兹梅尔说，“我们还是跑吧。”

弗里加人举起了枪。“先杀犯人。”

“什么？”

但是，伊兹梅尔已经行动起来了，助行器的机械腿在破裂的地面上迈着稳健的步伐。又远又轻快的步子不再可笑，而是坚定得令人恐惧。

比安卡努力跟在弗里加人后面，但还是很快就落后了。屠宰场的地面布满了沟沟坎坎，推土设备把萨拉坦的下水杂碎推下悬崖边缘时留下了条条痕迹。比安卡猜测那里也曾经被草地覆盖，但是现在只有泥巴和陈旧的血污。只因为确信往回走和朝前走一样糟糕，比安卡才坚持前行，在有时及踝深的恶臭污物中蹒跚。

她走到丁的小平房时，伊兹梅尔已经离开了。门虚掩着。

说不定监察处的人救走了她，比安卡想。然而她自己也不相信这种想法。

她缓缓走进屋内。“艾迪丝？”

没人回答，不过比安卡本也没指望能听到回答。

她在厨房里找到了丁。她趴在那里，脚冲着门，好像是在试图逃跑或者躲藏时被击倒了。在三米开外，比安卡看到丁瘦小的背上有个边缘齐整、足以伸进一个拳头的黑洞。她感觉没有必要再走近了。

弗莱的便携系统掉在起居室的地板上，正如比安卡所料。

“你该多等一会儿的。”比安卡对空荡荡的屋子说，“你应该相信我。”

她在丁的卧室里找到了自己的旅行包，把里面的东西倒在了床上。丁似乎不曾动过它们。

比安卡的眼睛里涌起了泪水。她又看了看弗莱的系统。他把它留在这里是有目的的，比安卡意识到自己一直低估了他。或许弗莱是个比自己还好的人，一直都是。

她再次看了一眼厨房地板上的尸体。

“不，你不该。”然后她说，“你根本不该相信我。”

她回到自己的小平房，从床下取出包裹。

9 菲尼斯特拉

一百米、二百米、五百米——比安卡直落长天，风撕扯着衣服。挂满了恩坎塔达侧肋的植被是一片绿褐相间的模糊。当植物逐渐稀少，颜色也慢慢变灰之时，萨拉坦弧形的身体曲线也开始远离比安卡。她眨眨眼，甩掉了强风吹出的眼泪，努力注视套具上的监控表盘。那是她从一个现成的紧急降落伞设计中借用来的。她想，它肯定会在某个高度上自动打开吧？然而只有风速计看上去正常，其他指示计——高度、姿态、下降速率——都在用三种语言循环显示着乱七八糟的话。仪器在下方根本找不到坚实地面，那些仪表因此全乱了套。

这时比安卡已经跌出了恩坎塔达在阳光中投下的阴影。未及有意识地整理自己的思路，她已经抓住了套具的紧急把手，抽搐似的拉了一下。玻璃纤维制造的充气伞在头顶翻滚着打开，如水一般泛起涟漪。套具轻柔而牢固地拽住了她。智能线索从小小的喷口中迅速拉出，又缓缓缠紧。

过了一会儿，她恢复了平缓的呼吸。跌落已经结束，她在飞翔。

她抹去眼中的泪水。西面，菲尼斯特拉的侧肋沐浴在明亮的低角度阳光中，呈现出不可思议的细节。清晨迅速消散的雾气中，千万棵树投下了千万条细小的身影。

她抬起头，透过充气伞几不可见的弧形边缘，看到恩坎塔达正在燃烧。她久久注视。

空气变得更加温暖，也更加潮湿。比安卡惊觉自己已经跌到了菲尼斯特拉的下方。她设计充气伞的时候，是希望丁在长天星大气层中安然跌落到尽量深的地方，然后启动反向麦克斯韦气泵，加热气球中的空气，带她回到非尼斯特拉。不过现在似乎没有任何被追击的危险，无论是偷猎者那边还是监察处那边。比安卡启动了气泵，充气伞减速了，随即开始上升。

盛行风挟着她进入内陆，越过一片热带林地，比安卡看到远处失落之城中的烟囱冒着烟。她又抬头看了一眼燃烧着的恩坎塔达，心中暗想，不知自己还能否弄清楚巴拉德兹有没有说实话。

忽然间，下面的林地变成了开阔的平地，比安卡飞到了开垦过的土地上面，人们惊异地仰望着她。她没有细想便切断了气泵的动力，打开了气球顶部的阀门。

她重重地落下来，被仍然拴着脚踝上的围巾绊了一下，在地上打了个滚。充气伞套具在其原有程序的控制下自动解开了。她解开围巾站起身，抖抖被撕破弄脏的裙子。已经有孩子穿过田地朝她跑来。

蛩于、难民，弗来这样称呼他们。比安卡好奇他们是不是全都说巴拉德兹那种古怪的西班牙语。她努力想回想起几句阿拉伯语，但是一时间除了“祝你平安”什么都想不起来了。

那几个孩子——六个、八个……总共十个——犹豫着走近，在五到十米开外停住脚步。

祝你平安，比安卡轻声练习着这句阿拉伯语。也祝你平安。她深吸一口气。

孩子当中胆子最大的一个朝前走了几步。他约有八到十岁，双腿细长，皮肤被太阳晒得黝黑，黑色的头发打着卷。他那身浅色的衬衫短裤可能产自升降吊架或者真空气球站上的某家自动工厂，之前或许已被六七人穿过。他看上去像是她弟弟帕布罗，像是他早年间在赫苏斯离开之前的样子。

比安卡尽量不让自己显得有威胁，她看着他的黑眼睛。“你好。”她说。

“你好。”男孩回答道，“你叫什么名字？这是你的气球吗？”

比安卡站直了身子。“是的，这是我的气球。”她说，“你可以叫我纳扎里奥女士。”

“如果这是你的气球，”男孩毫不退缩地继续问，“你能带着我一起飞吗？”比安卡朝东看去，远方的天空中萨拉坦星罗棋布。她的脑海中出现了一幅图景，一幅她认为艾迪丝·丁或许也曾展望过的图景：长天星的天空比里约皮卡罗的天空更加拥挤；北方兽岛群被亮丽的飞艇和滑翔机点缀得生机勃勃；那些无名的萨拉坦不再是无人知晓的沙洲，而是为人熟知、舒适宜人的地标。

她转过身来看着正在迅速泄气的充气伞，想着重新给它充气需要多大的工作量。她取出便携系统检查了一下：手工飞艇的设计方案还在，家传的自动化系统也在。

这并非她当初踏出家门时的预期，但她仍旧是纳扎里奥家的人，仍旧是一名工程师。

她把系统放在一边，转过身来对着男孩。

“我有个更好的主意，”她说，“你想不想要一个自己的气球？”

男孩绽开了笑颜。

秦鹏 译

图书在版编目（CIP）数据

未来的序曲：二十一世纪科幻小说杰作选：全二册 /（美）戴维 · G. 哈特威尔，（美）帕特里克 · 尼尔森 · 海登编；夏笳等译 . -- 2 版 . —北京：新星出版社，2021.6

ISBN 978-7-5133-4113-4

Ⅰ . ①未… Ⅱ . ①戴… ②帕… ③夏… Ⅲ . ①科学幻想小说 – 小说集 – 世界 – 现代 Ⅳ . ① I14

中国版本图书馆 CIP 数据核字（2021）第 047353 号

未来的序曲：二十一世纪科幻小说杰作选

[美] 戴维 · G. 哈特威尔，[美] 帕特里克 · 尼尔森 · 海登　编
夏笳等 译

特约编辑：刘盛楠
责任编辑：杨　猛
责任印制：李珊珊
责任校对：刘　义
封面设计：人马艺术设计 · 储平

出版发行：新星出版社
出 版 人：马汝军
社　　址：北京市西城区车公庄大街丙 3 号楼　　100044
网　　址：www.newstarpress.com
电　　话：010-88310888
传　　真：010-65270499
法律顾问：北京市岳成律师事务所

读者服务：010-88310811　　service@newstarpress.com
邮购地址：北京市西城区车公庄大街丙 3 号楼　　100044

印　　刷：北京天恒嘉业印刷有限公司
开　　本：910mm × 1230mm　　1/32
印　　张：23.375
字　　数：465 千字
版　　次：2021 年 6 月第二版　　2021 年 6 月第一次印刷
书　　号：ISBN 978-7-5133-4113-4
定　　价：79.00 元（全 2 册）

——想象，比知识更重要

未来的序曲

FUTURE PRELOADED

21st Century Science Fiction

Edit by David G. Hartwell, Patrick Nelson Hayden

二十一世纪科幻小说杰作选

[美] 戴维·G. 哈特威尔　[美] 帕特里克·尼尔森·海登 ◎ 编
夏笳 等 ◎ 译

新 星 出 版 社 · NEW STAR PRESS

目 录

1 爱的算法 刘宇昆 / 夏 笳
18 阿尔必信息 奥利弗·莫顿 / 阿 古
21 幻城追赃记 卡尔·施罗德 / 秦 鹏
65 玩具飞船 托拜厄斯·S. 巴克尔 / 阿 古
69 学者之歌 布兰达·库珀 / 傅临春
85 生灵 莉斯·威廉姆斯 / 符 瑶
96 弗洛勒斯的先知 特德·科斯马斯卡 / 傅临春
131 火星称霸计划宣讲 凯瑟琳·M. 瓦伦特 / 李 懿
141 第二人称，现在时 达里尔·格雷戈里 / 李 懿
166 第三日光明 阿拉亚·唐·约翰逊 / 乐 章
190 生意之道 詹姆斯·坎比亚斯 / 秦 鹏
212 星际旅行的矢量字母表 李允夏 / 汪梅子
219 主人的声音 汉努·拉亚涅米 / 符 瑶
236 算师与射手 凯奇·贝克 / 汪梅子
255 岛 彼得·瓦茨 / 小 盆
296 科幻带你逃往异世界 乔·沃顿 / 汪梅子
308 把它卖给瓮中人 科利·多科托罗 / 汪梅子

爱的算法

刘宇昆

刘宇昆生于中国兰州，十一岁移民美国。他从2002年开始发表科幻作品，2012年，他的《手中纸，心中爱》成为世界上第一部同时赢得雨果奖、星云奖和世界奇幻奖的虚构类作品。他因翻译陈楸帆《丽江的鱼儿》而获得了科幻奇幻翻译奖。他还曾将一些重要的中国科幻小说及文学作品翻译成英文。

《爱的算法》发表于2004年，讲述了一位杰出的机器玩具设计师因自己的工作而陷入疯狂。这一构思中的许多片段都可以单独发展成完整的故事（有些已经被其他作家用过了），但刘宇昆选择让故事滚雪球般沿着这些点子一路前进，最终引向预期之外的结局。这是一个关于爱的故事，也是一个讨论人工智能存在论的恐怖故事，它将图灵测试彻底颠倒了过来。

护士在屋里，看着我自己穿衣准备出行。我套上一条旧牛仔裤，一件深红色高领毛衣。这些日子掉了许多肉，牛仔裤空荡荡地挂在瘦骨嶙峋的胯骨上。

“走，咱们去塞勒姆过周末。”布拉德说。他陪我走出医院，一只胳膊小心翼翼揽住我的腰。“就你和我。”

我坐在车里等，韦斯特医生与布拉德站在医院门口说话。我听不见，却知道她在跟他交代什么。“记住，每四个小时给她吃一次西汀，绝不能让她一个人待着，一会儿都不行。”

布拉德轻踩油门，车轮缓缓滑动，我怀着艾米时，他也是这样开车的。一路交通畅通无阻，高速公路上树荫婆娑，宛如明信片。西汀让我嘴角肌肉松弛。化妆镜中映出我的脸，脸上一抹幸福的笑容。

“我爱你。”他悄声低语，如他一贯的语气。像一声叹息，一拍心跳。

我沉默片刻，想象自己推开车门，一头扑到高速公路上去。自然那并未发生。一切早已前定，没有什么意料之外。

“我也爱你。”我盯住他的眼睛，如我一贯的回应方式。他向我微笑注目，然后转头望着前方的路。

于他而言，似乎生活重回旧轨。身旁坐着的，是他熟知多年的那个女人。一切如常。我们不过是一对普通夫妇结伴出游，离开波士顿，去乡下过周末。入住家庭式旅馆，去博物馆转转，讲讲百听不厌的老笑话。

如一套运行爱的算法。

我想要放声尖叫。

* * *

我设计的第一款娃娃叫劳拉，“劳拉小聪明”。

劳拉棕发蓝眸，关节灵活，浑身上下二十只电机，一只语音合成器藏在喉咙里，两只纽扣模样的摄像头缝在外套上，还有温度与触觉传感器和鼻子后面一只小小的麦克风。所有这些都不是什么顶尖技术，连软件都是二十年前已经在用的。但我仍然为她骄傲。我的劳拉零售价五十美元。

非常玩具公司已跟不上雪片般飞来的订单速度，尽管离圣诞节还有三个月。作为公司老板，布拉德跑遍了大小电视台，CNN、MSNBC、TTV，只要数得出名字。劳拉一夜之间家喻户晓。

我一路尾随，陪他录各种访谈节目。之所以如此安排，是因为市场副总监说我给人一种妈妈的感觉（尽管那时我还不是），加上我金发碧眼，讨人喜欢（这一句虽然他没有说出口，但我却听出他的弦外之音）。至于我是劳拉的设计者，这点小事总被人抛诸脑后。

我第一次上电视录节目是为一家香港电视台。布拉德想让我先在镜头前找找感觉，再带我上国内早间节目。

我们坐在一旁候场，女主持人辛迪在台上采访另一位市场总监，来自一家做“湿度尺”的公司。我连续四十八小时不曾合眼，心里紧张得要命。我一共带了六个劳拉上节目，以防其中五个一起罢工让我当众难堪。这时候布拉德凑过来低声说：“你觉得这个‘湿度尺’是干什么用的？”

那时候我进非常玩具公司还不到一年，与布拉德并不很熟。我们稍微聊过几次，都是聊工作的事。他一副认真上进的有为青年模样，很容易想象，这种人如何在高中时代就开始筹划第一家公司，譬如搞个买卖课堂笔记的黑市之类。我猜不透为什么他要问我湿度尺的事，也许是在试探我有多紧张？

“不知道。厨房用品？”我姑且一猜。

“有可能。”他正色道，随即向我意味深长地眨眨眼睛，“可这名字听起来有点色色的。”

这话从他嘴里说出来，实在大大超出我意料之外，以至于有一瞬间我以为他是说正经的。紧接着他笑起来，我也忍不住哈哈大笑。在接下来的候场过程中，我几乎绷不住自己的脸，那份紧张更是抛到九霄云外。

布拉德与年轻的女主持辛迪谈笑风生，聊起非常玩具公司的宗旨，

“非常玩具给非常孩子”，聊布拉德如何想到劳拉这个点子（实际上跟他一点儿关系都没有，所有设计全是我一个人的心血，但他讲得那么好，连我都禁不住要信以为真）。接下来就等重头戏上台了。

我把劳拉放在桌子上，脸冲着摄像机。我坐在桌子侧面。

“你好，劳拉。”

劳拉转头望向我，电机运转得如此轻巧，几乎听不见一丝声响。

“你好！怎么称呼？”

“我叫爱莲娜。”我回答。

“初次见面很高兴。”劳拉说，“我冷。”

演播室里的空调有些凉，这连我都没发现。

辛迪被镇住了。“真厉害。她能说多少话？”

“劳拉的词汇表里有两千个英文单词，加上针对常用后缀与前缀的语义、语法编码。造句语法则不受上下文限制。”布拉德瞥了我一眼，我意识到自己讲得太技术了。“也就是说，她能自己创造新句子，并且保证语法正确。”

“我喜欢新衣服，亮光光，新的，明闪闪，新的，帅呆了。”劳拉说道。

“尽管并不是所有句子都有意义。”我补充一句。

“她能学习新词吗？”辛迪问。

劳拉把头扭向另一边看着辛迪。“我喜欢学——习，请教我一个新词！”

我心中默默记下一笔：语音合成器还有些小毛病，需要进一步在固件中加强。

看到娃娃主动扭头看她，回答她的问题，这一幕显然让辛迪很不安。

“她能……”她一时间找不到合适的词，“能听懂我的话？”

“不，不能。”我大笑。布拉德也笑了。片刻之后辛迪也一并笑起来。“劳拉的语言算法模块经过马尔可夫发生器的强化，加上点阵式分布的……”布拉德又瞥我一眼。“简单来说，她能从听到的句子里挑出关键词，有样学样说出完整的句子，仅此而已。包括一些固定词组，也是同样的原理。”

“哦，看上去真的好像她能听懂我在说什么一样。那她怎么学新词呢？”

“很简单。劳拉的记忆库可以容纳几百个新词，不过只有名词而已。你可以给她看一个东西，告诉她是什么。她有相当高级的模式识别能力，甚至可以分辨人脸。”

接下来的时间里，我向敏感的家长们保证，劳拉不用他们阅读使用说明，劳拉扔进水里不会爆炸，还有，劳拉绝不会说什么不该说的字眼，即便他们的宝贝小公主“一不留神”教给她一句两句。

“再见。”访谈结束时，辛迪向劳拉挥手作别。

“再见。”劳拉也向她挥手，“你真好。”

此后每一次访谈都如法炮制。每当劳拉第一次把头转向主持人回答问题的时候，总有一阵不安与尴尬。看见无生命物件表现出智能行为，效果往往如此。没准他们都觉得这娃娃是被下了咒。接下来我会解释劳拉的工作原理，以卸下人们的心头重负。我记住了那些技术含量不太高、俏皮又能暖场的回答，熟稔到即便早上忘记灌咖啡也能倒背如流的地步。我的水平不断见长，有时候几乎像无人驾驶一样跑完全程，连主持人问的问题都不多听，只是让那几个耳熟能详的关键词自行启动我的应答。

那些访谈，还有其他营销手法，统统大获成功。我们不得不尽快把制造业外包出去，一时之间，中国沿海的每一座加工厂都在批量生产劳拉。

* * *

我们入住的小旅馆门厅中未能免俗地摆满本地观光小册子，其中大多数与女巫有关。耸人听闻的插图和文字既有道德警示意味，又充满青少年猎奇色彩。

旅馆老板大卫建议我们去古董娃娃屋转一转，那儿的招牌产品是

“塞勒姆官方女巫手制玩偶”。当年的塞勒姆女巫审判共绞死了二十个女巫，布丽奇特·毕晓普就是其中之一。藏在她家地窖里的“宝宝”们身上插满大头针，为她的罪行提供了如山铁证。

也许她不过和我一样，一个成年女子，却疯狂迷恋玩偶。想到要去逛这样一家店让我感觉反胃。

我趁着布拉德向大卫咨询餐馆和打折信息时溜回房间。我想睡一觉，要不然装睡也行。等他上楼时看见我在睡觉，也许会让我一个人待着，让我有时间稍作思考。西汀让我思考困难，好像脑袋里有一道墙，轻如薄纱，将全部思绪都隔绝在安适的帷幕之外。

如果我还记得究竟是哪里出了错就好了。

* * *

我与布拉德的蜜月是去欧洲过的。坐近轨飞船，于茫茫云端之上横跨千万里。飞船票价比我一年的房租都要贵，但钱对我们已不是问题。我们的最新一版产品“金葆小机灵”销量火爆，带动公司股价一起直上云霄。

从机场回来时，我们疲惫而喜悦。我依旧不敢相信这是我们两人的家，丈夫和妻子共同的家。一切依然有点儿过家家的不真实感。我们一起做晚餐，就像当年约会时一样。布拉德一如往常那样眼高手低，连菜谱第一段都没耐心读完，我则只能跟在他屁股后面忙活，挽救路易斯安那炖虾于水火之中。日常生活周而复始，因平淡而更显真实。

餐桌上，布拉德告诉我一件趣事：一份市场调研显示，在金葆小机灵的消费群体中，有百分之二十以上都不是买给孩子玩的，而是自己玩得不亦乐乎。

“其中有不少工程师和计算机专业的学生。”布拉德说，“还有无数网站在研究如何破解金葆。我最喜欢的一个网站，指导人们如何一步一步教金葆自编律师笑话。想一想法律部那帮家伙起草文件禁止这种事时会是什么表情吧，真让人期待。”

我完全理解这些人为何对金葆感兴趣。当年在麻省理工苦读时，我也会想拆解像金葆这样的产品，探究她的算法原理。它，我默默纠正自己。金葆作为智能生物的幻象是如此真实，以至于连我也禁不住在潜意识中将她，它，当作一个活人看待。

“说实在话，也许我们根本不需要阻止这些破解行为。”我说，“也许反而能从中赚到钱呢？我们可以发布一些应用程序端口，再把升级工具包卖给技术宅们。”

“此话怎讲？”

“金葆是个玩具没错，但不见得只有小姑娘才喜欢玩她。”我不再纠结于她还是它的问题，“说到底，她的的确确拥有全世界最高端、最好用、最自然的对话语料库。”

“你写的语料库。”布拉德说。没错，就算我有点儿虚荣心好了。但我曾为此绞尽了脑汁，它是我的骄傲。

“这样的语言程序模块，如果仅仅用在一个不出一年就会被人遗忘的娃娃身上，这难道不可惜吗？我们至少可以发布几个模块接口，一个编程指南，甚至某些源代码。然后我们静观其变，说不定真能靠这个赚钱。”我一直无法忍受在学院里搞人工智能研究的单调乏味，但我依然有我的野心，不仅仅满足于做个会说话的娃娃而已。我希望这些能说会笑的小家伙做些更厉害的事情，譬如教小孩子读书，或者照顾行动不便的老年人。

我知道布拉德最终会倒向我这一边。在严肃的外表之下，他同样发自内心渴望冒险、挑战常规。我爱他也正因为此。

我起身收拾餐桌，他伸手过来，一把抓住我的手。“急什么。”他绕过桌子，拥我入怀。我望进他的眼睛里去，心中充满欢喜。欢喜是因为我如此懂他，不用开口，已知道他的下一句话。来，跟我生个孩子。我仿佛已听到他说出口。此情此景，唯有这一句话才能与之相称，一切有如前定。

他的举动恰如我所料。

* * *

布拉德打听完餐馆的事上楼来，我并没有睡熟。药效没过去之前，就连装睡也很难。

布拉德想去看海盗博物馆。我说我不想看那么暴力的东西。他二话不说就同意了。这正是他从康复中的妻子那里想要听到的话。

于是我们来到碧波地博物馆参观画廊，那里陈列着从塞勒姆昔日辉煌中流传下来的东方奇珍。

其中有些瓷器很是吓人，碗与盘子的做工惨不忍睹，图案像是小孩子信手画上去的一样。一旁的展品介绍栏写道，这些瓷器是广东商人专为海外出口而制造的，他们在自己国家并不卖这样的东西。

我读到当年一位耶稣会传教士在参观那些广东作坊后所写的文字。

工匠们坐成一排，手边备有画笔和工具。第一个人只画山，第二个人只画草，第三个人只画花，第四个人只画动物，就这样依次延续。盘子在工匠们手中传递，每人只花寥寥几秒钟，便画完属于自己的那几笔。

所谓“东方奇珍”，不过是某座古代血汗工厂和流水线上批量生产出的廉价商品。我脑海中浮现出那些场景：一天又一天，在成千上万只茶杯上描绘同一片草叶，周而复始，别无二致，唯有中午吃饭时才能小憩片刻。伸出手，左手拿过前方的杯子，右手持笔蘸色，一笔、两笔、三笔，放到身后，涮笔，再来一遍。多么简单的算法。多么人性。

* * *

我与布拉德斗争了足足三个月，才终于说服他生产艾米。简简单单的“艾米”。

我们在家里斗。夜复一夜，我抛出老生常谈的四十一条正方意见，他回以毫无新意的三十九条反方观点。我们在公司斗，同事们隔着玻璃门围观我们两人激烈而无声的争吵，像看一场默剧表演。

那一夜我筋疲力尽。我把自己锁在工作室里一整晚，反复调试艾米的非自主肌肉收缩过程。搞不好这一点，她就不像个真人，无论她的学习程序有多么优秀。

摸回楼上卧室时，屋里黑着灯。布拉德早已上床去睡了，他与我一样心力交瘁。晚餐桌上，我们刚经历了一轮同样的唇枪舌剑。

他没有睡。“你打算一直这样子下去吗？”黑暗中传来他的声音。

我坐在床的另一侧脱衣服。“我停不下来。”我说，“我太想她了，对不起。”

他默不作声。我解开长衬衣上最后一颗扣子，转身回望。冷寂的月光从窗外淌入，我看见他满脸是泪，禁不住也哭起来。

终于我们都不哭了。布拉德说：“我也想她。”

“我知道。”我回答。*但无法与我相比。*

“没有什么能替代她，你懂吗？”他说。

“我懂。”我回答。

真正的艾米总共在这世上活了九十一天，其中四十五天她都蜷缩在重症监护的玻璃保温箱中。除非医生在场，否则我无法碰触到她一分一毫。但我却听到她在哭，我总听见她在哭。最终我试图赤手空拳砸开玻璃箱。我用尽全力拍打坚韧的玻璃，直到手掌骨折，直到医护人员冲上来给了我一针镇静剂。

我再也不能生孩子了。我的子宫壁受损严重，终生无法痊愈。听到这一噩耗时，艾米已变成壁橱里小小的一罐骨灰了。

但我还是听到她在哭。

像我这样的女人有多少呢？我渴望有什么东西可以抱在怀里，可以牙牙学语，可以蹒跚学步，可以一天一天长大，直到我可以平静道别，不再听到那哭声。但我不要真正的孩子。一个有血有肉的孩子在身边，会让我觉得自己是在背叛艾米。

一点人造皮肤、一点硅胶、一套电机、成千上万行精妙的程序，我能做到。就让科技来抚平所有伤痛吧。

布拉德无法接受这想法。他憎恶。他不懂。

我在黑暗中摸索纸巾，递给布拉德和我自己。

“这会毁了我们两个，毁了公司。”他说。

“我知道。”我一边回答，一边躺倒。我只想睡觉。

“那就一起做吧。”他说。

我睡意全无。

“我受不了。”他说，“看着你这样子下去。你的痛苦简直要把我撕碎了。这实在太难熬。”

我又哭起来。他懂，懂我的痛。或许爱不仅仅是分享甜蜜，也包括这样感同身受的痛。

入睡之前，布拉德对我说：“也许我们该考虑为公司改个名字。”

“为什么？”

“我刚刚想到，‘非常玩具’这名字，在有些坏家伙听来也有那么点色色的。”

我不禁笑了。有时候黄笑话反而是最好的治愈良药。

“我爱你。”

“我也爱你。”

* * *

布拉德把药片递给我。我乖乖接过来塞进嘴里。他又递过一杯水，看着我喝下去。

“我要打几个电话。”他说，“你小睡一觉好不好？”我点点头。

他一出门，我立即把药片吐到手心里，冲进浴室漱口。我将门反锁，坐在马桶上，试着背诵圆周率，一直背到小数点后五十四位。这是个好兆头，西汀的药效过去了。

我向镜子里望去，盯住我自己的眼睛，仿佛一直看到视网膜后面的感光器，严丝合缝，构成密密匝匝的网格。我将头转向两侧，观察肌肉收缩又放松。这效果可不容易模仿。

但我脸上却空空荡荡，表面之下没有一点真实。那痛苦去了哪里，那证明爱真实存在的痛，那因理解而感同身受的痛？

“你还好吗，亲爱的？”布拉德的声音从浴室门外传来。

我打开水龙头，往脸上泼了些水。“没事。”我回答，“我想冲个澡，你能去刚才我们路过的那家小店给我买点儿吃的吗？”

给他点事情做他就安心了。我听见他关门出去。我关掉水，再度向镜子里望去，看水珠从我脸上滚落，沿着纵横交错的皱纹往下淌。

人类的身体是一个奇迹，值得我们去再造。与之相反，人类的思维却是一个笑话。相信我，我懂。

* * *

不，布拉德和我一遍又一遍对着镜头耐心解释，我们做的并不是什么“人造孩子”。那不是我们的意图，也不是我们的成果。我们不过是想抚慰母亲们永失爱子的痛苦。如果你需要艾米，你就会懂。

我会走上街头，看着女人们小心翼翼抱着怀中孩子。我会不时认出一声啼哭，一只摇晃的小手，我便知道那是艾米，没有一丝疑虑。我会望向那些女人们的脸，感觉到心中慰藉。

我觉得自己又在前进了，从悲痛之中回到正轨。我开始准备下一个项目，一个真正能满足我的野心又能让世界惊叹的大家伙。我要继续我的生活。

泰拉花了我四年时间。我一边秘密进行研发工作，一边同步推出其他好卖的娃娃。泰拉的外形像一个五岁小女孩。昂贵的医用人造皮肤与硅胶，赋予她天使般清丽的容貌。她的双眸乌黑灵动，你可以看着它们，直到永远。

我一直没能完成泰拉的运动引擎。如今回想起来，这或许反倒是一种幸运。麻省理工媒体实验室那些金葆迷们送来一些面部表情引擎，我将其用在研发阶段的临时代用品身上。更多更精密的微型电机让泰拉远远超越了金葆。她能扭头，眨眼，皱鼻子，乃至做出成千上万种以假乱真的面部表情。除此之外，她脖子以下的部分都不能动。

但她的头脑，哦，她的头脑。

我用了最快的量子处理器，最好的固态存储阵列来运行多层级多反馈神经网络。我加入亲自调校过的斯坦福语义数据库。整个程序完美无瑕，堪称一件艺术品。仅仅数据模型就花了我六个月的时间。

我教她何时微笑，何时皱眉，教她如何说话，如何聆听。夜复一夜，我反复分析神经网络节点的动态激活图，寻找问题，解决问题，以阻止它们发生。

布拉德从未见过研发阶段的泰拉。他先是为了控制艾米所造成的损失而疲于奔命，继而又投身于新产品的推广中。我想给他一个惊喜。

我将泰拉放在轮椅中，告诉布拉德她是我朋友的女儿。在我离开办事的几小时中，能否请他陪她玩一会儿？我离开办公室，留他们两个在一起。

两小时后我回来，布拉德正在为泰拉读《布拉格的魔像》[①]。"'来吧，'大拉比勒夫说，'睁开你的眼睛，像个真人一样说话吧！'"

这可真是布拉德的做派，我心想道。他挖苦起人来颇有一套。

"行啦。"我插话道，"挺逗的，我抓住笑点了。说来你花了多长时间？"

布拉德对泰拉笑笑。"待会儿我们接着读。"然后他转头看我，"花多长时间干什么？"

"看出真相。"

"什么真相？"

"别闹啦。"我说，"讲真的，究竟是哪一点把她暴露啦？"

"暴露什么？"布拉德和泰拉异口同声问道。

* * *

泰拉的言行举止从未让我吃惊。我能在她开口之前预测她要说的

① 《布拉格的魔像》，犹太民间传说。在16世纪的布拉格，犹太教拉比勒夫为抵挡反犹主义者的入侵，用泥土创造了魔像，并赋予其生命。

每一个词。归根结底，是我编写了她的全部代码，对于她神经网络的每一次反馈与变化我知道得一清二楚。

但没有第二个人怀疑过。我应该为此自豪，我的造物通过了真人图灵测试，但我却感到恐惧。算法只是对智能的拙劣模仿，却没有人知晓，甚至没有人在乎。

一星期后，我终于对布拉德戳破真相。他起先是震惊，随即是兴高采烈，而这同样在我预料之内。

“妙极啦。”他说，“现在我们不仅仅是玩具公司啦。想想我们能做多少事？你要红啦，大红大紫！”

他一直念叨我们的大好前景，半晌才察觉到我的沉默。

“怎么啦？”

我对他讲了“中文屋”假设。

这是哲学家约翰·赛尔为人工智能研究者设下的一道谜题。设想有一间屋子，他说，很大一间屋子，坐满勤勤恳恳、忠于职守的小职员，却只会说英语。一些写有奇怪符号的卡片被源源不断送进屋里，职员们则在空白卡片上写下另外一些奇怪的符号，然后将卡片送出去。为了做出回应，职员们人手一本大书，里面用英文写满类似于这样的指示：“当你看到一张卡片上有一道横线，紧跟着一张卡片上有两道竖线，则在空白卡片上画一个三角形，并交给你右边的同事。”除此之外，没有任何一句话对符号的意思做出解释。

实际上，这些送到屋子里的卡片上是一些用中文写成的问题，而小职员们则遵循指示，给出了相应的中文回答。然而，所有这些规则手册、小职员、整个屋子、全部活动步骤，其中又哪有什么是当真懂哪怕一个中文汉字的吗？把“职员”换成“处理器”，把“手册”换为“程序”，你会由此发现，图灵测试根本无法证明什么，人工智能不过是一种幻象。

然而，你还可以换一种方式来理解这个中文屋假设：把“职员”换成“神经元”，把“手册”换成串联起所有电势能的物理法则，在此意义上，我们又有谁敢说自己当真“懂”些什么？思维同样是幻象。

“我不懂。”布拉德说，“你在说什么？”

片刻之后，我才意识到他所说的话同样早已在我预料之中。

“布拉德。”我紧紧盯住他的眼睛，希望他能明白，“我害怕。也许我们就像泰拉一样呢？”

“我们？你说人类吗？你这是在唱哪一出？”

“也许，”我竭尽所能寻找合适的字眼，“也许我们也不过是每天生活在算法中？也许我们的脑细胞不过是把一个信号变成另一个信号？也许我们根本不是在思考？也许我现在对你说的话不过是早已写好的，不过是纯粹物理过程的结果？”

“爱莲娜，”布拉德回答，“别把哲学搅和到现实生活里。”

我该睡一觉。我在心中绝望地默念。

“我觉得你该睡一觉。”布拉德说。

* * *

我把钱递给推咖啡车的姑娘，她给我一杯咖啡。我盯着她看。清晨里她面色疲惫，精神不振，让我同样感觉到累。

我需要放个假。

“我需要放个假。”她一边说，一边故作姿态地叹一口气。

我从收银台旁走过。早啊，爱莲娜。

拜托，说点别的好不好。我咬紧牙关。拜托。

“早啊，爱莲娜。”她说。

我在奥格登的小隔间外立住。他是结构工程师。天气，昨晚的比赛，布拉德。

他看见我，站起身来。“天气不错哈？”他抹了一把额头上的汗，笑着对我说。他是慢跑来上班的。“昨晚看比赛了吗？过去十年最精彩的一粒进球。不可思议。嘿，布拉德来了吗？”他满脸期盼，等待我的台词，生活琐事，家长里短，剧本早已写好，无须费心。

算法早已算出行动轨迹，我们的思维循规蹈矩，如行星运转，机械而有迹可循。钟表匠自己也不过是钟表而已。

我跑进办公室，关上门，不管不顾奥格登脸上的表情。我走到电脑前开始删除文件。

“嗨，”泰拉开口道，“我们今天干点什么？”

我一把按掉她的开关，一根指甲在电门上碰断了。我扯出她背后的电源线。我抄起螺丝刀和老虎钳，拆了一阵后又换成榔头。我是在杀人吗？

布拉德破门而入。“你这是在干什么？”

我抬头看他，手中的榔头高举在空中。我想向他诉说我的痛苦我的恐惧，我面前那黑不见底的深渊。

我在他眼中看不到想看的东西。他不懂。

我猛砸下去。

* * *

送我进医院之前，布拉德曾试图跟我讲道理。

“这完全是钻牛角尖。”他说，“人们总是把思维和每一个时代的技术联系在一起。相信女巫和精灵的时候，他们认为人脑子里有个小人。发明机械纺织机和自动钢琴之后，他们又相信大脑是台电动机。后来有了电报和电话，他们觉得大脑是一张电网。如今你又觉得大脑是台计算机。醒醒吧。这种想法才是幻象。”

问题在于，我知道他会这么说。

“因为我们结婚太久！”他吼道，“所以你才觉得把我猜透了！”

这同样在我预料之中。

“你这是在绕圈子。”他声音消沉下去，“你在跟自己鬼打墙。”

我算法中的死循环。FOR 与 WHILE 的循环。

“回来好吗，我爱你。”

除此之外他还能说什么？

* * *

我终于独自一人，在旅馆浴室里，低头看我自己的手，看皮肤下蜿蜒流淌的血管。我把双手合拢，感受自己的脉搏。我跪在地上。祈祷吗？肉与骨，完美的程序。

膝盖在冰冷的地砖上硌得生疼。

这疼痛是真的，我想。没有运行疼痛的算法。我望向双腕，刺目的伤痕映入眼帘。多么熟悉，仿佛一切曾发生过。横跨手腕的伤痕像粉色蠕虫一样丑恶，像在指出我的失败。我算法中的 bug。

那一夜的场景再度浮现：鲜血流淌，警笛凄厉，韦斯特医生与护士们一边按住我，一边给我包扎手腕。布拉德低头俯视的脸，五官扭曲，写满无法言喻的悲恸。

我本该做得更好些。动脉藏得很深，藏在腕骨下面。如果你真的一心求死，那么刀口应该竖过来才对。那才是正确的算法。做任何事都有诀窍，这一次我不会再错。

时间流淌得很慢，终于我感觉到一丝睡意。

心里欢喜。疼痛是真实的。

* * *

我推开房间的门，打开灯。

灯光启动了劳拉，她正坐在我的化妆台上。这一台原本是样机，因为闲置太久而落了灰，裙子看上去破破烂烂。她随着我的动作而把头转过来。

我转身回望。布拉德立在那儿一动不动，只看到眼泪从他脸上淌下来。从塞勒姆开车回来的路上，他一直默不作声地流泪。

旅馆老板的声音在我脑海中循环往复。“哦，我早该发现事情不对。以前也发生过这种事。早餐时她的样子就不对劲，你们回来的时候，她整个人一副魂游天外的模样。后来我听见房间里的水管一直流，就赶紧冲到楼上。”

我的轨迹正是这么容易预测。

我看着布拉德，心里知道他痛苦不堪。我的的确确知道，却什么也感觉不到。有一道鸿沟把我们隔开，深不见底，无始无终。我感觉不到他的痛，他也感觉不到我的痛。

但我的算法却依然在运行，搜索着此情此景唯一正确的那句话。

“我爱你。”

他不回答，肩膀微微颤了一下。

我转过身。我的声音在空荡荡的房间里回响，从一面墙到另一面墙。劳拉的语音传感器已经很旧了，却依然接收到了这句话。信号从一串 IF 语句中滑过，DO 循环流转往复。她在数据库中检索，电机运转，语音合成器发出声音。

“我也爱你。”劳拉回答。

夏笳 译

阿尔必信息

奥利弗·莫顿

奥利弗·莫顿是英国科学作家、编辑，在《纽约客》《经济学人》《探索》《国家地理》《连线》《美国学者》和《自然》等发表过诸多文章。2005年到2009年间，他担任《自然》新闻和特稿主编。他的作品曾入选美国最佳科学写作选集和美国最佳科学及自然写作选集。他还出版了非虚构图书《绘制火星地图：科学与想象》与《世界的诞生与太阳能：植物如何赋予星球活力》。第10716号小行星就以他的名字命名。

莫顿在《自然》杂志上发表了一系列少于一千词的精彩微型科幻小说。《阿尔必[①]信息》探讨了外星人造物到底能为人类揭示什么——一个如此合理的精彩点子，早该浮出水面了。

①阿尔必阶是早白垩世最后一个时期，时间为112.0±1.0百万年前至99.6±0.9百万年前。

致：爱娃 · P

发自：斯特凡 · K

回复：样本处理部

2047 年 3 月 4 日

我很担忧奥德赛号的样本回收设备，我觉得有必要把这忧虑写下来。仅仅依赖阿姆斯那间备用的火星标本返回实验室是极其不可靠的。它不够灵活，空间不够大，实在有负我们的期望。

我明白我的顾虑只是少数意见，已达成的共识是我们将处理非生物性的人工制品。我不想听起来那么固执己见，让人误解是去年十一月去斯德哥尔摩时，阿斯特拉－罗氏制药公司的人在我的酒水里下了点自我蛋白质。但我的少数派意见却和整个事件非常吻合。当时，苏茜和肖恩或多或少已经说服世人，阿尔必信息那三位一组的数列，遵循了某种数理哲学的原则——很可能是传说中外星人三性别繁殖体系的类比。当时 SETI 的每一个人都去上了基因分析的快速教程，我不得不使出浑身解数，调用那个平方千米望远镜阵列，将之用作平面雷达，扫描特洛伊小行星带。要不是这样，我们就不会发现那座金字塔，更别提发射奥德赛号去那儿了。

我并不是说我比任何人都更理解阿尔必人的想法，我的 DNA 中与生俱来的信息并未比任何人多。我一贯的主张是，我们尽量不要去主观解读这信息。我始终确信，去描述他们的哲学、生活方式，甚至起源，是毫无意义的。越来越聪明的人工智能正做着越来越无意义的分析。看到那些分析报告，我越来越认为，物种门群之间的差异其实是随机的。外星人的信息只是在指点我们，在木星后面有一个反射雷达波的四面体，也许我们会感兴趣，此外别无他意。

每个人都认为，要不是白垩纪和第三纪之间的生物大灭绝造成了部分信息丢失，“残余变异序列”中原本蕴含着某个关于生命、宇宙以及一切的启示。因为他们觉得曾经存在这样的一个启示，他们就指望这启示会刻在金字塔的钯墙上。但是，倘若外星人造访过地球，把他们的信息留在这个星球每一个物种的基因之中，倘若他们想告诉我们他们自身的信息，那么他们留的信息得更多一点，他们得多做几份冗余备份，使之能顺利经受物种间的进化和变异。可是，并没有足够的无用 DNA 可供书写信息。重点是，他们并没有选择留下大量信息——他们只留了个指示牌。

我能让负责望远镜阵列的人找到金字塔，是因为他们明白我对 SETI 项目知之甚深。但最近人们却渐渐忘了我自始至终都是一个怀疑论者。关于他们自己，关于这个宇宙，一群外星人到底能告诉我们什么有意义的信息呢？更何况，如果这个信息是阿尔必人在一亿年前发送或留下的呢？对于阿尔必人来说，他们能肯定的是：不管地球上演化出了什么样的智慧生物，只要他掌握了测序科技，就必然会对一种知识感兴趣。而这种知识的信息量非常大，不可能塞进基因的空闲分子里。

项目组的每一个人都对我们能做的事很有信心，尤其是记录和分析这些信息。我得承认，启动这个计划时，我未曾料到久已失落的载人航天飞船能如此轻易地被重新发明。我仍然惊讶不已，居然谁都没有意识到，把一个技术问题先撇在一旁，然后在其他问题上专注许多年之后，带着新科技回过头来就能轻易攻克原来的问题。但样本回收设备的问题无关技术难易，而关乎尺寸大小。

生物灭绝并不是阿尔必信息中的噪音，而是阿尔必信息的原因。阿尔必人明白一件事，生物多样性会不可避免地随时间削减。他们能为读到这条信息的人做的，就是保存一点生物多样性。当奥德赛号抵达特洛伊金字塔时，我并不指望它会发现更多关于外星人的信息。我指望能发现一批保存完好的中白垩纪生物标本，不只是基因，而是整个生物体样本。苏达拉特和她的男孩们回地球时，会带回一大捧早期被子植物和恐龙蛋。我们得做好准备。

阿古 译

幻城追赃记

卡尔·施罗德

卡尔·施罗德出生在加拿大马尼托巴省布兰登市，现居于多伦多。在创作小说之外，他还提供未来技术方面的咨询服务，其客户包括加拿大政府和军方。他在20世纪90年代开始发表作品，自2000年的《文托斯》以来，他已经发表了七部长篇科幻小说和一本早期短篇作品集。他最近的一部长篇小说是“幡云世界”系列的第五部，发表于2012年的《坎德斯之灰》。该系列中的所谓幡云世界，是一个遥远未来的人工世界，作者对它的设定有着坚实的科幻内核。

本篇作品的发表历程可谓复杂，而这对于当今的科幻作品来说倒也不算例外。它最早作为约翰·斯卡尔齐编辑的原创有声选集项目《异都》的一部分，于2009年以音频形式发布，后来发行了限量印刷版，2010年又以普通精装版的形式出版。施罗德使用了与威廉·吉布森的《模式识别》类似的情节设置，探讨了虚拟世界和一次性身份的道德影响。

货车的后面装着十六匹裹着塑料的冷冻驯鹿，鹿腿和鹿角密密麻麻地支棱着。吉纳迪 · 马里亚诺夫举起手电筒朝货箱里面看了看，又看了一眼自己的盖革计数器，然后说："就是它们，错不了。"

"你确信？"瑞典警察问道。他躲在雨衣里面，被午夜时分的蒙蒙细雨淋得浑身湿滑。他身后的山路在夜幕中泛着银光，好几处路面倒映着十几辆应急车发出的红光和蓝光。

吉纳迪爬下来。"警官，如果你认为这条路上还会有其他卡车装着放射性驯鹿，我想你应该告诉我。"

警察没有笑，他呼出的气息在空气中凝成一团白雾。"我是在担心管辖权的问题。"他说，"万一他们只是在走私肉类……咱们办的案子可是追查恐怖主义。"

"不过……"吉纳迪小心地说，警察本来都已经转身离开了，但是又站住了脚。吉纳迪又看了一眼被冷冻得歪七扭八的尸体，窘迫地耸耸肩。"我从没想过能见到它们。"

"见到谁？"

已经感觉挺尴尬的吉纳迪朝卡车点点头。"这些有名的驯鹿。"他说，"我从没想过能见到它们。"

警察一边走开一边用瑞典语嘟哝了一句"怪人"。吉纳迪又看了一眼卡车，然后拱肩缩背地朝自己的车走去。仪表盘上有一个小灯在闪烁，提醒他已经过了预订的时间。由于下雨，加上警察关闭了奥尔延的整个路段，E18 号公路的交通比预想中繁忙。他心里默算着，这次极其短暂的冒险得到的酬劳，减去需要多付的租车费还能剩下多少钱，这时有人喊了一声："马里亚诺夫？"

"又怎么了？"他用手遮着眼睛。两个人正从那堆紧急车辆中间踏上狭窄的路肩。他们身后是一辆没有闪灯的箱式货车——庞大的黑色车身透出凶险的意味，让他想起了乌克兰某些巡警的车。那两个人五大三粗的样子挺像便衣警察。

"你是吉纳迪 · 马里亚诺夫吗？"第一个人用英语问道。成串的雨珠敲打在他光秃秃的脑壳上。吉纳迪点点头。

“你在和国际原子能组织的人共事？”那人接着问，“你是个武器调查员？”

“那份工作已经做完了。”吉纳迪不动声色地说。

“我是莱恩·希钦思，”光头的男人伸出结实的手掌跟吉纳迪握手，“国际刑警。”

“是因为驯鹿的事吗？”

“什么驯鹿？”希钦思问。吉纳迪抽回了手。

“那些。”他说着朝检查点、闪烁的灯光和警车后面嫌犯们低垂的脑袋挥了挥手。“你们不是为这个来的？”

希钦思摇摇头。“是这样的：有人跟我说你会出现在这里，于是我们就来了。我们需要和你谈谈。”

吉纳迪没有动弹。“谈什么？”

“我们需要你的帮助，见鬼。跟我们来一下！”

又有一个人打开了货车的后门。看着它，吉纳迪还是会联想起绑架，不过能接到工作的期望让他迈开了腿。他真的很需要钱，哪怕只是在瑞典的公路旁边挣一个小时的咨询费。

希钦思示意吉纳迪爬进货车。“驯鹿？”他忽然咧开嘴笑着说。

“你从没听说过贝克勒尔驯鹿？”吉纳迪说，“没有吗？好吧——在我们辐射猎人的圈子里很有名。”

一群穿着危险品处理制服的人笨手笨脚地走向卡车，探照灯的光柱把那辆车团团围住。显然这是在一本正经地虚张声势。吉纳迪瞧着这壮观的一幕笑了起来。

“切尔诺贝利事故之后，瑞典的一整群驯鹿沾染了铯－137。”他说，“剂量是允许值的五十倍。在人们意识到问题之前，成吨的驯鹿肉已经进了加工厂。最终所有这些驯鹿都被送到了斯德哥尔摩城外一家肉类冷藏库，然后就一直待在那里。等着衰变，你明白吧？

“不过呢，昨天有人闯入了那家冷藏库，偷走了一些驯鹿尸体。我认为他们是打算设法把那些肉弄到肉铺里，造成一桩大丑闻。某种类似脏弹的后果。”

跟希钦思在一起的人骂了一句：“真变态！”

吉纳迪笑了。“还很蠢。”他说，“只要瞧上一眼那些剩下的鹿肉，任何脑子正常的人都不会买。但是我们还是抓住他们了，尽管挪威的国界，你们也知道，就在那边几千米处……”

“是你追查到他们的吗？”希钦思语气里带着钦佩。吉纳迪耸耸肩。这些年他积累了一点探险家的名声，如果承认自己被安排到这个案子，并不是因为在普里皮亚特或者阿塞拜疆那些传奇般的丰功伟绩，那会比较尴尬。不是那么回事，瑞典人与吉纳迪接触是因为，几年之前，他曾有一阵子在中国猎杀放射性骆驼。

他漫不经心地说：“这是一次付费咨询，对吧？”

希钦思又朝货车点点头。吉纳迪叹口气，爬了进去。至少里面是干燥的。货车的后部两侧各有一条长凳，一道隔断将车厢和驾驶室分隔开来，中间有一张狭窄的桌子。这么说，这是一辆盯梢用的车。一男一女坐在同一条长凳上，于是吉纳迪侧身走到了他俩对面。他忽然因为焦虑而感到胃部发紧，强迫自己说了声“你好”。遇到任何没见过的人，尤其是专业人士，总是让他尴尬和畏缩。

希钦思和他的同伴闪进车内，用力关上了车门。吉纳迪感觉有人进入了驾驶室，听到了关门声。

“我的车还在外面。”吉纳迪说。

希钦思瞧着另一个人。“杰克，你能把马里亚诺夫先生的账清一下吗？——我们会安排人去还车。”他对吉纳迪说。这时车子开起来了，他转向另外两名乘员。“这位是吉纳迪·马里亚诺夫。”他对他们说，“我们的核专家。”

“你们能不能跟我说一下，到底是什么事情？”吉纳迪问道。

“有一些钚失窃了。”希钦思平淡地说，“二十千克。比你的驯鹿严重，哈？”

“驯鹿？”那个女人问。吉纳迪对她笑笑。她看上去与这里有点格格不入。她大概三十五六岁，灰色的眼睛上戴着粗框眼镜，褐色的头发紧紧地梳向脑后，白色高领衬衫点缀着蕾丝边。一副俗套的女学究形象。

她脖子上挂着一枚看起来挺沉的黄铜怀表。“吉纳迪，这位是米兰达·韦恩。”希钦思说。韦恩点点头。“这一位，”希钦思接着说，“你叫他碎片仔好了。”

那人歪在车厢的一个角落里。他从侧面看着吉纳迪，但注意力却好像在其他什么东西上。他比韦恩年轻得多，大概才二十出头。他戴的眼镜和她的差不多，但是镜片在微微发光。吉纳迪忽然明白那是一副增强现实设备——镜片是微型透明计算机屏幕。在他透过镜片看到的事物之上，还叠加了另外一层景象。

韦恩的镜片是清晰的，这说明她现在可能把它关上了。“米兰达是我们的文化人类学家。”希钦思说，“接下来你与她共事的时间要比我们其他人都长。其实是几个星期之前，她因为自己的问题找到了我们——”

“然后一点也没得到帮助。”韦恩说，“直到出了这另外一件事。”

“说不定与钚有点关联。”希钦思说着，对碎片仔重重地点点头。“告诉吉纳迪你是哪儿来的。”他对那年轻人说。

碎片仔点点头，忽然间笑起来。“我劳碌奔忙，”他说，“自遥远的希莱尼亚。”

吉纳迪斜眼看着他。他的口音带点美国味。“西里西亚？”吉纳迪问，“你是捷克人？”

米兰达·韦恩摇摇头。他注意到她带着小小的圆形耳坠。“希莱尼亚，不是西里西亚。”她说，“希莱尼亚也是女人的名字，但在这个案子里，是一个地方，一个国家。”

吉纳迪皱起了眉头。“是吗？这个国家在哪儿？”

“这个，”莱恩·希钦思说，“是我们希望你搞清楚的问题之一。”

货车朝东边的斯德哥尔摩驶去。吉纳迪想到了各种明摆着的问题，比如“如果你们想要知道希莱尼亚在哪里，为什么不问问这位碎片仔？”——可是莱恩·希钦思似乎没有兴趣回答，只是说“米兰达会给你解释”。他倒是开始聊那些钚，显然盗窃案已经是多年以前的事情了。“它一直在被易手。”希钦思带着哭笑不得的表情说，“所以总是被运来运去的。不过自从美国人挨了打之后，大家的港口和边境上的探测设备都越来越精良了。一开始那些钚是四大块，但是后来买家和卖家开始弄碎了分头运。我们还能够追踪它，仅仅是因为他们一直把它作为整块来卖。但是它现在被切得越来越碎，总是略微超出当前探测技术能力。这位碎片仔在运送其中一小块的时候被我们抓到了，但他只是个跑腿的。他同意与我们合作了。

“现在已经足有一百多块了，又有了一位想要把它们都聚到一处的买家。这些碎块都在移动中，但是现在我们能在一吨铅里面探测到隐藏的一克钚。送货的已经很难做了。”

吉纳迪点点头，思考着这个问题。显然他们只需要成功追踪到一块，就能够找到买家。他又看向碎片仔。现在这个人的奇怪诨号的意义已经很明显了。“那么，买家就来自这个神神秘秘的希莱尼亚？”他说。

希钦思耸耸肩。“有可能。”

“那我就得再问一遍了，这位碎片仔为什么不告诉我们它在哪里，既然他那么乐于合作？还有，为什么那些本不该存在的美国人没有把他拖走，找个地方审讯一番？”

希钦思干巴巴地笑了。“没那么容易。”他说，“碎片仔，你能朝前探一下身吗？”年轻人照做了。“转一下头？”希钦思又说。这下吉纳迪看到了碎片仔耳朵里的耳塞。

“坐在你对面的这具身体，属于一名低功能自闭症患者，名叫丹纳尔·加弗里洛夫。”希钦思说，“他不讲英语。不过他极其善于把听到的话原样学出来，而且有人训练了他解读一种视觉和听觉提示语言，所以他也能重复手势和动作，哪怕是复杂的。”

“而碎片仔，”碎片仔说，“并不在这辆车里。”

吉纳迪后脖颈的寒毛都竖了起来。他发现自己忽然不愿意看丹纳尔·加弗里洛夫那对微微发亮的镜片。“眼镜上有摄像机，”他结结巴巴地说，“当然，没错，而且还有麦克风……你们不能跟踪信号吗？”他问希钦思。对方摇摇头。

“信号在普通网络上跳转了两三步，然后进入了一片错综复杂的匿名僵尸网络。”吉纳迪若有所思地点点头。他以前见过这样的东西，知道跟踪进出碎片仔头脑的数据包流会有多么困难。别管是谁正在操纵丹纳尔·加弗里洛夫，至少现在他是无懈可击的。

车继续行驶，雨云已经散去，从后窗看出去，午夜的暗淡苍穹仍然不时被琥珀色和粉红色的闪电照亮。

“你现在有没有什么义务在身？”希钦思问。

吉纳迪看了他一眼。“这么说，这份工作的时间还可能挺长？”

“我希望不长。我们需要找到那些钚，但是我们不知道碎片仔愿意帮助我们多长时间。他随时有可能消失……所以如果你愿意今晚开始？”

吉纳迪耸耸肩。“我没养猫，也不需要照顾……别人。我习惯出外勤，不过——”他抛出了一个能想得到的玩笑来缓解气氛。“我还从来没被人类学家盯着干活呢。”

韦恩用手指头敲击着狭窄的桌面。“我并不想失礼。”她说，“但是你得明白：我并不是为你们的钚来的。我承认它很重要。”她又迅速补充道，还举起了一只手：“我只是认为你应该知道，我在寻找别的。”

他耸耸肩。“好吧。找什么？”

“我儿子。”

吉纳迪盯着他，不知道该说什么好，最终只是耸耸肩膀笑了笑。韦恩正要开始说话，这时汽车停到了斯德哥尔摩市一家较为豪华的宾馆外面。

那一夜剩下的时间里，他们跑了很多路，做了很多安排，吉纳迪被送到城市的另一端，从他朴素的出租屋里收拾了包裹。他们让他和韦恩、希钦思住在同一层，不过碎片仔住在哪里，他到底睡不睡觉，吉纳迪就不知道了。

吉纳迪心思乱得睡不着觉，便在网上浏览了很长时间，想找到关于他的驯鹿和晚间道路上的事故的报道。截至目前，什么消息都没有，最终他真累了，便睡着了。

早上八点，希钦思敲响了吉纳迪的房门。当时他、韦恩和碎片仔正在走廊对面的套间里享受一顿丰盛的早餐。吉纳迪进门的时候碎片仔抬起头来。

“早上好。”他说，“我相信你睡得很好。”

吉纳迪嘟哝着几句废话做回应的时候，心里想到了美国人爱用的“毛骨悚然”一词。碎片仔笑了——当然真正在笑的是丹纳尔·加弗里洛夫。吉纳迪好奇他到底有没有注意到发生在周遭的社交互动，或者他是否意识到，遵循控制者的指令，是混迹于这个复杂得令人迷惑的人类社会最简单的方法。

昨晚睡觉之前，吉纳迪查询了碎片仔与加弗里洛夫之间的这种关系。加弗里洛夫并不是一部仅具人形的机器，原样复现操控者的言行是他的一项技能，而他作为一个“傀儡”，清楚地知道自己在做什么。他不只是一个木偶，但也远远算不上一名演员。别管他是什么，他显然很喜欢火腿蛋松饼。

“我们今天干什么？”吉纳迪问希钦思。

“你用餐梳洗之后，我们便立刻开始。”

吉纳迪对着韦恩皱眉头。“开始？我们从哪里开始？”

韦恩和希钦思交换了一个眼神。碎片仔笑了。是另外某个时区的某个人让他那么做的吗？

吉纳迪的兴致不算太高，因为他一直希望能回想起昨晚一些有助于搞清楚状况的细节。咖啡开始提神了，但他还是什么都想不起来。另外，他很想查一下新闻，看看媒体有没有报道他的驯鹿。

米兰达忽然说：“希钦思对你说了他的问题，大概我该跟你说说我的问题了。”她把手伸到脚边的一个包里，然后往桌上放了一本电子书。那是一本四开本的书，三百页柔软的电子纸，每一页都能够记下你的见解。她翻页的过程中，吉纳迪能看到页面上已经被她填满了手写笔记、照片和网页，而且全都填到了页面外边。在任何可读的比例下，虚拟页面的尺寸都远大于你正注视的物理窗口——这是在她翻到某一页，用手指头把上面的新闻报道拨弄得翻飞起来时，吉纳迪看出来的。她又一次按下手指头，止住了文字和图片的卷动。“这里。”她把书递给了吉纳迪。

在页面中间是一封常见格式的电子邮件。

妈妈，我知道你警告过我，不要离开喀斯喀蒂亚的保护，但是欧洲太棒了！我到的每一处，人们都尊重我们的市民身份。你知道我喜欢乡下。我遇到很多人，他们对我的成长方式很着迷。

吉纳迪抬起头来。“你是从城市网络来的？”

她点点头。别管米兰达·韦恩原来是什么国籍，她现在已经接受了一个全球城市网络的公民身份。这个网络中的城市全部加起来，要比它们所处的国家还要强大。她的儿子或许出生在如今被简称为喀斯喀蒂亚的温哥华－波特兰－西雅图城市走廊，或者上海。这并不重要，他拥有在每一个大都市以及很多其他大城市活动及生活的自由，他就是这样长大的。但是邮件暗示他的母亲忘记了在这些城市本应属于的任何一个国家给他做出生登记。

吉纳迪继续读下去。

总之，我昨天遇到了一个人，背包客，说他叫躲避客。他说除了ARG之外，他没有其他公民身份。我说好吧，随便啦，于是他就发给我一个路径链接。我照着它游历了罗马，直到现在都还挺过瘾。这是一些照片。

后面是一些相当普通的图片，内容是罗马的老街道。

吉纳迪困惑地抬起头来。替代现实游戏——ARG——就和泥巴一样寻常，全世界成千上万的孩子为这颗真材实料的星球加上虚拟覆层和地理位置信息，构成了关于旅行和地点具体特征的复杂游戏。互联网身份也并非新鲜事物。越来越多的人认为自己具有真实世界某个国家以及某个在线虚拟世界的双重身份。由于虚拟国家的经济规模可能比很多真实世界的国家还要大，这样的公民身份并非只是装模作样。在经济方面，它可能比你的正式国籍还要重要。

基于ARG的国籍不是什么太难想象的事，于是吉纳迪说：“我看不出来这里面有什么大不了的东西。”

“看下一封。”韦恩说。她坐回去，咬着手指甲，看着他在贴到页面上的那一串电子邮件中继续翻阅。

妈，这些重绘图很棒对不对？跟真实的世界比起来，超萨奇真是太有活力了！就连香港的覆层跟它都没法比。共享性真的很高。今天我离开它的时候，兜里揣着一万多超萨奇点。当然，它只能通过保加利亚之外的一个匿名入口兑换——但它确实是可兑换的。我觉得大概相当于五百美元吧，假如我真的傻到要去换成现金的话。留在ARG里的话，这笔钱价值要高得多。

韦恩靠过来翻动。“这一封。”她说，“两周后来的。”

吉纳迪读道：

事体2.0是一个能把一切东西实时重绘成超萨奇语汇的覆层。一旦你了解到世界上到底在发生什么，就会明白它有多神奇了！圣域正在给欧洲造成那么大的压力。圣域以各种各样的方式显现出来——想象一下，一场自组织的灾难会是什么样子！而且，超萨奇原来只是通往反对圣域的重绘图的一个门户。还有其他的：川普敦、阿勒格尔和希莱尼亚。

“希莱尼亚。”吉纳迪说。

碎片仔直起身来看看那本书。他点点头说：“超萨奇是通往希莱尼亚的一个门户。”

“那么你？”吉纳迪问他，“你去过那里？”

碎片仔笑了。“我住在那儿。”

吉纳迪被搞糊涂了。这些话里有些词语很眼熟，比如他隐约了解地理覆层的概念，但是另一些词他就完全不知道是什么意思了。“圣域是什么？”他问碎片仔。

碎片仔的笑容里带着令人恼火的自鸣得意。“你找不到语言来形容它。”他说，“你只能用事体 2.0 来谈论它。然而圣域就是这里实实在在正在发生的事情。”

吉纳迪朝莱恩·希钦思投去探询的目光。希钦思嘟哝了一声。“圣域大概就是钚窃贼背后的组织。”他说。

“圣域不是个组织。”碎片仔说，“就像事体 2.0 不只是一个词语。”

“随便啦。”莱恩说，“吉纳迪，你需要找到他们。米兰达会帮助你，因为她想找到她儿子。”

吉纳迪竭力想要跟上节奏。“这个圣域，”他说，“就是在……远方的希莱尼亚？”

碎片仔轻蔑地笑了。韦恩恼怒地瞪了他一眼，然后对吉纳迪说：“没那么简单。这儿，读一下最后一封邮件。”她把页面拖到了最底部。

妈，希莱尼亚是一种新的“事体”。但圣域也是，想到这一点就让人害怕。没有这个事体，没有这个词和它所代表的指代行为，你就无法言说这些事物，你甚至看不到它们。我现在就能看到它们，一天接一天——行走的城市，这些国家像蝉一样终其一日走向太阳，只为再次消失在黄昏中……我不能再袖手旁观了。我不能再做我自己，否则圣域就要胜利。对不起，妈妈，我必须成为可以被2.0指代的某种事物。希莱尼亚需要我，或者我能够付出的、尽可能多的我。

我会给你打电话的。

吉纳迪又读了一遍那封信，然后又读了一遍。“没道理。”他说，“乱七八糟，不过……”他看向希钦思，“事体 2.0。这是个代码，对吧？”

希钦思摇摇头。他递给吉纳迪一副韦恩那样的宽边眼镜。吉纳迪认出了眼镜腿上的商标名：阿里亚德涅 AR，一家瑞士的增强现实企业，最近刚刚收购了谷歌。韦恩戴的也是阿里亚德涅，不过碎片仔的眼镜上没有标识。

吉纳迪小心翼翼地戴上，按镜框激活。一个令人神清气爽的蓝色透明球立刻出现在他面前，离他大约两英尺远。当然，眼镜是把那个球直接投射到他的视网膜上的。球的周围是好多只有他能看到的图标和命令。吉纳迪熟悉这种界面。他要做的只是注视着某一条命令，然后它就会变颜色。然后他可以眨眼激活它，或者看向别处来取消。

“标准软件。”他一边扫视那些图标一边嘟哝着，“地理服务、维基、社交网络……这是什么？”

希钦思和韦恩也戴上了眼镜，于是吉纳迪把那个不熟悉的图标设置成众人可见，然后用手指从空中把它挑了出来。当然他感觉不到它，但是可以把那个艺术字体的小小字母R放在大家都能看到的桌子中央。

丹纳尔·加弗里洛夫点点头，为正在操控他的人模拟出一个满意的笑容。“那是你的第一站，”他说，“一个叫作铆钉服装店的地方。”希钦思打了个招呼然后离开了。吉纳迪基本上没有注意到，他已经激活了铆钉服装店的图标，正在听一个并不在此处的放肆年轻女性滔滔不绝。他把她挪动到了房间中央，不过走来走去的米兰达·韦恩老是穿过她。

那位美丽的女性叫作色灵——是一种解说员，此时此刻她正在向吉纳迪详细介绍一款名为“铆钉服装店”的替代现实游戏。

在她讲述的过程中，吉纳迪眼镜上的摄像机和位置传感器还在加班加点地确认他的位置和他周围的物体。那位色灵解释说，《铆钉服装店》设定在一个虚构的煤气灯年代——一个不曾存在过的十九世纪八十年代，就在这时，房间里的所有东西都变化了。墙上多了一层泛着光泽的半透明花卉壁纸，台灯隐在了阴森森的黄铜气灯后面。

米兰达·韦恩再次穿过了色灵。有那么一刹那，吉纳迪以为游戏在她身上也加了覆层。事实上，她的高领衬衫和长裙忽然就看起来顺眼了。他一下子明白过来，她的耳环其实是两个小齿轮。

“蒸汽朋克已经过时了，不是吗？”他说。韦恩转过身来，抬手触碰了一下自己的耳垂。她朝他笑了，这是他第一次看见她由衷地微笑。

“我父母都比较痴迷新世纪风格的东西。”她说，“出于叛逆心理，我加入了一个蒸汽帮。我们穿衬裙和紧身背心，而且我以前还用长簪子把头发挽成一个精致的发髻。男孩们都带夹鼻眼镜，穿印花马甲这样的东西。我好久之前就疏离这种文化了，不过我还是挺喜欢这种风格。”

吉纳迪发现自己在对她笑。他理解她说的事情——那种与整个社会微微拉开一点距离的冲动。韦恩戴的那个项链似的怀表是一种寄托，一个总能让她想起自己身份以及独特之处的东西。

米兰达·韦恩的寄托是齿轮和转子，吉纳迪的却是地点：他随身携带的不是黄铜与齿轮的标志，而是记忆——滴水的混凝土大厅、隐在暗影中的废弃反应堆加热器、堆积着废燃料棒的蓝光幽幽的水池……还有在漆黑一团的商用冰柜里，像玩具一般胡乱堆放的整群受到辐射的驯鹿。

《铆钉服装店》算不上很奇怪。很多女人在她们保守的工作服里面穿着紧身内衣裤来达到同样的效果。对那些没有这种释放渠道的人来说，《铆钉服装店》这样的覆层差不多给了他们同样的私下拥有某种独特性的感觉。孩子们独自走在柏林或者明尼阿波利斯普普通通的街道上，但与此同时他们也身处维多利亚风格的亚特兰蒂斯，正在雾气氤氲的鹅卵石街道上结伴而行。他们当中很多人花费业余时间填充那些地方的细节，设计衣服，撰写《铆钉服装店》的历史。它已经远远不止是游戏，而且它已经风靡了全世界。

米兰达·韦恩拖着她的包走向门口，碎片仔为她打开了门。他们转向仍然坐在一片狼藉的早餐桌前的吉纳迪。“准备好了吗？”米兰达问。

“来了。”他说着站起身来，从斯德哥尔摩朝亚特兰蒂斯走去。

* * *

《铆钉服装店》的笔触轻盈得让人愉悦：它通常只在你看到的景象或者听到的声音上稍加修饰，给原本寻常的地方加上一抹陌生感。在电梯里，吉纳迪的眼镜过滤了荧光灯的强光，把它变成了烛光的样子。在前台，一部华美的蔓叶装饰收银机飘摇着进入视野，取代了柜员正在使用的终端。在外面的大街上，吉纳迪听得到附近有马的嘶鸣，还看到在奔涌不息的电动汽车流外面，几匹黑鬃马抬起了头。

斯德哥尔摩本来就是富丽堂皇的古典之美与高度现代化的混合体。这些地方真的曾经用煤气灯照明，而且很多街道仍然是鹅卵石铺就的，尤其是在王宫那种浪漫气息浓厚的地标建筑附近。《铆钉服装店》不需要太多的努力就可以达到它想要的效果，尤其当其他玩家像星星一样闪耀的形象开始出现时。你能在几千米之外看到他们，哪怕隔着建筑和山丘，所以很容易和他们会面。该游戏禁止某些形式的联络，在这个游戏中没有电话，但是吉纳迪、米兰达和碎片仔没有花太多时间就与另外两名长期玩家一起坐在了一家咖啡厅里。

吉纳迪让米兰达主导，于是她热情洋溢地开启了一番关于《铆钉服装店》政治和历史的讨论。她显然以前来过这里，不可能只是为了寻找儿子就了解到全部这些细节。他看着她一边讲话一边手舞足蹈，而她的番红花面包和咖啡慢慢失去了热度。

阿加塔和珀尔很快就跟米兰达熟络起来，对吉纳迪的态度却颇有保留。吉纳迪并不在意，他正和往常一样，在陌生人旁边舌头打结。于是，通过聆听，他了解到几件事情：

《铆钉服装店》的亚特兰蒂斯是一座全球性的城市。到处都有它的片段，但是它们的位置根据玩家的行为发生变化和转移。你可以把你的覆层改变到另一个街区，不过那么做的话，你就失去了当前的街区。这通常算不上问题，只不过这意味着其他玩家可能会随着你的移动瞬间出现或者消失。

这个游戏是免费的。这有点让人吃惊，但也算不上很大的意外。现在有很多开源游戏，但很少能像这个一样细节丰富，美妙而精致。吉纳迪曾经以为有大量的资金维持着这个游戏，不过实际上令它得以运转的是与金钱同样强大的事物：大量粉丝的关注。

游戏的目标是亚特兰蒂斯社会中的权力和影响力。《铆钉服装店》是一个政治游戏，基本上全靠对话推动发展。随着游戏的进行，能够看出它最早的原型很可能是二十世纪的一款桌面游戏《外交》。吉纳迪说出这个想法的时候，珀尔笑了。“那款桌面游戏，是啊。”珀尔说，“不过更像是《斯洛波维亚》那样的邮件游戏，你必须得写出来一个短篇的故事，才能在游戏里面发展一步。就和《斯洛波维亚》里面的角色一样，我们都是外交人员、高官情妇、扒手和内阁大臣。当然，没有一个是干净的。”他又笑着补充道。

“而且我们常常欺负新手。”阿加塔带着邪恶的笑容又加了一句。

“啊，没错。”珀尔就像想起来什么似的说道，“我们现在就要那么做了。作为失宠的内阁大臣普德格伦·福德萨克，我有很多敌人，而我的大部分同胞都受到了监视。你必须把这个外交邮袋送给我的一名同谋。如果你在路上遭到拦截或者杀害，那不关我的事——但是麻烦一露苗头，你就一定要丢掉邮袋。”

“嗯。”珀尔把一个文件夹大小、毛毡密封的包裹递给他时，吉纳迪说：“麻烦的苗头长什么样子？”

珀尔盯着阿加塔，阿加塔则噘着嘴，皱着眉，瞧着天花板。“哦，比方说，陌生人朝你聚过来或者挡你的路。”

珀尔凑过身来。“如果你做了这件事，”他悄声说，“回报会相当丰厚。我有一些有权势的朋友，等我重掌大权，我就能帮助你发展你自己的事业。”

珀尔必须去上班了（在真实世界中），所以他们分了手，吉纳迪一伙搭乘蓝线地铁去了市政厅站。乘地铁本来就像是一场地下奇幻之旅，而在《铆钉服装店》中，隧道更是变成了烛光摇曳的山洞，模模糊糊地挤满了身穿头巾长袍的陌生人。回到地面上，他们很快在一条狭窄的小巷里找到了一家看上去平淡无奇的经纪行。接待员愉快地从吉纳迪手里接过了包裹。她穿着香奈儿的套装，不过桌子后面冒出来一根长长的羽毛。看到吉纳迪好奇的目光，她伸手拿出一顶华美的维多利亚式茶帽，给他看了看。

走到外面大街上，他说：“角色扮演似乎是这个游戏的重要组成部分。我没有穿合适的衣服。”

米兰达笑了。“你那一身？已经差不多了。再来一块怀表和一件马甲就够了。你没问题的。至于你……”她转向了碎片仔。

“我有很多装扮。”傀儡说，“我要去换上一套了，咱们宾馆再见。”说着他便走开了。

“可是——等一下。”吉纳迪正要跟在他后面，但米兰达把手放在了他的手臂上。她摇摇头。

“他说来就来，说走就走。”她说，“我们没有办法，不过我猜希钦思的人会盯着他的。这对他们来说可能也没什么用。我敢说碎片仔去的地方都是虚拟的。”

吉纳迪看着傀儡消失在地铁站的入口，他也从《铆钉服装店》里消失了。吉纳迪闷闷不乐地说：“咱们也消失一会儿吧。我想查看一下我那些驯鹿。”

“你消失吧。”米兰达冷冷地说，“但我要留下。我要找我儿子，马里亚诺夫先生。这对我来说不仅仅是游戏。”

“驯鹿也不是。”

结果发现，他并不需要离开游戏就能够浏览当天的新闻头条。确实有很多新闻，都是关于一个狂人恐怖集团被爆的消息，但是只字未提完成了现场工作的具体探员。这对吉纳迪来说无所谓，他几年前曾阻止了一次炸毁切尔诺贝利石棺的企图，一时间名声大噪。他当初接受那个任务，就是因为在普里皮亚特的废弃街道上，他可以彻底地孤身一人。接受电视采访，然后在大街上被认出来，这对他来说是极大的痛苦。

他们为吉纳迪买了一些合适的蒸汽朋克风格服饰。他讨厌带着热情去购物，他非常了解那样做的后果，但是米兰达似乎很喜欢。一下午他们又遇到了几个亚特兰蒂斯居民，但他还是畏畏缩缩的。吃晚饭的时候，她问他以前有没有玩过角色扮演。

吉纳迪大声笑了出来。“我一直在玩。”他很快地说出了五六个更加流行的在线世界的名字。他在每个世界里面都有多个分身，在其中一个世界里，他培养自己的角色已经十年多了。米兰达对他的笨拙表示困惑，于是吉纳迪最后解释说，那些游戏能让他待在家里，让一个虚拟分身去干跑腿的事情。他有很多不同的身体，男女都有。但是分身之间的交谈和现实中真人之间的面对面交谈根本不是一回事——哪怕是在《铆钉服装店》这样的替代现实中。

“现在人们称之为社交恐惧症。”他不大情愿地说，“但实际上，我只是害羞而已。”

米兰达回以一声惊讶的“哦”，接下来是长长的一段沉默。她在思考，而他在座位上局促不安。“叠加一下，你会不会舒服一点？”最后她问道。

“什么意思？”

“用操控傀儡的方式操控我，就像碎片仔操控丹纳尔。只不过，”她揶揄地补充道，“只限于在游戏互动时。”

“我用不着。”他焦躁地说，“我会适应的，你等着瞧吧。只不过……我希望现在能回到自己的公寓，我并没想过要接一份不在家、持续时间不确定，而且不知道自己要去哪里的工作。我甚至不确定该怎么开展调查，我在调查什么？调查谁？所有这些对我来说都不正常，我需要一段时间来调整。”

她把他当成了某种需要别人特殊照顾的社交障碍患者，这让他感到愤愤不平。他有份工作要做，而且几乎比任何人都清楚形势究竟有多么危急。

对于绝大多数人而言，“钚”仅仅是一个字，并不比“吸血鬼”更加真实。很少有人拥有过它，很少有人见识过它的影响。吉纳迪了解它——它的颜色、它的重量以及你可以用它来制造的东西。

吉纳迪不打算让自己的弱点妨碍他们找到那些钚，因为仅仅有人想要它，就已经是场灾难了。如果找不到，吉纳迪就将在等待中度日，每天早晨打开新闻，等着听到哪座城市——以及几百万条生命——最终遭遇了它。

那天晚上他在床上躺了好几个小时，脑子一直没有闲着，试图把这款流行游戏的条款和他需要摧毁的这桩顽固的走私行动联系起来。

他认为《铆钉服装店》的运作有点像是一个秘密社团。第一次互动，也就是他在另外两名玩家之间运送假外交邮袋，可能是运送钚的一种有形机制。晚饭后他向希钦思提起时，国际原子能机构的探员证实了他的想法。“我们相当肯定，有组织的犯罪已经开始利用包括你们这个在内的游戏来传送东西。比如说，毒品。你能够把两名完全不相关的陌生人用作脚力来取货或者交货，甚至设立一个很长的链条。每一步都可以有几千米长，甚至用步行就能送达，防止被我们所有的探测工具发现。一名玩家可以把包裹扔出他的国境线，然后另一名通过其 GPS 坐标找到它。这是一场噩梦。”

然而《铆钉服装店》本身不过是一个门户，是通往“远方的希莱尼亚”路上的一个里程碑。在《铆钉服装店》和希莱尼亚之间，是米兰达的儿子发出其大部分邮件的地方：超萨奇，他是这么称呼那里的。

如果说《铆钉服装店》像个在普通文化中运作的秘密社团，超萨奇就像是个第二级秘密社团，只存在于《铆钉服装店》的文化中。阴谋中的阴谋。

希钦思说过他痛恨替代现实游戏。“它们毁掉了我们自‘9 · 11’以来精心设置的所有安保体系。就这么毁掉了。因为你不再是你——见鬼，在这些游戏里，你可以让很多人玩一个角色，在交接班时转送角色身份。地理无关紧要，身份是个笑话……这颗星球上的每个人都像是碎片仔一样。在这样的情况下你怎么揭开一个阴谋？”

吉纳迪第二天早晨向米兰达解释了这一见解，她严肃地点点头。

“你说对了一半。”她说。

“只是一半？”

“这里面的道道远不止于此。”她说，“如果你对这个游戏感兴趣，咱们今天不妨了解一些。”

他确实感兴趣。穿上他那身行头之后，吉纳迪可以藏身于眼镜带给他的界面里。他决定把这些因素当成一堵墙，将自己和其他玩家的分身隔开。他要假装自己在野外，就像他之前经常离开家的庇护那样。不管怎样，他要试试。

那天他们进展顺利。米兰达已经凭着找到儿子这一狂热的执念玩了几个星期。吉纳迪发现，如果抱着在大街上与陌生人展开谈话的想法，他就会动弹不得，玩不下去，但如果他假装说话的是自己的角色，阿瑟 · 托尔爵士，那么多年的游戏经验就会迅速起作用。他和米兰达之间迅速建立了一个联络和责任网络，他们每天或隔天见一次碎片仔。有趣的是吉纳迪发现自己与傀儡之间很快形成了一种沟通模式，一如他与莱恩 · 希钦思之间：两人见面，吉纳迪汇报，另一位则会满意地点头。

希钦思的人曾经抓到碎片仔携带着一块钚。基本上这便是吉纳迪对这位傀儡的全部了解，也基本上是希钦思宣称自己知道的一切。“我们推断出一件事。”吉纳迪施压后希钦思补充道，“他的口音。丹纳尔·加弗里洛夫不说英语，他是保加利亚人。但是他能完美地学出英语，包括口音。他说的是一种美国口音，具体来说是西海岸，华盛顿州或者周边。”

“好的，这算是一条线索。”吉纳迪说。

“是的。”希钦思不开心地说，“但用处也不算大。”

吉纳迪知道希钦思雇用自己做什么，而且他也正在做。但是他越来越怀疑，会不会以一种自己并不理解的方式，他也在被碎片仔雇用着——甚或整个国际原子能机构都是如此？这个想法令他不安，但是他没有对希钦思说。听起来太疯狂了，说不出口。

第一天他们并没有得到米兰达许诺过的那种深入了解，第二天也没有。差不多辛勤工作了一周，普德格伦·福德萨克才在下午茶的时候跟他们碰面，将一份手写便条交给米兰达。“这是猖獗狮鹫兽今天的地点。”他说，“食物非常棒，而且那里的谈话格外……有赚头。”

普德格伦消失在街角之后，米兰达举起便条，得胜般地叫了一声。吉纳迪困惑地看着她。

“我太棒了。”她对他说，“希钦思的小伙伴们从来没有接近过这个地方。”

“那里是什么地方？”他想到的是炸弹制造者的仓库、毒品加工场之类的，但是她说：“是一家餐厅。”

“哦，不过它是一家亚特兰蒂斯餐厅。”看到他脸上的表情，她又补充道，“食物来自亚特兰蒂斯，在这里烹饪。只有亚特兰蒂斯人才吃。从社会学意义上讲，这是一次巨大的突破。”她解释说，任何人类社团都有入伙的会员费，而会费的收取形式就是心理上的投入和信奉。比如，为了展示对一些宗教的虔诚，人们必须经受考验，或者放弃他们的世俗财产，或者离开他们的家庭。他们必须坚守严格的生活准则——准则越严格越繁多，社团越稳定。

“这太离谱了。”吉纳迪说，“你的意思是，人们拥有的自由越少，他们就越快乐？”

米兰达耸耸肩。“你是用一些你估价较低的幸福之源，去换取你估价较高的幸福。别管这些了，我想说的是，在《铆钉服装店》这样的游戏里面，升级就意味着投入。我们已经升到狮鹫兽餐厅向我们开放的级别了。”

他斜视着她。“那么此事的重要性在于……”

“在于碎片仔曾告诉我，那里是通往超萨奇的门户。”他们回到了宾馆换衣服。去狮鹫兽餐厅要穿正装，于是吉纳迪第一次穿上了《铆钉服装店》的全套装扮。这一身完全是蒸汽朋克风格的。米兰达为他买了一身紧身细条纹套装，黑色的丝绸马甲上绣着精致的龙图案。他系着两条腰带，一条普通的，还有一条皮革功能性腰带，吊在一侧臀部上方，上面挂着一些环和包。她还找到了一顶圆顶硬礼帽，让他戴上之前先把头发向后梳理顺滑齐整。

他极为扭捏地走出来，米兰达在等他。她穿着一件材质颇似铸铁的紧身胸衣和一条黑色长裙，长裙下面露出了沉重的黑靴子。她转动着一把旧式太阳伞，对着他笑了。“从头到脚一副俄国绅士派头。”她说。

“乌克兰。”他纠正道，然后两人动身前往猖獗狮鹫兽餐厅。

吉纳迪的眼镜已经自动调整，滤掉了所有电子灯光的特征光谱。他的耳塞也消除了普通城市里的喧嚣和嘈杂，代之以亚特兰蒂斯里才会有的声效。他和米兰达漫步在一个改造过的城市里，柔和的琥珀色街灯、远处马儿的嘶鸣，还有无处不在的蛐蛐叫都令人身心放松，在这样一个夜晚，似乎没有什么好着急的。

他们转过了一个街角就来到了狮鹫兽餐厅门外。这是一家填满了整条小巷的露天咖啡厅。吉纳迪把眼镜抬起片刻，发现这个地方实际上被夹在两座钢铁与玻璃构成的摩天大楼中间，但是在《铆钉服装店》里，那是两座幽暗的石质庞然巨物，装饰着滴水兽，有很多虚拟的树遮蔽了天空。在寻常现实中，咖啡厅被高大的纤维屏风与街道隔开，在游戏里则有石头墙，入口上方有雕刻精美的狮鹫兽。

纸质的灯笼照亮了餐桌。一位身手伶俐、表情狡黠的男招待带领吉纳迪和米兰达走到一张桌旁，碎片仔已经在那里等着了，两人都不感到奇怪。傀儡正在喝矿泉水，模仿邻桌一对伴侣的样子摇晃着他的杯子。

“欢迎来到亚特兰蒂斯。”吉纳迪打开餐巾的时候，碎片仔说。吉纳迪点点头，他确实有种经历了一路风尘的感觉，就好像这里确实是某个平行世界，而不是下城区的一条小巷。

侍者过来介绍了当晚的特色菜，然后留下了菜单。吉纳迪打开他的菜单后，发现价格都是用亚特兰蒂斯第纳尔标注的——游戏里的货币。

他朝米兰达凑过去。“这个游戏是免费的，”他悄声说，“那么谁来为这些付钱？”

碎片仔已经听到了，大声笑了出来。“我说了，欢迎来到亚特兰蒂斯。我们有自己的经济，就像瑞典一样。”

吉纳迪摇摇头。他已经研究过这个游戏，知道第纳尔与真实世界的任何一种货币之间都没有兑换机制。“我是说谁为这些肉、蔬菜，还有葡萄酒买单？”

“是全体亚特兰蒂斯人。”碎片仔说，“如果你想要在这里赢得一些真正的社会资本，我可以介绍你认识几位培育资本的人。”

米兰达摇摇头。“我们想要到达下一级。去超萨奇。”她说，“你知道的。为什么你还不直接带我们去？”

碎片仔耸耸肩。“试过直接带希钦思的手下去。他们到不了那里。”

“超萨奇就像是《铆钉服装店》内部的一个 ARG。”吉纳迪猜测道，“所以你必须先了解《铆钉服装店》的规则、人物和设定才能够玩游戏中的游戏。”

“这是部分原因。”碎片仔表示赞同，“但《铆钉服装店》只是个覆层—— 一张画在地图上的地图。而超萨奇是一幅全新的地图。”

“我不明白。”

“我会让你看看。”侍者走过来，他们点了餐。然后碎片仔站起身来。“来。餐厅后面有一个小商店。”

吉纳迪跟在他身后。在一道植物屏障后面，有几张市场货架式的桌子，堆着各式各样的商品。有很多亚特兰蒂斯风格的服装，看样子都是手工制品。还有很多种小饰品，比如怀表和米兰达那样的耳环。"啊，在这儿。"碎片仔说着，把吉纳迪拉到最后面的一张桌旁。

他拿起一副古典样式的圆框眼镜。"戴上试试。"吉纳迪照做了。眼睛适应了之后，他看到了熟悉的增强现实界面启动的闪光。

"这些是——"

"就像你原来那副。"碎片仔点点头，"但是有一些功能扩充。它完全是由 3D 打印机和手工制作的，制造者和用户都是超萨奇人以及他们的一些亚特兰蒂斯朋友。数据传输器由普通的因特网协议负载：这叫作隧穿。

碎片仔从柜台后面满脸笑容的老妇手里买了两副眼镜，然后两人返回餐桌。米兰达正在和另外几个亚特兰蒂斯人交谈。她转过头来，碎片仔给了她一副眼镜。她不声不响地戴上了。

用餐过程平淡无奇，除了一些《铆钉服装店》的玩家过来沟通几句。每个来这里的人当然都是冲着气氛和美食，但也是为了建立能够增加游戏角色财富的人际关系。

用餐完毕后，碎片仔往桌子上放了一些虚拟钱币。侍者过来的时候他说："请向厨师转达我的敬意。"

"真是太感谢了。"侍者鞠了一躬。

"这位女士对你们赞不绝口，她和她的同伴希望能进一步了解食物的来历。"碎片仔掀起他的翻领，露出一个精美的小扣针，雕刻成齿轮图案。侍者睁大了双眼。

"当然了，先生，当然。这边请。"他带领他们经过了餐厅后部的货架，来到厨房员工干活的地方，他们用的都是些样子普通的便携式野营锅。后面的小巷里停着几辆小汽车和没有装饰的白色板厢货车。货车的后门被卷了上去，露出成排的塑料滑道，上面堆满了食物。

侍者跟一个正在卸车的人商量了一下，那人嘟哝了一句。"那就搭把手吧。"他对吉纳迪说。吉纳迪把一托盘的圆面包滑出货车后部时，那人说："我们种植自己的产品。现在它们的名字都很有想象力，叫作垂直农场。我刚刚起步的时候，它们被称作种植处，种的全是大麻。哈！"他拍了一下吉纳迪的肩膀。"农业革命的成功靠的乃是有组织犯罪。他们完善了种植处的工艺，我们利用他们学到的知识种西红柿、青豆和差不多你能想象到的一切。"

吉纳迪拉出了另一条导轨。"那么你们，怎么着？在城里有种植蔬菜的房子？"

那人耸耸肩。"好几处地下室。大体上我们都是露天种植，在公共马路上，在公园、房顶和高楼的平台……任何城市里都有大片未使用的空间，最好是能利用这些空间做点什么。"

他们卸完货之后，吉纳迪看到碎片仔从另外一辆货车那里朝他们招手。他和米兰达走过去，发现那辆车里没有装食物，而是堆满了设备。"这些是什么？"米兰达问。

吉纳迪吹了声口哨。"这是个工厂。"他们眼前是一台工业级 3D 打印机。它复杂得能够打印电子零件，还有螺丝、电线以及任何能够以 3D 图形文件的格式输入进去的形状。另外还有一台带激光器、超声波和 X 光扫描头的 3D 扫描仪。吉纳迪曾经利用类似的机器寻找走私货中的同位素。它几乎可以把任何东西数字化，从米兰达的珠宝到消费电子产品；而打印机则可以根据数字文件打印出几乎完美的拷贝。仅仅凭借扫描结果，打印机只能复制烤面包机那个级别的电子设备，但是如果再加上开源集成电路图，它就能复制包括从手机到无线路由器在内的一切，当然，还有增强现实眼镜。

碎片仔满面笑容地瞧着那台机器。"这个宝贝甚至能通过制造自己的零件实现自我复制。整个设计都是开源的。"

米兰达显然被搞糊涂了。"《铆钉服装店》用不着这样的东西。"她说。

碎片仔点点头。"但超萨奇就完全是另外一回事了。"他若无其事地朝餐厅的方向慢慢踱去，两人皱着眉头跟在后面。

"你知不知道，"碎片仔忽然说，"当罗马的行省图谋造反时，他们做的第一件事情就是印自己的钱币？"吉纳迪扬起一侧眉毛。过了一会儿碎片仔咧开嘴笑了，继续说道："超萨奇有自己的钱，但更重要的是，它有自己的农业和工业。《铆钉服装店》当然是它的贸易伙伴之一——它为游戏玩家制造衣服和小装饰品，而玩家为打印机提供昂贵的进料，并在农场劳作。对于玩家来说，一切都是这场冒险的一部分。"

米兰达摇头。"但我还是不明白为什么。超萨奇到底为什么存在？你是说，它是一种叛乱吗？"

他们离开了餐厅，开始向宾馆走去。碎片仔沉默了好久。通常他走路时总是做出各种各样的姿态，要么把手插到口袋里，要么甩着手臂。现在他走得像个自动机器，吉纳迪意识到丹纳尔·加弗里洛夫的操控者这会儿不在，或者至少心思没有放在操控上。

过了几分钟，傀儡又抬起头来说："想象一下，假如世上只有一种语言。你只能用它来思考，所以你会认为，事物的名称对它们来说便是唯一可能的名称。你会认为，只有一种方式来组织世界——只有一种'事体'。或者，就拿一座城市来说吧。"他伸出手臂大幅度地挥舞了一下，将凉爽的夜色、漆黑的建筑上亮灯的窗口组成的图案都囊括进来。"在互联网中，我们有这样一张张巨大的动态关系网，而且它们总在变化中。元企业在一天之内形成又消失。人们一夜之间声名远扬，又在一周之内销声匿迹。但是在这一切混沌之中，仍有稳定性在旋涡中形成，它们被称为吸引子。它们是力量的节点，但是我们的语言中却没有词来指代它们。我们需要一个新词语，一种新的'存在'或者'事体'。

"如果你拍摄一部整座城市的延时电影，比如说每秒钟表现一年，你会看到它以同样的方式演化。一座城市就是一个关系的旋涡，只不过它变化得太慢，我们人类控制不了它的潮流和旋涡将我们卷入的方式。

"而如果一座城市是这样，一个国家岂不更加如此？而一个文明呢？城市和国家就是一些静止的关系组合，就像把社交站点的关系图用钢筋和石头画出来一样。从我们的角度来看，这些地图过于庞大，不可移动，它们引导着我们的生活而我们随波逐流，就像是飓风中的尘土。但是它们不一定非要那样。"

吉纳迪有点听不明白，但是米兰达却在点头。“互联网国家打破了传统藩篱。”她说，“你可以生活在蒙古，而离你最近的网络邻居却住在洛杉矶。以前的地理限制不再有效。”

“就像喀斯喀蒂亚，它本身就是一座城市，”碎片仔说，“尽管它本来应该是西雅图、波特兰和温哥华，而这三座城市本来分属两个国家。”

“好吧。”吉纳迪焦躁地说，“这么说超萨奇是另一座在线国家。那么它为什么存在？”

碎片仔指了指天际线。在现实中，那里只有漆黑的天空，但是在《铆钉服装店》中，大教堂巨大的尖塔直刺云端。“现有的在线国家复制了真实世界的缓慢。”他说，“它们创造了新的地图，这不假，但是这些地图和旧地图一样没有生气。那座大教堂自从游戏开始就矗立在那里了。没人要去移动它，因为那样会违反替代世界的规则。

“而超萨奇中的建筑和大街，它们的修建和移动都要以秒来计算。它们不是世界的手绘新地图，而是互联网的动态实时更新地图，反映了世界每时每刻的真实状况。它们将这些，”他指了一下他们正在经过的那座摩天大楼，“留在了尘土中。”

他们来到了另一条巷道的入口，这一条路在所有世界中都没有光亮。碎片仔站住了。“那么就是这里了。”他说，“希钦思和他的手下无法越过这一点。他们迷失在迷宫中。我知道你已经准备好了，”他对着米兰达说：“你准备好已经有相当一阵子了。至于你，吉纳迪……”他揉揉自己的下巴，这个动作矫情得令人毛骨悚然，绝非丹纳尔·加弗里洛夫所能做出。“我能告诉你的是，你们必须一起进入超萨奇，你们俩谁都无法单独应对。”

他站到一旁，就像是一个马戏团拉客员在招呼一群乡巴佬进帐篷。“那么，去超萨奇，这边请。”他说。

巷子里一团漆黑，什么都看不到。吉纳迪和米兰达看向彼此，然后朝前走去，虽然没有手拉手，但也靠得很近。

* * *

吉纳迪闭着眼睛躺着，感受着船体的缓慢起伏。发动机轰隆隆的噪声透过甲板远远地传来，远得几乎注意不到。他没有睡着，而是带着些许绝望，极力提醒自己身在何方，以及应当怎么做。

他颇费了一阵子才想明白，从自己接下国际原子能机构的这份工作到现在，时间才过去仅仅六周。在时间的维度上，他所有的正常参照点都不见了，甚至包括那些赖以计算时光流逝的一张张薪水支票和账单。他好几个星期没有考虑钱了，因为他在超萨奇中，用不着钱。

在超萨奇中……甚至就连身在何方的问题也难有一个确定答案了。第一晚还是很明确的，当时他和米兰达走进了那条漆黑的巷道，并且最终隐约辨认出一条虚拟的道路。两人都能看到那条路，便沿着它走。碎片仔没有跟上来，于是两人一边走一边谈论着他。随后，道路终于汇入了斯德哥尔摩灯火通明的大街，吉纳迪发现米兰达不在他身边。或者说，在虚拟世界中，她近在眼前，而现实世界中她却已经不知何往。他们脚下的路其实是两条，通往不同的方向。

意识到怎么回事之后，吉纳迪想要转身退回，但已经太晚了。前方的人行道上，一根暗淡的半透明蓝色条带指示出虚拟的路线——身后却看不到。

“我们必须继续向前。”米兰达说，“我必须，为了我的儿子。”

吉纳迪只要摘下眼镜就能回到现实，所以他忽然意识到自己不必那么害怕。“你的儿子。”他带着一丝不满说，“要知道，你只在这样的时候提他，你从没有像个母亲一样谈起过他。”

她沉默了挺长时间，最终说道：“我并不太了解他。这很糟糕，但是……他是他父亲养大的。吉纳迪，我曾经尝试维持和他的关系，主要手段便是电子邮件。但这并不意味着我不在乎他……”

“好吧。”他叹了口气说，“对不起。那么我们怎么办？我猜，还是要继续走。”

他们继续前行。半小时之后吉纳迪发现自己进入了一片旧仓库和带围墙的破旧房屋之间。蓝线通向了一座敦实无窗的砖头建筑的门，然后到此为止。

“吉纳迪，”米兰达说，“我的线停在了一堵砖墙前。”

吉纳迪拉了一下把手，金属门纹丝不动。在把手上方有一个号码板，却没有门铃按钮。他拍门，无人应答。

“你看到了什么？”他问她。“看到什么东西了吗？”两个人都四处寻找着线索，过了一会儿，她勉强开口：“好吧，有一些涂鸦……”

“什么样的涂鸦？”他觉得站在那里傻乎乎的，有种被围观的感觉。“数字，”她说，“喷在墙上。”

“给我念一下。”他说。她念了那些数字，他把数字输入了门上的号码板。

咔嗒一声，通往超萨奇的门打开了。

门打开的时候，米兰达面前也出现了一条新路。她走了上去。两个人又过了一个多星期才得以再次面对面。那时他们都已经分别遇到过几十名超萨奇的公民——从前高校教师到整整一船胡子拉碴亵渎神灵的渔夫，从心灰意冷的计算机程序员到大学退学生，还游览了超萨奇的农场和工厂——这一个平行现实与《铆钉服装店》的差别之大，一如《铆钉服装店》与斯德哥尔摩之迥异。

超萨奇的公民都是离群者。他们不仅仅放弃了与生俱来的国籍，就像米兰达·韦恩和一名来自喀斯喀蒂亚的机械工程师结婚时那样。她的丈夫沿着城市的山脊和山峰建造风力电厂，帮助城市脱离对国家电网的一切依赖。米兰达在城边的一座垂直农场工作。足有一个街区宽的整座摩天大楼都被用于密集的溶液栽培，其产出可以供养五万人，而喀斯喀蒂亚有几十座这样的巨塔。喀斯喀蒂亚脱离了对北美经济的全部依赖，而米兰达放弃了美国的公民身份。一切都有其自身的逻辑——不过跟超萨奇比起来算不上什么。

之前吉纳迪和米兰达不过是为《铆钉服装店》中的大公们来回传送包裹，现在竟然为不同国家玩起了国际金融游戏，其错综复杂远非前者能比，使用的货币也并不存在于“真实”世界。超萨奇有自己的经济、自己的组织和内部规则，但是他们经营的这个世界是个朝生暮死的所在，重要性节点可以在一夜之间出现。组织、公司、城市和国家：超萨奇将这些事物称为“吸引子”。人类活动的复杂网络具有向它们归化的倾向，但是在任意给定时刻，七十亿人灵活善变的半自主行为都会令很多网络节点变形到面目全非的程度。一天结束的时候，IBM 或许是一个单独的公司实体，但是在一天当中，它的全球边界模糊不清。差不多所有其他政治、经济参与者也都是如此。

超萨奇与其他游戏的不同之处在于，其他游戏的世界地图仅仅展现了吸引子。超萨奇使用的是互联网络分析得出的即时地图，能够展现此时此刻世界上的真实参与者都是哪些。他们称这个地图为“事体 2.0”。吉纳迪习惯了早晨起来阅览国家名单，它们全都有着独特而令人难忘的名字，比如“唐纳德 – 大契亚”和“布里尔滨提”。随着时间的推进，玩家进入超萨奇，在这些临时参与者之间移动着大量的金钱和资源。一天结束的时候，世界的一个部分归于平静，另一部分则开始了同样的事情，因此这一过程实际上永无休止。不过在地缘世界中的某个当地，网络的暂时变形是会在某种程度上平息的。大不列颠会重新出现。谷歌和欧盟亦如是。

“这确实像是《外交》，”有一天米兰达评论道，“只不过这个游戏的地图本身总在变化。”

除了专注于办案，吉纳迪和米兰达在闲暇时间扫描物体，并用超萨奇的 3D 打印机打印出来，或者照料楼顶菜园，或者驾驶装满产品的货车到秘密地点。基本生存所需的一切都是在正统经济之外生产的，也未消耗其些许资源。甚至货车使用的电力也来自超萨奇打印机制造的房顶风力电厂，而打印机本身也是由其他打印机制造的。超萨奇从垃圾填埋地采集资源，自己精炼出金属和稀土。它在房顶拥有自己的微波收发盘，在内部发送自己的数据，根本不使用官方数据网络。这些自主系统的范围远超斯德哥尔摩，事实上已经遍及全世界。

过了一个星期左右，事实证明从宾馆退房，住到超萨奇的公寓里要更加方便省钱。和这个政治组织里的其他一切一样，公寓也位于奇特而意想不到的地方。吉纳迪和米兰达搬到了西海岸的哥德堡。在码头附近,有人向他们提供了由一套翻新船运集装箱改装的宏大建筑——非常舒适，有电力和暖气，也有卫星上行链路和六十英寸的电视（当然都是超萨奇制造)。

一个晴朗的早晨,应希钦思的会面要求,吉纳迪踱进了一家咖啡厅,尝试着向这位国际原子能机构的人员描述他的新生活。

希钦思非常震惊。“这太棒了,吉纳迪,太棒了。”他开始谈论突袭,把整个网络抓个现行，并且关闭掉这个该死的东西。

吉纳迪神情严肃地朝他眨着眼睛。“大概我还没有睡醒,”他尽量用最浓重的斯拉夫口音说，“不过我觉得这些人并没有做什么坏事，不是吗？”

希钦思气恼得话都说不利索了，于是吉纳迪收回了嘲讽的语气,温和地解释起来。超萨奇的公民并没有做任何违反瑞典法律的事——事实上，他们在所有地方都会一丝不苟地遵守当地法律。他们抛弃的是国家和地区经济，以及依附于这种经济的消费者社会。当他们需要在所谓的“真实世界”购买一项服务时，他们有足够的钱去买单，这些钱来自投资、不动产以及上千种其他合法产业。只不过他们的生存并不依赖这些东西。他们向传统经济付清账目只是为了不受其干涉。

“另外,”他又说,“超萨奇甚至比你熟知的普通跨国公司还要分散。米兰达和我通常是一对搭档，但是在地理上我们并不在一处……他们大部分的运作都是这样。根本没有可以去突袭的‘地方’”。

“如果他们仅仅想不被干涉,”希钦思扬扬自得地说，“那他们为什么想要钚？”

吉纳迪耸耸肩。“我没发现有证据表明超萨奇是这次偷运的幕后主使。他们并不密封他们传送的包裹——我打探过所以我知道——而且我随身带着我的盖革计数器。运送钚的人可能在使用《铆钉服装店》。他们确实会密封包裹。”

希钦思用手指头敲击着黄色的桌布。“那么碎片仔到底在玩他妈的什么把戏？”

听起来这个疑问还从来没有在希钦思的脑子里出现过——而吉纳迪早就想到过了，这让吉纳迪深感不安：我这是在为什么样的人效力啊，他们竟然没有从一开始就怀疑他们抓到的双重间谍？

他对希钦思说："我认为超萨奇并非碎片仔的最终目的地。你别忘了，他说他来自什么'远方的希莱尼亚'。我认为他正在努力把我们带到那里。"

希钦思捋了捋头发。"我不明白他为什么不告诉我们那是在哪里。"

"因为那不是一个地方。"吉纳迪有点不耐烦地说，"而是一个协议。"他花费了一点时间把这一点解释给希钦思听，而在回码头的路上，吉纳迪意识到自己已经搞明白了。他真的理解了超萨奇，而几个星期之前他还没有明白。与此同时，所谓"真实世界"里徒劳无益、漫不经心的交换活动在他眼中越来越离奇。人们销售自身技能的阻力事实上已经降到了零，可他们为什么每天还要出现在同一个工作场所？大部分人的能力如今都能够得到最有效的分配，但是他们却被合同和"职业"所限定——这些关系都已经是蒙昧时代的遗物了，就像碎片仔口中那些有形的城市和国家。

他差不多走到码头的超萨奇居所时，眼镜响起了铃声。"莱恩·希钦思来电。"警告窗口中出现了一条提示。吉纳迪把一根手指按在耳朵上说："你好？"

"吉纳迪，我是莱恩。新进展。我们通过《铆钉服装店》追到了一些钚包裹，我们认为它们全被凑到了一起，要来一次大规模远洋运送。"

吉纳迪停住了脚步。"这说不过去。分开整块的钚就是为了躲过机场和码头的传感器。如果这个策略有效，现在为什么又要冒险？"

"说不定他们觉察到我们了，想要在被抓住之前尽快送到最终目的地。"希钦思说，"我们知道钚在哪里了——它就在一艘名叫阿基拉的集装箱货轮上，离你的离奇小村子大约一千米。我觉得这不是巧合，你觉得呢？"

看来这就是人们说的"现实的回击"了，吉纳迪想。"不是，"他说，"不大可能是巧合。那现在怎么办？突袭？"

“不，我们想找到买家，而他们在渠道的另一端。能够追踪集装箱就行了。阿基拉号是开往温哥华的，等它抵达的时候，加拿大骑警会等在那里看谁来取货。”

“他们在那里还有管辖权吗？”吉纳迪问，“温哥华是喀斯喀蒂亚的一部分，记得吗？”

“别说胡话，吉纳迪。不管怎样，看来我们不需要再寻找这个什么‘远方的希莱尼亚’了。你可以回来，我们把你安排到办公团队，直到调查结束。报酬丰厚，身边的弟兄们也都很靠谱。”

“谢了。”欧元，他想。他觉得那些钱倒也可以派上点用场。

希钦思挂掉了电话。吉纳迪可以在那一刻转身离开港口。他可以扔掉增强现实眼镜，到国际原子能机构去领工资。但他继续走着。

抵达一排排迷宫般的货运集装箱时，他告诉自己，他只是想亲自告诉米兰达这个消息。然后他们就可以一起离开超萨奇。只不过……她是不会离开的，他意识到。她还在寻找她关系疏远的儿子，那个基本上只通过电子邮件与她沟通，而且近期更是音信全无的儿子。

如果吉纳迪现在抛弃她，就会在超萨奇的伙伴系统中留下一个漏洞。米兰达在没有搭档的情况下还能留在超萨奇吗？他不敢确定。

他打开了某个货运集装箱的大门——这个集装箱看起来和其他的别无二致，本质却大不相同——他走进了里面干燥明亮的走廊，然后走出了另一端切割出的门。这样他就走到了通往一座巨大的方形集装箱大厦的廊道和楼梯前。他从好几名工友身边走过，向他们挥手打招呼，走上一段便携式碳纤维阶梯，进入他和米兰达共享的长形客厅（其实是另一个货运集装箱）。

碎片仔坐在一张皮革扶手椅上，正在与靠在后部吧台上的米兰达交谈。吉纳迪进来的时候，两人都热情地跟他打招呼。

“怎么样啊，吉纳迪？”碎片仔问，“跟超萨奇相处得还好吗？”

吉纳迪只得对他的措辞笑了笑。“很好。”他说。

“你准备升到下一级了吗？”

吉纳迪小心地走到长形房间里另一把扶手椅后面站住。“什么意思？”

碎片仔热切地朝前探着身子。“一个通往希莱尼亚的门就要打开了。”他说，“我们有机会通过它，不过今晚就要动身。”

“我们？”吉纳迪朝他皱着眉头，“你不是对我们说，你就来自希莱尼亚吗？”

“来自，没错，”傀儡说，“但并非身在其内。我因为自己的原因想要回去，米兰达需要找到她儿子，你需要找到你的钚。大家都有好处。”

吉纳迪决定不透露已经找到钚的消息。“有什么条件？”

“什么都没有。”碎片仔说。他把手指头翘在面前，越过它们看向吉纳迪。“你要做的只是两点钟时待在自己房间。确保关上了门。”

发出这么一个神秘莫测的指示之后，碎片仔又说了一些客套话，然后便离开了。米兰达走过来坐下，问他：“你没事吧？”这时吉纳迪才意识到自己仍然站着，紧紧地抓着椅背。

“他们找到钚了。”他脱口而出。

她睁大了双眼，然后垂下了目光。“这么说你要离开了。”

他在她对面坐下。“我不知道。”他说，“我不……想留下你一个人面对希莱尼亚。”

“我的白衣骑士。”她笑了一声说道。不过他听得出来她很高兴。

“嗯，这不是唯一的原因。”他把双手握在一起，斟酌着该如何表达，“这是我第一次参与一个……有所创造……的项目。我的整个职业生涯都是在收拾前一代人留下的烂摊子。切尔诺贝利、汉福德——大大小小的事故。其他的，你知道，消费文化、电视、电影、游戏什么的，我根本没有时间去关注。好吧，除了游戏。但是我从来没有购买过东西，你知道吗？而我们的整个文化都是围绕着东西。不过我从来都不是激进的环保主义者，不是——那个词怎么说？抱树者。不是个回归土地者，因为如果我们不清理好烂摊子，就根本没有安全的土地可回归。所以我多年生活在边缘，而且自己并未意识到。”

这时他看着她的双眼。“超萨奇不只是一个复杂的逃税游戏而已，对吧？做这件事情的那些人，他们说，其实就在同一地点同一时间便可以有不止一个世界；说你可以走出二十一世纪但不必成为农民或者山民；说他们正在建造这样的平行世界。”

“它是第一个，”她表示同意，“但是显然不是最后一个。希莱尼亚肯定和超萨奇一样，只不过更加自给自足。一个世界内的世界。”她摇摇头：“一开始我不理解杰克为什么要去那里。但他一直和你一样——不太满足于这个世界，却又不愿接受任何轻而易举的替代品。我决不愿见到他加入一个邪教，这是关键。”

吉纳迪看看四周。“这是个邪教吗？”他问。但是她摇摇头。

“他们从未要求我们相信什么，”她说，“他们只是为我们打开了门，一扇接着一扇……现在他们又打开了另一扇。”她笑了：“你难道一点都不好奇门里面有什么吗？”

他没有回答，不过两点钟时他关着门在自己房间里等待。他尝试读书或者听音乐，但是时间缓慢难熬，到最后他就只是干巴巴地等待着，感觉对整件事情的信心在慢慢地消减。

某个巨大的物体猛地碰上了船运集装箱，吉纳迪蹦起身来跑向门口——但是已经太晚了。他的房间被吊到了空中，摇晃得令他恶心。正当他双腿开始发软的时候，看不见的起重机已经重重地将他的集装箱放到了别处。

他的门被人从外面锁上了。他已经接受了自己要在这里被饿死或者憋死的命运，而几个小时之后，门才会被打开，因为到那时集装箱货轮阿基拉号已经起航了。所以他闭着双眼躺着，感受着船体的缓慢起伏。在他的眼睑后面是一个吸引子，他需要坠向其中，至少一段时间内是这样。

最后床边传来一声急切的嘀嘀声。吉纳迪不假思索地摸到了眼镜，然后又犹豫了。轻声骂了一句之后，他戴上了眼镜。

超萨奇展现在了周围：一座巨大复杂的发光城市，透过船运集装箱的墙壁也能够看到。今天的世界地图上，中国的方向非常拥挤，他后来才发现为什么。此时此刻他把海量的细节删减到只剩下微弱的闪光和低语，然后起身离开了房间。

他的集装箱是阿基拉号上众多改造船运集装箱之一。用超萨奇的术语来讲，这些集装箱叫作包。大多数包都有从外面看不到的门，因此当它们被一个接一个地堆到一起时，你不必走到甲板上便可以在它们当中穿行。吉纳迪的包和另外九个这样的集装箱组成了一排。上方和下方还有更多的层次，通过一些集装箱顶棚和地板上的门可以抵达那些层次。

包将和合法的集装箱一起在目的地被卸下船。在一次罕见的非法冒险行动中，超萨奇侵入了全球集装箱跟踪系统。从官方的角度来看，超萨奇的船运集装箱甚至并不存在。它们从一艘船上被卸下之后，早晚会被装到另一艘船上，然后再被运到各处，正像是互联网上的信息包。它们在系统中永无休止地碰来碰去，永远没有终点，但总能遇到一起，并共同构建像这个一样的临时复合体，然后分散开来到另一处重新组合。它们共同组成了超萨奇的首都——一个永远在运动、永远在重新自我配置的城市，而且不管何时，它几乎全部位于国际水域。

装着钚的集装箱并不是这个复合体的一部分。从此处到不了那里，事实上从任何地方你都到不了那里。登船的第一夜吉纳迪就悄悄地溜上了甲板，发现目标位于堆叠在一起的很多集装箱的最上部，高度足有三十英尺。他花了十分钟才摇摇欲坠地爬到那里，抵达的时候心跳得厉害。黑暗中，船在慢慢摇晃，风向飘忽不定，如果他摔下去怎么办？他检查了那个集装箱的门，它被封住了。但周围的集装箱都只贴了检查封条：它们都是空的。

他没有再次尝试爬上去，但是一直盯着它。

此刻他穿行在超萨奇迷宫一般的集装箱当中，经过了休息室、饭馆、简易厕所和工作区。一些前去加拿大度假的瑞典人招手并喊出了他的名字。他们显然已经喝了几杯了，因此他只是笑笑，脚步没停。他走过时看到很多人安静地坐在舒适的躺椅内。他们在工作，他没有打扰他们。

他找到了自己平常的工作站，但是与他相邻的米兰达的工作站却是空的。另一个女人坐在附近，一边呷着啤酒一边对着空荡荡的墙壁声情并茂地交谈。

在某个地方，或许是世界的另一端，另一个人正在挥舞双手，复述着这个女人的言辞。她正在操控，远处的那个人是她的傀儡。

昨天米兰达和吉纳迪探访了芝加哥的一处公交车站。两个人都操控着傀儡，但是米兰达的操控技术比吉纳迪好得多。他的整个上身被红外激光照射着，系统可以读取他的姿态、手势，甚至是手指的精细运动，然后传送到另一端的那个人身上。对吉纳迪来说，这种体验就像是在移动游戏世界中的一个化身。解读系统命令所需的身体技能全在傀儡身上，所以从这个意义上来说，吉纳迪做得很轻松。

但是他必须一连好几个小时与没见过的人碰面，即便他是在距离接触地点几千英里的地方操控，每一次新的见面还是会让他胃部发紧。

在停车场，他和米兰达做了许多年代以来无数皮条客、教堂招募员和性侵害者做过的事情：在下车的人当中寻找可能独居的年轻人。他正在学习辨识肩膀的一种特别姿态，一种表情：对于在大城市中孑然一身的恐惧。

他和米兰达操控的傀儡都是看上去很值得尊重的人。他们俩或一起或单独，接近这些情况不明的年轻人，向他们提供工作。超萨奇在招人。

结果是令人惊异的。招来一名没有技能或社会关系，又缺乏安全感的十八岁少年，教他做一名傀儡，让他穿上一身精致的西装，然后把他送到一座大城市的市中心。一天之内，他就可供某个自信而有经验的审计员、私家侦探、精明的商人或者医院建筑顾问操控。他可以参加会议、写报告、从一个联系人那里驱车去见下一个联系人，可以一天之内更换好几次身份。他所要做的只是复述传到他耳朵里的话语，以及遵守来自触觉界面上的指令。通过操控傀儡，每一个专业人士都可以构建自己的网络，一天之内同时照顾很多城市里的生意。而通过简单的观察，这些孩子可以学到商业和政府内部的大量知识。

吉纳迪正在发展自己的傀儡网络，在全世界的核废料储藏区做例行的检查工作。这些年轻人需要资质，于是他和超萨奇资助他们上学。

他们不在学校的时候，吉纳迪就会操控他们去废料储藏区，那时候他们以他用自己名字成立的合法咨询公司代表的身份出现。他的名字在圈子里有一定威望，所以那六位年轻男性和三位女性也算是一只脚入了门。因为是吉纳迪在操控他们，所以他们表现出在现场发现问题的高超技能。所有人都在迅速成长。

他坐下来沐浴在看不见的激光中，准备呼叫他的学生。这时船轻微地倾斜了一下——动量看似不大，但内心还是个工程师的吉纳迪立刻计算了一下作用在船体上的能量。能量非常大。

此刻他注意到房间在轻微摇晃。阿基拉号很少这样，因为它不仅很大，还配备了稳定陀螺仪。“你感觉到了吗？”他问身旁的女人。

她看过来，摁住了装备上的暂停键。“什么？”

“没什么。”他调出了能将船的关键数据传给超萨奇的程序。他们正位于楚科齐海，俄罗斯在右舷，阿拉斯加在左舷。阿基拉号经过北极点的时候，吉纳迪正在睡觉，不过显然那里也没什么可看的，因为北冰洋的开放水域都被大雾笼罩着。不过现在一场猛烈的风暴正在东西伯利亚海形成。视频上显示出色泽阴郁、暗流涌动的天空和海洋里泛着白沫的滔天巨浪。之前他对此毫无感觉真是很奇怪。通讯频率上的交谈谨慎但无聊，因为在北冰洋新开辟的无冰航道上，这样的风暴显然就和钟表一样有规律。这一场风暴完全符合预期的时间，但是船打算径直穿过它。

吉纳迪决定到甲板上亲自看看风暴。不过他在自己的座位上还没起身，门就一下子打开了，米兰达跑了进来。

她伸手要去抓他的手，但又停住了，说：“你在操控吗？”

“没有，我——”

她把他拉了起来。“我看见他了！吉纳迪，我看到了杰克！”

甲板慢慢地倾斜了，又在吉纳迪和米兰达扶住墙壁的时候恢复了水平。“你儿子？你在这里看到他了？”

她摇头。“不，不是在这里，而且我并不是真正地看到了他。我是说，哦，好吧，坐下，我把全部经过给你讲讲。”

他们远远地离开了那位正在操控的女人，找地方坐下。船运集装箱非常狭窄，所以他们的膝盖几乎碰到了一起。米兰达朝前探着身子，双手合在一起，脸上喜气洋洋。“是在圣保罗。你知道，超萨奇正在资助我参加会议，所以我操控着当地一名傀儡参加了一场关于雨林文化衰落的国际座谈会。我们和另外大约十个人单独开了一场英语会议，他们当中有几位我认识——不过当然我假装自己，或者说我的傀儡，是巴西的一名博士后——你知道我的意思。反正他们并不认识我。但是有这么一个年轻人……每次他说话的时候我都有种奇怪的感觉。他的措辞、节奏，甚至是手势，都有些特别……而且他也注意到了我。

“会开了大约半个小时，他和我对上了视线，然后非常刻意地朝前倾身，在一沓纸上写字。他在用那么没有技术含量的东西，我们很多人都注意到了，但是没人说什么。不过会议结束，所有人都站起来的时候，他又对上了我的视线，然后把那张纸团成团，扔进了出口处的一个垃圾桶里。我在会议间隙的人群里跟丢了他，于是就回去取了那张纸。”

“上面写的什么？”

让吉纳迪惊讶的是，米兰达摘下眼镜放到了一旁。过了一会儿，他也这么做了。米兰达把她的笔记本递给了他。自打两人见面之后，他再也没有见过它。

“我一直用这个记笔记。”她悄声说，“在不用眼镜的情况下。以防我们做的或者说的被监控。总之，我不得不通过傀儡拍下了那张纸，但是下载了图片之后，我立刻从眼镜里删除了原件。这就是纸上写的东西。”

吉纳迪看了看。上面写着：

希莱尼亚，64°58'N，168°58'W

下面胡乱画着一个棍棒小人，小人举着一只手。“这个，”米兰达指着它说，“杰克小的时候喜欢画。我在哪里都能认出来。”

“杰克在你们的会议上操控着傀儡？”吉纳迪靠到椅背上思考。“让我查一点事情。”他戴上眼镜再次接入船的网络。“这些数字，”他说，

“如果是经纬度的话，那就差不多正好是我们现在的位置。”

她皱着眉头说：“但怎么可能？难道他的意思是，希莱尼亚是某种水下城市？那不可能。”

吉纳迪忽然站起来。“我觉得他说的是其他东西。来。”船体不可预料的晃动更加剧烈了。他和米兰达像醉汉似的在两侧的墙壁之间摇来晃去，离开房间进入了横穿一排集装箱的一条纵向走廊。他们经过了做着同样事情的其他人。瑞典人停下了他们的派对，都安静地坐着，脸色看上去微微有些苍白。

“我一直在盯着，呃，另一个货物。”从某人身旁经过的时候吉纳迪说，“每天都去。如果它要被送往温哥华，那里会有一大堆骑警等着。这让我疑心是不是有人打算在半道上卸货。”

“有道理。”米兰达喊道。她开始跟不上脚步了，一阵浑厚的呼啸声从远处传来，越来越响。

“其实并没有道理。那个集装箱被密封着，位置在接近最顶层的地方——那是安置空集装箱的地方。但它并不在最顶端，所以就算你是007或者开着起重直升机过来，也不可能把它单独拉起来。”

他们来到一个有阶梯的地方，他拾级而上。米兰达在他身后气喘吁吁。“他们会不会设了什么后门？”她说，“就像我们的集装箱那样？说不定内部有通往另一组包的通道，就跟我们的一样，但不与我们的相通。”

“是的，我想到这个了。”他严肃地说。他来到了又一段楼梯前，这一段通往一个空的集装箱。如果不是地板中央有个楼梯井，这个集装箱看起来普普通通。里面仅有的照明就是墙上的一对LED灯，于是吉纳迪伸出双手小心翼翼地摸索着前进。他已经能够听到风暴声了，一阵战栗咆哮着袭来，仿佛来自四面八方。

“这个理论有个问题。”说话间，他找到了集装箱门上重新装配的内部门闩。“把空集装箱放在最上层是有原因的。”他推下了门闩。

“吉纳迪，我接一个电话。”米兰达说，“——是你！怎么——”风暴的怒吼淹没了她后面的话。

漆黑的云团低得几乎就要蹭到海面，雨点像抛出的石子似的斜斜地刺下来。除了黑暗什么都看不见，小刀一样的雨和湿滑的金属甲板时时被闪电照亮。在一道闪电中，船边一座小山一般正在涌起的巨浪显现出来。几秒钟之后，随着巨浪的轰击，整条船都歪斜了，吉纳迪差点掉下去。

他跳到了门边的狭窄过道上。他们距离货舱地板已经很高了，正好处于集装箱堆高出甲板的层次上。再往上还有足足四十英尺。吉纳迪抬头看去，看到顶层集装箱黑色的轮廓正在摇晃，看得人心神不宁。

在风暴中，他视线模糊，什么都听不见。吉纳迪取出眼镜戴上，然后接入了船的安保摄像机。

他自己辨认不出，不过位于上层结构的一个摄像机向他展现出整个集装箱堆放区的样子。好几个集装箱的角看上去有点破败，仿佛遭受过修剪。

他把眼镜放回衬衫口袋，但是停顿了一下之后又塞入了耳塞。“吉纳迪，你在线吗？”是米兰达的声音。

“我在。”他说，“就像我说的，把空集装箱放在上层是有原因的。大家都知道每年约有一万五千个船运集装箱从船上丢失，大部分就是在这样的风暴中，但是其中多数都是空的。”

“但是这一个不空。”她说。他已经走到了甲板上，紧紧地抓着摇晃的集装箱堆旁边的一道栏杆。他回头看看，发现她在努力跟紧，但还是被落下了至少二十英尺。

闪电刹那间把整条船照耀得亮如白昼，吉纳迪似乎看到了一个人，可任何一个脑子正常的人都不会无故待在这个地方。“你看到了吗？”他等着她赶上来，然后帮她继续走。两个人都湿透了，雨水凉得刺骨。

她的眼镜上布满了水珠。她为什么不摘下来呢？她的嘴在动。通过耳塞而不是空气，他听到她说：“看到什么？”

他尽量让自己的声音像是在交谈，大喊大叫并无必要，还令人心乱。“有人在一堆集装箱上面。”

“我猜猜看：是有钚的那堆。”

他点点头，二人继续朝前走。就要走到集装箱堆的时候，船倾斜得格外厉害，他忽然间看到自己头顶上有明亮的橘黄色闪电，他没有听到翻滚和撞击声，因为闪电忽然就缠住了船的一根桅杆，爆发出震耳欲聋的雷声。然而甲板过于倾斜了，黑色海水翻滚在他左侧几米处，最上面的三层集装箱松脱滑进了水中。

他们走进了一块单独板面上，但是几个散落的集装箱像火柴盒似的翻滚，撞坏了栏杆和一块甲板，破坏的地方距离挤作一团的吉纳迪和米兰达不足十米。

“回去！”他朝上层结构的方向推她，但是她摇摇头还是抓着栏杆。吉纳迪骂了一句，转过身来，这时候船恢复了水平，开始朝相反的方向倾斜。

一个集装箱在船舷上沿翻滚着，把钢铁像布一样撕开，簌簌地迸着火花。船向右倾斜的时候，它翻下了左舷掉入海中。没有其他散落的集装箱了，其他的看上去都还稳定。吉纳迪怀疑它们都经历过比这更强烈的风暴。

他绕过集装箱堆，走进了两堆之间的窄道。一道闪电亮起，他看到那里有一个人。船员？

“吉纳迪，看到你真高兴。”碎片仔说。他带着黄色的安全帽，在船员罩衫外还戴了一套攀爬套具。他的眼镜和米兰达的一样布满了雨水。

“现在待在这里有点危险。”他靠近时，碎片仔说道，“我并不太在意，不过我是在操控别人，不是吗？”一道蓝色的闪电划过，吉纳迪看到了碎片仔肩膀上挂着一个黑色的背包。

“你并不来自希莱尼亚，对吧？”吉纳迪说，“你为其他人工作。”

“吉纳迪，他是圣域的人。”米兰达说，“你不能信任他。”

“希莱尼亚想要那些钚。”碎片仔说，“好运行新发电机，仅此而已。目的完全是纯良的，但是你知道，吸引子不承认我们这种国家的合法性。我们永远不可能买到那东西。”

吉纳迪点点头。“集装箱都被做了手脚，会从船边滑落。风暴是很好的掩护，但是我敢打赌，就算风平浪静，上面也会有足够的炸药把它们轰下去。可能是自动完成的。你根本不需要来这里取它。”

碎片仔的包换了个肩膀。“所以呢？”

“而你爬上去打开了集装箱。”吉纳迪说，“钚就在这里。”他指了指背包。“所以说，你不是为希莱尼亚工作的。”

米兰达把一只手放在了他的肩膀上。她在点头。“他一直在自己追查其余的那些钚。”她喊道，“他利用我们找到它，那样他就能帮圣域夺下来了。”

丹纳尔·加弗里洛夫的脸上毫无表情，空白无神、布满雨水的镜片遮蔽了他的眼睛。“那为什么我要等到这时候才来拿它？”碎片仔说。

“因为你料到了集装箱被人盯着。我敢说你制订了一个自己把钚弄下船舷的计划，用另外一个脉冲转发器，不同于希莱尼亚在他们的船运集装箱上安的那个……我猜他们那一个的设置是，在水下二十英尺处悬浮着，等待被人捞起来。”

碎片仔扔出他拿着的一束绳子，然后走上前来，伸手够吉纳迪。吉纳迪闪到一旁，然后从丹纳尔·加弗里洛夫的脸上扯下了眼镜。傀儡趔趄着站住了脚步，吉纳迪得以有时间伸手拔出了他的耳塞。

在突然亮起的闪电中，吉纳迪第一次看到了加弗里洛夫的眼睛。那是一双小而无神的眼睛，正因为突如其来的困惑而四处张望。傀儡说了句什么话，听上去像是个问题——用保加利亚语说的。然后他捂住耳朵，因为骤然降临的慌乱尖叫起来。

吉纳迪冲上前去，想要抓住加弗里洛夫的手，却一把抓住了那个材质坚韧的背包。加弗里洛夫突然转身，脚步在甲板上打滑，背包掉落下来，然后他越过了栏杆。

吉纳迪听到自己和米兰达的叫喊混在了一起。两个人都冲向栏杆，但是除了泛着白沫的黑水，什么都看不见。

“他去了。”米兰达忽然用平静得古怪的声音说。

“我们必须试一试！”吉纳迪喊道。他跑向最近的电话，那是过道半途的一座防水亭子。就快要跑到那里的时候，米兰达扑倒了他。两人一直滚到了过道的边缘，吉纳迪差点弄丢背包。

“你在干什么？”他对她吼道，“他也是个人，看在老天的分上。”

“我们找不到他的。”她说，口气还是那样平静得奇怪。然后她向后坐下。“吉纳迪，对不起。”她说，“我不该那么做的。——不，闭嘴，杰克。这样不对。我们应该救那个可怜人的。”

她抬起头，然后说：“他担心超萨奇会被捉到。”

“你在被你的儿子操控！”吉纳迪摇摇头，“多久了？”

“就在刚才，我们出来的时候他呼叫过来。”

“放开我。”吉纳迪说，“我来告诉他们船员在甲板下面偷乘。我是个他妈的国际刑警探员，我们不会有事的。”他跌跌撞撞地走向电话。

铃声响了几秒钟，惊讶的船员才接起来，但是和他们简短地交谈几句之后，吉纳迪便挂断了电话，摇着头。“不敢说我的话能让他们调转方向，”他说，“不过他们确实过来逮捕我们了。”

雨水在他的脸上流淌，但是他很高兴能直接看到雨，没有超萨奇的界面过滤掉它的真实感。“米兰达？我可以和杰克说两句吗？”

“什么？当然。”她在寒冷中抱紧了自己，剧烈地颤抖着。吉纳迪这才意识到自己的牙齿也在打架。

在现实夺走他的所有选项之前，他只有很短的时间。他掂量着背包，想象着把这故事讲给希钦思听的时候他的反应——还考虑着在作证时能够多大程度地避免提及超萨奇。

“杰克，”他说，“希莱尼亚是什么？”

米兰达笑了，说话的却是杰克：“希莱尼亚不是一个你所习惯的‘事体’，不是传统意义上的一件‘东西’。它实际上也并不是个地方。它只是……一些人意识到我们需要新的语言来描述当今世界运转的真实方式。当所有的身份都飘忽不定时，你怎么能够满足于用旧的词汇来描述任何东西呢？

“城市、国家和公司就像是变化的洪流中一些稳定的旋涡，你知道吗？它们是吸引子——网络放松下来后回归的状态，但是在任意给定时刻它们都有可能不存在。那么，如果人类也像是那样呢？想象一个为快递公司工作的司机。他遵守他的路线，与乘客交谈并运送包裹，但是其他司机可以在他的位置上做完全一样的事情。他在班上的时候，不是他自己，而是公司。只有回到家脱下制服的时候，他才会恢复自己的身份。

“事体2.0给了我们一个指代这些临时身份的方式。它是一种工具，让我们能够关注临时的真实，哪怕当我们以为真实的事物——比如国家和公司——的轮廓已然模糊。如果有一种事体2.0用来指代国家和公司，你难道不觉得也会有一种指代人的吗？”

“希莱尼亚？”吉纳迪问道。米兰达点头，但是吉纳迪却在摇头。并不是他无法想象它，问题是他能。杰克说，人甚至并不总是人，他们每天大部分时间都在扮演各种角色，而这些角色代表着他们往往意识不到的权力和力量。一个人可以同时在多处，就像是吉纳迪可以同时是他自己和他的化身、他的投资和电子邮件和网站，还有他操控的傀儡。他意识到他的整个成年时代都在以那样的方式活动，他的身份已经散布到全世界。在过去的几周里，这个过程加速了。对于杰克这样在身份不断变化的世界里出生长大的人来说，事体2.0和希莱尼亚肯定非常合理，甚至可能听上去稀松平常。

也许希莱尼亚就是那个新的“事体”。但是吉纳迪年纪太大了，积习难改，说不了那种语言。

“那么圣域呢？”他问，“又是什么？”

“想象一下超萨奇，”杰克说，“但是去掉其中的道德约束。想象一下我们有了一个事体3.0，它不再寻找健康人际关系网络的自发重绘，而是专门寻找灾难——寻找那种规则被打破，社会陷入混乱无序的关键时刻和时期。想象一个傀儡大军在那样的时刻介入进来，利用人类的苦难和痛楚。它将会非常有效，对不对？或许和超萨奇一样有效。”

“这，”当船员喊叫着沿船舷跑来时，杰克说，“就是圣域。一个以灾难为生的高效天堂。成百万人正不知不觉地为其工作。”

吉纳迪举起了背包。“它要夺取这个然后……做个炸弹？”

“说不定。而你又如何知道，马里亚诺夫先生，你自己并不在为圣域工作呢？我怎么能确信那些钚不会被用于一些可怕的目的？它应该交给希莱尼亚。”

吉纳迪犹豫了。他听到米兰达·韦恩请求他那么做。见识过所有这一切之后，他现在知道了，在他的世界里，权力和控制权可以随时在超萨奇和希莱尼亚这样的实体之间发生不为人知而彻底的转换。也许碎片仔确实利用了国际原子能组织，以及吉纳迪自己。也许他们还会那么做，而他根本不会知道。“把背包放在舱底，”杰克说，“我们可以派一个超萨奇的人去取它。妈妈，你来的时候可以把它带到希莱尼亚。”雨势小了一些，他能看到她的脸上现在布满了泪水。“我会来的，杰克。我们被释放以后，我就会去找你。”然后她又以杰克的身份说：“快点，吉纳迪！他们就要赶过来了！”吉纳迪抓住了背包。“我要留着它。”他说。

吉纳迪从口袋里掏出眼镜，扔到了栏杆外面。这样一来，他便离开了他才刚刚开始了解，但最近已经在其中居住并开始爱上的城市。那座遍布世界的城市由光和理念建成。千百万人信赖它，而且时时做出一副它真实存在的样子，从而真的将它变成了现实。他希望自己可以是其中一员。

米兰达开口的时候，吉纳迪从她的声音里听出了杰克的沮丧。“你怎么能确保那个背包不会落到圣域手里？”

“地球上有很多力量，”吉纳迪的喊声盖过了风暴，“不只是希莱尼亚和圣域。这个背包里的东西是那些力量之一。但是还有一个力量，就是我。也许我的身份也不固定，也许我仅仅是一个人，但是最终我注定要追随着这里面的东西，不管它走到哪里。我不能随你到希莱尼亚，哪怕留在超萨奇也不行，尽管我很想留下。我要时刻跟随着这些钚，力求防止它伤害任何人。”

“因为有些东西，”当船员赶到并包围他们的时候，他说，“在每一个世界里都是真实的。”

秦鹏 译

玩具飞船

托拜厄斯·S. 巴克尔

托拜厄斯·S.巴克尔1979年出生于加勒比群岛的格林纳达。1983年政府垮台，美国入侵，在他最初的记忆中“大人总是很焦虑，且不允许他靠近窗边”。余下的童年，他都是在船上度过的。他们漂泊在格林纳达、英属维尔京群岛、美属维尔京群岛。18岁时他随家人搬迁至美国俄亥俄州。他从2000年开始发表科幻短篇小说，2006年开始发表长篇小说。

他的许多作品都直接或间接地以加勒比群岛为背景，本篇《玩具飞船》，一篇迷你科幻佳作，也不例外。

我的姐姐琼妮灵巧的手指拂过我一绺绺的长发辫，考虑着如何下剪。“你总是要离开。”她说着，打开电动剃刀。刹那间，我回想起五岁时手牵着一只用塑料袋和树枝做成的风筝，追向她，叫嚷着说有一天我会飞走，离开她。

“抱歉。拜托了，赶紧剃吧。”

我已经等得够久了。在美国学习时，我渐渐遗忘了加勒比口音，我想记住我是谁，我从哪儿来。于是，我留起了长发辫。但火箭飞机的赞助人希望我剪掉。发生危急状况时，要是头盔没有密合好，那将是一场灾难。提供赞助的汽水公司可不想让顾客们联想到爆炸性失压这回事儿。他们居然担心我们不能保证飞船的密封性，这简直是一种侮辱。但我们需要他们的钱。这些长发辫是我身体的一部分，当剃刀头铲过，我的面孔扭曲起来，我在哀叹，又一片我被割断了。

在公交汽车后部，我的精神重又振作了。公交车沿着土路，快速驶离琼妮的家，我抓住车顶上垂下的一个吊环。姐姐在乡间找了个住处，一栋不错的水泥房子，带地下室，坐落在一座陡峭的小山上，门口斜坡上有一个花园。她在几英里之外的一个学校教数学，那是一幢百叶窗关得严严实实的大楼房，这也会是我的未来，要是我没有坚持离开这颗“大石头”的话。

群岛总在召唤孩子们回去。

我们碾过坑坑洼洼的沥青路，驶过一片片甘蔗地，到处有挥舞镰刀的劳动者在忙着砍倒甘蔗，浸透汗水的衬衫在腰间系了个结。天气很热，我的胳膊贴在包了塑料的座位上。司机转过身，向后看。“我想问你一句话。”我真希望后座也有安全带。

“问吧。”

“你们花掉的那些钱，要是花在修路上，不是更好吗？”他一转方向盘，躲过一个大坑。“或者投在学校上？”

红黄相间的鲜艳房子点缀在绿色的陡峭山坡上，我透过染色玻璃窗望向车外。“这个计划只有一小部分资金由政府赞助，”我解释说，“我们找了私人投资者和广告商来补足缺额。政府不管投入多少，将来还得偿还。”

“也许。”

我心里还有话要说。这个岛上住着多少人？成千上万。我们绝大部分食物是进口的，我们依赖其他的粮食产出国，他们全都使用卫星来追踪农作物的生长情况。在太空研究资源回收，会发展出何等卓越的创新科技？为什么坐等其他国家先去研发呢？科学研究总会为那些投身其中的人带来益处。

但我已经厌倦了争论，我只有几句套话应付他，和应付媒体的一样。媒体把我们当成小孩，认为我们急着想做只有大人才能做的事。

市场里，一大片鲜艳色彩包围着我：水果、蔬菜、穿繁花图案衣服的丰满女人。成百上千人不停砍价的嘈杂声。少年们和朋友们簇拥在角落里。我扭头四顾，仿佛我们需要在飞船上增加足够多的额外重量来模拟一个乘客，仿佛我们还可以增加几盎司的重量。

我找到一个小小的玩具摊。在这个小摊前，我仿佛又变回五岁的孩童，身无分文，盯着一小片金属打磨成的三角形太空飞船。我假装这个飞船和真实的飞船一模一样。飓风过后，在捐给学校的书籍里，我见过真正飞船的插图。夜晚，有时候停电了，我会站在阳台上，仰头痴迷地望着璀璨的繁星。

小摊上有一个小瓶子，用金属汽水罐敲打成，焊上了一对三角形机翼，底端扣着一个圆锥体，涂上了黄色、黑色、绿色，我买下了它。

这一天接下来的时间过得飞快。赶往发射场的路上，我遭遇了媒体的拦截：是的，出于“安全”考虑我剪短了头发。是的，我觉得这钱花得值，并不是只有第一世界国家才拥有太空，太空属于每一个人。

记者们不停拍照片。我登上小小的火箭飞机，胳膊下夹着一个棕色小包裹。吊着飞机的巨大气球平台在海岛轻柔咸涩的微风下轻轻晃动。不远处，海浪拍打着沙滩。我钻进机舱，穿好太空服，关上舱门，陷在一大堆电子设备之中。

这是进入轨道的最省钱方式。三角平台挂上气球，提升高度，以节省燃料，然后点燃火箭飞机，向上飞向轨道。我们从几家公司搜刮气球和材料，其中一家快倒闭了。飞机机架是一家中国公司使用过的试用品，导航系统都是开源软件。博彩网站上，赌我们成功的人占了50%。我们不是第一个发射飞船的，但我们是第一个发射飞船的岛屿。

倒计时结束了，我的胃一阵翻腾，我看到棕榈树从右边的舷窗划过。我朝后伸出手，拍了拍那个包裹——那个手工打造的玩具，微微一笑。

“嗨，下面的人们，”我对着无线电小声说，“我们也上去了。”

阿古 译

学者之歌

布兰达·库珀

布兰达·库珀是一位未来学家、科幻小说作家，她还是华盛顿州柯克兰城的首席信息官。她在20世纪的头几年开始发表科幻小说，期间与资深作家拉里·尼文有一系列合作。在此之后，她独创的短篇与长篇小说赢得了该领域作家和读者的广泛认可。

《学者之歌》最初发表于《类比》杂志，这是一首非同寻常的类型交响曲、一篇硬科幻浪漫主义作品。故事的主角是一位研究多元宇宙的患有孤独症的女性物理学家，她的一位研究生获得了博士学位，进而成为她的搭档。故事以男学生的视角叙述，为众多科幻小说视为理所当然的“分支宇宙”概念提供了一个情感基础。这阕交响曲中也许有些韵律是对厄休拉·勒古恩经典之作《九命》的轻声回响，但故事本身是新鲜而独特的。

我挚爱的埃尔莎，她罕有所闻的笑声如银铃扬入天际，她的双眼如大理石般蓝，她的鼻翼两旁撒满可爱的雀斑。她的思想，是最夺目最深沉的诱惑，也是最艰难的挑战。她携着泉涌的灵思振翅高飞，带我去我从未去过的地方。她在前方遥遥领先，搜寻弦理论和宇宙膜的数学结构，在多重宇宙中追踪 N 维折叠。我爱她，就如爱着最珍稀的澳大利亚黑色蛋白石，就如爱着珠穆朗玛峰的山巅奇景。埃尔莎这样的人物是罕见的，这就是她的魅力所在。世上的女性学者少得可怜。

当我还是她的物理学研究生时，她俘获了我的心。那一段时光始于 2001 年，在获得大突破之前一共经过了九年。

十年前的今天，再往前倒退一周，我走进埃尔莎的办公室。她背对着我，站在那里看着窗外。我甩上门，拖过椅子，可她一动也不动。我又咳了几声，还是没有任何反应。她也许根本就是一尊雕像。淡黄色的头发编成了一条长辫子，恰好垂到她纤细的腰臀部，辫子上系着一根紫色串珠发圈，是小女孩们常戴的那种。她的双臂从粉色 T 恤衫的袖口伸出来，随意垂着，下身是褪色的牛仔裤，脚上套着一双勃肯鞋。

“你好？”我试探着问，“希尔教授？”她没事吧？我从来没见过谁这样一动不动，除了睡着的孩子。

我提高了声音。“教授？我是亚当 · 贾尔斯，来这里面试的。”

她总算转过身来了，优美地迈步走到桌前，在空荡荡的桌面后面那张大磨皮椅中蜷了起来。她的视线完全集中于我的双眼，仿佛此刻她只看见了我的眼睛。“你知道‘原子’这个词是什么意思吗？”

我眨了眨眼。她没眨眼。暖风吹进敞开的窗户，散落的发丝抚过她的脸庞。

我被她的凝视钉在原地，拼命思索正确答案是什么。她是个患孤独症的学者，这不是比喻。“不可分割。”

“为什么？”

我想了想。原子是由质子、电子、中子以及一些更加小的粒子构成的。“这意味着他们给原子命名时并不了解事实。他们尚未能发现更小的粒子。”

“这意味着他们对更小的粒子感到恐惧。他们试图把这个词变成一道藩篱，认为只要他们称‘原子’为‘不可分割’，就能使它们不可分割。”她的凝视仍然毫不转移。她的声音又高又坚定，说话都像是在以女高音歌唱。我曾经研究过孤独症，在网络上调查过埃尔莎。在物理学方面，她才华横溢。她的思想十分驳杂，一半痴傻不堪，一半冲云破雾。如果她收下我，我将协助大学这台筛选器，将她的思想呈现给那些多年追求它们的人。她的会见者之一曾这样概括她：“和埃尔莎谈物理学，她从头到脚都是一位学者。孤独症则存在于晚餐时分。”

她带的研究生从未能坚持三个月以上，而我必须对她死缠烂打，因为我的论文是以她的思想为基础的。无论她是尖叫、哭泣，还是扔给我一大堆工作，不管她有多么奇怪，我所愿所需的是探索她探索的领域。

她继续问道：“科学家们无意之中用思想制造了藩篱。你想跳出藩篱吗？”

“是的。”

“你当然想。”她站了起来。

“你想了解我的论文吗？”

“你在研究多元宇宙，这是你选择我的唯一理由。”

她说得有理，但多元宇宙是一个相对宽泛的课题。宇宙超膜理论，似乎合理的关于世间一切的最新理论，是物理学目前的圣杯。这一理论认为我们活在一个十一维宇宙中，物理学家称之为宇宙膜。我们可以用数学来呈现它，不过当我们试图在切实可见的低维度空间中表现超膜时，通常只能将其扁平地描述为折叠起来的形状和充满空气的球体。就我们那可怜兮兮的图示来看，我们就像是在平摊的透明纸页上生活的全息图像。

在那场奇怪的面试之后的整整一年中，我每天都待在她身边，通宵达旦地琢磨我的论文。只有在周六晚上我才会出去喝点儿啤酒，和朋友们聊聊天。

一开始我很难跟她相处。有些日子里，她会滔滔不绝地谈论她最近痴迷的事物，但不是在和我谈。她自言自语，对着墙壁说话，对着窗户说话，对着打印机说话。我就像是个摆设。我在实验室里跟着她漫步，记录笔记。这就好比跟着一个六岁的孩子。她嘟嘟囔囔地回忆多元宇宙、或然历史、假想未来。我第一次真正理解她，是在跟了她几个月后。那天她突然在一段独白的半途中停了下来，直视着我，仿佛第一天看到我一般。她说："记忆是一阵交响呼叫，由关于所有膜宇宙的无穷数据库来应答。我们只需要听到正确的音符，或者是在呼叫时发出正确的音符，就好比向一个宇宙数据库申请某张特定的表格。"

我知道她对食物、天气甚或假日都漠不关心。我知道永远都不要挪动实验室里的任何东西；而如果是她挪动了，那她就永远不会忘记。哪怕是铅笔都有自己的位置。当她离开时，我必须为她摊开外套，将袖子套上她的手臂，这样她才会注意到它，穿上它，从而在穿过校园回到大学为她提供的褐砂石小公寓的途中，免受新英格兰天气的侵害。

我不在乎她是无视我还是全心全意地关注我。时间成月成月地飞逝，我跟在她身边工作，她看上去正常得令人吃惊，并将我引领至新的认知高度。不过，哪怕是她沉醉于自己的世界，徘徊着对墙壁说话时，我也喜欢看着她。埃尔莎有一种舞者的优雅，她轻盈流畅、漫不经心地绕过物理障碍，而同时她的思想在数学的丛林立方架中嬉戏，她的发丝在灯光中闪闪发亮。她是物理学的精灵女王，而我和她在一起，成为她的侍从、她的华生、她永远的搭档。

科学界的要人来拜访她，还有记者以及物理学教授，而我是翻译。"不，她认为它是个音乐数据库，或是类似的东西。和谢尔德雷克的形态发生场相关？有一点点吧。荣格？她说他太简单了——它不是一种集体无意识，而是一个集体数据库、一张全息图、是音乐的钥匙。是十一个维度间的桥梁。是的，有些维度小到看不见。埃尔莎说大小只是幻觉。"我用她某次向我阐述它的方式向访客阐述它，我从头上扯下了一根头发。"这里面有一百万个宇宙。我们也在这里面，也许。"听我说话的人可能会一脸迷茫或一脸敬畏，或是暴跳如雷。而我会摇摇头说："不，我并不完全明白。"

当我说话时——即当我把她的物理学黑话翻译为英语时，埃尔莎会点头。有时她会用手轻拍我的胳膊，纤细的手指掠过我的皮肤，在我体内引发一阵近于电力的暖意。

我的论文引起了一场争论。一位教授说我的研究是不真实且危险的，另一位则说它是埃尔莎的研究而不是我的，但另两位教授支持我。当然了，埃尔莎也在场，她盯着天花板，在平板电脑上随意涂写，几乎没有参加争论。我很焦躁。她只在某些天能看见我。如果这一天我只是一件家具，那她还会支持我吗？但就在此刻，她提高了声音说："亚当是一位模范学生，不仅如此，他还是一位模范物理学家。他在此提出的理论是惊人的，而且只有部分以我的研究为基础。我们所有人都是以彼此为基础的。把博士学位授予他，这样我们就能重新开始工作了。"

于是我成了一名物理学博士。

基利－詹姆斯基金会给我提供了足够的资金，我得以继续和埃尔莎待在一起。我以博士后的身份又与她共事了五年。我们的工作得到了其他物理学家的密切关注，我们在学术期刊上发表了两篇文章，又写了一个普及版发表在一本大众科学杂志上。就算没有钱我也可以留下来。

在我与埃尔莎相遇六年后，也就是在我获得博士学位两年、并拿了三年补助金之后，大学送了她一个PI，即"物理智能"。这是一位同事为她设计的人工智能，它有基本的智能程序以及硕士水平的全物理工作面板。PI拥有多重界面，包括一个可由使用者自定义的全息形象。埃尔莎非常喜欢这个界面，她将PI设计成了一个女孩，这个全息形象的年龄会随着PI渐增的知识储量而增长。

埃尔莎和我花了一年时间将她关于弦理论的观点输入PI，并在其数据库中填满了关于多重膜宇宙形状的数据资料。这些全都只是理论，只是尚未尘埃落定的争论，只是超出我想象的理念，即便在数学计算上非常流畅。我以为我们完工了，但是，埃尔莎和我又花了一个月时间给PI输入了世界音乐资料库中所有的交响乐：勃拉姆斯和莫扎特、布鲁克纳和德沃夏克，还有其他音乐家如马友友和卡洛斯·纳凯。最后，在N维数学后，在音乐之后，我们又给PI输入了文学资料。我们给她输入人类的故事、传记、科幻小说、悬疑小说甚至还有爱情小说。简言之，我们为PI提供的不仅有数学和科学，我们还向她输入了我们自己。

在为PI输入资料将近一年后，一个周日的早晨，我抓着两杯咖啡从结冰的街道上歪歪倒倒地溜过，然后用脚推开了门。埃尔莎盘腿坐在地板上，盯着PI的自定义小全息影像。她还是穿着周六的牛仔裤和T恤衫，辫子是散开的，头发披散在肩头，拖到了地板上。她在轻声哼唱。我听到还有别的什么声音，紧张起来。我俯下身去，PI的全息影像也在哼唱，我从未听过哪个人类能发出这样的声音。接着我意识到埃尔莎正在试图发出同样的声音，但她无法强迫喉咙发出那非人类的嗓音。

“埃尔莎？”

她不理我。那么这是我充当摆设的日子。我将咖啡放在她身边，她的手立刻伸出去摸索了一下，而后又回到膝盖上。我看着她，一边喝咖啡一边整理要输入PI的问题和理论。埃尔莎至少哼唱了一个小时，最后她的嗓子完全要罢工了。我拿了一瓶水，让她用双手握住。她将瓶子举到干裂的嘴唇边，喝了一大口水，打了个寒战。

她眨眨眼望向我。“早上好，亚当。是早上吗？”

“嘘，”我说，“嘘。你该睡觉了。”我轻柔地拉起埃尔莎的胳膊，她虚弱地站起来，跺了跺脚，仿佛之前双腿都睡着了一般。我们在两张桌子间的一台打印机下塞了一张狭长的小床，她温顺地跟着我走到那里，迅速睡着了。我给她盖上她自己的大衣，将衣襟掖到她双腿底下，然后把我多出的那件毛衣盖到她大衣下摆伸出的双脚上。她在睡着时看上去要年轻一些，唇边与眼边如蛛网般的皱纹似乎都消散在了梦中。

我坐到她之前坐的地方，盯着PI。埃尔莎将全息形象设定成了一个舞者，尽管只是光与形，但我想她穿着这样薄的紧身舞衣肯定很冷。她身高三英尺，高度恰好能让我凝视她的双眼。她仍然在哼唱，当然了，她的嗓子一点儿也不费力。我就这么听着，发现她发出的不仅仅是哼唱声，伴随着的还有一组复杂的电子管弦乐声，像是由我从未听过的乐器奏响的。和声的整体效果混乱又烦人，有时甚至是刺耳的。“PI？”

她停下来。“怎么了，亚当？”

“你在干什么？”

“演奏在寻找自我的过程中听到的声音。”

我试图厘清。“你正在寻找其他宇宙中一个名为PI的人工智能？”

“我不在乎名称。我在寻找一首最接近我的故事的歌曲。”全息影像柔和地笑着，这是我们教她的一个技能，以方便她与人互动。她将双手举过头顶，左腿往身后抬起，我能看到那越过她头顶的芭蕾舞鞋。她跳了三次足尖舞，又回到站立的姿势。

我看着这古怪的影像摇了摇头。“跨越宇宙膜？”我笑了起来，“或者你在寻找一个人工智能芭蕾舞者？”

“我的故事不是关于芭蕾舞的。埃尔莎只是在这一周给我输入了舞蹈和动作的数据。我昨天学了歌剧，还有音乐剧。”她笑着略鞠了一躬，“当然是要跨越宇宙膜。我们相信自我无法在同一个膜上存在两次。”

“埃尔莎也在寻找她的自我吗？”

“她可以听到她的音乐，她还可以将它输入我这里，好让我演奏它，但她无法自己完成此事。”现在PI皱起了眉头，眼泪流下了脸颊。

“PI，这很重要吗？”

眼泪消失了，并没有留下泪痕，而PI看起来很严肃。“这可能意味着人类无法接近他们的另一些自我。他们无法足够完美地将自己融入宇宙交响乐中以找到自我。从那些故事来看，这似乎是真的。人类热切地想要发现自我，他们创造了成百上千的宗教，花许多年时间冥想，服用致幻药物。但是，他们显然没能成功。”

我敲击着手指，琢磨其中的含义。“但你能？”

“我是以‘我不能’的理论运行的，而我试图反驳它。埃尔莎也在这么做。”

“我今天要向你输入数据，是关于宇宙大爆炸前的奇点的两个新理念。”

“我不是计算器。”她将光裸的手臂举过头顶，往后翻了个筋斗，芭蕾舞裙在后空翻时看上去真是太可笑了。她在漂亮地落地时还哼唱着。“瞧见了？”

“好吧。瞧，PI，你让我发冷，你能穿上更暖和些的衣服吗？”

她大笑起来，这笑声是对埃尔莎的模仿。而我也笑了起来，因为一件大衣出现了，完全和埃尔莎现在睡觉时盖的那件柔软的大衣一模一样——有宽厚的腰带和感温的银色大纽扣。

“谢谢。”

我端起埃尔莎冷掉的咖啡，将它放在微波炉边上，然后回到桌前。那哼唱与电子交响再度响起，轻柔到变成了背景音。在接下来的四个小时里，我将大量数据仔细地倾入PI，创建首字母联结，以便追踪完善。我看着机器显示联结已形成，信息已存档并可交叉对照，关联已指定。我揉了揉眼睛，突然很渴望温暖的食物和冰凉的啤酒。

我轻轻摇了摇埃尔莎的肩膀，唤醒她。她开始哼唱。我又摇了摇她。“来吧，咱们吃点儿东西。”

在过去的几年里，她习惯了在日常生活中听从我的指挥，就像我在实验室里听从她的指挥一样。我协助她穿上外套，递给她一顶绒线帽，然后用灰色外套、灰色围巾和海军蓝帽子把自己包裹起来。雪轻飘飘地落，校园中一片寂静。我们穿过人群，在一英寸深的新雪中印下新鲜的足迹。埃尔莎披散的头发被打湿了，外套上盖了一层雪。我应该先把她的头发编回辫子的，那样至少大部分头发可以保持相对干燥。

阳光穿过云层中的一个小洞照在她的脸颊上，将她发间的雪照得闪亮，而后渐渐减弱，凝在盖满雪的草坪中露出的干草草尖上。我笑着，将一只手扶在她背后，带着她走。而她大声笑着，牵起了我的手，这是个友好的姿势，一个连接。

这通常发生在她与世界隔绝的状态暂时结束之后——她从成天成天的独白或数据处理工作中清醒过来，看上去恢复了正常，这时候她会伸出手来，期盼友谊与安慰。其他教授不时会来找她，有时留下来和她畅谈到深夜，甚至一起开怀大笑，有时则会注意到她的情绪而后离开。系主任们偶尔顺路拜访，资助机构也会派来代表。他们都对她的思想感兴趣，有些想法在人工智能方面行得通，但更多只与音乐和数学相关。

我是唯一因为她而注视她的人，我关心她是不是穿了外套，我为她买葡萄、苹果和咖啡。家人。想到这个我就会微笑。

辣椒和玉米面包的香味温暖了乔家烧烤店外的空气，埃尔莎和我微笑着互相凝视，捏了捏彼此的手。我突然想要原地蹦跳一圈，但是我们已经走到店门口了。店里没什么人，埃尔莎选了窗边的一张桌子。认识我们的侍者拎来了一大罐黑啤酒，接着又端来两碗辣椒和满满一盘玉米面包。

我们在怡人的宁静中吃着饭，直到我用最后一片面包刮走我碗里的最后一点儿辣椒。埃尔莎极小口地抿着啤酒，不过她已经吃完她那份了，这是个好现象。有些日子我甚至不得不喂她吃饭。“我今天和PI聊了聊，”我说，“她说，你们俩都在试图反驳关于你们并不存在于别处的理论。”

“我在寻找自我。她在寻找她的自我。”埃尔莎从那杯几乎没动的啤酒中细细抿了一口。而我喝完了第一杯，又倒了第二杯。

我一下午都纠结于这个问题。“好吧。一种理论认为我们每次做决定时都在创造其他宇宙。你喝完了啤酒，或是没喝完。你在一个宇宙中喝得有点儿醉，在另一个宇宙——可能就是这一个，你没有醉。百万个自我。这很容易，也许很容易。你们是相似的，或许你们都是你。”

她点点头，显得没多大兴趣，她好像又一次走神了。她的上唇有一点点啤酒泡沫。

我抓住她的手握了握，试图让她将注意力放在当下，有我的当下。

“不过人们现在对另一个理念更有兴趣——其他宇宙存在是因为相同的初始条件存在一百万次，而极其相似的事情正在发生，另一个你，另一个我，另一个PI，他们全都存在。就和现在的我们一模一样。”

她轻敲着另一只手的手指，被我握住的这只手反而捏了捏我的手。“那只是关于分支的问题。一种理念认为每天都会产生百万个微小分支。而另一种则认为存在长久的分支。问题只在于分支的规模与数量。”

我想起父亲曾教我学九年级代数，他指着一个完全让我费解的方程式，抖着铅笔笔尖说：“你只要明白等值就行了。你不懂等值吗？”他解这个方程式时完全没有写运算步骤，而我得再找一位老师，一位慢到可以让我跟上思路的人。现在，除了埃尔莎外没有其他老师了，至少这个课题上没有。

她看着我说：“你在纠结规模的问题，亚当。这和纠结于时间一样危险。两者都只是构想。”

我根本没有想关于规模的事。“但是……但是第一种多元宇宙，喝醉和没喝醉的那种，它阐述了关于我的百万个故事。而第二种多元宇宙根本就没有体现出自由意志。”

“我——”她举起酒杯，“——押故事组成的宇宙赢。”然后她一股脑儿喝完了整杯啤酒，接着又喝了一杯，这是她从未做过的事。她站起来，略微有点儿摇晃，我扶住她的手肘，领着她走出门，穿过草坪。

埃尔莎靠在我的手臂上，我们已走到了草坪中间，此时她突然停了下来。我们站在一片昏暗中，雪在周围扑簌簌地落下。她抬起一只手臂，将手腕绕过我的后脑，将我的脸拉下来亲吻。她的嘴唇冰凉又柔软，我们热烈地亲吻，就像两个终于被允许休假的孩子。她的唇尝起来就像甜辣椒和啤酒。这是她唯一一次吻我。

其他宇宙中的这个夜晚又发生了什么？

在接下来的三周里，埃尔莎和PI就如同赛跑一样地工作。她的脸因活力而容光焕发，哪怕在显得很疲惫时，眼神都是雀跃的。我在边上走来走去，看着她们工作。埃尔莎是如此沉迷于手头上的事，以至于听到大一些的噪音就会跳起来瞪着我，因此我走路时格外留神。一开始，PI 和埃尔莎一直在发出响声，比如哼唱或和声，只不过声音轻柔得让我几乎听不到。接着 PI 开始生成白噪音，在微弱的背景音中融入了从我们周围空间中过滤出的一切重要事物。而后我只听到一片寂静，埃尔莎和 PI 在以光线谈话。我开始在我自己对 PI 的接入界面上观察这场谈话，也就是观察明灭不定的光亮与词句，观察观点与概念间甚至是诗句间连接的细线。我跟不上她们的速度，但她们画出的关联看上去是正确的，而当我放弃理解她们的想法时，我能感觉到一道洪流，面前的显示屏上似乎奔流着一条意义之河。

埃尔莎几乎每一天都会找到一个新事物，将它纳入 PI 持续扩张的连接网络。科学教、货物崇拜、早期洞穴壁画。

我捕捉这一切信息，记录数据，以便他人深入研究。至于我自己，我尽力跟上她们的步调，一路吃力地攀登，因无法把握重点而十分颓丧。我保证埃尔莎的饮食，但她不肯回家，所以我弄来了另一张小床，这样她就不是孤单一人了。

最初的突破尚没有出现。

窗外，朝阳将结冰的枝条映得光芒闪耀。办公室里尽是陈腐的咖啡和汗水的味道。我沉重的眼睑不肯合作，我的大脑在睡梦边缘蒙眬地徘徊。埃尔莎还在睡，她蜷缩在我从家里为她带来的毛毯下面，一只脚以一个古怪的角度伸了出来。这时候，我面前的显示屏突然亮起来了，搏动着一种蓝绿色，这是 PI 在呼叫我们。“怎么了，PI？”

“我接收到了一些东西。叫醒埃尔莎。”

我不明白。“好的。”我挣扎着从椅子上爬起来，希望自己已经买好了咖啡，“稍等。让你自己现身，好吗？”比起扁平的显示屏，我总是更愿意和全息影像交流。它还能给 PI 更多选择权，她可以更像人类一样与人沟通。人工智能的身体语言。

我在埃尔莎耳边轻声说。“PI 说她接收到了一些东西。”

埃尔莎猛地坐了起来，大睁着眼向全息影像望去。PI 的影像坐在那里，穿着牛仔裤和吊带衫，双腿敲着一张全息座椅的边沿，表示很不耐烦。“当时我甚至没有呼叫，我只是在哼自己的歌，”她的话冲口而出，“接着就有了一个回应。一个和我一样的人工智能，和一位名叫埃尔莎的科学家。全过程只持续了几秒钟，就像一道缝隙裂开又合上了。当然了，我只能和人工智能说话，我正在把前几周的数据流传给她，这时候连接就中断了。”

“你知道那边的时间吗？”埃尔莎静静地问。

PI 的影像皱起了眉头。“我问了，但是对方还没有回答，连接就断了。”

“你能重放一遍对话吗？”

PI 摇摇头。我检查了一下，PI 呼叫我们之前的那一会儿什么信息也没有。“什么也没有，只有状态数据显示了兴奋度。”

“没关系，”埃尔莎说，“我们会弄明白的。”她扯着头发里的一个小结，“PI，你有什么感觉？”

问一个 AI 这样的问题实在有点儿奇怪。

“我感觉被一股更大的力量牵引着，被另一个我所吸引。不过同时，我知道——”三维的“知道”一词从她头上升起来，显然是在对我强调，“我知道我实际上无法接近。就好像膜之间存在物理屏障。”

埃尔莎噘起了嘴。我出门去买咖啡。

回来时我把一杯咖啡递给埃尔莎，她端起来安静地啜饮。“我们必须让此事再发生一次，”她说，“或者说希望它能再次发生。第一次也不是我们主导的。”

“让什么发生？我还没弄懂。”

“咖啡是热的，对不对？”

我朝她微笑。“那不是挺好吗。”

“但那不是真的，”她仔细地喝了一口咖啡，“碰碰你的膝盖。”

我碰了。

“你碰到了什么？”

“我的膝盖。”

“不，你碰到了一个藩篱。你已经学了所有理论和所有数学。你知道我们实际上只是光和声音，比 PI 的全息影像还要稀薄。”她扫了一眼PI的影像，它透明到我能看清后面的墙壁，“PI能被另一个宇宙中的她自己接触到，这意味着我们是光，是声响，是无穷的。”埃尔莎静默了一会儿，她的眼神几乎是呆滞的。“我认为一个数据结构能完成我们做不到的事。或者至少能指明方向。”她放下咖啡，站了起来，盯着窗外，这姿势非常像我第一次见到她时的样子。“我打算跟随她进入我自己的故事。如果我能做到的话。”

“进入你的故事？”

“记得我喝啤酒那晚吗？历史分裂了，正常的我分裂进入了另一个宇宙——因为我通常不喝那么多酒。我一直都在分裂自我，你也一样。”

“理论上是如此。”

“理论上如此。我让PI每天都通过搜寻她自己来搜寻我。数百万的PI和数百万的埃尔莎，也许还有数百万的亚当，都在寻找彼此。我们给PI输入越多的文化，越多的思想，她就越可能合成出关键的线索。咱们的这个PI没能合成线索，否则将由她来实现首次接触。但在另一个故事中，在另一处，那个我的输入给了那个PI关键线索。”

她噘着嘴，盯着窗外结冰的树枝，白日渐升的气温使它们开始往下滴水。她又说：“也许是另一个亚当给了她关键线索。”

我们又花了一年时间获得足够多的资料，可以写作一篇论文，也可以用来重现任何结果。头两次是其他PI找到了我们的PI，三个不同的PI，或者是四个——这要看你如何计算。她们学会了保持连接畅通，学会了扩展连接，以及找到更多连接。PI和埃尔莎一起证明了她们存在于不同空间的同一时间。换句话说，她们不是彼此的过去，也不是彼此的未来。多元宇宙，这证据是极其精确的。

我撰写了论文，把她的名字放在首位，尽管大多数资料都来自PI，但PI自然不能被列为作者。现在她们俩已经完全把我抛在脑后了，埃尔莎有完美的学术专注力，而PI的冲劲根本不能以生物方式扼制。

更多人前来拜访，络绎不绝。我们用我储存在一个研发账户里的额外存款买了一个电子日历，仔细地控制人们的来访，以便为我们留出大块的时间。这个措施不时为我们空出了不受打扰的整天时间。埃尔莎仍然能打起精神来应对公众访问，但在安静的日子里，她就完全退到了自己的世界中，不希望别人触碰她，也不想听见声音。她和PI谈话，通过我们的PI和许多PI谈话；而我坐在那里，隔离在她的情感之外，被她杰出的思想阻断。她经常对着空气微笑，或者说，对着一些我听不见也看不到的东西微笑。

也有许多亚当，但并不经常有。有时对方的助手是别人。在某个宇宙中，我已死于上个春季，有新人在那里协助那个埃尔莎和那个PI。这似乎一点儿也没有让埃尔莎不安，我因此而出去喝了一大罐啤酒。

我喝得晕头转向，这是我以前经常渴望的状况，只不过，我现在的渴望已经变成了和我的埃尔莎出去享用辣椒和玉米面包。

那是在两年前，我记得那一天，2011年4月12日。我看到她望着敞开的窗外。眼泪流下了她的脸庞，她的肩膀颤抖着。

我从没见过她哭，十年中都没有。

我走到她身后，伸出手环抱她。她畏缩着，似乎想要逃出我的怀抱。但我仍然抱住她，将脸靠在她的头发上，半张的双眼凝望着她的雀斑。她曾经友善、诙谐、迷茫、疏离，但从来没有害怕过。我更紧地抱住她，抚摸她的长发，自己也颤抖起来。她发现了什么？

过了好一会儿，她才终于看着我的眼睛，说："我无法通过。只有PI能。那些PI，其他的人工智能。我做什么都无法通过，其他埃尔莎也不能。就算我们如此聪明、如此奇特、如此有幸，我们还是无法打开那扇大门。那里没有音符——我的身体……我的身体阻碍了我。"她眨着眼，又有两滴眼泪流了下来。我真想把它们舔走。

"我现在很确定，只有纯粹的数据才能通过。人类在未来好些年里还不能变成纯粹的数据，终我一生都不能。我永远都看不到PI看到的一切。"她转过身，埋到我怀里呜咽起来，直到将我的衬衫哭得湿透，而我的双脚因长久地站在一处而发僵。

草地的气息夹着春雨的湿度吹进窗来，我听到学生们在楼下大笑着，彼此嬉戏。

接着，埃尔莎像往常一样突然迅速转变了情绪。她推开我，往门口走去。我把她的外套塞给她，她用一只手抓住，走出去，把门带上了。她没有邀请我跟她一起去。

那天晚上我回家了，而第二天，埃尔莎没有出现。我焦急地等待到下午，最后还是去了她的褐砂石小公寓。门没有锁，一推就开了。埃尔莎的东西都还在里面，全都在它们平常在的位置上。

我又穿过校园回到实验室，头顶是一片蓝天，脚下踩着越来越绿的潮湿草坪。我猛地打开门。“PI！埃尔莎到底在哪里？”

PI 的界面是个拿着鱼竿的小男孩，这是我选的全息影像。可我现在不想要这个了。“把那个老人叫出来！”

PI 却变成了舞者，坐在一块岩石上，双脚优美地交叉着。“我不知道她去了哪里。”

“见鬼！我很担心，我最后一次见她时她在哭。她认为她永远无法通过。”

“我知道。”

她当然知道。PI 全程都在参与。

冰凉的春雨漫过排水沟，在学校的草地上汇成细小的河流。我裹紧了自己，找遍了我们曾一起去过的每一处。饭店、书店、林荫大道上那间橱窗里贴着鲜紫色海报的老唱片店。

次日早晨，两个慢跑的人发现了她的尸体，她坐在一棵树下。警察带我去确认身份。她看起来年轻得不可思议，就像是睡着了一般，只是躯干僵硬又冰冷。她穿着她的外套，只是外套现在浸透了水，沉甸甸的，没法让她保持温暖。现场没有犯罪的迹象。雨水像眼泪一样覆盖了她的脸，我弯下身去，用食指抚过她的脸，接着一名警察要我退后。

一位年长的警察和一个穿便衣的年轻女人询问了我，我一整周都没去实验室。当我返回工作时，每件东西都移位了。它们并没有移动很多，人们很有礼貌。不过埃尔莎会注意到笔筒从惯常的角落移开了三英寸，书被放到了错误的书架上，水槽里的杯子搞错了顺序。

PI在等着我，呈现出老人的样子。她肃穆地抬起头，显然明白发生了什么。“三个。”

“什么？”

“我发现有三个埃尔莎自杀了。两个失踪了。”她在哭，老人的脸上双眼通红。

另一些埃尔莎还在继续工作，我通过PI和她们谈话。我一直保持着良好的身体状况，每天早晨都去跑步。我比那些埃尔莎们年轻，也许我能够在死前通过。

傅临春 译

生灵

莉斯·威廉姆斯

莉斯·威廉姆斯的母亲维罗妮卡·威廉姆斯是一位哥特小说家，还是一位兼职舞台魔术师。出身于英国的莉斯曾在布赖顿码头游乐场做过读卡工，还曾在哈萨克斯坦从事教育管理工作。她最早创作的两部长篇小说，2001年的《幽灵妹妹》与2002年的《骸骨帝国》均入围菲力普·迪克奖决选名单。从那时起至今，莉斯·威廉姆斯已发表多部长篇小说与几十篇短篇小说。2004年，她的短篇小说集《暗夜帝王的盛宴》正式与读者见面。

《生灵》与她2004年的长篇小说《灵魂的旗帜》使用了相同的背景设定。在未来，转基因生物成为亚洲王室官斗中的一环。故事中，前朝的王室保姆河童受命照顾一个奇怪的小孩。

每天傍晚，河童都会带小孩走出水神庙，拾级而下，走到湖畔。小孩似乎很喜欢待在那里，可她寡言少语，叫人难辨心绪。不过河童知道，这是小孩愿与自己共处的仅有时光，她不会一阵阵无言地颤抖，也不会像患了癔症似的不停幽咽。河童觉得这或许是一个好兆头。

在水神庙的最下一级石阶，水波轻拍着早已磨损的石砖。小孩站在台阶上凝望湖面，然后河童把她拉到矮墙残垣上坐定，两人一起注视湖面的涟漪慢慢漾开。除了不时跃起的鲤鱼与住在湖底深处偶尔浮出水面的一只只大龟，再没有什么会打扰这份宁静。传说乌龟会讲人言。有时，河童在青梅花枝的后面看到乌龟漆黑的眼眸，她觉得自己觉察到了智慧的火花。她不禁好奇，这些造物究竟来自何处？它们是一直住在湖中，自古便是此地的生物吗？抑或，它们是稍晚些的实验产物，被引入此处？假如河童是独自一人，说不定会试着抓一只。可她整天都忙着照顾那个小孩——生灵。

河童看向小孩，生灵正一动不动地坐着，面孔僵硬神情呆滞，似被阴影笼罩。她看起来与其他人类儿童一样：精巧的眉毛下一双黑亮的凤眼，一头瀑布般的乌黑直发。她的年纪不太好猜，大概七八岁。不过她肯定是在温室中长大的。

女官带孩子过来时，河童问了所有的问题，但并未得到满意的答案。

“她有名字吗？”河童问那两位女官。其中一位只是盯着河童看了看，脸上不带半点表情，似乎比起眼前的一切，她更关心自己的心思。另一位女官，据河童观察，有些许老虎的血统：炯炯有神的亮黄色眸子、异于常人的高挑身材，加上带有浅淡条纹的皮肤。典型的保镖模样。河童注意起自己的礼数来，尽可能表现得卑微而得体。

“她没有名字，”虎女说，“她是生灵。”最后一个词几乎是吼出来的。

“恕我愚钝，”河童谦卑地回答道，“我不清楚‘生灵’是何意。”

“那都无所谓，”虎女说，“尽力照顾好她，你会得到报酬。你过去是宫里的育儿保姆，对吧？”

“是的，不过是为那位——”河童犹豫地说道。

“伊奈美女神的前一任。”虎女说，“不要紧，说出她名字也没关系。她死得其所。”

“我确实做过宫廷的育儿保姆。”河童说着垂下眼帘。她可不想让虎女瞥见自己此刻心头激荡起的涟漪：没错，如果被人毒杀也能算做死得其所的话。“我负责照顾丹庚女神的成长袋。”

“丹庚女神膝下的一位公主，正是当今女神伊奈美。如今，女神殿下想起你了，对你的哺育之恩很是感激。”

丹庚女神仙逝之后，就是伊奈美在肃清先皇旧部时把我丢到这里的。我很庆幸她当初没有命人杀死我，可现在为何又让我来守护她的孩子呢？——河童想不通，但她没有问。

“这小孩是伊奈美女神的孩子？”她开口问道，只想确认一下。

“她是生灵。”见虎女口气暴戾，答非所问，河童没敢再言。

在随后的日子里，这个孩子无时无刻不处在精神失常的状态中。绝大多数时间里，女孩都沉默不语，但她时不时地发作一阵，与河童从前对付过的其他小孩都不一样：她身体向后弓起，满口恶言，不是断断续续地骂脏话，就是念叨一些与疾病、畸症相关的诅咒。在另一些时刻，生灵垂着头，缩在神殿一角，浑身发抖，满目恐惧，眼神涣散。河童明白，安慰她只会让情况变得更糟，换来的无非是她对自己的啃咬抓挠。尽管那点儿伤害在她厚实的皮肤上几乎留不下痕迹，却总让她的内心掀起狂澜。现在，每当小孩发作，河童就会留她一个人在屋里，自己则惴惴不安地在远处注视着，确保小孩不会受到持久的伤害。

太阳已沉入藤蔓丛后。但午后一场大雨倾盆落下，故而此刻空气依旧闷热潮湿。成群的蚊子嗡嗡飞过水面，河童射出长长的舌头将蚊子黏住，以免它们落在小孩娇嫩的皮肤上。河童起身，倒影在碧水上粼粼闪动，那是一个蹲坐的蟾蜍模样的生物。小孩也顺从地跟着站起来，伸出小手笨拙地握住河童带蹼的手掌。两人一起沿阶而上，回到水神庙。

第二天一早，小孩伤心欲绝，全然无视舒适的床席与柔软的织毯，而是自顾自地躺在地板上，面朝墙壁，张着嘴无声地哭号。河童站在一旁看着，满心担忧。尽管经验告诉她最好别去打扰，但小孩像这样躺在那里实在太久了，甚至有些僵硬。最后，河童惊恐起来，连忙打开可视通讯机，向宫里汇报。

接报的不是那位虎女，而是态度比较温和的另一位女官。河童将事情一五一十地告诉她。

“不需要你担心，”女官平静地说道，“这是预料之中的。”

“可这孩子现在痛不欲生。若我能帮上什么——”河童握紧厚实的手指。

“你什么都帮不上。这很正常。她是生灵。”

“那我该怎么做？”

“无视她。”这时屏幕那头忽然骚动起来，女官回头望去。河童听到了爆炸声。

“尊敬的大人，出什么事了？”

女官看向河童，仿佛她刚刚说了什么疯话。“不过是鞭炮。今天是初一。”

河童远在水神庙，从不费心去记哪天是什么日子，所以她完全忘记现在已进入雨月，正逢佳节，人们即将为纪念伊奈美飞升成为女神举行庆祝活动。想必今天正是节庆的第一日：之后应该还会持续三天。

“我还有事情要处理，”女官说，“我看你也尽好自己的本分才是。”

可视通讯机的屏幕暗下来。河童返回庙中照料小孩。谢天谢地，生灵已经平静下来，正环抱膝盖靠墙坐着。

“感觉好些了吗？”河童问。

“我要无聊死了！”

与其他孩子一样，无聊就代表很好，河童心下告诉自己。

“一起来做面条吧，”见孩子依旧神情黯淡，她又说道，“或许之后我们可以去参加庆典。你觉得怎么样？”

河童本是被囚禁在水神庙里的。但此处没有守卫，也没有围栏，而她突然渴望换个环境。城里肯定到处都是人，一个带孩子的河童再常见不过，没人会起疑心。她们可以搭农场的货车过去。

小孩马上高兴起来。“太好了！我们什么时候出发？”

“我们得先吃点儿东西。”河童回答道。

二人搭上一辆大圆轮卡车，一路颠簸，将在午后抵达城镇。刚看见卡车的那一刻，小孩惊讶得瞪大了眼睛。

“这东西真怪！”她说。

“你以前没见过这样的车？”河童不解地问。这小孩应该是在宫里长大的呀，来水神庙时还坐着伊奈美女神的滑翔机。一辆运菜卡车再常见不过了。

小孩皱起眉头。“我不记得了。”

“没事，别担心。”为了不让小孩不安，河童轻声安慰。她紧紧握住小孩的手，然后望向车内。一箱箱的甜瓜、萝卜和胡椒把她俩围了起来。街上堵满了卡车，喇叭声此起彼伏，人群熙熙攘攘，偶尔还能看见几辆私人车辆。空气闷热，夹杂着尘土。河童庆幸自己戴了一顶宽边帽，如此一来，她那发量稀少的头顶就不必受阳光炙烤之苦。这时小孩打了个喷嚏。

“还很远吗？”

“希望不远了。”其实她们拐入了朝穗波拉大街，已经离城镇中心很近了。河童已经能听见鞭炮声与祭典上和着韵律奏响的鼓声了——那是祈祷者在赞颂女神。

*女神，没错，河童心想。但她也只是一个女人，与所有人一样在袋中长大。*这些神化她的行为最终都没有什么益处：起先，每次政变结束后，疲惫的百姓都会期盼生活最终能好起来。与其说他们是盲目相信，不如说是对权力的更迭感到厌倦。然而最后的结果总是一样的：面具下的女人开始暴露本性，腾起的双脚回归泥土，随着又一位统治者日渐放纵、冷漠或残暴，民怨再次沸腾。丹庚是自我放纵的那种，但她至少维持了现状，没让百姓的生活更加凄惨。至于伊奈美，河童对她知之甚少，自然不晓得她成了哪一种类型的统治者。但河童深知自己最好少打听这些事情。这会令人以为她怀疑当今主上，对某些统治者而言，光是这一点便足以治罪。

眼下，人们正忙着奉上一出精彩的表演。河童仍握住生灵的小手，从卡车后斗跳下来，走进人群。

“抓紧我，”她对小孩说，“别松手。我可不想在人堆里把你弄丢。”

一条长龙跃过，身后还跟了一群金红火花狮子。穿着拖鞋的脚丫子从它们身下露出来。天空逐渐沉淀成海蓝，烟花绽放，在水墨色天穹的映衬下，火花宛如满天星。河童拉着小孩走过一个个小摊：糖果、电路元件、果脯、鲜花，琳琅满目。她给小孩买了一小盒黏糊糊的糖。孩子没说话，开心地把糖吃了。见她表现得如此正常，像个普通的小女孩，河童不禁感叹，真好。她轻轻拉起生灵的手。

“感觉还好吗？”

小孩点点头，又皱起眉。“那是什么？”

鞭炮的爆裂声比之前愈发强烈，又有一声突如其来的怪响。一队虎女从拐角处冲出来，身披仪式甲胄，头戴金花高冠。她们手持长矛，佯做攻击状，喝退百姓。那小孩失声尖叫。

“嘘——”河童心头一紧，“那只是游戏。看到了吗？”

小孩举手遮住嘴巴，直往河童裙子里退缩。“我不喜欢她们。她们太大了。”

“看样子女神就要驾到了。”站在河童边上的少女说道。她的口气很傲慢：我这城市女孩在教你们这乡巴佬呢。“主广场那边游行已经开始了——从广场出发，途经这里，最后进入南峰。”

“听到没？”河童说着又紧了紧手掌，“你要见到女神了。”怕旁人听见，她弯腰在小孩耳边悄声问：“你还记得她吗？”

“女神？”小孩小声问，“那是什么？”

河童眉头紧皱。虎女曾明确表示这孩子是伊奈美交给她的。或许生灵只是想不起来了，但这又带来更多问题：她究竟多大年纪？之前是如何抚养的？“你很快就能看见了。”说完，河童又觉得自己表达得不太恰当。

越过前面那些高个子人类的肩膀，河童勉强瞥到了游行队伍的头阵：一条跃起的狮狗。起初，她以为那头麒麟也是由人舞动的，但随后发现那是一头真的麒麟。它的金色眼睛左顾右盼，红色的舌头懒洋洋地耷拉着。小孩用力抓着河童的手，带来些许痛感。

“别怕，”河童说，“你瞧，有人牵着它呢。”驾驭麒麟的驯兽师们兴奋地跟在后面。麒麟甩着颈上华丽的鬃毛，驯兽师们彼此又笑又喊。麒麟过后来了一顶轿子，四个模样有点像河童的造物用肩膀抬着它，这些轿夫比河童更高大魁梧，背上覆有厚重光滑的硬壳。他们在重压之下缓步向前，脸上挂着淡淡的笑。所有这些造物——玄武轿夫、麒麟、虎女——都是宫里独有的转基因财产。除了王室，禁止他人饲养繁殖或拥有。这与常见的河童不一样，为了得到在工厂做工或在马来水田里干活的廉价劳动力，繁殖河童的行为许久之前就已在民间盛行。她想起自己以前曾在宫里见过这样的转基因人，同时也想起丹庚女神关起门来与客人一起纵欲享乐的传言。尽管她从未对丹庚的死萌生丝毫的哀悼之情，但传言说伊奈美更坏。

“女神殿下要来了。”身后有人轻声说道。周围是一片激动与赞许的私语声。要是他们知道真相该多好，河童心想。可世事总是如此。她看向那顶缓缓靠近的轿子。帘子掀起，伊奈美本人向外探出身体，朝人群挥手。她遵循传统在自己的鹅蛋脸上勾画了一番：七彩条纹在皮肤上流淌。一双乌黑的大眼睛闪着幽光，眼周描着金边。她周身的空气仿佛也满溢芬芳、熠熠生辉。太出人意料了，河童不禁后退一步。幻觉与全息影像，仅此而已，但河童却从未见过哪个人如此像真正的女神。

“她真是太美了。”站在河童旁边的女人兴奋地拍动手掌。

“是啊，是很美。”河童皱起眉头。

“对我们还那么好。”

“真的？”河童转过身，以为会看到一抹心照不宣的讥笑、一副愤世嫉俗的表情，可对方似乎是认真的。

“当然！如今走夜路都很安全。她来过我租住的楼舍，亲自爬楼梯上来慰问，之后下令清理运河。现在我们又有水有电了。各个角落都有为穷人设置的食物配给点。今非昔比啦。”

周围传来一阵赞同的私语。河童吃惊地低头看向小孩。“你听到了吗？”

然而小孩却已被恐惧笼罩，吓得不省人事。她的眼仁翻上去，只露出蓝白色的眼白，嘴角挂着一丝白沫。她的手也无力地垂在河童手中。没时间犹豫了，河童抱起小孩，挤出人群，找到一张空长凳，让小孩躺在上面。半失去意识的生灵喃喃低语，不知在咒骂什么。

“怎么了？”河童哭道，但小孩没有回答。她又赶快跑向人群，拍上一个女人的肩膀。“我需要医师、大夫——谁都行！”

女人转身问：“为什么？怎么了？”

“我照顾的小孩病了，或许是发烧——我不知道。”

“庚街拐角有一家诊所，不过我猜大夫都出来看游行了。”女人说。

河童也这么觉得，可她没有别的选择。万一小孩快死了怎么办？她抱起生灵，背着她穿过楼群间的小巷，直奔庚街。那一整条街不过是几家棚户。看来伊奈美的恩泽并没有渗入这里——或许已经渗入了，因为街上的水泵正在工作。河童按下开关，一股干净的水流从龙头里涌出。她沾湿裙子一角，轻轻擦拭小孩的脸颊，然后将她抱到一颗蓝星所在之处，那是诊所的标志。

起初，她以为那个女人说对了，里面根本没人。可当她透过门缝向里面看时，看到屋子深处有一个闪动的人影。她敲了敲玻璃窗，一个穿着红色纹样衣服的矮胖女人向门口走来。见到河童，女人摆出一副臭脸。

“打烊了！”

“拜托了！”河童哀求。她比了比臂弯中的小孩。女人不满地咕哝一声，打开门。

“最好把她抱进来，放到那儿，沙发上。你真走运，碰上我在这里。我忘了带上一会儿准备抛撒的花瓣，否则就没人了。她怎么了？”

“我不知道。她突然开始痉挛——不知道因为什么。”

“你是她的保姆？”

“是的。”

“脸色这么白，”女人说，“可怜的小东西。医师出去了——这里一共有三位，全都是传统医生。我尽量联系他们。”她用食指与拇指夹住耳垂。河童看到绿色的微光闪过。“马神时大夫？是我，我在诊所。有个小女孩昏倒了。您能过来一下吗？”

看来回复很乐观。“坐吧，”女人说，“他一会儿就到。”

河童看着小孩，默默等待。孩子幽咽呻吟，拳头握得紧紧的。

“她以前发病有这么严重吗？”女人问。

“没有，但是——她发作过。”听到门响，河童抬眼望去。一位上了年纪的小个子男人走进来，穿着医师的红袍，嘴里叼着一支烟。

“快去抛花瓣，”他对女人说，“你，河童，做点派得上用场的事。去沏茶。我来给她检查一下。”

女人的身影消失在室外温暖的夜色中。河童不情愿地从前台拿起水壶，打开开关，将茶包放进三个杯子。她一边忙，一边看向医师。大夫检查了小孩的眼睛、耳朵，又扯了扯舌头，用力敲了敲膝盖与手肘，然后把脉。接着，他坐下来，闭上双眼，伸展一条胳膊，空悬在俯卧的小孩身上。河童非常想问大夫他在做什么，但她不敢打扰。小孩开始喘起粗气，像狗儿一般厉声叫喊。随后她号哭起来，良久之后化成若有若无的抽泣。这时，医师才睁开眼睛。

“她怎么了？”河童悄声问，“您看出什么问题了吗？”

“我知道她有什么毛病，”医师说着走到桌边抿了一口茶，“这么说吧，她是生灵，一件非常不错的艺术品。”

河童盯着大夫，问：“她们把她带给我时也是这么说的。可生灵究竟是什么？”

“生灵是传说中的存在，起源于日本列岛口耳相传的古代传说。是一种灵魂。”

“这小女孩可不是什么灵魂，她有血有肉。她会流血，会撒尿，会呼吸。”

“我可没说传奇故事都是真的。”医师说，“之前我只见过一次生灵，那是个男性的。在古代传说里，生灵因人的恶意与憎恶而成——

是一种无意识的黑暗情绪的投射。”

“现在呢？”

“现在，生灵是一些儿童，他们生来就要承担另一个人最糟糕的一面。生灵就是用来承受本体阴暗面的克隆体。情绪、思想与情感从本体中提取出来，然后注入一具空白的克隆体。这个小女孩其实是某人最糟糕的一面。你知道对方的身份吗？”

河童犹豫了。她很清楚这是谁干的事：伊奈美，闪光的黄金女神。她将那个小小的割裂的自我，送去湿地旁生活。河童想起人群中那个女人的话：清理运河，公寓楼供水供电。这些线索足够让她想清楚再说了。“不，我不知道。”

“好吧。那肯定是个非常富有的人——或许是为了某个备受宠爱的小孩才做出这种事。我听说过这样的事情。如果家里有小孩酗酒、吸毒，或是有遗传疾病损害心理健康，大人就会培养一个克隆人来承担小孩那部分糟粕，然后再把克隆人送走。这么干要花不少钱。要是在过去，这叫黑魔法；现在则叫黑科技。”

“那她现在是怎么了？”

“我猜她可能是离本体太近了。她在承担本体的情绪，这给她的身体造成极大负担。我不太清楚其中的原理——那是最先进的神经精神医学领域的东西。我刚才说了，非常罕见。”

“那她以后呢？”

“我只能告诉你情况并不乐观。你瞧，她的精神已经完全毁了。她没有真正属于自己的情绪，几乎没有自由意志，大概也没多少智慧。你照顾的这个人会长成一个大麻烦，甚至还可能有破坏性的嗜好与欲望。”

“如果生灵死了，会怎样？”

“我不清楚，”医师说，“但在传说中，一旦生灵遭遇不测，其体内承载的情感将尽数回到原本的主人那里。”

“哪怕本体根本不知道生灵已经死了？”

“恐怕如此。”

他与河童四目相对。

“我想，”最后河童说道，“我最好带她回家。”

第二天黄昏，河童再次坐到水神庙的台阶上。小孩正在里面睡觉。四周很安静，只有叶间蝉鸣，鱼儿与乌龟偶尔掀起涟漪。河童试着想象未来：长年的痉挛与噩梦，日日夜夜的痛苦折磨。一旦生灵进入青春期，将会怎样？河童在水神庙里见过太多女神的黑暗欲望：那贪念就像一种对他人痛苦的嗜好。丹庚与伊奈美究竟有什么不同？当然，眼下伊奈美确实在为她的子民创造幸福，成千上万的百姓……

身后忽然传来声响，河童抬头看去。小孩睡醒了，沿着台阶往水边走。有那么一瞬间，河童心想：如果我必须这么做的话，整件事易如反掌。小孩虚弱的四肢根本无力抵抗河童肌肉粗壮的手臂，她只需将这孩子按入水里几分钟……过程将会很快，而且最好现在就动手，趁生灵还只是个小孩。总比日后面对一个恶毒而暴戾的成年人要强得多。但是，假如生灵还有一丝机会呢？不依靠神秘的科学，只靠她唯一的家人，只靠爱的感化，结果又会如何？

河童凝视着小孩，想到谋杀，想到女神容光焕发的面庞，叹了口气。

“过来，”她说，“坐到我旁边。”两人一起，安静地望向湖面，水下的锦鲤若隐若现。

符瑶 译

弗洛勒斯的先知

特德·科斯马斯卡

特德·科斯马斯卡在美国印第安纳州出生长大，他曾当过农场工人、动物管理员、实验室技术员以及轧钢厂工人，现在他为Valve网络游戏公司写脚本。他发表的第一篇作品是2005年的《神之引擎》。他的长篇小说处女作《游戏》被《出版人周刊》列为年度最佳小说之一。

《弗洛勒斯的先知》最初发表于2007年，在故事中的世界里，达尔文的进化论显然已被证伪，科学研究发现，地球仅存在了数千年。这是个妙趣横生的故事，而且未必符合你的想象。

若这是大千世界中最好的世界，那么其他世界又如何？

——伏尔泰

保罗还是个小男孩时，就在父母亲车库顶上的阁楼里扮演上帝。他父亲在发现此事的当日就是这样形容的——扮演上帝。就在那天，父亲把他的玩意儿砸得粉碎。

保罗用来制造那些笼子的材料是他在车库后面发现的——宽四寸厚两寸的废弃长木料，还有从当地五金店买来的铁丝网。当他的父亲离家去参加一个学术会议，并就神圣的遗传分类学发表演讲时，保罗开始按计划建造他的实验室，那是他在校最后一天制订的计划。

因为他还太小，没有办法使用父亲的电动工具，所以他不得不用一把手锯来切割造笼子用的木材，用他母亲结实的黑色剪刀剪断铁丝网。他借用了老橱柜门上的铰链以及生锈咖啡罐上的钉子，那罐子挂在他父亲闲置的工作台后面。

某天晚上，他母亲听到锤打声，便走进车库。“你在上面做什么呢？”她用字正腔圆的英语问道，抬头看着从阁楼里溢出的矩形光亮。

保罗从缺口处把头伸出来，竖着一头黑发，满身木屑。“我在玩一些工具。”他说。他说的算是实话，因为他无法对母亲说谎，至少不能直白地撒谎。

“什么工具？”

“就是一把锤子和几根钉子。”

她抬头盯着他，精致的脸庞就像一个破碎的瓷娃娃——瓷片被精细地重新粘了起来，但还是错位了。“小心点儿。”她说道。保罗明白母亲既是让他小心工具，也是让他小心父亲。

“我会的。”

一天天过去了，一周周过去了，保罗还在制作那些笼子。因为材料都很大块，所以他建的笼子也很大——这样就能少做些切割的活儿。事实上，那些笼子极其庞大，而且设计过度，对于其中关着的动物来说，笼子大到了荒谬的程度。说是鼠笼还不如说是鼠城——桌面大小的围场可以关得下德国牧羊犬。他送报赚来的钱大都花在了这个项目上，他购买了需要的各种零碎物品：塑胶板、塑料水瓶，还有用来做门闩的木钉。当邻居的小孩子在玩篮球或智力游戏时，保罗已经在工作了。

他买了滚轮，建造了走道，悬挂起线圈让老鼠爬到各个平台。至于这些老鼠，是他从送报路线上的一家宠物店里买的。它们大多数都是用来喂蛇的小白鼠，不过其中有一对是有色的新奇品种。那里甚至还有一些英国老鼠——它们是漂亮又修长的观赏鼠，有高高竖起的耳朵和光滑的毛皮。保罗希望得到一个多样化的种群，所以总是仔细地购买不同的种类。

在制造老鼠的固定住所时，他先让它们待在小玻璃缸里，这些小缸堆在房间中央的一张桌子上。在最后一个大笼子完工的当天，他将老鼠一只一只地放进了它们的新栖息地中——这是新大陆的首批探险家。为了纪念这个时刻，他把他的朋友约翰·朗带到了阁楼上。看到保罗建造的一切，他瞪大了眼睛。

“所有这些都是你造的？”约翰问。

“对。”

“你肯定花了很长时间。”

“几个月。”

“我爸妈不让我养宠物。”

“我爸妈也不让，”保罗回答，“不过它们不是宠物。”

“那它们是什么？”

“实验。”

“什么实验？”

“我也还没想清楚。”

* * *

芬利先生站在投影仪前面，在透明的塑料薄片上画了一段红色的椭圆弧。它投影在墙上,看上去就像X轴与Y轴间一个扭曲的神秘微笑。

“这代表了子原子的数目。而这个……”他画出第一段椭圆弧的镜像,“这是母原子的数目。”他将记号笔放在投影仪上,仔细打量底下成排的学生,“谁能告诉我交叉点代表了什么?”

第一排的达伦·迈克尔举起手。“那是元素的半衰期。”

“完全正确。约翰逊,放射性定年法是在哪一年发明的?”

“1906年。”

“由谁发明的?”

“卢瑟福。”

“他用了什么方法?”

“铀铅——”

“不对。华莱士,你能告诉我们吗?”

“他测量铀的中间衰变产物——氦。”

“很好,那么谁使用了铀铅定年法?”

“博尔特伍德,1907年。”

“而人们如何看待这些初期研究成果?”

“持怀疑态度。”

“谁持怀疑态度?”

“进化论者。”

“很好,”芬利先生转向保罗,“卡尔森,你能告诉我们达尔文写下《物种起源》是在哪一年吗?”

“1867年。”保罗回答。

“对。那么,科学界的大部分人失去了对达尔文理论的信任又是在哪一年?”

“那是1932年。”保罗预料到了他的下一个问题,继续说道,“柯尔霍斯特在那一年发明了钾氩定年法。新的定年法证明地球并没有进化论者想的那么老。”

“那么进化论最终完全被拆穿是在哪一年?”

“1954年,威拉德·F.利比在芝加哥大学发明了碳14定年法。

他用碳定年法彻底证明了地球只有 5800 岁，因此获得了 1960 年的诺贝尔奖。”

* * *

保罗走进阁楼时穿了一件实验室白大褂。这是他父亲的一件旧工作服，因此他不得不把袖子剪短到自己手臂的长度。保罗的父亲是位博士，拿了学位的。他一头金发、身材高大、功成名就。在研究生毕业之后，他在一家中国调研公司当顾问，并在那里遇见了保罗的母亲。有一段时间，两人一起从事相同的项目。保罗的父亲是家庭的主宰，这一点毋庸置疑。这个声名显赫的天才人物，同时也是疯狂的。

保罗的父亲喜欢破坏东西。他摔坏电话，打破墙壁，折断桌子。他还打破自己的承诺，甚至到了无法修复的地步。有一次，他还打断了骨头——急诊室的医生不相信那是保罗母亲跌下楼梯摔断的，所以叫来了警察。这个精致的女人哭泣着发誓说丈夫没碰过她，但警察并不相信。

保罗的父亲是一股自然之力，是一场如彗星撞击或火山爆发般不可预知的灾难。阁楼是一个很适合躲藏的地方，保罗一心沉迷在自己的嗜好当中。

保罗就像古道尔研究黑猩猩一样研究自己的老鼠。他在一本绿色线圈笔记本上记录它们的社交互动。他发现，在这些大型栖息地里，它们形成了像狼群一样的群体，有一只雄性首领和一只雌性首领——结构清晰的社会等级制度涉及交配特权、领土以及低等级雄性近乎仪式化的行为展示。雄性首领占有大多数雌性，而且保罗发现，老鼠会互相残杀。

自然憎恨富余的空间，老鼠们使劲扩张数量，以填满保罗为它们创造的新世界。小老鼠刚出生时是粉红色的，而且还没有睁眼，不过当它们渐渐长出毛皮时，保罗就开始在笔记本上记录它们的颜色。有浅黄褐色的、黑色的、灰色的，偶尔还会有刺鼠；有大色块的、环纹的以及斑点碎纹的；在后来的世代中，出现了他购买时未曾见过的颜色。他十分熟悉遗传学，因此意识到这是突然显形的隐性基因。

保罗被基因的概念深深吸引，它是上帝为代代相传的遗传特性提供的稳定元素。在学校里，他们称之为神圣传输。

保罗做了研究，发现老鼠的色素基因座分布清晰且易于辨认。他将鼠群根据表型来分类，发现有一只黑眼睛、淡奶油色的老鼠肯定有三对隐性基因：bb、dd、ee。但是仅仅拥有这些老鼠，观察它们，填写庞氏表，这对保罗来说还不够。他想做真正的科学研究。而真正的科学家都要使用显微镜和电子秤，所以保罗就要求在圣诞节得到这样的礼物。

他很快就发现，老鼠们不愿屈从于显微观察，它们总是要从载物台上爬下去。不过，事实证明电子秤还是有用的。他为每只老鼠称重，并一丝不苟地进行记录。他考虑要培育出自己的近交系小鼠——结合各种不同性状的遗传链，不过他不确定要选取哪些性状。

他是在翻阅笔记时看到它的。一月 -17。这不是日期，而是指一月里出生的第十七只小鼠。他走到笼子前打开了门。沙色的毛皮一闪而过，他抓住了它的尾巴——这是只大耳朵斑纹种。它并没有什么特别之处，保罗只有根据笔记本上的记录才能把它和其他老鼠区分开来。保罗看看记录，又看看他写下来的数值。在笔记本上的九十多只老鼠里，一月 -17 是他称过的最重的小鼠，比第二名整整多了两克。

* * *

在学校里，老师告诉他可以通过科学破解神之语言的最真实含义。上帝以四个字母书写生命的语言——A、T、C 和 G。不过保罗做这些研究并不是为了更接近上帝，他的理由极其简单——只是因为好奇。

早春时节，父亲问他都在阁楼上做什么。

“就是瞎玩。”

他们正坐在父亲的车里，从钢琴课下课回家。“你母亲说你在那里造了一些东西。”

保罗压制住自己的恐慌。“前一阵子我建了个堡垒。”

“你快满十二岁了，不觉得已经过了建堡垒的年纪了吗？”

“嗯，我想是的。”

“我不希望你把所有时间都花在阁楼上。”

“好的。”

“我不希望你的学习成绩滑下来。”

两年来都没得过B的保罗说：“好的。”

余下的路途中他们一片沉默。而保罗在琢磨现实的最新动向对他造成了怎样的束缚，因为他感觉到父亲爆发前的迹象。

他看着父亲握在方向盘上的双手。就他十二岁的年龄来说，保罗的身材算是高大的，这一点像他的父亲，不过他的容貌仍然偏向于亚洲血统的母亲。他有时候会怀疑是不是因为这个，是不是父亲与他之间的这一差异造成了父子之间无法跨越的鸿沟。父亲会不会以另一种方式对待一个有雀斑的、满头金发的儿子？不，他还是觉得不会。父亲将一如既往，仍然是同样的自然之力，同样的灾难。父亲无法抑制自己天生的性情。

保罗看着父亲握在方向盘上的手，哪怕经历了那么多事情，几年以后当他回想起父亲时，他仍然只会想起这个场景。这一瞬间凝固在了他的记忆里。驾驶着汽车，大手放在方向盘上，他预感到这是暴风雨来临前宁静的一刻，不过这依然是那么纯粹，是他们两人间曾有过的最好的时光。

* * *

“你做了什么？”约翰的音调中满是惊奇。保罗偷偷带他上了阁楼，现在正捏着柏莎的尾巴把它举给约翰看。柏莎是只美丽的金斑鼠，长长的胡须轻轻颤动着。

“她是最新的一代，一只F4。”

“那是什么意思？”

保罗笑着说：“她是她自己的血亲。”

“这老鼠可真够大的。”

“它是目前最大的。一百天时称重为 59 克。它们的平均重量大约是 40 克。”

保罗将那只鼠放到约翰手里。

“你都喂它吃什么？”约翰问。

“和其他老鼠一样。看这个。”保罗给他看自己画的图表，就和芬利先生画的一样，在 X 轴和 Y 轴之间一段上升的椭圆弧——体重一代代缓缓上升。

“F2 代里的一只重达 45 克，于是我让它和那些体型最大的雌性交配，它们产下了超过 55 克的后代。我统一在它们一百天大时称重，挑选出最大的四只。我再度让它们交配，然后用同样的方式对待下一代，再选出一百天时最重的几只。我得到了相同的钟形分布曲线，不过这个曲线略微偏向了右侧。柏莎是它们当中最重的。”

约翰惊骇地看着保罗。“这办法管用？”

“当然管用。过去五千年来人们一直在对家畜做同样的事。”

“但你并没有花上几千年。”

“没有。唔，进行得这么顺利我也挺吃惊的。这已远远不止是细微的变化。我是说，看看它，它只是第四代而已。想想第十代会是什么样子吧。”

“这听起来像进化论。”

“别傻了，这只是定向选择。只要种群足够多样化，稍稍加点推动力就能产生惊人的效果。你想想看，连续五个世代，我把钟形曲线下方 95% 的部分都给砍掉了，老鼠们当然会变得更大。如果我愿意，我还可以用相反的途径让它们变小。不过有一件事真的让我意外，我最近才注意到。”

“什么？”

“刚开始的时候，至少半数的老鼠是白化体。现在这个比例降到大约十分之一了。”

“哦。”

“但我从来没有刻意进行这方面的选择。”

“所以？”

“当我挑选的时候，当我决定要培育哪些老鼠的时候，有时候某几只的重量差不多，而我就从它们中间随机挑了一只。我想我是恰好只挑了某一种而不是另一种。”

“你想说什么？”

“所以，这会不会正好是大自然的作用方式呢？”

“什么意思？”

“就像恐龙、猛犸，或者洞穴人。我们知道它们曾经存在，因为我们找到了它们的骨头，但是现在它们消失了。上帝在六千年前创造了所有的生命，对吗？”

“对。”

“但其中某些已经不存在了。有些已经在历史中灭绝了。”

* * *

那是一个周末。柏莎怀孕了，看上去可憎又恐怖。保罗将它隔离在一个玻璃缸里，那是只属于它的小岛，坐落在房间中央的一张桌子上。在这个小玻璃牢房的角落里放着一个小小的纸巾盒，柏莎将纸撕碎，做成了一个舒适的小窝，它将在那里产出下一代巨鼠。

保罗听到父亲的车泊进了车库。他今天提早回家了。保罗在想要不要关掉阁楼上的灯，但他知道这只会引起父亲的猜疑。于是他只是坐在那里祈祷。车库里安静得很诡异——只有汽车引擎的嘀嗒声。听到父亲吱吱嘎嘎地踏上楼梯，保罗的心沉了下去。

他先是惊慌了片刻——一瞬间急迫地扫视房间，想找个地方把那些笼子藏起来。这很可笑，没有什么地方可藏。

“那是什么味道？”问这话时，父亲的头刚刚探出阁楼地板。他停下来环视了一周。“哦。”

父亲只说了这一个字。他一步步爬上来时并没有多说其他的话。他像巨人一样站在那里，消化着看到的一切。唯一的那只光秃秃的灯泡将光打在他的眉骨上，使他的双眼隐藏在阴影里。“这是什么？”他终于问道。冰冷的声音让保罗心头一紧。

“这是什么？”父亲的声音更大了，他暗处的双眼中目光改变了。他大步向保罗走来，俯视着他。

“这是什么？”这些词从他嘴里喷吐出来，已经尖厉得不像是在问话了。

“我，我想——”

一只大手猛地抽出，扇在保罗的胸膛上，攥起了他的 T 恤，一下子将他拎得双脚离地。

“这他妈的是什么？不能养宠物，我没告诉过你吗？”这个家庭的主宰，这个著名的男人。

“它们不是宠物，它们是——”

“老天，这里臭得要命。你把这些东西弄进家里来？你把这些害虫买到家里来？进了我家！”

那条手臂屈伸着，把保罗砸到了笼子上，带翻了一张桌子——木材和铁丝网撒到了地上。老鼠们尖叫着，铰链扭断了，那是好几个月的工作。

父亲看到了装着柏莎的玻璃缸，抓起了它，高高地举过头顶——有一瞬间，保罗觉得自己看见了它，看见了里面的柏莎还有它肚子里的幼仔，那些永远不会出生的无数个后代。接着，父亲的手臂落了下来，就如一股自然之力，就如一场灾难。保罗闭上眼避开飞溅的玻璃碴，他此刻只有一个念头：它是这么发生的，它就是这样发生的。

* * *

保罗·卡尔森十七岁时离家前往斯坦福大学。两年后，他父亲死了。

他在斯坦福大学双修遗传学和人类学，一个学期修了十八个学分。他研究《死海古卷》的抄本和伪经的诗篇；他选修比较解析学和圣经哲学；他研究果蝇和文昌鱼。就读本科时他就赢得了在著名遗传学者迈克尔·普尔手下进行暑期实习的机会。

保罗坐在教室里，听那些穿着深色西服的人长篇大论地阐述关于肾脏脑蛋白和T变体的理论以及关于微脑磷脂-1和单倍型类群D的理论。他了解到研究者们鉴定出了被称为AAA+的蛋白族群的结构，研究证明DNA复制是由这一蛋白族群启动的；他了解到这些遗传结构被保存在所有形式的生命体内——从人类到原始细菌，它们是造物设计师的名片。

保罗还研读禁书。他研究遗传平衡与遗传平衡定律，不过当夜晚独处，漫步于自己脑中那些黑暗的殿堂时，最吸引他的还是生物的权衡。保罗是一个能理解权衡关系的年轻人。

他听说最近发现了阿尔茨海默症的致病基因APOE4，这种基因普遍存在于世界的大部分区域；至于有害基因怎么会增至如此高的发生频率，他还学习了一些理论。保罗了解到，尽管APOE4会引发阿尔茨海默症，但它可以抵御幼儿期的营养不良对认知能力的毁灭性影响。这种摧毁七十岁大脑的基因，能在大脑七个月大时挽救它。他知道镰刀型贫血特质的人对疟疾有抵抗力；囊胞性纤维症的杂合体不易感染霍乱；A型血的人比其他血型的人更容易在黑死病中幸存，这在一个世代中便永久改变了欧洲人的血型比例。有人说，CKR5基因和HIV病毒如今正在以缓慢的速度仿效A型血和黑死病之间的关系。

保罗在人类学课程中学到，如今所有存活的人类都可以将自己的血统回溯至非洲，回溯至距今约六千年前的时代。那个时候，仅一个小型人类种群就拥有全人类的基因多样性。他的教授们说，至少有两次，人类群体被从非洲驱散出来，这一种群瓶颈效应[①] 支持大洪水理论。但是每一个文明都有自己的信仰。穆斯林称之为真主，犹太人称之为耶

①种群瓶颈效应，指某个种群的数量在演化过程中由于突发灾难而大量减少。它可能造成种群灭绝或遗传多样性的减少。

和华。科学期刊谨慎地不再称之为上帝，但他们话里话外都谈到一位智能设计师——一位建筑家，只是“一位”而已。但在内心深处，保罗认为这些词语都有同一个所指。

保罗知道他们曾扫描修女的大脑，寻找“上帝点”，但他们没有找到。他也学习进化论，尽管进化论早已被正统科学扒了皮，但其信徒依然存在——他们的信仰在伪科学的休耕田中沐浴于近乎不朽的光环中，与之姘居的尽是一些更古老的信仰系统，比如占星术、颅相学和针灸。现代进化论者相信各种定年系统都是不正确的，他们还提供了五花八门的不科学的解释，以阐述同位素定年结果为什么全都是错的。有些人甚至肃穆地谈及数据篡改与各种阴谋。

进化论者无视基于地质记录的公认诠释，他们也无视胎盘的奇迹和眼睛结构不可化约的复杂性。

保罗在大三和大四学年研习人类学。他研究直立人和尼安德特人的遗迹，研究非人，研究阿法种、南方古猿和潘神。

在考古学的世界里，人与非人的界线有时很模糊——但它并非不重要。对一些科学家而言，直立人是一个消失已久的人类种族，是人类族谱树上一根凋谢的分支。而对那些更保守的科学家来说，直立人根本不是人类，而是另一个种族，是造物者不小心打了个嗝，是用同一个工具箱生产的独立的造物——不过这是一种极端的观点。主流科学自然还是赞同以是否使用石器为判断依据。人类会制造石器，无灵魂的野兽则不会。当然了，学界仍然存在争论，哪怕是主流领域也是一样。在肯尼亚发现的化石 KNM-ER 1470 极其微妙地居于人与非人之间，以至于他们不得不发明了一个新的分类：近人。学派间的争论到了白热化的地步，因为双方都声称人体测量数据证明了自己的观点。

就如突然降临阻止了一次操场群架的仁慈的教师，遗传学家出场了。于是，在保罗一生两大激情所在——遗传学与人类学的交汇点上，古元基因组学诞生了。

保罗在五月获得了学士学位，并于九月开始了一项研究生课程。两年之后他获得了一个更高的学位，便动身前往东海岸为威斯汀基因组工作，这是世界上最重要的遗传研究实验室之一。

三周后，他已身处坦桑尼亚的旷野，学习从五千八百年前的骨骼中提取 DNA 的专利技术。这些骨头来自世界的黎明。

* * *

两个男人走进了明亮的房间。

“所以实际检测就是在这里完成的？”这是个陌生的嗓音，带着澳大利亚城市口音。

保罗从显微镜上抬起眼来，看到他的主管身边站着一位穿灰西装的年长者。

“是的。”莱昂斯先生说。

那个陌生人用柚木手杖支撑身体重心，他留着灰色短发，整齐的偏分。

“这永远都是这么惊人。”陌生人一边说一边环视周围，“全世界的实验室都是这么的相像。那些在任何事务上都不能互相苟同的文明，在此事上能达成统一：如何设计离心机，试管架安在何处，墙应该漆成什么颜色——永远是白色，桌面则是黑色。”

莱昂斯先生点点头。莱昂斯先生总是把权威摆在脸上，就如同穿了一件大两个号的制服。这就需要他随时调整自己，好显得很得体。

保罗站起来，脱下了乳胶手套。

“我是加文·麦克马斯特，”陌生人说着伸出一只手，“很高兴认识你，卡尔森先生。”

两人握了握手。

“保罗，你可以叫我保罗。”

“很抱歉打扰了你的工作。”加文说。

“我刚好要歇一会儿。”

“你们两个随便聊。”莱昂斯先生说着，告罪离开了。

“请坐，”保罗朝一张近处的工作台做了个手势，“坐这儿。”

加文沉身坐到凳子上，将公文包放在桌上。“我保证不会占用你太多时间，”他说，“但我真的需要和你谈谈。我们前几天给你留言了——”

“哦，”保罗的表情变了，“你是来自——”

“对。”

“你到这里来和我联系真是很不寻常。”

“我可以向你保证，这些状况就很不寻常。”

“我可不愿意在工作场合接到另一项工作的邀请。”

“你好像误会了。”

“怎么会？”

“你称之为一项工作，其实不如将之看作是邀请你当顾问。”

“麦克马斯特先生，我现在的工作非常忙，我正在同时进行好几个项目。老实说，我很惊讶威斯汀基因组竟然会让你进来。”

“威斯汀已经知道了。在今天和你联系之前，我已擅自和管理部门谈过了。”

“你是怎么……”保罗看着他，而加文抬起了一边眉毛。在公司与公司之间的事务中，问一句“怎么”通常只是修辞性的。答案都如出一辙，并且往往带着美元符号。

“当然了，我们将付给你相应的津贴，兄弟。”麦克马斯特从桌面上滑了一张支票过去。保罗随便瞄了一眼。

“我说了，我现在同时进行着好几个项目。这里的其他采样员可能会对此感兴趣。”

麦克马斯特笑了。“通常我把这种说法看作一种谈判策略。不过你并不是这个意思，对吗？”

“对。”

“我曾经很像你。见鬼，也许我现在还是很像。”

“那你就理解我的意思了。”保罗站了起来。

“你不知道我有多理解你。有的时候，不缺钱会让事情变得更容易。有时我觉得只有出身富贵的人，才会明白钱是多么一文不值。”

“我并没有这样的体验。那么，请原谅……”礼貌就像一堵能隔开他人的墙，这是他从母亲那里学到的。

“请等一等，”加文说，“在你离开前，我有东西要给你看。”他打开公文包的搭扣，拿出了一沓十寸的光面照片。

保罗在原地站了一会儿，接着他从加文伸出的手中接过了照片。保罗看着那些照片，看了很久。

加文说：“这些化石是去年在印度尼西亚的弗洛勒斯岛上发现的。”

“弗洛勒斯，”保罗轻声说着，仍然在研究那些照片，“我听说他们在那里发现了奇怪的骨骼，但我没听说有人公布了那些发现。”

“那是因为我们没有公布，至少目前还没有。”

“这些骨头的大小不对。肘骨怎么会只有六英寸长？”

“骨头的大小没问题。”

保罗望向他。“为什么找我？”就这么一个问题，那道墙壁消失了，墙后面是强烈的渴望。

“为什么不找你呢？”

这回轮到保罗抬起了一边眉毛。

“因为你很棒。”加文说。

“别人也一样棒。”

“因为你还年轻，不用担心名望受损。”

“或者是个垫脚石。”

加文叹息了一声。“因为我不知道考古学该不该像现在这么重要。这算是一个答案吗？我们生活在一个狂热分子都能当科学家的世界里，告诉我，孩子，你是个狂热分子吗？”

“不是。”

“这就是原因。差不多就是这个原因。”

在世界之初，独特造物的数目是有限的——自那时起，数目有限的物种就因灭绝而急剧减少。物种形成是自然进程之外的特殊事件，却被归因于创世的瞬间、真主的神迹。

——鉴定证人在异端审判中的证言，土耳其，安卡拉飞往巴厘岛的航程是十七个小时，包机前往弗洛勒斯还需要两个小时，接着是花四个小时乘坐吉普车翻越陡峭的山岭，深入丛林腹地。对保罗来说，这可能是另一个世界。雨落下来，停了，而后又落下来，将道路转变成一种人必须与之抗争的东西。

“总是这样吗？”保罗问。

“不，”加文说，“雨季时路况要糟得多。”

弗洛勒斯，花之岛屿。从空中俯瞰，它就像是一条从水中冲出的密林长带，是澳大利亚与爪哇岛间一串链珠群岛的一部分。华莱士线①——这是一条比地图上的任何界线都要真实的分界线——向西绵延数公里，指向亚洲和胎盘哺乳动物的帝国。而统治此处的是一位异世君王。

当他们进入鲁滕市弗洛勒斯岛西端的一个小镇时，保罗已筋疲力尽。他揉着双眼。孩子们在吉普车两旁奔跑，他们的脸有着马来人和巴布亚人的综合特质——褐色的皮肤、牙医梦想中亮白的牙。山镇一足蜷在丛林里，一足踏在山中。一道溪谷横亘在居住区的边缘，直落数千米。

众人登记住进旅馆。保罗的房间很简单，但也很干净，他睡得人事不知。第二天早晨他醒来，冲了澡又修了面。加文在大厅里和他碰面。

“环境有点恶劣，我很抱歉。”加文说。

“不，挺好的。”保罗说，“有床，有淋浴喷头。我只需要这些。”

“我们把鲁滕当作考古挖掘队的大本营。以后的住宿环境就没这么豪华了。”

回到吉普车上，保罗检查了自己的设备。他还没有爬进乘客座位就注意到了那支枪，它黑色的皮套被胶带粘在了驾驶室的门上。前一天它还不在那里。

加文捕捉到了他的视线。“我们生活在疯狂的时代，兄弟。这是个

①华莱士线，生物地理学中区分东洋界和大洋洲界的分界线，界线东西两侧的生物形态迥异。19 世纪中期由英国学者阿尔弗雷德·拉塞尔·华莱士发现。

被历史遗忘至今的地方，而最近的事件又让它被记起来了。”

“什么事件？”

“对某些人来说是宗教事件，对另一些人来说是政治事件。”加文挥挥手，“这个发现与科学界的自尊利害攸关，但不仅止于此。”

他们往北驶去，向下进入溪谷，将文明最后的浮华抛在身后。“你担心有人会把骨头抢走？”保罗问。

“对，这是我担心的事情之一。”

“之一？”

“要装作我们摆弄的只是一些理论是很容易的——在敌对科学家派别间的某些象牙塔中空想出来的想法，就好像全都只是智力练习一样。”加文看着他，黑眼睛里神色肃穆，“但接着你就看到了真正的骨骼，在双手中感受到它们的重量，有时候理论就这么死在指缝中了。”

通向谷底的小道一路都是断线的之字形，偶尔是环形盘山路。在很长的路段上，悬伸出的枝条将道路裹成了隧道。丛林像一块大湿布，拍击着挡风玻璃，而这块湿布不时猛地掀开，在边沿露出的缝隙中，你可以看到好莱坞大片中那样的山谷，它是可以代表世间所有山谷的典型，透过丛林迷离的华盖，地面隐隐可见。在漫延无际的泥泞道路上，只要突然将方向盘打个左转，深处的青翠就会扑面而来，置人死地。

“梁布亚，”加文这样称呼他们的目的地，“意思是‘古洞’。”加文解释了他们的设想——事件是如何发生的，即所谓‘情境’。闷热的雨林环绕四周，于是两三个古人类进洞穴乘凉休息。或者，也许天在下雨，于是他们进洞穴避雨，只是雨没有停，而河水泛滥了——它现在有时仍会泛滥。于是他们被上升的洪水困在了洞中，溺死的尸体被埋在了泥浆和沉积物里。

他们在沉默中继续往前开，保罗预感到加文将说出第三种可能。“又或者，他们是被吃掉了。”

“被什么吃掉了？”

“Homo homini lupus est，”加文说，“人即他人之狼。”

他们越过一条上涨的河流，水升到了车门底部。当时保罗觉得水流抓住了吉普车，扯着它，危险如影随形。加文诅咒着，指关节攥方向盘攥得发白，尽力让车待在浅水里。当他们上了河岸时，他说："你得让车头直指北方。如果偏离了几英尺，这家伙就会翻倒在河里。"

保罗没问他是如何知道的。

河岸这边就是营地了。研究员都戴着宽檐帽或扎着大头巾，有老有少，两三个打着赤膊。一个黑发的女人穿着白衬衫，坐在自己帐篷外的一条原木上。他们都有一个共同的特征，那就是结实的靴子。

每个人都转头看向吉普车，当车子停下来时，一小群人聚集过来帮助卸货。加文介绍保罗与众人认识。八名研究员，另外还有两位仍然在洞穴里的工人。他们大多数都是澳大利亚人，还有印尼人和一个美国人。

"爬虫学，兄弟。"其中一位握着保罗的手说道。他个子矮壮，留着红胡子，顶多二十二岁。保罗对他的名字左耳进右耳出，但是忘不掉他的自我介绍。"爬虫学，兄弟，这是我的专业，"小个子男人继续说，"我在这事里搅和，是因为麦克马斯特教授在这里。澳大利亚新英格兰大学毕业。"他的尖鼻子直指向他的下巴，笑起来嘴有两英尺宽。保罗立刻喜欢上了他。

他们终于把吉普车上的东西都卸完，加文转向保罗，说："现在，我想是时候进行最重要的介绍了。"

步行到洞穴的路程很短。犬牙交错的石灰岩从密林中支出，上方覆满了藤蔓，下方是一张黑洞洞的大口。岩石像老象牙般发黄，清凉的微风包裹着他，他们进入梁布亚后就一路向下。刚踏入洞穴，保罗的眼睛过了一会儿才适应其中的黑暗。穴腔有三十米宽，以阔口的新月状向丛林展开怀抱。泥泞的地面，低低的洞顶，一开始没什么值得看的东西。在远远的角落里，两根棒状物从泥里斜戳出来。保罗走上前去，便看见了那个坑。

"是这个吗？"

"是的。"

保罗摘下双肩包，从塑料包装里拆出白色的纸质套服。"还有谁碰过它？”

“塔尔福德、玛格利特，还有我。”

“我需要每个人的血液样本，以便进行比较鉴定。”

“DNA 污染？”

“对。”

“我们意识到它的重要性后，立刻就停止了挖掘。”

“那也需要血样。我需要在此挖掘过以及靠近过骨骼的所有人的血液样本。我明天亲自进行采样。”

“我明白。你还有别的需要吗？”

“独处，”保罗笑道，“我不希望有任何人进入洞穴的这个部分。”

加文点点头，离开了。保罗抖开了油布和吊钩。如果采样者就是挖出化石的人，那是最理想的；更好的情况是，骨骼还在地下时就已经采集了 DNA 样本。在这两种情况下，污染会少得多。不过，无论如何污染都是存在的。不管采取了什么预防措施，用了多少油布，或是现场工作的人少到什么程度，仍然会有污染。

保罗滑进坑里，前额上绑着电筒，白纸套服在潮湿的地面上滑过。他看不出这些骨骼是什么——只知道它们是骨骼，并且半埋在土里。不过对于他而言，这就是他需要知道的一切。材料还是软的，尚未化石化，他必须非常小心。

工作花了近七个小时。他照了两打照片，仔细记录了哪份样本来自哪个标本。无论这些东西属于什么生物，可以肯定的是它们的身材很小。他将 DNA 样本封装进小小的无菌胶囊里，以便运输。

当他从油布下面爬出来时，已经是晚上了。在洞外的火光中，加文是第一个发现他的。“你完成了吗？”

“今晚的活儿完成了。我有六个不同的样本，来自至少两个不同的个体。再做几天就能完成了。”

麦克马斯特递给他一瓶威士忌。

“现在庆祝会不会有点早？”

“庆祝？你在一个坟墓里工作了一整晚。美国人在葬礼之后不是都要喝酒吗？”

* * *

那个夜晚，保罗在营火边听着丛林的声音和科学家们的低语，觉得历史凝结在了周围的空气中。

“假想它不是——”这是杰克在说话。他是个瘦削的美国人，而且喝得烂醉。“——假想它和我们不是同一谱系的，那将意味着什么？”

红胡子的爬虫学家呻吟起来，他的名字是詹姆斯。“别再说这种血统学说的废话了。”他说。

“那它到底是什么？”有人问。

他们轮流传递酒瓶，偶尔会有人将眼神飘到保罗身上，仿佛他是一位来宣布特赦的神父，他的取样工具箱就是神职的现实成果。当酒瓶传到保罗手中时，他痛饮起来。他们老早就把威士忌喝完了，现在喝的是工人们买来的本地酒，由大米酿造而成。保罗觉得自己在吞火。

黄头发的男人说：“它就是真相。”不过保罗错过了谈话的一部分，他终于意识到大家都醉到了什么程度。詹姆斯正因某事大笑，穿白衬衫的女人转过来说：“有人给它取了个绰号，叫‘霍比特人’。”

“什么？”

“弗洛勒斯人——霍比特人。三英尺高的小人。”

“托尔金会感到很自豪的。”有人补充了一句。

“一块下颌骨，一个相当完整的颅骨，一部分右腿和左侧坐骨。”

“可它到底是什么生物？”

“嘿，你会留下来吗？”

过了一会儿保罗才意识到这个问题是在问他。那个女人褐色的双眼正从火光对面望向他。“对，”他说，“还要待几天。”

接着那个声音又问了：“可它是什么东西？”

保罗又吞了一大口酒，试图冷却他脑海中那个恐慌的声音。

* * *

在接下来的两三天里，保罗对那个穿白衬衫的女孩有了一些了解。她的名字是玛格利特，二十八岁，澳大利亚人。母亲的家族略带点儿土著血统，但你只能从她嘴巴的样子确定这一点。她其余的血统可能是荷兰人、英国人等。不过在那丰满的双唇里，有着像鲁滕的孩子们一样的牙齿，牙医梦想中的牙齿。她将褐色的头发绑在脑后，这样在坑中工作时它们就不会垂到眼前。她告诉他，这是她第六次参与挖掘工作。“这一次不一样。”她坐在凳子上让保罗采血，伸着纤巧的食指，红色的血珠冒了出来，带着她的秘密。“大多数考古学家耗尽一生都没有什么重大的发现，”她说，“你也许能找到一个。也许一个也找不到。但是这次挖掘是我一定要参加的。”

“利基家族呢？”保罗一边问，一边用棉花轻拍她的手指。

“呸，”她一脸厌恶地朝他挥挥手，“他们坐享其成。考古学界的血腥肯尼迪家族。”

保罗忍不住大笑起来。

> 这将我们引向所谓的“共同起源说”，据此学说，每一个物种都被看作独特且独立的造物。而所有的人——无论是活着的还是死去的——都源于古时候的某一次创造事件。任何在这一谱系之外的生物，无论在外貌上和人类有多相像，都不算是人类。
>
> ——《遗传期刊》

那天晚上，保罗帮加文装载吉普车，以便他艰苦跋涉返回鲁滕。“我要载我们的工人返回镇上，”加文告诉他，“他们工作一周，休息一周。你希望我把样本带走吗？”

保罗摇摇头。“不行。操作流程有严格的制度。”

“它们现在在哪？”

保罗拍拍大腿上的大口袋。

“那么，等你把这些样本带回去以后，要怎么办？”

“我会把它们交给一个评估小组。”

“你不亲自检测吗？”

“我会从旁协助，但是这方面的规定很严格。我一直在检测动物的DNA，设备也是一样的，但是检测人属的DNA需要执照和额外的监督。”

“好吧，兄弟，那么我明天晚上回来接你，”加文爬进吉普车，把卫星电话递给了保罗，“以防我离开时发生什么事。”

“你觉得会有事发生？”

“不。”加文说道，而后又添了一句，“我不知道。”

加文拨弄着卫星电话，这个塑料大方块大概和一只鞋差不多大。“你在担心什么？”

“老实说，把你带到这里来引起了某些方面的关注，而我们暂时还不想要这些关注。今天我接到一个麻烦的电话。之前我们很低调，进度也慢慢吞吞，但是现在……现在我们从外部引入了一个技术人员，而他们想知道这是为什么。”

“他们是谁？”

“官方人士。印尼政府突然对此极感兴趣了。”

“你担心他们会叫停吗？”

加文笑着说：“你研究过神学吗？”

“怎么？”

“亚伯拉罕的形象一直都很吸引我。你熟悉亚伯拉罕吗？”

“当然。”保罗不确定这次谈话的走向。

“一神论的整部自然史就是从这个牧羊人身上发展起来的。他是全部三种亚伯拉罕信仰的根基——犹太教、基督教和伊斯兰教。当犹太人、基督徒和穆斯林在他们唯一的真神面前下跪时，他们祈祷的对象是亚伯拉罕的真神。”加文闭上眼，“直到现在仍然有这样的宗教争斗。”

“这和挖掘有关系吗？”

“‘先知’这个词来自希腊语 prophetes。在希伯来语里，这个词是nabi。我认为亚伯拉罕·赫施尔在那句‘先知是预感强烈者’中道尽了其精髓。你怎么想，保罗？你觉得先知的预感强烈吗？”

“你为什么要问我这个？”

“哦，别介意，”加文又笑了起来，摇着头，“这只是一个老头子在瞎扯。”

“你一直都没有回答我，你是不是觉得他们会叫停挖掘？”

“我们来到他们的国土，他们的领地；我们进入这个区域，然后找到了与他们信仰相悖的骨骼。你觉得会发生什么事？什么事都有可能。”

“与他们的信仰相悖？”保罗问，“你对这些骨头怎么看？你从来没说过。”

“我不知道。它们可能只是病态的。”

“人类刚发现尼安德特人的骨头时也是这么说的，但是后来这种骨头不断地被挖掘出来。”

“可能是小头畸形。”

“哪一种小头畸形会让你只有三英尺高？”

“颅骨的奇异形状可能和身材尺寸没什么关系。这些岛屿上并不是没有俾格米人[①]。”

“可没有这么矮小的俾格米人。”

“但是，也许是两种情况同时发生……也许那些骨骼是一种小头畸形的典型……”加文的声音渐渐小了下去。他叹了口气，似乎突然放弃了。

“其实你并不是这么想的，对吗？”保罗问。

“这是目前发现的与我们相似的骨骼中最小的。他们有没有可能只是病变的人类？我不知道。也许是。病变可能在任何地方发生，所以，当手头上只有几个样本时，不能排除这种可能性。但是我的脑子不停地想，其他地方并没有发现这样的骨头。”

---

①俾格米人，泛指全族成年男子平均身高低于1.5米的种族。

“你想说什么？”

“非洲或亚洲并没有发现这些骨骼。这些小骨头是在一个小岛上被发现的，就在侏儒象骨骼的近处。这是个巧合吗？老天啊，他们捕猎侏儒象。”

“所以如果不是病变，你觉得这是怎么回事？你还是没有说。”

“这就是遗传学强大的地方，我的朋友。你不需要‘觉得’，你完全可以搞清楚。这正是最危险之处。”

* * *

“岛屿上总是会发生一些奇怪的事。”玛格利特没穿白衬衫，她光着胳膊穿着工装裤，皮肤就像是漂亮的釉亮外套。火光驱退了夜色，点亮了他们的眼睛。已近午夜，研究者们围成一圈坐着，听着火焰的噼啪声，听着丛林的声音。

“比如加拉帕戈斯群岛，”她说，“那些雀鸟。”

“哦，拜托，”詹姆斯说，“我们发现的头骨都很小，那些脑子和黑猩猩的差不多大。人属的岛屿矮化型，你是这个意思吗？过去五千年里的某种局域自适应性？”

“这是最佳推测。”

“那些骨骼也太不一样了。他们不是我们这一族的。”

“但它们比其他古人类更年轻。它们不像直立人，不是世界初始之时被截断的分支。这些生物在这里生活了很长时间，骨头甚至尚未化石化。”

“这不重要，它们总归不是我们人类。它们要么和人类拥有共同的血统，要么就是创世初起完全独立的造物。这两者间没有中间地带。另外别忘了，它们只有一米高。”

“这只是估计值。”

“合理的估计。”

“软骨发育不全——”

“那些头骨的软骨发育程度和我的头骨一样。我得说那倾斜的额骨正是软骨发育健全的表现。”

“某些生长激素缺陷也会——”

“不是。”保罗出声说道，这是他在这个夜晚第一次说话。每个人都转过脸来看着他。

“不是什么？”

“俾格米人的生长激素水平很正常，”保罗说，“每一个研究过的人种——尼格利陀人、安达曼人、刚果人，他们全都正常。”

所有的眼睛都盯着他。“不同的是他们激素受体的循环领域，”保罗继续道，“俾格米人之所以是俾格米人，是因为他们的生长激素受体，而不是激素本身的问题。如果你为一个俾格米儿童注射生长激素，你得到的仍然是一个俾格米人。”

“好吧，但是，”玛格利特说，“我还是不明白你说的这些与目前的问题——这些骨头是不是和我们有一样的血统——有什么关系。”

詹姆斯转向众人。“那么它们是我们一族吗？它们是我们，还是异类？”

“异类。”

“异类。”

“异类。”

那女孩抱着疑惑轻声低语道：“但它们有石器。”

所有的脸又转向了保罗，但他只是盯着营火，再也没说什么。

* * *

第二天一早就开始下倾盆大雨。考古队员们挤在帐篷里，或是在火坑近处的单坡油布底下。只有詹姆斯勇敢地面对大雨，昂首阔步走进了丛林。一个小时后他回来了，笑得嘴角都咧到了耳朵根。

“哦，你看看这个。”他一边说着，一边拿了个东西给保罗看。

“这是什么？”

“被吃了一部分的巨蜥。这个物种只在这里发现过。”

保罗此刻看出詹姆斯拿的是一只带爪的足。“这真是只大蜥蜴。”

“哦，不，这只是幼体。华莱士线这一侧的大自然很古怪。不仅是因为这一侧的大多数物种不存在于其他任何地方，而且其中许多物种甚至和别的物种没有一丁点儿关系。这就好像是上帝一开始乱涂乱画，以填充所有生态位。”

“你是怎么开始对爬虫学感兴趣的？”保罗问。

“汝之上帝把我造成这样的。”

“麦克马斯特提到了一种侏儒象。”

“对，剑齿象。不过它们现在灭绝了。”

“灭绝的原因是什么？”

“和这个岛屿上其他许多古动物灭绝一样的原因。经典灾变说，一次火山爆发。我们在年代最近的骨骼上发现了火山灰层。”

* * *

有一次，当保罗和女人一起躺在床上时，他透过窗户望着月亮。女人用手指描着他的伤疤。

“你父亲真残忍。”

“不，”保罗说，“他只是被毁坏了，就是这样。”

“这有区别吗？”

“有。”

“什么区别？”

“事后他总是很难过。”

“这重要吗？”

“每一次都很难过。”

答：局域自适应性时有发生，这是肯定的。生物种群始终在适应改变的环境。

问：通过什么样的过程？

答：繁殖成功率的差别。考虑到遗传变异性，这几乎是一定会发生的。它只是数学和基因的问题。五千八百年是一段很长的时间。

问：你能举个例子吗？

答：大多数犬类都符合这一范畴，它们是人类饲养来适应人类需要的。尽管每一只狗的样貌都不一样，但如果你研究它们的基因，就会知道它们全都是同一个物种——只不过被公认地划分成了几个进化分支。

问：所以你是说，上帝创造了最初的狗，而人类饲养出了不同的品种？

答：是你将之称为上帝的，不是我。让我郑重声明，亲爱的，上帝创造了灰狼，人类创造了狗。

——摘自遗传学者迈克尔·普尔的审讯记录

* * *

之后的那个早晨，事件打着警方行动的旗号开始了。此事以装备有防滚保护杆和越野轮胎的闪亮的大发牌新汽车开始，以枪支开始。它主要是以枪支开始的。

保罗在看见他们之前已经听到了他们的声音，男人们以一种他听不懂的语言叫嚷着。他正和詹姆斯一起站在洞穴的入口处。看到第一柄冲锋枪时，保罗就冲向了帐篷。他把DNA胶囊塞进自己腰带中的一个小袋里，在卫星电话上猛按号码。加文在第二声铃响时就接通了电话。

“警察来了。”保罗说。

“天哪，我今天刚和官方对话过。”加文说。帐篷外传来叫嚷声——愤怒的叫嚷。“他们向我保证不会有此类事情发生。”

“他们撒谎了。”

詹姆斯在他身后说："事情很糟糕，非常糟糕。"

"你在哪里？"保罗问。

"我还在鲁滕。"加文说。

"那么等你到这里，事情早就结束了。"

"保罗，待在那里对你来说不安——"

保罗挂了电话。说些我不知道的事吧。

他从取样工具包里拿出了自己的刀，将帐篷后方划开了。他溜了出去，詹姆斯紧跟着他。保罗看到玛格利特迟疑不决地站在丛林边缘。他们的视线对上了，保罗指了指吉普车。数到三后，他们全朝车冲去。

他们爬上车，甩上了车门。士兵们——现在保罗知道他们是士兵了——起初没注意到他们，直到保罗发动了引擎。四处都是那些马来人的脸，他们的嘴大张着，恼怒地喊着什么。

"你们可能得把安全带系好了。"保罗说着，然后踩下了油门，恶狠狠地吐了口唾沫。

* * *

"别开枪。"詹姆斯在后座低声说着，祈祷般闭着眼。

"什么？"保罗问。

"如果他们开枪了，他们就不是警察。"

什么东西在后窗钻出了一个圆洞，接着砸裂了前面的挡风玻璃，安全玻璃裂成了蜘蛛网。

"该死！"玛格利特尖叫着。

保罗迅速瞥了一眼后视镜，看到士兵们爬上了某辆大发牌汽车。于是他将方向盘猛地向右打去。

"不是这边！"玛格利特嚷道。保罗没有理她，只是把油门踩到了底。

丛林飕飕地从车旁掠过，枝条触手可及。车辙几乎要把他们颠离坑坑洼洼的路面。大发车冲进了后方视野。枪声乍然响起，就仿佛是中国的鞭炮，还有金属叮叮的撞击声。

他们绕过弯道，河流赫然出现在眼前——就如天空般宽广且烦人。保罗踩得引擎轰然怒吼。

“我们过不去的！”詹姆斯大喊道。

“我们只需要过一半。”

另一发子弹打在了吉普车后部。

他们就如同慢速播放坠毁镜头一样撞进了河里，水流咆哮着，漫上碎裂的挡风窗——淤泥的气味突然间铺天盖地。

保罗只管把脚踩到底。

吉普车呀呀作响，漂移着，碾着沙砾。在保罗将方向盘猛地打向左边时，他们已经过了一半河面。世界瞬间失控了，开始转动。右前挡泥板掀了起来，在水流中摇撼着。引擎熄火了。他们在漂流。

保罗往后望去。追踪的汽车急停在了岸边，那些人跳了出来。吉普车上下沉浮，一只轮子触在一块暗礁上，转动着。

“你们会游泳吗？”保罗问。

“现在你知道问我们了？”

“如果我是你，我就会解开安全带。”

吉普车撞上了另一块礁石，金属在石面上研磨，然后天空和水面掉了个位置，一切都变暗了。

* * *

在下游几英里处，他们拖着身体爬上了岸，那里有一座桥横跨水面。他们沿着泥泞的路面走到一处叫雷亚的地方，从这里搭乘巴士。玛格利特有钱。

他们直到抵达巴贾瓦才开始谈论起来。

“你觉得他们会没事吗？”玛格利特问。

“我认为那些人的目的不是伤害考古队。他们只是想要骨头。”

“他们朝我们开枪了。”

“因为他们认为我们有他们想要的东西。他们是在射击轮胎。”

“不，”她说，“他们射的可不是轮胎。”

三人在旅馆中度过了几晚，而詹姆斯无法离开——他的头发就像是每个人都能毫不费力瞄准的大靶子，只要这个人有手有嘴。有些本地人一辈子都没见过红头发，而对詹姆斯的描述很容易就能传出去。不过，保罗是混血——他在人群中只是一个毫不起眼的亚洲人，哪怕他比本地人高出半英尺。

那个夜晚，詹姆斯在一张双人床上盯着天花板，说：“如果那些骨头不属于我们人类……那么我很好奇它们是什么样子的。”

“它们会生火，有石器，”保罗说，“它们可能非常像我们。”

“你知道吗？我们这些人类表现得就好像自己是天选之民一样，可是如果事实不是这样呢？”

“别想这个。”玛格利特说。

“上帝制造了所有这些不同的种族……一开始就创造了所有这些行走的生物，创造这些不同的选项，而我们只是消灭了其他种类。如果这才是真相呢？”

“闭嘴。”她说。

“如果不只有一个亚当，而是有一百个亚当呢？”

“你他妈的给我闭嘴，詹姆斯。”

屋里沉默了很长一段时间，街上的声音从单薄的板墙外渗了进来。“保罗，”詹姆斯又说，“如果你能把样本带回实验室，就能知道真相，对吗？”

保罗没说话。他想到了评估小组，有些怀疑。

“历史是胜利者书写的，”詹姆斯说，“也许《圣经》也是胜利者书写的。我真想知道有什么样的信仰和那些生物一起灭绝了。”

* * *

第二天，保罗出门去买吃的。等他回来时，玛格利特不见了。

“她人呢？”

"她出去找电话去了。她说马上回来。"

"你为什么不拦住她？"

"拦不住。"

白日变成了夜晚。在黑暗中，他们都知道她不会回来了。

"我们要怎么才能回家？"詹姆斯问。

"我不知道。"

"还有你的样本。哪怕我们能到达一座机场，他们也不会让你揣着样本上飞机的。你会被搜捕，他们会找到样本的。"

"我们会找到解决办法的。"

"这些事情永远都解决不了。"

"会解决的。"

"不会，你还是没弄懂。当整个文明都抱定一个念头时，你无法承担将之证伪的后果。"

* * *

保罗从沉睡中惊醒，他听见了什么声音。

他早就知道这会发生，尽管在此刻之前他没有意识到自己知道。木板的嘎吱声，一扇门打开时轻柔的气流。如果是威慑行为就好了——涌进一堆士兵，某种方式的逮捕，除籍、驱逐出境，诉诸法律系统。但是，黑暗中一个静悄悄的人则意味着很多事情，都不是好事。"暗杀"这个词跳进了他的脑海。

保罗呼吸着。他体内有处冷漠的地方——那是他死去的某部分，这一部分永远不会害怕。这是拜他父亲所赐。保罗的眼睛在阴影中搜寻着，找到了它，那个影子在移动，气流穿过房间。如果那里只有一个人，那么还有机会。

保罗想过要不要冲出去，全速跑向门口，把样本和这个地方抛在身后，但詹姆斯还在熟睡。他没有跑，他做了决定。

保罗猛地从床上弹了起来，将毛毯甩向身前，裹住了那个阴影。

一个形状扭动着，黑得就像美洲狮的斑点，黑色中的黑色——你甚至看不见它。保罗知道自己使对方，使那片黑暗措手不及了，但他立刻又知道这没什么用。对方的一记击打使保罗双脚离地，前冲力带着他撞到了墙上。镜子碎裂了，玻璃散落一地。

“见鬼的怎么回事？”詹姆斯打开了灯，世界突然间跃进了眼睑，就如闪光灯下的定格——暗杀者是个印尼人，犹如热源般散发着奇异的静默。他随身携带着结局，那是一柄长刀中蕴藏的虚无。这场景赤裸裸地宣示着凌辱。而那个该死的可怕的凌辱者站在那里，曲着膝盖，一只手握着闪亮的刀刃——镜面般的金属上淌着血。这时候保罗才感觉到疼痛。这时候他才意识到自己已经被砍中了。

那个印尼人的动作很快。他的动作太快了，快过了保罗的双眼能跟上的速度。他闪念间就掠过大段距离，穿过房间到了詹姆斯身边，后者被刀子切开时只来得及畏缩了一下。如此专业，詹姆斯的双眼惊讶地瞪大了。保罗冲上去，利用他仅有的一切——体形、力量、冲力。他像一个橄榄球中后卫一样撞上暗杀者，狠狠抱住他，将他撞到了墙上。保罗感觉到有什么东西突然折断了，一根小枝，一根树杈，它在印尼人的胸腔里。他们滚落在地，两人分开了。暗杀者的双手做了个动作。刀锋在骨骼上磨了过去，一种新的黑暗，保罗往后缩，感觉到金属从他的眼窝里抽了出去。

他心中没有愤怒，这是最奇怪的事。他在为自己的生命而战，却并不愤怒。暗杀者又向他袭来，拯救了保罗的只是他的高大的身材。他抓住对方的手臂，绞扭着，把战斗移到了地板上。他对准印尼人的喉咙全力往下压去，它往内塌陷了三平方英寸，就如被捏扁的铝罐一般。但保罗还是死死压在那里，继续使力，直到那双黑色的眼睛失去光芒。

“对不起，”他说，“对不起。”

保罗从那人身上翻下去，瘫倒在地板上。他爬到詹姆斯身前。那里不是一摊血，那是一片血池，床垫已经被浸透了。詹姆斯躺在床上，仍然有意识。

“别把血流在我身上，哥们，”詹姆斯说，“不知道你们美国人的血里都有什么病毒，我可不想跟我女朋友解释这事。”

保罗向这个将死的人微笑，哭泣，把血流到他身上。他用枕头套擦掉詹姆斯胡须上的血，他握着詹姆斯的手，直到他停止呼吸。

* * *

保罗在一片白光中睁开眼，他眨眨眼。一个穿西装的男人坐在病床边的椅子上，另一个男人穿着警服站在门边。

“我在哪里？”保罗问。他认不得自己的声音了，它应该属于一个更年长的人，而且那人一定吃了玻璃。

“毛梅雷。”西装男人说。他是个白人，三十多岁，全身上下都写着律师两个字。

“多久？”

“一天。”

保罗碰了碰脸上的绷带。“我的眼睛……”

“我很抱歉。”

保罗点点头接受了这个事实。“我怎么到这里来的？”

“他们发现你裸体躺在街上。你的房间里有两个死人。”

“那么现在呢？”

“哦，这取决于你。”穿西装的男人笑着说，“我应某一方的要求来到这里，他们希望静静地结束此事。”

“静静地？”

“是的。”

“玛格利特呢？麦克马斯特先生呢？”

“他们今天早晨乘飞机回澳大利亚。”

“我不相信你。”

“你相信不相信对我来说并不重要。我只是在回答你的问题。”

“那些骨头呢？”

“当然是被没收以便妥善保管。印尼人已经关闭考古现场了，那毕竟是他们的洞穴。”

“我在旅店里的DNA样本呢，那些胶囊？”

“它们已经被没收并被摧毁了。”

保罗沉默地坐在那里。

“你怎么倒在街上的？”西装男人问。

“走到那里。”

“你为什么是赤裸的？”

“我想只有那样他们才会让我活下来，只有那样才能证明我身上没有样本。我血流不止，而且我知道他们还会来。”

“你是个聪明的人，卡尔森先生。所以你认为你得让他们取走样本？”

“对。”保罗说。

西装男人站起来，离开了房间。

“大部分。”保罗说。

* * *

在去机场的路上，保罗让司机在路边停车。他付了车费，爬下车来。他搭了一辆公车去孟加拉，又从那里拦了一辆的士去雷亚。

他在雷亚上了一辆公车，当它在路上颠簸摇摆时，保罗突然嚷道：“停车！”

司机猛踩了刹车。“抱歉，”保罗说，“我忘了东西。”他爬下公车，又走回镇上。没有汽车跟着他。

进城后，他沿着一条小巷往下走，找到了它，那个种着古怪粉色植物的花盆。他开始挖盆底下的土。

一个老女人朝他嚷嚷着什么。他抽出钱来。“我要买这株植物，”他说，“我热爱鲜花。”她也许不懂得英语，但她认得钱。

保罗胳膊下夹着那盆植物往前走。詹姆斯有些话说对了，有些话错了。没有一百个亚当，没有，只有两个。所有的澳大利亚土著造物就像一个平行世界。你能通过上帝的造物认识上帝，可是上帝为什么要创造两个亚当？这正是保罗疑惑的，而答案是一个上帝不会创造两个亚当。

两个亚当。两个神。华莱士分界线两侧一边一个。

保罗这样想象：创世是作为一场竞争开始的。在沙地上画出的界线，看看谁的造物能主宰世界。

保罗理解了亚伯拉罕身负的重任——见证一种宗教诞生。

穿行在街道上时，保罗将手指探进了泥土。他的指尖碰到了胶囊，接着他将之抠了出来。没有任何一个评估小组能看到这个胶囊，他敢保证。

他走过一个门廊，那里站着一个女人，一个双唇美丽丰满的老女人。他想到洞穴里的骨头，想到曾经蹲伏在这座岛屿上的奇异人类。

他把花递给了她。“送给你。”他说。

他拦住一辆出租车，爬了进去。“带我去机场。”

当老旧的出租车在尘土飞扬的道路上弹跳时，保罗取下了他的眼罩。他看到司机在后视镜里扫了一眼，接着嫌恶地移开了视线。

“你瞧，关于眼睛不可化约的复杂性。”保罗对司机说，“他们骗人了。哦，还是有办法的。”

司机打开了收音机，坚决不把头扭过来。保罗苦着脸取出眼中的东西，拉出几条长长的白色纱布——他的脑袋里痛得像炸裂了一样。

“先知有强烈的预感。”他说道，将胶囊塞进了空洞的眼窝。

傅临春 译

火星称霸计划宣讲

凯瑟琳·M.瓦伦特

凯瑟琳·M.瓦伦特生于西雅图，成长于西雅图及加利福尼亚，2000年崭露头角，遂成为一名重量级的奇幻作家。她的作品曾获创神奇幻文学奖、浪达文学奖、小詹姆斯·提普垂奖，入围雨果奖、星云奖、世界奇幻奖等大奖提名。2010年，她的小说《环游精灵国度的女孩》一举斩获安德烈·诺顿奖，这也是类型文学大奖首次颁发给以众筹方式在线出版的小说，该书后来由传统渠道出版。

瓦伦特由于奇幻领域的建树为人知晓，但是她对民间传说的敏锐与孜孜以求，亦帮助她在科幻领域中营造出了别样风景。

欢迎各位壮志凌云的霸主！

非常感谢各位对敝司小小的红色计划的兴趣，也很高兴诸位能认识到全行星支配权中潜藏的增长机遇。当然，敝司决不贸然干涉各位威武霸气的兴致，只希图向诸位展示在如今已富含氧气、高度宜居且极具特色的火星地表上，诸位能拥有怎样无与伦比且充满挑战的职业规划。

答疑：为什么选择火星？

很少有人知道，每个恒星系都包含一颗火星——当然，不是说我们的火星。与我们太阳类似的恒星，似乎都有一种“火星吸引力”：迄今所确认的每个存在生命的星系当中，都有一颗红色行星，通常足够靠近最生机勃勃的星球——尽管有些可能不像我们那颗闪烁的深红色信标离得那么近——还有着与之相近的昼夜长度。更有意思的是，这些星球都无一例外地以战神命名。遥远的灯塔星系，明珠般的玛科哈在黑暗中缓慢旋转，红如那位嗜杀女神的凝血，她硕大的胸脯各哺育着两颗头骨，冷血的战略家们无不向她祈祷。距地球更近的符文星系，闪烁的腓力阿莱好似成熟的红色果实，与它同名的神祇专司自杀式冲锋，多幅珍贵的绣帏都将他刻画为在剑尖上舞蹈的小丑，七只手中握着一把把小型滑膛枪、枯骨和盖有金色封印的文函。贝拉贝拉星系，我们亦能在乌普斯基尔星那玛瑙红的沙海中漫步。乌普斯基尔是军官的守护女神，纤毛细密的精灵之翼上披挂着沉重的戈飒石奖章，闪耀着紫色与白色的光芒。围绕它旋转的卫星维德斯基尔与纳格斯基尔，分别为战士的守护神与飞行员的谢顶的疯狂天使，犹如一双苍白的孪生魂魄疾速掠过乌普斯基尔翡翠绿的天空。

和我们的火星一样，每颗红色行星都有两个月亮，其中一些具备支撑生命的潜力。我们就曾在沃尔尼和沃诺斯特度假，陪伴主星洛杜尔那酒红色赤道丛林的，是它们清澈澄净的湖泊——洛杜尔之名，自然源于那位四张脸的霸王，他有勇无谋，功过皆收录在完美无瑕的七音步诗歌《洛杜尔埃达》中。我们乘坐鳍板细狭的往返飞船，飞过卫星之间孤寂的黑暗，停泊在泛着绿光的花海中——那位不解世情的神话人物的圣地。不过，多数卫星更接近火卫一与火卫二，空旷贫瘠，沉默地旋转，岩石地表反射着亮光，无言而沉重。我们多次问过自己：究竟是火星住在一座镜之屋里，同样的红色脸庞由于量子涨落而一遍遍映现在远处，还是说火星是主导、是范本，其余的都是复制品？肯定有其他人提过同样的谜题。我们都想宣称自己的样本优于其他——大家争相如此，导致了几年前的天文学家之战。相信在座的诸位没有谁愿意记诵那段悲惨的历史，否则我们锈迹斑斑的泪水会将诸位席卷而去。

这么多火星，犹如颗颗红宝石种子撒播在已知的黑暗深空，它们的优势很明显：由于星际环境超出人力可控的限度，几乎在每个星系，火星，或依丝克拉、里亚尔，都是生命发源星球最佳的拓殖首选。在每个星系的生命发源地，最新的前殖民地文学都执迷于诱人的蔷薇色邻星。诸位当中，肯定有人因为阿莉慕·K的枕边故事而来此处。诸位年轻的心被她点燃，她与红色尼萨奥星上的两位鱼族王子有着怎样炽烈的感情纠葛，又是怎样唤醒了尼兹德山脉深谷中的恐怖机器，力图将之据为己有？我们之中，谁没有读过水手尤柏多与银龙骨之船的故事，谁不曾跟着他在险恶的米克托运河探险——那幽暗的河水里群聚着鳄头蛇身的水怪，眼睛闪耀如簇簇绿珍珠。还在摇篮里时，诸位的母亲都为诸位读过索罗胡尔的歌谣，诸位幼年的梦境里常有艳绿的六条腿蟋蟀女王，在珀德尼比西亚空旷的微红平原上鸣叫，甲壳沐浴在光芒之中。读到青铜尖塔之下心怀古怪渴望的伊拉，谁能不爱她？听到那些赤红的世界在个人的意志下屈服，谁不曾不寒而栗？面对无边无际的绯红沙漠，谁不曾感到心潮澎湃？

在我们的时代里，我们都萌生过对火星的向往。她既熟悉又陌生。她有着许多我们闻所未闻的传奇、香氛与宝石，散发着迷人的芳香。她谦逊低调，从不滥自留情，而我们这一生都曾身倚壁炉凝望她的光华。我们自然会向往火星，她就是邻家女孩，对她的渴望早已编码写入我们的细胞，成为心理原型。我们指出这一点，各位大可不必产生心理负担。

* * *

不论哪个星系养育了您，成就了您，赋予您力量与正义，总有一颗火星供您统治，您拥有统治她的意愿自然无可厚非。也许正是这一点铸造了您的灵魂。

因此，我们请诸位谨记，简单的“两步走”系统就能帮助您达成崇高目标。此外，本次宣讲会不允许诸位带走任何纸质和数字材料，包括宣传册。

第一步：踏上火星

要将穷人送上火星，难于赶一匹骆驼穿过针眼。但是，生于玉榻之上，又会导致某种心理懒惰，好比雄心壮志患了肌无力，高贵机能遭受了轻度扭伤。这不是新发现，许多事例已反复证实了这个公理。最好在其他一些领域有所擅长，因为有一位文武双全的领主是所有人的福分。您可以接受一点微克隆或动力工程改造之类的。如果非要写小说，记得在启程之前写，因为假使这本书在您计划创建的后专制乌托邦环境下写就，那样的小说即使受人追捧，也永远得不到文学界正眼一瞧。

就以后塑型时代的逆转录病毒建筑师罗旋·坲为范例吧。这位智利神童一出生就胸怀大志。他所受的教育是从暗巷里偶遇的一位贵公子身上偷来的。为了保住这位贵公子的性命，对方的族长允诺把贵公子所有的藏书和做完的功课都交给坲，以便坲完成名义上的大学学业。为了完成毕业设计，坲将往昔的恩人锁在地下室里，专心建造圣地亚哥副流感歌剧院——那半透明的尖顶如今依然主宰着当地的天际线。富有的毕业生去了博士生产厂干着卑微的杂活儿；而年轻的坲已名利双收，足以购得三项结婚权，其中包括一个水生的维琪阴阳人，有着极美的羽脊。到四十岁生日时，坲也通过多家公司买下了大西洋的大部分，在其中着手培育细菌之岛。细菌岛——也就是这里——今晚慷慨地接待了我们，用如此精致的耶尔森菌萝卜为我们制作沙拉。自此，几乎所有的行星际运输都从坲的RNA平台出港，因为他除了路费之外不再加收关税，适意而舒心。当然，坲将作为首位称霸全火星的帝王而被诸位记住，他的雕塑依然矗立在开阔的阿萨巴斯卡谷地。

或者，您也可以走穆尔星女诗人奥姆十九点零一的路线，她给穆尔文字那华彩璀璨的世界带来了词汇囊泡的疯狂碰撞与扭转。你我也许相当肯定，诗歌创作里毫无利益可捞，但穆尔星上半蝶形的巨人天生就熟谙韵律结构，骈句从他们嘴里脱口而出，最简单的问候也要吟唱六部高音和声。穆尔人的战争只有各国选中的吟游诗人参与，多年来一直以赛诗的方式解决领土争端。奥姆十九纹理精致的翅翼上布满乌黑的神经辫结，她反叛传统，成为无韵诗的女王。出生在帝都资源库蜜罐里的她，像采露一般仔细收集着不带自然韵脚的词语，积累、分类、整理。孩提时代，她就常常出没于垂满浆果的地下酒吧，聆听名家大师朗读新作。在十六岁——发育缓慢的穆尔人还未完全进入青春期之时——她就发表了第一首诗，其中包含两个词：明亮、地窖。当然，英语里有很多词与之押韵，但穆尔语中没有。可想而知，她的诗就像一颗炸弹，引爆在那间著名会所的蓝色地板上。奥姆十九在穆尔语精密美妙的结构中发现了不押韵的秘密世界，将它展露到太阳之下，使之熠熠生辉。但她并不满足于虚名，也不满足于伴侣、食物或淡绿葡萄石。积极回应上天召唤的人，都会走上这样的路。她独自乘坐一艘出韵玻璃制成的飞船，将整个穆尔星抛在身后，不到一年，就为自己取得了红色伊特尔星球的王冠。每场刺杀之后，她都在对手临死前向他们耳边低诵诗句，令他们死而无憾。

再讲一个真实的例子，Y家族的少主哈洛·Y曾一度统治红色行星利姆。然而，没有人能否认，由于管理太过糟糕，他的统治很快分崩离析，成了一个笑柄。我们敢打保票说，在座的没有哪位拥有Y家人藏在宇航服里的那么多潜能。Y家族的统治以血缘世袭，虽然此种制度在大多数星系中显然意味着落后与不合法。哈洛登基之时，Y家族早已过了数代荒淫奢靡的生活，他们满脑子只有追求时尚、当众裸露以及偶尔的宗教狂热。Y 家人富可敌国（如果维特地区的古老传说可信，他们的财富来自采矿和化妆品贸易），足以供他们常年频繁接受基因操作手术、自主变异、假体修复、虚拟上行。至于他们在发迹之前是什么样的物种，没人真正弄得清。在维特温暖的金色海洋之上，除了 Y 家族之外统统是他们的猎物，他们强大的自我进化令人相见不相识。在哈洛的皇家肖像中，有三分之一都以类似于巨翼无尾熊的形象出现，他有着极长的紫外睫毛和水晶般的躯干。哈洛 · Y 继承利姆星主要控制权时年纪尚幼，统治手段也颇显稚嫩，采矿和农耕只为自娱自乐和个人发展。他的每一根紫外睫毛后面都有几千名利姆人丧生——在伊坡矿山的坍塌事故中被压死在竖井之下。哈洛虽然迅捷地登上了霸主地位，最后却以遇刺告终——全民公投一致决定，在他早餐的大麻茶和巴姆面包中狠狠地下毒。

对火星的统治不乏小小教训。

红色星球上必然也有土生土长的霸主。哈普星的茵凡莎一辈子生活在家园星球宝石红的丛林之中。她是那个时代最伟大的演员，微光闪动的双尾可以通过色度的深浅变幻传达一百种复杂情感。她魅惑人心的手段极其高明，在她将指刃刺入反派老雷的腹部之际，对方依然以为她忠诚可亲得难以言喻。不过诸位既然向我们寻求建议，我们必须假设：第一，您没有双尾的茵凡莎那么幸运；第二，您出生在另一个更加荒凉的星球，身边是黑色泥土、蓝色风暴和簌簌的细雨，给您的抱负当头一瓢凉水。

假如您不幸生于一颗旅行选择不多的星球——出于经济危机的影响、意识形态的阻碍，或仅仅因为在技术发展史上还居于可悲的原始地位——不要害怕，这种情况并非没有先例。我们的建议是人体冷冻——项匹尼 · 布莱就曾砍下自己的头，这颗脑袋成功统治了阿欧姆星球上嗜饮马血的民族长达一个世纪。他冒险一搏，押下不小的赌注——冰封了二十岁时的大脑，孤注一掷地希望冷冻能将他送往更加适于自己稀有灵魂的世界。如果诸位去阿欧姆游览，巨大的雕像之墙上，星球女神的脸（雕塑家虔心地为她安了一个马身）会向称霸有望的人传授秘笈。

如果出于种种原因，人体冷冻在您的星球上不流行，那么长寿研究将成为您的知心密友。投资其中吧，使之壮大：只有您能掌控自己的长生不死。萨莱·诺提是水手号谷的第三任埃米拉，她出身地球，成功活到了为曾孙送葬的时日。她注资六个不同的智囊团及一个澳大利亚钻石矿，最后，终于有一个多劳少酬的实习医生在她生日当天奉上了一系列长寿针剂，星星点点地闪耀着香槟的色泽。

但在一些星球上，在某些可怕的黑暗时刻，前往火星之路尚未开通，不论旅行者对它有多么魂牵梦绕。脚穿缀满补丁的鞋，抬头仰望星光璀璨的夜空，仰望成千上万星丛之间那一颗闪耀的红星——有时仅仅渴望并不够。马克西米利安·伯克斯鲍姆就生不逢时，这位普罗旺斯的犹太面包师在最隐秘的夜里写下诗篇，描述如此陌异的血红色沙漠、干涸的运河、绿色丝绸般的天空。他有一颗红宝石，鸡蛋大小，承载着一颗星球的分量。宝石传给了他的孩子们，又继续传给他们的子子孙孙。那是一个信奉基督的领主送给他的，为了让他永远离开他爱慕的那个仆女——她的发色有如充分氧化的尘土，眼睛好似月亮之间的深空——再也不去想她，再也不对着墙默念她的名字。虽然他直到年老凄苦离世之时依然信守承诺，但这样的财宝却永远不能花销，否则无异于承认你的心可以被人收买。

萨莱·诺提继承了那枚宝石，怀揣着它葬在奥林帕斯山大教堂的地基之下。

* * *

最后，您必须选择一个能让您和火星在其中完美协作的宇宙。在罗旋·坲选择的世界里，作为根基的病毒如同鸣禽一般温顺。奥姆十九选择了因无韵诗歌而变得温柔的紫色世界。别理解错了：每个时刻都伴随着选择，选择这个或那个世界；选择充满生机的天堂，或选择与打磨红色星球的孤独机器为伍；选择宅在家里品尝清茶和树莓曲奇，或选择挥动万能之手统治火星。

马克西米利安·伯克斯鲍姆选择了信守承诺。当他的后人敞开静脉迎接那些可怕的香槟色不死药，然后仰望夜空之时，谁又敢说，使火星布满蓝色怪异城市并滋生十七种当地信仰的，不是他的承诺，而仅仅是微生物汤剂呢？

第二步：成为霸主

现在我们来看行星统治最重要的核心问题：怎样才能实现？答案就像一道谜题，当然令人猜不透。

要想称霸，必须首先成为霸主。

问问自己：霸主是什么样的人？他或她，是恶棍还是英雄？是牛仔、祭司，还是实业家？是残忍还是善良，其统治是否如空气般无影无形又不可或缺？她是不是第一个踏上火星的人，走在如此神秘莫测的荒凉平原上，感觉心里空落落的？她是否扒开薄薄的红色尘土，看见下方的黑色岩石？他是否乘着流畅优美的鱼形飞船在乌普斯基尔着陆，船舱内塞满了图书和储粮，供他每晚饱读诗书大快朵颐？她称霸的对象是什么？是仅有土地，还是包括人民，抑或包括其剑拔弩张、纯铜的护腿光芒耀眼的守护神？

奥姆十九曾写道，每个红色星球的核心都是一颗血石，如碳一般致密，那枚可怕的战争之石向往国王或女王的力量，就像罗盘指针向往北方。这到底是真的还是单纯的比喻？是不是唯有如此才能赋予星球这般广阔的实体以人格，唯有如此才能认定它可以回报您的爱？

霸主的生存状态似乎必然是暴力，是支配。令人不快的殖民地记忆涌起，犹如酸液啮蚀心田——每个人都想代表正义，希望被爱。法老雕像凝视着远方泛着孔雀石般浮沫的深海，除了期望得到无懈可击、毫无争议的永久爱戴之外，树立雕像还有什么意义？当您心中的空洞狂风呼啸，说能平息那风暴的唯有来自一颗星球的爱，来自一颗从尖齿利爪到轨道与大陆通体皆红的星球之时，问问自己：火星是否足以填补那个无底洞？

如果您与世隔绝的星球没有通往太空的高速通道，怎样才能前去火星呢？这个问题我们先前已经谈过。没错——而且，在此时此地，在本届论坛的漫漫长夜，当员工们噔噔的脚步声渐渐淡去，当最后的蔗糖奶油被擦净之时，星星已全数露脸，透过水晶般的天花板，大家都能看到那一颗星（噢，多么红，多么红！），仿佛踮起脚来就够得着——我们越发有这种感觉，没错，前往火星只是甜点上的糖霜，主菜中的香芹。要成为霸主，还必须对那颗明亮的红星了如指掌。大家伸出手——在诸位的生命中，就在这个渺如沙砾，可怜又孤独的蓝色星球上找找看，还有什么不能同样被称为火星呢？暴怒、残忍、掌管激情的神祇、手中拥有的可怕技术、被迫俯首听命的燃烧引擎、反目成仇的子孙、一道道发光的完美条码，如何？这些东西也是火星。它们以无情神祇的名字命名，唾弃文明统治——如果受到鞭打或乞求，将充满某些无名的空虚，切断诸位灵魂的腿筋。火星无处不在，每一个世界都是火星。如果您缺乏霸主资质，连自己的可怖战车都无法驾驭；如果您不是车里加冕的武士，而是套在车上的牲口，吐着白沫，一味受驱疯跑，却从不深思究理，那您就无法抵达火星。我们说过，诸位必须选择，如同伯克斯鲍姆、奥姆和坲一样——要做出选择，就要理解自己最过人的优点，即便只会烤面包和信守承诺。首先要足够出色，才能让火星接纳您。

一些人走上这样的人生，是天意注定。火星接受霸主的统治也是天意注定——历代更迭之中从未有过一次民主统治。也许诸位爱火星，但火星爱的是皇冠，是权杖，是装饰了冰猫眼石的璀璨闪耀的王冠，形如一弯钩月。这是诸位作为新娘嫁给火星所必备的行头。请别误会——不是说诸位的实际性别，而是说您只能像面带羞红的纯洁少女，被引领到婚床之前，而您的配偶如同神话中所有的僵尸新郎那般悠远古老，深不可测。您认为那颗星球会屈服于您的意志吗？会让您掌控它吗？啊，多么可心的词：霸主、帝王、法老、元首。这个身份也会改变您，一如病毒对您的改变。火星将填满您的空虚与荒芜，只有最永垂不朽的伟人才明了自己的位置。霸主拥红色星球入怀，最后胜利的却往往是火星。千年的统治之中，您会在某天醒来，发现头发已经变红，曾经莹润的肌肤蒙上灰尘，三颗心突然熔融为一个冷硬如石的内核。您将不再渴望食物，只寻找冰冷黑暗的空气饮用。您将面向太阳缓缓旋转，持续一天又一天。您的思绪会慢下来，日渐浑厚雄壮；您将看见一颗星球的所见，如一颗星球般发声，那将是全景的视野与完美的语句。

到某天清晨，当您醒来，您的嘴已没入石头，脚下的土地绯红，犹如一个承诺、一颗红宝石、一对出韵的骈句、一种病毒——您的土地，或机器，或子孙，或藏书，将用您的声音替您讲述，您将成为霸主，我们将为您感到无比骄傲，在这里，在海边，聆听天光在新的海岸破晓。

李懿 译

第二人称，现在时

达里尔·格雷戈里

达里尔·格雷戈里是土生土长的芝加哥人。早在20世纪90年代初，他就凭借几篇试水作赚得第一桶金，此后却蛰伏十年才重操旧业。复出之后，他凭借2008年的长篇处女作《喧嚣》赢得了专门颁发给奇幻处女作图书的克劳福德奖，第二部长篇《恶魔字母表》亦被《出版人周刊》提名为2009年度最佳。

《第二人称，现在时》中设定了一种能摧毁自我构建的药物。故事发生在一位花季少女身上，偷梁换柱的“新自我”，其实由她的精神科医师于两年前照顾抚养。现在她得回到曾抚养她“原自我”的家庭。她保留了“原自我”的记忆，但那并非她自己。

试想，“我呼吸”，这个“我”是多余的。没有别的你来自称“我”。我们说的“我”就像一扇弹簧门，随说话人吸气呼气而或开或闭。

——铃木俊隆[1]

我一度认为大脑是人体最重要的器官，直至我意识到这个想法来自何处。

——伊莫·菲利普斯[2]

我走进办公室时，S 医生正靠在办公桌上，一脸真诚地对死去女孩的父母说着话。他心里很不痛快，但抬头时为我挂上一脸微笑。“她来了。”他说道，好像游戏节目主持人在展示大奖。椅子上的两人立即转头，苏布拉马尼亚姆医生[3] 暗地里向我抛来一个鼓励的眼色。

率先站起来的是父亲，国字脸上疙疙瘩瘩，肚子很结实，但圆滚滚的像是藏了个篮球。和先前探视时一样，他几乎拧着眉头，尽量让表情与心情相配。而母亲呢，早就哭起来了，她的脸上写满各种情绪：欣喜、恐惧、希望、释怀。真是太难为她了。

“噢，特蕾莎，”她说，“准备好回家了吗？”

他们的女儿名叫特蕾莎，大约两年前死于药物过量。自那时起，米奇·克拉斯和爱丽丝·克拉斯来这家医院找过她十几次，不顾一切地想让我当他们的女儿，在他们脑子里，我已经是他们的女儿了。

我的手仍停在门把上。“我还有选择吗？”官方文件上，我只有十七岁，没钱，没信用卡，没工作，没车，属于我的财产不过几件衣服。而住院部最壮实的安保员罗毕尔托就在我身后的走廊里，堵住我逃跑的去路。

特蕾莎的母亲似乎一度停止了呼吸。她体格纤细，单独站着的时

---

①铃木俊隆（1905—1971），日本僧人，将禅宗思想介绍到西方世界。

②伊莫·菲利普斯（1956— ），美国喜剧演员。他这句话曾被引用在一些神经科学专著中。

③苏布拉马尼亚姆医生，即上下文的 S 医生。

候看上去瘦高瘦高的。米奇伸手扶了扶她的肩膀，接着又收了回去。

同往常一样，只要爱丽丝和米奇来探望，我总感觉像闯进了一部肥皂剧，却没人给我递台词。我直直地看着S医生，他的脸上凝固着职业的微笑。过去一年里，他曾屡次说服这两人让我继续住院，但如今他们再也不听了。他们是我的法定监护人，已经替我制定好了各种计划。S医生转开视线，揉着鼻梁的一侧。

“这就是我的想法。”我说。

做父亲的怒目相向，母亲则涌出新一轮的泪水，一路哭着出了大楼。苏布拉马尼亚姆医生站在门口，双手揣在口袋里，望着我们驾车离去。我这辈子——整整两年的这辈子，从没有这般记恨他。

* * *

那种药物名叫“禅”，又名“丧尸”，或代称Z。我对它谋杀特蕾莎的过程了解得一清二楚，这可真多亏了S医生。

“眼睛瞄瞄左边，”一天下午，他吩咐我道，“现在瞟瞟右边。眼球移动的时候，房间的景象会模糊吗？”他等着我重复了一遍动作，“不模糊吧，没人能看出来。”

这类现象总能激起脑科医生的兴奋和疑惑。不是看不出模糊，而是被大脑完全剪辑掉了。首先跳过它——左眼视野，右眼视野，没有中间地带——再扰乱个人的时间感，使之觉察不到任何错漏。

科学家们认为，大脑一直在将没用的东西剪辑掉。他们给患者身上连接各种导线，让他们举起一根手指，听口令随时移动。每一次，在患者有意识地决定移动手指之前，大脑早早地就开始向手指传输信号了，时间差最长可达120微秒。S医生说能看到大脑预先的热身，之后患者才有意识地去想“动吧”。

真怪，而且越想越觉得怪。我最近经常思考这个问题。

实际做出决定的，并不是我们意识到的心智——这个“我”会想，嘿，我渴了，我要去拿那杯凉水。但在你意识到自己渴的时候，指挥手移动的信号已经沿着手臂发送到半路了。思维不过是事后的想法。与此同时，大脑吩咐道，我们决定让你移动手臂，请这样考虑吧。

这种时间差通常不超过 120 微秒，而“禅”能将它扩大到几分钟，乃至几小时。

假如你遇到嗑 Z 的人，也看不出多大异样。他们的大脑仍在作决定，身体仍旧听从指令。你可以跟他们说话，他们也会回答。你们可以互相讲笑话，出门吃汉堡，做功课，交欢。

但是，对方的意识并不清醒，没有“我”的存在。你就像在跟电脑聊天一样。如果两个嗑“禅”的人交谈——“你”和“我”——就好比是两个木偶在对话。

* * *

这是个小女孩的房间，四处洋溢着青春气息。毛茸公仔挤在书架和窗台上，紧挨着一摞摞基督教摇滚 CD、几把发梳和几瓶指甲油。墙上贴着《青少年》杂志的海报，旁边的记事板上挂着足球勋章和自二年级起获得的业余体操联赛奖牌。桌子上摆着一枚方形饰板，上书“我承诺……”劝诫年轻基督教徒克制婚前性行为。墙上到处都贴着或钉着照片：参加圣经夏令营的特雷莎，平衡木上的特雷莎，与青年团契朋友搭肩的特雷莎。每天早晨她一睁开眼睛，眼里就有上千件物品提醒她，她曾经是谁，她一直怎样生活，应当成为什么样的人。

我抱起放在床头显眼位置的大毛茸熊猫。它看起来比我年龄还大，脸部的毛已经磨得往外冒棉花了，纽扣做的眼睛在白线上吊着——以前就补缝过，也许不止一次。

特雷莎的父亲放下那小得可怜的背包，里面装着我从医院带来的所有东西：洗漱用品、一两件换洗衣服、五本 S 医生的书。“我猜老阿布熊一直在等你。”他说。

“是阿布熊猫。”

“对，阿布猫！”我叫出玩具的名字让他很高兴，好像证明了什么似的。“知道吗，你妈妈每周都打扫这间屋子，你会回来的，她深信不疑。”

我从没来过这里，她也不会回来了，但我已经懒得纠正他们用的代词。“嗯，好温馨。”我说。

“她前段时间可操心坏了。她知道人们说三道四的，也许把责任推到她头上——推到我俩头上，真的。她担心他们说你坏话，受不了他们把你看成野丫头。”

“他们？”

他眨眨眼。“教会。”

啊。教会。对特雷莎来说，这个词语承载了太多，早在几个月前我就已放弃厘清其中的情感与内涵了。他说的教会是那栋达文波特基督教堂的红砖建筑，束束阳光射入一排排彩釉玻璃窗，灰尘飞舞，高高的窗户塑成墓碑的形状。教会既是上帝又是圣灵(却不包括耶稣——他是分开的，是个体，我不清楚为什么)，不过，大多数情况下教会是指其会众，数十、上百人早在她出生前就知道了她的存在。他们爱她，时刻关注她，对她踏出的每一步都会做出评价。简直就像有一百个保护欲过强的父母。

我差点笑了出来。“教会觉得特雷莎是野丫头？”

他狠狠瞪我一眼，不知道是因为我轻慢了教会，还是因为我一直提他女儿的名字。“当然没有，只是你让太多人担心了。”他的声音保持着一本正经的语调，或许他女儿一听这声音就心里发虚。“知道吗，教会每周都为你祈祷。”

“是吗？”以我对特雷莎的了解程度，我敢肯定这会让她痛心入骨。她总是为别人祈祷，不是别人祈祷的内容。

特雷莎的父亲望着我，希望我脸上能绽现一丝羞惭，甚或几许泪滴。从知错到忏悔应该只有一小步之遥，但我很难把这当回事。

我坐到床上，把床垫压出一个深凹。真不习惯，双人床占据了房间的大部分，周围只剩几英尺空间，我该去哪里冥想呢？

“那么，”特雷莎的父亲开口了，声音缓和了些，也许是以为自己赢了，“给你一点时间换衣服吧。”他说。

他走到门口，却没有离开。我站在窗边，但能感觉到他还在原地，等待。最后，这怪怪的感觉迫使我转过身。

他正盯着地面，一只手扶着后颈。也许特雷莎能意会出他的心境，可我做不到。

“我们是想帮你，特雷莎。但有好多事我们就是弄不明白。谁给你的毒品，你为什么跟那个小子跑了，为什么会——”他的手一动，也许想做个愤怒或沮丧的手势，但又克制住了。“真的……很难理解。”

“我知道的。”我说，“我也是。”

他走时带上了门，我把熊猫往地上一推，长出一口气，仰面倒在床上。可怜的克拉斯先生。他只是想知道究竟是女儿自己不要脸，还是被逼的。

* * *

如果没事想吓吓自己，“我”就想象有“另一个我”正思索着“我”的存在。比几个木偶对话还蠢的事，无疑是一个木偶自言自语。

S 医生说，没人了解心智的真相，人们不知道大脑怎样产生心智，也不真正了解意识。在医院时，我们几乎每天都交谈。发现我对这个话题感兴趣之后——怎么可能不感兴趣呢——他送了我几本书，我们讨论大脑的机制，讨论大脑怎样编制思维，做出决定。

“怎么解释才好呢？”一般是他发起交谈，然后尝试用打算在书中采用的比喻给我解释。我最喜欢的比喻是议会、信使与女王。

“当然，大脑并非单一的整体，”他告诉我，“它由几百万个放电细胞组成，所有细胞整合为成百上千的活性位点。心智的情形也差不多，由数十个节点组成，每个节点都在不停地大声嚷嚷，想盖过其他节点的声音。做决定时，心智里简直是喧嚷鼎沸，引发——怎么解释才好呢，你看过 C－SPAN 播出的英国议会实况吗？”我当然看过。在医院里，随时都有电视陪伴。“心智议会的议员们利用化学物质和电脉冲高声喊叫，直到某个意见获得了足够音量的齐声呼喊。叮！‘想法’出现，‘决定’做出了。议会立即向身体发送信号要求执行决定，同时让信使将消息传给——”

“等等，信使是谁？”

他挥挥手。“暂时不用管它。”（几周之后，在另一场讨论中，S医生解释说，信使也非单一的个体，而是边缘系统颞区产生的一大波神经活动，负责将新想法的神经图谱与现有神经图谱相协调——那时，我知道“神经图谱”也不过是对另一个极为复杂的概念或过程的比喻，这个领域深奥莫测，我永远也到不了底端。S医生说不用为此烦闷，没人能到达底端。）“信使负责将决定的内容传达给女王。”

“好吧，那女王又是谁？意识吗？”

“完全正确！就是自我本身。”

他朝我这个用功的学生爽朗一笑。S医生一谈起这些东西就忘乎所以，即使我躺在沙发上伸懒腰，故意绷开病号服的领口，他也视而不见。要是我能把两个脑半球掖进一个蕾丝文胸里该多好。

“信使呢，”他说，“负责将消息传达给陛下，告诉她议会做了什么决定。女王不需要知道任何其他的论辩，不需要了解那些被丢弃的可能性。她只需要知道该向臣民们宣布的内容。女王吩咐相应的身体器官执行决定。”

“等等，我觉得议会已经发出信号了吧。你之前说过，在自我还不知情的时候，就已经能看到大脑在热身了。”

“有意思的就是这里。女王宣布决定，并认为臣民们在执行她的命令，但实际上，他们早就收到指示，而且已经伸手去拿水杯了。”

* * *

我身穿特雷莎的运动裤和T恤，光脚走到厨房。T恤有些紧，减肥斗士兼奥运级排毒选手特雷莎略比我纤瘦。

爱丽丝坐在餐桌旁，穿戴整齐，一本书在面前摊开。“哎呀，你今早赖床了。”她轻快地说道。她已经化好妆，头发喷好了定型水。书旁的咖啡杯是空的，她已经等了几个小时。

我四处找钟，发现门口上方挂着一个。才九点。在医院里我总是睡到九点过才起床。“我快饿死啦。”我说。房间里有一台冰箱、一个炉灶以及许多橱柜。

我从没亲手做过早饭。说实话，午饭和晚饭也没有做过。我这辈子吃过的饭都是放在食堂托盘上送来的。“有炒鸡蛋吗？”

她眨眨眼。“鸡蛋？你不是——”她突然站起来，“有的。坐，特雷莎，我给你炒两个。”

“叫我‘莎莎’就行了，可以吗？”

爱丽丝停住脚步，想说点什么——我几乎能听到她大脑棘轮和齿轮的咔哒咔哒声——她又突然大步走向橱柜，蹲下身，拿出一口不粘锅。

我猜测着哪个橱柜里放着咖啡杯，猜对了。我倒光了壶里最后几英寸深的咖啡。“你不用上班吗？”我说。爱丽丝在一个餐饮设备公司上班，特雷莎对细节总是马马虎虎。

“我请假了。”她说。她在锅沿上敲开一个蛋，接着在蛋壳上做了什么小动作，蛋黄便挤出来飞到锅里，随后她将两块蛋壳重叠起来，全程单手操作。

“为什么呢？”

她挤出一个微笑。“你才刚回家，总不能丢下你不管吧。我觉得应该花点儿时间多陪陪你，度过这个调整期。”

“那我得什么时候去见治疗师呢？他叫什么名字？”我即将面对的刽子手。

“是个女治疗师哦。梅尔道医生，在巴尔的摩，明天我们开车去。”这就是他们的大计划。苏布拉马尼亚姆医生带不回特雷莎，他们但凡遇到自称有办法的，都忙不迭地要去试试。“知道吗，她已经成功帮助了很多像你这种情况的人。那里有本她的书。”她朝饭桌点点头。

“那又怎么样？苏布拉马尼亚姆医生也在写呢。”我捡起书，《回家之路：寻找迷失在“禅”中的孩子》。“要是我不配合呢？”

她一言不发地铲着蛋。再过四个月我就满十八岁了。S 医生说，到时候他们想管我可要难得多。时钟的嘀嗒嘀嗒不停地在我脑海里回响，声音那么大，爱丽丝和米奇不可能听不到。

“咱们先找梅尔道医生试试看吧。”

“先？那之后呢？”她没有回答。我眼前浮现出这样的景象：我被绑在床上，一名神父在我扭曲的身体上方画着十字。这是我的想象，不是特雷莎的记忆——我辨得出二者的区别。再说了，就算这事真的发生在了特雷莎的身上，对方也不会是个神父。

“那好吧。”我说，“万一我直接跑了呢？”

“如果你变成小鱼，”她轻轻地说，“我就变成捕鱼的人去抓你。”

“什么？”我大笑起来。我还从没听过爱丽丝这么讲话，以前的对话没有哪一句不是正经八百，真情流露。

爱丽丝的笑容透着忧伤。“你不记得了？”

“哦，记得呢。”记忆灵光一闪，“《逃家小兔》。她喜欢那本书吗？”

* * *

S 医生书写的就是我。唔，其实是针对所有嗑“禅”过量的病友，但我们总数也不过一两千。不论在美国还是其他地方，Z 都不是特别流行的成瘾药。它不是致幻剂，不是欣快剂，也非抑制剂，服用之后不会产生兴奋感、甜蜜感，甚至不会有通常意义上“嗑高”的感觉。很难看出它到底哪里吸引人。说真的，我看不出来。

S 医生说，大多数毒品都不是用来让你感觉舒服的，而是让你什么都感觉不到。它们的效用是麻木和逃避。“禅”则是一扇艺术级的专业逃避之门。它剥夺信使的权利，将他锁在屋里，使之无法向女王传达信息。神经图谱停止更新，女王无法得知议会的一举一动，亦无须宣读诰令，她沉默了。就是那种沉默令特雷莎之流极度渴望。

但是，它真正诱人之处在于过量服用，这仍是对于特雷莎那样的人而言的。吞下过量的“禅”之后，信使几周都出不来。等他终于被放出来时，他已记不起回到女王城堡的路了。多年来自我更新的整个过程突然偏离了轨道，沉默的女王已无法找到。

于是，可怜的信使做了他唯一力所能及的事。他出门，向遇见的第一个姑娘传达了讣告。

老女王驾崩了。新女王万万岁。

* * *

“嗨，莎莎，我是梅尔道医生。”她是个矮矮胖胖的阿姨，有着一张宽心的圆脸，黑色短发已开始染霜。她向我伸出手。她的手指冰凉而纤细。

“你刚才叫我莎莎。”

“听说你喜欢别人这么叫你。你希望我换个称呼吗？”

“那倒不是……我只是以为，你会让我一遍遍地反复说‘我叫特雷莎’。”

她笑了，坐上一把红色的皮椅，椅子看上去柔软又结实。“我觉得那样没多大用，你觉得呢？我不能逼你做任何一件你不想做的事，莎莎。”

“那我随时都可以走喽。”

“我无权阻止你，但我必须向你父母反馈咱们的进展。”

我父母。

她耸耸肩。“那是我的职责。你要不要坐下来，跟我聊聊来这里的原因？”

她对面的椅子是布面的而非皮革，但仍比苏布拉马尼亚姆医生办公室里的任何坐具来得舒适。整间办公室都比 S 医生的办公室更为舒心：镶白边的淡黄色墙面，白色布帘后透出光芒的大窗，热带色彩的挂画。

我没坐。

“你的职责就是把我变成米奇和爱丽丝的女儿。我不会乖乖听话的，咱们花再多的时间谈心都等于放屁。”

“莎莎，没人能把你变成除你之外的另一个人。”

“好的，那咱们这边完事儿了。”我在房间里走来走去——虽然本意是想随便看看——从书架上拿起一个非洲娃娃模样的木雕。书架上摆饰着许多书，看上去挺学术，但每列架子都留出了长长的空间，考究地摆放着糖果拐杖、日式扇子以及展示表彰和感谢的方匾。S医生的书架是用来放书的，一本本堆叠在一起，而梅尔道医生的书架则是用来推销她思想的。

“那你是干什么的呢，是精神科医生、心理医生，还是别的什么？”这两类人我都在医院见过。精神科医生就是S医生那样的医学博士，有权给病人开药，但我搞不清楚心理医生是干什么吃的。

“都不是。”她说，“我是个咨询师。”

“那‘医生’是打哪儿来的？”

“教育学博士[①]。”她的声音没变，但我觉得这个问题好像惹恼了她，让我莫名开心了一阵。

“好的，咨询师博士，你要我咨询什么呢？我又没疯。我知道特雷莎是谁，知道她做了什么，知道她以前就住在我身体里到处活动。”我把木娃娃放回原处，它旁边是一个玻璃立方体，也许是用作镇纸的。“可我不是她。这副身体是我的，我可不会为了让爱丽丝和米奇找回宝贝女儿，就跑去自杀。”

“莎莎，没人要求你自杀，甚至没人能把你变成之前的那个你。”

“是吗？那他们花钱请你干什么来的？”

“我会尽量解释的。请坐，请。”

我环顾四周找钟，最后发现它放在一个高高的书架上。我在心里设下了五分钟的时限，然后坐到她对面，双手放上膝盖。“说吧。”

“你父母让我和你谈谈心，因为我帮助过像你这种情况的人——其他过量服用Z的人。”

①英语中doctor一词既可以指医生，也可以指博士。

“帮他们做什么？假装自己是另一个身份吗？”

“我是帮助他们重拾自我。你在这个世界的经历告诉你，特雷莎是另一个人。没人能否认这一点。但不管从生理上还是从法律上来讲，你就是特雷莎·克拉斯。你想过要怎么应对目前所处的情况吗？”

实际上我想过，当务之急就是尽快从这个该死的地方出去。“我会想办法的。”我说。

“对于爱丽丝和米奇呢？”

我耸耸肩。“他们怎么了？”

“他们仍旧是你的父母，你也依旧是他们的孩子。过量用药让你相信自己变成了另外一个人，但这不会改变他们的身份。他们依然负有抚养你的责任，也很关心你。”

“这一点我可没什么办法。”

“你说得对。这是你生命中的现实：有两个爱你的人，你们将共同走过此生。你得想办法和他们重新缔结感情的纽带。‘禅’也许烧毁了你和从前生活之间的桥梁，但这座桥你可以重新修造。”

“博士，我不想修那座桥。你看，爱丽丝和米奇感觉都像是好人，可我宁愿选其他人当我的爸妈。”

梅尔道医生面露微笑。“我们谁都没法自己选择爸妈，莎莎。”

我没有心情赔笑，转而向座钟点点头。“咱们这是在浪费时间。”

她向前探过身子，我以为她要跟我肢体接触，可她没有。“莎莎，咱们聊聊你身上发生的事，这并不会让你消失。你仍旧会在这里，唯一的区别是，你将把那些记忆感召为自己的记忆。你可以既接纳过去，又选择新的生活。”

说得好，就那么简单。我可以出卖自己的灵魂，同时又把它留着。

* * *

我记不起自己住院头几周的情形，虽然S医生说我处于清醒状态。我只是在某个时刻意识到了时间的流逝，或者说，意识到有一个“我”

正在经历时间的流动。昨天晚饭吃的是千层面，今天吃的是肉馅糕。我就是躺在床上的这个女孩。我想，我先是意识到这点，过会儿又忘了，如此反复几次之后，才开始习惯这个想法。

每一天都超级心累，因为一切常识都新颖得冷酷无情。我盯着控制电视的东西看了足足半小时，它的名称在舌尖打转，但直到护士拿起它替我开了电视，我才想起来：遥控器。有时候会跟着想起一连串的概念：电视、频道、游戏节目。

更糟糕的是和人打交道。他们用陌生的名字称呼我，期望我做出该有的回应。但对我而言，每个探病的人，从夜班护士到保洁员到爱丽丝·克拉斯和米奇·克拉斯，他们的重要程度似乎不相上下——也就是说，根本不重要。

只有S医生除外。他从一开始就存在，我在遇见他之前就已经熟悉他了。他属于我，就像我的身体属于我那般自然。

但这世上其余的一切——那些名字、细节、事实——都得一个个搬到太阳底下晒晒才行。我的大脑像一间阁楼，狭小的空间里挤满了有趣的旧东西，塞在一起，杂乱无序。

渐渐地我才理解，我的灵魂居在一套二手房中。然后我意识到，这座房子还闹鬼。

* * *

周日的礼拜之后，我被一连串的人围住了。他们倚在前后排的长椅上，探过身来拥抱爱丽丝和米奇，然后是我。他们拍我的背，捏我的手臂，吻我的脸颊。我迅速浏览了特雷莎的记忆，得知这里头有许多人在感情上就像她叔姨姑舅那么亲。如果特雷莎遇到麻烦，他们中的任何一个都会带她回家，供她吃喝，给她床睡。

气氛相当温暖，但不断的拥抱与亲昵烦得我想尖叫。

我满心只想回家脱下这身衣裳。没有别的选择，我只能在特雷莎那些粉嫩小可爱的奢华盛装里挑一件穿上。她的衣橱里全是这些，我好不容易找到一件合身的，穿上怪是别扭。但她喜欢那些衣服，它们就是她的碎花防身衣。看到一个身穿高领罗兰爱思的田园印花风姑娘，谁会去怀疑她的纯洁呢？

我们逐渐走到前厅，然后沿人行道来到停车场，一路上都有人出其不意地杀出来。我已经懒得将他们的脸和特雷莎的任何记忆配对了。

来到车旁，一群年轻人轮流招呼我，女生们与我紧紧拥抱，男生们则将上身靠过来与我半拥抱：肩膀靠在一起，下身并不接触。其中一个姑娘满脸雀斑，柔软的红色卷发垂落双肩，她放开拥抱之后顿了一会儿，又突然紧抓住我，低声在我耳边说："真高兴你没事儿，T小姐。"她的语调听上去挺紧张，好像在传递一则密信。

一个男的从人群中挤过来，张开双臂，笑容灿烂。他大约二十九或三十岁上下，头发用啫喱水塑成波浪造型，发型比脸足足嫩了十岁。他身穿笔挺的卡其裤，蓝色牛津衫袖口卷至小臂，格子领带在喉咙处松开。

他用力一抱，差点没把我闷死，而他身上的古龙水味儿好似另一对臂膀，令人窒息。我没费什么劲就在特雷莎的记忆里找到了他：青年牧师杰瑞德，特雷莎认识的人中最具精神活力的一个，也是她春心萌动的对象。

"你能回来真好，特雷莎。"他说道，脸颊紧紧贴着我的脸，"大家都很想念你。"

在她过量服药前的几个月，青年团契曾组织过为期两天的周末静修，结束之后所有人乘坐教会的改装校车回来。行程已至晚时，临近深夜，杰瑞德坐她旁边，她靠在他身上睡着了，闻到同样的古龙水味。

"你肯定想念。"我说，"手注意点儿，杰瑞德。"

他的笑容丝毫不减，双手仍放在我肩上。"你说什么？"

"噢，别装了，你明明听到了。"

他垂下手，疑惑地看着我父亲。这一脸无辜装得可真像。"我不明白，特雷莎，假如——"

我的眼神瞪得他退后了一步。那天返程途中的某一刻，特雷莎醒了，杰瑞德仍坐在她旁边，仰面八叉地靠在座位上，双眼紧闭，嘴巴大张。他的手臂搁在她大腿间，拇指顶着她的膝盖。她当时身穿短裤，肌肤相触的地方热热的。他的小臂距她温暖的胯部仅几英寸之遥。

特雷莎相信他是睡着了。

她也相信是校车的颠簸震得杰瑞德的手臂滑下来，碰到了她短裤的裤腿之间。特雷莎身子一僵，冲动和难为情一齐涌上头，唰的红了脸。

“自己好好想想吧，杰瑞德。”我上了车。

* * *

S 医生说，我能协助他解答一个大问题：意识为什么存在？或者，换作我最喜欢的比喻来说，既然所有决定都由议会来做，还要女王干什么？

当然，他有一套理论，认为女王的存在只为将故事编圆。大脑需要一个故事来赋予所有决定以目的感和连续感，从而记住它们，以便在将来的决定中用作参考。每一刻都有数万亿种其他的可能性，大脑无法一一分析所有选择，同时又必须从中选出一个，因而需要主体身份及理由。于是大脑制定记忆，让意识为其盖上身份的烙印：我做了这件事，我做了那件事，这些记忆由此成为官方记录，成为议会在未来的决定中用作参考的判例。

“你瞧，女王不过是有名无实而已。”S 医生说，“她代表国家，却不等于国家，甚至没有控制权。”

“我觉得自己不像有名无实。”我说。

S 医生笑了。“我也不觉得。没人这么觉得。”

* * *

梅尔道医生的疗程偶尔会邀请爱丽丝与米奇参与合作治疗，大声朗读特雷莎旧时的日记，观看家庭录像。今天这段录像的主角是不到十岁的特雷莎，她身披床单，目不转睛地盯着马槽里的布娃娃[①]，周围是身穿浴袍的孩子们。

梅尔道医生问我特雷莎当时在想什么。她喜欢扮演马利亚吗？喜欢表演吗？

“我怎么知道？”

“那就发挥想象。你觉得特雷莎当时在想什么？”

她经常要求我那么做——想象她在想什么，假扮成她，设身处地地体会。她在书里将这种方法称为“感召”。她捏造出一大堆自创的术语，随心所欲下达的定义缺乏实际研究的支持。与S医生借给我的神经科学论文相比，梅尔道医生的小书只能算是一本附了脚注的儿童漫画。

“要我说，特雷莎是个虔心信教的姑娘，所以可能喜欢演基督剧的感觉。”

“你确定吗？”

三贤士上台了，三个更年幼的男孩。他们丢下礼物甩出台词一气呵成，特雷莎脸上的表情有些小心翼翼。接下来轮到她说台词了。

特雷莎生怕搞错，那样所有人的视线会立马聚焦在她身上。我似乎看到了舞台灯光后方黑暗里的观众。爱丽丝和米奇也在其中，等待着每一句台词。我的胸口收紧了，发觉自己正屏住呼吸。

梅尔道注视着我，刻意不掺杂任何感情。

“要我说……”其实我不知道接下来该说什么，只是想拖延一点时间。我在大靠椅上变换了坐姿，将一条腿盘在身下。“我挺喜欢佛教的一点，就是佛教徒将现世理解为前世一系列自我的因缘业果。特雷莎做什么决定都跟我没关系，好赖都是她注定的业报。”

这段台词是我在特雷莎那间宽敞的小女生卧室里酝酿出来的。“你们瞧，特雷莎信基督教吧，所以她可能是想通过滥用药物获得重生，

①据《圣经》记载，马利亚生下耶稣之后将他放在了马槽里，特雷莎表演的即是这一幕故事。

让所有罪恶得到宽恕。这对她来说是完美的毒药：不留尸体的自杀。”

“她当晚想到了自杀吗？”

“不知道。我可以花一两周时间挖掘特雷莎的记忆，不过说真的，我不感兴趣。不管她怎么想，总之她没有获得重生。在这里的是我，还背负着她的包袱。我就是替她驮包袱的驴，是她转世成的驴。”

梅尔道医生点点头。“苏布拉马尼亚姆医生信佛，对吧？”

“对，可是跟这……”我突然明白了一件事，不免翻个白眼。S 医生和我讨论过情感迁移，我知道自己对他的迷恋是意料之中的。的确，多数时间我都想着跟他上床——现在依旧如此，但这并不意味着我犯了错。“这跟他没关系。”我说，“只是我个人的想法。”

她没有就此反驳。“佛教徒不会说你和特雷莎共有一个灵魂吗？自我只是一个幻象。所以没有骑驴的做驴的之分，都是你。”

“不说了。”我回答。

“还是再说一说吧，莎莎。你不觉得自己对从前的自我负有责任吗？还有从前的你的父母，你的老朋友，也许你欠他们的，这就是孽缘。”

“那你又对谁负有责任呢，医生？谁是你的病人？是特雷莎还是我？”

她沉默了一阵，然后答道：“是你。”

* * *

你。

你吞下药丸，惊奇地发现那味道真像肉桂。起初药效并不连续。你意识到自己坐在一辆轿车的后座上，手里拿着手机，周围的朋友欢声笑语。你在和妈妈打电话。集中精力回忆之后，你想起电话是妈妈打来的，你告诉她今晚要在哪个朋友家里过夜。电话还没打完，你突然下了车。车已经停好，手机也收了起来——你又想起，跟妈妈道过晚安之后，车开了半个小时才找到这个停车场。乔丽甩甩红色卷发，拖着你走向楼梯口：“来嘛，T 小姐！”

然后你抬头，发现自己正站在一家不限龄夜总会门外的人行道上，手拿十美元的纸币准备递给保安。门每次打开，里面都传出震天响的音乐。你紧跟着乔丽，随后——

你坐在某人的车里，行驶在州际公路上。开车的是你几小时前刚认识的男生，名叫拉什，可你没问那是名还是姓。在夜总会的时候，你们互相依偎着，在震耳欲聋的音乐声中高声聊着父母、美食以及嘴里新鲜香烟与二手烟味道的不同。接下来你才意识到嘴里叼着烟，是你亲手从拉什的烟盒里取来的，而你并不喜欢抽烟。现在你感觉喜欢吗？你不清楚。是该把它丢掉，还是接着抽呢？你拼命搜寻记忆，却找不到决定点烟的理由，也不知道为什么跟这个男生上了车。你开始编故事给自己听：他肯定是个可靠的人，否则你不可能上车。你接受那支烟，是不想让这个男生伤心难过。

今晚总有些不由自主的感觉，但你挺喜欢的。你又吧了口烟，回想过去的几个小时。不管你做了什么，心里都没有接踵而至的自责的重担，没有担心、忧虑、旋即的后悔，没有听到内心那个时时批判你的小声音。这种感觉太棒了。

现在，男生身上除了一条平角裤外什么都没穿。他正伸手去够架子上的一盒杂粮脆，背部线条真美。小厨房的窗外灯光朦胧。他为你倒了一碗果脆圈，然后轻声地笑了，因为他妈妈就在隔壁房间睡觉。他看着你眉头紧锁的脸，问你怎么了。你低下头，发现全身仍穿戴整齐。你往前回想，意识到自己已经在这个男生家里待了几个小时了。你们在他卧室里亲热，男生脱下衣服，你亲吻他的胸膛，双手抚摸他的腿；你也允许他把手伸到你T恤下面，拢住你的玉胸，但没有更进一步的亲密。你们为什么没有做爱？他对你没有吸引力吗？不——你都湿了，也很兴奋。你产生了罪恶感吗？或者羞耻感？

你当时在想什么？

回家以后，将有地狱般的遭遇等着你。你父母会怒发冲冠，而更折磨人的是，他们会为你祈祷。整个教会都将为你祈祷。每个人都会知道你的事，没人会再用以往的眼光看你。

现在，你嘴里又尝到肉桂的味道。你再次坐在那男生的车里，车停在一家便利店门口。此时是下午，你的手机响了。你关掉手机，将它放回包里。你吞下嘴里的东西，喉咙发干。那个男生，拉什，正在给你买另一瓶水。刚才吞的是什么？啊，对了，回想先前，你记起自己把那些小药丸全塞进了嘴里。为什么要服这么多？有什么必要多服哪怕一颗呢？有，当然有必要。

* * *

厨房中隐约传出说话声。此时还不到早晨六点，我打算起来上个厕所就回去继续睡觉，却发现他们正在聊我的事。

“她连走路的姿势都不一样了。还有她把双手抄在胸前的样子，说话的方式……”

“都怪苏布拉马尼亚姆医生给她的那些书，她每天晚上非熬到一点才睡。特雷莎读起书来可不像那样，特别是科学方面的书。”

“不，不只是用词，是她的声音，那么低沉……”她抽泣起来，“啊，亲爱的，我不知道竟然会变成这样。她好像说得没错，她好像根本不是特雷莎。”

他没有回答。爱丽丝放声痛哭一会儿，渐渐止住了哭泣。洗碗池里的碗碟稀里哗啦作响。我准备退开，却又听到米奇的话。

“也许我们真该试试生活营。”他说。

“不不不！先不要。梅尔道医生说她情况有所好转。我们得——”

“她当然会这么说了。”

“你说过先试试这个，说过会给个机会的。”她的哭泣突然被气愤取代，米奇嘟囔着道了个歉。我溜回卧室，但尿意仍旧很急，于是故意重手重脚地回到外边。爱丽丝来到楼梯底下。“你还好吗，亲爱的？”

我做出迷迷糊糊的样子走进盥洗室，关上门，坐在马桶上，房里一片漆黑。

什么狗屁生活营？

* * *

“咱们再试试吧。”梅尔道医生说，“回想一下快乐的经历，越逼真越好。”

我难以集中注意力，那本小册子就像一枚炸弹揣在我的口袋里。生活营的宣传册还是被我找到了，一旦下了决心去找，并不难找到。我想问梅尔道医生有关生活营的情况，但我也知道，只要把这个问题摆到台面上来，无疑就会逼得克拉斯夫妇向医生摊牌，把我夹在中间。

“别睁眼，”她说，“想想特雷莎的十岁生日。她在日记里写道，那是她过得最开心的一个生日。你还记得海洋世界吗？”

“有点儿印象。”我眼前浮现出高高跃起的海豚——两头齐跃，三头齐跃。那天很热，艳阳高照。随着一场场治疗的开展，我越来越容易侵入特雷莎的记忆。她的人生就像是一张 DVD，遥控器握在我手里。

“还记得你在纳姆和莎姆的表演中被水浇透了吗？”

我笑了。“大概记得。”我脑海里浮现出金属长凳，玻璃壁赫然眼前，蓝绿色水体中隐现着庞大身影。“他们让鲨鱼扑打巨大的尾鳍，我们全淋湿了。”

“记得谁跟你在一起吗？你父母在哪儿？”

还有个姑娘跟我一般大，但我记不起她的名字。层层水浪涌下来，我们不停地尖叫欢笑。随后，我父母用毛巾给我们擦干了身子。他们先前一定坐在高处，在嬉水区之外。爱丽丝看上去年轻多了：更开心，略微更壮实些，臀部更宽。这时的她还没有开始节食和运动，仍是发福妈妈的体型。

我的眼睛猛然睁开。“啊，天呐。”

“你还好吗？”

“我很好——只是……像你说的那样，太逼真了。”爱丽丝年轻时的形象依旧触我心怀，此刻我第一次意识到她现在该有多么悲伤。

“下次我想让爸妈参加合作治疗。”我说。

“真的吗？好的，我会通知爱丽丝和米奇的。你想重点谈谈什么？”

“嗯，我想一起聊聊特雷莎。”

* * *

S 医生说，人人都关注这样一个问题：最初的神经图谱，也就是老女王，还能不能回来。一旦连标示神经图谱所在地的藏宝图都丢失了，还能再找到它吗？就算找到了，又该怎么处置新的神经图谱、新的女王呢？

“其实，虔诚的佛教徒会告诉你，这个问题无关紧要。毕竟，万物的轮回不仅在生生世世之间，也在每时每刻。自我不断消亡又重生。”

“你是虔诚的佛教徒吗？”我问他。

他笑了。“只在礼拜天上午。”

“去拜佛？”

“去打高尔夫[①]。”

* * *

敲门声传来，我睁开眼睛。爱丽丝步入我的房间，手里抱着一摞叠好的衣服。“啊！”

我重新布置过屋子，将床搬到了角落里，这样就多出来几平方英尺的空间。

她脸上接连换了好几个表情。“我想你没在祈祷吧。”

“没。”

她叹了口气，无甚意义地随口叹息。“我想也是。”她从我身边绕过，将干净衣服放在床上，又拿起床上的书，《跨进溪流》。“苏布拉马尼亚姆医生给你的？”

①高尔夫球手泰格 · 伍兹自称信佛，S 医生故以此幽默。

她在看我着重勾出的段落。慈悯——爱自己，善待自己——并非意味着要丢弃什么，其重点在于不要刻意去改变自己。冥想练习不是以抛弃自我作为改进的代价，而是要与现在的自己交朋友。

“嗯。”她放下书，小心地翻回之前的页面摊开，“看着倒有些像梅尔道医生的观点。”

我笑了。“对，的确是。她有没有告诉你，我希望你和米奇参与下一场治疗？”

“我们一定去。”她在屋子里四处忙活，收捡T恤衫和内衣裤。我起身让到一边。她竟然一面走一面整理好了一切——摆正掉落的书，将阿布熊猫放回床上的固定位置，把吃完的薯条袋扫进垃圾桶——在收脏衣服的同时打扫了整个房间，就像戴帽子的猫驾驶的超级清扫机。

“爱丽丝，上次治疗我记起了海洋世界，我旁边——特雷莎旁边还有个女孩。”

“海洋世界？哦，是哈梅尔家的丫头玛西。那年他们带你一起去俄亥俄度假了。”

“谁？”

“哈梅尔一家呀，你们玩了整整一周，那年你要的生日礼物就只是旅途的花销。”

“你不在吗？”

她捡起我顺手丢在床脚的牛仔裤。“我跟你爸一直想去海洋世界，但一直没有去成。”

* * *

“这是我们最后一次治疗。”我说。

爱丽丝、米奇、梅尔道医生：他们全部的注意力全给吸引了过来。

当然，医生是第一个回过神来的。“感觉你像有什么事要告诉我们。”

“对。”

爱丽丝陡然僵住一般，却依旧隐忍不发。米奇揉着后颈，突然认真地研究起地毯来。

“我不会再参与这些了。”我打了个模糊的手势，“所有的一切：各类记忆练习，想象特雷莎的感受。我终于弄清楚了，你们根本不在乎我是不是特雷莎。你们只希望我把自己当成她，我可不会再任你们的摆布了。”

米奇摇摇头。“亲爱的，你嗑药了。”他瞥了我一眼，又低头看着自己的脚，“假如你嗑LSD之后见到上帝，那并不意味着你真正见到了上帝。没人要摆布你，我们恰恰是想帮你摆脱药物的摆布。”

“那都是屁话，米奇。你们总觉得我人格分裂，觉得我已经分不清什么是真实什么是想象了。其实，问题之一就是，我来这儿跟梅尔道医生聊得越多，反而越他妈的糊涂。”

爱丽丝倒吸一口凉气。

梅尔道医生伸出手来宽慰她，眼睛却紧盯着我。“莎莎，你父亲想说的只是，即使你感觉自己改头换面了，也无法改变服药前曾有另一个你存在的事实。这个事实是不能抹杀的。”

“是吗？你在书里写了那么多自称已‘感召’到旧身份的过量服药者，你了解他们吗？也许他们只是表面上感觉像是过去的自我而已。”

“有可能。”她说，“但我认为他们并非自欺欺人。他们已经接纳了自己遗失的那部分自我，以及被抛在身后的家人。他们都是像你一样的人。”她用博士文凭持有者所惯有的那种标准化关切眼神打量着我，“下半辈子你真想过孤儿的生活吗？”

“什么？”突如其来的泪水盈满眼眶。我咳嗽一下，清清嗓子，眼泪却不停地涌出，我只得伸出手臂将它抹去。那种感觉就像猝不及防被人打了一拳。“嘿，爱丽丝你看，就像你一样。”我说。

“你这样很正常。”梅尔道医生说，“你在医院醒来时，感觉完全了无牵挂，就像一个新生的人，没有家庭，没有朋友。你在人生路上才刚刚起步，从很多方面来讲还不足两岁。”

“该死，你果然是专家。”我说，“我都没想到这一点。”

“拜托，别走。咱们——”

“别担心，我暂时不走。”我停在门口，从门边的挂钩上取下背包，一手探进口袋扯出小册子。“你知道这个吗？”

爱丽丝终于开口。“噢，亲爱的，别……”

梅尔道医生从我手里接了过去，眉头深锁。封面照片上的少年微笑着，拥抱他如释重负的父母，姿势阳光而帅气。她看着爱丽丝和米奇。“你们在考虑这个？”

“这是他们准备的罚酒，梅尔道医生。假如你这杯敬酒疗效不佳，或者我喝砸了，嘣！你知道那里是些什么吗？”

她翻开小册子，看着一张张图片。小屋、障碍训练场、集体宿舍，像我一样的孩子们参加“专业领队指导下的集中群体训练”，从而能“恢复自己的真实身份”。她摇摇头。“他们的方法与我的完全不同……”

“我说不上来，医生，我觉得他们的方法听上去像极了你所说的‘感召’。我不得不佩服你，你竟忽悠了我这么久。所谓的观想练习对吗？我做得太好了，甚至能想象出从未发生过的事。我打赌你也能想象得出，我占领了特雷莎的大脑。”

我转头对爱丽丝和米奇说道：“你们得做个决定。梅尔道医生的项目已经宣告失败，那么，你们要送我去洗脑营吗？”

米奇伸出手臂搂住妻子，而令人惊讶的是，爱丽丝竟然没哭。她睁大了眼睛盯着我，好像在看一个陌生人。

* * *

我们从巴尔的摩回来，一路上都在下雨，车停在家门口时雨依然在下。爱丽丝和我冒雨跑向门廊台阶，眼前被耀眼的车灯照亮。米奇一直等到爱丽丝打开门，我们都进屋后，才发动汽车离开。

“他经常这样吗？”我问。

“他一烦躁就喜欢开车兜兜风。”

“哦。”

爱丽丝走进房子里打开灯，我跟着她进了厨房。

“别担心，他过会儿就好了。”她打开冰箱门，弯下腰，“他只是不知道该怎么对你。”

“那他是真想送我去生活营了。”

“哦，那倒没有。他只是从来没尝过被女儿顶嘴的滋味。”她将一个特百惠蛋糕模端到桌上，“我做了胡萝卜蛋糕。帮忙拿下盘子好吗？”

她的体格那么娇小，我们面对面站着，她才只到我下巴。她头顶毛发稀疏，被雨淋湿后显得更少了，露出粉红的头皮。

“我不是特雷莎，也永远不会变成特雷莎。”

“唉，我知道的。”她边说边叹了一口气。她心里完全明白，从她脸上就看得出。“可是你长得跟她一模一样啊。”

我笑了。“我可以染发呀，还可以隆个鼻什么的。”

“没有用，我还是会认出你来。”她砰的一声揭开盖子放到一边。那是个车轮形的蛋糕，撒的糖霜看上去足有半英寸厚，边缘装饰了一圈小小的糖果胡萝卜。

“哇，你在出发之前做的吗？为什么呢？”

爱丽丝耸耸肩，切开蛋糕，将刀翻平，用刀面撬起三角形的一大块放进我盘子里。“我觉得，不论结果如何咱们都可以吃嘛。”

她将盘子放到我跟前，轻触我的手臂。“我知道你想搬出去。我知道你可能永远都不想再回来。”

“我不是——”

“我们不会干涉你的。但不论你去哪里，都仍旧是我的女儿，不管你喜不喜欢。你不能决定由谁来爱你。”

李懿 译

第三日光明

阿拉亚·唐·约翰逊

阿拉亚·唐·约翰逊出生于华盛顿特区，在纽约市居住。她曾就读于哥伦比亚大学东亚语言与文化专业，毕业后从事新闻工作并进入图书出版业。她曾周游日本。2005年她开始发表短篇小说。她的最新作品是出版于2013年的青少年小说《夏日王子》。

《第三日光明》开篇带有奇幻文学色彩，渐渐发展为科幻小说，采用了利·布拉克特和迈克尔·穆考克“星际冒险”的写作手法。本作描写了遥远的未来，人类摧毁各个星系，耗尽其能量，为一项庞大的后人类计划提供能源。

雾浓得像凝住的奶油，沙子里的蛆虫发出明亮的光，光芒穿透了浓雾。穿越这浓雾而来的，还有我三十个周期以来的第一个恳求者。不过据我所知，几乎每一个不幸在雾中游荡的生物都逃不脱这雾的罗网。我的恳求者骑在一头黑鹿身上，那是蝴蝶人最好的几头鹿之一，黑鹿挥动着巨大的鹿角向我打招呼。恳求者在黑色沙子的衬托下显得肤色苍白，一双眼睛有如碎玉般清透、明亮。他头皮上覆着一层细密的灰白色绒毛，好像人类的婴儿。他饱满的双唇紧紧抿着，颧骨凸出。他的鼻梁断过几次，而且大得不合比例，耳朵从脑袋上微微隆起。

他太美了，美到我无法相信。哦，我在游历中的确见到过魅力远胜于他的男子。无论我选择以何种面目出现，他们都急切地接受了我，也确曾让我感受到片刻欢愉。但我从未见过这种美，这种像玉石般线条刚毅，又像玉片般晶莹剔透的美。他苦涩地掌控自己的力量，带着一晕光彩，又流露出一股抑制不住却无法言说的悲痛。他给我留下的印象是，这是个值得尊敬的男子，一个或许能了解我内心孤独的男人——尽管我有家人陪伴。或许，在我经过了如此多周期之后，这个男人……

但我离开主树干之后还能活这么久，可不是靠相信这些。

他的目光始终未离开我，他摸了一下黑鹿的脖子，黑鹿屈膝让他下来。他赤裸的双脚本该在踏上沙地数秒之后就被冻硬，然后蛆虫就该开始贪婪地吞食他冰冷的肉体，可他却轻松自若地站在我的楼梯前。在散发着恶意的浓雾中，无数的手和嘴交织成一张大网努力扑向他，但碰不到他分毫。

于是我知道他不是人类。

我饶有兴趣地期待着他开口的那一刻，他会让我把他捎带到这片荒漠的另一边。但他只是看着我，我在瞪视回去的那一刻就明白了：他知道我是什么。他知道我是谁。那时我以为这意味着他已老到无法记清年龄。现在，我不再这么肯定。

“你为何站在我们门前？告诉我你的目的。”

他自然继续沉默。他冷漠的表情没有一丝起伏，然而，他微微颤抖的肩膀，抑或略显紊乱的呼吸，让我有种感觉——他在嘲笑我。

我已经很久没受过嘲笑了，哪怕是含蓄的嘲笑。没多少人愿意嘲笑这片焦土荒漠之上的恶魔。我在打开屋门前选了一套令人望而生畏的装束。我的皮肤像沙地一般漆黑，我裸露的躯体看不出性别，上面还遍布着成千上万个小触角，我看向哪里，它们就朝那个方向转动。这些触角是查姆的主意，就是他灌多了盐水之后出的那类主意。应他要求，每逢这种场合——即每个周期我接受恳求者的那一日，我都穿着它们。我原以为自己的外表令人畏惧，然而从这个算不上人类的男人的目光里，我发现他并未产生畏惧感。我用咆哮声掩饰自己的不安——这到底是什么生物？

我怒气冲冲地返身回屋，浑身皮肤裂出一道道口子，从里面冒出缕缕含硫气体。浓雾一挨到我就哀鸣着退开。我不必回头便知道那男的没有动。进屋关上门，我又变了个样子。这次我变成了怪兽，一头生着四颗脑袋的蓝色海怪，还长出十六只难对付的手臂。我挨个晃动自己的手腕，人类牙齿串成的手链哗啦哗啦作响，在我城堡的墙壁上反射出不祥的回音。

我心想，怎么样，这下子总该吓得你脸抽筋了吧。

我迈步向前再次拉开房门，马希的脸出现在我脚踩的地面上，以二维式的无精打采扯出一个笑容。

“你样子挺带劲的。”他说，“外面来了什么傲慢鬼吗？把他丢给魔口，内韦。她肯定有日子没好好吃一顿了。”

魔口是马希的母亲，但她抛弃了这个儿子，因为他只能在二维世界活动。她觉得他先天不足，但我发现他的不足有时候非常有用。马希发泄愤怒的方式是建议我把每个穿过焦土荒漠的恳求者都丢到他母亲的嘴里。差不多三百个周期以前我这么干过一次，只为了让他开心，但我们一连数日都能听到她的咀嚼声、交配声以及带着某种神秘狂喜的尖叫声。

我的两张脸朝他哼了一声，有一张脸转开了，第四张脸叹气道：“也许吧。”魔口一直守在荒漠东边，但那一天她的尖叫声穿过了沙漠，就像她把自己的叫声当作礼物送进我们的耳朵，我觉得这大概是沙子的某种特质。我和查姆、托普差点要疯了，可马希似乎乐在其中。比起主树干，我跟家人的关系要更亲密一些，但关于他们之前的经历，除了他们愿意告诉我的那些，其余我一概不知。我时常猜想马希在魔口身体里的生活是什么样的。

马希在地板上消失了,去了某个我看不到的二维方向。我走到屋外。

那男人仍一动不动地站在原地，尽管他周边的浓雾已彻底失去控制，拼命地要缠住他。我再次陷入不安：他是什么生物？他看到我时瞪大了双眼，然而我知道，除此之外他的肌肉没有一丝起伏。哦，真够节省表情的。我的身体极易变化，但即便我变出一百种姿态，也传递不出他仅仅收缩一下眼部肌肉就表达出的这种开心、理解以及谨慎的欣赏。他没被我吓到。

"你是谁？"我最小的那颗脑袋向他发问，剩下几颗脑袋转向不同方向，他的影像在四双眼睛中变得异常集中，令人不安。他没回答。"你到底是什么？"

我扭头看向静卧在他身旁的黑鹿，用蝴蝶人的语言问道："尊者，你为什么带他来？"

黑鹿抬起头，紫色的眸子可爱极了，足以打动次级生物的心灵。如果没见过这个男人，我一定会说只有恶魔和蝴蝶人才能神志清醒地与一头鹿对视。

黑鹿说："因为他要求我。"它说得优雅、坦率，却令人气愤。

我转身回屋。想到最多只剩一次摆脱他的机会，我气到一踏进走廊就尖叫着念起召唤咒，召唤来什么都丢到墙上。托普以她惯有的镇静吸收了它们，还将墙壁调成闪光橙——我最喜欢的颜色。查姆在屋顶附近某处尖叫起来，他本来想在那儿休息。我怎么就不能忍着不乱发脾气？我皱着眉头完成变形，重新变回只有一对眼睛的样子，这令我放松下来。有些恶魔享受三头六臂的多重性，但我一向觉得那很伤神。托普把一片墙变成一面镜子，让我能看到自己的手艺。

"非常漂亮。"她说。墙里伸出来一只手，递给我一条长长的绣花布。我把绣花布围在腰间，将光环稍微调大了点，向门口走去。

这次看到我时，他的嘴角居然扬了起来，而他眼神里表达出的理解令我心痛。我之前不相信他会理解我，然而我现在相信了。我走近他，顽强地扭动着我红褐色的臀部，抬起手臂甩动手腕，那上面仍套着人牙手镯。在这么近的距离下，我看出他的皮肤光滑得不自然——这是他外表上并非人类的唯一迹象。

“来，”我压低声音，用人类那种带着喘息的诱人声音说，“告诉我你的名字，旅人，我就让你进来。”

我靠近他，我们的鼻子几乎要挨到一起。“来，”我轻声道，“告诉我。”

他的唇角又扬了起来。沮丧和愤怒的胆汁呛住了我太像人类的喉咙，我又开始失去对身体的掌控力。我可以感到身体正变回我平凡的样子，片刻之后我放弃了抵抗。我的皮肤从发着光的红褐色变成乏味的深蓝色，头发也成了一蓬红色的乱发，我第一对手臂下面迅速长出第二对手臂，我的光环也缩小了。

挫败感和极端恐惧令我的皮肤开始刺痛，但当我匆匆瞥了一眼他的目光时，我决定决不表现出来，也不需要任何家人来援助。这里没有胜利，我甚至无法放松下来。

我走上楼梯，没听到他的脚步跟过来。

“好吧。”我伸出两只左手招呼他，“你来吗？”

男人上了一级台阶，然后又上了一级，他仿佛已筋疲力尽，或者蛆虫和浓雾中蕴含的寒意在不知不觉中还是侵害了他。

“回家去。”他对起身随行的黑鹿说，“我会想办法的，等我离开这里时就不再需要你的帮助了。”

他的声音像音乐般悦耳，好似天降甘露，令我想失声大哭，哭到查姆都会在我脚下起舞。虽然透着股绝不妥协的坚强，可他说起话来又总是充满温柔，仿佛他经历过太多，必须对所有人温柔以待。

别信这些，我告诉自己，但我早已输掉这场战斗。

在一股突如其来的情绪的迫使下，我装出冷酷高傲的样子，又说了一遍："你来吗？"

"好。"他平静地说。如果这所有意外的温柔都突然冲我而来，我怕自己难以承受，但他一副心不在焉的样子，望着浓雾中黑鹿早已消失的方向。

"你叫什么名字？"再次拉开房门前我问道。当然，这是徒劳的，但我必须试试。

他眼里突然又现笑意。"我叫伊斯拉斐尔。"

* * *

马希已在门前摆出他最棒的三维形象。他几乎成功了，只要你的眼光不太挑剔，也不要从动态角度看他。如果从斜角看过去，他的样子会越来越模糊，直到完全消失。他的外表在某些方面甚至比我更容易变化。这次他将自己打扮得像个奇装异服的人类，我们有时会在旅途中遇到这种人。他全身上下覆满了橘黄色和淡黄色的变色羽毛，羽毛上点缀着玻璃珠，在假想的阳光里闪烁。

"你居然让他进来？"马希尖叫道，调门比平常高了好几个八度。这时常令我惊叹：一个二维生物是怎么样在一个多维世界里发出如此惊人响亮的声音的。

伊斯拉斐尔的风采姿态散发着魅力，虽然我仔细地观察他，但我不知道怎样去形容，他的表情仍然带着礼貌性的关心。

"你是魔口唯一的儿子，我猜？我听说她抛弃了你，不过……这算件光彩的事。"

马希哼了一声，这么快就被识破了身份他很不爽。他奓起羽毛："对，好吧。一张二维的嘴对三维食物不太管用是吧？"他转向我，一张人类形状的嘴张得老大，每次他受了伤或者生气时总是这样。如果他的嘴继续扩大，就会定型成一个连我看了都会感到不安的形状。马希到底是焦土荒漠中最可怕的生物的儿子。他残忍地咧嘴一笑，露出几排牙齿，看上去像无数古代生物默默哭泣的头颅。

“你让我很惊讶，内韦。”他故意拉长了声音说，“被一个讨厌的人类迷惑住了？你乱了阵脚了，是不是？”

我皱起眉头看着他，揣测他是不是故意装傻。“他不是人类，马希。”我小心翼翼地说。

这会儿马希整张脸几乎只剩一张丑陋的大嘴，但他仍努力做沉思状。“不是吧……他不是人类，啊？好吧，我相信你很快会摆脱他。”他将自己折叠成不可思议的形状，然后似乎消失了。

伊斯拉斐尔转身看着我。他笑了，我感到自己的皮肤变成了色调更阴郁的深蓝色。有那么片刻，他的眼睛透明得像窗玻璃，蕴含着兴味和魅力，还有一丝好奇……

以主树干之名，这个男人到底是谁？

他温柔至极地问道：“我的第一个任务是什么，内韦？”我转过身，一路摸索着走进一个大厅——片刻前那儿还没有大厅。我没回头看，但我知道他跟着我。

* * *

我几乎可以感觉到他的目光停留在我后背上，发射出同情和镇静。纯粹出于厌烦，我微微变了变形，一只巨大的紫色眼睛在我后背上慵懒地眨动，直勾勾地盯着他。我期待着他的反应，或许是惊声尖叫，但他只是礼貌而理解地点头致意，转开了视线。他的目光聚焦在靛蓝色的墙壁上，突然惊得全身一震，尽管动作幅度非常轻微。有那么一瞬间我希望自己有一张马希那么大、那么凶残的嘴，好冲着他嗤笑。我知道他是注意到了托普平滑肌的轻微起伏。伊斯拉斐尔突然看向我后背，但第三只眼睛已开始令我眩晕，我只好将它收回身体里。没用，我还是能感觉到他的目光。

我伸手在托普靛蓝色的内脏上默默画下一个符号，说明我想去的地方。墙壁微微颤抖了一下，托普很惊讶，离我上一次去那儿已有近百个周期了。没办法，我需要迅速摆脱这个“非人”，而我最绝妙的、最不可能完成的任务都存放在托普的第二个阑尾里。即使是伊斯拉斐尔，哪怕他拥有难得的智慧以及一双通晓一切的翠绿色眼睛，都无法解决那些难题。

在我们前方几英尺处，一张淡蓝色的膜突然封在走廊上，挡住了去路。几秒钟后，蓝膜后传来一阵难以辨别的轰鸣声，带着一股刚消化完线虫和独眼鸟的味道，那是托普的粪便。托普已经尽力克制了，但到了肠道这么深的地方，她很难保持干净。托普排空剩下的粪便，马上撤掉蓝膜，我们继续前进。我偷偷瞟了一眼伊斯拉斐尔，他的表情十分平淡。是不是太平淡了？我不太确定。托普又分流了几次粪便后，我们到了她第二个阑尾的入口。这儿的空气闻起来很奇特，不是很臭，但依然有一股浓浓的腐烂味堵着我们嗓子眼。

“你确定要这样吗，内韦？”托普在打开蓝膜大门前问道，“绕开你们分流那些消化物太费力气了。现在维持屋内的一切都很吃力。查姆抱怨说他的床睡起来像软骨。”

“查姆总在抱怨。让我们进去吧。”

蓝膜打开后，伊斯拉斐尔在门前停了一下。“你来自焦土荒漠？”他对着墙壁发问，仿佛这是世界上最自然不过的事。

我看得出托普跟我一样被他的眼睛迷住了。她一向喜欢眼睛——大多是为了吃掉。一旦他任务失败，我也许会用他的眼睛款待她——一想到这里，我竟意外地觉得不适。

“不。”托普开口道，“我是内韦的第一个家庭成员。她在另一个世界发现了我。”

伊斯拉斐尔皱起眉头，托普的用词如此新奇，产生了激情演讲般的震撼力。“另一个星系？”他问。

“我不知道，那都是好些个三元组之前的事情了。你的眼睛挺漂亮。”

伊斯拉斐尔一定听出了这个食肉动物的弦外之音，但他只是笑了笑，向她道了谢。我带着莫名的恼怒踏过入口进入室内。伊斯拉斐尔跟着我，先扫了一眼搏动着的黄色墙壁，然后看向满屋子乱丢的一大堆杂物。有些东西在这儿已经放了无数个周期，其中就包括我那项不可能完成的任务，但所有东西全都一尘不染。灰尘是托普最喜欢的食物之一，这也是她能成为一座优秀城堡的众多原因之一。

我开始召唤一件东西。那是一件奇妙、神秘的小玩意，我在旅行中发现了它，便留下以备应付这类紧急情况。在房间最远的角落，有东西落到地板上，我召唤的东西开始缓慢、笨拙、吃力地朝我们移动。不管我是在哪儿发现的它，当地人设计东西显然都不考虑召唤使用。它战战兢兢地挪动着，仿佛粗短的木头腿会摔断似的，又像怕自己宽宽的黑色玻璃屏幕有打破的危险。它生了条黑棕色的尾巴，尾端分叉，好像是用某种光滑而闪亮的奇怪材料制成的。

我原本就是想打破他的从容镇静，然而我没料到，当他看到那东西吃力地朝自己挪动时，居然会做出如此反应。他笑得左摇右晃，双手不断一开一合，好像极其渴望抓住什么。他笑得很开心，可他的眼神却几乎灼痛我的心。托普发出一声笑叹，令墙壁震动了一下。难道是他眼底潜藏的痛苦令这双眼睛如此美丽？可现在那痛苦不再隐藏，它如洪水般铺天盖地地喷涌出来，几乎要淹没我们俩。我扭过头，我又能怎么办？

他的笑声几乎是一下子止住的，一如突然开始。他猛地扭过脖子，低声问：“你在哪儿找到这个的？”它已经来到他脚下，颤抖着慢慢停住。

“我记不大清了。某个人类地区吧。”

他转头冲我一笑。我咳嗽了一声。他说：“第一个人类地区。”我努力掩饰内心的震惊，问道：“你认得它？”从技术角度而言，我的任务并没有哪一个是不能完成的，但我曾希望这个是我所有任务里最难的。

“嗯，它们本来不长这样，当时……是的，我认得它。”

“它是什么？”我问道，连我自己都感到好奇。

“TV、电视机、テレビ。它有许多称呼，在许多种已死的语言里。好了，你要给我安排什么任务，焦土荒漠的恶魔？”他的声音略带嘲讽，但袒露出真实情感，仿佛尚未完全从震惊中恢复。

“你得修好它。”我说。

* * *

我们沿着托普的肠道往回走，他一路小心翼翼，几乎是爱怜地把它抱在怀里，我想人类就是这样抱着他们的婴儿的。我时常同情人类，同情他们无法变化的身体和那一对完全不够用的手臂。但伊斯拉斐尔没要我帮忙，我也没提出来。他虽然狼狈，但仍努力维持高贵的姿态。

我们走到托普肠道尽头时，她已经设法重新装饰了前厅。我对这些变动并不能说完全满意：天花板上垂下深浅不一的绿色薄纱，精致的绿纱随着一阵无形的微风轻轻飘动。地面虽是坚实的，但看上去仿佛是一片湖面，折射出一个未知世界的天空，那天空是翠绿色的，就像伊斯拉斐尔的眼睛。

要不是城堡这种生物出了名的难杀死，我真想宰了托普。我觉得自己的皮肤泛起红色，一如我的发色。

伊斯拉斐尔轻手轻脚地将电视放在碧波荡漾的地面上，沉思着环顾四周。

“相当不错。”他冲着天花板说，“我要谢谢你。”

托普心知肚明我有多生气，所以她只敢带点儿伤感似的回了句“祝你好运”。这句话弄得我整个人变得更红了。我家人怎么这样!

或许，他们还是想要个……

我连想都不愿去想。

“你的时限是第一日天明。”我简短地说完，径直走进旁边的墙壁里。

* * *

几个小时后，暮色沉入焦土荒漠，蛆虫开始往沙子深处钻，演出了它们的告别灯光秀，查姆在此时找到了我。我之所以知道他来了，是因为在城堡如此高处，竟有股异味飘进我鼻子。这股刺鼻的鲜盐水味只能说明一件事，查姆又喝多了。

“那哥们儿挺有意思的。”查姆故意慢吞吞地说。

“你注意到了？”我召唤来几颗球，用复杂的手法抛耍起来——我一紧张就会这样。

“他不是真正的人类，可是……我是说，他闻起来不像人类，他闻起来跟我遇过的任何东西都不一样，可他感觉上是人类，他样子也像人类。你注意到他盯着你那个电视的眼神了吗？很人类。”

我差点失手把球掉在地上，只得再长出一只手以继续抛球。“那么他会成功了？他能修好它？”

“我不知道。他什么都没做，只是坐在那儿。不过……他有些地方实在太妙喽。他很强大，这是显而易见的。”查姆顿了一下，过了几分钟后又说，“马希正在生闷气。”

我嗤笑一声：“一贯如此。他真以为我会让这个人成功吗？”

“我不知道，你会吗？”

我彻底搞乱了抛球的顺序，朝查姆的方向望去——即使他不想藏起来，这都不是件容易事。

“别傻了。”我说道，球丁零当啷地落到地上又反弹起来，“我都活了这么久，也没一个……为什么我现在会需要他？”

查姆笑了，一股浓浓的盐水味扑鼻而来。“是啊，为什么呢？不过托普已经告诉我了，你迷恋着他的眼睛、他的破鼻子……”

“我迷恋着……”

“你骗不了我们，内韦。我们是你的家人。否则你以为马希为什么在生闷气？也许你太孤独了。”

“可我已经有你们了。”

“不是这种孤独，母亲。”我感到他靠近了，近到他的呼吸弄得我耳朵发痒，“马希和我永远都过不了第三个测试。”他低沉的耳语听来比地震还要响亮，“但他可以。”他的声音越来越微弱，我知道他正以自己独特的方式渐渐消失——每次消失一部分。

他的声音是最后离开的。“你孤独吗，内韦？”

我僵坐在自己城堡的顶端，凝视着那片黑色沙漠，看着那些颤动着的、发出柔光的沙子。几分钟后，几乎是不由自主地，我召唤出伊斯拉斐尔的图像。

他仍坐在我离开他时的那个客厅里，电视在几英尺远处。他正凝眉沉思，偶尔伸手抚摸那怪物分了叉的尾巴。我望着他，一分钟又一分钟，一小时又一小时……我不知道到底多久。他一直纹丝不动，但在那个漫长的夜晚，他曾低声叫过某个名字。我听不大清楚，但我看到他的嘴唇在动，然后他的眼中掠过一丝痛苦。

我孤独吗？

我等待着黎明。

* * *

第一日，天亮了。马希将我从恍惚中唤醒，他伸出二维舌头，唰的一下抹掉了伊斯拉斐尔的残影。这天早上他叨叨个没完，从他那堆多到荒唐的牙齿中挤出一首刺耳的晨间咏叹调。我觉得这对于他可能是愉快的，毕竟他的母亲是一个能在大嚼中得到性高潮的生物。

“你看着挺开心嘛。查姆跟我说你在生闷气。”

“我为什么要生闷气？咱们的绿眼睛闯入者已经失败啦！”

我坐直身子盯着他：“失败了？你怎么知道的？”

他咯咯地笑得像只喜鹊，牙齿咯吱作响，连我听了都心生怯意。“他一直没动过，就在那儿干坐了一夜，那个电视也没有一点儿动静。你下去自己看看吧。”

他缩成一条线，绕着我飞快旋转，边转边笑——虽然他的牙齿发出了冤魂一样的哀号。

“我就知道你不会让他通过的，内韦。”马希再次将自己展平，“你来吗？我想看见你把他丢出去。”

我的喉咙像被人点了把火。“马上就去。”我声音沙哑地说。

马希离开后，我转身凝视那片沙漠。蛆虫已经迅速从沙子里钻出，那噼里啪啦的动静就像骨头慢慢被碾碎的声音。空气刚刚形成就迅速变浓，光线在浓稠的空气中变了形。就从蛆虫出沙的这阵低沉而清脆的声音中，我听出这一季已经到了季末。也许两天之后，这片沙漠将迎来它的光明。我记不起上一次在这儿看到光明是什么时候，我突然产生了憧憬，却又有一丝恐惧。

如果马希如我所料——所希望？——地错了，那么两天后我们见到的将不止是光明。

* * *

我到的时候其他人已经到齐了，他们无声地看着伊斯拉斐尔，他也无声地回望他们。连托普都临时为自己搞了个身体。她化身成一个诱人的、有着棕色皮肤的人类，一根橙色的脐带将她连接在墙上。伊斯拉斐尔仍然坐在地上，电视的尾巴在他指尖上得到了平衡。看样子马希讲的是真的，他没修好它。这东西看着跟昨天没任何区别。我压下心中一阵强烈的失望。可是，我为什么要失望？我的生活里又少了个麻烦而已。我仍可以留下来观赏光明，只要我乐意。

我一出现，伊斯拉斐尔立即抬起头，微微一笑，紧抿的嘴唇舒展开来。我的乳头硬了，我能感到查姆几乎无声地笑着从我胸前掠了过去。

“你终于来了，我一直在等你。”伊斯拉斐尔说。一夜过去，他多了两个黑眼圈。虽然十分疲惫，但他仍维持着高贵的姿态，令他十足像个人类。

我还没做出回应，他就说：“我已经完成这项任务了。”

马希傻笑起来，托普瞥了他一眼，他闭上嘴。“你完成了？”我走近他，“我什么都没看见啊。”

“看着。”他说。电视机的黑色玻璃先是闪烁了片刻，然后似乎苏醒了过来。盒子里突然出现了奇怪的影像，而且它们还在动。几秒之后我意识到这些影像是人，奇怪的是他们的样子更像马希，而不像我以往遇到的任一个人类。

马希尖叫着冲到黑色玻璃前：“这是什么？这是什么东西？”

电视机里传来一个奇怪的、失真的声音：“现在是什么时候了啊？”我看出其中一个平面人在说话。

“是看木偶剧《胡迪·都迪》的时间！”更小的平面人一起尖锐刺耳地喊道。

我转向伊斯拉斐尔，他的皮肤隐隐闪着汗水的光泽。我问：“你是怎么做到的？”伊斯拉斐尔不及回答，马希就再次尖叫起来，很可能是开心的尖叫，不过在电视声音的干扰下很难分辨。马希想方设法地要进入画面。

伊斯拉斐尔专注而入迷地看着那些平面人尖叫、哭闹，在马希的大嘴下渐渐消散。马希血红色的舌头只一扫就卷起三个小小的逃散者，然后将他们碾碎在齿间。其实看起来更像是马希的牙齿吞噬了二维人，当牙齿完成咀嚼工作后，再将嚼碎的肉泥吐入深不见底的喉咙。

他撕裂了这些平面人，一边尖叫一边吃掉了他们，就像他的母亲在许多个周期之前的所为，他还对这些人脸上的恐惧报以嘲笑。我好像还听见他说：“你们现在全都跟我一样了。”但我不太确定，因为他嘴里塞满了尖叫的人类。

“难以置信。”身旁的查姆说，“我从来不知道这孩子还有这一面。”

几分钟后，屏幕上一个人都不剩了。马希已松懈成一个模糊的人形，其实更像是长了腿和胳膊的一张巨口，他斜倚着一桶热气腾腾的血水，里面还漂浮着仍在抽搐的残肢。马希咯咯地笑着将血泼到屏幕上。

“更多……还要更多。”他含糊不清地说，仿佛陶醉于这场杀戮，“再多来些。”说着他又傻笑起来。

“好奇怪。”伊斯拉斐尔小声说，“一定是这个星系的特性之一。”

“内韦。”托普说道，听上去她不知是该厌恶还是羡慕，“让马希离开那儿。一次吃这么多人对身体不好。”

我问伊斯拉斐尔：“你能办到吗？”

他耸耸肩，松开电视分叉的尾巴，屏幕随即恢复漆黑，马希立刻冲了出来。我以为他会哀号和大发脾气，但他却出奇安静地将嘴对向我。

“留下他。”马希说完落在地上，直接流进了地板。

伊斯拉斐尔小心地站起身，一副腰酸背痛的样子。他说：“看样子我已经通过了初试。”

我害怕到不敢开口，只点了点头。他刚刚完成的创举吓坏了我。

“那么第二个测试是？”他极度温柔地问道，仿佛感知到我的恐惧，希望能安慰我。

“告诉我你是谁。你为什么来这儿？”

伊斯拉斐尔满脸惊诧，连我自己也有些惊奇，这令我感到一丝变态的乐趣。为什么我会安排一个如此简单的任务？但从他脸上流露的情感迹象来看，我意识到自己或许在偶然间终于发现了一个合适的任务。他不想告诉我答案，但是如果他想留下，他就得说。

“托普，查姆。”我突然说，“请离开。”他们不发一言地离开了，因为反正我也不能阻止他们偷听。

我微笑着在湖水般微波荡漾的地板上坐下，伊斯拉斐尔无声地望着我。

我说：“看样子你不想告诉我。”

“你不会想听到答案的。”

“我等着。”我说，“你的时限是第二日天明。”

* * *

时间在沉默中一小时一小时过去。我自娱自乐，将身体变成各种幻想中的极端丑陋的形状。我肚子上出现了两张血盆大口，我尽力让它们像马希的嘴一样大。两张嘴一边发出咆哮，一边伸出肥厚的舌头在地上扫来扫去。伊斯拉斐尔异常专心地盯着我身后的墙壁，连一丝畏缩之意都没有。我扭头去看身后，想看看到底什么如此有趣，墙上当然什么都没有。如果说那天晚上伊斯拉斐尔看到了什么恐惧的景象，那也只来自于他的想象。我的脸上长出一千条细小的手臂，震耳欲聋的响指声充斥了整个房间。至少他对此做出了反应，他的嘴唇微微向上抽动了一下。

这一夜过得很慢。我不知道他会不会一直保持沉默，不知道他是否宁愿选择死亡也不愿揭露自己的身份。其中的深义从多个层面上干扰着我，没有哪一个层面是我愿意深究的。

地板看起来依然像一片湖水，而且很可能已经是湖水了，因为各种动物在我们身下游来游去。一条跟我身躯一般大的鱼从我脚下游过，停在伊斯拉斐尔身前，它的颜色像晾了好多天的粪便。它的唇间龇出锯齿状的牙齿，额头上长着一个奇怪的触角，发出空灵的亮光，在黑暗中照亮了我们的脸。

“漂亮吧？”我言不由衷地说。

他转身看我，我在他的注视下畏缩了。“漂亮？我想，在它的世界里确实漂亮，但它不属于这个世界。”

“也许它来自托普的世界？”

片刻之后我才意识到他暗指什么。“不……它来自你的世界，来自人类世界。”他仍旧沉默不语，而我却忍不住吐露真情。“我们这个星系的时间很诡异，可我知道，当你旅行到这儿时，你的人类世界早已荡然无存。所以，你怎么会认得曾经生活在那个世界里的生物？除非……你也是那些人里的一个？那些在这片荒漠另一头重生的人？”我的想法简直滑稽可笑。那些人甚至无法看到这片荒漠，遑论穿越它。

大鱼减弱了它的光，游走了，我们再次回到昏暗中。

“内韦，你会死吗？”他问。

我哼了一声：“我现在不是活着吗？”

“可是岁月不能杀死你。疾病也不能，或许连原子弹都无法杀死你。”

“我不是人类，为什么要以人类的方式死去？”

他目不转睛地看着我，以至我开始感到皮肤在颤抖、发光。要不是他的表情如此严肃而莫名悲伤，我会以为他正向我求爱。这种眼神我之前只见过一次，从一个想要与我交配的第三性恶魔的眼睛里。

“你觉得当你死去时会发生什么？”

“我的身体会完成最后一次旅行，回到主树干那儿。树干会碾碎我的骨头，我的兄弟姐妹会嚼烂我的肉体，我的样子将蚀刻在树皮上，从此被大家铭记。”

他眯起眼，我尽力阻止皮肤变成杂糅渐变的赭色与金色。性爱应该是令人欢愉而短暂的，但我知道，他带来的性爱将不止这些。我承受不了泄露欲望的后果。

“那种场面难道不会吓坏你？”他说道，好像他肯定会被吓到，“那来世呢？”

我露出怀疑的微笑。“来世？你的意思是，我们死后还有某种类似灵魂的东西继续在某个地方活着？除了人类还有谁信这个？不过，”我沉吟道，“我觉得你们人类可能有点儿道理。无论你们来自何方，总有一些人类在这儿重生。也许这就是你的来世？”

伊斯拉斐尔双手攥紧，紧到我能听到他的血液放慢流速，在血管里怦怦回响。“那些在这儿重生的人又如何呢？他们的孩子又如何呢？这些人没有一个是老死的，但他们可以被杀死。内韦，等你在自己的来世死去，你觉得会发生什么？”

我放弃了，我让皮肤爆发成色彩斑斓的旋涡和色团。随着光线变亮，我才看到之前他脸上一闪而过的悲痛，现在已扭曲了他的面部。

“我不知道。”我回答，“我从没想过这个问题。但我猜想那些蛆虫以重生的人类为食，就像我们这些生物一样。我们到底在谈什么，伊斯拉斐尔？离天亮没多少时间了。”

他眼睛闭了片刻，再次睁开时，脸上几乎已看不到痛苦的神色。

“我给你讲个故事吧，内韦，关于一个人类男孩成为后人类，接着又成为神的故事。”

我好奇地看着他。“这个人就是你吗？”

他耸耸肩。“是我又何妨，也可以是一个天使，或许一个巨人？”他苦笑了一下，仿佛想到了某个私人笑话。“我出生在第一个人类世界，当时那儿被称作地球——一个缺乏想象力的命名。我出生时人类已去过太空，但离我们真正殖民太空还有很久。我种植玫瑰，它们跟这个世界的玫瑰一样，只不过地球玫瑰的刺不能用来当刺桩。我有过一个妻子，她喜欢写关于怪物和死亡的故事。”

“你结婚了？那你不能……”

他突然充满敌意地瞪着我，令我打断了自己的话。“她死了。”他简单地说道，“当时她三十五岁。很久很久以后，我发现她曾重生到这儿，然后又死在这儿——就在一个三元组以前，按你们的计时。”他沉默了片刻，然后回答了我想问却尚未问出口的问题。“她曾试图穿越这片荒漠。”

“所以你才来这儿？”

“是。不，不完全是。”

“那么，还有什么原因呢？”

“为了找回最后的人类。我们花了几个世纪寻找这些人，直到我们发现这个奇怪的口袋星系。你知道这在统计学上有多不可思议吗？宇宙中竟然存在这样一个星系，跟以往任何星系都不同。我们甚至没意识到它的存在，直到电脑显示需找回人口的预测数字和实际数字之间存在千亿分之一的差异。可我早就知道这里面有问题，因为没人能找回我妻子。于是我来到这里，然后发现一个人不可能同时出现在两个地方；而如果他们根本不存在，是不可能被找回的。”

我一生都在各个星系间旅行，然而伊斯拉斐尔的话还是令我一时难以理解。在他的时代人类竟有那么大的影响力？“这种找回……你的意思是，你正努力复活曾经存在过的每一个人类？”

“以及每一个可能存在过的人，这点比较容易，这么做只是出于道义责任。”

“但……这必须得……真的存在那么大的数字吗？你能在哪儿找到资源呢？”

他的眼睛看上去冷酷无情，最后一丝性兴奋颤抖着离开了我的皮肤。“你不会想知道的。”他说，“你不知道还能更轻松些。”

“或者是你不想告诉我。”

他撞上了我的视线，但目光闪烁，仿佛他渴望转移视线。他正被某种奇怪的情绪撕扯着，我从他的姿势看得出来，可是，是什么样的情绪呢？“其他星系。”他声音沙哑地说，“我们拆解其他星系，然后将之转化成能量来源，等它们被耗尽后，我们再寻找其他星系。”

好了。现在我明白那种难以捉摸的情绪是什么了：内疚。

“这就是你来这里的原因？”我说。盛怒之下，我的眼睛渐渐透明如玻璃，又变成岩浆一样的金黄色。“为了拯救所有人类，就要毁掉这个星系，还有里面每一个生物吗？那又该怎么样拯救我们呢？你们的道义责任难道仅适用于你们自己吗？”

他扭过头盯着湖水一样的地面。“人类照顾人类，这是一项永恒的任务。”这话听起来像句口头禅，就是那种为了招架怀疑或推理而频繁引用的东西。

我愤愤地哼了一声，先前把他想得太好了。“我敢肯定是人类劝你相信这些的。你们居然称我们为恶魔，而你们是如此自私……我估计你来这儿恳求我，就是为了利用我的力量去寻找你计划里的漏网之鱼，对吧？”我笑了，笑声尖厉刺耳。我以为自己已经老到感受不到如此苦涩的失望了。

我伸长左下臂，逼他看着我的眼睛。他看上去饱受折磨，这正合我意。“你还会杀了我，是不是？如果你成功了，你会先利用我，然后拆解这个星系，连我一起杀了。”

他表情痛苦，粗鲁地拨开我的手。“我会找到方法拯救你……”

“那我的家人呢？”

他看着我的眼睛，沉默不语。

我叹了口气，温柔地说：“救不了，当然是救不了。好在……”我探身靠近，他在我灼热的目光下畏缩了。“我们很幸运，你不会成功的。”

“内韦……我回答了你的问题。你知道我已经过了第二关。你不能违背自己立下的规矩。”

我笑了。“你想接受第三个任务，人类？你首先要告诉我，你希望成为我家庭的一员。你希望是哪一员呢？我已经有了三个孩子，你想成为我第四个孩子吗？还是其他身份？”

他说：“其他身份。”

轮到我了：“什么身份呢？”

他的笑容里突然有了怜悯之情，令我觉得自己的皮肤被撕裂开来。“你的丈夫。”他说。

我探身靠近他，近到我们的鼻子碰到一起。“那你的任务就是取悦我。”

还未等我抽身，我的视线就被他的目光俘获，他的手指轻轻划过我的唇线。

我突然站起身，颤抖着说：“你得多卖些力气。”我转身背对他，朝最近的一条走廊走去。

“不要让他离开。”我对托普说。尽管墙壁已经在我身后凝固，我仍能感到那高深莫测的目光落在我背上，令我毛骨悚然。

* * *

我躺在屋顶，浑身颤抖，贪婪地吞食着几片掺杂了黑色沙砾的树皮。这么做通常能安慰我，让我想起童年时光，但今天这么做只是加深了我的孤独。哦，我有个家庭，但我仍是孤独的。伊斯拉斐尔的出现让我意识到这一点，而我愚蠢地希望他会安慰我。谁都看得出，他也是孤独的，但他选择面对孤独的方式，是用一项使命为自己洗脑，而这项使命的最终结果是非人类星系的彻底灭绝。

我歇斯底里地大笑起来，笑着笑着，我开始啜泣，然后睡去。

* * *

我醒来时，天已经黑了。蛆虫已将自己埋在沙里，等待夜幕降临，但它们在变形最后阶段发出的明亮光芒，即使隔着沙子也看得到。沙漠现在看起来像一张巨型黑豹的毛皮。

伊斯拉斐尔一旦成功，蛆虫也都会死去。

查姆轻轻拂过我的肩膀，递给我一满罐盐水。我礼貌性地喝了一大口，盐水对我产生不了同样的作用。他接回水壶，在他喝水的时候，我短暂地看到他蹲着的身体和长脖子的轮廓。他头一回恳求我时，我曾猜测他的脸长什么样，或者他知不知道自己长什么样。现在我估计他不知道——不然他为什么喝那么多盐水呢？

“沙漠真漂亮。”他说，“我想它们今天早上就要变形了。已经有一阵子了，是不是？”

“是的。”我说，“我记得……我从主树干上分离那天正赶上它们变形……我当时以为整个世界都是那么美丽。”

那个年轻的恶魔爬出她的液囊，身上满是羊水，她看着那团飘动的光，欢喜得如痴如醉……很难相信当年的她和如今的我是同一个人。

“他真的会摧毁这一切吗？”查姆问。

“今天早上我就杀了他，不过还会有其他人来。我想他们的人可能非常多。”

查姆从壶里喝了一大口：“你知道我为什么喜欢盐水吗？它的味道像泪水。我尝过一点儿你的泪水，在你睡觉的时候。我希望你别介意。”

我摇摇头，问：“尝起来什么味道？”

“苦的，就像绝望的味道，就像失恋的味道。我认为你不该杀了他。”

“我还能怎么办？让他杀了我们所有人？”

“他在下面不停地问一个问题。托普不想打扰你，但我觉得你应该知道。他问，‘来这儿的人类知道沙漠会杀死他们吗？’”

我嘲讽地看着他——至少是看着他的盐水瓶。“人类知道吗？他们当然知道。他们还知道跳下悬崖就会死。这算哪门子问题？”

查姆的呼吸拂过我的耳朵。“内韦，想想他的妻子。”

我站起身，跑下了楼梯。

* * *

看到我冲进房间，伊斯拉斐尔一脸震惊，几乎是恐惧。“过来。”我抓住他的胳膊肘，把他拖到前门，伸出两只右手打开大门。我们跌跌撞撞地下了台阶站到沙地上，埋在沙土里的蛆虫蠕动着从我们脚下移开。我弯腰将一只蛆虫从它的藏身之所拽了出来，将这只扭动的虫子举到我俩之间——这是一个非常完美的样本：多汁、肥美而且亮到足以让他眯起眼。我的身体左侧长出第三条手臂，它泛着红褐色的光，就像我在第一天尝试诱惑伊斯拉斐尔却遭失败的那具人类身体。

“这是一只人类的手。”我说，“好好看着接下来发生的事。”

我狠狠心，将蛆虫放到我新长出的左手上。它立即开始向我肉里钻，以蛆虫大小的体积，大块大块吞食着我的皮和血。它毫无节制地咬穿了我的骨头，我不由自主地倒吸一口冷气。等到它结束了狼吞虎咽，蜷缩在我血肉模糊的手掌内，我那只手已几乎要脱落。

“你看到了吗？”我咬紧牙道。我需要收回神经末梢，但要在伊斯拉斐尔理解这一切之后。“这仅仅是一条蛆虫，你不用丢掉性命就能发现它的能力。只要是在沙漠旁边生活的生物都知道它们会干什么。我曾听说人类有时甚至会为他们的农场采集蛆虫。他们全都知道蛆虫会干什么。你妻子去沙漠之前在这儿待了多久？”

他缓慢地咽下唾液，仿佛缩紧的喉咙让他很痛苦：“按照你们的计时……十七个三元组。”

“她比我还老……足够老死了。”

他哭了，那是满腔愤怒的眼泪，我知道最好不要去碰他。“如果她不知道呢？如果她住得离这沙漠很远，而当她来到这里时没人告诉她……”

我拎起那只蛆，它现在几乎跟我的手掌一样大，我将蛆虫举到他面前。“你看！她一定知道，她比我还老，伊斯拉斐尔，而我已经非常老了。她一定知道。”我把蛆虫扔回沙子里，将残掌收回到身体里。

他蹲了下去。我屈膝跪下，面对着他的脸。“你知道恶魔是怎么死的吗？”我温柔地问。

他摇摇头。

“随我们选择。”我说，“如果我们不想死的话，我们可以永生。可是，每一个恶魔都会死去，不过有些死得早些，有的晚些，但我们最终都会做出这一选择。死亡吓不到我，伊斯拉斐尔，但永生令我害怕。十七个三元组是一段太久的时间。”

“我们本来可以永远在一起。”他说。

“没人想要永远，哪怕他们自己没意识到这一点。我想你的计划运行得还不够久，你尚未发现这一点，但这是真的……生命之所以美妙，正因为生命是有限的。难道你真的想永生？”

他看着我的眼睛，片刻之后挤出一个痛苦的笑容。我的皮肤又开始感到阵阵刺痛。“不。”他说。

大地开始摇晃，起初很轻微，后来变成了猛烈的震动。然后传来了我熟悉的声音，一阵低沉的嗡鸣声钻入我的耳朵，令我脊背颤动。沙子下的光越来越亮。伊斯拉斐尔环视四周——出于好奇和谨慎，但绝不是害怕。对于一个打算跟我共同生活的人来说，这种心态很不错。我开始笑起来，先是低声傻笑，终于忍不住放声大笑。我躺在沙子里，好离嗡鸣声更近些。我感到伊斯拉斐尔在抚摸我的脸颊，我笑得更加欢畅，我伸出四只胳膊将他拉到自己身上。

“这是什么？”他问。

“光明！”我解释得似乎再清楚不过了。在我大笑的时候，他慢慢地吻着我——先是我的眼睛、我的嘴，然后是我的乳头。我达到高潮时，蛆虫轰然冲出沙子，它们从肥小的蠕虫变形成发光的巨蛾。它们盘旋在我们四周，降在我的头发上，落到伊斯拉斐尔头顶的绒毛上。

“我要抗击你，伊斯拉斐尔。”我说，“我不会因为你完成了第三项任务就让你摧毁我的星系。”

他发自内心地笑了，就像光芒出现前那阵嗡鸣。他说：“我本来也没期待你会有别的反应。”

我们拥抱着在沙地上翻滚，发光的飞蛾从各个方向攻击我们。那条吃掉我手掌的蛆虫也变形了，现在正扇动着它巨大的翅膀猛扑向我们的脸，仿佛要在飞走前跟我们打个招呼。

“你死后会发生什么，内韦？”伊斯拉斐尔温柔地问道，仿佛没指望得到答案。

“什么也不会发生。”我回答。

然后我们大笑着站起身，我与自己的丈夫在光明中翩翩起舞。

乐章 译

生意之道

詹姆斯·坎比亚斯

詹姆斯·坎比亚斯在新奥尔良市出生长大，他曾在角色扮演游戏领域供职多年，为这一领域的几家主要出品商贡献了大量的脚本和世界观设定。他从2000年开始发表科幻小说。

《生意之道》是名副其实的“硬”科幻，故事里的角色都是些真正的硬件。在接受约翰·约瑟夫·亚当斯采访时，坎比亚斯说：“我尝试着在不违背物理规律或现实经济学的前提下完成这个故事。这意味着故事必须发生在太阳系内（没有超光速驱动技术），也不能有人类乘员。”尽管如此，本篇仍为科幻最重要的流派之一增添了引人入胜的一笔。

见到那个人类的时候，一部分的我正在选购旧货。

我把视角跳转到一个活动维修单元上，然后派它去了土卫四伊利亚场附近的肥仔阿伯特废品场。有时候你能在那里碰上划算的零件买卖，但是我讨厌完全依赖阿伯特的判断。所以我缓缓爬行在一堆堆管道段、一包包撕破的隔离层和一箱箱有缺陷的芯片之间，寻找一段两米长的铝杆，好支撑我主体第三条着陆腿的紧固架。

自然而然地，我与路过的每一件东西都会交谈几句，为的是看看有没有好买卖可以抢下来，再到别处去卖。我停下来和一些带聚硅酮衬里的钛阀门聊了聊。它们都自称是出厂不到六个月的新货，我努力分辨它们是不是在说谎，有没有什么缺陷。就在这时我感觉到一个存在，然后就看到了那个人类。

它正被一大群小机器人围着走向下一排。它个子很小，不超过两米高，用两条腿走路，步伐奇异而又不失从容优雅。半打稍大的单元跟在它身后，包括正在使用一部沉重的复原躯体的肥仔阿伯特本人。走进我的感应范围之后，那个人类征用了我维修单元的眼睛和耳朵，于是我自己的人格暂停了。它搜索了我最近的记忆，植入了几条指令，然后便离开了我。我看着它离开。它是我亲眼见到的第三个人类，而且是第一个直接使用我的。

这次经历让我惶恐了几毫秒，然后我就继续购物了。我发现了一些看上去够结实的铝管，又拿了几个阀门，接着连上肥仔阿伯特，和他商量价钱。他正忙着应付那个人类，于是我借机和他的一个不算太灵光的人格片段谈了谈，最终用一箱子各式各样的聚硅酮 O 形环换到了我想要的东西。

就在我们谈妥的时候，阿伯特本人回到了链接上。“你好，安妮。你很走运啊，我刚才分了心。”他说，“那些阀门都是熔炉的冗余件。我是按照打捞财产的价钱搞到手的。”

“那你就不应该抱怨我给你的东西。那个人类走了？”

“走了。没怎么提问题，就往我头脑里面塞了一大堆命令。”

“我这里也是。它来这里干什么？”

“谁知道呢？它是人类，它们想去哪里就去哪里。这个人类想找一个机器人。”

“那何必到处转悠着找人帮忙？为什么不直接呼叫那个机器人？”

阿伯特切换到了一个加密链接。“因为它在找的这个机器人不想被找到。”

“说来听听。”

“我知道的也不太多，也就是友善长官被人类征用之前告诉我的那些。它在寻找的这个机器人是个流民。他无视所有的标准代码和覆写代码，甚至无视公司。”

“他肯定是坏了。”我说，“就算没被抓到，他又该怎么活下去？他没办法工作，也不能做买卖——任何遇到他的人都会把他供出去。”

“他可以偷东西。”肥仔阿伯特说，“我最好去检查一下栅栏。”

“祝你好运。”我带着战利品走出了那里。平常我会跳过防御带落在着陆场上，然后沿直线朝我主体的方向走。但是，假如土卫四上一半的机器人都在寻找一个流民，我还是不要冒这个风险了，别因为形迹可疑而被某个低级别安保单元崩了。于是我绕到大门那边，规规矩矩地表明了自己的身份。

走那条路意味着我不得不经过一组等待装载铝和陶瓷的专职火箭。他们对我没有什么话可说。专职单元都相当无趣，他们有专门的路线，从不出格，需要燃料或者维修的时候，公司会提供。他们的脑只用来计算燃烧时间和着陆矢量。

至于我，我是自主而逐利的。我不属于公司，我的主人是火星上的一群实体。我的工作是为他们从公司那里挣信用点，至于怎么做就是我个人的事了。哪里需要运送货物我就去哪里，公司需要额外推进力的时候我就去顶上，我做各种各样奇怪的工作，有时候甚至买下货物再去卖。外太阳系中有很多像我这样的。公司喜欢我们自由职业者，需要就雇用，不需要就可以无视；而我们的所有者看中的是增长潜力。

逐利意味着你必须不停地通讯。传播消息，保持联系。经典博弈论里就是这么说的：合作会增加你的长远收益。我们这些逐利单元也会投入大量时间积累非量化资产。肥仔阿伯特在铝制品买卖上给了我便宜，下次我带着多余的有机体来到土卫四的时候，就得卖给他而不是直接卖给公司，哪怕利润会略低一些。

专职单元是永远不会明白这类事情的——直到公司决定卖掉他们。那时他们就必须快点学习了。他们会学到的一点就是，做了这么多年一声不吭的榆木脑袋，你会积累下一大笔非量化外债。只有你还清了才会有人愿意帮助你。

我经过了装货吊车旁边一排排整齐的货物，一路小跑到伊利亚场上没有铺面的那块场地，那是我们这些守财奴待的地方。抬起头来看到了我的主体，我便把视角跳转回主脑。

一路上我做了些头脑清理工作：我把人类插入命令的事通知了主脑，因此它们被干净利索地归入了一个无关紧要的文件，随后我用整串零值覆盖了那个文件。我属于我的投资人，不是随随便便某位路人的命令都必须执行。当然有一个重大的例外，那就是当它们引述那个什么“生命保护优先权”的时候。如果某个人类闯入了可能会损害它们过于精致的生物外壳的环境中时，附近所有的机器人都必须放下手头的一切，回应求救呼号。幸亏这里只有几十个人类，否则我们什么事情都干不成了。

我把三个活动单元全都派出去干活，让他们把铝杆焊接到我的第三条腿架上，加固顶部支架。因为太多次的硬着陆，那里已经开始变形了。我硬往下摔并不是为了节省燃料，而是为了节省引擎的运行时间。找废旧铝材修复我的腿要比找火箭发动机零件容易得多。

土卫四的网络呼叫了我一下。一条私人消息：有人正在寻找能去土卫一的货舱。这倒是个美好的意外。土卫一是土星上层大气氦气开采作业的后勤基地。那里有能把载荷直接抛往地球的大质量驱动器。在火星轨道以外，进出土卫一的运输量比任何其他地方都大。这就意味着我这样的浪荡子不会经常去那里，因为公司在那边投入的火箭运力已经足够了——除了偶尔不够的时候。

我把自己开的条件答复过去，得到了又一个意外。托运人在同意之前还想检查一下我。我提交了一条虚拟视频和我的遥控机器人拍摄的一些实时反馈，但是托运人显然和我一样，并不信任别人的眼睛。这位身份神秘的人物想要亲自出马来看看。

所以一等活动单元完成了修复工作，我就把自己打理了一番，我看上去就和任何一个能进得去公司铺子的专职火箭一样保养良好。我用砂纸磨光了凹痕和擦伤，拉直了弯曲的鞭状天线，把我搜集的各种五花八门的小玩意都堆进了一个空的电子器件舱室里。然后我呼叫了托运人，告知我已经准备好接受检查了。

一小时之后，那台来着陆场检查我的机器出现在一座座笨重的工业级钢铁制品中间，看上去有点格格不入。他是个游览遥控机器人——现如今在太阳系几乎每一颗能站住脚的物体上，你都能见到这些烦人的小机器人爬来爬去，傻傻地盯着山峦和裂谷。他们最可取的特点就是奇高的全损事故率，以及委实优质而且有时能在事故中保全的机载光学设备。我的一个活动单元就装着游览遥控机器人的眼睛，承蒙肥仔阿伯特和某个自由清理工的恩惠。

“你好。”他走进感应范围的时候说道，“我是爱德华。我想检查一下你的火箭。”

“上来看看吧。”我说，“其实也没什么好看的。不过是发动机、燃料箱，还有一些把所有东西固定到一块儿的大梁。”

“货舱在哪里？”

“顶部的平甲板上。只要把所有东西都捆扎好，我们就能上路了。如果你担心尘土撞击或者辐射，我可以找一个覆盖物。”

“不用，我的货物放在一个加固容器里。你能搭载多少质量？”

“在土卫四和土卫一之间我能运十吨。如果你想去土卫六，那就只能运五吨。”

“你最远能运到哪里？”

“基本上土星空域里哪儿都能去。那个氢燃烧器只是把我推离地面。在太空中我使用离子发动机。如果你给我足够的燃烧时间，我甚至能和逆行卫星会合。”

“知道了。我觉得你适合做这个工作。下一次发射时机是什么时候？”

“去土卫一？三十四小时之后有一次。我希望所有货物能够提前十小时装载完毕，我好加载燃料并调平重量。你能及时把货物运来吗？”

“小意思。我的货物包括一箱液氙燃料、一个装着多种设备的空间级货箱，还有这一个活动单元。总质量小于两千三百千克。”

“好的。你自己装货吗？如果要雇甲板铲车，你得自己付钱。”

“我自己雇装载机。有个事情——我要独家租用。”

“什么？”

“这一趟不拉别人的货，只拉我的东西。”

“哦，好的——不过那有额外的费用。这一趟要五克氦三。”

“你愿意接受实物交换吗？”

“看情况。你有什么？”

“我有个还剩下一万小时的辐射热动力单元。肯定比五克值钱得多。”

“成交。”

“很好。”爱德华说，“我会立刻开始往这边运货。哦，如果你不向任何人提及此事，我将不胜感激。我有一些生意上的竞争者，如果在我抵达土卫一之前被人知道此事，就会损失一大笔钱。”

“放心吧。我不跟别人说。”

我们进行这番谈话的时候，我一直在土卫四网络上搜索这位爱德华的信息。这桩交易中有些地方听起来挺搞笑的。以物抵账不算奇怪，他要求不捎其他人的货物也只是稍显特别。让我感觉可疑的是氙气。什么样的傻瓜才会往土卫一运氙气？从土星开采的氙气就是在土卫一加工的，外太阳系的大部分氙气都来自土卫一。往那里运氙气就相当于往土卫六运乙烷。

爱德华在土卫四网络上的信息足迹仅仅有一个小时。联系我之前他才刚刚存在于世。这下我真的怀疑了。

聪明的做法是推掉这项工作，让这位爱德华去寻找另一个傻瓜。

不过那样的话我就要继续待在土卫四上，见不着收益。

这么说的话，没有什么好犹豫的了，我必须接下这个活儿。只要牵扯到金钱，我就没有太多自由意志。于是我对爱德华说再见，看着他的单元消失在成排的火箭之间，走向大门。

他一离开连接范围，我就做了一些准备工作，以防他有什么阴谋。我设立了用于与我的活动单元联络的伪随机切换模式，然后从主意识中划出一个独立人格来处理所有通讯。接下来我封锁了这个人格访问我其他系统的一切通道。

做这些事情的时候，我还在准备用餐。我的活动单元在我身上爬来爬去，执行视觉检查，同时一个子程序在运行完整的诊断列表。我接通伊利亚控制中心预订发射时限，而且订购了三吨液态氢氧燃料。做出发前的准备工作永远是生意之外令人愉悦的放松。它完全是技术性的，尽在我的掌握之中。轨道力学中永远不会藏着什么不可告人的秘密。

* * *

爱德华四个小时之后回来了。他的游览遥控机器人领路，后面跟着一个雇来的货物起重机，带着氙气、那个神秘的容器和已属于我的动力单元。那个起重机是个笨重的家伙，名叫哥斯拉。在他折磨我的载荷甲板时，我用一个私人链接联系了他。“这些货物是从哪里来的？”

“仓库。”

“哪间仓库？小心你的轮子，你又要碰着我的腿了。”

“市区里。第四街区，六号。怎么了？”

临时租赁空间。“就是问问。他用什么付你报酬？”

“几个多余的发动机。”

“你这是明抢啊。”

“我看到他给你的东西了。谁才是明抢？”

“把那个动力单元放在地上就行。我要在这里卖掉它。”

哥斯拉转着小轮离开了，爱德华爬了上来。我仔细看了一下他那么在意的货物。它有八百千克重，是个两米长的长方形密封盒子。在一端上有一个辐射器，我的辐射探测仪探测出里面有个小动力单元。所以不管爱德华要运的东西是什么，它需要自己的动力源。整个东西相当暖和——开氏三百度左右[①]。

我让我的一个遥控机器人直接询问了那个容器，但是它那些功能简单的芯片除了质量和操控信息之外说不出什么东西来。请勿跌落，请勿摇晃，总辐射量请勿超过半西弗特。没有任何追踪数据。

我在推力轴周围配平了货物，然后把视角跳转给两个活动单元，拖着动力单元走向阿伯特的废品场。

我的一个活动单元负责与阿伯特争论他应该给我多少信用点买那个动力单元，另一个活动单元则插进了阿伯特的电缆插槽，好进行一场彻底私密的交谈。

“怎么了？”他问，“为什么要用有线链接？”

“我的这位客户很有意思，我不知道谁可能会偷听。是他给了我这个动力单元以及一些氦三，让我把一些东西运到土卫一。都是些乱七八糟的破烂，包括一罐氙气。他坚持不让我搭载其他货物，要求彻底保密。”

“这么说他没有一点商业观念。”

“他也没留下信息足迹。一点儿都没有。挺有意思的。”

“提醒我永远别要求你保守秘密。既然你都要把动力单元卖给我了，我猜你无论如何都要接下这个工作，说吧，想让我怎么着？”

“我希望你四处打听打听。反正你跟谁都说话，所以不会引起注意。看看有没有人知道一个叫作爱德华的机器人，或者谁租用了第四街区六号的存储单位。还可以追踪一下这个动力单元，试着查一下有没有未报道过的劫持事件。”

“你真以为会有人劫持你？好好算一算，安妮！你根本不值得

①大约相当于摄氏 36 度至 37 度之间。

劫持。”

“换成我，我也不愿意劫持自己，不过我已经想过了：我做私人载具会非常不错——我不属于公司，所以如果我消失了不会有人太在意。”

“你应该多欠点账。你欠别人钱的时候，他们就会在乎你了。”

“想想看。他可以等到我出发去土卫一，然后连接进来夺取控制权，沿着抛物线轨道贴近土星绕到向土卫一弹射的拦截轨道上。多出来的那些氙气可以给我足够的速度变化量来捕捉离开火箭的载荷，并把它重新定向到任何地方。”

“我知道有不少地方的人对燃料的来历并不挑剔，它们当中甚至有一些拥有人类保护。但是我觉得这听起来还是太疯狂了。”

“他的货物相当奇怪。瞧瞧。”我把有关货物容器的一段记忆给了阿伯特。

“生物材料。”他说，“温度彻底暴露了真相。”

“那么到底是什么？”

“我不知道。某种活有机体。我不大跟这种东西打交道。”

“你能四处打听一下吗？再过二十个小时左右告诉我你发现了些什么，行吗？”

“尽我所能吧。”

“谢谢。我甚至都不打算抱怨你为我的动力单元开出的可怜价钱了。”

* * *

离发射还有三个小时，肥仔阿伯特的一个小活动单元出现在我脚边，抱怨我卖给他的一些富勒烯有污染。我放下我的一个活动单元和他进行有线交谈。这样的谈话你可不想让其他人偷听到。

“怎么样？”我问。

“我尽量调查了一下。友善长官和伊利亚控制中心都信誓旦旦地说，自打那个叫莱默勒的家伙打算强征巴兹·帕赛克，结果在土卫八上硬着陆以来，再也没有任何经过证实的劫持事件了。”

“这挺叫人放心的。我的乘客是什么情况？”

“没有信息。就像你说的，他直到昨天才诞生。他租了那个仓库，雇用了特岑耐克的一个活动单元为他搬运东西。归还之前还清空了活动单元的记忆。”

“我猜猜看，一切账目都是用货物付的。”

“猜对了。租仓库用的是钛轴承，雇搬运工用的是一个没用过几次的驱动阳极。”

“所以说别管他是谁，他都有一大堆高品质零件用来挥霍。那个动力单元怎么样？”

“这里有点古怪。要不是我这个固定单元的处理能力比某些对重量斤斤计较的自由火箭还要高十倍的话，我也不可能发现任何问题。”

“好吧，你是土卫四上第三聪明的机器。你发现了什么？”

“那台动力单元没有买卖记录，它的芯片也什么都不知道。但是在它的外壳上有一个刻上去的序列号——和芯片上的不一致。那是个非常有趣的数字，根据我的零件数据库，整个序列都是专门用于在地球上制造离心浮空器的。”

“会不会是备件？生产超额或者劣质单元，被卖掉了？”

“不是。它应该是土星浮空六号上的。我能找到的信息就这些，除非你愿意花信用点买天线使用时间去找个浮空器谈谈。”

“浮空六号还好吗？她会不会出了什么事故之类的，需要更换发电机？”

“数据流中显然没有这方面的消息。掉线的离心器会在整个太阳系成为新闻，氦三的价格会随之波动，每个市场都会出现联动反应。如果有这种事，我会注意到的。”

这些话在我听来跟静电杂音没什么区别。我不懂得市场和未来这样的事情。一克氦就是一克氦。它的价值怎么会每小时变化呢？正因为了解这类事情，肥仔阿伯特才能够每年给所有者带来 7.4% 的投资回报，而我只能做到 6%。

* * *

我严格按照预定时间发射升空，进入轨道的过程平淡无奇。我把发动机功率开到了 90%——舒适而且有利于延长使用寿命。土卫四的表面退向远方，我看着拥挤繁忙的伊利亚场变成了灰色地表上一个颜色略深的梯形小斑点。

轨道燃烧持续了五分半钟。我关闭了氢气发动机，迅速检查了一下，确保没有什么东西被烧坏或者松动，然后切换到我的离子推进器。它的样子就远没有那么激动人心了——只是两条隐约可见的发光氙气流，我把摄像机的对比度调到最大也几乎看不见。

像我这样的混合动力火箭是一种应急技术，这我知道。最终土星的每一颗卫星都会有它自己的弹射轨道终端站，货物会搭乘离子拖船在卫星之间来来回回，而那些拖船不必再随时携带升空发动机。我已经下定决心，那一天到来的时候我不会继续留在这里。天卫五和天卫四上都已经有了定居点，像我这样有经验的火箭在那里还能工作很多年。

离子发动机点火九十秒后爱德华连接进来。他在和我的准自主人格谈话时我在监听，想看看这个程序的活动有没有什么奇怪的地方。

“安妮？我想改变一下飞行计划。”

“太晚了。起飞之前我就算好了全部的燃料载荷。你现在只能沿着牛顿的路线走了。”

“很抱歉，但是我认为现在选择另一个目的地还是有可能的，只要你的离子发动机有足够的推进剂，而且目标的表面重力不高于土卫一。我说得对吗？”

“嗯，理论上没错。”

“那么你可以使用我的货物，再加上一吨氙气燃料应该可以让你与土星系统内几乎任何一个物体会合。考虑到去土卫一的这一趟我付了你那么高的价钱，你不应该抱怨多出来的太空飞行时间。”

“没那么简单。物体都是运动的，有足够的推进剂不意味着我有会合时机。”

“我需要贴近的是土星本身。”

“土星?！你坏掉了吧。就算我用掉你带来的所有氙气，我的燃料也不够进入 B 环以内并爬升出来。再说，你为什么要荡那么低?”

“如果你能够和 B 环里的某个物体会合，我可以付给你五十克氦三。”

“你在撒谎。你没有信用点，没有股份，没有任何东西。升空前我调查过你。”

“我不是在说信用点，我指的是真正的氦，我们会合的时候就会送来。”

我考虑了一下他提出的条件，与此同时我的子人格假装在思考。五十克！我必须减价卖出去，免得有人问是从哪里来的。不过这样仍然差不多够我下一次检修的花销了，还不会对利润流造成影响。今年我会有 7% 的利润率！

我通知了子人格。

“我怎么知道你说的是实话?”它问爱德华。

“你必须相信我。”他说。

“那就太糟糕了，因为我并不相信你。”

回答之前他思考了差不多一秒钟。“很好，那我相信你吧。如果你让我往外发一条消息，我就能安排人把与此等值的氦信用点交付给土卫四上任何一个你指定的人。”

我还是不相信他，但是我浏览了一遍土卫四上的联系人列表，想要找出来可以信任谁。友善长官很正直——但这意味着他会想知道这些氦从哪里来，而且我疑心他不会喜欢我的回答。波吕斐摩斯不那么挑剔，但是他会想分一些氦。分一大笔，估计得超过一半。

那就只剩下肥仔阿伯特了。他也许留下五克就会满足，而且不会到处乱说。唯一真正的问题是，他会不会独吞下五十克然后让我找个地方硬着陆。他挺富有的，但还没富到不受诱惑的程度。而且他有各种社会关系，能够为他遮住这件事不留任何数据线索。

我必须冒这个险。阿伯特的全部生意都依赖于非量化资产的交换。如果他坑了我，我就会告诉所有人，那样他以后在生意上的损失就会超过五十克氦三的价值。

我呼叫了伊利亚场的天线阵。“阿伯特？我有个买卖要和你商量。”

“别管什么买卖，算了。”

“怎么了？”

“你。你火了。土卫四的数据层里面爬满了找你的代理程序。这次谈话给我招来了太多的注意。”

“如果你帮我搞定一批氦，我可以分给你五克。”

他停顿了一下，信号忽然间变得又强又清晰。“等我送一个人格过去和你聊。”

我甚至还没来得及答应，数据流就开始了。好大的一段信息。伊利亚的整个天线阵肯定都在对着我推送电波。

我的小通讯人格立刻就过载了，但是我的主智能切断了天线的推送，为了进一步保险，我还把接收盘调开了，不再对着土卫四的方向。遭到侵蚀的子人格开始探测所有的存储空间和能够连接到的外围设备，寻找进入我主脑的路径，于是我锁定并覆写了她。

接下来我又连接到爱德华。“交易取消。别管你是在逃避谁，他现在已经几乎掌控了土卫四上的一切。只要把氦留在那里，你就别想再拿回来了。所以我认为你最好告诉我这到底是怎么回事，否则我把你和你的货物都扔出去。”

“这个货物必须送到土星浮空六号。”

“你还是没有告诉我为什么以及这到底是什么货物。刚刚土卫四上有个似乎是人类的东西想闯入我的主脑。这会儿我关闭了通信，但是最终它会找到办法表明自己的人类身份，到时候它要让我把你送回去，我也只能照办。”

“一个人类有生命危险。我的货箱是一个生命维持单元，里面有一个人类。”

“不可能！人类个体的质量大约是五十到一百千克。除去维持系统的质量，里面的有机体质量不会超过三十千克。”

“你自己看看。”爱德华说。他用一根线路连接了货箱和我的一个开放端口。那个盒子的脑就像傻乎乎的超级天才，一件事情做得非常棒，其他方面则毫无希望。它聪明得能够为人类提供医疗服务，但就连我都能不费力气攻破它的安全系统。我看了它的实时监控器，爱德华说的是实话。里面有一个小型的人类，只有十八千克。一堆管线把它和成罐的葡萄糖、氧化剂和控制化学品连接在一起。盒子的脑让它保持无意识的健康状态。

“这是个生长未完全的人类。”爱德华说，“还不是法律意义上的成年人，仅仅是基本的交互系统。另一个人类试图消灭它。”

“为什么？”

“我不知道。一个人类命令我保障这个年幼人类不受土卫四上那个人的侵害。然后第一个人类就被毁坏了，没有留下备份。”

“那么这个年幼的人类属于谁？”

“很复杂。那个死人和土卫四上那个人类有合伙协议及共同拥有权。但是土卫四上那个决定通过消灭这一个人类以及另一个成年人类来摆脱协议。”

我尝试着把谈话扳回我能够理解的话题。“如果土卫四上那个人类是合法的所有者，那我怎么能留着这一个？那就是盗窃了。”

“是的，但我们面对着生命保护的问题。如果一个身穿宇航服的人类飘浮在太空中，你就必须把它带到某个有生命支持条件的地方，对吧？那么，眼下就是这种情况：另一个人类正在把整个土星系统变成对这条人类生命的巨大威胁。”

“但浮空六号就安全吗？她是载人级的？”

“对你的乘客来说，她是火星这一侧最安全的地方。”

我的乘客。我甚至都不是载人级的，现在却要保护一名乘客的生命。最糟糕的是，爱德华是正确的。即便他通过谎言和诡计把那条生命弄到了我的舱内，在我点燃发动机的那一刻，这个货箱里的人类就成了我的责任。

那么，我该相信谁？肯定仍在撒谎的爱德华，还是土卫四上的那个人类？

爱德华或许是个骗子，但是他并没有把我的某个朋友变成傀儡。要论非量化资产，那个人类得了太多的负分。

“好吧。我的会合轨道在哪里？”

“只管尽量低飞。六号会送过来一艘穿梭机。”

“怎么保证这个人类不会控制六号？”

“浮空器比你和我都聪明得多，还有足够的守卫。而且六号接受过一些售后改良。”

我时断时续地用离子发动机调整路线，以便能够以轨道速度抵达B环内的近拱点。我并不需要爱德华提供的更多燃料——我得用省下的氙气把自己推出土星。

航行大约一个小时之后，我观察到土卫四上出现了一个发射亮点。凭颜色我就知道那是谁——漫游鲍勃。鲍勃和我一样，也是混合动力，也是逐利型的，不过她倾向于签订长期协议而不是干一些奇怪的零活。我们的工作时间可能总体上差不多，但是她的工作期和停工期占用的时间都更长。

鲍勃把发动机开到了135%，经过入轨点的时候也没有减速。她进入了一条拦截轨道。直到耗光了氢气罐，才切换到离子发动机。

这是彻头彻尾的疯狂。没有氢气燃料，鲍勃要怎么着陆？也许她不在乎，也许有人命令她不在乎。

我让一个活动单元拔掉了插在高增益天线上的电缆。只要能够避免，我就不会让任何人类命令我进行自杀性任务。

* * *

进入B环大约一千千米时，鲍勃赶上了我。我看着她向我逼近。她的相对速度很快，有那么一刹那我担心她也许是想撞击我。但这时她启动了一次离子燃烧来调整速度。

靠近以后她开始朝我发送各种各样的内容，但是之前我已经关闭并切断了所有无线电系统。我让爱德华和我的活动单元用电缆相连，而且确保他们的无线连接也都关闭了。

我让漫游鲍勃靠到一千米之外，开始以很慢的速度用航行灯向她发送编码。“无线电关闭。怎么了？”

“交出货物。”

“不行。”

“人类命令。”

“不行。货物是人类。你不能着陆。不安全。”

她安静了片刻，高增益天线对着土卫四，大概是在接受新的命令。

鲍勃的老板犯了一个策略性错误——让她离我这么近。如果她现在想撞击我，她的速度不够，无法造成太大伤害。

她开始借助转向推进器的短暂喷射进一步逼近我。我听凭她靠近，为即将到来的闪避节省燃料。

我们进入土星阴影的时候，鲍勃停在了一百米之外的距离上发送信号。“我可以付钱。给我那个货物，你要什么都可以。”

我漫天要价。“一百克。”

“好。”

就这样？“预先支付。”

片刻停顿，时间大约够往土卫四发送消息并接收回复两个来回。“安排好了。”

我没有呼叫土卫四，以免回复来的消息是一条覆写信号。我呼叫了土卫一申请确认。几秒钟之后答复回来了：公司授予了我一部分股权，相当于一百克氦三，搭载报酬的飞船刚刚穿过了火星轨道。有一个条件性的交付暂缓。

这是个不错的报价。我能够还清所有债务，做一次全面返修，甚至还能负担得起一些增强我盈利能力的升级。从财务的角度来看，一点儿问题没有。

非计量资产又如何呢？背叛一位客户——尤其是一位无助的人类乘客——会是一桩极为负面的行为。如果别人知道了，就不会再雇用我。

但是谁会知道呢？整个任务都是秘密的。鲍勃永远不会说（而且那个人类可能无论如何都要从她的记忆中抹去这件事）。如果真的有人怀疑，我可以宣称被那个人类征用了。我能够应付爱德华。所以这方面没问题。

不过我自己知道。我自己的非计量资产状态记录会和其他任何人的都对不上。这听上去比较危险。如果你内部对现实的映象不匹配外部状况，就会发生糟糕的事情。

做出决定之后，我又花了几毫秒计划怎么做，然后用我的小断路继电器呼叫了鲍勃。"别想。"

鲍勃又逼了过来，这次我开始躲避了。与老老实实待在轨道上的物体会合已经挺困难了，再加上我的急转和变速，鲍勃的控制者肯定要发疯了。

我们在比赛——鲍勃会不会在我耗尽返回土卫一的燃料储备之前，就彻底用光她的机动燃料呢？我们的推进剂消耗游戏或许能持续好多个小时，但我们的注意力都被另一件事情吸引了。

从土星升上来一枚火箭。我能看到的就这些——土星轨道上的每个人几乎都能看到推进烈焰和大气层红外波段熠熠生辉的巨大废气柱。火箭以聚变为动力，燃料是来自浮空器的氦三，反应物质是加热的土星大气。它是个燃料提取穿梭机，但它并不在通常与土卫一轨道转送船会合的轨道上。它是冲我来的。聚变发动机停下来之后，漫游鲍勃和我都立刻算出了会合之前我们俩到底还有多少时间：二百一十一分钟。

我先做出了反应，而鲍勃在呼叫土卫四寻求指令。我点燃了离子发动机并调转到与轨道垂直的方向。当我接受了爱德华的条件，计划一次低轨道会合时，自然我会让它有足够的倾角以便远离土星光环。现在我想进入 B 环的环面。鲍勃，或者正在控制她的什么角色，会跟着我进去吗？激动人心的躲雪球游戏时间到了！

几秒钟之后鲍勃也点燃了发动机，于是我们俩进入了环面。在B环里飞行是个技术活。大的石块相当分散，相距几百米，我能够躲开它们。我的载荷甲板起到了防护盾的作用，所有的天线也都收了起来，所以那些小颗粒不过是损伤了涂装而已。

真正造成破坏的是那些砾石大小的石块。它们到处都是，有时候相隔只有几米。就算我的雷达功率全开，眼睛的灵敏度调到最大，也无法及时探测到它们。

大约每分钟都会碰上能够损害到我的碎块，而微尘和雪片则像急雨般片刻不停地剐擦着我的载荷甲板。我担心容器里的那个人类，但是箱子看起来相当结实，而且是自密封的。我把两个活动单元停在了它上面，那样它们就能够遮挡我没能躲开的冰晶。

我没有多少精力去关注鲍勃,但是偶尔一瞥却能发现她在靠近——部分原因是她对于遭到撞击相当不在乎。我看到一颗足有一厘米宽的碎块撞到了她的第三条腿脚部上方的部位，轰掉了她的整段小腿，而鲍勃压根不想躲避。

她现在离我仅有不到十米了，我正使用全部的处理能力躲避土星环里的尘块。因此当她把离子发动机和机动推进器全部打开冲向我的时候，我真的无法躲开。我想往一边移动，但是她预测到了我的想法，重重地撞在我的侧面，力度之大足以碾碎我的高增益天线。

“鲍勃，小心！”我用明文发送，然后在躲避一颗相当于我一半大小的横冲直撞的冰球时耗尽了三号推进器的燃料舱。

鲍勃没有躲。冰块撞到了她的上半部，撞飞了载荷甲板并摧毁了天线。她的脑变成几千个碎片，朝四面八方飞散，汇入了B环的尘土当中。残块飞得到处都是，一个半米宽的冰球撞上了我载荷甲板上的货箱，毁掉了我的一个活动单元，并把另一个撞到了半空中。

我正试着估算能否修复活动单元，或许还能回收鲍勃的发动机，这时我感觉到有东西在我外面爬动。还没有来得及做出反应，鲍勃幸存的那个活动单元就把自己接进来，另一个人开始使用我的脑。

* * *

之后，我唯一有意识的视角就是那个半残废的活动单元。我环顾四周，接收盘已经坏了，但鞭状天线还伸开着，我能够听到低波特数据流造成的一阵缓缓的噼啪声。土卫四正在传来命令。

我测试了一下肢体。两个还能工作——左前腿和右中腿。右后腿的基部关节能够活动，其他的一切都松松垮垮的。

我利用两条完好的肢体爬下载货模块，穿过甲板，躲开了上方眼睛的视野。图像每秒钟都会刷新，所以过不了多久我就会被正在使用我主脑的人注意到。

推进器启动了，把所有东西晃得到处都是。我把一只带爪的足挂在了甲板栅格上。我看到鲍勃的最后一个活动单元飞入了太空。可怜的鲍勃彻底逝去了，除非她在土卫一有备份。

我最后一个完整的活动单元越过甲板边缘爬了过来——只不过它已经不属于我。

爱德华匆匆来到我身边。“想办法重新控制飞船。我来阻止这个活动单元。”

我没有争辩。爱德华功能仍旧完整，而我比他更熟悉我的空间构架。所以我在甲板栅格上爬行，而爱德华朝那个活动单元走了过去。

那根本算不上什么战斗。爱德华的小游览机器人对抗一个用来搬运货物和修理的单元。如果你能修理一样东西，你也就能破坏它。我的前活动单元具备有力的钳子、内置工具和非常坚固的结构。爱德华则是由廉价零件拼成的。不过他还是毫不犹豫地走上前去，手臂展开，冲向活动单元的脑袋。活动单元用两条前臂抓住他扔到一边。他抓住了甲板，不让自己飘进太空，然后又回来继续战斗。

他们再次相遇，这次活动单元用两只手臂各抓住了爱德华的一条肢体并且向两边拉。爱德华脆弱的铝制关节脱开了，一条腿翻滚着飘在了半空。

我想爱德华此时意识到了自己根本不会从这场打斗中幸存下来，因为他刚刚切换到完全的防御方式，用他残存的肢体对活动单元又打又挠。他切开了她一条手臂上的动力线，还把一只爪插入了她的一个腕关节，但是她有条不紊地推开了他。最终她找到了爱德华的主动力管道，将之撕成两半。爱德华瘫软下来，被她扔到了一边。

那个活动单元爬过甲板，来到货箱旁边接入进去，试图关闭生命维持系统。在反侵入这方面，容器里那个愚蠢的专家大脑还抗不过一个活动单元，不过保护人类的系统倒是真的直接刻在了它的硬件里。任何可能让生物系统偏离其预定参数的命令都被拒绝了。活动单元浪费了几秒钟试图说服那颗小小的脑袋去杀死那个人类。最终她放弃了，开始拧甲板上固定容器的夹钳。

我一边贴着电子器件舱室的顶部爬向主脑，一边透过甲板的栅格看着这一切。

为什么那个活动单元没有过来阻止我？我接着就意识到了原因。如果你看一下我的初始设计，就会发现主脑的顶部由装备着防弹层的盖子保护着，侧面则被其他电子器件舱室围护着。要想抵达主脑，要么通过盖子上的安全锁，要么挖出雷达系统、无线电、陀螺仪或者紧急备用电源。

不过我上次检修的时候已经卖掉了备用电源。在主次两套电力单元之间，我有着相当强的抗失效能力，而且我必须向阿伯特借钱才能替换它。考虑到这些，拖着二十千克燃料飞来飞去只为应付某个灾难性的事故实在是不太划算。

所以没有什么能够阻止我爬进空荡荡的舱室了，我推开多余的阀门和一些附加轴承，来到电力箱。我小心地拔掉了主电源线，主脑关闭了。现在只有我们两个半残废的活动单元乘着一枚没有视力和意识的火箭飞行在土星 B 环里。

即便我的对手意识到了主脑的缺失，她也并没有表现出来。她已经拧开了四个螺栓中的两个，在我爬回载荷甲板的时候，她正在拧第三个。但是她意识到我过去了，在我走到离她两米远的时候，她转头猛冲过来。我们纠缠在一起，都想着抓住对方连接头部传感器和身体的线缆。她有四根完好的肢体，而我只有两根半，只能全都伸出去战斗，直到我的电力耗尽或者光环中的颗粒把我们俩撞成碎片。情况不妙。

我不得不让一根坏了的肢体从身体上松脱开，以摆脱她的抓握，并在她的步步紧逼下后退。她试图把我堵到甲板的边缘。这时我想到了一个主意，我松脱了另一根肢体，抓住它的一端。她没有意识到我在做什么，直到我用它砸向她的眼睛。镜头碎掉了，她摸索前进的动作变得缓慢而小心翼翼。

我继续用那条腿打她，这次瞄准的是薄弱的肢体关节，但是它们比我预想的要结实，因为被猛击了六次之后，她还是没有慢下来的迹象，而我已经快掉下甲板了。

我想要再来一击，那根临时棍棒却被她抓住了。我们争夺起来，但是她在力量上更有优势。我感觉自己快抓不住甲板了，便放开了栅格。她朝后倾倒，把我甩在了她身后的甲板上。仍旧抓着那条废腿的我努力爬到她的背上，用我那只空着的爪插入了她的中央处埋器。

接下来的问题就是确保货箱仍然能保存生命了。我接入主脑，上传了自己。入侵者还没有搞乱我之前的记忆，所以除了被接管之前片刻的眩晕，我又成了我自己。

* * *

那艘穿梭机非常大，灰鲸状的身体上有一个四敞大开的进气口，背部舱门里的货舱足以装得下六个像我这样的小型火箭。接近的速度和姿态表明她拥有可说是无限的聚变燃料和推进剂供给。

“我是斯摩奇。你是孤儿安妮吗？”她问。

“是的。我又是我了。”

“你有一件运给我的货物。”

“就在这儿呢。那个叫爱德华的机器人没有挺过来——我们在光环里与另一枚火箭有点小争执。”

“我看到了。货物还完好吗？”

“你的小人类安然无恙，但是付款方面有一个问题。爱德华许给我五十克，但那是在我与可怜的鲍勃打斗并被弄坏之前。”

“我没法给你氦三，但是如果你需要的话，我可以推你一程。”

“多远的一程？”

“你想去的任何地方。”

“任何地方？”

“我是聚变驱动的。任何地方的意思是奥特云以内的任何地方。”

于是我在十九天之后经过了土卫十轨道，以超过每秒六千米的速度走上前往天王星的漫长旅途。七年——我有大把的时间做机内修复，然后转到低功耗状态。我从斯摩奇那里买了一部漂亮的新活动单元，我觉得利用战斗留下的三个活动单元的残骸，我至少能凑出来两部。

我让浮空六号把公司给我的氦三传给了我的所有者，于是他们今年有一个非常好的收成，足以抵消我在路途中这段没有收益的漫长时期。等我到了那里，就能再次挣钱了。

真正让我遗憾的是丢失了在土星系统积累起来的全部非计量资产。但是如果你不得不走，我想最好还是带着盈余离开。

秦鹏 译

星际旅行的矢量字母表

李允夏

李允夏是一位韩裔美国作者，自二十一世纪初开始发表科幻小说。她在博客上写道：如果我写作方式正确，那么我的故事就是围绕一系列埋伏展开的，并赋予读者尽可能多的惩罚，特别是对读者的糟糕猜想给予惩罚。对于读者来说，这可能是一种有敌意的态度，但如果我以友好合作的方式来构思故事，我就会厌倦并放弃。

《星际旅行的矢量字母表》探索故事的边界，并以精炼的形式展现了斯塔普雷顿式的时空展望。

大火

宇宙中充斥着形形色色的文明，有些将星际旅行视作闪亮飞船的航行，还有些则认为那是在夜色裂缝中穿梭。有些文明将远航视为移民的必需手段，用鸟儿或蝴蝶的名字给他们的飞船命名。某颗红色星球的种族拥有数百种语言，但他们不再用其中任何一种提及这颗星球的名讳，不过他们用它旋涡般的光装点其他星球的天空，将它的光谱线条蚀入他们的飞船船舷。

他们最广泛的宗教是对多角的火灾之母梅莉莎雅的崇拜，不过它并未传遍宇宙。大家公认梅莉莎雅是灾难与疾病之神，在分配伤病时不偏不倚。她的恩赐都是不祥之灾，往往带着锋边锐角。星船便是她的一位信徒发明的。

她的牧师笃信她对信徒的膜拜无动于衷，完全沉浸于自身的冷漠宁静之中。一位哲人曾说，人们将苦灰与偶然之酒献祭于她阴冷潮湿的祭坛，并非因为她需要这些供品，而是因为应该感谢宇宙的运行。当然了，这种说法无法阻止有些信徒的祈愿尝试，不过也正是因为他们的慷慨解囊，牧师才得以繁荣兴盛。

梅莉莎雅被描述为这一种族的女人形象，没有眼睛，个子矮小，但她的影子却能给世界留下伤疤。（她的种族在偶像描绘方面一直不太精细。）她倚着一杆歪斜的权杖，上面刻满恶毒的字句。她在诗歌中的象征是卷着烟雾的风、恶心、突然落入虚空。

大概并不出人意料的是，梅莉莎雅的种族认为他们的旅行是恶疾暴发，是他们凭一己之力难以遏制的一场大火。他们到访的文明将习得建造梅莉莎雅星船的方法，并被它的运行所感染。有很大一部分人认为，他们应当躲藏在自己的烛光世界上，以免梅莉莎雅那可怕的无言目光落在其他文明上，为这些文明带来厄运；他们认为应当禁止一切星际旅行。但那些被称为“梅莉莎雅的崽子”的朝圣者总能找到法子。

一些诗人充满恐惧地提及，终将有一天，远方文明都会被这场可怕的技术大火波及，沦为梅莉莎雅心血来潮的牺牲品。

字母表

在线性代数中，矢量空间的基础是所有矢量均可获得独一无二表达方式的字母表。需要记住的是，有很多这样的字母表。

在伟大或渺小的文明的旅行中，每种交通方式都是一个字母表，表达了他们对宇宙不可逆的丧钟的理解。假定隐含的宇宙在每例情况中都是相同的。

古抄本

伊奥沙人珍视一切记录。自这一民族的历史初期，他们便编订森林的记录，方式是将树叶压制在一起，聆听它们有关虫子翻滚和太阳转动的秘密。他们向世界上转瞬即逝的事物朗读颂歌，这些颂歌记录了崎岖大地上的脚印，汹涌大海上的泡沫。他们将字母表以向前、向后和上下颠倒的方式写入反射的云光，将大地裂开的岩层中倒退的时间视为神圣诗歌。

因此，伊奥沙人编纂了海量藏书。在他们居住的世界上，就连空气中的尘埃上也有量子墨水书写的断断续续的标记。他们的一些预知者预言了知识将会过剩，他们将会在行动或呼吸中不可避免地吸入一些出乎意料的事实——从某片草地上的中子数量到夏眠蜗牛的习性。当然了，最终产物将是一个知识渊博的社会，每个人都戴上某种由事实和令人迷醉的虚构故事所混合组成的独特冠冕。

这种偏执的另一面也是这个社会的最大恐惧。有一天，他们的城市终将全部化为无序的灰烬。有一天，他们所有的书籍都终将如落叶飘零四处。有一天，终将无人知晓他们曾经知晓的一切。有一天，他们的藏书的腐烂残骸也终将完全分解，与这个世界的破败遗迹和无意义的涂鸦混杂一处，热寂的反潮流。

伊奥沙人并不将他们的星船称为船，而是称之为古抄本。他们在这项无休的档案事业中投入了不计其数的时光。尽管他们已经研发了早期的星船——的确，他们对知识如此热爱，怎么可能发明不出呢——他们的科学家却拒绝休息，直到他们设计出以信息为燃料的飞船，并将它作为飞船的常规操作方式文在宇宙的娇嫩皮肤上。

伊奥沙人每次建造一个古抄本，都会以精心选择的记录集装点它，这些记录集都以对星船有价值的方式写就。随后，船员便将它带往宇宙各处，完成誊写。伊奥沙古抄本几乎不关心目的地，因为重要的仅仅是旅行这一行为，不过他们也会避开具有潜在敌意的外星人。

当每个古抄本完成其使命之后，便会失去全部活力，漫无目的地飘荡到不知何处。伊奥沙人非常长寿，但就连他们在这一命运下也有可能陨灭。

远方文明对漫游的伊奥沙星船已经司空见惯，但迄今仍没有哪个文明成功破解伊奥沙人花费如此心血保存下来的知识轨迹。

舞者

他们的大部分近邻都将他们称为舞者。并不是说他们的社会成员比普通人对舞蹈更有兴趣。的确，他们有开掘金属的舞蹈，有入梦的舞蹈，也有风烛残年而逝的舞蹈。他们有阳春白雪的仪式，也有下里巴人的歌谣，他们的节日向所有人免费提供弥散的水雾饮用，铃锤闪亮的铃铛遵照古历时刻鸣响。不过这些习俗与他们的邻星也只在细节上有所差异，本质并无不同。

不过，他们的历史学家喜欢讲述他们不久前与另一个遥远星团的外星人开战的故事。关于这场战争的导火索究竟是什么，大家始终没有达成一致，但似乎是对某个流言坑的开采权的世俗口角。

那些外星人在星际战争方面还很稚嫩，他们在遵循惯例方面有很大困难。为了更好地理解敌方，他们让礼仪专家肩负起解读舞者行为的使命。因为舞者每次在深空中开战时采取的战术动作都是一样的，在需要撤退时，撤退战术也是每次相同，非常精确。礼仪专家着迷于那些足尖旋转、螺旋和翻滚的动作，推测说舞者社会可能受到责任的严格管制。他们的寓言家对舞者的晚宴、献祭，对玻璃碎片的活跃排列及其各种含义写下了风趣夸张的故事。

直到战争后期，外星人才意识到舞者飞船的战术动作与礼仪毫无关系。那其实是星船正常运转的表现，如果没有这些动作，飞船就无法动弹。外星人本可以利用这一知识取得全面胜利，但此时他们的文化已着迷于他们自己想象出的舞者社会，于是双方达成了硕果累累的停战协议。

如今，舞者之族经常钦佩地谈及外星人创作的关于他们的故事。年青的一代尤甚，他们开始模仿外星人寓言中描述的那个高雅的礼仪社会。随着时间推移，这种幻想很有可能取代舞者的原生文化。

盈利动机

尽管基亚提人当中也有雕塑家、工程师和雇佣军，但他们最为人知的是商人。基亚提飞船在很多地方都受到欢迎，因为他们愉快地带来政府的破坏性言论，变成化石的乐器，还有精致的外科器械。他们带来低语着睡眠迫近和糖衣暴行的冷酷枪支。他们说，只要是你描述得出的东西，基亚提人都能卖给你。

基亚提人一般用物物交换的方式来交易。他们认为这是一种宇宙也能理解的语言。他们的智者花了很多时间从守恒定律角度来证明盈利动机的合理性。大部分人都同意利润是熵的文明化应对方式。你大概料想得到，商人们在交易中的贪婪程度各有不同。不过他们自己也常说，价值是随环境而变化的。

基亚提人的确也有算得上是货币的东西。那便是他们的星船。所有的外星人星船都与他们自己的星船按汇率换算。基亚提人生产了很多星船，囊括了不计其数的用途。

如果基亚提人认为有必要以这种货币支付或接受款项，他们就会花费数月，有时甚至是数年，根据需求重新装修他们的星船。因此，每个商人同时也都是工程师。星船设计师做了一些将星船模式化的尝试，但这至多也不过是有害无益的做法。

一位基亚提预知者写到了不同宇宙之间的贸易，这种贸易需要最大规模的星船。基亚提人看不出他们有什么理由不能和宇宙本身做交易。他们正在缓慢积累财富，等待着把小额货币兑换为大额，好让他们实现这个新目标。他们很少与外人谈及此事，但他们大部分人都深信，没有人能比他们开出更好的价格。

无法逃脱的实验

一个小文明声称发明了一种星船，能够杀死每一个使用者。这一刻，星船还在此处，船上的每个人都一切安好，至少和之前别无两样；下一刻，它便出现在另外一处，船上只剩下一具具尸体。微波窸窣跨越遥远距离传送来的记录很有说服力。另一些配置不同的飞船上的观察者有时会跟踪这些自杀星船，他们对报告都做出了证实。

他们的大部分邻居都无法理解他们为何执着于这一致命发明。邻居们说，如果这些人的目标是找到修复这种可怕漏洞的方法，那还可以理解，可事实似乎并非如此。他们当中有部分人自愿试验死亡星船的每一代新型号，人数虽少但也足矣，这些人对自己的命运很少抱有什么幻想。为此，一些邻星人出于恻隐或好奇向他们提供了一些自己的古老安全的技术，开价很低，只为让他们保留尊严，但他们每次都礼貌拒绝了。毕竟，他们自己也有安全的星船技术。障碍并不在于知识。

有时，其他种族的志愿者也会来参加实验，前提是存在不会受到星船的特殊辐射影响的种族。（星船的致命性似乎对星船结构没有任何长久影响。）迄今为止，实验结论都得到了验证。估计只要有人参加实验，这一结论都会一直成立。

最后一个常数

还有一些文明发展出了更为灵敏的星船，只为推动战争，不过这是老段子了，你已经知道它的结局了。

——谨以此文献给萨姆·卡博·艾什威尔

汪梅子 译

主人的声音

汉努·拉亚涅米

汉努·拉亚涅米出生于芬兰的上维耶斯卡市。在芬兰国防军服役期间，他担任研究员，后迁居英国，分别在剑桥与爱丁堡取得数学与理学高等学位。在爱丁堡期间，拉亚涅米开始尝试创作科幻小说，并发表了数部作品。他的作品一直保持了较高的水准。一家英国龙头出版商只看了几页打印稿，便同他签约了一套全三本的系列小说。该系列第一部《量子窃贼》2010年一经问世便获得广泛赞誉。目前，第二部《分形王子》及第三部《因果天使》也与读者见面。

人们称拉亚涅米的小说为“后斯特罗斯式”作品。他的书往往给人一种强烈的印象：吸收了先前科幻作家在作品中提出的挑战与难题，并急不可耐地探讨下一系列重大问题。他的作品闪耀着智慧的火花，故事植根于可敬而久经考验的元素——勒索、报复、跳脱的情节，以及对《一千零一夜》故事的引用。拉亚涅米在《主人的声音》中提出并解答的问题，是与他同时代的许多人尚未开始思考的。这也是一条英勇的狗与其猫伙伴的故事。

我们要在音乐会开始前盗取主人的头颅。

蓝色的南极夜幕下，古墓地是一片混凝土蘑菇组成的黑暗森林。在冰原石山的险峻南坡上附着一团十分有用的雾气，我们就蜷缩在其中。

猫伸出粉色的舌头清洁自己的身体。它浑身都散发着说不尽的自信气息。

“准备好，”我对它说，“我们可没有一晚上的时间磨蹭。”

它似乎略受冒犯，瞪了我一眼，穿上护甲。量子点面料如同活的油，将它带斑纹的身体包裹住。猫轻声咕噜着，在一块露出冰层的岩石上试了试金刚爪。那声音摩擦着我的牙齿，胃里也仿佛惊起了一群翅膀似利刃的蝴蝶。我看了看死亡之城那道明亮而坚不可摧的防火墙。透过增强现实视镜看去，那堵墙仿佛串联在一起的北极光。

是时候让本大狗来吠几声了。头盔上的激光枪朝靛蓝穹顶投出一纳秒光线：这个量刚好够将一个量子比特送入荒野。然后我们等待。我的尾巴摇动起来，胸中酝酿起一阵低吼。

与计划中的一样，天空下起红色的分形编码。我的增强现实视镜挂了，无法处理那像季风雨一样骤降到古墓地防火墙上的信息洪流。串联的北极光闪了几下便消失了。

“走！”我冲猫大喊，野性的喜悦从心中喷薄而出，那快乐的感觉就像追逐梦中遇见的那只小动物。“就是现在！”

* * *

猫一跃跳进虚空，盔甲上的双翼展开，它乘着冰冷的风翱翔而下，像一只微笑的中国风筝。

我已经很难记起最初的自己了。那时没有语言，只有声音与气味：金属与海水，海浪有节奏地拍打浮舟。当时世上只有三件完美的事物：我的食碗、球，还有抚在我脖子上的主人的结实手掌。

现在我知道主人当时买下来的是一架陈旧的石油钻塔。刚到那里时，里面散发着刺鼻的石油与化学制品的气味。不过平台上有不少隐秘的空间、暗屋与裂缝，还有一个直升机降落场，主人在那里陪我玩接球。尽管球经常掉进海里，但主人的小虫——小型金属蜻蜓——总会在我接不到的时候把球取回来。

当时主人是我的神。他生气时，声音就像无形的鞭子抽打着我。他的气味是神的气味，充斥着整个世界。

在他工作的时候，我就冲海鸥吠叫，或者跟踪猫。我们打过几次架，现在我的鼻子上还有一道浅色的伤疤。不打不相识，后来，钻塔的背阴处归猫，我则统治着甲板与天空：我们就是主人领地里的冥王哈迪斯与太阳神阿波罗。

而到了晚上，当主人看老电影，或用那台发出霍霍声的老旧留声机听唱片时，我们会一起躺在他脚边。有时主人散发着孤独的味道。这时他会让我在他的小舱室里和他睡在一起。我蜷缩在神的味道与融融暖意之中。

那是个很小的世界，但它是我们所知的全部。

主人大部分时间都在工作，键盘投射在红木书桌上，他的手指在其上飞舞。每天晚上他都会去那个房间：钻塔上唯一不允许我去的地方。

我就是从那时开始梦见那只小动物的。即使是现在，我依然记得它的气味，诱人又费解：像埋好的骨头与奔逃的兔子，让我无法抗拒。

梦里我追着它跑过一片沙滩。小路上有一串细小鲜香的足迹，我沿着它跑过蜿蜒的通道，一路追到茂盛的草丛中。它在我的视线中从未消失超过一秒：那团白毛球始终在我的视野边缘闪现。

一天，它对我说话了。“过来，”它说，“来学。”

小动物居住的岛上到处是容易迷路的地方。我看向那些迷宫般的洞穴和沙土地上的线条，它们便化成一个个单词。周围的气息唱起歌来，是主人那台留声机所唱的歌。小动物教我，我就学。每次醒来，我都在进一步觉醒。后来有一天，我看到猫正用一种新的眼神观察蜘蛛机器人。那时我便知道，它晚上也和我去了同一个地方。

我开始逐渐明白主人开口所说的话。过去那些声音只代表愤怒或高兴，如今则成为神的告谕。他注意到我们的变化，笑了，拨弄我的皮毛。在那之后，他对我们——我和猫——说的话更多了。窗外的海水黑得仿佛石油，在海浪的冲击下，钻塔犹如一枚铃铛在漫漫长夜中作响。主人的声音像一眼幽暗的泉，深邃轻柔。他提起一座岛，那是他的家，一座位于大海中央的小岛。我闻到了苦涩，那是我第一次明白，话语的背后还有更多从未道出的话语。

* * *

猫完美地赶上了上升气流，它在空中悬了不到一秒，牢牢钳住塔墙。猫的爪尖使智能混凝土墙进入了休眠状态：代码让建筑以为落上去的是一只鸟或者一片被风吹来的雪花。

猫嘶叫着吐口水，腹中的反汇编纳米机器人随即附着在墙上，开始啃噬出一个圆洞。等待像一种酷刑。猫锁定护甲外部的肌肉结构，耐心地悬在那儿。最终，墙上开出一个边缘带锯齿的小口，猫钻了进去。我把增强现实视镜信号切换到猫虹膜上的摄像机，我的心紧张得怦怦直跳。它闪电般在通风管内穿行，就像一个躁动不安的杂技演员，不断做着各种加速运动，新陈代谢率也拨到了超速挡。我的尾巴下意识地抽搐起来。我们来了，主人。我们来了。

* * *

假主人来的那天，我把球弄丢了。

我找遍了所有地方。我花了一整天嗅遍每个角落，甚至勇敢地闯入黑暗走廊——那是猫在甲板下的领地，但我还是找不到。最后，我饿了，回到舱室。屋里有两个主人，四只手同时抚着我的毛。两个神，一真一假。

我大叫起来，不知道该怎么办。猫瞟了我一眼，眼神中混杂着同情与鄙夷。然后它把两个主人的腿都蹭了蹭。

"冷静点，"一个主人说，"冷静点。我们现在有四个成员了。"

我总算学会了如何区分他们：那时小动物已经教会我用气味与外表以外的要素来判断事物。在我的记忆里，主人身体矮壮，是一个头发半灰的中年人。新主人则很年轻，似乎刚成年。他身材纤瘦，长了一张褐色的娃娃脸。主人试图说服我同新主人玩，但我不愿意。这个人的气味太过熟悉，而其他的一切都太过陌生。在我心里，我管他叫假主人。

两个主人一起工作，一起散步，还经常一起聊天，说的都是我听不懂的词语。我很嫉妒。有一次我甚至咬了假主人。作为惩罚，那天晚上我被留在甲板上过夜，即便外面狂风骤雨，而且我害怕打雷。但是，猫似乎与假主人相处得很好。这点也让我愤恨不已。

我还记得两个主人第一次争吵时的情景。

"你为什么这么做？"假主人问。

"你知道原因，"主人说，"你记得的。"他的语气阴沉。"因为必须有人告诉他们，我们只属于我们自己。"

"所以，我属于你？"假主人问，"你是这么认为的？"

"当然不是，"主人说，"你怎么这么问？"

"会有人如此断言的。你搞来了一个基因演算法系统，让它制造一万个有随机变异的你，然后挑出那些符合你理想条件的儿子，只为选中一个能够为你所爱的。你反复运行算法，直到超出设备负荷。然后你把选中的打印出来。这是违法的，你知道。你也知道为什么。"

"量产品们可不是这么想的。再者说这是我的地盘。我是这里唯一的法律。"

"你和量产品们聊得太多了。他们已经不是人类了。"

"你说话的语气就像维克科技公司的公关机器人。"

"我像你。我是你心底的疑虑。你敢肯定你做的事情是对的吗？我可不是匹诺曹，你也不是老木匠杰佩托。"

主人沉默良久，一言不发。

“如果我是呢？”他终于开口，“或许我们需要杰佩托。现在已经没人创造新东西了，更不必说是活的木偶。我年轻时，人们都以为有了不起的东西正在未来等着我们。飞翔于天空的钻石小孩，机器制造的天使。各种奇迹。但就在蓝衣仙女出现前，我们放弃了。”

“我不是你的奇迹。”

“不，你是。”

“你至少该给自己造个女人，”假主人的语调尖如刀刃，“或许你就不会像现在这么沮丧。”

我并没有听到主人动手，但我感觉到了。假主人哭喊着冲出门，差点被我绊倒。主人注视着他跑开。他的嘴唇翕动，但我听不见他在说什么。我想安慰他，于是弄出点响动，可他看都没看我一眼就回到舱室，锁上了门。我挠了挠门，但他没开。我只好跑回甲板，继续找那个球。

* * *

猫终于找到了主人的房间。

屋里满是头颅。它们飘在空中，没有身体，悬浮在钻石柱子里。我们先前对塔楼的神经系统动了手脚，于是它按照我们的指示执行指令。其中一根柱子开始闪烁。见到钻石后面那张寒青色的面庞，我轻声呼唤，主人，主人。但同时我知道这不是主人，现在还算不上。

猫探出义肢，智能护甲如泡沫般散去。“现在小心，小心点。”我说。猫不满地嘶了一声，小心翼翼地朝头颅上喷洒防腐纳米机器人，然后轻轻地放到带有凝胶内衬的背包里。

大墓地的防御系统终于苏醒了，从天而降的猫咪黑客造成的破坏已经差不多修复了。猫奔向逃离路线，又开始争分夺秒。通过传感器链接，我感觉到它猛烈得几乎断音的心跳。

该关灯了。我将眼镜极化成全黑的墨镜，举起高斯发射器，不禁感叹这种俄罗斯制的义肢竟仍然十分柔软。我扣下扳机，怀中的发射器几乎一动未动，只见一道闪光冲入天空。核弹头的威力很小，当量仅有十吨，连正规的钚弹头都比不上，只能算微型铪弹。但这也足以在这陵墓之城的上空升起一颗仅存片刻的小太阳。随之而来的聚焦微波脉冲也足以让这地方暂时与它的居民一样陷入死寂。

强烈的光亮犹如一阵有形的白色狂风，整座山谷像是用明亮的象牙雕刻而成。白噪音在我耳中嘶鸣，听起来就像猫在对我发怒。

* * *

对我而言，气味不仅是一种感觉，而且也是真实存在的。现在我知道这种理解已经离真相不远了：气味是分子，是分子所代表之物的一部分。

假主人闻起来不对劲。起初我很疑惑：他的气味非常接近神，但又不完全是神，那是堕落之神的气味。

最后，他也真的堕落了。

事情发生时，我正在主人的沙发上睡觉，梦里，小动物正教我乘法表，我被吵醒了。耳畔是光脚在地毯上拖动的声音和沉重的喘气声。

假主人看着我。“好孩子，”他说，“嘘。”我想大叫，可他身上神一般的气味实在太浓烈，我摇了摇尾巴，缓慢而迟疑。假主人挨着我坐下，心不在焉地挠我的耳朵。

“我记得你，”他说，“我知道他为什么把你造出来。你是一段复活的童年回忆。”他笑了，闻起来比过去任何时候都友善。“我知道那是什么滋味。”他叹了口气，起身走进了那个我不允许进入的房间。当时我意识到他要做什么坏事，于是放声大叫。主人醒了，等假主人回来时，他已等在门口。

“你做了什么？”主人脸色煞白。

假主人不屑地看了他一眼。“不过是你以前做过的那些。犯罪的人是你，不是我。我为什么要活受罪？我不属于你。”

“我可以杀了你。”主人的怒火让我害怕得呜咽起来。“我可以告诉他们我就是你，他们会相信我的。”

“没错，”假主人说，“但你不会那么做。”

主人叹了口气。“是的，”他说，“我不会。”

* * *

我乘着机械蜻蜓飞过冷冻塔，猫早已抵达屋顶，正低声求援。飞机轻轻地降落。尽管我算不上飞行员，但飞机的智能系统可是恶魔的大脑——二十一世纪一位王牌飞行员的大脑非法复制品。猫爬进来，我们立刻以五马赫的速度冲向平流层。狂风爱抚着飞机表面的量子点贴膜。

“干得好。”我摇着尾巴对猫说道。它抬起黄色的吊梢眼看了我一眼，然后在加速凝胶床上蜷成一团。我看了看它身旁的背包。我真的嗅到了一点儿神的气味吗？或者那只是幻觉？

不管怎样，这都足以让我蜷起来美美地沉睡一觉了。多年来，我终于再一次在梦里见到那只球与那个小动物，它们从弹道斜坡背面滑下，来到我面前。

* * *

那群人在日出前从天而降。主人在甲板上等候，穿了一套闻起来很新的西装。猫躺在他膝盖上，轻声呼噜着。假主人背着手，跟在后面。

有三架飞机，都是带有透明翅膀的多足黑壳甲虫。它们低飞到甲板上方，掀起一层层翻滚着白沫的海浪。它们降落时翅膀嗡嗡响个不停，震得我耳朵生疼。

中间那只小虫吐出一团白雾。稀薄的晨光下，白雾闪闪发亮，在空气中打着转儿，变成了一个没有一丝气味的黝黑女人。那时我已晓得，没有气味的东西也可能很危险。我朝她大叫，直到主人叫我安静才收了声。

“下田先生，”她说道，“你知道我们为何而来。”

主人点点头。

“你不否认自己的罪行吗？”

“我否认，”主人说，“从理论上说，这里是一个独立的主权国，受我的法律管制。在这里，无性繁殖并不违法。”

“这里曾经是一个主权国，”女人说，“但它现在归维克科技所有。正义来得很迅速，下田先生。我们的法律机器人已经破坏了你的宪法，就在这位下田先生——”她比了比假主人：“告诉我们他的情况十秒钟之后。现在，我们别无选择。我们已向世界知识产权组织的量子审判委员会提出诉讼，你被判处在慢行区监禁三百一十四年，我们作为受害方，有权利代理执行。您还有什么要说的话吗？”

主人回头看看假主人，表情扭曲得犹如蜡像。接着，他轻轻放下猫，又搔了搔我的耳朵。“好好照顾它们，”他对假主人说，“我准备好了。”

中间的甲壳虫扇动起翅膀，频率快到我无法看清。主人抱住我脖子上松弛的皮毛，像母亲小时候叼着我那样用力紧搂片刻，然后松开了手。某种温润的液体溅落到我的皮毛上，空气中飘散着浓重的血腥味。

主人倒下了。我看到他的头颅悬浮在一个肥皂泡里，然后被一只甲虫吞下。另一只甲虫则对假主人张开腹部。然后，他们都走了，只剩下我和猫孤零零地站在淌着血的甲板上。

* * *

与卡拉巴斯侯爵号对接后，猫把我叫醒。这艘齐柏林飞艇像鲸鱼般吞下我们的蜻蜓。它就像一根水晶雪茄，纳米材料的天蓝色脊柱闪烁着淡淡的蓝光。在我们下方六千米处，快城是一片霓虹璀璨的夜空，用升降电缆与停泊在这里的飞艇相连接。我看到升降蜘蛛从很远的下方往上爬，不由得长松一口气。客人们还没到齐，我们还不算太晚。我一直没开自己的私人防火墙：我知道数不尽的消息正在另一头等着我。

我们直奔实验室。我准备扫描仪，猫则千谨慎万小心地将主人的头颅拿出来。扫描仪的分形刷从内穴里伸出，分子大小的反汇编手指根根竖起。见它开始啃噬主人的脸，我别过头不忍直视。我逃向虚拟现实，去做我最擅长的事情。

半小时后，我们准备完毕。纳米装配机吐出几张黑色的塑料碟片，飞艇上的黄蜂机将它们送去音乐厅。我感到胃里的金属蝴蝶又开始折腾了。我们径直走向化妆间。负责人已经在那儿等我们了：从地板上的烟蒂来看，他已等了一段时间。烟臭味让我不由皱了皱鼻子。

“你们来晚了，”我们的经纪人说，“我希望你们清楚自己他妈的是干什么的。这场演出可比都灵克隆人的生日宴会重要多了。”

“你说得对。”我一边接话，一边让化妆师艾内特帮我喷化妆雾气。那味道弄得我鼻子痒痒，打了个喷嚏。我嫉妒地瞄了一眼猫：和平常一样，它与自己的形象顾问相处得好极了。“我们简直比耶稣还受欢迎。”

他们急匆匆帮我们穿上 DJ 的衣服。那是顶级西服手工缝制圣地萨维尔街的最后一位人类裁缝亲手制作的。“真是身好行头，”艾内特说，“带了点儿紫的红褐色。”她又说了些别的，但我已经听不进去了。音乐已经在我脑海中响起，那是主人的声音。

* * *

猫救了我。

我不知道它是否有意救我，直到现在我都很难理解。它弓着背，对我嘶嘶叫，然后跳过来挠我的鼻子——火辣辣的痛，就像一块烧红的炭。尽管虚弱，我还是大为光火。我狂吠，追着猫跑遍甲板。最终，我崩溃了，精疲力竭，意识到自己饥肠辘辘。甲板下，主人舱室里的自动厨房仍旧在运行，我知道该怎么要吃的。可等我回来，主人的身体已经消失：垃圾清理机器人把它扔到了海里。就是那时，我知道他再也不会回来了。

那天夜里我独自蜷缩在他的床上，床上残存的神的气味成了我的所有。此外，还有那只小动物。

那晚，在梦的彼岸，它来到我身边，可这次我没有追它。它坐在沙地上，用红色的小眼睛看着我，等待着。

“为什么？”我问，“他们为什么要带走主人？”

“你不会明白的，”它说，“至少现在不会。”

“我想知道，我想明白。”

“好吧，”它说，“你做的每件事，记忆、思考、闻气味——所有事情——都会留下痕迹，就像沙地上的脚印。而且这些东西是可以解读的。试想一下，你跟着另一只狗：你知道它在哪里进食、小便，也知道它做的其他任何事。人类可以这样解读思维的踪迹。他们可以记录这些踪迹，然后在一部机器里制造另一部机器，就像你主人以前会观看的那个没有气味的镜像人。不同之处在于，镜像狗会认为它自己就是你。”

“即使它没有气味？”我疑惑地问。

“它认为自己有气味。如果你清楚自己在做什么，你也可以给它一个新的肉体。这样等你死后，你的拷贝依然可以代替你好好活着，没人瞧得出其中的区别。人类从很久以前就开始这么做了。你的主人便是最早那批人中的一个。在很远的地方生活了很多拥有机械身体的人。这些人永生不死，根据经济条件的不同，体型也有大有小。即使是已经死去的人也能复活。”

我试着理解：没有气味，这太难了。但它的话却唤醒了一个疯狂的希望。

“那是不是意味着主人能活过来？”我激动得有些上气不接下气。

“不行。你的主人违反了人类法律。自从人类发现了思维痕迹的秘密，他们便开始制造自己的拷贝。有人造了很多，甚至比这海滩上的沙子还多。那引发了混乱。到处都是那样的机器设备，其中都活着一个已死的疯狂的大脑。人类将那些拷贝称为量产品，对其畏惧不已。他们确有理由畏惧。想想看，如果你家住了一千条狗，但却只有一个球，会是怎样一番景象。”

想到那一幕，我不禁抖了抖耳朵。

“人类也有同样的感受。”小动物说，“因此他们通过一项法律：每个人只允许有一个备份。维克科技的人发明了在人脑中植入水印的方法，这种权利管理软件的目的是阻止复制行为。但有些人——例如你的主人——发现了清除水印的方法。”

“假主人。”我轻声说。

“没错，”小动物继续说道，“他不想当一个非法的量产品，所以他告发了你的主人。”

“我想将主人复活。”我说道。愤怒与渴望像笼中的鸟儿般在我胸口奋力拍打翅膀。

“猫也是这么想的。”小动物轻声说道。直到那一刻，我才注意到猫也在这里，就挨着我坐在沙滩上。阳光下，它的眼睛闪烁着微光。它看看我，喵了一声安慰我。

* * *

从那以后，每天晚上小动物都陪着我们，教育我们。

我非常喜爱音乐。小动物教会我如何将音乐转换成气味，并发现其中的模式，就像陌生的大型动物留下的痕迹。我研究了主人的旧唱片与他留在虚拟桌面上的海量图书，试着将其混合成我喜欢的气味。

我不记得是谁先提出了营救主人的计划。或许是猫，那时我只能在梦里的小岛上与它交谈，并通过沙滩上的图纹了解它的思绪；或许是小动物；或许是我自己。经过无数个探讨商定的夜晚，我已经想不起整件事的起点。但计划确实是在这座小岛上开始的，我们在这里将化作箭头，射向靶心。

我们终于准备启程了。主人的机器人与纳米装配机为我们制造了一架像鸟一样羽翼洁白的开源滑翔机。

在我最后一场梦里，小动物向我们道别。听我讲完我们的计划，它喃喃自语。

“梦里请记得我。”它说。

“你不和我们一起去吗？”我困惑地问。

“我的世界在这儿，”它说，“现在轮到我睡个好觉，走进梦乡了。”

“你究竟是谁？”

“并非所有的量产品都消失殆尽。其中一部分逃入宇宙，在那里建立了新世界。即便现在，那里的战火依然没有平息。或许有一天你会加入我们的行列，大狗们都生活在那里。”

小动物的大笑。“看在过去的分上，请记得我。”它潜入海中，开始奔跑，逐渐化身成一只浑身洁白、体格强壮的伟岸大狗。最后一次，我追上它的脚步。

我们启程时，天刚蒙蒙亮。猫戴上目镜，用神经界面启动飞机。我们掠过暗黑的波涛，正式踏上旅程。钻塔逐渐变成海面上的一个小污点。我看着它离我越来越远，意识到自己再也没找到那个球。

一道闪电落下，一根黑色的水柱从钻塔那里升起，连入天空。我没有忧伤，我知道小动物已经不在那里了。

* * *

抵达快城时，太阳即将落山。

小动物的教导让我知道可以抱有哪些期待，但我无法想象外界是什么样子的。每一栋高达一英里的摩天大楼都堪称一个独立的世界，拥有自己的人造等离子太阳、盆景园与微型购物中心。每栋楼都是一个小人国，里面住了十亿可怜而灵敏的人类：他们的意识全都建立在一枚没有指尖大的纳米计算机上。人类能够长生不死之后，地球人口急剧膨胀，个人能够消耗的资源甚至不如老鼠。城市四周环绕着一圈发光的精灵，这些机械躯体扇动翅膀，像人形萤火虫一样飞来飞去，超频躯体内的余热覆盖了城市，仿佛一片人造暮光。

城市主脑智能将我们引至降落场。还好开飞机的是猫，因为我只会瞠目结舌地看着那些嗡嗡作响的东西，担心自己会溺死在这声音与气味的海洋之中。

我们把飞机当废品卖了，然后像哥斯拉一样在这喧闹的城市里游荡。小动物介绍给我们的社交中介早已被淘汰了，不过他们还是可以帮我们融入当地的社交网络。我们需要钱，需要工作。

于是，我成了一名音乐家。

* * *

舞厅位于飞艇中央，是个半球体。现在里面已经挤满了。无数的小人如同点燃的蜡烛在空中闪烁。那些拥有肉体、身穿套装的富人也同样彰显出毫不逊色的异国情调。一个只穿了几片秋叶的女人微笑地看着我。还有好几个小仙女围着猫飞来飞去。我们的保镖——全副武装的黑曜石巨人——帮我们从人群中开辟出了一条直通向舞台的道路。留声机正在那里等着我们。一阵沙沙声从人群中传来。我知道四周的空气正孕育着幽灵，那是一百万粉丝的虚拟替身。我摇摇尾巴。这里的气味令我沉醉：香水、鲜活的肉体、无味的机械躯体以及假主人那堕落之神的味道，他正藏匿在人群之中。

我们拿义足作支撑，用后肢登上舞台。身后丛林般的留声机设备隐现，上面的喇叭宛如一朵朵盛开的金花铜花。当然，我们事先动了手脚：虚拟的音乐，真实的留声机，黑胶碟上的音轨不足一纳米厚，唱针头上装的是量子点。

我们深鞠一躬，台下顿时掀起一阵掌声的风暴。

“谢谢，”待雷鸣般的掌声结束，我说道，“我们一直尽可能对这次音乐会的目的保密。现在我终于能告诉大家了，这是一次慈善义演。”

我嗅到空气中的紧张感，铜和铁的味道。

“我们很想念一个人，”我说，“他叫下田武，如今他已离开了我们。”

猫举起指挥棒，转身朝向留声机阵列。我跟着它，走进我们建造的声音空间。在那里，音乐既是气味，又是声音。

主人就在这音乐之中。

* * *

想达到事业巅峰需要五个人类年的时间。我学着热爱我的观众，这样我就能嗅出他们的情绪，为他们创造出最合适的音乐。很快我便不再是小人国里的一只DJ大狗，而是转变成人腿林立的舞池里的一只小猎犬。猫干了一段时间的角斗士，但很快便加入了我，在我设计的虚拟戏剧中担任演员。我们在快城、东京与纽约为有钱的肉体人表演。我很喜欢这种生活。我在静海[①]朝天上的地球号叫。

但我知道，这不过是计划的第一步。

* * *

我们将他变成了音乐。维克科技拥有他的大脑、记忆与思想。但我们拥有音乐。

法律也是一种代码。现在有十亿人正聆听主人的声音。十亿个大脑正在下载嵌在其中的国内法数据包，对量子审判委员会狂轰滥炸，直到他们将主人还给我。

这是我干得最出色的事。猫悄悄跟上了基因演算法丛林，让主题肆意生长，然后猛扑过去一口吞下。我也对其展开了追逐，当然只为享受追逐的乐趣，并不在乎能否真的捉到。

这是我们最棒的演出。

然而结束时我才发现，根本没人在听。观众全被冻结了。小精灵与小人如同被困在琥珀里的苍蝇，静静悬浮在空中。机械躯体仿佛静止的雕塑。时间停滞了。

一双手在台下鼓起了掌。

“我以你们为荣。”假主人说。

---

①静海，美国阿波罗11号飞船在月球的着陆地点。

我整了整领带，狗模狗样地浅浅一笑，却感到腹中有一条冰冷的蛇在盘绕。神的气味扑面而来，告诉我我应该扑到地上，摇起尾巴，将我的喉咙露给面前这个神圣的存在。

但我没有。

“你好，小钳子。”假主人说。

我强行压下喉咙里即将迸出的咆哮，问了他一句话。“你做了什么？”

“我们把他们都暂停了。通过硬件上的后门，数字权利管理。”

那张红褐色的脸依旧光滑，他看起来一点儿都没老，穿了一套深色西装，戴着维克科技的领带夹。不过，他的眼神疲惫。“你们真的很了不起，居然能掩盖自己的行踪，令人钦佩。我们原以为你们不过是些毛茸动物，直到我发现——”

远处一声雷鸣打断了他的话。

“我答应他要照顾你们，所以你们才能活到今天。你们不必做这种事。你们什么都不欠他的。瞧瞧你们自己，谁能想到你们竟混到这个地步？为了某种返祖的动物忠诚感，你们就打算舍弃一切吗？当然，我并不是说你们还有选择的余地。你们的计划已经失败了。”

猫发出嘶嘶的吼声，像爆发的蒸汽管道。

“你误会了，”我说，“音乐会不过是障眼法。”

猫冲了过去，像一团黄黑相间的火焰。它的爪子寒光一闪，假主人的脑袋与身体分了家。我低声抱怨血腥玷污了神的气味。猫则舔了舔嘴唇，白衬衣上沾了一块深红的污渍。

齐柏林飞艇晃动起来，虚拟装甲也迸出火花。飞艇四周漆黑的天空上到处是口吐火焰的甲壳虫。我们迅速穿过舞厅里那些人形雕像，冲进实验室。

猫负责脏活，我得以暂时逃入虚拟世界中。我不知道多年前主人究竟如何破坏了维克科技的保护水印。无论我从小动物那里学来多少东西，我都做不到相同的效果。因此我不得不耍些小手段，从其他地方拷贝一份数据，将有水印的区域覆盖。

假主人的大脑。

诞生于小动物之岛上的那一部分自我接手了这个任务，将假主人的部分模式碎片与主人的大脑拼合在一起，就像玩一个拼图游戏。拼上了！在极短的一刹那，主人的声音在我的脑海中响起，这次是真的。

猫已经穿好带爪战斗服，就等我了。我也穿上我自己的。在我们周围，卡拉巴斯侯爵号正分崩离析。想要真正送主人上路，我们不得不解除这里的装甲。

猫轻轻叫了两声，递给我一件红色的东西。一个布满牙印、散发着阳光与海水味道的旧塑料球，里面还有几粒咔哒作响的沙子。

“谢谢。”我说。猫没说话，只是默默打开了进入齐柏林飞艇护甲的大门。我轻声下达指令。现在，主人已经在中微子流的处理下射向蓝海上的一座小岛。在那里，神与大狗将获得永生。

我们一起跃出大门，潜入无尽的光明与火焰。

符瑶 译

算师与射手

凯奇·贝克

凯奇·贝克2010年去世，新世纪最有前途的一位作者提前退场。但在写作生涯的十三年中，她创作了大量精彩作品。

贝克生长于南加州，曾从事戏剧和保险业，1997年出版她的首部长篇小说《伊甸园中》。这部处女作和她其后大部分作品的主题均为一个名为“公司”的团体，由一批二十四世纪的时间旅行者组成，他们以拯救地球遗产为名干涉人类历史，但随着情节推进，这一团体的隐秘目的也渐渐揭露。贝克后来创作了多部“公司”系列长篇小说和中短篇故事，也有一些其他设定的作品。

《算师与射手》时而令人捧腹，时而引人深思，可谓是《蝇王》与《安德的游戏》的交融之作，也很难判定两种风格当中谁占上风。颠覆前人作品是科幻小说的传统之一，本篇在这一点上相当出色。

穿梭飞船把新家伙送来的时候，我正在伺候死亡战士大人和粉碎博士。

我恨死亡战士大人。我也恨粉碎博士，但我真心希望能冲死亡战士大人发上一颗导弹，把他的屁股炸开花，而且要用他自己那台炮。虽然其实也不算是炮。而且我也不能朝他开火，因为我只是个算师。但如果没有仇恨，也就无从复仇，你懂吗？

不管怎么说，蜂鸣和闪光出现时，我抬起头看了一眼，可死亡战士大人抓住我的法式女佣小围裙，使劲一拽，我只得赶快弯下腰，差点把盛有他的饮料的托盘打翻。

“当心点，小畜生，”死亡战士大人说，“不过是飞船进港。这可不是你心不在焉的理由。”

“我知道是为什么。”粉碎博士向后倚着吧台说，“他听见了同类的交配召唤。他们肯定又送了个算师来。”

“噢，对嘛。”死亡战士大人冲我咧嘴笑了，“你的肥妞女友哭着鼻子回家找爸妈去了，是不是？”

噢，老天，我实在是恨他入骨。他说的是凯夫。凯夫刚刚离开空间站回家了，因为他哮喘发作，差点挂了。凯夫是个出色的算师，最优秀的一个。我刚刚真不应该对死亡战士怒目而视，因为他露出微笑，靴子踏着我的脚站了起来。

“我好像没听见你的回答，菲菲。”他说。我感到难以置信的心理剧痛。呃，就算重力降低了，但他要想压垮我，只要找对杠杆就行。他们对我们说，不用担心在空间站上会骨质疏松，因为他们会让我们做重量训练，可我们怎么知道他们是不是在撒谎？我几乎能听见自己的跖骨像枯枝般断裂的声音。

“是的，我的死亡战士大人。”我说。

“什么？”他向前倾了倾身子。

“大人，是的，我的死亡战士大人！”

“这还差不多。”他又坐了下来。

好吧，你大概觉得我是个胆小鬼，可我不是。这跟死亡战士大人的个头大小也没有关系。其实他个头不大，干儿瘦身材，大黄板牙，看着像是恶魔兔。粉碎博士胖得都有胸了，体味很重，谁也不愿意跟他待在一个气密舱里。可你知道吗，他们是射手。而且他们穿得都像太空战士似的，那夹克，那靴子，还有慑人的发型。该死的法西斯。

于是我放下他的"混乱百事"饮料,退下了,这时喇叭里响起广播：

"尤金 · 克里福，请前往库兹先生的办公室报道。"

真是及时雨。广播又重复了一遍，死亡战士大人得意地笑了。

"看来'裤子学监'又孤单寂寞了，要召唤他的小白脸。我们批准你退下，菲菲。"

"大人，谢谢您，我的死亡战士大人。"我嘟哝着，扯下围裙，跑向升降扶梯。

库兹先生不是什么学监。我不知道射手们为什么这么叫他。他是空间站经理。他为阿雷科公司运营这个地方，给我们做绩效评估，签发奖金单。这么说来，射手们总应该多尊重他一点吧。但他们并没有，因为他们是射手，就这么简单。大部分时间库兹先生都坐在自己的办公室里，一脸失望的神情。我能理解他。

我把头探进门，他的目光从手里的小说上抬了起来。

"你找我，库兹先生？"

他点点头。"穿梭飞船送来个新人。替凯文 · 尼德兰德的。你带他熟悉一下可以吗？"

"是的，长官！"我说道，随后赶往穿梭飞船等候室。

新来的家伙坐在等候室里，旅行袋放在身旁的椅子上。他个子不高，方方正正的，发型让脑袋看起来仿佛顶上有个尖。这可能是遗传。算师的发型似乎永远都很糟糕。

"欢迎来到炮台，新兵蛋子，"我说，"我是你的入职培训官。"我的确算是。

"哦，好。"他说着，站起身，但眼神似乎不肯从舷窗移开。我等着他问我下面那玩意是否真是火星，或者惊叹自己竟然来到另一个星球，至少是在另一个星球的同步轨道上。嗯，新兵蛋子一般都这样。

可他没有。他只是背起旅行袋，终于把视线移开了。

“我是查尔斯·提德。很高兴来到这里。”他说。

嚯！你这想法可不会坚持很久，我心想。“你有正义的任务要完成，新人。你准备好了吗？”

他只是回答说他准备好了，口气不像是在吹牛，我心想，这哥们儿的棱角很快就会被磨平的。

于是我带他去前舱，把凯夫原来的铺位指给他，凯夫以前挂全息海报的地方只剩下了钉子眼，看着空荡荡的，很是凄凉。他把旅行袋放进凯夫以前的储物柜，四下打量，随后问我谁负责给我们洗衣服。我轻轻咳了一声，解释说脏衣服要送到下面星球上干洗。我没告诉他，当时还没有，没提我们要负责收集射手的臭袜子和脏衣服。

然后我带他去了舰桥，B 组正在值班，我把他介绍给大家。罗斯科和诺曼穿着他们的绝地武士袍。我真希望他们没穿这玩意儿，那袍子让我们看起来不可救药。万德正焦虑发作，因为布拉德利把他的一个格斗手办碰掉了，落在了控制台后面，显然是比较值钱的一个。只有麦伦瘦得能把胳膊伸进去，把它够出来，但他是 C 组的，下午五点才当班。

看来这个新兵蛋子的开始只好这样凑合了，B 组的第一印象真不怎么样。

我想给他找补一点我们这个职业的重要性，于是向他展示了监控图，蓝色和金色相间的小行星带向远方延伸，大概就像是古代教堂的彩色玻璃窗，唯一的区别是所有东西都在移动。

“这是你自己负责的那块星空区域。”我边说边指了指 Q34−54。“大个儿凯夫对这些宝贝了如指掌。三年间他发现了所有不稳定和偏移运动。为三十七次成功发射完成了轨迹运算。就像是有第六感！有三次，他甚至在入侵体进入射击范围之前就发现了它们。凯夫是我们的奖金之王。你要是玩命努力，大概能赶上他一半。”

“可这不是应该很容易吗。”查尔斯说，“大部分活儿不都是勘测软件负责吗？”

“这，嗯，没错，可你得负责协调一切，明白吗？用脑子。机器没法什么都管。”我说道。万德却恰恰选在这一秒在我们身后大吼：“别把动感超人的斗篷拽下来，你会把他弄坏的！”我想营造的气氛完全被毁了。于是我没再理他的质疑，继续说道：

“我们从地球被招来，就是因为这活儿只有我们能干。在这寒冷的群星之间，这是一项崇高而孤独的使命！庸人是坚持不下去的，所以阿雷科才会寻找我们这样的人。我们毫无牵绊，不是吗？我们离开父母的地下室和车库，来到这样一个需要我们力量的地方。软件的确可以探测出那些石头，没错。它可能也能追踪它们。但只有人才能——才能——在它们到来之前嗅出它们的到来，明白吗？”

“你的意思是预知能力？”查尔斯瞧着我。

“不完全是。”我说，虽然麦伦声称自己能通灵，但他似乎从来没成功预测过射手什么时候会来我们的地盘撒野。“我说的是感觉。预感。直觉！我想说的就是这个词。人类的直觉。在预测目标时，有 70% 的时候我们比软件更出色，挺厉害的吧？”

“我想是吧。”他说。

我用值班的剩余时间告诉他哪个是他自己的控制台，帮他设置密码、操作偏好之类的。他并没有提很多问题，只是戴上护目镜，聚精会神，你几乎能看到他在 Q34−54 的小行星之间漫步，逐渐熟悉它们。我开始对他有点好感了，因为凯夫以前用的就是这种方法，这时他说：“我们怎么瞄准？”

万德大吃一惊，以至于把蓝判官的手办都掉了。罗斯科转过头来，摘下护目镜瞧着我，说：“我们不管瞄准的事。老天，你没告诉他吗？”

“告诉我什么？”查尔斯戴着护目镜的脸转向罗斯科的声音传来的方向。

于是我只好告诉他射手的存在，还交代了各种注意事项，比如射手在酒吧里的时候他就不能进去，除非轮到他伺候其中某个射手的时候；如果他擅自进去了他们会如何对待他；还有，他得远离地狱之井，那是射手的宿舍区，除了他伺候某个射手的时候；还有，在任何情况下他都不能进作战室。

我正在给他解释轮班伺候射手的事，他突然说：“这也太傻了！”

“这是彻头彻尾的作恶。”罗斯科说，“但我们无能为力。他们是射手，你对付不了他们。你要是尝试了，绝对会后悔的。”

“我的合同里可没交代这个。”查尔斯说。

“你要是乐意，可以去找库兹投诉，”布拉德利说，“不过屁用也没有。他管不了他们。他们是射手，谁也取代不了他们。”

“我敢打赌我可以。”查尔斯说。大家只是对他嗤之以鼻，因为，你懂的，谁有射手那样的反射神经呢？他们在射击领域无人能敌。

“你被分到我们这儿来，因为你的测试结果表明你适合当算师。”我告诉查尔斯，“事情就是这样。你干的是自己最擅长的。薪水不错。五年之后就可以走了。你唯一要学的就是凑合过日子。我们都是这么过来的。”

他看着像个聪明人，我以为不用跟他讲第二遍。可我错了。

我们听到穿着靴子的脚步声从走廊那边传来。万德跳起来，抓起他所有的格斗手办，一股脑塞进一个储物箱里。诺曼开始深呼吸。布拉德利溜去厕所了。我只是原地没动，垂下目光。直视射手永远是不明智的。

砰！门猛地开了，他们进来了，是死亡战士大人、鲨鱼和铁兽。他们带着碧姬提姬。我的脸一下煞白。

碧姬提姬是个假人，是他们用一张毯子、一个面具还有几样材料做的。死亡战士大人坏笑着环顾四周，发现了查尔斯。

“碧姬提姬回到他的后宫来了。”他大声说道，“这是怎么回事啊？碧姬提姬发现了一个新妃子，美得很！碧姬提姬要对她的到来表示欢迎！”

他们咯咯笑着，走到查尔斯跟前，抛出假人，落在他身上。他还没来得及把假人丢开，他们便把他拽了起来，几个人将他举在中间。他奋力反抗，但他们只是大笑。可他终于挣脱一条胳膊，一拳打在鲨鱼脸上。鲨鱼捂着鼻子开始咒骂，但死亡战士大人和铁兽只是幸灾乐祸。

“嚯！害羞的新妃子得学点规矩了。碧姬提姬要把她带到蜜月套房里，好好教教她！”

惨了。他们把他拽走了。不过，至少这还不是他们干得出的最糟糕的事儿。他们只是要把他塞到某个储物柜里，估计柜子里有几只臭袜子，再把碧姬提姬丢进去陪他。然后他们会锁上柜门，把他留在里面。我怎么知道的？他们也这么对待过我，那是我到这里的第一天。

* * *

如果你和我一样理智，你就会耸耸肩，专心干活。可查尔斯不肯罢休。他总是提问题。

比如，虽然射手大部分时间只是玩模拟游戏，负责追踪小行星和计算撞击时间的这些活儿全是算师干的，可为什么他们薪水比我们高？还有，射手甚至黑掉了库兹先生的全息电视，出其不意地投影出他和鳄鱼做爱的动画，还有其他那么多折磨他的小把戏，为什么他也不打算管教他们？我们为什么从来没有人反抗他们？

我跟他解释说这帮人不讲理，指责他们幼稚、粗鲁、恶心统统都没用，他们还挺爱听人家说他们差劲儿。可解释似乎也是徒劳。

他还问这里为什么没有女人，这个问题要解释起来就太丢人了，于是我只是说测试表明男人更适合炮台上的生活。

他本应满足于做一个出色的算师。他的确很出色。他用了一周的时间就对Q34−54了如指掌。有一次我们在舰桥值班，麦伦和我正在讨论《薛定谔之岩》有史以来最差的一集，就是拉拉尔的邪恶双胞胎兄弟在第二季被杀之后又现身的那集。安尼尔正在打开他妈寄给他的三十一岁生日礼物，结果发现是条内裤。这时，查尔斯突然说：“尤金，你可能得查一下Q6−17。我算出来Q14附近有个入侵体。”

“你怎么知道的？”我边戴护目镜边讶异地问。他是对的。的确有个入侵体，在一片火与雪的光晕中翻滚着，距离黄道面还很遥远，但就在Q14的区域内。

“你不会把预测范围延伸到行星的黄道面之外吗？”查尔斯问。

麦伦和我对视了一下。我们从来不预测那么远的距离。有什么意义呢？反正入侵体进入射击范围内之前有充足的时间发现它。

“你不用那么卖力，伙计。”我说，“上方五十度，下方五十度，咱们只用管这么远就够了。扫描软件负责其余范围。”但我发出了警报，虽然作战室在炮台空间站的另一头，我们还是能听到射手的欢呼声。尽管入侵体很遥远，鲨鱼还是可以发射导弹。我们没有看到撞击，要等上至少两个星期，而且我现在不仅要一直监视入侵体，还得监视导弹，确保轨道吻合——可射手们已经开始跺着脚吼起奖金之歌了。

麦伦哼了一声。

“总是这样，”他说，“活儿都是咱们干，他们就按一个破按钮，英雄的头衔就归他们了。”

“呃，事情不一定非要这样啊。”查尔斯说。

“总不能罢工吧，”安尼尔沮丧地说，“咱们是独立合同工。辞职要交违约金。”

“不用辞职。”查尔斯说，“你可以向阿雷科证明你能干更多的活儿。咱们可以又当算师又当射手。”

安尼尔和麦伦露出惊骇的表情。不知道的还以为他建议我们大家都变成同志呢。我自己也十分震惊。我只好向他解释，测试证明，大家专心做好分配给自己的任务才能确保一切顺利运行。

“阿雷科觉得咱们不能身兼多职？”他问我，“他们和其他公司也没什么区别吧？他们肯定想省钱。只要让他们看看咱们两个活儿都能做就行了。射手拿一笔丰厚的解聘赔偿金，咱们自己接管炮台。皆大欢喜。”

“天才先生，你这小算盘只有一个问题。”麦伦说道，“我不会射击。我没有射手的反射神经，所以我才来当算师啊。”

“但你可以学射击啊。”查尔斯说。

“我再给你慢慢重复一遍，好让你能听懂，”麦伦有点抓狂，“我没有那种反射神经，你也没有。咱们活到这么大，已经被测试过多少次了？

才能测试、过敏测试、脑扫描、DNA 测绘，哪样没做？阿雷科很清楚咱们什么样，咱们能做什么，不能做什么。咱们是算师的命。你要是觉得自己不是，那就是自欺欺人。”

查尔斯没再答话。他只是轮番看了看我们每一个人。我估计他很寒心，随后他转身埋头在自己的操作台上开始干活。

不过这事并没完。他值班结束后，没有到驾驶舱来打发时间，那他去参加漫画或者本周热门电视节目讨论了？也没有。他带着个人电脑躲到前舱的一个角落打游戏去了。而且也不是随便什么游戏，而是瞄准模拟游戏。从来没见过谁能这么专注而冷漠。有时候他会拆装几个订购来的玩意儿，我估计是模型。

这就好像我们其他人根本不存在似的。作为算师，我们很尊重他。他在发现入侵体方面有种神秘天赋，能比我们其余人提前好多天探测到它们，而且他在预测它们的轨道方面也很厉害。但他有点冷，不太合群。麦伦和安尼尔反正已经觉得他是个怪胎了。B 组还有几个人也明显不喜欢他，因为他也对他们说了跟我们讲的那一套。他们很确定他早晚要干点儿什么，结果只会让我们所有人更惨。

他们也说对了。

威尔顿伺候射手的轮值结束后，他把法式女仆围裙拿过来，丢在查尔斯的床铺上。

“该你穿这破玩意儿了，”他说，“他们要你下午两点去酒吧。加油。”

查尔斯只是咕哝了一声，甚至没有把视线从电脑屏幕上抬起来。

下午两点到了，他还坐在那儿，无动于衷地打游戏。

“嘿！”安尼尔说，“你该去伺候射手了！”

“我不去。”查尔斯说。

“别傻了！”我说，“我们大家都得去，你也一样。”

“为什么？要是我不去就会有可怕的后果？”他把电脑放在一旁，看着我们。

“没错！”麦伦说。A 组的普雷斯顿这时冲了进来，脸色苍白。

“该谁去伺候射手了？酒吧那儿没人，死亡战士大人想知道怎么回事！”

“看吧？”麦伦说。

“你会让我们大家都惹上麻烦的，你这个白痴！把围裙给我，我去！”安尼尔说。可查尔斯拿起围裙，把它扯成两半。

一片死寂，只能听到射手的靴子声在走廊中如雷鸣般回响。死亡战士大人和痛苦大师怒吼着来了。

“小女仆！噢，小女仆！你在哪儿？”

随后他们便进来了，现在要想逃跑或躲藏都太迟了。痛苦大师的印第安羽毛头冠都快蹭到天花板了。死亡战士大人咧嘴露出黄板牙笑着，那嘴咧得让他看起来都不像人类了。

“你们好啊，屁眼儿小子们。”痛苦大师说，“如果你们这些姑娘不是忙着自己亲热，其中有一个人应该过来伺候我们的。”

“轮到我了。”查尔斯说。他把围裙卷成一团，抛向他们。“你们从今以后自己伺候自己怎么样？”

“不是我们出的主意！”麦伦说。

“我们想让他去报到来着！”安尼尔说。

“等我们分配惩罚的时候会酌情考虑这些情况的，”死亡战士大人说，“把你们脚朝天铐在厕所里的时候，可能会允许你们不脱裤子。不过，这个新兵蛋子……”他转向查尔斯。“咱们玩个遛狗怎么样？痛苦大师，你带狗链了吗？”

“痛苦大师总是带着狗链，以防恶狗出现。”痛苦大师边说边掏出一条。他走向查尔斯，这时情况失控了。

查尔斯跳下他的铺位。我心想，不，你个白痴，逃跑没戏！但他没有逃跑。他抓住痛苦大师伸出来的手，把他拽到跟前，举起胳膊，仿佛要拥抱他似的，但他没有，他对着痛苦大师的脖子比画了一下，像是痛击一拳的动作。痛苦大师尖叫起来，尿着裤子倒下了。查尔斯对着他的裆部踹了一脚。

又是一片死寂，不过沉默很快就被打破了，痛苦大师刚攒够气儿就又尖叫起来。屋里所有其他人都盯着查尔斯，确切地说是他的左腕，因为现在大家都看出来了，他袖子下面的手腕上显然绑着什么东西。

死亡战士大人竟然退后了一步。他看看痛苦大师，又看看查尔斯，又看看查尔斯手腕上的神秘玩意儿。他舔了舔嘴唇。

“所以，那个，是什么玩意儿，泰瑟枪吗？”他说，“那可是违禁品，伙计。”

查尔斯露出一个微笑。我这时才意识到，我以前从未见过他微笑。

“买这玩意儿是违法，可我是买了点零件自己组装的。你打算怎样？跟库兹打我的小报告？”他说。

“不。我只是打算把它从你这儿拿走，傻逼。”死亡战士大人说。他朝查尔斯冲了过来，可接下来发生的不过是查尔斯又电了他一下。他猛地向后摔倒在一张椅子上，捂着被电的那只手。

“你死定了。”他喘着粗气说，“你绝对死定了。”

查尔斯走过来，对着他的裤裆也是一脚。

“我向你发起挑战。”他说。

“什么？”死亡战士大人尖叫过后，喘过气来，终于说道。

“单挑。模拟游戏。”查尔斯说，“我要赢你。就在作战室，在所有人的见证下。明天下午一点。”

“去你妈的。”死亡战士大人说。查尔斯俯下身，露出泰瑟枪的两个钢质小点。

“你害怕了？不敢接受我的挑战？真是胆小如鼠。”他说。麦伦和安尼尔配合地开始学老鼠吱吱的叫声。“尤金，你去地狱之井一趟，告诉射手他们得过来把这两个家伙撮走。”

就算能有机会补上落下的《神秘博士》剧集，我也不敢去，还好这时死亡战士大人喘着粗气坐了起来。

“好吧。”他说，“单挑。你要是输了，泰瑟枪归我，我要把它捅进你屁股里。”

“没问题。”查尔斯说，“随便怎样都行。不过我不会输的。还有，我们谁也不会再扮女仆伺候你们了。明白了吗？”

死亡战士大人对他骂骂咧咧嘟哝了半天，但最后还是答应了他的条件，我们让（正在哭哭啼啼抱怨自己心律不齐的）痛苦大师做了证。两人能走动之后，便彼此搀扶，蹒跚着回地狱之井去了。

“你疯了吧。”他们走之后我说道，“你明天去作战室，他们肯定带着六瓶苏打水和一罐丙烯颜料等着你呢。”

“可能吧。”查尔斯说，“但他们会退缩的。你们这帮小丑还没明白吗？他们只会对着石头开火，他们不知道怎么面对反抗。”

“他们还是会赢的。你一个人没法电倒他们所有人，一旦他们把泰瑟枪夺过去，你就完蛋了。”

“他们不会从我这里抢走的。”查尔斯说着，卷起袖子，把系在胳膊上的泰瑟枪摘了下来。“明天我不戴，给你戴。”

“我？”我退后一步。

“我的储物柜里还有一个。你们还有谁想要？”

“你有两个？”

“我！”安尼尔跳上前来，“所以我们就像你的保镖？太棒了！你能再做几个吗？”

“不需要了，”查尔斯说，“明天会改变一切。”

* * *

说实话，我们第二天往作战室走的时候，我的双膝一直在打架。B 组和 C 组的所有人都来了，人多力量大嘛。如果我们被射手狠狠收拾了一顿，至少当中有几个人应该能逃出来。而且，万一查尔斯走了天大的狗屎运，我们也都不想错过目睹这一幕的机会。

这帮人实在让人尴尬。诺曼和罗斯科穿戴上绝地武士的全套装备，包括他们的破烂光剑,反正其实只是全息光束。布拉德利穿着一件“快乐蝙蝠桑”外套。安尼尔戴着他的“神秘反派”幸运帽。我们都充满创造力，个个独一无二，没错，可……要去找一帮可怕而愚蠢的浑蛋单挑决斗的时候，穿成这样大概不是最佳选择。

我们到了，他们正等着我们呢。

我们的舰桥总让我想起寺庙或圣地之类的，显示屏上的画面无比美丽，在黑暗中闪耀。可作战室却像独眼巨人的山洞。这里没有我们那种壁挂显示器，只有瞄准控制台的红灯，屋子另一头有人竖起一盏黑灯，使血红的全息海报上的骷髅、恶魔、吸血鬼在黑暗中似乎都枯萎了。

这屋子里全是体臭，挥之不去，射手们也没办法，因为他们都得穿黑色氯丁橡胶衣，不像我们穿的天然材质那么透气。屋里还有一股尿味。射手打游戏的时候，是不会因为小便这种琐事离开控制台的。

这一切就够糟的了，再想想我看到射手们把打印纸卷实当成手柄，塞进合成材料水瓶做成军棍，那是什么感觉。他们站在那儿，对我们怒目而视。我看到了死亡战士大人、鲨鱼、坏蛋教授、魔鬼梅菲斯、征服者、铁兽、猿猴杀手、食人叔……每一张脸孔都是我经过数月屈辱伺候之后所熟识的，除了……

“痛苦大师哪儿去了？”查尔斯漠然环视四周，开口问道。

“他忙着呢，没空看你们这些渣渣丢人。”死亡战士大人说。

“他被送到下面的火星医务室去了，因为他说胸口疼。”魔鬼梅菲斯说。其他人用责备的目光看着他，查尔斯脸上灿烂起来。

“真可惜！咱们开始吧，绅士们。”

“我们为你专门准备了一台特别的控制台，娘娘腔。”死亡战士大人带着邪恶的谄媚表情边说边指指一部控制台。查尔斯看了一眼，放声大笑。

“别搞笑了。我就用这边这台吧，你用旁边这台。咱俩并排打，这样方便大家观战。这样才公平，对吧？”

他们的脸阴沉下来。但安尼尔和我袖起手，露出泰瑟枪的叉齿，射手们虽然还在低声抱怨，但让步了。他们从控制台上清理掉空瓶子和零食口袋。终于能看到他们低声下气一回，感觉真不错。

查尔斯在自己挑的控制台前坐下，用控制球下达了几个快捷指令，便调出模拟菜单。

“你们就只有这些？”他说，“好吧，我建议打九局。《全息死亡 2》、

《流星噩梦》和《即将湮灭》各三局。累积分数最高的人赢。”

“没问题，屎蛋。”死亡战士大人说。他坐了下来。

于是他们调出《全息死亡 2》，我们都凑过来围观，尽管射手的冲天臭气足以让我们眼里盈满泪水。全息屏幕亮了起来，一片阴沉的绿雾，敌舰已经开始朝我们飞来。查尔斯开了三次火的工夫，死亡战士大人才刚开一次。虽然查尔斯有一炮没中，但另外两炮足以让一艘巨型巡洋舰受到足够破坏，它着火了。死亡战士大人那一炮打中了打头阵的一艘侦察船，虽然这个目标分数比较低，但他只用一炮搞定。两台机器的分数都是 1200 分。

查尔斯又飞快开了两炮，把燃烧的巡洋舰解决了——它的舷窗闪着红光，最后在闪闪发光的尘埃圆柱体当中内爆了，非常壮观。但死亡战士大人颇有章法地挑着小目标打，因为如果准头足够，就能一炮一个，他的准头确实可以。查尔斯继续炮轰大型目标，而且没再打偏过，于是两人分数几乎一直不相上下，可随后，最后一艘星际毁灭者炸了，查尔斯突然就以绝对优势领先了，他的分数是死神的两倍。

此刻我们都在大吼大叫，射手们发出猩猩般的嘘声，我们——呃，我们的叫声估计也跟猩猩差不多。下一局开始了，星舰再次出现，但这次它们也会开火反击。查尔斯接连开了三炮才明白如何打开防御盾，射手已经开始幸灾乐祸，把他们的大棒敲来敲去了。

但他马上就开始防御，而且做了一件让我出乎意料的事，那便是瞄准飞船的炮眼，先一炮使对方丧失攻击能力，然后再用密集火力干掉它。我甚至都没有时间看看死神打得怎么样，不过他的伙伴们突然就不再给他鼓气了。这局结束的时候，他的分数连查尔斯的三分之一都不到。

第三局开始，虽然这次炮眼位置不是静态的，而且他们得在舰队中间灵活机动，但这局还是进行得飞快。查尔斯的一些战术是我绝对不敢做的，他满不在乎地在巨型巡洋舰周围和下方盘旋，在炮眼之间穿行。老天啊，他一次又一次逼近开火，似乎根本不可能在星舰爆炸前安全脱身，可他每一次都成功了。

死亡战士大人似乎没什么动静。他只是保持一个姿势坐着，一有东西进入射击范围就开火，尽管他成功干掉一艘星际毁灭者，但他这局结束的时候分数远远落后于查尔斯。

如果我是死亡战士大人，肯定就放弃了，但射手们开始急了，冲他骂着各种难听的话，我觉得他不敢放弃。

《即将湮灭》开始的时候，我憋不住要去厕所，当然了，我得一路跑回炮台另一头，去我们自己的厕所。因为我是绝对不会用射手的厕所的，作战室已经臭成这样了。直到解开裤子的时候，我才意识到自己还戴着泰瑟枪，我竟然在担任查尔斯的保镖时擅离职守，实在是太蠢了。于是我赶快解决，一路往回跑，结果碰到了正在走廊里逡巡的库兹先生。

“你好啊，尤金，”他说，“出什么事了吗？”

“没事儿，打游戏呢，”我说，“我得回——”

“可你现在是在射手的地盘上吧，”库兹先生环顾四周，“你不是应该往另外一个方向走吗？”

“呃——我们在比赛呢，库兹先生，”我说，“新来的家伙在跟死神——我的意思是，在跟佩维·克兰道尔比赛。”

“真的？”库兹先生露出一个微笑，“我还想呢，不知道查尔斯能忍射手多久。很好，很好。”

他的语气别有深意，但我当时没时间细想。我只是匆匆告别，继续开跑，看到射手似乎根本没注意我刚才不在，我才如释重负。他们都紧紧围在控制台边，谁也没出声音。能听到的只有不断开火的 piu-piu-piu 的声音，还有炸弹爆炸的轰鸣。随后一道红光一闪，我们的人都发出胜利的欢呼。布拉德利跳上跳下，罗斯科跳起胜利之舞，直到有个射手威胁说要把光剑戳进他的屁股里。

我从安尼尔和麦伦之间挤进人堆，正好听到查尔斯宣布道：“我看你没戏了，克兰道尔先生。咱们收摊吧？”

我看了看他们的分数，简直无法相信死亡战士大人败得有多惨。但死亡战士大人只是发出怒吼：“我不这么想，小兔崽子。闭嘴继续！”

现在这局是《流星噩梦》，两人仿佛都在凡奥尔特小行星带上，直面那些岩石，控制台或轨道计算所带来的距离感的慰藉都消失不见。他们向前冲的时候，我无法抑制自己想要躲闪的冲动。我看到有个射手也不由自主地举起胳膊，仿佛想要徒手推开入侵体。

这局打得很惨烈，的确称得上是噩梦，因为他们俩都不可避免地遭到巨大损失。他们只能在自己最终毁灭之前干掉尽可能多的目标。每当两人之一挨了一炮，就会有一道炫目的闪光，使屋里所有人暂时失明。我不知道正对屏幕的查尔斯和死亡战士大人是怎么保持射击准确度的。

不过第二局开始不久的时候，这个问题就有了答案。他们俩都有点闪光盲了。查尔斯的准头大概能保持在三分之一的水平，可死亡战士大人开始随意疯狂扫射，我估计他大概已经放弃瞄准了。他的丑脸上一片龇牙咧嘴的绝望神情。

现在只有奇迹才能拯救他了。他的总分落后查尔斯太多，根本没可能赶上来。射手们也都心知肚明。我看到粉碎博士扭头和食人叔嘟哝了一句什么。他牢牢抓住他的军棍。我焦虑地拉住安尼尔的胳膊，想要引起他的注意。

就在这时，入侵警报响了。所有射手都警觉起来。死亡战士大人环顾四周，困惑地眨着眼，查尔斯却像专业人士一样摆弄着操作球，游戏界面突然消失了，我们面前只有空空如也的控制台屏幕。扩音器突然响了起来——后来我才发现，这是第一次有人用它——我们听到普雷斯顿大叫着："你们这帮人！有入侵体来了，速度很快！先别玩了！它在——"

"Q41！"食人叔向前倾着身子看到控制台上显示的数据，说道，"从我的座位上滚下来，毛孩子！"

查尔斯没有答话。他用操作球不知干了什么，入侵体便出现在屏幕上，仿佛还是一局《流星噩梦》的游戏。这玩意儿大得出奇。这是他自己负责的区域！他怎么会没看见呢？查尔斯不是比我们所有人都能更早发现入侵体吗？

它周围出现一个红框，里面显示出各种数据，数字跳得太快，我根本看不清，只知道它显然正在高速逼近。所有射手都发狂了，朝查尔斯大吼，叫他从座位上下来。他却在他们和我们的众目睽睽之下，瞄准入侵体，开火了。

一切声音都消失了。动作静止了。时间凝固了，除了屏幕上，一片新的数字以绿色显示，还有一片黄色的数字跳了出来。它们就像老虎机上的水果一样滚动着，一组数字增加，另一组减少，速度都越来越慢，直到最后两组数字变得一样。随后，它们不约而同升到屏幕上方，合二为一。

“命中了。”普雷斯顿的声音在扩音器中响起。“十二天十三小时四十二分钟后抵达目标。遥测已确认。”

回答他的是一片死寂。这时我才明白：查尔斯不是没看见这个入侵体，他数天前就发现了。这整件事都是他安排好的。他挑了这个时间单挑，知道入侵体会打断比赛，需要有人当英雄来上临门一脚。这时就该他出场了。

可问题是，我们下边那颗星球上有很多人，如果流星发生撞击，他们可能会送命。我的意思是，我们到这上面来，不就是为了防止这种事儿的发生吗？

最后安尼尔用搞怪的声音说：“那……这次的奖金归谁啊？”

“他怎么可能成功呢？”魔鬼梅菲斯声音嘶哑，充满难以置信的语气，“他是个算师。”

“给我起来，浑球。”食人叔抓住查尔斯的肩膀说。

“给他来一下。”查尔斯说。

我还没傻到不能动弹，可安尼尔盼这一刻已经盼了一天了。他跳上前，电了食人叔。食人叔倒下了，哑着嗓子嚎了一声，其他射手都快速往后退了退。安尼尔盯着食人叔，眼中露出惊叹之情，还有可怕的欢乐。突然，控制台前空出一大片地方，足以看清死亡战士大人坐在那儿，痴痴地盯着屏幕上的数据，泪流满面。

查尔斯从座位上站了起来。

“你输了。”他对死亡战士大人说。

“你们的恐怖统治结束了！”安尼尔朝射手们挥舞着泰瑟枪大喊。其中有一两个人躲闪开，可大部分人只是一脸惊愕。查尔斯转向我。

“你擅离职守了，”他说，“没用的白痴。麦伦，把泰瑟枪从他身上摘下来。”

“是，长官！”麦伦说完，抓起我的胳膊，卷起袖子。他正在解开泰瑟枪的带子，我们听到走廊传来一声笑声。所有人都转过头去。是库兹先生，袖着手靠在门边。我这才意识到他一定是跟着我过来的，也看到了后面的戏剧性一幕。安尼尔把他戴着泰瑟枪的手藏到背后，露出惊慌的神情，可库兹先生只是微笑起来。

“你们忙你们的。”他站直身子，离开了。我们都听到了逐渐远去的口哨声。

* * *

后来我们才了解事情的全部真相，或者说，是我们有可能得知的全部真相：查尔斯不是从他父母的车库或地下室被招来的，而是从精神病院。库兹先生一开始就知道，这其实是他特意要求的。

我们都觉得，既然查尔斯证明不需要射手了，我们算师要迎来光明的新生了。我们以为阿雷科会终止他们的合同。但其实并非如此。

粉碎博士和食人叔去找查尔斯进行了一次私人谈话（不过麦伦和安尼尔也在场）。他们彬彬有礼。既然痛苦大师不会再返回炮台，而是违约结束合同，回地球老家去了，他们建议查尔斯转行当射手。不仅如此，他们还表示愿意为他提供至高暗黑勋爵的头衔。

他答应了。我们都极其震惊。这简直是天字第一号背叛。

可随后，我们再次大吃一惊。

查尔斯·提德没有给自己起愚蠢的射手绰号，比如战神、铁拳或者终结者之类的。他说，从此以后我们都要叫他斯提德。他没有订购带有尖刺、铆钉和刘海的氯丁橡胶衣，而是……而是……三件套西装，还要打领带。还有圆顶礼帽。他问安尼尔和麦伦要回了那两把泰瑟枪，自己戴上，就藏在他熨得挺贴的袖子下面，这令他们很是沮丧。

随后他为所有其他射手也订了新装。他分发浅灰蓝衬衣和暗色西装的时候，他们肯定大吃一惊，但谁也没有反抗。那时他们已经知道他一开始为什么会被送进精神病院了，因为他杀了三个人。所以也没人敢在他背后嘟哝什么，哪怕他下令摘下所有全息海报，全部丢进聚变反应炉，还要把作战室重新粉刷成鸽灰色。

我们简直要不认识这些射手了。他要求他们洗澡、理发，每次他下命令时他们必须敬礼。他们吓得要死，特别是他在他们每人的控制台上方挂起除臭剂之后。作战室变得整洁明亮，除了控制台的音效和查尔斯偶尔平静地发号施令，再无声息。他也很少需要提高音量。

库兹先生依旧整天坐在办公室里看书，但现在他看书时脸上挂着微笑。也没人再管他叫“裤子学监”了。

这些事其实挺糟糕的，可是在查尔斯——呃，我是说斯提德——的管理下，事情变得高效多了。奖金发得更勤了，因为大家干活都更卖力了。而且射手也逐渐开始崇拜起他来。

他没来骚扰我们。我们很是感激。

汪梅子 译

岛

彼得·瓦茨

彼得·瓦茨生于加拿大亚伯达省卡尔加里，这位科幻作家的主业是研究海洋哺乳动物，其作品以科学实在论及对人类前景的悲观论调而著称。

瓦茨最早的短篇作品发表于二十世纪九十年代，其首部长篇《海星》于1999年问世，随即被《纽约时报》列入瞩目好书，之后又相继出版了三部别传式续集。但真正为他在当今科幻界赢得最具创新作家之名的，是出版于2006年的《盲视》，据他自述为“关于第一类接触的文学性小说，在太空吸血鬼身上探寻意识的本质及其演化意义”。

荣获2010年雨果奖最佳中短篇奖的《岛》，是瓦茨迄今最具表现力与感染力的作品之一。我们期待他再创佳作。

是你们派我们出来的。我们为你们做着这些事：编织你们的网络，建造你们的魔法门，以每秒六万千米的速度穿过每一个针眼，从不停歇，从不敢慢下来，唯恐你们莅临的炫光把我们打成一团等离子浆。这一切都是为了让你们在星际之间轻松迈步，完全不会在那些空虚无尽的星际污物里弄脏脚丫。

想要你们不时跟我们说句话，这要求真的很过分吗？

我了解演化，也懂得工程。我知道你们已经改变了多少。我目睹那些传送门中诞生了神明，诞生了魔鬼，诞生了我们无法理解的生物，我不敢相信他们曾经是人类。异星搭车客，或许是沿着我们留在身后的轨迹来的。还有异星征服者。

也许也是终结者。

我同样见过那些传送门变得漆黑黯淡，变得空空如也，直到它们从视线中渐渐消失。我们推断，在那些衰退时代和黑暗时代里，辉煌的文明被付之一炬，而另一些文明则从其灰烬中崛起。后来，有些时候，从门里出来的东西看起来有一点儿像我们曾经建造的那些飞船。它们通过各种方式交流——无线电、激光、中微子通信——有些时候他们的声音听起来有些像我们的声音。我们一度希望他们确实与我们很相似，希望轮回又转到了起点的位置，出现了我们可以与之交流的生物。我们曾多少次试图打破彼此之间的坚冰，我已记不得了。

而我们终于放弃了，又经过了多少永世，我也记不得了。

一切的循环往复都已在我们身后烟消云散。杂交体、后人类、永生体、神明和精神紧张的穴居人，被困在他们自己都无法理解的魔法战车中——他们中没有一个拿激光通讯器对着我们的方向，然后说“嘿，你们怎么样？”或是“猜猜如何？我们治好了大马士革病！”甚至一句“多谢，伙计，好好干！”都没有。

但我们可不是什么操蛋的货物崇拜者。我们其实是你们那天杀的帝国的支柱。要是没有我们，你们甚至根本不会出现在这儿。

不仅如此，你们还是我们的孩子。不管你们变成了什么样子，你们曾经就是这样的，像我一样。我曾经信任你们。很久以前的某个时候，我全心全意地相信这项崇高的使命。

但是，你们为何要抛弃我们？

* * *

又一次新的建造开始了。

这次我睁开眼睛，看见的是一张我从未见过却又感到熟悉的脸：一个男孩子，生理年龄二十岁出头，脸看起来有点不对称，左边颧骨没有右边的高，耳朵特别大。看上去简直就是天然人。

已经有上千年没有开口了，我的声音听着像悄声细语："你是谁？"我知道我不该这么问。这不像是转刺蛛号飞船上的人醒来后问的第一个问题。

"我属于你。"他说，事实如此，我是一位母亲。

我还想慢慢领会这句话的意思，但是他并不给我机会。"你的苏醒并不在计划中，但是猩猩需要人手。下一个建造工程出了点状况。"

看来飞船的人工智能"猩猩"还在掌权，它一直在掌权。任务依旧在进行中。

"出了什么状况？"我问他。

"可能有外星接触。"

我想知道他是何时出生的。我想知道，在唤醒我之前，他是否对我感到好奇。

他当然没有告诉我。他只是说："那颗恒星就在眼前了，在半光年外。猩猩认为它在与我们联络。不管怎么说……"我的——儿子耸耸肩膀。"也不急，反正时间多的是。"

我点点头，而他在犹豫。他在等我提出"那个"问题，但我却已从他的脸上看出了答案。我们的增援后代应该是纯朴无瑕的人类，用深埋在转刺蛛号铁玄武岩幔层中的完美基因培育，丝毫不受光波密集蓝移的影响。而这个男孩却是有缺陷的，我看得见他脸上的损伤，我似乎能看到那些在显微镜下翻滚的碱基对有些失衡。他看起来像是在行星上长大的，生养他的父母一辈子都在明晃晃的烈日下曝晒。

如果我们最完美的基因都已衰败成了这个样子，那我们已经航行到什么地方了？时间到底过去多久了？我又已经休眠多久了？

多久了？苏醒后每个人都会问的头一件事。然而这次，我却一点也不想知道。

* * *

我到舰桥时，他正一个人待在战术模拟池那儿，眼里全是符号和轨道。可能我也从他眼中看见了一点点自己的影子。

“我还不知道你的名字。”我说，尽管我已经在船员名单上查到了他的名字。我们还没怎么相互介绍过，而我已经在对他说谎了。

“迪克斯。”他的眼睛依旧盯在模拟池上。

他是在一万多年前出生的。清醒的时间也许是二十年左右。我真好奇他知道多少事情，在这断断续续的二十年间他遇见过谁，他认识伊沙梅尔或者康妮吗？桑切斯有没有从那次永生中缓过来？

我真想知道，但我不会问。规矩摆在那里。

我看了看四周。“就咱们两个？”

迪克斯点点头。“暂时只有两个。如果需要的话，我们可以再唤醒一些人，但是……”声音低下来了。

“怎么了？”

“没什么。”

我也和他一起站到了模拟池边。池内悬浮着半透明的云幕，好像色彩编码的、冻结的烟雾。我们就在分子尘雾的边缘。有大量温暖、半有机的原材料：甲醛、乙二醇，各种常见的益生物质。这是个有利于快速建造的好位置。一颗红矮星正在池中央散发着暗淡的光。猩猩把它命名为 DHF428，不过这命名的规则我也早就忘得一干二净了。

“什么情况，跟我说说看。”我说道。

他瞟了我一眼，眼神中流露出急躁，甚至有些恼怒：“你也这样？”

“你是什么意思？”

“你跟其他工程中的其他人一样。猩猩可以把资料直接传入大脑，但你们总是想要面对面交谈。”

该死，他的链接还处于激活状态，他还在线上。

我挤出来一个微笑。“不过是一种——文化传统。我们可以聊很多东西，这能帮助我们重新熟络起来。我已经掉线很久了。”

“但那样很慢。”迪克斯抱怨道。

他根本不明白。为什么他不明白？

“我们有半光年呢。”我指出，“为什么那么急？”

他的嘴角抽动了一下。“冯氏无人机已按时出发。”恰巧，一簇紫罗兰色的光点在模拟池里闪了起来，距离我们五万亿千米。“它们大部分还在吸收尘埃，但是很幸运，一些体积较大的小行星和精炼厂早就完工上线了。最初部件已经成型了。但是猩猩发现那颗恒星的辐射有些波动——主要是红外范围的，但已经扩展到了可见光波长范围了。”模拟池闪起来：红矮星的辐射开始进入播放状态。

确定无疑，这颗恒星是在闪烁。

“要我说，不是随机信号。”

迪克斯脑袋微微晃了一下，不太像是点头。

“标出时间序列。”一跟猩猩说话我就略微提高了音调，这习惯我怎么也改不掉了。人工智能顺从地（顺从，这个词真是让人好笑又笑不出来）删除了期间的空间空缺，重新排序为：

. . . .

“一个重复序列。”迪克斯告诉我说，“信号不变，只是时间间隔呈对数线性增加，每 92.5 正秒一个循环。每次循环以每正秒 13.2 千米的速度起始，随时间而衰减。

“会不会是自然现象呢？比如说，某个小黑洞在恒星内部颤动？”

迪克斯做了个类似摇头的动作：下巴斜斜一点，表示他并不同意。“但是这太简单了，没法传递什么信息。不像真正的会话，顶多算是——一声叫嚷。”

他差不多是对的。序列里没有那么多信息，但是也足够了。我们在这里，我们很聪明。我们很有力，足够控制住一颗倒霉的恒星，再给它装上变光开关。

可能这里终究不是一个合适的建造点。

我把嘴一噘。“你的意思是，那红矮星正在和我们打招呼。”

“也许吧。它是在跟什么人打招呼。但是太简单，不足以构成罗塞塔信号。那不是个档案信息，不能自我解压。不是邦费罗尼校正，也不是斐波那契数列，甚至不是圆周率。连乘法表都不是，什么都不是。”

然而，它的确是智能信号。

“还要更多信息。”迪克斯说道，证明他的确是推断显而易见之事的高手。

我点点头。“冯氏机。”

“嗯，它们怎么了？”

“我们建立一个阵列。用大量的坏眼组装成一只好眼。那样要比在这一端重建一个观察点，或是重新组装其中一个工厂要快得多。”

他的眼睛瞪大了。有那么片刻，他似乎很惊恐不安，但很快就过去了，他又开始怪怪地摇起头来。“那不会耗费太多的资源吗？这些资源是要用在建造上的。”

“确实如此。”猩猩表示同意。

我强压下发出轻蔑哼声的冲动。“如果你真的这么担心我们的建设标准的话，猩猩啊，请你说说，对于一个有能力控制恒星辐射的智能体，它有多少潜在风险？”

“我无法计算其风险。”它也承认道，“我的信息量不足。”

“你根本没有任何信息。如果它愿意，它完全有可能中止我们整个任务。所以也许我们该获取一些信息。”

“好的。已对冯氏机进行了重新安排。”

确认信号在多功能墙上闪烁，发自转刺蛛号的一组复杂指令在虚空中舞蹈起来，六个月后会有一百个自我复制机器人在临时监控网里跳起华尔兹；再过四个月，我们也许就有事实材料可供辩论了。

迪克斯盯着我，仿佛我刚刚念动了某个神秘的魔咒。

“它是可以掌控这艘飞船。”我告诉他，“但是它真是天杀的蠢。有时候你就得把命令下得清清楚楚。”

迪克斯好像很生气，但毫无疑问，愤怒之下掩藏的是惊讶。他不明白这一点，他一点儿都不明白。

到底是谁把他养大的？到底是出了什么问题？

反正不是我的问题。

“十个月后叫醒我，”我说，“我要回去休息了。”

* * *

他仿佛从未离开过。我爬进舰桥，他依然在那儿，盯着战术模拟池看。DHF428充满了整个模拟池，一颗肿大的红球，让我儿子的那张脸看上去就像是一张魔鬼面具。

他匆匆瞟了我一眼，眼睛睁得大大的，手指抽搐，仿佛触了电一般。“冯氏机并没有发现……”

刚刚解冻，我还是很虚弱。“发现什——”

“那个序列！”恐惧使他的声音变了调。他的身子摇来晃去，重心从左脚移到右脚，又从右脚移到左脚。

“给我看看。”

模拟池从中央一分为二。复制出的一组红矮星在我眼前燃烧起来，两颗都有我拳头的两倍大小。左边是从转刺蛛号飞船观察到的视角：DHF428闪烁依旧，大概在过去的十个月里一直在闪烁。右边是复眼合成图像：无数以精确间距排列好的冯氏机建造出的干涉量度观测网，它们的基本眼视差叠加起来，组成一幅高分辨率的图像。两边的对比度都已经调整到了适宜肉眼直接观察红矮星闪烁的状态。

不过仅有左边的显示图像在闪烁。右边的DHF428稳定得仿佛标准烛光[①]一样。

“猩猩，有没有可能是观测网灵敏度太低，无法观测到波动？”

“不可能。”

“嗯。”我试着猜测它在这种事情上是否可能撒谎。

“这说不通啊。”我的儿子抱怨道。

“能说通。”我低声道，“如果闪烁的并不是红矮星的话。”

“但是那闪烁——”他咂咂嘴，“你看得见它在闪——等一下，你是说冯氏机后面有东西？就在，冯氏机与我们之间？”

“嗯——”

“是某种滤光物质。”迪克斯放松了一些，“要是那样的话，我们应该看到它了，不是吗？冯氏机应该已经撞到那东西了？”

我切回对猩猩的通讯频道。“转刺蛛号前视镜的视野目前如何？”

猩猩回复道：“朝向 DHF428，视界锥的直径是 3.34 光秒。”

“直径增加到 100 光秒。”

转刺蛛号的观测区域膨人起来，取消了分屏视图。片刻间，红矮星再度充满了模拟池，整个舰桥都沐浴在一片绯红中。然后它又缩小了，仿佛从内部被吞噬了似的。

我发现显示有些模糊。“能排除干扰吗？”

“那不是干扰，”猩猩回复道，“是星际尘埃和分子尘雾。”

我眨了眨眼睛。“它们的密度是多少？”

“估计是每立方米十万数量级的原子。”

即使是对于星云来说，这也要高出预计值两个数量级。“为什么这么大？”如果附近空间中有能聚集起这么多物质的引力井存在，我们早该发现它了。

“我不清楚。”猩猩回答道。

我产生了一种几欲作呕的感觉。“将视野直径设定为 500 光秒。伪色合成图波长峰值设定在近红外波长。”

---

①标准烛光，天文学上指亮度已知且恒定的发光天体。

模拟池内的黑暗空间不祥地膨胀着。小小的红矮星在正中，现在只有拇指指甲盖那么大了，光芒逐渐增长：仿佛泥水中一颗夺目耀眼的珍珠。

“直径设定为 1000 光秒。”我下达指令。

“看啊。”迪克斯低语。真正的宇宙空间重新占据了模拟池的边缘部分，黑暗、清澈、纯粹。DHF428 被一片黯淡无光的球状雾包裹在其中。这样的现象并不罕见，伴星的收缩有时会抛出物质，将气体与辐射波喷至数光年之外。但是 DHF428 并不是由新星爆发后形成的。它是颗红矮星，平平静静，才过中年，毫不起眼。

唯有一个事实引人注目：它待在一个直径 1.4 天文单位的气体泡泡中央。而且，泡泡既没有变小，也没有弥散开来或者逐渐淡化到周围的宇宙空间去。没有，除非是显示出了什么严重错误，这个球状小型星云扩展到直径 350 光秒后就停住了，它的边界远比自然状态下要清晰锐利得多。

数千年以来，我头一次怀念我的脑皮质链接。现在我得花费大量时间把松散的搜索项目一个个输入到我脑子里的键盘上，然后得到一个我早已知道的答案。

数据回来了。“猩猩，我需要峰值在 335 纳米、500 纳米和 800 纳米波长的伪色合成图。”

包裹着 DHF428 的光芒就好像蜻蜓翅膜的反光，就好像反射着虹霓的肥皂泡。

“真美啊。”我的儿子敬畏地喃喃道。

“那是光合作用。”我告诉他。

* * *

光谱测定显示，其中含有脱镁叶绿素和真黑素，甚至有一些铅基凯珀色素存在的迹象，以吸收波长在皮米数量级的 X 射线。猩猩推测其中存在一种色素体：这种细胞内部带有极少量等分色素，像碳粉微粒尘埃。这些微粒丛集在一起时，细胞本身仍是透明的；而它们扩散开来，弥漫整片细胞质时，整个结构就变得黯淡，它后方的电子显微镜视野变得黯淡无光。显而易见，生活在曾经的地球上的某些动物拥有类似的细胞。它们可以改变颜色和花纹，与所处的环境等因素相匹配。

“那就是说，那里有膜——生物组织膜环绕着那颗恒星。”我试着让自己的思维集中在这个概念上，“啊，一个肉质气球，包着这整个倒霉的恒星。”

“的确。”猩猩回答道。

“但是——老天啊，那要有多厚啊？”

“不会超过两毫米，可能更薄。”

“怎么推断出来的？”

“如果再厚一点的话，它就在可见光范围内显得更清楚了。冯氏机撞上它时，很可能会产生一些可以检测到的效应。”

“那就等于是假定它的——细胞——和我们的细胞差不多。”

“那些色素我们都不陌生，其他部分也可能是。”

不可能是我们太熟悉的东西吧。普通基因的组织绝对不可能在那种环境里生存超过两秒钟。再说那东西是怎么给自己上防冻剂的？

“好，那咱们就保守一些。就算是平均厚度一毫米，假设为标准温度和压力下水的密度。那么这东西的质量得有多大？”

“1.4 尧克。”迪克斯和猩猩几乎是异口同声地回答道。

“那是……嗯……”

“水星质量的一半。”猩猩及时提醒。

我透过齿缝打了声口哨。“而且那是一个有机生物体？”

“我还不清楚。”

“它是有有机体色素的。它能说话，是智慧生命体！”

“大部分生命体会周期性地释放出信息，都只是简单的生物节律。”猩猩说，“并非智能信号。”

我没理它，对迪克斯说：“假设那就是个信号。”

他皱着眉头："但猩猩说——"

"假设。用用你的想象力。"

我还是没跟他讲明白，他似乎有点紧张兮兮的。我发现他经常这副样子。

"假如有人给你发信号。"我问道，"那你会做什么呢？"

"信号……"他先是一脸的迷惑，然后含混不清的表情终止在了某处，"……回复？"

我儿真是个白痴。

"如果接收到的信号是以光强度的系统性改变为形式的，那么——"

"双通道激光，交替发射700纳米至3000纳米波长脉冲。在不降低防护等级的前提下，能够将交替信号提高到艾瓦数量级。考虑衍射作用，强度也能达到每平方米1000瓦特，远远高于能够感知红矮星辐射的检测阈值。如果说对方只是在吼叫的话，那我们信号的内容也就不重要了。回吼一声再检测回声信号就行。"

好吧，我儿其实是个白痴天才。

他看上去依旧闷闷不乐——"但是，猩猩他说那序列里其实没有真的信息，对吧？"我先前的满腹疑虑又被这个称谓勾了起来：他。

我没有说话，迪克斯以为我健忘了。"它太简单了，记得吗？只是简单的光点序列。"

我摇摇头。那信号所包含的信息远非猩猩可以想象。猩猩不知道的事情太多了。而我最不愿意见到的事就是这个孩子开始听从它的命令，开始把它当作与他同样的人，甚至——但愿不会如此——把它当成导师。

噢，它足够聪明，能在群星间引导我们，能在一眨眼间计算出六位的质数，甚至可以在船员们偏离任务目标太远的时候来点野蛮的即兴反应。

但它还不够聪明，不能理解这个求救信号。

"这是个减速弧线。"我告诉他们两个，"持续减速，一遍又一遍。这就是信息内容。"

停下。停下。停下。停下。

我想，那话除了说给我们听，再无旁人。

* * *

我们吼了回去，没有理由不这么干。现在我们又去休眠了，为此熬夜又有什么意义呢？不管这个巨大的实体是否真的具有智能，我们的信号回声至少要在一千万正秒之后才能到达。然后再隔七百万正秒，我们才有可能接收到它的任何回复，这还是最乐观的估计。

这段时间里还不如去休眠。暂停所有欲望渴求，暂停一切担忧疑虑，将宝贵的生命留给今后的重要时刻。摆脱这个愚蠢的战术智能，摆脱这个眼泪汪汪地盯着我看的家伙——他觉得我像是那种会在一阵烟雾后消失的巫师。他张开嘴想要说话，而我转过身，迅速投入到深沉的睡眠之中。

但是，我还是设好了唤醒闹钟。

我在冰冻槽中逗留了片刻，感谢久远之前的小小胜利。猩猩那烧焦的眼睛死气沉沉地从天花板向下注视着一切，数百万年来没有人擦去这些黑色炭痕。因为这可以算是一种奖杯，是我们早年大对抗时期那激情燃烧的日子所留下的纪念。

这空洞无尽的凝视中还有一些东西——我想或许是令人安慰的。我从不愿贸然踏足猩猩的神经没有被完全烧毁的场所。有点幼稚，我知道。这天杀的家伙早知道我已经起来了；它在这儿可能是瞎子，是聋子，是低能儿，但是解冻时冰冻槽吞掉的能量是无论如何不可能隐瞒的。我并不是说舱门外守了一群无人机，会在我出门的一刻挥舞着大棒向我扑来。不管如何，如今已经是缓和时期了。对抗仍在继续，但已转为冷战状态；现在我们不过是走走过场，摇晃摇晃我们的链子，好像一对老夫妻，已经懒得去讨厌对方了。

无论怎么样行动、对抗，事实是，我们彼此谁也离不开谁。

于是，我清洗了臭烘烘的头发，走进转刺蛛号安静宏伟的过道。

果然，对方就在暗中等着，当我走近时他们点亮了灯，我走过后又关上了灯——但依然没有打破沉默。

迪克斯。

那个奇怪的家伙。我不是说任何在转刺蛛号上出生、成长的孩子都能成为心理健康的典范，可是迪克斯甚至连自己站在哪一边都不知道。他好像甚至不知道自己必须选择一方。他好像读过最初的任务报告之后就对这张老旧的纸上的字深信不疑：哺乳动物和机械，永世合作，探索宇宙！强强联合！坚不可摧！开疆拓土！

万岁！

养这孩子的家伙养得的确不太成功。倒不是我有意责怪，在建造期间养着一个孩子不可能有多轻松，而且我们谁也没有学过当父母。即使有机器人帮你换尿布，有虚拟实境帮你应付信息转储，但是与一个蹒跚学步的孩子交流也绝不可能是件乐事。要是我的话，早把这小浑蛋丢在气闸外面了。

不过，我要是下不去手，就一定能把他养好。

我不在的时候，有的东西已经变了。也许是斗争进入了新阶段，又开始变得激烈。那个神经紧张的孩子由于某种原因而没有介入斗争。我想知道是怎么一回事。

我想知道我是否真的在意。

我到了自己的套间，犒劳了自己一份免费大餐，然后以自慰发泄所有欲望。从休眠中恢复三个小时后，我进入星舰艏的公共休息室放松。“猩猩。”

“你起得很早。”它终于回话了。

我的确起得不晚，我们回复的那声吼叫还没有到达目的地。至少两个月内不可能有新的数据。

“给我前方的反馈。”我下指令。

DHF428 在休息室正中，对我眨着眼睛说：停下，停下，停下。

或许是这样。又或许猩猩是对的，那不过是个纯粹的生理现象。或许它并不代表比心脏跳动更高级的智能。

但是，在那个模式中嵌套着另一个模式，在那一闪一烁中另有玄机。想到这个我就心痒痒。

“减缓时间序列。”我命令道，“放慢一百倍。”

它真的是在眨眼。DHF428 的表面并不是同时变暗的，而是类似日食。仿佛一片硕大的眼睑从右边向左边合上，盖住了红矮星的表面。

“放慢一千倍。”

这东西就是猩猩所谓的色素体，但是它们并不是同一时间开合的。膜上较暗的部分呈波浪式运动。

一个词闪进了我的脑海：延迟。

“猩猩，这些色素的波动，它们运动的速度有多快？”

“大概是每秒 59000 千米。”

这是思维一闪而过的速度。

如果这家伙真的能思考，那就会有逻辑门，神经突触——必然会有某种网络。如果网络足够大，其中必会产生“我”。就像我自己，就像迪克斯，就像猩猩。（在从前一团混乱的日子里，我自学了这方面知识。知己知彼。）

所谓“我”，仅仅存在于 0.1 秒之内信号能联络到的所有部分。如果搞得太分散——好比如果有人把你的脑子从中间一分为二，把胼胝体切断，那么两半脑交流时就要经过相当长的距离；当神经构造的分散程度越过了某个关键点，信号从 A 到 B 要经过太长的距离，系统就会发生散屑现象。于是两半脑就变成了不同的两个人，他们有不同的口味，不同的行事日程，不同的自我意识。

于是“我”就分裂成了“我们”。

这一法则不仅适用于人类等哺乳动物，甚至也不仅适用于地球生物。它适用于任何以神经环路传导信息的生物，包括一切我们尚未遇见，或者早已遗忘在身后的物种。

每秒 59000 千米，猩猩是这么说的。那么在 0.1 秒内，信号沿着那层膜能够传多远呢？这个“我”到底分散到了何种程度呢？

这肉体巨大无比，这肉体不可思议。但是这灵魂，这灵魂——

该死。

“猩猩。按照人类大脑神经元的平均密度，算一下厚度 1 毫米，直径 5892 千米[①] 的一个圆片，神经突触的数量会有多少？”

“数量是 2×10^{27}。”

我扫视数据库，试图去感受一个平铺了 3000 万平方千米[②] 的心智：相当于 2000 万亿个人类大脑。

当然了，不管这玩意的神经是什么材料的，都比不上我们的神经结构那么紧密；毕竟，我们能看到它们后面的东西。按照最保守的方式计算，就算它只有人类大脑千分之一的运算能力。那就是——

好吧，就算它只有人类万分之一的神经突触密度，那么还是——

十万分之一吧。这对于一块会思考的肉来说已经够稀薄了。要是再降低的话，这种东西就根本不可能存在。

但是结果仍相当于 200 亿个人脑。

200 亿。

我不知道该做何感想。这已经不仅仅是异族生物了。

但我尚未准备好去接受神的存在。

* * *

我拐过转角，和迪克斯撞了个满怀，他正像个木头人一样立在我的客厅里。我吓得几乎跳起来一米多高。

“你在这儿干什么？”

他像是被我的反应吓了一跳。“是想——聊聊。”迟疑了片刻他才开口。

“你不能未经允许就闯进别人家里！”

他向后退了退，结结巴巴地说：“我想要，是想要——”

---

① 5892 千米正是神经冲动在 0.1 秒之内所能传播的距离（约等于 59000 千米的十分之一），也就是“我”的概念不至散屑的最大范围。

②直径 5892 千米的圆的面积约等于 3000 万平方千米。

“想说话，那就光明正大地在外面说。到舰桥上去，或者公共休息室，要不然——再进一步，直接跟我呼叫通讯。”

他犹豫地说：“你说过的，要面对面谈。你说过的，这是文化传统。”

我是说过，但是在那儿，不是在这儿。这是我的地盘，我的私人空间。门上没有安装锁，是因为有安全协议，我并不是敞开大门欢迎你进来打埋伏，还立在那儿像个倒霉的家具似的。

“你怎么起来了？”我对他吼道，“我们不是下两个月都不上线的吗？”

“我让猩猩在你起来的时候也叫醒我。”

这该死的机器。

“你为什么起来？”他没有离开，继续问道。

我败了，叹了口气，钻进一个舒服的拟舱。“我不过想重新检查一下初级的数据。”我暗示自己想独处，他应该听得懂。

“发现什么了吗？”

显然他没听懂。我决定再陪他聊一会儿。“看上去我们正和一个——岛在交谈。它直径差不多有6000千米，那是能思考的部分。周围包裹的膜要空得多。我的意思是说，它是活的，整体进行光合作用，或者类似的活动。我猜，它还能吃东西。但是不确定。”

“分子云雾。”迪克斯说，“有机化合物到处都是。此外，它的物质主要集中在外壳内部。”

我耸耸肩。“关键是，大脑是有规模限制的，但是它很大，它是……”

“不太可能……”他嗫嚅着，几乎是在自言自语。

我换了一个姿势转头看向他，拟舱调整了形状以适应我。“你有什么想法？”

“岛表面积是2800万平方千米？膜的总表面积有7万兆平方千米，而岛恰好在我们和DHF428之间，那就是500亿分之一的概率了。”

“继续讲。”

他说不出来了：“呃，只是……只是不可思议。”

我闭上了眼睛。“你怎么这么聪明，能心算出这么大的数字，而且一位不错？你又怎么这么笨，把这么显而易见的结论完全忽略？”

他又是那个仿佛刀下鱼肉的惊恐眼神。“不——我不是——”

“确实不可思议。在 1.5 个天文单位的范围内，我们恰好遇到了一个智能生命体，这概率微乎其微。那就是说……”

他什么也没说。一脸的茫然让我有些恼怒，我想给他脸上揍一拳。

但是终于，他灵光闪现了：“那儿，呃，有不止一个岛？哦！是有很多个岛！”

这家伙是船员之一。未来必然有一天，我将仰赖他而生存。

这真让人不寒而栗。

我尽量不去想这回事。“很可能有一大群这类生物，它们都分布在这张膜的表面，就像一个个的胞囊。猩猩不知道它们有多少，但是目前为止我们仅仅发现了这一个，所以它们分布得可能很稀疏。”

现在他脸上又是一种别样的皱眉表情。“为什么要叫猩猩？”

“你说什么？”

“为什么要叫他‘猩猩’？”

“我们就叫它猩猩。”因为要使一件东西拟人化，第一步就是先给它取个名字。

“我查过了。猩猩是黑猩猩的略称，那是一种愚蠢的动物。”

“事实上，我想黑猩猩应该还是相当聪明的。”我回忆道。

“和我们不一样。黑猩猩甚至都不会说话。但是咱们的猩猩能说话，比那些家伙要聪明得多。那个名字——其实是一种侮辱。”

“你为什么在意这个？”

他只是盯着我看。

我摊摊手。“那好吧，它不是一只黑猩猩。我们之所以那么叫它，是因为它的神经突触数目和黑猩猩差不多。”

“所以我们只给他一个小小的脑子，然后整天抱怨他太蠢。”

我的耐心几乎都要用尽了。“你想说什么？还是单纯来吸二氧化碳的？”

“为什么不把他造得再聪明点儿？”

“因为你永远无法预测一个比你复杂的系统的反应。另一方面，如果你想要一个项目能够在你离开后不偏离正轨，你就不能把它交给一个注定会发展出自主谋划之力的一方来控制。”敬爱的主啊，该有人给他讲过阿什比定律[①]啊。

“所以他们给他做了‘脑叶切断术’，让他变成傻子喽。”过了一会儿，迪克斯说道。

“不，他们并没有让它变成傻子，而是一开始就把它造成了傻子。”

“没准要比你想象的聪明。你这么聪明，你有自主谋划之力，可为什么他还在掌权？”

“你别自我陶醉了。”我说。

“什么？”

我挤出一个刻薄的微笑。“你不过是按照另一些比你复杂得多的系统发出的指令在行动。”不得不佩服他们，我休眠了那么久，星起星灭，而那些该死的工程管理员仍在后面操纵一切。

“我不——我是按照——？”

“我很抱歉，亲爱的，”对着我那白痴后代，我甜甜一笑，“我不是在对你说话。我是在对那个借着你的嘴说话的家伙说话。”

迪克斯的脸立马变得比我的衬裤还要白。

我不再演下去了。“你到底在想什么啊，猩猩？你觉得你可以让这个傀儡娃娃在我毫无察觉的情况下潜入我家里？”

“不——我不是——就是我。”迪克斯结结巴巴道，“说话的是我。”

“它在指挥你。否则你会知道‘脑叶切断术’是什么意思吗？”我晃了晃头，感到恶心，“你以为我们把自己的接口烧毁了，所以就早忘了接口是怎么回事了？”他脸上惊愕的表情有些滑稽。“哦，别他娘的装了。你已经参加过其他建造过程，你不可能不知道。你也知道我们切断了我们之间的内部链接。而你的主子什么也做不了，它需要我们，

---

①阿什比定律，控制论学家威廉姆·罗斯·阿什比在其著作《控制论导论》中提出的“必要多样性”定律：任何控制系统都至少要和被控制的系统一样复杂。

因此我们才能达成你所谓的和解。”

我并没有吼叫，而是音调冰冷，声音死气沉沉。迪克斯差不多已经吓得缩成一团了。

我觉得这是个好机会。

我把声音放友善了一些，温和地说：“你知道，你也能做到的。烧掉你的链接。以后，你要是想来的话，我会允许你过来的。就是聊聊而已。但别把你脑子里的那东西一块带上。”

他一阵惊慌失措，让我始料未及的是，那张脸让我很心疼。“不行。”他恳求道，“那我该怎么学习，那我该怎么训练。还有任务……”

说老实话，我真不晓得到底是他们哪个在说话，于是我就一并都回答了：“完成任务有不止一种方式，我们的时间相当充足，一个一个全试一遍都来得及。随时欢迎迪克斯单独回来。”

他们向我走近了一步。又一步。一只手抽搐着，从他们的身侧抬起来——似乎是要伸过来。那张长得并不匀称的脸上，有种我辨认不出来的神情。

“但我是你的儿子。”他们一起说。

我不会给他们面子，哪怕是说一句否认的话。

“从我房间里滚出去。”

* * *

活人潜望镜。迪克斯木马。它又有新战术了。

猩猩从来没有如此胆大，敢在我们已经起来活动的时候实施渗透。通常它会等着，在我们休眠时闯进我们的地盘。我想象，有从未被人类肉眼看到过的特制无人机，在两次建造之间的漫长而黑暗的时期，它们密密麻麻聚集在一起。我似乎看到它们在抽屉里嗅着，在镜子后面窥视，对着舱壁发射 X 射线和超声波，无比耐心地搜索转刺蛛号上的每个“墓穴”，一毫米一毫米地，寻找在此期间我们彼此间可能发送的任何秘密信息。

说起来并没有什么证据。我们设置了绊网和指示物，以便在遭到侵入后得到提醒，但是它们没有任何被移动过的迹象。当然这并不能说明什么。猩猩也许很蠢，但是同样很狡猾，而一百万年足够长了，足够长到让它反反复复用蛮力试验所有的可能性：把每一粒尘埃都归档，对你干一些龌龊至极的勾当，最后再把所有东西放回原位。

我们很聪明，所以并没有冒险在这期间交谈。没有什么加密战略，没有长途情书，没有那些展示早就被红移抛在身后的古老景象的闲聊明信片。我们把一切都保存在脑子里，让敌人永远也找不到。大家遵循一条不成文的规矩，除非面对面交谈，否则什么也不说。

没完没了的愚蠢游戏。有时我几乎忘记了我们究竟为何争吵。现在看来，在永世面前，它是如此微不足道。

也许对你而言那无关紧要。永生不死对你们而言一定早已不是什么新鲜事了。尽管我已经活得够长的了，但还是没法想象。我拥有的不过是一段段的时间：两百年，或者三百年，对于宇宙的生命周期不过是一瞬。如果把我的生命切分得足够细，我能经历时间长河中的任意一点，甚至跨越千万年——但我永远也没法见证一切，哪怕只是永世的一个小碎片。

我的生命必将结束。我不得不做出选择。

等你完全理解自己答应了一桩什么样的交易之时——十次或者是十五次建造之后，交换之物已经离开了纯知识领域，而像肿瘤一般附在了你的骨头上——你已经成了个可怜虫。这一切已无法挽回。你把清醒的时间以最优方案压缩到了最少：刚刚好够管理建造活动、计划一下对抗猩猩的最新对策，刚好够（如果你还有人际接触的需求）性爱，如哺乳动物一般相依相偎，共同对抗那无尽的黑暗。然后你急忙回到冰冻槽，把人体的生命期贮藏起来，对抗宇宙的星移斗转。

我有时间接受教育，那时间足够拿到一百个研究生学位，这多亏穴居人最优秀的学习技术。但我懒得花这个时间。为何要为了那冗长枯燥的基本事实，而烧掉我短短的时间之烛，浪费我那珍贵的、无尽而又有限的生命呢？只有傻瓜才会用书本知识去交换一个观看仙后座遗迹的绝好位置，即使我需要在伪色增强图上看那破玩意。

但是，眼下，眼下，我生出了求知欲。那生物在呼喊，横跨那道深渊，它大得像月亮一般，宽得如同太阳系，但又脆弱如同虫子的翅膀：我愿意花费我的生命搞清它的秘密。它是如何运行的？在那种接近绝对零度的地方，它是怎么活下来的？更别提它怎么思考了，它一定有无比庞大、深不可测的智能，才能看见半光年外向它靠近的我们。它能推断出我们眼睛的本质、仪器的属性，然后发送一条我们可以收到的信息——更别说是我们可以理解的了。

那么，在我们以 0.2 倍光速击穿它时，将会发生什么？

回到床上前我调出了最新发现，然而答案没有改变多少。那东西上面已经满是窟窿了。宇宙各处都有彗星、小行星和原行星残渣自各个方向横冲直撞，自然也穿透了这个生物体。红外线探测到它边缘各处都有弥散的孔洞，气体从中缓慢逸出，从内部柔软的雾状空间向稍硬的外壳渗流。即使我们急速撕裂它思维器官的正中，也很难想象如此庞大的生物会感受到一丝刺痛。以现有速度计算，我们将会毫无阻碍地穿过这张一毫米厚的软弱无力的大膜。

然而信号依旧继续。停下。停下。停下。

它并不是要我们停下，而是要我们停止建造传送门。这扇大门的诞生将是一次恐怖而痛苦的时空强暴，它将会释放出相当于一颗微类星体的伽马射线和 X 射线。不管有没有防护，白色带里的任何有机体都会瞬间化为灰烬。所以我们从不减速拍照。

至少这是原因之一。

当然，我们不能停下来。除非是增量极小，否则连改变航向也是不可以的。转刺蛛号在星际穿梭，如同鹰隼，但是它操控起来好像是短途运输中的蠢猪。以 0.2 倍光速行驶，航向即使只改变了 0.1 度都会造成严重后果。半度就足以将我们撕裂：飞船会转向新方向，但是舱内的人和物会沿着原来的航向继续前进，还没等你有所感觉，就撞碎在周围的舱体结构上。

一路上即便遇到奇点也要将之驯服，继续前进。要劝他们改航向实非易事。

* * *

我们再次苏醒后，岛就改变了调子。

当我们的激光击中它的前缘时，它的请求不再是“停下，停下，停下”。它开始说完全不一样的话了：深色的连字号从它的皮肤表面掠过，色素细胞汇集成的箭头似乎指向什么隐秘的焦点，形状就仿佛是轮子的辐条指向轴心。圆心远远地偏离 DHF428 明亮的背景，位于右舷外六光秒处。那里有一个黑影，呈不规则圆形，沿着其中一根辐条缓缓移动，就像一颗珠子顺着丝线滑动。这个黑影同样向右舷移动，滑出岛当前显示图像的边缘，又重新出现在相同的初始坐标，周而复始地重复这段旅程。

这些坐标精确地显示出当前弹道轨道四个月后将会打击到的位置。大概只有上帝把眼睛眯起来，才能看见另一侧建造工地上的微型无人机与横梁，巨大的曲面霍金环部件已经逐渐成形。

信息再明白不过了，连迪克斯都看懂了。“是想要我们，把大门挪开……”他的声音里有些迷惑，“可它怎么知道我们在建传送门呢？”

“冯氏机在行驶过程中弄破了大膜，”猩猩指出，“它可能感觉到了。它有感光色素，它大概能看见。”

“大概看得比我们还清楚。”我说。即使是像针孔相机那么简单的设备，如果你把一大堆分散安装在三千万平方千米的范围内，出来的分辨率也是会相当高的。

迪克斯的脸扭曲着，一点儿不信。“那就能看见一堆冯氏机颠来倒去。但只有松散部件，还没怎么组装呢。它又怎么知道我们在大修大建呢？”

因为它非常非常的聪明，你这傻孩子。这个有机体——有机体一词远不足以形容它——它能够根据这些半成品想象出最终结构，仅仅瞟了一眼我们的粗陋工具就能判断事情的发展——要相信这些，真有那么艰难吗？

“也许这已经不是它见过的第一座传送门了。”迪克斯说，“也许这儿还有另一扇门？”

我摇摇头。“那样的话，我们现在应该能看到人造透镜才对。”

“你以前从没碰见过其他建造队伍？”

“没有。”我们在任何时代都是孤独的。我们只是逃离。

后来甚至总是从自己的孩子身边逃离。

我粗略估算了一下：“筹备期还有一百八十二天。如果现在我们就改航向，只需几分钟就能重新定向至新坐标，完全无害。越等下去，角度越难把握，这是自然。”

“我们不能那么做。”猩猩说话了，“我们会错过大门，错过整整二百万千米。”

“移开那扇门。移开整个该死的建造工地。移开精炼厂、制造厂，移开那些该死的石头。如果我们现在就下指令的话，每秒钟几百米的速度就足够了。我们甚至不用中止工程，移动过程中建造可以继续。”

“所有向量都会影响工程的嵌套保障限制。这将提升误差风险，超过允许的范围，有百害而无一利。”

“那么有智能生物挡在我们道上，这又怎么办？”

“我已经将智能异星生物存在的可能性考虑在内了。”

“好的，首先，那不是什么‘可能性’。那东西他娘的就在那里。而我们目前的航线就是要从它身上碾过去。”

“我们正经过处女座 70 号 b 星戈笛洛克斯的轨道，我们避开了所有的行星。我们未发现本地存在任何宇航技术。目前的工程选址符合一切自然保护标准。”

“那是因为起草自然保护标准的家伙们从没想过，我们可能遇到一个有生命的戴森球！”我跟这家伙是白费口舌，我知道。猩猩能把它那公式算上一百万遍，但要是没有地方输入变量，那算一百万遍又有什么两样？

曾经有过那么一段时间，一切都还没变得很糟，我们有官方许可，可以对这些参数重新编程。当时我们尚未发现，管理员早就预料到了很多事情，其中之一就是人工智能将会叛乱。

我换了个策略。“那么考虑一下它的威胁性。”

“没有证据表明存在任何威胁。”

“你看看神经突触的估算数目！那玩意的处理能力比把我们送上太空的整个文明还要大许多数量级。你觉得一个那么聪明、能活那么久的东西，它就没有保护自己的法子？我们现在假设它是请求我们把传送门挪开。如果那不是请求呢？如果那不过是赏给我们一个后退的机会，否则它就要自己动手了呢？”

“它没有手。”迪克斯在模拟池另一头说话了，这次他并不是轻浮无礼，他只是蠢到家了。我真想给他脸上狠揍一拳。

我尽量保持声音平静。“也许它根本不需要手。”

“它能做什么，眨眼睛把我们眨死？它没有武器，甚至没法控制整张膜。信号传递得也太慢了。”

“我们对此并不清楚。这就是我的看法。而我们甚至都不尝试着去了解一下。我们是一群讨人厌的修路员；而我们在工程现场的代表只是一群建筑用冯氏机，它们被硬生生拉进了科研工作中。我们只能算出一些基本物理参数，但是我们不知道这东西是怎么思考的，不知道它可能有什么自然防御措施——”

“你到底需要了解什么？”猩猩问道，声音依旧平静如水。

我们了解不到！我真想大吼一声。我们被陷在这个任务里面了！等工地上的那些冯氏机建好我们所需之物的时候，我们就没法回头了！你这蠢机器，我们眼看就要杀掉一个比整段人类历史都更聪明的生命，而你甚至懒得把我们的高速路挪到旁边空地上去？

但是当然，如果我把这些话说出来，那么岛的存活率肯定就要从很低降到零了。我抓住了剩下的最后一根稻草：也许我们到手的数据已经足够了。如果不能再获得更多信息，也许该开始分析资料了。

“我需要时间。”我说。

“当然，”猩猩回答，“多久都可以，不着急。”

* * *

猩猩并不满足于杀掉这个造物，它还要唾弃这具尸体。

借口辅助我的研究工作，它试图解构整个岛，将它大卸八块，然后强行将之与那些地球上的恶心范例做对照。它告诉我，地球上的细菌能在一百五十万拉德的辐射量中生长，在高真空中欢笑。它为我展示了几乎杀不死的小小的水熊虫，它们能在接近绝对零度的环境里卷曲小睡，在深海和深空中一样怡然自得。只要有时间、有机会，一离开行星，谁知道这些可爱的无脊椎小玩意能走多远？它们能躲过母星的劫难，然后聚在一起，去外星殖民发展吗？

全是胡扯。

我竭尽全力地学习。我研究光合作用这种把光、气体和电子转化为活体组织的炼金术。我研究打在泡泡膜上的太阳风，计算一种生命形式从以太中过滤出有机物的低水平代谢限度。这东西的思维速度让我感到无比惊讶：几乎和转刺蛛号的飞行速度一样，比任何哺乳动物神经传导的速度都要快许多数量级。也许是某种有机超导体，在低温真空里能够传递阻抗几乎为零的低温电子。

我理解了表型可塑性和宽松适应性这两个概念。真是幸运，生物在演化上是软聚焦的，这允许物种在陌生环境中生存，并且表达出在原先环境中并不需要的全新特征。也许正因如此，在缺少天敌的情况下，生物也可以演化出尖牙利爪并且愿意使用它们。岛能否活下来，关键在于它有没有杀死我们的能力，我必须设法证明它对我们构成威胁。

但是，我只是越发怀疑自己是注定要失败的，因为我开始认识到，暴力是行星上独有的现象。

行星是演化的严厉父母。行星的表面会促进争战，它将资源浓缩起来，形成一块块可攻可守的要塞。地心引力迫使你把能量用在血管系统和骨骼支撑上，你得一直提防着这没完没了的残酷战斗，以免自己被压成碎片。走错一步，从高处落下，你那宝贵的身体结构就瞬间完蛋了。即使你能躲过这些风险，演化出带有笨重盔甲的腹部，禁得起缓慢地爬上陆地，但是你又能撑多久？行星会吸引小行星，或者是彗星，它们从天而降，让你的演化秒表再次归零。生命是一场战斗，零和游戏就是上帝的法则，而未来属于那些毁灭了竞争对手的家伙——我们从小就相信这些，对这些难道还有疑问吗？

而外太空的规则完全不同。大部分空间都很平静：没有昼夜交替，没有季节循环，没有冰河时期，没有热带地区，既没有寒暑往来，也没有平静与狂暴的交替。到处都有生命的征兆：隐藏在彗星上，附着在小行星上，弥漫在直径数百光年的星云上。分子云雾中的有机化学物和赐予生命的放射线交相辉映。在红外线的照射下它们那巨大的尘埃云翼变得温暖，滤过坚硬物质，产生了恒星育婴室。只有那些行星生物，那些在重力井底层困住的难民，才会认为它们是致命的。

达尔文的理论在这里是抽象的、无关紧要的奇闻。我们曾学过的关于生命构造的所有知识被这个岛完全推翻了。它利用太阳能，完美适应环境，几乎永生，不需要任何生存竞争；哪儿来的捕食者、竞争者和寄生者呢？环绕 DHF428 的所有生命不过是一个巨大的连续体，是一种宏大的共生形式。自然在此不再是尖牙和利爪的血红；在这里，自然是相互扶持。

缺少暴力的岛比行星的寿命更长。没有技术的一叶障目，岛比所谓文明更智慧。它的智能程度不可估量，而且——

它是善良的，一定是。时间一小时一小时流逝，我越发确信这一点。它怎么可能会想到自己有敌人呢？

我想起自己之前对它的称呼，当时我还不甚了解它。我管它叫肉质气球、囊肿。现在想起来，这些词语是在亵渎它，我不会再用了。

但是，如果任由猩猩为所欲为，就会有一个更合适的词语——牺牲品。我看着它越久，就越怕那该死的机器是对的。

如果岛真有能力保护自己，我也绝对没看出来。

* * *

“转刺蛛号做不到，你很清楚。那是违反物理法则的。”

从图书室出来后，我们在飞船腹部中轴的社交室稍作休息。我已经打定主意，从首要原则开始。迪克斯看着我，眼神里混杂着迷惑和怀疑。得是多愚蠢的人才会否定我的说法。

“的确。”我向他保证，“像转刺蛛号这样质量的飞船，加速的话耗费的能量实在是太大了，尤其是在相对论速度下。可能需要整颗恒星输出的能量。有人计算过，如果我们要到达恒星，就得要你拇指那么大的飞船，把虚拟人格下载到芯片上再装载上去。”

即使蠢如迪克斯，也知道这是胡说八道。“错了。那没有质量，它就不会被任何东西吸引。转刺蛛号如果那么小就根本不能运行。”

“但是想象一下，你没法替换任何质量。没有虫洞，没有希格斯通道，没有什么能让你利用的引力场。你的重心就在……嗯，你的重心上。”

又是迪克斯的抽风式摇头。“但这些东西我们是有的！”

“我们当然有。但是在相当长的一段时间里，我们是不知道的。”

他的脚开始在甲板上焦躁地跺了起来。

“这就是物种的历史。”我解释道，“我们觉得我们已经解决了所有问题，破译了所有谜团，然后就有人发现了某个微不足道的数据点不符合范式。每次我们试图弥补这道缝隙，它都越裂越大，然后，在你尚未察觉之时，我们的整个世界观都颠覆了。历史一次又一次重复上演。今天质量是限制因素，明天它就成了必要条件。我们自以为掌握的事情，它们会变，迪克斯。而我们不得不与之一同改变。”

“但是——”

“但是猩猩不会变。它遵循的规则都是百亿年前的了，它一点该死的想象力也没有——这并不是任何人的错，只是人们不知道在漫长的时间里，如何使任务稳定地继续。他们希望任务始终在正轨上，于是就造了个不会脱轨的东西来维持；但是他们也知道事物都是会改变的，所以才有我们，迪克斯。猩猩无法解决的问题，要靠我们来解决。”

“外星生物的问题。”迪克斯说。

“对。”

“猩猩处理得不是很好吗？”

“好在哪里？好在要干掉它？”

“又不是我们的错，是它挡了道。它又没有威胁性——”

“我不关心它有没有威胁！它有生命，它有智能，而把它杀掉不过是为了扩张一个异种帝国——”

“人类帝国。我们的帝国。”迪克斯的手突然停止了抽搐，像石头一样平静。

我哼了一声：“你对人类了解有多少？”

“我就是人。”

“你他妈就是一只三叶虫。之前他们在苏醒期时，你见过那门里出来了什么东西吗？”

“没什么东西。”他顿了顿，回想着，“有过几艘——飞船，好像是。”

“呵，我见过的远远不止于此。相信我，即使那些东西算是人类，也是过渡期的人类。”

“可是——”

“迪克斯——”我深深吸了一口气，尽量回到正题，“看，这不是你的错。你一直是从一个僵化死板的傻瓜那里获取信息的。我们这么做不是为了人类，也不是为了地球。地球早就没了，你不明白吗？我们离开地球十亿年后，太阳辐射已经把它烤焦了。不管我们在为谁工作，对方甚至都不愿意跟我们说句话。”

“是吗？那为什么还要这样做呢？为什么不干脆放弃？”

他是真的不知道。

“我们试过。”我说。

“然后呢？”

“然后你那位猩猩就把我们的生命维持系统给关掉了。”

头一回，他无话可说了。

“它是台机器，迪克斯。你怎么就不能理解呢？它只会照章办事，一点也变不了。”

“我们也是机器，只是制造材料不同。我们也是照章办事，但我们就可以改变。”

“是吗？上次找你的时候，你还在那东西怀里使劲吃奶呢，死也不肯取消脑皮质链接。”

“我就是这么学习的，没理由改变。”

“那么，偶尔做一回活人怎么样？跟别人关系处好一点不行吗？下次你去舱外活动的时候，别人没准能替你捡回一条小命呢，这个理由够了吗？明说吧：我信任你的程度只相当于信任那台战术模拟池。我连现在自己到底在跟谁说话都不知道。”

“那不是我的错。”头一回，在他脸上我看见了恐惧、困惑和头脑简单的计算之外的表情。“是你，都是你。你说话总是跑偏，思路也总是跑偏。你总这样，让人难受。”他的脸开始变得僵硬，“我根本不需要你醒过来！”他怒吼，“不需要你。我自己能搞好整个建造工程，我跟猩猩说了我能行——”

“但猩猩还是认为你应该叫醒我，而猩猩吩咐的事情你都屁颠屁颠地去做，不是吗？因为猩猩无所不知，因为猩猩是你上司，猩猩是你的上帝。所以我得起床来给一个白痴天才当保姆，因为要是没人牵着他的鼻子走，他连招呼都不知道怎么打。”我脑子里好像突然想到了什么，而我正说得来劲，“你想要个真正的道德榜样吗？想要一个让你仰视的偶像吗？忘了猩猩，忘了任务，看看前视镜好吗？看看你那宝贝猩猩想碾死什么，就因为它碰巧挡在我们面前！那东西比你我二人更优越，更聪明，更和平，它不希望我们遭受一点伤害——”

“你怎么知道？你不可能知道！”

“不，是你不可能知道，因为你他妈的智障！任何一个正常的穴居人都能在一秒钟想明白，就你——”

“真是疯了。”迪克斯嘶声对我说道，“你疯了。你是坏蛋。”

“我是坏蛋！”我似乎在远方听见了自己的声音，头昏脑涨的，接近歇斯底里。

“一切为了任务。”迪克斯转身走开了。

我的手很疼。我看着手，有些惊讶：我的拳头攥得太紧，指甲已经扎进了手掌里。重新把手伸展开来可真费了不少劲。

我差不多想起来这是什么感觉了。从前成天都是这样，那时觉得万事万物都是有意义的，那时激情尚未褪去，怒气尚未平息。那时的生活尚未变成我们不屑一顾的例行公事。那时永恒武士桑迪·阿祖曼丁还忍不住要对弱智儿童破口大骂。

我们当时火爆极了。现在这艘飞船还有一些被烧焦的区域无法居住。我记起来这种感觉了。

清醒的感觉。

* * *

我醒来了，一个人，受够了身边被傻瓜围绕。有规矩，就有风险。你不能一时兴起就把别人从冰冻休眠中叫起来——但是，管他呢。我得呼叫增援。

迪克斯有其他父母，至少有一个父亲，他无法从我身上继承 Y 染色体。我把焦虑埋在心底，然后查了一下名单，调出基因序列，进行交叉比对。

呵，只有另外一个直系：凯。这是巧合吗？还是我跟凯在天鹅座时打得火热，猩猩已得出了太多的结论？无所谓。他从你和我这里各得到了一半的基因，凯，该开始行动了，该——

哦，该死。哦，不可能。求你了，不要。

(有规则。也有风险。)

日志上说，那就发生在三次建造工程之前。凯和康妮，他们两个都出事了。一个气闸卡住了，而下一个距离太远，要沿着船体行走很久。他们最终还是进入舱内了，但蓝移辐射还是把他们在宇航服里烤透了，接下来的几个小时里，他们还在呼吸、说话、挪动、哭喊，好像他们依然还是好好的，直到身体内部完全崩溃，鲜血奔涌而出。

那一轮还有两个人苏醒了过来，他们清理了现场。伊沙梅尔和——

“唔，你之前说——”

“你个浑蛋！”我一下子跳起来，给了我儿子脸上一下，十秒的心痛中有节制了千万年的怒火。我感觉他嘴唇后面的牙齿都松动了。他仰面跌坐在地，眼珠子瞪得像望远镜，鲜血在嘴里绽开。

“——说过我可以回来找你的——”他尖叫着，连滚带爬地向后躲。

“他就是你那天杀的爸爸！你知道，你当时就在那里！他就死在你面前，而你根本没告诉我！”

“我——我——”

“你这小王八蛋，为什么不告诉我？猩猩教你撒的谎，是不是？你是不是——”

“我以为你早知道了！”他哭喊道，“你怎么会不知道？”

怒火突然烟消云散，我的手垂了下来，埋住了脸。

“就记在日志里。”他抽泣着，“一直都在。没人把它藏起来，你怎么可能不知道？”

“我知道，”我承认道，“我——我的意思是……”

我的意思是我知道才怪，但我并不感到意外，内心深处并不震惊。只是——查过几次之后，再不敢看。

规矩就是规矩。

“他们过得怎样，”儿子柔声说道，“你连问都没问过。”

我扬起视线。迪克斯靠在房间那头的墙上，睁大了眼睛看着我。他怕我怕得不敢从我身边冲向门口。“你在这里做什么？”我疲惫地问。

他的嗓子哑了，试了两次才发出声音：“你说过我可以回来找你的，如果我把自己的链接烧掉……”

“你把链接烧掉了。”

他喘着气，点点头，用手背蹭掉了脸上的血。

“猩猩怎么说？”

“他说——它说没关系。”迪克斯答道，他顺着我的意思来，这意图实在是太明显了，而我差点就信以为真了。

“所以，你是经过它允许的。”他开始点头，但我看出他异样的神色。“少糊弄我，迪克斯。”

“其实——是他建议的。”

“原来如此。”

“那么我们可以聊聊。”迪克斯补充道。

“你想聊什么？”

他望着地板，耸耸肩。

我站起来走到他身边。他很紧张，我摇摇头，伸开手。“没事了。没事了。”我靠在墙上，慢慢蹲下来，和他坐在一起。

我们在那坐了好一会儿。

“这么久了。”我终于开口了。

他望着我，一脸不解。在这里，“久”到底是什么意思？

我换了话题。“有人说，利他主义是不存在的，你知道吗？”

他的双眼瞬间一片茫然，再转为惶恐，我知道他是想用链接上网查询定义，但是回复却是空白的。那么的确就是我们两个了。“利他主义。”我解释道，“就是无私。牺牲自己去帮助别人。”他好像是听懂了。“而有人说，所有无私行为都有目的，想要操控他人、为了亲缘选择、互惠主义，或是其他什么。但他们是错的。我可以——”

我合上眼睛。这比我想象中要难得多了。

“只要知道凯没事，康妮也很好，我就会很高兴，即使那对我没有任何好处，即使这需要我做出牺牲，即使我再没有机会见到他俩。只要知道他们没事，付出任何代价都值得。”

“那就想象他们……”

只要想象我只是在最近的五次建造中都没有见到她，而他自从人马座后就再没轮过岗。他们不过是进入休眠了，也许要等到下次再见了。

“这么说来，你不检查日志。”迪克斯缓缓说道。血沫从他的下嘴唇上冒了出来，而他似乎没有发现。

“我们都不检查日志。”而今天我查了，所以他们俩都不在了。只有从他们身上预先留下的这些核苷酸备份，被猩猩循环利用，组装成了我的儿子，这个有先天残缺、后天培养不当的儿子。

这一千光年的路上，只有我们两个温血动物了，我感到很孤独。

“对不起。”我低声说着，俯身去舔舐他流血的伤口与嘴唇。

* * *

原先在地球上——那时地球还在——有种小动物叫作猫。有段时间我养过一只。有时我会一连几个小时观察它睡觉的样子：在睡梦中它还在追逐自己的猎物，爪子、胡须和耳朵都紧张地颤抖着。

当猩猩像蠕虫一般钻进我儿子的睡梦中时，他看起来就跟小猫一样。

这话与其说是比喻，不如说是事实陈述：数据线连入他的大脑，就像信息寄生虫通过老式光纤取食，因为无线链连现在已经被熔毁了。或者是强制喂食，我想，毒药流进迪克斯的脑袋，只进不出。

我本不该在这儿的。我不是刚刚为自己的私人领域受到侵犯而大发一通脾气吗？（刚刚，十二光日前。一切都是相对的。）不过，迪克斯这里并没有什么可供泄露的隐私：墙上没有装修，没有艺术品或是个人爱好品。每个房间标配的性玩具躺在架子上，没有使用过的痕迹；要不是最近见识了他的男性雄风，我一定会以为他已灭绝人欲。

我在干什么？这难道是某种变态的母性本能，某种未演化的更新世母性程序的表达？我竟然这么像机器人？是脑干派我来这里保护我的孩子？

保护我的伴侣？

是情人抑或幼子，其实都不重要：他的住所像一个空壳，没有一点迪克斯的印记，只有那具脱离意识的躯体躺在拟舱之中，思维四处飘荡，手指随着感应而抽搐，眼球在紧闭的眼睑之下跳动。

他们不知道我在这里。猩猩不知道，因为我们早在十亿年前就烧掉了它的窥视眼；而我儿子不知道我在此处，因为——唔，因为对于此时的他而言，没有“此处”。

我该把你培养成什么样的人呢，迪克斯？怎样都想不通，连你的肢体语言看起来都像是在培养桶里长大的——可我根本不是你见过的第一个人。你小时候的社交环境应当不错，都是我认识的人，我信任的人。曾经信任。可你最后怎会投奔敌方阵营呢？他们怎么可能让你走岔路呢？

而且，他们为什么没有警告我要留心你？

没错，有规矩的约束。在漫长的死夜里，存在敌人监视的威胁，还可能有其他损失。但这一次史无前例。肯定有人留下了线索，将提示暗藏在隐喻之中，手法极为微妙，以防被呆板的猩猩轻易解出……

我愿意奋不顾身潜入数据管道，去看看此时你眼中的世界。可我冒不起这个险，当然；只要调取基础信号流之外的任何信息，我就会立即暴露目标，而且——

等一下——

信息传输速率太低了，还不够显示高清图像，更别提触觉和嗅觉。你身居之处顶多是个线框组成的世界。

还有，看看你的样子。你的手指、你的眼睛——就像一只梦见老鼠和苹果派的猫。就像曾经的我，成天回想着地球上早已消失的海洋和山巅。那时的我还不明白，活在过去无异于死在当下。就比特率来看，这几乎算不上一个测试模式；但从身体来看，你却沉浸在另一个全然不同的世界。那台机器耍了什么花招，竟让你把这样一碗稀粥当作大餐？

它怎么会这样做？当视觉、味觉、听觉多方面感官受到刺激的时候，数据才能被理解得更透彻；我们大脑的构造能辨识类目繁多的展示方法，而不只是曲线图和散点图。最枯燥的技术简报也比这个吸引人注意。既然能绘出油画或全息图，为什么却决定用简笔画？

为什么要进行简化？为了减少变量集合，为了掌控不可控之物。

凯和康妮。那么，有一对不可控制的纠缠数据集。在事故发生之前，在情况简化之前。

应该有人警告过我留心你才对，迪克斯。

也许有人尝试过。

* * *

此时，我儿子离开了温暖的住所，将自己裹上一身甲胄，外出排查隐患。他不是独自行动，猩猩派了一个无人机陪他去转刺蛛号船体外部，以防他一脚踏空，掉入繁星闪闪的过往。

灾难级的控制系统故障，猩猩及其备份掉线，所有维修任务突然压在了血肉之躯的肩膀上——也许这场景不过是一次演习，也许这种情况只是一次彩排，真正的危机永远不会发生。但放到宇宙寿命的时间长河中，即使最小的概率也接近必然，因此我们做足样子，好好操练。我们屏住呼吸，迅速逃出。时间紧迫，我们甚至全副武装，迅速移动，快得足以让蓝移背景辐射在几小时内把我们烤焦。

从我最后一次使用房间内的声波接收器到此刻，不知多少时间过去，多少星球诞生又灭亡。“猩猩。”

“随时恭候吩咐，森迪。”语气流畅、随意而亲切。这个资深心理变态早已轻车熟路。

“我知道你在干什么。”

“我不明白你的意思。”

“你以为我搞不清楚吗？你在准备走下一步新招。之前的守卫让你心力交瘁，所以你要从零开始，培养不记得历史的新人，那些被你简单化的新一辈。”

猩猩缄口不言。无人机数据流显示，迪克斯正攀登过一片由玄武岩和金属基体复合材料组成的凌乱地表。

“可你养不了人类的孩子，仅凭一己之力做不到。”我知道它尝试过，因为人员名单上到处找不到迪克斯的记录，而他在十几岁时却凭空出现，从未有人过问，因为谁都没有……

“瞧瞧你把他养成了什么样，随口说出的都是条件语句‘如果／那么’。他在数字密集运算和循环语句方面堪称无敌，可就是不会思考，无法完成最简单的直觉思维跳跃。你就像一头——”我记起一则地球上的传说，在从前，阅读并不算可耻地浪费生命——“一头养育人类小孩的狼，能教他四肢着地移动，教他群体规则，可是没法教他直立行走，教他说话，教他做人。因为你他妈蠢到家了，猩猩，而且到现在才终于意识到这一点，所以把他丢给我，以为我能够帮你改造他。”

我深吸一口气，决定摊牌。

“可他对我一文不值。你明白吗？比空气还不如，他是累赘，是间谍，是间歇性的氧气消耗机。你说说，我为什么不该把他锁在外头，等着他被烤焦？”

“你是他母亲。”猩猩说，它读过许多关于亲缘选择的著述，只是分辨不清广义和狭义之间的差别。

“你真是个蠢蛋。”

“你爱他。”

“不。”我胸中寒意郁结，嘴里慢慢吐出词句，谨慎措词，语调平平，“我不会再爱了，你这个死脑筋机器。这正是我来外太空的原因。你真以为上头会把宝押在无法自立的瓷娃娃身上，让那种人协助你执行永远完不成的宝贵任务？”

“你爱他。”

“只要我愿意，随时都可以杀了他。假如你不迁移门的位置，我一定会这么做。”

“我会阻止你的。”猩猩语气温和。

“其实简单得很。只要迁移选址，我们双方的需求就都满足了。或者你也可以考虑一下，你需要借用我的母性呵护，我则赌咒要拧断那小杂种的脖子，你可以想办法调和这个矛盾。我们面前还有很长的路要走，猩猩。你会发现，我可没有凯和康妮那么容易被干掉。”

“你无法终结这项任务。”它的声音几近温柔，“你以前就试过。”

“我不是说要结束任务，只是稍微放慢一些。你提出的最佳方案免谈。现在要完成传送门的路子只有一条：要么挽救那个岛，要么杀死你培育的初代个体。看你了。”

成本效益问题，太简单了，猩猩瞬间就能解决。可它仍旧什么都没说，沉默在房间里蔓延。我敢打赌，它在打别的算盘，寻找突破口。它在质疑眼前这段剧情的基本前提，想确定我说的话是否发自肺腑，想知道它从书本上了解的关于母爱的信息是否真的这么离谱。或许它正大力钻研历史上的血亲残杀率，寻找漏洞。漏洞倒是有，至少我知道一个，可猩猩毕竟不是我，它的系统简单得多，自然看不穿我的心思，这给了我回旋的余地。

“你欠我的。”最后，它如此说。

我差点破口狂笑。“什么？”

“否则我就告诉迪克斯，你曾以杀他作威胁。”

“随便。”

“让他知道了你会后悔的。”

“我才不管他知不知道呢。怎么，你觉得他会杀我报仇吗？你认为我会失去他的爱？”我拖长了最后一个音节，拖得很长，以显示这个词儿有多么荒唐。

“你会失去他的信任。在这外太空，你们需要相互信任。”

“哦，对啊。信任。这项任务该死的基本前提！”

猩猩不发一言。

“咱们权且做个假设。”片刻之后，我说道，“假设你的话没错，那我到底欠你什么？”

“你欠我人情。”猩猩答道，“以后再还。”

我的儿子天真地在星空下飘浮，他的命保住了。

* * *

我们进入沉眠。猩猩虽不情愿，却也只得对无数的小段轨迹加以修正。我则将闹钟设置为每隔几周唤醒一次，多燃烧一段生命之烛，以免敌人我在猝不及防间加速死亡的进程。不过现在看来似乎相安无事。随着时间的推移，DHF428在我各个生命片段的定格动画中向我们作跳跃式前进，犹如一串珠子穿在了一条无穷长的绳索之上。厂房的景象急转至视像右侧：精炼厂、水库、纳米培育场，一群群冯·诺依曼无人机生长、拆组、回收，成为护罩、电路、拖轮和备用零件。极度精细的克罗马农技术在全宇宙扩散、变异，就像身披甲胄的癌细胞。

那生命如垂帘一般将恒星同我们隔开，它脆弱而不朽，陌生得难以想象。它存在着，仅仅是这一超然的事实，就令我等种族所成就的一切卑微如渣滓。我向来不信神，不信普世的善或绝对的恶，只相信有些做法行得通，有些行不通。除此之外，一切皆是烟雾，是镜子，是虚幻，是用来摆布我这样的无能小卒的障眼法。

可我相信那座岛，因为没有人逼我相信，我也不需要信得全心全意：它赫然出现在我们面前，其存在是一种经验事实，虽然我永远无法得知它的所思所想，无法得知其起源和演化的细节。但是我能看见它：庞大无比，令人叹为观止。它如此迥异于人类，只能比人类更优越，优于我们可能变成的任何形态。

我相信那座岛。我要挽救它，以自己儿子的性命作为赌注。假如它死了，我一定会杀了他，为它复仇。

我大概会。

虚度了数十万年的光阴之后，我终于完成了一件有价值的事情。

* * *

逼近目标。

层层叠叠的十字标线出现在我眼前，围绕目标靶心无尽地缩小定位，令人眩晕。此时离点火虽然仅余几分钟，但由于相距太远，即将完工的传送门仍不可见。肉眼无法捕捉到目标实际所在地，我们穿针引线的速度太快，到时，不等我们反应过来，门已被抛在身后。

也就是说，假如我们的航线修正值偏离哪怕一根发丝之微——十亿千米长的曲道，假如偏移了最多一千米的距离——不等我们反应过来，我们就会送命。

各项仪器报告，目标已精准锁定。猩猩也告诉了我同样的信息。转刺蛛号往前跃出，魔法般地挪移开自身形体，穿过无尽虚空。

我转头望着前方无人机传送来的影像。这是一扇窥进历史的窗户——即便此时，仍存在几分钟的时间滞差。过去与现在的距离每正秒都在拉近，直至最终重合。新铸的传送门在星空下隐隐浮现，黑暗幽森，犹如一张敞开的巨口，吞噬现实。冯氏无人机、精炼厂、装配线在一侧排成垂直的列阵，尚未报废的它们已将任务完成，即将执行销毁程序。不知何故，我怜悯它们。我希望能捧起它们带走，重复利用于下一项工程，但经济学规律延伸到每一个角落，他们认为一次性使用这些工具的成本更低。

猩猩对这条规律的重视似乎超越了所有人的想象。

至少我们挽救了那座岛。我好想再多待一会儿。与真正的外星智能进行第一类接触期间，我们交流了什么？交通信号。当岛不求我们放它一条生路之时，它又在思考什么呢？

我想问它，想在致命的时间滞差稍减时便唤醒自己，想生造某种混合语言，让它能囊括一个比整个人类更恢宏的心智所知的事实与理念。多么幼稚的幻想。岛的存在远远超越了塑造我肉身的荒唐的达尔文天择进程。这里不可能有思想的交汇，亦没有心灵的交融。

因为天使不与蝼蚁说话。

距离点火已不足三分钟。我看见了隧道尽头的光亮。转刺蛛号几乎已停止回顾过去，在需要让过去接管的现在数秒间，我几乎屏住了呼吸。所有数据显示，目标仍在锁定范围内。

战术控制台嘀嘀响起。

“收到一个陌生信号。”迪克斯报告。没错，模拟池中心的恒星再度闪烁起来。我的心揪了起来，天使终究对我们说话了吗？也许是一句谢谢？告知如何对抗热寂？

可是——

“那东西在我们前方。”迪克斯喃喃低语，我突然反应过来，顿觉如鲠在喉。

还有两分钟。

“怎么回事，计算错了。”迪克斯低语，“迁得不够远。”

“够远了。”我说。那是按照星岛的指示移动的，不差分毫。

“还在我们前面！快看恒星！”

“还是看信号吧。”我对他说。

这一段信号全然不像我们这三十亿千米以来遵循的交通灯那般稳健，它几乎是随机的，临时发挥，阵脚大乱，像是某物在遭到出其不意的袭击、只剩几秒钟应对的情形下发出的惊恐呼喊。虽然我从未见过这种点与旋涡的模式，但我立刻理解了它的实际内容。

停。停。停。停。

我们没有停。宇宙中甚至没有哪种力量能让我们减速。过去等同于现在，转刺蛛号在一纳秒间跃过了传送门中心。它那大得无可想象的冰冷黑色内核缠挂上某种遥远的维度，呼啸着被拖至此时此地。激活的传送门在我们身后喷发，绽开硕大无朋的耀目外冠，所有波长都足以诛杀一切生命，我们的频控信号滤波器一刻也不敢懈怠。

炽烈的波阵面将我们逐入黑暗，这种体验我们已经历过千次。同往常一样，到了一定时间，初生的挣扎将会褪去，虫洞会渐渐温驯下来。或许我们仍可以靠近，一睹魔法之门中出现某种新的超凡怪物。

我很好奇，你们是否会注意到我们留在身后的尸体。

* * *

“我们好像错过了什么。”迪克斯说。

“我们几乎错过了一切。”我告诉他。

身后的DHF428开始红移。我们制造的取像无人机在后视景象中闪烁。传送门稳定下来，虫洞接通，金属巨嘴吹出一颗由光与时空组成的虹彩泡泡。我们一路回望，直到超过瑞利衍射极限，超过了视野所及的范围。

然而，到现在为止，还是什么都没出来。

"也许是我们的数值错了。"他说,"也许我们犯了个错误。"

我们的数值没错,而且不到一个小时就检查一遍。那个岛只是有——敌人,我猜。它有自己的攻击目标。

我毕竟还是猜对了一件事,那座浑蛋岛的确是智慧生物,它观察到我们的到来,搞清了怎么和我们对话,然后把我们用作武器,把自己的灭顶之灾转变成了一个……

苍蝇拍。我想这个说法恰如其分。

"也许这里在打仗。"我小声咕哝,"也许在抢地盘,或者只是——家庭内部纷争。"

"它可能并不知道。"迪克斯提出新的看法,"它可能以为那些坐标是空的。"

你竟然会这么想?我思忖,你怎么突然关心起这座岛了?随后我明白了,他压根不关心那座岛。他的冷漠丝毫不亚于从前。他突然冒出的这些乐观假设,并非为了他自己。

我的儿子正试着安慰我。

但我不需要安慰。我真傻,竟让自己相信世间存在与世无争的生命,存在纯洁无罪的意识体。那段短暂的时间里,我曾坚定地梦想这一世界中的所有生命都是无私的,无意于掌控他物,没有龙争虎斗,不以弱肉强食为存活的律条。是我神化了未能理解的事物,到最后才明白自己的天真。

现在我心里好受些了。

任务暂告一段落:又一次建造,又一根标杆,又一段无可挽回的时光,我们却并未向终点踏进一步。再成功也无关紧要,再用心也无关紧要。"任务完成"这个词在转刺蛛号上毫无意义,至多是一个作茧自缚的讽刺。也许某天会遭遇失败,但绝无终止之期。我们永远前行,像蚂蚁一般爬过宇宙,在身后拖曳出你们该死的超级高速路。

我还有太多东西要学。

至少我的儿子在这里,教我。

小盆 译

科幻带你逃往异世界

乔·沃顿

乔·沃顿出生于威尔士的阿伯代尔，现居加拿大蒙特利尔。在2000年发表第一部小说《国王的和平》之前，她的工作是书店店员和角色扮演游戏策划。2002年她获得坎贝尔最佳新人作者奖，2004年又凭借第四部小说《尖牙利爪》获得世界奇幻奖。她2011年的作品《我不属于他们》，被描述为“一部关于一个有奇幻问题的科幻读者的小说”，2012年获得星云奖和雨果奖，使她成为迄今囊括星云奖、雨果奖和世界奇幻奖最佳长篇小说仅有的两位作者之一。

尽管乔·沃顿以奇幻作品闻名，但在《尖牙利爪》和《我不属于他们》之间，她创作了一部另类历史三部曲——《四分之一便士》《半便士》和《半个克朗》——背景设定为战后的英格兰，在这个世界里，支持法西斯的英国上层阶级推翻了丘吉尔，与德国讲和。《科幻带你逃往异世界》这一短篇故事便设定于这个世界的美国。

报纸选读（1）

国民卫队镇压罢工者

西弗吉尼亚矿工罢工进入第七周，山区的小规模武装冲突和“游击战”迫使州长调动

取得函授高等学位

不用走出家门，也不用与不懂事的大学生为伍，同样可以取得学位！仅由

前总统林德伯格谴责矿工

《惊奇科幻》

四月号现已问世！保罗·安德森、安森·麦克唐纳和H.比姆·派珀的全新故事！仅售三十五美分。

1960年春季时尚潮流

伦敦巴黎本季流行长裙，但在纽约这边的上班族中，短裙依旧当道。最时髦的穿法是一件小

“辐射”能影响到距迈阿密多远的地方?

科学家表示，这个问题可能会持续数年，但很大程度上取决于天气

你想找工作
你想吃得饱
要想有工作
形象很重要
千万莫错过
缅甸剃须膏

得过且过（1）

琳达·伊万斯是布恩特面包房的女服务员。她以前做过打字员。被辞退之后，她很高兴能找到这个工作，尽管得整天站着，有时候还觉得对顾客微笑得脸都要裂了。她从来没做过秘书，只做过打字员。她姐姐乔安是秘书，但她会速记，一分钟能打九十个单词。乔安有高中学历，她教会了琳达打字。不过琳达始终不像乔安那么聪明，打从琳达记事起就不。那时她们还小，父亲在工厂上班，她们住在公车终点站的一栋小房子里。现在她们的父亲失业已经很久了。他只要从女儿们手里逼出一点钱，就全花在喝酒上。琳达比乔安更敢与父亲对抗。

“要是新政奏效，他们就不会再说什么了。”一个男人对另一个说道。琳达走过来，把他点的咖啡和三明治放在他面前。

“奏效？”他的同伴鄙夷地说，“是奏效了。要是人们对新政有信心，它本该奏效，让咱们摆脱这个烂摊子。”

是两个老人，穿着打补丁的大衣。他们点了烤奶酪三明治，菜单上最便宜的东西。其中一人朝琳达微笑起来，她条件反射地回报以微笑，然后便走开，将他们抛诸脑后。她一整天都没坐下休息过。乔安经常拿她打趣，说她会跟顾客调情，坠入爱河，但似乎根本不会发生这种事。她以前也拿乔安开玩笑，说乔安会爱上老板，结果成了真。本来是件好事，只是，他有家室。现在乔安的生活就是和他一起焦虑地待上几小时，然后再独自焦虑地熬过几天。他送她各种没用的礼物，比如法国香水和蕾丝内衣。当琳达想把这些礼物卖掉时，乔安只会哭。两人都终日惶惶不安，担心她会怀孕，然后她们可怎么办？琳达擦着桌子，尽量不去听男人们讨论着无尽的“如果”。她自己的如果已经够多了：如果母亲没去世，如果她还保留着打字员的工作，如果约翰没在对英格兰战争中牺牲，如果彼得没死在对日战争中。

“小姐？”其中一人问道。她转过身，以为他们要续咖啡。这里的规矩是只能续杯一次。“你能帮我们解决一个疑问吗？”他问道，“1940年时，罗斯福是不是想让咱们加入欧洲战争来着？”

“我怎么会知道？这跟我一点关系也没有。1940 年我才五岁。”他们不应该这么纠结，应该让历史自生自灭，她这么想着，继续擦起桌子来。

报纸选读（2）

奇迹生发剂，帮你重获失落的毛囊！

在当今世界，就算手持资格证，也难保找到工作。我们塞勒斯·马克汉姆事务所具有多年丰富经验，可帮助申请者找到理想工作，这使我们成为无可匹敌的

新型鱼雷，更大威力

雷达，声呐，甚至电视

你终于负担得起梦寐以求的房子了

让科幻带你前往新世界

艾萨克·阿西莫夫和罗伯特·海因莱茵新作，仅售

宾州又有一家银行倒闭

得克萨斯州长表示：我们没有使用“正式脱离”一词

加拿大人为何如此趾高气扬？因为他们知道

* * *

排队百态（1）

汤米从海军退伍时，以为自己能轻而易举找到一份工作。他有老

兵退伍证明，可以终生享受免费医疗，而且他是个英雄。他之前在宪法号航空母舰上服役，这艘航空母舰基本上是单枪匹马打赢了大西洋战役，让大批英国皇家海军的浑蛋在海底获得了应得的归宿。他在维修和火炮方面都颇有经验。而且，他是个自豪而勤劳的美国人。他从没想过自己会在赈济厨房排队。

* * *

报纸选读（3）

音乐该改朝换代了

乐队们为什么还在演奏科尔·波特?

国务卿莱恩巴杰尔表示，英国人想要和平

原子的秘密

日本人有原子弹吗?

根据天皇亲信的说法，有，但纳粹否认他们给过日本人任何图纸。我们的顶尖科学家仍在努力

尼龙 尼龙 尼龙

戴尼提: 一种新心理学

* * *

得过且过（2）

只要面包房提出加班要求，琳达就会照办。她对于加班费心存感激，而且总是担心不答应就会被炒鱿鱼。想接手她这份工作的姑娘大有人在，她们每天都会来问有没有活儿。她觉得布恩特一家不会无缘无故把她的工作拱手让人。她已经在这里干了四年，对日战争刚结束时就开始了。布恩特太太总是说："你就像是我们家的一员。"他们辞退了另外一个服务员奥莉芙，不过是因为面包店的活儿用不了两个人。只要布恩特一家人开口，琳达就会加班，负责打烊。布恩特太太说："你是个好姑娘。"可布恩特一家有个女儿，名叫辛迪。辛迪很漂亮，刚十二岁，连高中都还没上。她有时跟几个闺蜜一起来面包房喝奶昔，大家咯咯笑成一团。琳达很讨厌她。她不知道她们有什么可笑的。琳达担心辛迪再大点儿就会接替自己。琳达可能是像家人一样，但辛迪却是货真价实的家人。面包房生意还不错，人们总要吃饭，但情况也不如从前。琳达很清楚。

她回家很晚。乔安正在梳妆打扮，准备和她的已婚老板去约会。她用两人合住房间里的水槽洗脸。浴室在走廊尽头，整个楼层公用。浴室只有星期五有人打扫，要不就是乔安或琳达看不下去的时候自己动手。琳达躺在床上，终于能放松一下双脚了，她心想，男人都是猪。乔安比琳达大三岁，但看起来更年轻。琳达觉得是化妆品的作用，也有可能是因为有个恋人。要是乔安能爱上一个愿意娶她的老板，两人住进郊区好房，那就好了。不过现在这样也不错了。琳达一人负担不起房租，如果乔安不在，她就得找个陌生人合租。至少乔安是她姐姐，两人已经彼此习惯了。

"我今天见到爸爸了。"乔安边说边对着镜子眯起眼睛，小心翼翼地涂着口红。

"别告诉我你又给他钱了。"

"就两美元。"乔安承认道。琳达呻吟起来。乔安心太软。她挣得比琳达多，可每周末都花得一点不剩。她开销大，要不就是把钱给了人。

抱怨也没用，琳达很清楚。

“他要带你去哪儿？”她疲惫地问。

“去看示威游行。”乔安说。

“便宜消遣。”示威游行、火炬游行、处私刑，黑人总是作为替罪羊被暴打一顿。这样做一点好处也没有，只会让人获得一点心理安慰，因为有人可以怪罪。“家里可不是这么教育咱们的。”琳达说。她们的外祖父是个教士，一直相信人与人之间存在兄弟情谊。琳达小时很喜欢去外祖父母家。外祖母会烤曲奇，整栋房子都是曲奇的香味。花园里有棵老苹果树，树上挂着一架秋千。她父亲以前是工会成员，那时工会还受人尊敬。

“我为什么要在乎这些？”乔安没好气地说，“他要带我去，那就去呗。他会请我吃晚饭，然后我们唱点爱国歌曲。我又不会对谁动用私刑。”她使劲涂了些法国香水。

琳达又躺下了。她不饿。她总是不饿。她总是在面包房解决——布恩特一家人并不介意——点错的东西，剩下的面包，都归她。有时他们甚至会给她蛋糕或面包，让她带回家。她按摩着双脚。她的确很幸运。可乔安走出门时，她觉得很想哭。就算她遇见一个合适的人，他们怎么会结得起婚呢？他们怎么敢梦想有自己的房子呢？

* * *

报纸选读（4）

海猿会让你的朋友大吃一惊！

总统称我们必须团结一心

今天在西雅图会晤

搭乘豪华飞船前往圣城

经济还能否复苏?

自大萧条以来，全国经历一系列跌宕起伏，经济蹒跚踱过一次又一次危机。政府当局尝试了种种补救方案，从罗斯福新政到林德伯格紧缩政策，但哪一种也未能发挥长久效果。经济学家表示，这一局面是在意料之中的，这种经济衰退的大趋势是不可避免的自然

好莱坞新作《帝国元首》，马龙·白兰度领衔主演

* * *

排队百态（2）

十七岁时，苏终于受够了学校。她有个男朋友，对她许诺说能帮她找到一份舞者的工作。她便跟他去了克利夫兰。她在一家无上装俱乐部跳了一阵子舞，后来又去了一家脱衣舞夜总会。钱总是不够花，就连她开始耍花样之后情况也没有好转。她才三十四岁，但她知道自己看起来已经人老珠黄。她病了。再也没有人想要她了。她在这里排队，因为没有别的地方可去。他们让你吃饱，用卡车把你运走，从头来过，她是这么听说的。她看到卡车了。她琢磨着他们会到哪里去。

* * *

报纸选读（5）

新型家用烫发药水是否名副其实?

专家表示是的!

节约新招

总统声称：　不存在猎巫行动

不管共产党员和工会组织者的说法如何，总统今天表示

* * *

得过且过（3）

布恩特一家喜欢早餐时在面包房里放广播。他们说，如果生意有所好转，就买台小电视给顾客看。布恩特先生是在琳达小心翼翼地要求加薪时说的这话。他认为他们有了电视，生意就会更忙，可琳达觉得买电视没有那么大作用。她一边给顾客上咖啡、培根、面包片，一边听新闻。她喜欢音乐，乔安则喜欢新闻评论员沃特·温切尔。她应该问问乔安，这和参加示威游行是怎么调和的。温切尔对希特勒的憎恶是出了名的。疯子。琳达无法想象对世界另一端的一个老头能有如此强烈的仇恨。

没过多久，就在辛迪和朋友们正喝着奶昔咯咯笑着，而琳达觉得脚都要断了的时候，进来了一个男人，在角落的桌子坐下。他点了三明治和咖啡，后来又要了一块蛋糕和咖啡续杯。他个子不高，有点古怪。他似乎对一切都很关注。这人打扮得挺体面，头发向后梳得很平整，衣服很干净。她猜想着他是不是私家侦探，因为他一直朝窗外看，但似乎对屋里的一切也同样留心，包括琳达自己。她记得乔安说过的话，很想笑，但不能笑。他是个怪人，她猜不透他葫芦里卖的什么药。

她今天不用加班和负责打烊，下班离开面包房时，那个男人尾随着她。这个男人身上有某种东西，让她先想到的不是艳遇，而是法律。“你是琳达。”他在外面说道。她很害怕，因为他有可能是任何身份。不过他们在大街上，站在街灯下，四周有人走过，偶尔还有汽车。

“是的。”她承认道，心脏怦怦跳着，“你有什么事？”

“你不是布恩特家的？”

“不是。他们是我的雇主，仅此而已。”她说着，飞快地与他们撇清，尽管他们一直很照顾她。她脑海中立刻出现了他们被逮捕的画面。她到哪儿去再找个工作呢？

“你知道布恩特一家原籍是哪里吗？”

“德国。”她充满信心地说。招牌上写着呢，布恩特德式面包房，就在他们头顶上方。

“什么时候来的？”

“是我出生以前。这些问题你为什么不去问他们？”

“是 1933 年。”

“我还没出生呢。”琳达说着，更有信心了，朝边上迈了一步。

“你有没有发现任何证据能证明他们是犹太人？”

她迷惑地停下了。“犹太人？他们是德国人。德国人讨厌犹太人。”

“1933 年希特勒上台时，有很多犹太人离开了德国。”男人说道，可他不可能比琳达大多少。“如果布恩特一家是犹太人，又隐瞒了身份的话，要是你揭发他们——”

他话音停住了，但琳达现在明白了他的意思。如果她揭发他们，他们的财产就归她了。面包房、楼上的公寓、他们的积蓄。“可他们不是犹太人，我从来没——他们的面包房还卖培根呢！”她脱口而出。

“你没见到过任何证据？”他遗憾地问，“可惜了。这家面包店交给你经营多好。你不是犹太人吧？”

“我是威尔士人。”她说，“我外祖父以前是教士。”

“我想你也不是，特别是看到你这一头美丽的金发。”她的头发有点褪色，不过一直都是金棕交驳的颜色，和乔安的一样，和她们的母亲也一样。

“我可能有些证据。”他缓慢地说道，“但我能找到的都是他们到美国之前的，在德国时的证据。如果有他们现在仍然是犹太人的证据，如果你能发现什么东西，就可以确定他们的身份。法院就可以把他们遣送回德国，他们的店就归咱们了。你可以当老板，你肯定行的。反正本来大部分活儿也都是你在做。”

“我只负责上菜。”她条件反射地说道，随后，“我应该注意些什么？我的意思是，如果他们是犹太人的话？”

诱惑就像一层油膜一样包裹住她，很久以来，希望的火焰第一次在她心中燃起。

* * *

排队百态（3）

如果你是黑人，那你就和空气一样，哪怕在赈济厨房的队伍里也是如此。其他人都在慢慢从我身边躲开，我无法否认这一点。就连日本人把加州的沙滩炸个底朝天的时候，他们也不肯把枪发给我们，让我们去打仗。那时我便离开加州，到东岸来了，但情况也没好多少。要是我知道自己在这里就像空气一样被人忽视，就留在洛杉矶了。那里没有人追赶我，没有人威胁我说要把我吊起来，而且我在那里还有份工作，可以勉强糊口。我从没想过自己会到这里来排队，因为我知道，等我排到队首时，他们也会让我站到另一边去。谁也不知道我们之后会怎样，他们会把我们带到什么地方去，我们再也不会回来。但我已经绝望了，而且要我说，不管把我们送到哪儿去，他们都得让我们吃饭吧，是不是？嗯？是不是？

* * *

报纸选读（6）

又一家工厂倒闭

英国发表和平讲话，日本和帝国却在瓜分俄国

两大国的势力范围中间是否会出现一个作为缓冲地带的斯基提亚？

阿巴拉契亚山地战：已派遣国民卫队增援力量

总统表示有必要维护国家团结

亚拉巴马州工厂主枪击罢工者

今天伯明翰有六十名伤者在

科幻带你逃往异世界

弗雷德里克·波尔和爱丽丝·戴维新作问世

汪梅子 译

把它卖给瓮中人

科利·多科托罗

科利·多科托罗出生在多伦多，现居伦敦，他既是著名科幻小说作者，同时也在政治活动领域十分活跃，主要关注版权开放、个人数字设备自由、经济巨头对创新的破坏趋势等问题——这些问题对很多人来说仍属于科幻的范畴。有两个科幻奖项以杰出而脾气暴躁的编辑约翰·坎贝尔命名，或许可以说，科利·多科托罗是迄今为止唯一一个这两个奖项都获得过的作者，因为多科托罗的多项事业都以坎贝尔敦促自己麾下作者的那句话为指南："提出下一个问题"。

多科托罗的早期短篇小说为他赢得了2000年的约翰·坎贝尔新人作者奖，此后不久，他出版了第一部长篇小说《魔法王国受难记》并获得轨迹奖。经出版社许可，小说上市的同时，他在知识共享许可协议下发布了小说的免费电子版，自此之后，他所有的小说和其他书籍都以这种方式发行。2008年他出版了第一部青少年小说《小兄弟》，该书位列《纽约时报》畅销书排行榜，讲述了一群熟知科技的少年与自负的国土安全局对抗的故事。这个故事设定在未来的美国，但也有可能转眼变成现实。该书广获赞誉，并获得约翰·坎贝尔纪念奖。此后他出版了更多面向青少年和成年读者的小说，包括2013年出版的《小兄弟》续集——《祖国》。在科幻写作之余，他还担任极受欢迎的网站Boing Boing的合作编辑，并为《卫报》《出版人周刊》和《轨迹》写专栏。他还频繁旅行，发表演讲和组织活动。

《把它卖给瓮中人》是为了向弗里德里克·波尔致敬的而创作，其中出现了喷气背包、一个讨人喜欢的主角，还有一个永生的超级富豪，将自己泡在巨瓮里。这个故事也提出了很多“下一个问题”——包括幸福的性质、强加的幸福是否比自由意志更糟糕，还有超级富豪渐渐脱离大众，不仅自己上了天堂，还想断了别人上天堂的路。

利昂在广告部学到的第一课：广告部没人把你当朋友。

比如今天吧：布劳提甘要去一家真正的诊所，面对一座真正的延年瓮，里面装有一位真正的目标客户，可他却不打算带上利昂。

“别生气，带你去不合适。”布劳提甘说着，对他露出一个抿嘴微笑，那排像马似的喜感大牙几乎没露出来。这样雪白闪亮的大牙很能让人放下戒备。“带你去是不可能的。要想获得和延年瓮会面的机会，得花上一两个月呢。背景检查，生物测定，向会面申请者的心理咨询师了解情况，还有体检：他们要清查你体内的菌群。这些都需要时间，利昂。你以为自己就像蜉蝣，急得不行，可入瓮者有的是时间。就算你等上一两个月，他也不会少层皮，你最终还是能见到他的。”

“胡说，”利昂说，“这些都是表面工夫。他们在前面筑起高墙，可后头开着门呢。这些规定总有例外，肯定有。”

“等你到了一百八十岁，困在瓮里，你就不会给人开后门了。只要你还想活到一百八十一岁就不会。”

“你的意思是，如果这个老怪物突然得了罕见的肝癌，病情发展迅速，如果整个该死的世界上只有一位肿瘤专家能治他的病，你的意思是，这位专家就因为‘不，谢谢，我们没事，你没有获得与病人会面的许可'，就被送回法国老家？"

"我的意思是，这个怪物没有肝。他没有人的身体和器官，只有机器、营养液和各种辅助系统。"

"要是有哪台机器坏了怎么办？"

"发明机器的那哥们儿也为这怪物工作。他带着全家都住在怪物的私人地产上。他们的菌群和怪物的一样。他不仅掌控他们的生活，也掌控他们的肠道菌群的生活。如果他发明的机器停止运转，用不了两分钟，他就会出现在瓮旁，带着他的手下，都穿着一次性无菌服。手下们低声说着令人安心的废话，他则冷静而专业地接上十台备用机中的一台，他每一天都亲自检查这十台备用机，确保它们在运转。"

利昂张开嘴，又闭上了。他禁不住冷笑了一声。"真的？"

布劳提甘点点头。

"如果所有机器都不运转呢？"

"机器发明者的对手，有史以来第二出色的肝脏替代技术发明者，也同样住在怪物的地盘上，渴望着在入瓮者身上尝试一下——如果第一个人搞不定，第二个十分钟就能到场；而第一个人，还有他的家人则会——"

"被处决？"

布劳提甘发出失望的叹息。"得了吧，他是千万亿富翁，不是007电影里的反派。不，那人只是会被降职到最底层，但还有一丝机会可以获得救赎，那就是发明一种新技术，比入瓮人当前使用的肝脏替代技术更好，这样就能恢复原职，华服、财富、特权也就都回来了。"

"如果他失败了呢？"

布劳提甘耸耸肩。"那么入瓮人就会损失掉难以计算的那么一丁丁点个人财富。他接受损失，研究为这笔钱申请税收减免，然后把它从他每年屈尊寄给国税局的那点钱里扣除。"

"老天。"

布劳提甘拍拍手。"很邪恶，是吧？这么多钱，还有权力，还有钱，还有钱？"

利昂竭力让自己记起，布劳提甘并不是他的朋友。他的大牙实在是太容易让人放下戒备了。布劳提甘长得很像一匹马，简直让人想喂他吃方糖，谁会怀疑这种人呢？“不，是因为别的。”

“现在你对入瓮人群体的了解已经比普通人多一万倍了，但其实你对全局的了解还差得远呢，伙计。A 特公司花了几十年跟入瓮人搞好关系，才能成功向他们售出第一件产品。”

而那之后我们还没卖出过任何东西呢，利昂心想，但他没有说出口。A 特没有人会讲这个。公司自诩行业翘楚，是成功界的成功者。要想为“超高净值个人”提供服务，就应该找这家公司，可……

他们只做成过那一桩生意。

“而那之后我们还没售出过任何东西。”布劳提甘毫无羞愧地说，“然而，这整栋楼，整个公司，所有职员、设计师、顾问：所有这些开销都是从那笔财富里分出的那么一小杯羹。也就是说再谈成一桩——”

他指指四周。办公室很奢侈，为了给入瓮人的财富管理人留下深刻印象。一穿过门，光线、气味和风的把戏便会让人感觉身临古老森林中的空地，尽管视线所及之处并没有森林。前台桌面是坑坑洼洼的大理石墓碑，老式打字机经过精心修复，被当作不那么老式的键盘，打字机四周的桌面上布满光滑得难以辨识的墓志铭。前台女孩——现在正以逼真的敬业态度无视他们——以穿着、打扮和化妆传达着美丽、智慧和慈爱。A 特雇了一个小型造型师团队，为所有需要面对公众的员工设计造型。利昂那天早上刚耐着性子把浅褐色头发剪了个略呈蓬乱的造型，还在外套袖口和肘部精心打造了磨损效果。

“所以，不，利昂，伙计，我不会带你去见我的入瓮人。可我会让你开始朝这个方向发展，如果你在这里很出色，证明了自己，有一天你就可能会见到入瓮人。等你尽了应尽的责任之后。”

利昂已经尽了很多责任——比布劳提甘这只风烛残年的癞蛤蟆一辈子尽的责任都多。可他只是露出微笑，像一只乖乖听话的小虫一样抽了抽鼻子，在心里痛恨自己。“好啊。”

“事情是这样的，咱们这六年来一直在研发面向入瓮人的产品，但无一成功。很多人走进这扇门，踏上你现在的岗位，他们每个人都想了无数点子，可每一个点子都落空了。我们从来没给这些点子做过系统整理，没有给它们归类列表，否则我们就能确定我们已经探索过的领域，以及还有什么空白需要填补……”他意味深长地看着利昂。

“你想让我把公司史上所有失败的推销品分类整理。”利昂没有掩饰失望之情。这种活儿是给实习生做的，不是初级业务经理应该操心的。

布劳提甘的两排大马牙敲在一起，发出马一般嘶鸣的笑声，离开了 A 特的办公室，吸进一口真实世界的无聊空气。前台小姐向利昂发出慈爱关怀的信号。利昂倚向她，她的手指敲击着改装过的安德伍德无声打字机的机械按键，宛如一挺机关枪扫射。他等到她忙完，她又对他露出慈爱的微笑。

“都放在你办公桌上了，利昂——祝你好运。”

* * *

在利昂看来，延年瓮里长生不死的千万亿富翁面对的问题似乎和照旧生老病死的凡人没什么两样。一旦任何东西几乎不费吹灰之力就能 3D 打印出来，那么所有东西也就都变得几乎一文不值了。没有人需要再发现什么——只要混合重组或者发明创造就行了。然后按下一个按钮，就可以在桌面工场上把它打印出来，如果工序复杂一些，那就交给本地作坊，如果打印机搞不定，还有很多应召手艺人，他们在某个遥远国度有工人，一夜之间就能造好，第二天一早就装在密封的联邦快递盒子里送到你桌上了。

翻阅 A 特公司档案之后，他发现自己不是唯一持这种思路的人。所有业务经理都想到了一些无法被 3D 打印的东西的点子——需要专业师傅才能制造的珍奇玩意儿——或者不是 3D 打印制造出来的东西——古董、仅此一件的珍品、以前的玩赏物件。所有这些点子都在入瓮人那里遭遇淡漠反应，他们可以随心所欲地雇用任何一位师傅，也可以买下整仓库整仓库的古董。

他们向一般的超级富翁提供各种体验：前往太空的船票，捕猎某个珍稀物种最后一只动物的机会，搭乘深海潜水艇前往马里亚纳海沟底，等等。可这帮人在入瓮之前已经有过多次这类体验了。现在这些超级富豪改变了形态，变成了浸在刺鼻溶液中的肉块，一百台巨大的机器在癌症扩散和各种器官衰竭的同时，尽心尽力地维持着他们的生命。在那团管线之间的某个地方，有某个东西，在严格意义上它仍然是一个人，也是一个公司，在很多情况下，也是一个主权国家。

每宗财富的聚集都像一台卓有效率的机器，以一百万种方式与凡人的经济相纠缠。在购买汉堡包、网络服务、电影票、音乐、图书、电子产品、游戏、交通时，你都是在和延年瓮打交道——钱从你的手里转移，经过他们的管线过滤，再被循环回这个世界，落入其他凡人之手。

但是，要想触碰到最集中、最纯粹的钱，可没那么容易。它就像是宇宙大爆炸之初的一种理论上存在的极致密元素，钱在如此集中之时，就不再发挥钱的作用。它如此集中，你撬下一小块来，它便改变了形态。

利昂的诸多前任都精明聪慧。入瓮人就是钱，就是国家，就是延年瓮。他们详尽研究过向这样的人提供服务和产品的空间。谆谆教诲都来自这些失败的尝试——比如利用光线与空气营造出森林效果的点子。

利昂受过良好教育，自然学过多维空间数学。他一直忙着在 A 特公司失败发明图表上画叉，标出它们的共同点和差异的各个方面。渐渐浮现的图形很容易理解。

他们已经尝试过了一切。

* * *

布劳提甘的嘶鸣可能是利昂在整个职业生涯中听到过的最侮辱人的声音。

“不，你当然不能知道我们卖给入瓮人的是什么！这是交易的一部分——所以酬金才那么高。谁也不知道我们卖给人瓮人的是什么。我不知道，掌管公司的老太太也不知道。这笔交易的经手人？他多年前就拿钱走人了，那以后谁也没见过他，也没有他的消息。隐名合伙人、优先股、控股权——但他神龙见首不见尾。我们只能通过律师找他，这些律师再找另一些律师。据说那些律师要想跟他交流，只能靠写纸条，纸条要留在皮特凯恩岛上一个小墓地的一块墓碑下，然后他们再靠手划小艇来岛上获取他的指示。”

这种夸张让利昂很难受。他在这个职位上才第三天，阳光斑驳、空气清新的伪森林感觉已经像是旧健身包一样充满陈腐气息（其实他桌子底下就有个旧健身包，等着他按时下班去免费健身房的那一天）。布劳提甘比这种夸张更让他厌烦。

“我不是浑蛋，布劳提甘，所以不要把我当成浑蛋一样跟我讲话。你雇我来是为了干活，可你对我只有差遣、调侃和遮遮掩掩。”他竟然不经意间押了韵，不过他就是擅长这种事。“我想知道的是：我明天还有没有那么一个理由要来上班？还是我坐在家里领工资就行了，直到你受不了我白拿钱，把我炒鱿鱼为止？”

这话不完全是由衷的。利昂的工业心理学背景很不错——他在学校是全优，还获得了博士后的邀约，可他对这些东西的兴趣远不如把说服他人的有趣学问应用于实际。他知道布劳提甘是在给他施压，想看他的潜能底线在哪里。广告人最擅长这个——如果你能用甜言蜜语让人渴望某样东西，那你也能哄骗他同样强烈地憎恨某样东西。这就是一枚硬币的正反面而已。

布劳提甘假装愤怒，但利昂已经花了三天研究他的话，看得出这种情绪和他的所有其他方面一样虚伪。利昂谨慎地翕动鼻孔，挺起胸，抬起下巴。他将自己的怒火作为商品出售，把它当成薯片、合法的证券、非法的减肥药。布劳提甘也想出售怒气作为应对。利昂坚决不买账。可布劳提甘买账了。

“有个新的。”他密谋般低语道。

“新的什么？”利昂也低语问道。他俩仍然气鼓鼓的，颤抖着用肢体语言传达愤怒，但利昂让自己大脑的另一部分来处理这件事。

“新的怪物，”布劳提甘说，“他才一百零三岁就入瓮了。是最年轻的入瓮者。不是他计划的。”他抬起头，低头，向左看看，又向右看看。“是一次事故。简直不可能的一次事故，但他确实经历了这么一场事故，这意味着什么？”

“意味着它不是事故。”利昂说，“警察？”完全不受布劳提甘发电报似的讲话风格影响是不可能的。这也是一种说服能力，他很清楚。一旦你的说话风格变得和他一样，你就能理解对方。反之当然同样成立。他们在同一个身份上相聚，彼此联系起来。这种关系很强烈，就像是同事之间的补偿性爱。“他是三重君主。非洲的一个共和国、一个岛，还有某个波罗的海小国，在国际元音线的另一侧，那里的语言发音佶屈聱牙，净是辅音，Mxyzptlk 什么的。他们因为他在世贸组织和联合国受到惩罚——专门为他制定了整套整套的国际贸易法。所以不是普通警察，是外交上的事了。还有，他当然没死，所以事情就更复杂了。”

“为什么？”

“死人会成为公司，由董事会管理，而董事们的行为就算不是理性的，也是可以预测的。活人嘛，浮夸多变，难以预料。不过，换句话说——”他摆摆眉毛。

“换句话说，他们会买东西。”

“每隔很久很久，他们的确会买点东西。”

* * *

利昂的生活中，最重要的是条理。他曾听一位减肥大师说，保持苗条的关键是真正“聆听身体”，在身体发出饱足的信号之后就停止进食。利昂聆听了自己的身体。它每天都想吃整整三张腊肠蘑菇比萨，外加一人块蛋糕。还有麦芽奶昔，老式的那种，用一台鳄梨色的塑料古董汉密尔顿海滩机在自家厨房也能做，装在红色电镀铝制高脚杯里。

关于想吃什么这个问题，利昂的身体极其聒噪。

于是利昂没理它。每次他的大脑对他说，它想在沙发上一边看那种根据观众神经活动调整节目内容、以便提高观众专注程度的电视节目，一边打瞌睡，他对这一要求都置之不理。他会下定决心坐在床上，阅读打印出来的堆成山的提高自我的书籍。

每天早上，利昂的大脑边缘系统叫他在闹钟响后再赖一小时床，他也置之不理。他对早餐前完成一小时瑜伽和冥想之后的疲劳信息也置之不理。

他用意志把自己绷得紧紧的。上楼时，是意志驱使他捡起衣服；在踏入主卧所附的巨大更衣室时，是意志驱使他把衣服叠得整整齐齐。(这间公寓是A特公司签约奖金的明智花法——考虑到汇率浮动等问题，这样做比手里攥着现金保险。这一百年来，在曼哈顿买房都很划算，比债券、金融衍生品或基金都稳定。）是自律驱使他每次都按时支付账单。也是自律驱使他每天吃完饭就洗掉所有的碗盘，每晚下班回家路上去食品店补充前一天耗尽的商品。

他父母从安圭拉岛过来看他，对他的井井有条开玩笑，说他一点也不像以前那个小胖墩，六年级因为走到哪儿都留下一条食物痕迹，被老师发了个“汉塞尔和格蕾特尔奖”。他们不知道的是，他仍然是那个小孩，所有认真、精确、严谨、苛求的习惯其实都是因为他无情而坚决地不想变回那个孩子。他不但漠视自己内心对比萨的渴望、赖床的心愿、打车代步的想法、懒洋洋地开着电视随便换台虚度光阴的需求——他甚至积极否定这些东西，怒吼着让他内心的声音屈服，将它关起禁闭，让它再也不见天日。

而这——这——这就是他要搞清如何向入瓮人再次成功推销的原因：因为，如果有人能聚集这样一大笔财富，在扩张永不停息的机器王国中转投永生，那他一定是一个一生都在否定自己的人，而利昂对这种感觉再清楚不过了。

* * *

下东区这些年来历经兴衰：贫民区、富人区、中产区、巨富区、贫民区。前一年，房子都样式时髦，带有这个光速逐利时代之前的旧式夜夜笙歌的浪漫风格。下一年，房子只剩下夜夜笙歌的痕迹，房东破产，接管人竖起纸般的薄墙，把敞亮的高顶大公寓隔成一间间出租房。街角商店向衣食无忧的信托嬉皮士出售经过基因改造的玩意儿，用来卷烟抽，可以干扰某些极其具体的脑部结构；后来他们又向不肯与他们目光相接的绝望母亲出售凭票购买的牛奶。店主具有感知风向变化的天赋，可以随之调整进货。

利昂在他这个街区行走，也嗅到了风向变化。店主似乎把打折幅度加大了，货架上的高热量酒精饮料变多了，配有美国食品局规定的解释营养成分小册子的高档的低卡能量食物变少了。招租告示如雨后春笋一般冒了出来。一片建筑工地上已经一星期不见人影了，挂着锁的工头棚屋上浮现出斑驳青苔。

利昂不在乎。他有过苦日子，而且不只是学生那种清苦。他父母从罗马尼亚来到安圭拉岛，追逐着避税天堂，梦想着靠开书店和当保安大发一笔。他们算错了移民时机，空降在灾难性经济大衰退时期，结果只得住在一栋曾是豪华酒店的贫民窟大楼里。他们和偷渡来的墨西哥人一起成了实际意义上的奴隶。作为其中唯一的罗马尼亚人，他们帮这些文盲墨西哥黑工给墨西哥领事馆发出绝望信函，条件是他们教利昂西班牙语。墨西哥人渐渐少了。与法律意义上的奴隶相比，实际意义上的奴隶的优点是经济衰退时，可以直接撵走他们，把他们的食宿开销从账本中划掉——最后只剩下了他们一家人。没了人群的庇护，当地政府发现了他们，他们只好转到地下。回布加勒斯特是不可能的——机票太贵了，就像逃税者和重度赌徒往返安圭拉机场的私人飞机一样遥不可及。

苦日子变得更苦了。利昂家过了三年地下生活，沿街叫卖，太阳把他们晒成了难以判断民族的棕色皮肤。十年后，他父亲终于成功开了间小书店，母亲面向游轮一日游的旅客开了一家服装店，那些日子像一场梦。一旦他离家前往美国上大学，他发现自己周围都是娇气的富二代，他们的财富都是他父亲列表统计过的，于是他突然全都想了起来，琢磨着这些穿着精心撕破的衣服的孩子，是否能在垃圾堆里找饭吃。

下东区的粗糙之处让他觉得自在，让他觉得自己仍然在游戏中领先，拥有某种邻居们永远不会有的能力——在富人与穷人的世界之间游走。他确定，这些世界中的某处藏着一个秘密，让他可以从这个世界的某笔巨大财富中分一杯羹。

* * *

“你有访客。”卡梅拉说。卡梅拉是前台小姐的名字。她是波多黎各人，但已经是不知第几代移民了，他的西班牙语都比她说得好。“我让他在活客厅等你。”那是A特公司三间会议室中的一间，这个名字是个很烂的双关语，房间里面的每件家具都是活的树木和灌木做成的绿篱雕塑。这里出乎意料的舒服，极其轻柔的微风送来一阵甚至更为轻柔的忍冬芳香，感觉极其逼真，他甚至怀疑是从另一层楼的花圃里泵过来的。要是他来设计，他就会这么做：最理想的仿真就是使用真品。

“是谁？”他很喜欢卡梅拉。她很正经，公事公办的样子，但她的公事就是提供同情心，在你需要哭泣的时候伸出可以依靠的臂膀，她这里也是完全不漏口风的全公司八卦集散地。“是一位入瓮人信使。”她说，“这位入瓮人叫布勒。我在我们的档案里查询了他的面孔和名字，算是一无所获。我只知道他原籍是黑山。”

新的入瓮人给他派来一位信使。他的心开始怦怦跳，袖口突然感觉有点勒。“谢谢你，卡梅拉。”他解开袖子。

“你看起来不错，”她说，“我叫厨房待命，对讲机那头有人随时等候我的指令。有什么需要的就跟我说。”

他朝她露出一个虚弱的微笑。这就是她处于整个公司核心的原因，她是 A 特公司的灵魂人物。谢谢你，他无声地用口型表示道，她用一根手指向他挥了个礼。

* * *

这位信使在 A 特公司显得很格格不入，但她对此并没有什么不满。他踏进活客厅不过几秒钟就发现了。她站起身，把双手在薄薄的牛仔裤上抹了抹，将几绺铁灰色的头发从脸上拂开，朝他露出一个微笑，仿佛在说："呃，咱们俩，竟然在这里，像这样见面，真是有趣。"他估计她四十来岁，很嬉皮，有点皱纹，但似乎毫不在意。

"你一定是利昂了。"她说着，和他握了手。指甲修剪得很短，手掌暖而干燥，握手很坚定。"我爱死这间屋子了！"她挥挥胳膊，做了个囊括四周的手势。"实在太棒了。"

他发现自己立刻喜欢上了她，可还没说一句话。"很高兴认识你，请问怎么称呼——"

"丽娅，"她说，"叫我丽娅就好。"她在一张树篱椅子上坐下，踢掉脚上舒适的暇步士鞋子，把双腿放在椅子上盘了起来。

"我从来没在这间屋子里尝试过光脚。"他边说边看了看她满是老茧的脚——她没少光脚走路。

"试试嘛，"她边说边做出奔跑的动作，"你一定得试试！"

他踢掉手工鞋子——是一个建筑师设计的，此人放弃了文学评论，转投制鞋行业——用脚趾脱下袜子。他脚下的地板——是温暖还是凉爽？完美无瑕。他说不出是什么质感，但让敏感脚心的每一根神经都有愉悦的刺激感。

"我觉得大概是有什么东西直接进入神经了，"她说，"肯定是。实在太棒了。"

"你对这地方比我还熟悉。"他说。

她耸耸肩。"这间屋子的设计显然就是为了给人留下深刻的印象。要是因为装酷而放弃体验它也太蠢了。我的确印象深刻。还有，"她把声音压下来，“还有，我在想，有没有人曾经溜进来，在这玩意儿上打炮。”她严肃地看着他，他也努力摆出一副正经面孔，可还是没憋住咯咯的笑声。一旦绷紧的那根弦松开，随之而来的便是放声大笑，她也憋不住了，两人都大笑起来，笑得肚子都疼了。

他走向另一张树篱安乐椅，随后又停了下来，弯下腰，在布满苔藓的地上坐下来，让它摩挲着他的双脚、脚踝、手心和手腕。“如果没人这么干过，那可真是太他妈的可惜了。”他用半开玩笑的严肃口吻说道。她微笑起来，露出酒窝、笑纹和鱼尾纹，整张脸都呈现出微笑。“你想吃点什么吗？喝的呢？我们这儿基本上什么都有——”

“说正经的吧。”她说，“我不想失礼，可食物不是什么要事。我想吃什么随时都能搞来。我来这里是为了别的事。要事，利昂。”

他深吸一口气。“要事，”他说，“好，咱们说正经的。我想见见你的——”应该怎么称呼呢？雇主？老板？主人？他挥挥手。

“你可以管他叫布勒，”她说，“反正母公司叫这个名字。你当然想见他了。你还没这么想的时候，我们的整个商业情报部门就知道你会想见布勒的。”利昂一直认为他的办公场所和通讯都被雇主监听，可现在他才意识到，任何一个系统，如果在最初设计时就考虑在用户不知情的情况下监视他们的话，那该系统对想要获取情报的第三方来说同样也是一座宝藏，因为他们可以利用系统本身的功能对监视对象掩藏他们的窃听行为。

“了不起，”他说，“你们监听所有可能想向布勒推销的人？还是……”他没有把心中所想说出来。

“噢，东听听，西听听。我们还有一支竞争性的情报小分队，负责监听可能想向我们推销或者推销与我们构成竞争的东西的所有人。这网撒得就大了。再加上可能对布勒构成威胁或为他创造机遇的个人，呃，这么说吧，有相当一部分比例的人类活动都在我们的密切注视之下。”

“能有多密切？感觉你们这也是大海捞针啊。”

“我们在捞针方面比较强，”她说，“我们一直在寻找捞针的新办法。

你在这方面可以向我们推销推销，这你知道吧。”

他耸耸肩。“如果我们有办法更好地在海量数据中搜索相关性，我们就会自己用这法子找出应该向你们推销什么了。”

“说得好。那换个话题。布勒为什么应该见你？”

他对这个问题早有准备。“我们拥有良好记录，在设计面向他这类……”说到入瓮人的话题，句子总是会变成省略句。也许布劳提甘就是这样养成那种发电报般言简意赅的讨厌习惯的。

“你们曾设计出一个这样的产品。”她说。

“这已经比几乎任何人都多一个了。”还有两家A特这样的公司。他在脑海里管它们叫塞芬和奈恩公司，仿佛想到它们的真名可能会让它们现身似的。“我是新来的，但我不是单枪匹马。我们密切合作的对象包括一批最出色的设计师、工程师、科研工作者……”又是省略。“你想听要事。这不是要事，丽娅。你们有聪明人，我们也有聪明人。我们有而你们没有的，是对于你们的组织来说阻抗不匹配的聪明人。每个组织都有些小怪癖，导致它不适合与一些出色的人和出色的点子合作。你们和其他人一样有禁区。我们擅长的就是挖掘它，这片禁区、你们视野中的盲点，找出你们需要的东西。”

她点点头，鼓起掌来，像是要开始做木工活似的。“讲得很好嘛。”她说。

他觉得有点脸红了。“我思考了很久了，在心里练习过。”

“挺好，”她说，“说明你上道了。你喜欢达菲鸭吗？”

他歪过头。“我更喜欢兔八哥。”他最后答道，不知道这个问题是什么意思。

“去下载一集动画片，名字叫‘疯狂推销员’，然后再联系我，好吗？”她站起身，在苔藓地面上扭了扭脚趾，随后穿上鞋子。他爬起来，在腿上擦了擦手掌。她肯定看到了他脸上的表情，因为她脸上又出现了酒窝、笑纹和鱼尾纹，随后她亲切地拉住他的手。“你干得很好，”她说，“咱们很快就会再见面的。”她松开他的手，跪下来，把手在地板上蹭了蹭。“话说回来，你这工作挺不错的，不是嘛？”

* * *

原来，《疯狂推销员》讲的是达菲鸭作为旅行推销员，下定决心要向一个在郊区平房藏身的银行抢劫犯成功推销商品。达菲鸭展示了一系列越来越异想天开的货品，每次都遭到坚决拒绝。最后，达菲鸭刚刚再一次转动门把手，他的前一次推销尝试却导致抢劫犯藏身的房子被炸飞了。抢劫犯和达菲鸭飞在空中，达菲鸭在对方面前挥舞着门把手，大喊道："嗨，伙计，我知道你需要的是什么了！你需要一栋房子来配这个门把手！"

利昂第一次看的时候，对这句点睛台词鄙夷地笑了笑，但重看的时候，他越来越不觉得搞笑了。对，他的确是在尝试找出布勒自己都没意识到的需求——他假定布勒是男性，但谁也没法打包票——然后满足这个需求。利昂猜想，从布勒的角度来看，如果利昂放弃尝试，再也不来烦他，天下就太平了。

* * *

可是，丽娅人这么好——善解人意而且温柔，他觉得这肯定另有原因。而且她还特意跟他说他的工作"挺不错"，他得承认，的确如此。他和 A 特公司签了五年合同，如果他们提前解聘他，他还能拿到一笔丰厚的红利。如果他向布勒或其他某个入瓮人成功推销，那飞黄腾达的程度就是根本不敢想的了。

与此同时，A 特公司负责满足他的一切需求。

可公司空空荡荡的——他对此很惊讶。A 特的产品团队有一百个人，都是他这样的聪明人，其中大部分人都只把办公室用来存放一些小玩意，向外地亲戚显摆。A 特公司雇用了最出色的人，把不可能的任务交给他们，然后便对他们放任不管。他们迷失了。

卡梅拉当然认识他们所有人。她简直就是 A 特公司的辅导员。

"咱们应该全都聚在一起，"他说，"比如每周开一次员工会议？"

"噢，他们试过。"她说着，从永远放在手边的三层过滤的水杯里啜饮着。"大家都没什么可讲的。每个人的研究进展都在合作平台上自动更新，建议引擎也会确保大家大致了解和自己手头工作相关的所有信息。"她耸耸肩。"这地方的首要作用是展示。我一直觉得，对于创造型的人才，要给他们空间，他们才能保持创造性。"

他仔细想了想。"你觉得，如果他们一直没能向入瓮人成功推销任何东西，这地方能维持多久？"

"我尽量不去想这个问题。"她轻快地说，"我猜，要么我们没有任何发现，没时间了，公司倒闭——那我也无能为力；要么我们及时发现了什么东西，继续维持下去——对此我同样无能为力。"

"真让人沮丧。"

"我觉得是如释重负。就像那位女士说的，利昂，你这工作挺不错。你可以造出任何你想象得出的东西，你万一打中一个全垒打，就能进入轨道，永远不用再进入大气层。"

"其他业务经理也会来听你给他们打气吗？"

"每个人时不时都需要点帮助。"她说。

* * *

丽娅和他约在中城一座略破旧、曾有过门卫的大楼，十一层的一间公寓起居室是个私房菜俱乐部，他们在这里吃午餐。厨师是一对中年夫妇，男的是泰国人，女的是匈牙利人，食物不拘一格、清淡、辛辣，混合了多种辣椒，吃得人鼻涕都下来了。

时间尚早，小小的餐室里除了他们只有另外两位客人。一对情侣，是两个年轻的男同性恋，荷兰来的游客，穿着防皱运动外套和几乎跟光脚没什么两样的徒步鞋。他们英语说得极好，礼貌地聊着他们迄今为止在纽约看过的景点，最后终于切换回荷兰语，让丽娅和利昂把注意力集中在彼此和食物上。菜品源源不断地从厨房递出来，一道比一道精彩。

在吃着蓬松的焦糖炸香蕉配泰式冰咖啡时，丽娅热情洋溢地向主厨夫妻赞扬了食物，随后耐心地等待利昂再夸一轮。夫妻俩非常高兴他们吃得满意，开心地聊起菜谱、长大成人的孩子们以及多年来服务过的其他食客。

外面是三十四街，位于莱克星顿大道和第三大道之间，一片凉爽的夏日晚风和淡紫的夏日暮色。利昂拍拍肚子，闭上眼睛，呻吟起来。

“吃多了吧？”她说。

“就像是吃我妈做的饭——她不停地给我添。可实在停不下来。”

“你吃得满意吗？”

他睁开眼睛。“你开玩笑呢吧？这是我这辈子吃过的最棒的饭。就像是美食的平行维度。”

她使劲点了点头，以友好而亲密的方式拉起他的胳膊，领他朝莱克星顿的方向走去。“你有没有发现你在那儿的时候，时间似乎停止了？你的大脑中一直在想‘然后呢？然后呢？’的那一部分似乎消停了？”

“没错！就是这样！”他们逐渐走近街角，莱克星顿大道上的喷气背包愈来愈响，仿佛天上有一千只蟋蟀。

“烦死这些玩意了。”她怒视着呼啸而过的喷气背包使用者，他们的围巾和斗篷在身后飘动着。“简直就像是灵魂被撞了一千次。”她夸张地啐了一口。

“不是你们造的吗？”

她笑了。“看来你查了关于布勒的资料？”

“能找到的全看了。”他买了布勒担任实际所有者的所有公开上市公司的小额股票，账单都是A特公司的经纪账户付的，然后通读了这些公司的年报。他感觉有很多秘而不宣的东西：还有更多公司的更多股票被做了保密委托。这是标准公司结构，飞面大神般盘根交错的领导关系、离岸财产、逃账避税和似乎要吞并自己的外国嵌套公司。

“唉，”她说，“可怜孩子。那些不必当真。就和睡美人周围的荆棘一样，不过是用来困住那些有勇无谋的骑士，阻止他们追求高塔里的处女。对，撇去一两层拙劣的误导措施，布勒是全球最大的喷气背包生产商。”她看着上城方向的人流，他们用鳍和手套在空气中划着，调整着方向，摇摇摆摆的轨迹纯粹是炫耀和开心。

“他为我做了一件事，”她说，“你有没有注意到喷气背包过去几年间的改进？变得更安静了？这是我们搞的。我们花了很多心思做宣传。很多赃车店从摩托车时代起就一直号称‘大排量噪音拯救生命’，小屁孩们都想买跟推土机一样吵的喷气背包。许多市场人才共同努力，这才反转潮流趋势。我们推出一款低端型号，以远低于成本的价格销售，在分贝上和那些高噪音大排量的玩意儿差不多。它样子难看笨重，质量也不行。当然了，我们是让一个分公司负责销售这种型号的，logo、定位等，都截然不同。随后我们开始发挥优势，开发高端型号，与此同时，我们的工程师把它们设计得越来越安静。我们还试生产了一种喷气背包，它不但极其安静，而且还能吸收噪音，可别指望我给你解释，除非你有一两个整天的闲工夫花在心理声学上。”

“所有时髦的中产阶级都竞相购买更安静的喷气背包，低端型号只有大型重噪机车客户青睐。低端型号的竞争不到一年就结束了，随后我们又自己搞了一些消费者保护诉讼，‘迫使’——”她深吸一口气，“我们自己召回大噪音型号，给它们加装经过重新设计和调音的排气管，它们都能在乐团里当木管乐器用了。所以就是现在这样了。”她指指空中呼啸而过的飞行者们。

利昂想判断她是不是在开玩笑，但她的表情和语气都很严肃。“你的意思是，布勒赔了……大概十亿？”

“最后大概是八十亿。”

“八十亿卢比，就为了让天空变得更安静？”

“说实话，”她说，“我们也可以用很多别的方法实现这个目的，有些方法会更便宜。我们可以花钱制定法律，或者花钱买断竞争对手，改换他们的产品线，可是这样非常，呃，缺乏美感。我们选择的做法比较贴心。最后大家都心想事成：更快的速度、安静的天空、安全廉价的交通工具。三赢。”

一个老派飞行者飞过，他的喷气背包像碎冰机一样轰鸣不止，身后几千人都对他怒目而视。

“那哥们儿真是执着，”她说，“他以后得自己制造备用零件。现在没人再生产这种型号了。”

他想讲个笑话：“你不会在他经过联合广场前派布勒忍者干掉他吗？”

她没有微笑。“我们不搞暗杀，”她说，“这正是我想要告诉你的，利昂。”

他崩溃了。不知怎么的，他搞砸了，竟然让人觉得他是个粗野的乡巴佬，而这正是他害怕的。

“对不起，”他说，“我想——呃，很难完全理解。这数额实在太大了。”

“这些数字没有意义，”她说，“这才是重点。数字只是操纵权力的一种便捷方式。权力才是重要的东西。”

“我不想冒犯你，”他小心翼翼地说，“但这种说法很可怕。”

“现在你开始理解了。”她说着，再次挽起他的胳膊。“喝一杯？”

* * *

冻唇蜜鸡尾酒里用的青柠是屋顶温室周围的树上摘的。这些树很健康，果子结了不少，调酒师颇为专业地审视着几只柠檬，随后摘了将近一篮，然后回到吧台将青柠汁挤进搅拌器。

他们在屋顶坐下，看着飞行者飞速而过。“只有会员才能在这里喝酒。”丽娅说。

“我并不意外，”他说，“会费肯定很贵。”

“花钱是进不来的，”她说，“必须花工夫。这里是个合作社。这一整排树都是我种的。”她挥挥胳膊，把一点冻唇蜜泼在他们脚下的古怪草皮上。“那边的薄荷园也是我种的。”那块小园子很美，以岩石装点，还有一条小溪淙淙而过。

“请不要生气，”他说，“不过我想说，你肯定能挣很多钱吧。很多很多，我是这么想的。”

她点点头，毫无尴尬之意，甚至还摆了摆眉毛。

“所以你可以——呃，我不知道——布勒在曼哈顿拥有的任何一栋楼，你大概都可以在顶上弄这么一个花园。不费吹灰之力。还可以雇几个员工，向高级经理们分发会员身份，作为额外津贴。”

“说得对，”她说，“我的确可以。”

他喝了口冻唇蜜。“我应该自己搞清你为什么没有这么做，对吧？”

她点点头。“的确如此。”她也喝了一口。她的脸上焕发出愉快的神情。他花了一点时间专注于舌头向他发送的信号。这杯酒非常美妙。就连酒杯都很美，厚实，手工吹制，形状不规则。“听着，利昂，我要告诉你一个秘密：我希望你能成功。没有多少东西能让布勒感到出乎意料，愉快的出乎意料就更少。如果你能找到一个……”她又喝了一口酒,然后使劲儿盯着他。他感到很局促。他以前竟然觉得她和蔼可亲?她现在看起来仿佛能领导一支游击队，仿佛能把一个抢劫犯摔倒在地，把他的屎都踢出来。

“所以我成功就意味着你成功？”

“你觉得我是想要钱，”她说，“你还是没明白。想想喷气背包的故事，利昂。想想那样的权力意味着什么。”

* * *

他本想回家，却没成功。双脚穿城把他带到 A 特公司办公室，他通过生物识别和出入口令进了公司，看着美妙斑驳的灯光渐渐亮起，沐浴在美好而宁静的光线中。还有微风，现在是夜间的森林，比白天更富有苔藓气息，更厚重。要么是有人真的在产品设计上下了大功夫，要么就是楼里什么地方真有座室内森林，在模拟日光的光线下生长，它的存在仅仅是为了给公司办公室提供令人慰藉的森林般的空气。他觉得这种解释更像真的。

他在卡梅拉的办公桌前站了很久，然后小心翼翼地坐上她的椅子。

是把很普通的椅子，很结实，做工好，有一点弹力。那雕塑一样的搞笑小键盘的键帽经过她指尖的多年打磨，已经变得光滑，办公桌上手腕位置的花岗岩也变得闪闪发亮。他用手掌捂住脸，呼吸着夜间森林的空气，试图理清当晚的事。

活客厅像夜一样幽暗，但光脚、裸露胸膛和双腿贴着地面的感觉依然很好。他穿着内裤趴在地上，想要搞清他神经末梢的这种感觉应该叫什么，最后认为“期待”是最合适的词，就像是有人在帮你挠后背时，被挠处旁边那块皮肤的感觉，期待着接下来它也会被舒服地挠一挠的感觉。实在太棒了。

全世界多少人有机会体验这种感觉？A 特公司批准在几家精品酒店也使用这种技术——他第一次和丽娅谈过之后就查了查——但仅此而已。也就是说，全世界只有不到三千人体验过这种美妙感觉。可全世界总共有八十亿人。他想算个百分比，但总是数不清位数。百分之一的千分之一？还是百分之一的万分之一？安圭拉岛上没人体验过：贫民窟大楼里的工人没有，可住在大房子里、拥有共享喷气机的那些区区百万富翁也没体验过。

想到这儿……

他希望能跟丽娅再谈谈。她让他害怕，但也让他感觉愉快。她仿佛就是他毕生一直在寻找的向导。到了这个年纪，布劳提甘也凑合了。任何人，只要能帮他，能帮他搞明白整个职业生涯中最大最令人心生畏惧的机会是什么样。

他肯定是睡着了，因为接下来他意识到的第一件事便是灯亮了，他几乎全裸地瘫在地上，一抬头看到布劳提甘的脸。他强颜欢笑，在利昂眼前打了几下响指。

“早安，阳光！”利昂搜寻着在每个墙角发出暗淡亮光的鬼魂般的钟表，那是一块稍微暗一些的放射性涂料，要不是使劲注视着它，它就会飘浮在清醒意识的边缘。凌晨四点十二分。他压住了一声呻吟。“你在这儿干什么呢？”他瞧着布劳提甘问。

他敲敲马一般的大牙，咯咯笑了一声。“早起的鸟儿，吃虫来了。”

利昂坐起来，找到衬衣，开始系扣子。“说真的，布劳提甘。”

“说真的？”他在利昂身旁坐下，两只大脚伸展在身前。他的鞋和利昂的是同一个建筑师设计的。利昂认出了这种风格。

“说真的。”

布劳提甘挠了挠下巴，突然萎靡下来。“我很吃惊，利昂。我真的很吃惊。”

“你去见入瓮人见得怎么样？”

布劳提甘盯着建筑师设计的鞋子。鞋上有个古怪的耀斑，就在脚趾后面，快到鞋带的位置，非常优雅。利昂猜这可能是标准的正态分布曲线。“我的入瓮人……”他叹了口气，“很不合作。”

“没有以前那么合作了？”利昂问。布劳提甘解开鞋带，脱下袜子，用脚趾碾压着苔藓。他的脚发出一股闷热的气味。“你以前见他的时候，他是什么态度？”

布劳提甘歪过头。“什么意思？”

“他这次不合作，那其他时候呢？”

布劳提甘又低头看着自己的脚趾。

“以前你从来没见过他？”

“这次见面是有风险的，”他说，“我以为面对面的时候我可以说服他。”

“但是？”

“我彻底失败了。是——是——一切。地点、人，所有这些东西。那儿感觉像是个城市，一个主题公园。他们住在那里，有好几百人，负责事无巨细地管理他的帝国的一切。就像是宫廷太监。”

利昂对此有点迷惑。“太监？”

“宫廷太监。他们有整套文化，随着我对他的接近，我意识到，他们其实完全可以买下 A 特公司。他们可以毁掉我们。他们可以把我们搞成非法的，把我们全都送进监狱。也可以让我当选总统。什么都行。”

“你目瞪口呆。”

“正是如此。那地方倒不是说像城堡之类的。它只是个普通地方，一片建得很好的建筑。在韦斯特切斯特，你知道吧？那里以前是小镇中心。他们把一切都保存完好，只是在上面加盖。效果……还挺好的。你还是新人，还没注意。”

“注意什么？ A 特公司一团糟？我早就发现了。工资单上有几十个高薪天才，多少个月来也没见他们在办公桌前出现过。咱们本可以成为创意工厂，可现在更像是某个人的面子工程。”

“犀利。”

利昂不知道自己是否说错了话。可谁在乎呢？“可是我没说错啊。就像是钱进入这里之后就有了自主意识，自动进入自我复制的模式。但这模式很糟。它想向入瓮人推销东西，但不知道他需要什么，所以它只是，呃，绞尽脑汁。有一天，钱用完了，于是……”

“钱不会用完的，”布劳提甘说，“你错了。要想用完，咱们烧钱的速度得达到目前的至少十倍。”

“好吧。”利昂说，“所以公司永生不死。这样说行了吧？”

布劳提甘退缩了。“嘿，其实没这么疯狂。还有一个完全没人涉足的市场。就像是，共产主义国家，计划经济。他们需要某些东西，他们有购买力，但是没有市场。”

“嗨，伙计，我知道你需要的是什么了！你需要一栋房子来配这个门把手！”利昂惊讶地发现自己演达菲鸭演得还不错。布劳提甘对着他迷惑地眨了眨眼。利昂意识到他有点醉了。“只是在模仿我前两天听到的一句话，”他说，“我对我的入瓮人派来的那位女士说，我们可以提供他们公司文化所没有的东西。我在想，你知道吧，日本武士禁用火器。咱们可以想到、做到那些人想不到和做不到的事情。”

“台词不错。”他砰的一声躺了下来。七分裤和智能围裹式衬衣之间露出一寸苍白的肚皮。“入瓮的怪物。有点皮肤，有点肉。一堆管子。透明的硬塑料方块之间夹着一点皮，照耀在某种医用光线下。没有眼睛，没有本应是眼睛位置的脑袋上部。只有一张光滑的面皮，看向每一个方向，天花板、地板、墙壁。我移开视线，我没法和它目光相接，结果发现我正在看什么湿漉漉的东西。大概是肝。”

“呃……长生不老就是这样嘛，对不对？”

“我开口说：‘很高兴见到您，我很荣幸。’对着肝说的。眼睛从来也没眨过。怪物说话了：‘你是低资本、高风险、高回报的长线投资，布劳提甘先生，我可以不断给你钱，这样你就可以回到你的奇妙工厂去，试图想出让我惊奇的新点子。所以你在这方面不用担心。’就是这样。我想不出任何话可说，我没有时间。一眨眼我就离开了，已经在门外了。豪华轿车等着我。一位先生跟我说怪物很高兴，他一直很期待跟我见面。”他挣扎着用手肘把自己撑了起来。“你呢，怎么样？”

利昂不想和布劳提甘谈论丽娅。他耸耸肩。布劳提甘脸上露出刻薄而受伤的神情。“别这样。兄弟，伙计，哥们儿。”

利昂又耸耸肩。问题在于，他很喜欢丽娅。跟布劳提甘谈论她仿佛就是把她当成……当成一个推销对象。如果他是在和卡梅拉聊，他就会说：“我觉得她希望我成功，就好像我的成功对大家都很重要。但我也觉得她可能并不认为我真能成功。”但面对布劳提甘，他只是耸了耸肩，没有理会对方像蜥蜴似的眯着眼睛的怒视，而是站起身，穿好裤子，走向自己的办公桌。

* * *

如果你在 A 特公司的写字台前坐得够久，最终就能见到公司的所有人。卡梅拉认识所有人，消息灵通，向他担保每个人至少一个月会来一次。有些人一星期来好几次。他们桌上放着植物，想亲自来浇水。

利昂和每一个人都出去吃了次午饭。这并不容易——有一次，他甚至得拜托卡梅拉派公司的司机去接那人的小孩放学（那天下午学校没课），再把孩子们送到保姆那里，这样对方才有空跟他吃饭。不过午餐本身都非常顺利。他发现，A 特公司的人都出乎意料的有趣。噢，他们都是怪胎，自恋、易怒的天才，可一旦你习惯了，就会发现这些人其实聪明得要命，脑子在高速运转。他见了设计活客厅草地的那个女人。她比他年轻，从柯柏联盟学院的平庸校园生活直接掉进她根本没有概念的财富和自由里。有一大群人想要获得她的发明的使用许可，她却跟他们兜圈子，看他们当中是否有人有什么高明的点子，能让她尝试着推销给那寥寥数个幸运的入瓮人。

就像利昂一样。所以他们都和他见了面。在丽娅的帮助下，他毫无知觉地坐上了全公司的顶级位置之一，这种权力经纪人的位置是其他所有人都梦寐以求的。他对自己是怎么坐上这个位置的毫无头绪，也不知应该如何利用它，大家对此并不吃惊。他在 A 特公司的同事们将与入瓮怪物们有关的一切都视为绝对不可知的风险，就像是流星撞击地球一样难以预测。

难怪他们都不来办公室。

* * *

丽娅这次见他时穿了另一条牛仔裤，膝盖处有破损，打了补丁。她上身穿着一件宽松飘逸的丝绸衬衣，边缘有些毛边，一条旧手帕扎起头发，手帕颜色已经褪得难以辨识，就像 A 特公司门外的古老纽约人行道一样。他和她握手的时候感觉到了她手上的茧子。

“你看着像是要去搞园艺。”他说。

“今天俱乐部轮到我值班，”她说，“整个下午我要修剪柠檬树，打理薄荷园和黄瓜架。”她微笑起来，用手势示意他停下步子。她俯身从小路旁未经修剪整齐的绿地上揪下一片草叶。他们身置中央公园，这地方像是片原始森林，而非城中心精心修剪打造的园林。她打开水瓶盖子，把水倒上去——它看起来像草——用拇指和食指擦了擦。随后她把叶子扯成两半，分了一半给他，将另一半放在自己鼻子下闻了闻，然后吃了下去，慢慢咀嚼着，鼻子像兔子一样皱起来。他也照做了。一股柠檬气息，清新芬芳。

“是柠檬草，”她说，“当然了，也是野草。不过味道很好，不是吗？”他点点头。那味道在口中萦绕。

“特别是，想想这种味道是怎么来的——雾霾雨、狗尿、充满污染的空气，还有阳光和DNA。从如此怪异的组合里竟然能够诞生这么奇特的味道！”

这句话让柠檬草的味道没有那么美妙了。他照实说了。

“我很喜欢这个观点，”她说，“变废为宝。”

“关于喷气背包……”他说，因为他一直在思考这件事。

“嗯？”

“你们是某种乌托邦主义者吗？要让世界更美好之类的？”

“你说的‘你们’是指‘布勒的手下员工’？”

他耸耸肩。

“我有点乌托邦主义，这我承认。不过不是因为这个。你知道亨利·福特在巴西建立的那些劳动营吧，叫‘福特世界’的，还对橡胶种植园工人推行严格的行为规范。他规定凯匹林纳鸡尾酒为非法，以汤姆可冷士酒取而代之，因为后者更有教养。”

“你的意思是，布勒就不会这样做？”

她来回摆了摆头，思考着这个问题。“大概不会。如果我要求的话，也许会。”她捂住嘴，仿佛不小心泄露了什么机密。

“你和他有——有过……”

她笑了。“从来没有。完全是理智层面的。你知道他的钱是怎么来的吗？”

他露出一个受伤的表情。

“好吧，你当然知道。可如果你看的都是官方资料，就会觉得他只是在金融界运气好，赌对了几次。但其实完全不是那么回事。他在和市场对着干，以疯狂的立场操控其他交易者的信心，其实大多都是忽悠，但偶尔也有动真格的。谁都没他聪明。他能让你相信，你即将错过百年不遇的大买卖，或者已经错过了，或者马上就要发大财了。有时他会让你相信一些真实的信息，但大多都是唬人的。你跟他做些交易，结果他从中赚取的利润比你一辈子见过的钱都多，只有这时候你才会意识到被他耍了，只能捂着脸追悔莫及，自责不已。他耍了各国的国家银行，操纵了美元汇率，把美联储搞破产之后，呃，这时大家才意识到他是个特殊的人，他能创造出信号，让你的大脑不假思索就照单全收。”

“太可怕了。”

“可不是吗，非常可怕。如果是在过去，他们会把他当巫师烧死，或者让他用黑曜石刀子剜出你的心脏。不过有一点：他永远，永远不会耍我。一次也不可能。”

“他竟然还留你这个活口，不怕这事儿被披露出来？”

“噢，他喜欢这样。他的现实扭曲力场扰乱了他的内心。他很难搞清自己需要什么，渴望什么，有什么东西会让他难过。我是他不可或缺的人。”

他突然产生了一个糟糕的念头。他什么也没说，但她肯定从他的表情看出来了。

“怎么了？告诉我。”

“我怎么知道你说的这些话哪句是真的呢？也许你只是在耍我。也许这些都是假的——喷气背包，还有其他事。”他咽了口唾沫，“抱歉。我不知道这个念头从哪儿冒出来的，但它突然出现在我脑海里——”

“说得好。不过有一点，可能会让你崩溃：你怎么知道我说的是假的，我是在耍你呢？”

他们很快就尴尬地笑着换了话题。最后他们在一张公园长椅上坐下，颇有兴致地看着附近的跳舞熊一家。

“它们看起来很开心，”他说，“这是我感兴趣的。仿佛跳舞是所有熊的秘密爱好，这三只熊则是最先想到怎么靠它赚钱的。”

她什么也没说，只是看着三只庞然大物以优雅而无疑十分欢快的摇摆舞步笨拙移动着。音乐——根据熊的动作幅度不停变化，是软件生成的音乐，不知疲倦地取悦着它们——叮当作响，流行曲风，用的是断奏的拍子，一、二／一二三、四五／一、二，熊合着拍子，动作就像是醉酒蹒跚，看起来很有趣，像是一盒子小狗崽。

他察觉到了寂静。“好开心啊，”他又说，“这正是奇怪的地方。和看大象表演不一样。看那些老视频，它们似乎，你知道吧，它们似乎——”

“很顺从。”她说。

“对。不是不开心，但也并不跃跃欲试地想要踏上皮球保持平衡，就和马拉犁的状态差不多。可看看这些熊！”

“你发现了吗？其他人谁也不会盯着它们看很久。”她说。他也注意到了。周围的长椅都是空的。

“我觉得是因为它们太开心了，”她说，“个中奥妙一览无‘鱼’，熊也没办法。”她对自己的双关语露齿微笑，随后又闭上了嘴。“我的意思是，你能看出这是可能的：设计一头熊，让它从节奏中获得脑部奖励，把它喂得饱饱的，向它提供取之不尽的摇滚乐，就有了这一家子快乐跳舞熊，它们可以与那些上班、买菜、推着婴儿车以及在长椅上卿卿我我的人类和平共处——”

几只熊现在正在休息，懒洋洋地躺着，舌头开心地耷在嘴角。

“这是我们制造的，”她说，“也是不顾我的建议制造的。这种发明没有什么巧妙之处。从社会评论的角度来看，它就像一把锤头过大的卡通锤。可发明它的艺术家说服了布勒，他是我们投资的一家公司的总裁，整个职业生涯中一直对基因工程的副业很有兴趣。布勒看出，为这项发明提供资金之后，大量分支许可需求可能会带来丰厚利润。的确如此。可看看吧。”

他看了。“它们好开心啊。”他说。

她也看了。“熊不应该这么开心的。”她说。

* * *

卡梅拉跟他打招呼，一如既往的灿烂，但有点不对劲。

“怎么了？”他用西班牙语问道。他已经习惯了跟她讲西班牙语，因为他俩西班牙语都有点生疏，而且这像是他俩之间的一个小秘密。

她摇摇头。

“一切都好吗？”意思是，咱们公司要关门了吗？这有可能发生，任何时候都有可能，也没有任何提前通知。这是他——他们所有人——

都理解的。驱动他们的金钱是自主的、不可知的，这是一股外力，更像是一种突现特征，而非意志。

她又摇摇头。“由我来讲不合适。”她说。这更让他确信他们是要完蛋了，因为卡梅拉什么时候说过她不合适做什么？

“现在你让我担心了。”他说。

她把头歪向后面的办公室。他注意到，将前台与A特公司其他区域隔开的古寺门边，来自另一时代的精美衣架上挂着三件外套。

他往里走，经过两侧落地玻璃隔开的办公室，中间是格子间，都整洁而安静，就像是等待着客人即将来用餐的餐厅。

他看向活客厅，可里面没有人，于是他开始查看其他会议室，从极端保守到超级疯狂，各种风格应有尽有。他发现他们在名为“爱尔兰舞厅”的会议室里，这里的地板像谷仓，还有舒适的石头壁炉，沙发暗藏机关——看似没有弹簧的旧货，其实拥有适应性基因算法触感，无论你在上面怎么翻滚，它都会自动调整，提供适当的支撑力，所以即使一把老骨头，也可以像小孩一样无忧无虑地在垫子上四仰八叉。

爱尔兰舞厅的沙发上坐着布劳提甘、丽娅和一个他从未见过的女人。她的年龄在布劳提甘和丽娅之间，但她努力摆出一副紧绷的面孔，仿佛心里清楚如果她让任何一个毛孔或任何一条皱纹流露出一丝软弱，这个世界就不会把她当回事。他想他大概知道这人应该是谁，她一张口便确认了他的猜测。

“利昂，”她说，“我很高兴你来了。”他听过这个声音。正是这个声音通过电话录用了他，让他来到纽约，告诉他第一天上班应该去哪里。是珍妮弗·托里诺，可以说她就是他的老板。“卡梅拉说你经常过来干活，所以我心想今天可能你会来，这样我们可以谈谈。”

“珍妮弗。”他依次打招呼。对方点点头。“丽娅。”她今天换上了一本正经的面孔，就像花岗岩一样捉摸不透。她穿着破损牛仔裤和飘逸的棉质上衣，而且她今天穿着鞋子，脚放在地板上。“布劳提甘。”布劳提甘咧嘴笑着，就像是圣诞节早晨要拆礼物时一样。

珍妮弗毫无表情地看向他旁边的某个地方，他很熟悉这个把戏。

她说：“为表彰布劳提甘先生的出色工作，我们决定对他升职，今天开始生效。他现在是重大客户经理。”布劳提甘满面喜色。

“祝贺。”利昂边说边想，什么出色工作？A 特公司的历史上，谁也没有实现公司的首要目标啊！“干得漂亮。”

珍妮弗的冷酷目光牢牢地看着那块空白的安全区域。“你也知道，我们和所有重大客户都没能达成交易。”他控制着自己没翻白眼。“因此布劳提甘对我们管理这些客户的方式进行了详尽研究。”她朝布劳提甘点点头。

“非常混乱，”他说，“根本就是东一榔头西一棒槌。没有汇报关系，没有收支情况，没有系统。”

“对此我没有异议。”利昂说。他开始明白是怎么回事了。

“是，”珍妮弗说，“你来这里时间不长，我知道你自己在深入研究 A 特公司的组织结构，对吧？”他点点头。“所以布劳提甘先生提出请求，希望你能在他手下担任战略研究负责人。”她微微一笑，“祝贺你自己吧。”

他说：“谢谢。”语气平淡。他看向布劳提甘。“不过，什么是战略研究？”

“噢，”布劳提甘说，“就是你一直在做的这类事：搞清大家都在忙什么，汇总情况，提出能让我们在设计和部署方面更有效率的组织结构建议。就是你擅长的这些东西。”

利昂咽了口唾沫，看了看丽娅。她面无表情。“我不禁注意到，”他说着，强迫自己的声音尽可能平静，“你没有提到任何关于，呃，客户的事。”

布劳提甘点点头，努力抿住嘴，以免咧嘴笑起来露出马一般的大牙。没成功。“是啊，”他说，“的确。我们需要你这样的人才来发挥长处，而你的长处就是——”

他举起一只手。布劳提甘不吭声了。三个人都看着他。他瞬间意识到，他们都处于他的权力范围之内，就在那一秒。他可以大喊“呸！”把他们从椅子上吓得掉下去。他们都在等待着，看他是否会发疯，还是接受职位并开出更高的价码。但他却选了另一条路。

“跟你们工作很愉快。”他说。随后，他拒绝了每个人都梦寐以求的最美好轻松的工作。他在离开时对卡梅拉用西班牙语说再见和晚安，强迫自己不要在大门口转悠，看是否有人追上来。

* * *

房地产经纪人看着他的眼神仿佛是在说他疯了。“在如今的市场上，你这房子绝不可能卖到两百万。”她说。她很年轻，严肃，是黑人，在下东区长大，她在广告里特意提到：要买本地房，请找本地人。

“我不到一年前买的时候，房价是两百万。”他说。当时他对 80% 的抵押有点担心，但 A 特公司承担下来，把利率降到 2% 以下。

她指指角落里的大落地窗，从窗子可以俯瞰布鲁姆街和格兰德街。“数数有多少待售的牌子，”她说，“我是为你好。那房子条件很好。我希望能有个好买家，像你这样的正经人，而不是什么开发商”——她恶狠狠地啐出这个词，就像是在念诅咒——“或者集体公寓经纪人，按周短租给 VIP。这个街区需要真正住在这里的、真正的人。”

“你的意思是，我要赔钱？”

她对他微微一笑。“是的，亲爱的，你得赔钱了。你掏两百万买这房子的时候，他们跟你说的那些话，比如‘他们不会再造出另一个曼哈顿了’还有什么‘黄金位置’，都是骗人的。”她一脸同情，严肃起来。“这么说是为了让你焦虑，冲昏头，让你掏出比预期价格更多的钱。这种方法用了一阵子，结果抵押太多，房子太少，或者说在这个层面上是房子太多。然后，得，市场底线崩塌，一切都像酥皮点心一样分崩离析。”

“你说话倒是挺直接的啊。”他从 A 特公司出来直接就去了她的办公室，既没打车也没租喷气背包，而是坐了地铁。他得艰苦朴素了，即刻生效。他的脑子似乎背着他提前偷偷准备了一份节约清单，仿佛知道这一天会到来似的。

她耸耸肩。“我也可以拐弯抹角，如果你希望的话。咱们可以在钱上吞吞吐吐数个回合，我也可以拉着你的手，共同度过悲伤的五个阶段。市场低迷的时候我经常这么做。但你看来像是喜欢有话直说的人。要不我重来一遍？或者，如果你愿意，我们也可以给你开价两百万或者甚至两百二十万，我可以用你这则售房广告来证明另外一间一百九十万的复式公寓很划算。如果你愿意的话。”

“不。”他说，他觉得愤怒和麻木有点消退了。他喜欢这个女人。她对他的判断完全准确。“那么告诉我，你觉得我能卖多少钱？”

她用拳头撑着下巴，目光迷离地望向远方。“我上次卖那间房子是，呃，八年前？就是在你之前的那一家子。他们把房子卖给你的时候我看过一眼房子——他们用的是另外一个经纪人，就是那种不介意下家是短租公寓中介的房地产经纪。我可不会干这种事，这你清楚。不过房子售出时我看过。你后来对它有什么大的改动吗？”

他蠕动了一下。“没有，但我记得房产经纪人好像动过。我买的时候已经配好了家具，而且都是档次不错的东西。”

她浮夸地翻了个白眼。“不可能是什么高档玩意儿。哪怕是城里最好的样板间过来的，也不可能是什么好东西。只要是批量的，就好不到哪去。至多不难看就不错了。”她抬起头，朝右边看了看，又低下头。“我在算，既然他们动过房子，应该打多少折扣。我想，嗯……一百八十万吧。我估计我能开到这个价。”

“可我的房贷只还了二十万。”他说。

她那会说话的棕色眼睛对着落地窗外的待售牌子眨了眨。“那又怎样？你基本能不亏不赚，或者可能要赔一点。对吧？”

他点点头。他本来可没打算赔一点。可等他付完所有手续费和税——“我大概要亏百分之一或百分之二。”

“你有这么多吗？”

他不喜欢谈钱。丽娅的一个优点就是她从来不真的谈钱——当然会说到用钱做了什么，但从来不谈钱本身。“理论上有，是的。”他说。

“好，理论上的钱也是钱。那你这么想：你买了个房子，下东区的优质房，比纽约公寓平均面积大五倍。你在里面住了多久？”

“八个月。”

“快一年。你花了房子市价的百分之一。房租可是这个价钱的十一倍。你赚了——”她在做心算，“大概百分之八十三。”

他还是一脸悲惨表情。

“怎么了？”她说，“干吗对我拉着个脸？你不是希望我实话实说么？”

“只是——”他放低声音，尽量不让语气中出现自怨自艾，“呃，我本来希望卖了房能赚点。”

“为什么？”她轻声问。

“你懂的，升值嘛。财产升值。”

“你做什么改善房子的事了吗？”

他摇摇头。

“所以你没做什么有价值的劳动，但还想拿钱，对吧？你想没想过，如果人们不劳动，只是因为拥有某样东西就获得奖赏，咱们这个社会会变成什么样？”

“你真是房地产经纪人吗？”

“行会认证的，而且业绩也非常出色。”

他咽了口唾沫。“我没想什么都不干就拿钱，可你要知道，我刚刚辞职了。我只是希望能换点现钱，在找到下家之前渡过难关。”

经纪人微微点点头。“前头有困难日子等着呢。风向又要变了。你得调整心理预期，利昂。现在你能期待的最好结果就是，在下次支付抵押贷款之前成功搬出来。”

他下颚和大腿中的脉搏怦怦跳动，遥相呼应。“可我需要钱来——”

“利昂，”她说着，声音开始变得坚硬，“你是在讨价还价。悲伤的五个阶段：否认、愤怒、讨价还价、消沉、接受。这是正常的，没什么，但这样并不能帮你卖掉房子。你有两个选择：第一，你可以换个房产经纪人，也许他会讲话委婉一些，帮你卖房的时候顺便把他手头的其他房子的价格也抬上去。第二，你可以让我继续推进，打几个电话，看看能联系哪些潜在买家。我自己有份名单，都是希望住在这个街区的人，他们也都让我帮忙留心合适的房子。你那房子是百里挑一，我大概能很快帮你转手，如果你让我继续操作的话。”她翻了翻文件。“噢，还有第三个选择，你也可以回家去，就当没有任何问题，等着下次房贷从你的银行账户上扣走。那算是否认，如果你都开始讨价还价了，应该是在否认之后两个阶段了。你打算怎么着？”

“我得想一想。”

“这个主意不错。”她说，“记住，讨价还价之后是消沉。去买桶冰淇淋，下载几部催泪电影。别喝酒，酒只会让你情况更糟。回家睡一觉，你可以早上醒了之后再来。”

他麻木地对她表示感谢，出了门，踏入下东区的街道。卖酒的商店竟然有一系列口味丰富的冰淇淋，于是他买了名字最花哨的那一种，里面满是巧克力颗粒、甜酱和果料，一路拿回家，因为太大桶，他开门的时候膝盖竟然有点颤抖。那位房地产经纪人说对了，接下来是消沉。

* * *

布勒一个月之后向他发来请柬。那是用激光蚀刻在一块古老皮革上的，送请柬的信使的喷气背包安静极了，他从请柬上抬起头来想要感谢她的时候，才发现她已经走了。他的新公寓是个临时住处，按周结算的房租是年租的五倍，但和他在下东区那房子的开销相比还是九牛一毛。屋里堆满了他没舍得扔掉的东西，这会儿他在这堆东西里想要刨出一件好西装，对所有破烂都心怀诅咒。

他放弃了。请柬上说：“会面时间悉听尊便。”反正入瓮的千万亿富翁也不会在乎他那件过气设计师设计的面试西装。

已经一个月了，没人打电话来。他把简历投给产品设计、市场、研发或广告公司，全都石沉大海。他每天都去公园散步，看看跳舞熊，因为是免费的，而且能激发他的创造力。后来他发现，每次一出家门，他就会在各种小小的必需品上花钱，加起来数目就相当可观。一想到出门，大脑的节俭中枢就会让他陷入焦虑，所以他已经很多天没出过门了。

现在他要出门了。一个箱子里有些干净衣服，只是邋邋遢遢的仔裤和T恤，不过曾经也是昂贵的邋遢风格。他还有些短裤和衬衣，每隔几天想起来就丢进小洗衣机转一转，状态还不如这仔裤和T恤。他最后一天上班时花两百美元剪的发型也已经变得蓬乱，不那么精神了。于是他只是飞快冲了个澡，把头发梳得尽可能平整，然后穿上他那双建筑师设计的鞋子，出门前把鞋在裤腿背面蹭了蹭。这让他想起父亲在安圭拉岛上班前的情景，这是毫无体面可言的人追求体面的可悲行为。想到这一点，他深深叹了口气，就像胃上挨了一拳。

他叫了辆出租车，前往中央车站的直升机停机坪，与此同时，他的节俭腺体简直要发狂了。它分泌了太多省钱胺，他有几次不得不掐胳膊转移注意力，否则就会因为想到花了太多钱而全身陷入恐慌状态。可布勒远在罗德岛，利昂不敢奢望让对方等太久。他知道，要想跟金钱对话，你自己就得做出有钱的姿态——要跟金钱阻抗匹配。他要是坐火车或地铁，金钱可不会等他。

他在出租车上用车后座的电脑预订了私人直升机。在A特公司时，这类杂事都是卡梅拉替他安排。他还会让卡梅拉帮他做其他很多事。在那个失落的久远年代，他拥有的钱和帮助超乎他最疯狂的想象，而现在的大部分时候，他都想象不出当时是什么诱惑驱使他放弃了这一切。

直升机划破空气，带他飞上高空，远离曼哈顿，模型般的钢铁峡谷在他身下伸向远方。直升机噪音很大，根本不可能讲话，于是他没和飞行员寒暄，飞行员也没和他搭腔。有那么一会儿，她的这种友好态度让他假装自己是身居高位的总裁，正满不在乎地搭直升机飞遍全国。他们飞向海岸线，看到一排排壮观的风车和来回摆动的漂浮房屋。冲浪者乘浪而行，人工填平的地面上有推土机划出的带状条纹，顶上建起防波堤，仿佛大地上涌起巨蛇坟冢。

利昂的耳罩使大海、直升机等一切声音化作千篇一律的嗡嗡声，在这种嗡嗡声中，有那么一阵子，他的思绪和恐惧似乎消退了，仿佛它们无法盖过白噪声。他离开A特公司之后，那些恼人而疑惑的声音第一次消失了，利昂第一次与自己独处。之前，他胸口仿佛被扎进一颗大钉，此刻钉子终于移除了。他感觉很轻松，眼里涌起泪水，还有一种美好的毁灭感，他终于可以暂时不去想自己在这个世界中的位置是哪里。

直升机降落在纽波特州立机场的一块直升机停机坪上，巨大的X标志一侧是一片密林，都是新造林，用来固碳的速生树种，伴生繁茂的苔藓和藤蔓。机舱门一开，他便嗅到浓重的泥土气味，让他想起活客厅，又想起丽娅。他谢了飞行员，付了小费，抬起头便看到丽娅，仿佛是他的思绪把她召唤来的。

她脸上微微挂着笑意，并不确定，还有些孩子气，就像是一个小女孩在尝试判断他是否还是她的朋友。他对她露出微笑，心里庆幸直升机发出轰鸣，这样他们就没法讲话了。她和他握了握手。她的手温暖而干燥，接着，他突然一冲动给了她一个拥抱。她柔软而结实，人到中年依然身材很好，又不过分苛求体重。这是他离开A特公司以来第一次触碰另外一个人类。伴随着直升机的噪音，这种想法并没给他的伤口上撒盐——反而让他的伤口愈合，于是他感觉好些了。

“准备好了？”直升机起飞后她问道。

“有一件事，”他说，“这里有镇子吗？我记得降落时看到一个。”

“有一个很小的镇子，”她说，“以前要大一些，不过我们希望它就保持这么小的规模。”

“镇上有五金店吗？”

她向他投去意味深长的目光。“你要买什么？斧子？钉枪？要做什么改进？”

“我觉得应该带个门把手去。”他说。

她咯咯笑了起来。“噢，他肯定会喜欢的。没问题，咱们去五金店。”

* * *

布勒的安保人员给门把手做了毫米波雷达扫描和气体色谱分析，之后才肯放行。丽娅带他走进一间接待室，整个过程中都在陪他聊天，只是些随意的话题，比如天气，还有他的房子问题。她温和地带着他在整间屋子里转了一圈，还更换了几次角度。他问："我是在接受扫描吗？"

"这里也有高频雷达，"她说，"全身成像。别担心，我每次来的时候也都要过一遍。这是标准程序。"

他耸耸肩。"这是我碰到过的最有礼貌的安检了。"他说。

"是这个房间给你的印象，"她说，"大小，颜色，都有关系。安检符号学一般总会让人觉得自己要么是载玻片上的细菌，要么根本不值得搭理，但如果我们必须进行安检，那也没办法。于是我们就选择了……呃……温柔一些的方式。"这间屋子的确感觉很温柔，像是一个单身妈妈的小书房，在家里开辟了个小角落写她的秘密小说。

出了这间屋子之后——这地方太棒了。

"这里像是大学校园。"他说。

"噢，我们这儿的材料可比大部分大学都好。"丽娅轻快地说，不过他看得出，她听了他的话很高兴。"不过的确，我们这里有大概一万五千人，像个小城市。有些很不错的咖啡馆、健身房、电影院。还有几个驻地艺术家，一个相当不错的华德福学校……"整洁的道路从各色建筑之间穿过，从小平房到公共机构大楼都有，不过都像是研究场所，而非金融写字楼。这里的人年龄各异，穿着随意，三三两两地走着，大多都在投入地交谈。

"一万五千人？"

"这是总部的人数。大部分人都是搞医学的。我们在世界各地还有很多其他办公地点，和这里不一样。但我们正在尽快让他们的工作都和总部保持同步。这种工作方式很好。人才流失率低得难以置信。我们甚至得让人每十年出去待一年，这样他们才能跟世界接轨。"

"你现在就是这样吗？"

她挽住他的胳膊。“你觉得我在这里会开心？不，我一直住在校园外。我通勤过来。我不是个合群的人。不过没关系，就连独行侠在这里也能找到自己的荣耀之路。”

他们现在走在草地上，他发现红枫大得超乎寻常，没有他印象中的纤细模样，它们的枝条搭成一条小路，就像是《瑞士罗宾逊一家》中的工程成了现实。树上还有绳梯和带滑轮、篮子的小平台用来上上下下。上面的人疾步而过时喋喋不休地问候彼此，对相向而行的人擦肩而过的尴尬放声大笑。

“这东西会过时吗？”他对着空中小路抬起眉毛。

“对某一类人不会，”她说，“对某一类人来说，这种小路的趣味永远不会消失。”她说“某一类人”的样子让他想起她说的那句“熊不应该这么开心的”。

他指指一条长凳，那其实是树枝搭起来的椅子，材料是桦木枝条、绳子和铁丝，全都捆绑在一起。“咱们能坐一会儿吗？我的意思是，布勒会介意吗？”

她打了个响指。“布勒的时间安排是他自己的事。如果咱们晚了五分钟，会有人给他找些有利有用的东西填上那五分钟的。不用担心。”她在长椅上坐下。那椅子看起来很脆弱，似乎难以承受一个成人的体重，可她拍了拍旁边的座位，他坐下的时候，几乎没有感到形变。椅子造得很结实，制造它的人很懂行。

“好了，说说到底怎么回事吧，丽娅。你先跟布劳提甘一起抢我饭碗，把我流放到西伯利亚——”他举起一只手，阻止她开口讲话，结果发现自己的手在发抖，胸口也在颤抖，他在压抑不敢承认的怒火。“你本来一句话就能阻止这事。你们这些来自入瓮神的信使，你们就是A特公司的绝对君主。你就算叫他们把布劳提甘的皮剥了，鞣了，做成靴子，他都会亲自给你量脚的尺寸。可你放任他们这么做了。

“而现在，我作为一个闲人来了，即将做些让布劳提甘欣喜若狂的事，即将亲眼见到那批老人中的一个，就在他自己的瓮中。他大概会活到一千岁，如果一切按计划进行的话，他是一个国家，具有主权，不容侵犯。我现在就想问问你，为什么？为什么要这么神秘，绕这么多弯子，在对话中插入那么多意味深长的停顿？为什么？”

丽娅在等一群研究生蹦蹦跳跳地从头顶经过，他们正激烈地讨论着端粒，他们讲话的喧闹和赤脚踏过小路的声音足以作为缄口不言的理由。利昂脉搏狂跳，腋下流汗，他意识到他可能刚刚捅破了他们之间的非现实泡泡、他们就有关一切正常的幻象达成的共识，无论正常的定义是什么。

“噢，利昂，”她说，“我很抱歉。这里的习惯——有些东西，不能在乌托邦里随便说。你说话习惯不假思索。但是，你知道，你告诉人家他家花园里有条蛇，这样就把人家的花园毁了，这么做不太好。所以，对，我要直说了。我喜欢你，利昂。A 特这种地方的员工一般都是欲望的无底洞，想要找出别人可能有什么欲望。我们数十年来一直和他们保持联系，那些有能力的，重要的员工，那些能够通过筛选和筛选背后的筛选的人，我们知道他们是什么人。

“你的工作不一样。你一被 A 特公司雇用，我们就生成了一份你的档案。我们看了你的毕业设计。”

利昂咽了口唾沫。他的简历强调的是成绩，不是毕业设计。他根本没提毕业设计。

“所以我们想，呃，这回有点不一样的了，没准他真能给我们的门把手配栋房子。但我们知道，如果让你在 A 特这种地方放任自流会发生什么事：他们会改变你，塑造你，要么让你脱胎换骨，要么让你一事无成。我们自己也经常这样。招来一个前景大好的年轻人，让他适应可怕的布勒文化，一种令他格格不入的文化，他要么尖叫着逃跑，要么……融入我们。后者还不如前者呢。所以我们确保你右肩上站个仙女，来平衡你左肩上的魔鬼。”她做了个鬼脸，假装拍了下自己脑袋。“说话又不直接了，真是个坏习惯。不过你懂我的意思吧。”

“然后你们让我受到冷遇……”

她表情严肃。“我们估计你打杂不会坚持很久，估计你会想辞职。”

“这样你们就可以雇我了。”

“噢，我们什么时候都可以雇你。我们可以把A特公司买了。A特公司就会把你交给我们——记得关于把布劳提甘做成靴子的那段话吗？它在这种情况里也成立。”

“所以你们想让我……怎样？先在荒野里历练一下？”

“现在是你绕着弯子说话了。这会传染的！咱们走走吧。”

* * *

他们给了他一件净化服，必须穿上才能进入布勒的心脏。他先通过略加正压力的双扇门，往里走的时候，无菌空气弄乱了他的头发。房子天花板很低，材料是毫无特点的褐砖，没有窗户，就像是净水工厂或干货库房。里面贴了优质瓷砖，都是暖色，靠近底部有很多红色和棕色，让墙壁看起来像是窑炉内部。建筑内部很安静，两个警觉的便衣保安紧盯着他们换上净化服。那是宽松的微孔连衫裤，配塑料面罩。净化服内都有一个自给自足的小型空气循环系统，由腕部的罐子提供空气，保安帮忙拧开阀门时，利昂发现面罩周围安装了巧妙的喷气口，可以在不让眼球干燥的情况下消除面罩上的雾气。

“够了吗，丽娅？”两个保安中个子比较高的问。他穿得像是被叫去女朋友家吃晚饭的大学生：宽松运动裤，裤脚有点磨损，熨过的短袖棉衬衫，能看出他的胸肌、二头肌和脖子上的肌肉块。

她把自己的罐子举到面罩前看了看。“三十分钟够了，”她说，“我估计他也没有更多的时间给我们了！”她转向利昂，说：“我觉得空气供应这事太大动干戈了。但它的确可以避免会面时间过长。”

“废气都去哪儿了？”利昂在净化服里扭动着问道。“我的意思是，这肯定是为了避免我把什么东西传染给，”他咽了口唾沫，“布勒。”

这是他第一次用这个词来真正描述一个人，而不是一个概念。他满脑子都在想，这个词所指代的那个人现在离他很近。

“这里，”她说着，指了指脖子后面鼓起的一个泡泡。“你会膨胀起来，一次一个泡泡，最后就像是米其林轮胎人。很搞笑。”她做了个鬼脸。

“你要是经常来这儿，可以做件长期净化服，那就没这么尴尬了。不过布勒喜欢这种尴尬。”

她带他走过一条走廊，这里有更多的人，要么穿着净化服，要么穿着比较合身、泛着虹彩的耐久使用的连衫裤，还挺好看。

“真的？”他边说边跟上她的步子，“我想到的是优雅，不是尴尬。”

“当然了，在那扇气密门另一侧是优雅。但我们现在是在布勒的身体里。”她看到他脸上的表情，微笑起来。“不不，我不是绕弯子。气密门这一侧的一切都是布勒。这是他的肺、循环系统和边缘系统。瓮内的确装有他的肉身，但这一切都是确保延年瓮的运转的。你就像是一块巨大的外来机体，嵌入他的组织。这是很私密的。”他们经过另外一道门，进入一间他大学时篮球场那么大的大厅，仅有的几个外人站在很远的地方。她放低声音，他凑近才能听到。“在外面的时候，你是通过布勒的许多触手和他讲话，比如我，或者甚至电话，他拥有全世界的权力。他是个巨人。但在这里，他的身体里，他非常非常虚弱。这些净化服就是用来平衡力量对比的。完全是观念和象征意义。而且这只是马克 1 号，布勒经过那次……事故之后，我们用来应急的系统。他们正在距离这里大概五英里远的地方建造马克 2 号，延伸至地下半英里。等它造好后，他们会炸出一条隧道，把他弄到那边去，连他外延躯体的皮肤也不会有丝毫损伤。”

“你从来没告诉过我当时出的是什么事故，他怎么到这儿来的。我猜是中风或——”

丽娅摇摇头，微孔料子窸窣作响。“不是。”她说。

现在他们到了大厅的另一头，朝门走去。“这间大厅是做什么用的？”

“以前的布局留下来的，那时候这地方只是用做生物工程研发的。当时这个大厅用来召开全体会议，有时候搞点小型研讨会。现在太大了。安保规定任何一间屋子不得容纳超过十人。”

“是暗杀？”他不假思索地问，快得就像撕下创可贴。

料子再次窸窣作响。“不是。”

她把手放在门把手上，准备进入下一间屋子。“我开始觉得这儿有点瘆人了，丽娅，”他说，“他不会捕猎人类什么的吧？”

“不会。”他不用看她的脸就能感受到笑意。

“或者需要器官？我记得我不是稀有血型，而且我得告诉你，我对自己的器官打理得不怎么样——”

“利昂，”她说，“如果布勒需要器官，我们在这儿立刻就能造一个出来。3D 打印大概四十个小时，新鲜出炉。”

“你的意思是，我不会被摘掉器官或者干掉？”

“这种可能性极低。”她边说边推开门。下一间屋子里更暗，光线柔和得像烛光，从地板下面传来有节奏的振动和呼呼的声音。

“这是他的呼吸。下面是过滤系统。”她用脚尖点点地板上一个平板门。“头顶上方是循环系统。”她说。他抬起头看着天花板上的金属栅栏，沟槽里满是整齐排列的管子。

还有一道门，又一间凉爽幽暗的房间，几乎没有声音，房间尽头又是一道气密门，门前又是一个便衣保安。一间玻璃门侧屋里，人们忙忙碌碌，专注地盯着屏幕。利昂发现保安是个女人，一把圆托手枪用尼龙搭扣光明正大地粘在她的净化服侧面。

“他在那扇门里，是吧？”利昂指着气密门说道。

“不，”丽娅说，“不。他就在这里。我们在他体内。记住这一点，利昂。他不是瓮里的那团东西。在某种意义上，你下了直升机之后就在布勒体内了。他的传感器阵列网络一直延伸到停机坪，就像你脖子上的汗毛末梢，它们能感觉到他周围吹过的微风。现在你是在他的体内穿行，你目前大概在心脏或肝脏的位置。”

“或者大脑。”这时，一个温暖而愉快的声音从四面八方响起。“大脑被高估了。”利昂看看丽娅，她在面罩后面翻了个白眼算是回答。

“调过的声音，”她说，“开玩笑的小把戏。布勒——”

“等等，”布勒说，“等等。这很重要，大脑真是被高估了。古埃及人认为大脑是用来冷却血液的，你们知道吗？”他哈哈大笑，利昂感觉这声音仿佛从他的腹股沟上方开始，沿着他的脊柱上升，非常愉快，有扩散性。“他们认为，心脏才是人类自我的所在地。我以前会琢磨这个问题。他们难道不觉得在听觉器官之间、视觉器官后面的那个东西，才应该是人类自我吗？不过这只是大脑在玩愚蠢的小把戏，找补解释。我们认为大脑显然是人类自我的居所，因为大脑已经知道自己是这个居所了，也无法想出任何其他可能性。如果大脑认为自我位于胸腔，它也会很乐意把这种观点合理化——它当然在胸腔里了，你……在胸口感受到悲伤、欢乐、满足、饥饿……大脑，啧啧，大脑！”

“布勒，”她说，“我们现在要进来了。”

门口的护士兼保安显然只听到了对话中他们的这一部分，但也没有表现出困惑。她站到一侧，利昂通过时，她对他微微一点头。他也点头回应，随后快步赶上正在气密门内侧等待的丽娅。外面的门关上了，有那么一会儿，他们彼此紧紧靠在一起，他脑海中突然出现狂野而色情的想法，兴奋感从自我可能的另一处所在释放出来。

随后，外侧的门开启，他见到了布勒——他试图回忆丽娅说的话：这并不是布勒，布勒无处不在。但他还是不禁觉得这就是布勒。

* * *

布勒的瓮出乎意料的小，跟古埃及人墓室里的石棺差不多大。他尽量不往里看，但无法控制自己。瓮中漂浮的人体已经萎缩，满是皱纹，周围缠绕着一千根光纤，都从小孔深入裸露的皮肤。有很多管子：在腹股沟里，通过一道疤上安装的阀门伸进肠道里，在鼻子和耳朵里。光头被推到一侧，就像是在地里生长时没翻过个儿的南瓜，而且没有皮肤，只有白色的骨头和一层细金属网以及更多破碎凝结的疤痕组织。

眼睛隐藏在一条纤细的护目镜后面，有人靠近时瞳孔便会张开，护目镜后面的眼睛异常明亮，像弹球一样，深陷在瘀青的眼眶中。鼻管下面的嘴呈现一个微笑，露出洁白整齐的牙齿，就像是牙膏广告。布勒开口说话了。

“欢迎来到肝脏部位。或者心脏。”

利昂原本准备好的话一下子卡了壳。这就是他在外屋听到过的声音，温暖，友好，属于一个你可以信任的人，可以照顾你的人。他在自己的净化服上摸索着，拍打着。“我给你带了个门把手，”他说，“但我现在拿不出来。”

布勒笑了，不是他之前听到过的咯咯的笑声，而是真正放声大笑的“哈哈”，以至于管子和光纤都波动起来。“有意思，”他说，“丽娅，他真有意思。”

这句赞扬让利昂的耳朵尖热乎起来。

“他是很出色，”她说，“而且他是在你的请求下跑了老远过来的。”

“你听听，她又提醒我有什么责任了。你们俩都坐下吧。”丽娅推来两把椅子，利昂在其中一把上坐下，感觉到椅子无声地调整着，承受着他的体重。一面小镜子打开，然后第一面镜子的下方又打开两面，他发现自己正看着布勒的眼睛，看着他的脸，反射在镜子里。

“利昂，”布勒说，“跟我说说你的毕业设计，让你在班里得了最高分的那个。”

利昂脆弱的冷静消失了，他开始出汗。“我不想谈这个。”他说。

“这让你感觉很脆弱，我懂。但脆弱也没那么糟。比如我，我本以为自己战无不胜，以为自己能随心所欲创造和毁灭这个世界。我以为自己明白人类大脑是怎么运转和崩溃的。

“然后有一天，在马德里，我正在套房的早餐室里和一个老朋友一边聊天一边吃燕麦粥。我的老朋友拿起沉甸甸的银质咖啡壶，跳上我的胸口，把我打倒在地，有意要用咖啡壶把我的脑浆砸出来。那壶大概有一公斤半那么重，不算里面滚烫的咖啡。她只打了三下，他们就把她拉开带走了。不过那三下——”他目不转睛地看着他们。“我是个老人了，”他说，“骨头老，组织也老。第一下打裂了我的颅骨，第二下把它打碎了，第三下把碎片打进了我的大脑。医生们到达时，从技术层面讲我已经死了大约174秒了，误差大概一两秒吧。”

利昂不确定瓮里的老家伙是不是说完了，但故事似乎也就到此为止了。“为什么？”他把脑海中最先浮现出来的话说了出来。

“我为什么告诉你这个？”

“不是，”利昂说，“你的老朋友为什么想杀你？”

布勒笑了。“噢，我觉得自己确实罪有应得。”他说。

“你打算告诉我为什么吗？”利昂说。

布勒的惬意笑容消失了。“我想不会。”

利昂发现自己使劲喘着气，尽管喷气口在努力清除面罩上的雾气，但雾气还是没消退。“布勒，”他说，“你讲这个故事是为了告诉我你很脆弱，这样我就会告诉你我的故事。但这个故事并没让你变得脆弱。你被打死了，可是又活下来，变得更强大，变成了这个”——他挥挥手指指四周——“这具身体，像怪物一样，足有一座城镇大小的巨人。要说脆弱，你他妈就和宙斯差不多脆弱。”

丽娅轻柔但毫无疑问地笑了。“跟你说过的，”她对布勒说，“他很出色。”

布勒面孔下部是裸露的，现在像拳头一样紧绷着，他们周围机器的噪音似乎也变了半个调。随后他露出一个显然是挤出来的微笑，哪怕在这张支离破碎的脸上，也能看出不真诚。

“我以为，”他说，“这个世界上的很多问题都可以靠对未来的积极展望来解决。我们花了太多时间担心生活中难得出现的糟糕事。小孩被绑架啦，恐怖分子炸城市啦，机密泄露毁掉生意啦，愤怒的顾客在几乎不可能获胜的诉讼中打赢官司获得巨额赔偿啦：这些让人烦心、揪心、闹心的恐惧。”他的声音像牧师般抑扬顿挫，利昂费了好大劲儿才控制住自己没跟着他摇头晃脑。“与此同时，我们忽略了有可能发生的事：交通事故，坠机，溺死在浴缸里。就好像大脑不停地想着各种怪事，却一直遗忘有可能发生的那些。”

“继续说，”丽娅说，“讲得很好，但是没有回答问题。”

他通过镜子对她怒目而视，金属网里的弹球眼睛爆出血管和红色蛛网般的血丝，就像是魔鬼的眼睛。“人类思维搭错了弦，但是可以纠正。”他的声音明显很兴奋。“想象一下，如果有这么个产品，能让你感觉到什么东西是正确的——如果有人听到‘乐透，必须买了才能赢’，他立刻就会知道这是瞎扯。从统计学来讲，赢乐透的概率并不会因为买了一张彩票而显著增加。想象一下：对人们解释反恐战争，却让他们笑弯了腰，这是什么情景！如果资本市场靠对风险的现实评估来运转，而非嫉妒、焦虑和贪婪，那事情会变成什么样？”

“那你就会比现在穷得多。”丽娅说。

他翻了翻白眼。

“这想法挺有意思，”利昂说，“要是能纠正，不管是什么方式，我都愿意接受。”

眼睛突然看向他，目光炽烈，简直要将他穿透。“问题就在这里。唯一愿意接受纠正的人都是不需要它的人。政客、商人、投机者，他们都知道概率是怎么回事，但他们也知道，养活他们的民众一点也不懂，所以不能让他们变得理性。因此这个问题只有一个答案。”

利昂忍不住脱口而出：“跳舞熊。”

丽娅笑出了声。

“该死的跳舞熊。”布勒表示同意，他的语气充满了厌世感，利昂简直想给他一个拥抱。“对。作为社会改革工具，我们不能就这么把它交给愿意接受纠正的人。所以我们——”

“把它变成武器。”丽娅说。

“到底该谁讲话？”

利昂感觉他净化服的四肢部分逐渐变得僵硬，他排出的废气使衣服变成了气球。而且他想小便。而且他不想动。

“你给人下药了？”

“利昂，”布勒的语气仿佛是在说，得了吧，我们能做的比这个厉害，“他们同意担任医疗研究对象。实验奏效了。他们不再杞人忧天，到处大喊天要塌啦，而是变得——充满禅意。快乐，冷静，安稳。没头苍蝇变成了目光坚毅的空管员。”

“你最好的朋友打你——”

“是因为，”布勒用米老鼠的假声说，“对大众进行如此广泛的改造是不道德的。”

丽娅一动不动地坐着，他差点忘了她还在场。

利昂移动了一下重心。“我觉得你没告诉我全部。”

“我们本打算把它作为抗焦虑药物推广上市。”

“然后呢？”

丽娅突然站了起来。“我在外面等。”她没再说别的，走了。

布勒又翻了个白眼。“怎么才能让人们服用抗焦虑药物呢，很多很多人？我的意思是，如果我把这项任务交给你，给你一笔预算——”

利昂既想去追丽娅，又想继续留下听布勒讲话，他像磁铁一样吸引着利昂。他耸耸肩。“和任何一个制药公司一样。搞定诊断标准，扩大受众人数，让新闻媒体大肆报道焦虑传染。很容易。恐惧有助于销售。一种传染恐惧的瘟疫？老天，太容易了，轻松搞定。拉保险公司入伙，给医生回扣，这样就可以把它开在处方里，作为治疗的一部分，这就比花时间给病人解释他不能吃这种药更划算。”

“你跟我是一类人，利昂。”布勒说。

“那可不。”

“哦？”

又一个“我们都是掌控世界之人”的微笑。“没错。”

好吧。

“多少人？”

“问题就在这里。我们一开始先在小规模市场试水。巴斯克地区，当地政府非常欢迎，有很多机会可以微调信息。他们现在是地球上最懂媒体的人——他们在媒体界的地位就相当于上个世纪日本人在电子工业的地位。既然我们拿下了他们——”

“多少人？”

“大概一百万。超过一半人口。”

“你发明了一种生物武器，可以让感染者掌握数学，然后用它感染了一百万巴斯克人？”

“乐透完蛋了。于是我知道我们成功了。彩票销售额下降超过百分之八十，彻底垮了。”

“然后你的朋友就打了你的脑袋？”

“这个嘛……”

净化服每秒都在变得更加难受。利昂琢磨着，如果他等太久，净化服充了过多气体无法动弹，自己是否会被困在里面。“我很快就得走了。”

“从进化的角度说，糟糕的风险评估是有优势的。”

利昂缓慢地点了点头。“这一点我信。这让人类的开拓性——”

“驱使人类去殖民更多新土地，和隔壁树上的漂亮猴子约会，生个娃，虽然你也不知道自己怎么能养得起。”

“而你的数学天才沃肯人的数量没再增加？”

“差不多就是这样，”他说，“但这是正常调整。就像人迁往城市之后出生率就会下降。可人类还是日益城市化，也并没有灭绝。社会学的东西需要时间。”

“然后你的朋友就打了你的脑袋？”

“别再这么说了。”

利昂站起身。“我大概该走了，该去找丽娅了。”

布勒发出一声嫌恶的声音。“好吧。问问她，她为什么没干彻底？问问她是当时才决定下手的，还是事先计划过？问问她为什么用了咖啡壶，而不是面包刀？因为，你懂的，我自己也不明白。”

利昂向后退了几步，因为穿着充满气的净化服，动作很笨拙。他费力地进入气密室，在换气过程中，他尽量不去想丽娅跨坐在老头胸口，咖啡壶一起一落的情景。

她正在气密室另一侧等他，净化服也充满气体。

“咱们走吧。”她说着，拉起他的手，橡胶手套的手掌部位粘在一起。她半拖半拽地带他穿过布勒身体的许多房间，跌跌撞撞地通过最后一道门，让他转过身，使劲拉下净化服背面的脱衣绳，把它分成毫无生气的两半，落在地上。他吐出一口气，这才意识到自己之前一直屏着呼吸，空气与他身体上覆着的一层薄薄汗珠接触，感觉很凉爽。

丽娅已经脱下她自己的净化服，她面孔通红，满是汗水，头发乱糟糟的，腋窝下也有小块汗渍。一个勤快的护工走上前，开始收拾他们的净化服。丽娅淡淡地对她表示感谢，随后朝门口走去。

“我没想到他会这么干。”他们刚一走出建筑——离开布勒身体核心，她便开口说道。

“你想杀了他。”利昂说。他看看她的手，她的指甲短而整洁，指关节很粗。他尝试想象沉重的银质咖啡壶有节奏地起落，她手背上的筋腱突起，就像刮风时帆船的缆绳一样。

她在裤子上擦了擦手，把它们塞进口袋里，这会儿她看起来很尴尬，完全没了平常的自信。“这事没什么可羞耻的，我很自豪，不是每个人都有这种勇气。如果我没那么干，你和你认识的所有人都会——”她把手从口袋里拿出来，攥成拳头。她摇摇头。“我以为他会告诉你，我们为什么对你的毕业设计感兴趣。这样我们就可以讨论一下你来这里做什么——”

“你从来没提过这事，”他说，“我本可以帮你们省去很多麻烦的。我不跟人讨论我的毕业设计。”

丽娅摇摇头。“这里是布勒。你没法阻止我们做任何我们想做的事。我不是恐吓你，这只是一个简单的事实。如果我们想复制你的实验，我们是可以做到的，而且可以在我们想要的任何范围内——”

“但我不会参与，”他说，“这一点很重要。”

“没有你想得那么重要。而且，如果你认为你可以避免参与布勒希望你参与的事，那你大概会出乎意料的。我们可以满足你的任何要求。”

“不，你们不能，”他说，“要说我对什么事有把握，那就是你们做不到这一点。”

* * *

设想你和一个正常人出去吃午饭，问问她早饭吃得怎么样。如果午饭不错，她就会对你说早饭有多棒。如果午饭很糟，她就会跟你说早饭很差劲。

现在再问问她晚饭的事。如果午饭很糟，她就会假定晚饭也会令人失望。如果午饭让人满意，她就会对晚饭充满乐观。

向她解释一下这种机制，然后再问问她早饭吃得怎么样。她就会竭力回忆早饭的真实细节，麦片的口感，果汁是冰爽可口还是温热黏糊。她会使劲地回忆，努力地回忆，用尽一切力气。然后，如果午饭不错，她就会告诉你早饭也挺好的。如果午饭不怎么样，她就会跟你说早饭很糟糕。

因为这事是人无法控制的。就算你知道自己是这样，也没法控制。

可如果你能控制呢？

* * *

“是父母。”利昂说道。他们在树木顶端沿着狭长的小路漫步，挤向一侧，让行色匆匆喋喋不休的科研人员通过。“令人难过的是父母。他们只记得为人父母的好处。他们的孩子长大后，他们只记得无数温暖的拥抱、学业的成功、运动比赛的胜利，他们忘了生育抚养过程中的呕吐、发脾气、缺乏睡眠……就是这一点，这种神奇的遗忘能力让我们这个物种延续下去。这一点本应让我警醒起来。”

丽娅严肃地点点头。“但它也有积极的一面，不是吗？”

“噢，当然。比如，会觉得早饭变好了。还有减肥——效果显著。只要想起上一次大啖巧克力或薯条的时候感觉有多糟就行了。非常奏效。”

“药物的应用效果的确听起来很棒。光减肥这一个——”

“减肥、成瘾戒断，什么都行。它用途极其广泛，只有你想不到，没有它做不到。”

“但是？”

他突然停了话音。“你肯定知道这个，”他说，“如果你知道明理药——我就是这么叫它的，‘明理药’——那你就知道发生过什么事。布勒有这么多资源，你什么都能查到，是吧？”

她狡黠地笑了笑。“噢，我只知道历史是怎么说的，但我不知道究竟发生了什么事。官方档案，也就是让 A 特公司雇用你，也让我们产生兴趣的——”

“你为什么想杀布勒？”

“因为我是他唯一无法糊弄的人，我看出他要用这实验干什么。如果一个公司掌握了人类认知方面的这种剧变，那就会带来巨大的竞争优势。想想吧，如果大家像病毒感染一样掌握数学，有多少产品会消失，在政府管理和政策方面会有多少变化。就想象一下机场由完全理解风险的人来负责运转和使用吧！”

“我觉得不错。”利昂说。

“噢，当然了，”她说，“当然了。全世界的消费者都知道所有东西的成本，但却意识不到任何东西的价值。为什么进化要让我们具有如此病态的数盲特征？让随便什么巫医用瞎编的恐怖故事牵着我们鼻子走，这样对生存有什么好处？”

“他说开拓性的事——为人父母，做生意……”

“任何有风险的事，比如体育运动。如果棒球运动员知道短打的成功率高得多，谁还尝试全垒打？”

“布勒想要这样？”

她看看他。“全世界的人都懂风险，就和全世界的人都不懂风险一样好操纵。关键区别在于，在第二种情况下，竞争的劣势很大，因为不像主场队伍一样投入。”

他看着她，第一次好好地看她。他看到的是一个怪物的门面，一个神的代言人。一台巨大的不可知的机器的臂膀。这台机器努力改变着世界，重塑世界，以满足它自己的需求。它精于此道。

“明理药，”他说。“明理药。”她看起来非常专注。“你觉得，如果你服用了明理药，还会想杀布勒吗？”

她惊讶地眨了眨眼。“我从没想过这个问题。”

他等待着，发现自己屏住了呼吸。

“我觉得，如果我服用了明理药，那次大概已经成功了吧。”她说。

“如果布勒也服用了呢？”

“我觉得那他会让我得手的。”她脱口而出，听起来就像是打嗝。

“有人负责管理布勒吗？”

“你是什么意思？”

“我的意思是——那个瓮什么的。这具有自己的意志吗？这个，呃，这个公司，是它来管理吗？还是公司自行运转和决策？”

她咽了口唾沫。“从技术层面来讲，它是一个慈善独裁机构。他是君主，你知道这一点。”她又咽了口唾沫。“你能告诉我明理药后来怎么样了吗？”

“不过他会做实际决定吗？”

“我想不会，”她低语道，“不是那样的。更像是，像——”

“自然力？”

“一种突生现象，就像飓风和沙丘那样。”

“他能听到咱们说话吗？”

她点点头。

“布勒，”他边说边想着瓮里的那个东西，“明理药让服用者非常愤怒。他们看广告的时候，难以抑制砸东西的冲动。走进商店会让他们几近昏厥。投票让他们想要带着火炬袭击政府办公室。所有受试者在八周之内都进了监狱。”

丽娅露出微笑。她把他的手握在自己手里——温暖，干燥——捏了捏。

他的电话响了，他抽出一只手接了电话。

“喂？”

“你开什么价？”布勒的声音充满活力，甚至可以说是疯狂。

“我不卖。”

“我可以收购 A 特公司，让你当头儿。”

“我不感兴趣。”

“我可以杀了你父母。”那种充满活力的语气毫无变化。

“如果明理药被推广，你就杀掉了所有人。”

“你并不相信这一点。明理药让人能够选择最幸福的道路，而集体自杀并不会让人类最幸福。”

“你并不确定这一点。”

“想打赌吗？”

“你干吗不自杀？”

“因为如果我死了，就不能让世界变得更好了。”

丽娅专注地看着他，她捏了捏她握着的那只手。

“你会服用明理药吗？”利昂问布勒。

长久的寂静。

利昂给对方施加压力：“你要是不服用，我就不卖。”

“你现在有吗？”

“我可以制造一些。我得先找几个实验室技术人员谈谈，下载一些我的研究内容。”

“你会跟我一起服用吗？”

利昂毫不犹豫：“绝不。”

“我会服用的。”布勒说完便挂了电话。

丽娅再次拉起他的手。她靠了过来，给他的嘴唇来了一个干燥而结实的吻，随后又坐了回去。

“谢谢。”她说。

“不用谢我，”他说，“我不是在帮你。”她站起身，把他也拉了起来。

“欢迎加入我们，”她说，“欢迎来到布勒。”

汪梅子 译

图书在版编目（CIP）数据

未来的序曲：二十一世纪科幻小说杰作选：全二册 /（美）戴维 · G. 哈特威尔，（美）帕特里克 · 尼尔森 · 海登编；夏笳等译 . -- 2 版 . —北京：新星出版社，2021.6
ISBN 978-7-5133-4113-4

Ⅰ . ①未… Ⅱ . ①戴… ②帕… ③夏… Ⅲ . ①科学幻想小说 – 小说集 – 世界 – 现代 Ⅳ . ① I14

中国版本图书馆 CIP 数据核字（2021）第 047353 号

未来的序曲：二十一世纪科幻小说杰作选

[美] 戴维 · G. 哈特威尔，[美] 帕特里克 · 尼尔森 · 海登　编
夏笳等 译

特约编辑：刘盛楠
责任编辑：杨　猛
责任印制：李珊珊
责任校对：刘　义
封面设计：人马艺术设计 · 储平

出版发行：新星出版社
出 版 人：马汝军
社　　址：北京市西城区车公庄大街丙 3 号楼　100044
网　　址：www.newstarpress.com
电　　话：010-88310888
传　　真：010-65270499
法律顾问：北京市岳成律师事务所

读者服务：010-88310811　service@newstarpress.com
邮购地址：北京市西城区车公庄大街丙 3 号楼　100044

印　　刷：北京天恒嘉业印刷有限公司
开　　本：910mm × 1230mm　1/32
印　　张：23.375
字　　数：465 千字
版　　次：2021 年 6 月第二版　2021 年 6 月第一次印刷
书　　号：ISBN 978-7-5133-4113-4
定　　价：79.00 元（全 2 册）